TRACY REES

De rozentuin

XANDER

Uitgegeven door Xander Uitgevers
www.xanderuitgevers.nl

Oorspronkelijke titel: *The Rose Garden*
Oorspronkelijke uitgever: Pan Books
Vertaling: Erica Disco
Omslagontwerp: Studio Marlies Visser
Omslagbeeld: © Drunaa / Trevillion Images
Auteursfoto: Ludwig Esser
Zetwerk: Michiel Niesen, ZetProducties

Eerste druk 2022

ISBN 978 94 0161 627 0 | NUR 302

Voor Marjorie, Beverley en Gill
en al mijn andere rozen

MABS

Londen, 1895

De metalen ladder tegen de wand van de ijsput rammelde vervaarlijk toen Mabs naar beneden klom. Bij elke trede zakte de moed haar verder in de schoenen. Twaalf meter onder de grond sprong ze eraf en kwam tot aan haar knieën in de mist neer. De koude, ijle lucht was groen en messcherp en drong genadeloos door haar jas en trui heen, en zelfs door de wollen sjaal die een van de jongens op de werf haar had geleend. Hoewel ze de sjaal meerdere keren om haar hals en de onderste helft van haar gezicht had geslagen, was de kou er niet minder priemend om.

Al snel kreeg ze gezelschap van drie andere arbeiders, stuk voor stuk jongens uiteraard. Ze knikten kort naar elkaar. Het was een vreemde schemerwereld, waarin het geschreeuw en gekletter op de kade langs het kanaal boven hen gedempt en ver weg klonken. De grote ijsblokken stonden er stilletjes bij en Mabs kon het gevoel niet van zich afzetten dat ze haar gadesloegen. Het leek wel iets uit een nachtmerrie. Het zou haar dan ook niets verbazen als ze nu naar adem snakkend wakker werd, in het besef dat het maar een droom was geweest. Alleen gebeurde dit echt.

Toen ze vanochtend op het werk was aangekomen, was het een onaangename verrassing geweest dat ze in de ijsputten zou moeten werken. In het schimmenrijk, zoals ze het hier noemden. Het ergste was nog wel dat het niet eens het ijsseizoen was. In de winter kwam het ijs in glinsterende bergen op de vrachtschepen uit Noorwegen binnen en moest het in het schimmenrijk worden opgeslagen. In de zomer werd het weer naar boven gehaald, op karren geladen en naar de huizen van de rijkelui gebracht. Meestal had je in oktober niets te vrezen. Deze week was het echter warm en zonnig, met een strakblauwe lucht. Door die laatste opleving van de zomer wilden ze in de landhuizen weer ijs kunnen serveren tijdens hun etentjes en besloten de ijsverkopers hun kraampjes nog iets langer open te houden. Zodoende moesten Mabs en de anderen naar beneden om het laatste restje ijs te halen.

Ze keken om zich heen om te bedenken waar ze zouden beginnen. Het was de bedoeling dat ze de grote groenige blokken ijs tot binnen het bereik van de grijper verschoven, die ze aan een lange, dikke ketting in de put hadden laten zakken. Ze gingen aan de slag. Mabs en twee van de jongens duwden uit alle macht tegen het weerbarstige ijs, terwijl de derde jongen, een lange kerel met een flinke bos strokleurig haar, aanwijzingen gaf en de grijper zo dicht mogelijk naar het ijs toe trok. Toen het blok precies op de juiste plek stond, maakten ze de grijper goed vast en schreeuwden naar Louis de Zwitser dat hij het kon ophijsen. Zodra het blok de lucht in ging, richtten ze hun aandacht op het volgende.

De meeste vaste ijswerkers waren alweer terug naar hun eigen land, Zwitserland, Italië, Frankrijk. Slechts een enkeling, die niet veel had om naar terug te gaan, werkte het hele jaar door langs het kanaal. Ze hadden allerlei bijnamen – fransoos, knoflookkop, spaghettivreter – die meestal weinig te maken hadden met hun echte nationaliteit. Op hun afkomst na hoorden ze er helemaal bij. In tegenstelling tot Mabs, als de anderen tenminste zouden weten dat ze een meisje was.

Ze had niet de bouw van een arbeider. Van nature was ze al tenger en de afgelopen tijd had ze bar weinig te eten gehad. Na de dood van haar moeder, bijna een jaar geleden, was haar vader ingestort van verdriet. Mabs had zes broertjes en zusjes. Iemand moest brood op de plank brengen, dus had ze zich als jongen verkleed, haar haar onder haar pet gestopt en gezegd dat ze Mark heette.

Op het werk hield ze zich op de achtergrond. Daardoor liep ze wel de gezelligheid mis die het werk hier enigszins draaglijk kon maken, maar ze was bang dat de anderen zouden merken dat ze een meisje was. Dus hield ze haar blik omlaaggericht tijdens het gesjouw met het ijs en zei ze niets, terwijl de jongens de verveling verdreven door grapjes te maken. De twee jongens naast haar heetten Big en Mikey en de andere heette Kipper. Ze hoopte maar voor hem dat dat een bijnaam was en dat hij niet naar een gerookte haring was vernoemd. Hoe dan ook had het weinig zin om hier vrienden te maken. De arbeiders werden ingezet waar ze nodig waren en werkten nooit lang samen.

Er werd allerlei vracht vervoerd over het Regent's Canal. Hout, graan, rattenkruit, mest... maar Mabs vond ijs het allerergst. Het was glad wanneer je grip nodig had en juist plakkerig wanneer je wilde dat het zou glijden. Het voelde altijd alsof het ijs een hekel aan haar had.

Uren later beefden haar armen en benen en kon ze haar voeten in haar versleten werkschoenen niet meer voelen. Ze wist niet eens zeker of haar toch al verwaarloosbare spierkracht nog wel iets bijdroeg. De uitputting, de kou en het donker zorgden ervoor dat haar zintuigen niet meer goed werkten. Toen het zoveelste ijsblok werd opgetakeld, leunde ze kreunend tegen de overgebleven stapel, met haar gezicht opgeheven naar de lucht in de verte. Doodmoe deed ze haar ogen dicht.

Opeens klonken er boven haar een galmend gekletter en een verschrikte kreet, waardoor ze opschrikte uit haar slaperige toestand. Toen ze haar ogen opendeed, zag ze een ijsblok van honderdvijftig kilo naar beneden storten. De jongens waren scherper dan Mabs en doken opzij, maar zelf kon ze zich niet verroeren. De schrik over dat enorme gewicht dat op haar afkwam was te groot. Het volgende moment werd ze weggeduwd en viel ze met haar gezicht omlaag op de grond. Onder zich voelde ze ijs, boven op zich een warm lichaam. Dat lichaam kromp in elkaar toen het ijs tegen de grond sloeg en de ijsscherven in het rond vlogen. Toen was het voorbij. Het schimmenrijk werd weer griezelig stil en het gewicht ging van haar af. Ze draaide zich op haar rug en krabbelde overeind. Haar benen voelden aan alsof ze vloeibaar waren, maar als ze bleef liggen, zou ze doodvriezen.

Een van de jongens – Kipper – had haar gered, door haar zonder pardon omver te stoten. Nu stond hij voor haar, met een verbaasde uitdrukking op zijn gezicht en zijn strokleurige haar in pieken overeind. 'Je bleef gewoon staan!' zei hij verbluft.

'Ik kon niet bewegen,' reageerde ze.

Louis de Zwitser klauterde snel naar beneden en putte zich uit in excuses, doodsbang dat er iemand om het leven was gekomen. Ze gingen naar hem toe, allemaal ongedeerd, op Big na. Een van de vliegende ijsscherven was in zijn been gedrongen en Louis de Zwitser hielp hem uit de put te klimmen.

Mabs keek hem na tot hij uit het zicht verdween en staarde vervolgens naar het spoor van bloed dat langs de ladder omlaagdroop. Ze was misselijk.

'Hé!' Van bovenaf klonk een woedende kreet: de voorman, die nijdig poolshoogte kwam nemen. 'Ik kan net zo goed een stel apen in dienst nemen!' Hij spuugde in de put. 'Ruim dat op, zorg maar dat 't voor mekaar komt. We gaan dat ijs niet verspillen. Doe 't in emmers en haal 't naar boven. Nú!'

'Goed,' zei Kipper. 'Vooruit met de geit.'

'Wacht!' riep Mabs. 'Je heb me gered! Bedankt.'

'Geen dank, da's wel 't minste wat we hier voor mekaar kunnen doen,' schreeuwde hij terug, terwijl hij van een verhoging sprong en de ijsscherven bijeen begon te rapen.

Toen het tot Mabs doordrong wat er had kunnen gebeuren, begon ze te trillen als een rietje, maar ze had geen andere keus dan zijn voorbeeld te volgen.

Uren later sjokte Mabs naar huis. Eerst over de verharde weg langs het kanaal, daarna over de klinkerstraatjes in Clerkenwell en ten slotte door de smerige straten van Saffron Hill. Het motregende en de paarsachtige duisternis leek haar helemaal te omsluiten. Donkere contouren in portieken roerden zich plotseling en namen de vorm aan van mensen die hun hand uitstaken voor kleingeld of die ongepaste opmerkingen maakten. Mabs was blij dat ze jongenskleding droeg en hield haar blik omlaaggericht en haar jas strak om zich heen getrokken. Ze woonde al haar hele leven in deze buurt en hoewel die er tegenwoordig minder slecht aan toe leek te zijn dan vroeger, riep deze plek nog steeds geen warme gevoelens bij haar op.

De mannen van de familie Daley werkten al meer dan honderd jaar aan de Londense kanalen. Haar betovergrootvader Jack en zijn zoons hadden nog meegewerkt aan de aanleg ervan en al hun mannelijke nazaten hadden op de werven gewerkt, als laders en lossers van de vrachtschepen. Toen Mabs nog klein was, vond ze de kanalen altijd iets opwindends hebben. Haar vader kwam thuis met sterke verhalen over zijn leven op de plek waar het allemaal om draaide. Door hem had het werk aan het kanaal heel avontuurlijk geklonken. Als je het hem vroeg, mochten de Daleys blij zijn met hun afkomst. Inmiddels dacht Mabs dat ze precies wist hoe de hel eruitzag: niet vurig rood en gloeiend heet, maar grijsgroen, saai en schaduwrijk, met enorme vrachtschepen die kreunden onder het gewicht van hun onnatuurlijke vracht, met grote paarden die zich tot het uiterste moesten inspannen om ze te verslepen, en zelfs met zo nu en dan een lijk dat bleek in het troebele, onverschillige water dreef.

Vandaag was het kantje boord geweest, daar was ze zich terdege van bewust. Achteraf bleek dat de grijper was stukgegaan en opengeklapt voordat het ijsblok boven was. Van zulk broos materiaal hingen levens af. Als de jongen met het strokleurige haar Mabs niet omver had geduwd, was ze verpletterd, zo simpel was het. Had ze hem maar fatsoenlijk kunnen bedanken. Na het ongeluk was ze zo verdwaasd geweest dat ze als laatste over de met bloed besmeurde ladder naar boven was geklommen toen het werk erop zat. Tegen de tijd dat ze bovenkwam, was er van haar redder geen spoor meer te bekennen.

Het was niet moeilijk voor te stellen hoe anders deze avond had kunnen verlopen. Haar broertjes en zusjes thuis, een klop op de deur, het nieuws dat Mabs dood was. Een dierbare zuster verloren, niemand die nog voor hen kon zorgen. Ze had altijd geweten dat het een riskant bestaan was, maar vandaag was dat haar pas echt duidelijk geworden. Er zat alleen niets anders op. Niet voor iemand als zij.

Vanuit Shirley Street sloeg ze een overdekte passage in die ooit, heel lang geleden, naar de stallen had geleid. Hier in de buurt werd dit slop Mushroom Court genoemd. Mabs had geen idee of dat de officiële benaming was, en óf er wel een officiële benaming was. Het was er donker en smal, met aan weerszijden vervallen huizen. In een daarvan ging ze naar binnen en liep de trappen vol splinters naar de tweede verdieping op. Ze had een hekel aan Saffron Hill. En aan Mushroom Court. En aan het kanaal. Zodra ze de deur naar hun kamer opendeed, vergat ze echter alle dingen waar ze een hekel aan had en zag ze alleen nog maar de gezichten die haar zo dierbaar waren.

'Mabs!' Haar oudste zusje keek verheugd op.

Met gefronst voorhoofd zag Mabs dat Jen haar ogen tot spleetjes kneep toen ze zich weer over het verstelwerk boog dat ze voor een paar penny's bij het zwakke licht van een flikkerende lamp deed. Ze was pas vijftien en kon nu al niet meer goed zien. Helaas hadden ze haar inkomsten hard nodig.

De twaalfjarige Peg zette net het eten op tafel. Wat brood met kaas en een paar appels. Toen ze naar Mabs grijnsde, werd de grote spleet tussen haar voortanden zichtbaar.

Na drie meisjes was hun vader vastbesloten geweest een zoon te maken. De elfjarige Nicky had niet lang op zich laten wachten en was naar hem vernoemd. Na Nicky kwamen Jem van negen en Matthew van zeven. Daarna hadden Nicholas en Maureen het welletjes gevonden, maar drie jaar later was er toch nog een meisje gekomen. Maureen had haar Angeline genoemd.

Nu kwam Angie met uitgestoken armpjes naar Mabs toe. Ondanks de pijn in haar armen tilde Mabs haar op en liep naar het raam om dat open te zetten, omdat het in de kamer naar zweet en vettig haar stonk. Door het raam kwamen echter alleen de geuren van de beerput en kool binnen, dus deed ze het weer dicht. Liever hun eigen stank dan die van een ander.

Ze draaide zich weer om naar de kamer en keek naar hen allemaal. Wat had ze het graag anders gezien. Ze had geen idee wat het leven nog meer te bieden had, maar haar broertjes en zusjes waren haar zo dierbaar dat ze ernaar snakte om hun een goed leven te geven. Geef me alsjeblieft een kans, dacht ze wanhopig. Eén kans. Wat het ook is, ik zal het doen.

'Pa?' vroeg ze.

Nicky schudde zijn hoofd. 'Ik heb 'm de hele dag niet gezien.'

De moed zonk haar in de schoenen, maar ze knikte slechts. Daarna zette ze Angie met een smakzoen op haar hoofd neer en ontdeed zich van haar jas en pet. Toen haar haar om haar gezicht viel, voelde ze zich meteen een beetje meer zichzelf.

Het had erger gekund, dacht ze, terwijl ze om zich heen keek. Eén kamer was niet veel voor acht mensen, maar ze kende gezinnen met net zo veel kinderen of nog meer die een kamer met twee of drie andere gezinnen moesten delen. Deze kamer hadden ze in elk geval voor zichzelf. Ze waren in elk geval samen. Ze sliepen tenminste elke nacht onder hetzelfde dak. Hoewel Mushroom Court geen aangename plek was, lagen daarachter gebouwen verstopt waar het zelfs nog erger was. Voordat ma was gestorven, hadden ze hier in de buurt twee kamers gehad waar de lichtinval iets beter was, maar ze konden nog veel verder afzakken. Mabs was vastbesloten om dat niet te laten gebeuren. Toch zou ma's hart in tweeën breken als ze hen zo zou zien, daar was geen twijfel over mogelijk.

'Je doet 't geweldig, Mabs,' zei Jenny zacht, alsof ze haar gedachten las. 'We hebben 't hier goed. Niewaar, kinderen?'

De anderen knikten gretig, alsof het leven in Mushroom Court dolle pret was.

'Ik heb vandaag een kastanjegevecht gewonnen!' riep de sproetige Matt.

'Echt waar?' vroeg Mabs zacht. 'Goh, nu al kastanjes!'

'Het waren niet zulke goeie.' Hij fronste zijn voorhoofd. 'Een beetje klein. Over een paar weken zullen d'r wel grote te vinden zijn.'

'Dat denk ik ook.'

Wat een schatten waren het toch. Zo jong als ze waren begrepen ze hun situatie al goed genoeg om haar te willen opvrolijken door te doen alsof er geen vuiltje aan de lucht was. Ze hield zielsveel van hen, daarom zette ze stug door op de werf, zelfs wanneer ze bijna op omvallen stond. Het was een zware last om als achttienjarige acht mensen in leven te moeten houden, en dan had ze ook nog eens werk dat ze officieel niet mocht doen. Als pa zijn verdriet nou eens genoeg zou kunnen verwerken om regelmatig naar zijn werk te gaan, zou dat zeker schelen. Voorlopig was haar inkomen van de werf echter het enige wat voorkwam dat het allemaal nog veel erger werd.

OLIVE

De sfeer in ons bescheiden huishouden is al de hele avond bedrukt. Met 'bescheiden' doel ik natuurlijk op de omvang van ons gezin – mijn ouders en ikzelf – niet op de omvang van ons huis, dat absurd groot is. Zoals gewoonlijk zitten we na het avondeten bij elkaar, maar de spanning is om te snijden.

'Denk er nou nog eens over na, Olive,' zegt papa zwaarmoedig. Je zou bijna denken dat ik van plan ben om mezelf te offeren aan een spit.

'Je hóéft het niet te doen, alleen omdat je dat gezegd hebt,' mompelt mama op haar meest overtuigende toon. 'Misschien kun je nog een jaar wachten, schat.'

Mijn besluit staat echter vast. Morgen ga ik een dochter adopteren.

Ik ben een oude vrijster. Veel vrouwen nemen die term liever niet in de mond, maar dat geldt niet voor mij, Olive Westallen! Ik ben het enige kind van kapitein Westallen, de voormalige held van de koopvaardijvloot, die sinds jaar en dag veel respect geniet in Londen. Ik ben bevoorrecht, ontwikkeld en, ik zal er maar niet omheen draaien, rijk. Een echtgenoot heb ik niet nodig. Ondanks mijn rijkdom ben ik geen gewilde partij. Ik zie er erg gewoontjes uit. Als je me tegenkwam op straat, zou je niet van me schrikken, maar ik ben geen opvallende verschijning. Daarnaast ben ik te onafhankelijk, te geleerd. Zelfs nu de negentiende eeuw zijn laatste stuiptrekkingen vertoont, is het onwaarschijnlijk dat ik ooit in het huwelijk zal treden.

Er zijn jaren geweest – twee of drie – waarin ik hier tranen om heb vergoten. Daar heb ik me echter overheen gezet. Ja, ik zal mijn hele leven in mijn ouderlijk huis in Hampstead blijven wonen. Ach, het is een prachtig, comfortabel, benijdenswaardig huis, dus moet ik daarom treuren? Welnee. Het bestieren van een huishouden, dat wil zeggen bedienden aannemen, etentjes organiseren en twee keer per jaar de kwaliteit van het linnengoed inspecteren, spreekt me eerlijk gezegd totaal niet aan. Als ik het zou moeten doen, acht ik de kans zeer groot dat mijn hersenen oververhit raken.

Wat het huwelijk betreft… wel, daar ben ik niet op tegen. Mijn ouders zijn een bron van inspiratie. Maar niet álle echtverenigingen zijn zo harmonieus. Ik zou het goed doen als de vrouw van een vriendelijke, verstandige man die me als zijn gelijke erkende en me geen onzinnige mannenideeën wilde aanpraten. Waar zou ik echter zo'n man moeten vinden? In elk geval niet in Hampstead! Ik woon hier namelijk al erg lang en ben zoals het een echte oude vrijster betaamt een bemoeizuchtige buurvrouw. Als er in een straal van vijftien kilometer een man woonde die mij gelukkig zou kunnen maken, zou ik hem wel kennen… en dat is niet zo.

Toch droom ik van het moederschap. Stoeien en fantasiespelletjes spelen op het tapijt in de kinderkamer, in januari in de regenplassen stampen, in oktober de van de bomen gevallen verkleurde bladeren oprapen. Zoals ik al zei hebben we een groot huis. De bovenverdieping wordt echter maar door drie mensen bevolkt. Dat vind ik zonde.

In eerste instantie zag ik geen uitweg. Ik kon moeilijk naar de werven gaan om mezelf aan een zeeman aan te bieden. Ik mag dan wel vooruitstrevend zijn, verdorven ben ik niet. Drie jaar geleden ging ik in het kader van mijn liefdadigheidswerk voor het eerst naar het meisjestehuis in Belsize Park. De meisjes worden daar goed verzorgd, ook al is het allemaal erg sober. Maar hoe zit het met liefde? Met de wetenschap dat ze altijd ergens terechtkunnen, dat ze opgroeien op een plek waar ze gewenst en gewaardeerd worden? Dat zou ik hun kunnen bieden, realiseerde ik me. Ik nam me voor dat ik een meisje zou adopteren als ik op mijn achtentwintigste nog steeds ongehuwd zou zijn. Morgen is het zover.

Mijn ouders waren er van het begin af aan op tegen. Zij denken dat ik mijn huwelijkskansen definitief vergooi door als ongehuwde moeder door het leven te gaan.

'Dan leg ik toch gewoon uit dat ze geadopteerd is!' ging ik tegen hen in, bedroefd omdat ze mijn plan niet meteen omarmden.

'Dat zouden we ook zeggen als ze niet geadopteerd was,' merkte mama op.

Mijn vader bracht ons weer bij de les. 'Het gaat er niet om dat mensen zullen denken dat ze jouw kind is, Olive. Het weeshuis is hier vlakbij, iedereen zal weten waar ze vandaan komt. Het punt is alleen dat veel mensen er moeite mee zullen hebben om zo'n meisje toe te laten. Omdat ze haar familie niet kennen, haar komaf. Daar zouden wij geen problemen mee hebben, maar veel andere mensen wel. We maken ons zorgen om je, schat. Een ongehuwde vrouw die is belast met de zorg voor een kind? Je mag dan wel beweren dat je nooit zult trouwen, maar je bent een rijke vrouw van uitstekende komaf. Er zullen best mannen interesse in je hebben, Olive, maar niet als je een dochter adopteert. Welke man wil nou een vrouw die zich zoiets op de hals haalt? Dat is ongehoord.'

'Om nog maar te zwijgen van de onverkwikkelijke associaties,' zei mama huiverend. 'Ondanks al je eigenaardigheden ben je een goed en deugdzaam mens, Olive. Ik moet er niet aan denken dat onze buren je ervan zouden verdenken dat je iets... smakeloos zou doen. Het Brixton-schandaal was dan wel vóór jouw tijd, maar onze generatie herinnert het zich nog maar al te goed.'

Het klopt dat adoptie geen goede naam heeft. Tientallen jaren geleden kwam aan het licht dat gewetenloze types geld aannamen om zich over babyweesjes te ontfermen, die ze vervolgens aan hun lot overlieten. Nu worden mensen die willen adopteren vaak met hen over één kam geschoren. Natuurlijk vind ik het ook niet prettig dat adoptie niet wettelijk erkend is en dat iedereen bij het woord alleen al de neus ophaalt. Ik hou van orde en eerzaamheid. Maar moet ik mezelf en een kind dan de kans op geluk ontzeggen vanwege wat anderen ervan vinden? Zo zwak ben ik niet.

Trouwens, hoewel ik het nooit aan mijn ouders heb verteld, vrees ik voor wat er van mij zal worden wanneer zij er niet meer zijn. Ik mag dan tevreden zijn met mijn leven, die tevredenheid is aan hen te danken. We hebben altijd met elkaar kunnen lachen en samen allerlei tegenslagen overwonnen. Dat zij er zijn, maakt dat ik me nooit alleen voel, ook al ben ik niet getrouwd. Ik weet dat het de natuurlijke gang van zaken is dat we ooit onze ouders kwijtraken en ik vertrouw erop dat dat moment voor mij nog heel ver weg is, maar toch heb ik soms verschrikkelijke nachtmerries dat ze er niet meer zijn. Als het zover is, moet ik een reden hebben om verder te gaan en heb ik liefde in mijn leven nodig.

Dat heb ik allemaal niet tegen hen gezegd omdat ik hen niet van streek wil maken. Ze willen alleen maar dat ik gelukkig ben. Daarom smeekt mama me ook om nog een jaar te wachten. Ze koesteren nog steeds de hoop dat er een prins op een wit paard zal langskomen om mij tegen mezelf in bescherming te nemen. Ze hopen nog steeds, merk ik nu, op een eigen kleinkind.

'Het is niet dat we niets om een geadopteerde kleindochter zouden geven,' zegt mama. Ik voel me er enorm onbehaaglijk bij wanneer ik tranen in haar ogen zie blinken. 'Maar het zou zo heerlijk zijn om weer een kleine Westallen te hebben. Jij maakte me zo gelukkig, Olive. Verlang je dan niet naar een kind van jezelf? Wil je niet zo'n schattig bundeltje in je armen houden en de neus van je vader zien, of mijn ogen?'

'Ik mag hopen dat een baby niet de neus van papa zou krijgen,' zeg ik gekscherend, want ik voel me schuldig omdat ik haar teleurstel. 'Het spijt me, mama. Ik weet dat het daar niet om gaat. Eerlijk gezegd, nee, daar hou ik me niet mee bezig. Ik wil gewoon een kind om van te houden. Als ze er eenmaal is, worden jullie vast ook dol op haar.'

Ik heb het kind al uitgekozen. Ze is tien jaar en heet Gert. Het staat vast dat haar ouders zijn overleden. Dat is belangrijk, omdat je als adoptieouder geen rechten hebt. Ik moet er niet aan denken dat er over een paar jaar een moeder opduikt die mijn dochter van me afneemt. Ik heb gehoord dat oudere kinderen moeilijker te plaatsen zijn omdat de meeste mensen liever een baby willen, of anders een schattige peuter.

Mevrouw Jacey, de directrice van het meisjestehuis, heeft me uitgelegd dat oudere kinderen in allerlei opzichten erg moeilijk kunnen zijn. Ze hebben al een eigen karakter, zijn gevormd door familieproblemen en gehard doordat ze keer op keer zijn afgewezen omdat mensen liever een jonger kind willen. Mijn hart breekt bij de gedachte aan die kinderen die stilletjes hun kans afwachten om een familie te krijgen, terwijl ze weten dat ze waarschijnlijk altijd vanaf de zijlijn zullen moeten toekijken. Ik had verwacht dat ze daardoor dankbaarder zouden zijn wanneer ze eindelijk aan de beurt waren, maar volgens mevrouw Jacey is dat absoluut niet het geval.

'Ze zijn beschadigd,' zei ze. 'Meestal verschijnen de barsten tussen hun tweede en hun zevende jaar, dat heb ik al zo vaak gezien. Wanneer ik adoptieouders tegenkom en vraag hoe het gaat, krijg ik verhalen te horen over driftbuien en pesterijen, over kinderen die andere kinderen knijpen of zelfs weglopen. Je zou denken dat ze na hun tijd hier blij zouden zijn om deel uit te maken van een echt gezin, maar dat is niet altijd makkelijk voor hen, als de barsten er eenmaal zijn.'

Barsten, zo noemde mevrouw Jacey ze. Haar woordkeus mag dan een beetje lomp zijn, ik heb respect gekregen voor haar wijsheid en ervaring. Barsten zullen er dus wel zijn, maar ik ben er zeker van dat genoeg liefde en luxe ervoor kunnen zorgen dat die weer verdwijnen. Gert woont nu zes jaar in het tehuis en kennelijk heeft niemand ooit ook maar een greintje belangstelling voor haar getoond. Ik geef toe dat ze niet erg innemend is, zowel qua uiterlijk als qua gedrag, maar ik ben niet op zoek naar een meisje met de eigenschappen van een pop. Al vraag ik me wel af of ze bereid zou zijn om een andere naam aan te nemen. Tegen een alledaags gezicht heb ik geen bezwaar, maar een alledaagse naam! Misschien is het dwaas, maar ik kan me niets voorstellen bij Gert Westallen.

'Ik kán niet wachten, mama,' hou ik vol. 'Ik heb mijn zinnen erop gezet om morgen een kind mee naar huis te nemen en ik kan niet nog een jaar wachten in de hoop dat er zich een man aandient door wie ik verder kan met mijn leven. Mijn besluit staat vast, zelfs al komt er vanavond nog een knappe vreemdeling om mijn hand vragen.'

We zitten in de salon, met de olielampen op de laagste stand. Het overige licht komt van de kaarsen; we houden alle drie van hun zachte gloed. Mijn woorden zijn nog niet koud als er hard op de voordeur wordt gebonkt. De kaarsenvlammen dansen en mijn ouders en ik kijken elkaar geschrokken aan. Ook al zijn we verstandige mensen, even lijkt het alsof ik met mijn woorden een aanbidder heb opgeroepen.

Wanneer ons dienstmeisje Agatha de bezoeker binnenlaat, blijkt het echter meneer Miles te zijn, een voorganger uit de quakerkerk. Hij komt vaak bij ons op bezoek. Aangezien hij zevenenveertig is en in de ban van het geloof (niet alleen is zijn religie alles voor hem, zijn vrouw heet ook nog eens Faith), durf ik er wel van uit te gaan dat hij hier niet is om me van mijn gebrek aan romantiek te verlossen. De gezichten van mijn ouders betrekken wanneer ze hem zien. Zo'n ontvangst is hij bij ons thuis niet gewend.

Meneer Miles heeft altijd haast en maakt zich altijd druk over een onrecht dat rechtgezet moet worden. Vanavond is hij verontwaardigd over de vrouwen die het oudste beroep ter wereld uitoefenen en op de werven werken om de matrozen tevreden te stellen. Ik kan het alleen maar toejuichen dat hij zich daarom bekommert, maar aangezien morgen een belangrijke dag voor me is, trek ik me al vroeg terug voor de nacht.

Ik ga op mijn bed zitten en kijk om me heen naar de vertrouwde, dierbare kamer van mijn kindertijd, die geleidelijk aan is veranderd in de vertrouwde, dierbare kamer van mijn bestaan als volwassene. Ik voel me onzeker, en waarom? Omdat mijn hart een sprongetje maakte toen er werd aangeklopt! Wat is dat voor eigenaardigs? Ik heb de hoop op romantiek al lang geleden laten varen en zoek mijn eigen weg. En toch, toen ik de gedachte uitsprak dat er zich alsnog een man zou kunnen aandienen en meneer Miles op onze deur bonkte, merkte ik dat ik ergens nog steeds hoop koester. Olive, toch.

Zouden mijn ouders gelijk hebben? Zou ik, als ik nog iets langer wacht, een man kunnen leren kennen en zelf kinderen kunnen krijgen? Dat doet er niet toe, bedenk ik. Ik vind het niet verstandig om terug te deinzen voor een belangrijke stap, wanneer het moment er rijp voor is. Dat kan alleen maar leiden tot een leven vol schroom en onzekerheid. Gedurfde stappen vooruit zetten, dat is de manier om een solitair bestaan te kunnen leiden, om het gevoel van afzondering tegen te gaan, om het leven betekenis te geven. Daar ben ik van overtuigd.

Ik loop naar de ladekast en haal onder het ondergoed van zijde en mousseline een fluwelen zakje tevoorschijn, waarmee ik terugloop naar het bed. In het zakje zit mijn pak met waarzegkaarten, bijeengehouden door een smaragdgroen lint. Mijn moeder is het er niet mee eens dat ik ze gebruik. Volgens haar is de Bijbel de enige leidraad die we nodig hebben. Toch gebruik ik ze wanneer ik alleen ben, als de nood hoog is. De Bijbel kent zijn wijsheden, maar deze kaarten spreken me aan.

Als ik het lint losmaak, glijden de kaarten weg en kan ik ze nog net opvangen. Ze zijn groot en door het veelvuldig gebruik zijdezacht geworden. Een paar hebben beduimelde hoeken en in een ervan, de Tortelduif, zit een kleine vouw. Daarom doe ik vaak mijn ogen dicht wanneer ik ze gebruik. Dan kan niets verraden welke kaart ik voor me heb, ook al zijn de kaarten me inmiddels net zo vertrouwd als mijn eigen gezicht. Terwijl ik behendig de kaarten schud, stijgt de geur ervan naar me op. Een beetje muf, een beetje kruidig, met het warme, zoete aroma van drukinkt. Soms duw ik mijn neus in de kaarten, want deze geur kan me troosten als geen ander.

Ik hoef geen vraag te formuleren; de kaarten weten wat ik denk. Ik schud en deel, schud en deel, schud en deel, tot er drie kaarten voor me liggen, met de prent omlaag. Op de rug staat een vervaagd patroon van rode lijnen die kriskras ruiten vormen, omlijst door sierkrullen. De achtergrond was ooit ivoorkleurig, maar is door de jaren heen vergeeld.

Ik leg het pak opzij en bekijk de kaarten voor me. Ik weet niet wat ik verwacht, ik weet niet eens waar ik op hoop. Het zou immers erg hinderlijk zijn als ik nu van mijn besluit werd afgebracht. Ik draai de kaarten om en bekijk ze stuk voor stuk.

De Roos. De Ster. De Vrouw. Respectievelijk symbolen voor de grillen van het lot, geluk in algemene zin en... nou ja, een vrouw!

Ik knik. Dit had ik al verwacht. Geen teken van romantiek. Niets wat op een huwelijk wijst. Geen vreemdeling aan de horizon, geen brief, geen ring, of iets anders wat er ook maar in de verste verte op wijst dat er voor mij een romance of een huwelijk in het verschiet ligt. Gerustgesteld berg ik de kaarten op en maak me klaar om naar bed te gaan. Morgen ga ik naar Gert toe om te vragen of ze een nieuwe moeder wil.

MABS

Soms kan een beschermengel een onwaarschijnlijke gedaante aannemen. Voor Mabs kwam de verlossing in de vorm van haar vriendin Lou, die haar op de werf kwam zoeken. Het was Lou's vrije avond en Mabs was net klaar met werken. Ze was zo moe dat ze Lou pas zag toen die vlak voor haar stond en druk gebarend riep: 'Mabs! Mabs! Ik heb nieuws!'

Schichtig keek Mabs om zich heen of niemand haar had gehoord.

'O, pardon, Márk!' riep Lou uit toen het haar weer te binnen schoot.

Mabs sloeg haar ogen ten hemel.

'Ik weet misschien een baantje voor je.' Lou pakte haar hand beet en ging wat zachter praten. 'In de huishouding!'

In de huishouding? Eén heerlijk moment stond Mabs zichzelf toe om zich er een beeld van te vormen, daarna schudde ze haar hoofd. 'Wat moeten ze nou met mij? Ik zou 't vast en zeker verknoeien.'

Daar wilde Lou niets van weten. 'Ga nou maar,' drong ze aan. 'Dit baantje lijkt me anders dan anders.'

Lou werkte al twee jaar als dienstmeisje voor meneer Blythe, een bankier, in zijn chique huis in Highgate. Ze had het heerlijk gevonden als Mabs daar ook had kunnen werken, maar de familie Blythe hechtte veel waarde aan eigenschappen die Mabs niet bezat: reinheid, enige scholing en een minimumlengte van een meter zevenenzestig voor de vrouwen (en een meter vijfentachtig voor de mannen).

Mabs had van Lou al vaak gehoord dat het flink aanpoten was. Elke ochtend moest ze om vijf uur opstaan om de haardroosters te reinigen en de haarden aan te maken voordat de familie uit bed kwam, en ze moest dagelijks de drempel bij de voordeur schrobben om die blinkend schoon te houden. Voor Mabs was hard werken echter niets vreemds en als ze dan toch de hele tijd doodmoe moest zijn, deed ze dat liever in een schone jurk, in een mooi huis en met een fatsoenlijk loon.

Lou ratelde door: 'Kokkie heeft de advertentie gisteravond aan ons voorgelezen. Het is in Hampstead. Ze zoeken "een dienstbare meid met een goed geweten". Ze vragen niet eens naar je werkervaring, alleen om een brief waarin staat dat je een goeie meid bent. Een aanbevelingsbrief, noemen ze dat. Daar kun je wel aankomen, Mabs.'

'Een dienstbare meid? Wat is dat?' Mabs had weleens gehoord van tafelmeisjes, keukenmeiden en kameniers, maar waren die dan niet dienstbaar? Daarvoor waren ze toch juist aangenomen?

'Het zit tussen een dienstmeisje en een gezelschapsdame in.'

'Zo'n goeie baan wil iedereen wel hebben, Lou. Waarom zouden ze mij aannemen? Ik heb zulk werk nog nooit gedaan.' Ze had zich dan wel heilig voorgenomen om elke kans aan te grijpen, maar durfde er niet te veel van te hopen. Ze liet zich voor Lou's voeten op de grond zakken en kwam bijna in een dampende paardenvijg terecht.

Nu het begon te schemeren en de arbeiders op huis aangingen, werd het wat minder rumoerig op de kade, maar de lucht voelde nog steeds dik aan door de geur van fonteinkruid en zweet. Het laatste binnenschip van de dag voer net uit.

'Toe nou, Mabs!' zei Lou bestraffend, terwijl ze neerstreek op een paaltje met het wapen van de prins van Wales erop. 'Wat heb je te verliezen? Het lijkt me leuk werk. Misschien betaalt het niet zo goed, maar alles beter dan dit.'

Ze had natuurlijk gelijk. Eerder die dag was Mabs nog flauwgevallen. Ze had gewoon een flauwte gekregen, als een dame! Ze was bezig geweest om zakken mest naar de waterkant te slepen, die op de binnenschepen geladen moesten worden. De flauwte was niet veroorzaakt door de stank of de gedachte aan de mest; het was pure uitputting. Deze keer was ze ermee weggekomen. Ze was in haar eentje bezig geweest, dus had niemand iets gemerkt. Ze was snel weer opgekrabbeld en zo goed en zo kwaad als het ging verdergegaan. Het was echter wel een slecht teken.

'Gossiemijne, Mabs, je ziet d'r niet uit.' Lou boog zich naar haar toe om haar aan te kunnen kijken. 'Sorry dat ik maar bleef kletsen. Ik zie 't nou pas.'

Mabs glimlachte zwakjes. 'Het gaat wel,' zei ze. 'Bedankt, Lou. Ik ga 't proberen, beloofd. Dit hou ik niet lang meer vol.'

'Zo te zien hou je 't geen dag meer vol.' Lou gaf haar een pakketje. 'Hier, m'n reservejurk. Wees d'r in vredesnaam zuinig op, Mabs. Als d'r wat met m'n goeie jurk gebeurt en ik me niet kan omkleden, kan me dat m'n baan kosten. Maar in die kleren kun je niet solliciteren.'

'Bedankt,' fluisterde Mabs.

'Hier.' Lou gaf haar een shilling.

Die schoof Mabs meteen weer naar haar toe. Van je vrienden nam je geen geld aan.

'Maak je niet zo druk,' bromde Lou, die het muntstuk weer terugschoof. 'Betaal me maar terug wanneer je de baan hebt. Je moet wel, Mabs. Kijk jezelf nou 's. Je kunt niet meer op je benen staan. Zonder eten in je buik kun je geen fatsoenlijk gesprek voeren. Koop wat te eten en geef 't niet aan de kleintjes of je pa. Denk na, meid. Om ze te helpen moet je eerst jezelf helpen.' Lou stond op en wreef over haar achterwerk. Die paaltjes waren zo te zien niet erg comfortabel om op te zitten.

Mabs sloeg haar handen voor haar gezicht. Haar pet viel van haar hoofd. Snel zette ze hem weer op en propte haar lange blonde haar eronder. Ze voelde zich volkomen overdonderd, maar Lou had gelijk. Als ze dit echt een kans wilde geven, moest ze doen wat haar vriendin zei.

Nadat Lou haar overeind had geholpen, troonde ze haar mee naar de markt aan Gray's Inn Road, waar ze toekeek terwijl Mabs worstjes en gebakken aardappelen naar binnen schrokte. Daarna gingen ze naar Mushroom Court om Mabs een beetje op te frissen. Lou was in dit slop opgegroeid, maar had langer naar school kunnen gaan dan Mabs en bezat de indrukwekkende gave om met 'nee' geen genoegen te nemen, wat haar die baan bij de familie Blythe had opgeleverd. Mabs waste en borstelde haar haar en trok Lou's reservejurk aan, terwijl de kinderen verbaasd toekeken.

'Zeg maar niks,' zei Mabs kortaf. Ze wilde hun geen valse hoop geven.

Toen ze de smalle straatjes van Saffron Hill weer uit waren, hield Lou een huurrijtuig aan. Mabs vond het vreselijk dat Lou haar zuurverdiende geld aan haar uitgaf, maar Lou stond erop. Als Mabs na een dag op de werf ook nog eens zesenhalve kilometer moest lopen, zou ze Hampstead niet halen, zo redeneerde ze. Dus stond Mabs voordat ze goed en wel geloofde dat ze dit echt deed voor het huis van het gezin dat net in de stad was komen wonen en een dienstbare meid nodig had.

'Huize Blythe is aan de overkant van de heide,' zei Lou verguld. 'Misschien worden we wel bijna buren! Vertel je 't zodra d'r nieuws is? En geef m'n jurk maar terug als je 'm niet meer nodig hebt. Goed, ik moet gaan.'

Met een wee gevoel in haar buik zag Mabs haar vriendin haastig weglopen. Zonder Lou die haar opjutte leek het belachelijk dat ze hier was. Ze zouden haar vast uitlachen, haar wegjagen als een zwerfkat. Het huis was niet zo enorm en stralend wit als dat van de familie Blythe, maar wel chic. Het was gemaakt van bruine baksteen en had een vaalblauwe deur met aan weerszijden witte pilaren en een blinkend witte drempel. Boven de kleine, nette poort bevond zich een boog die was begroeid met klimop en daarachter liep een paadje tussen de struiken en bomen door. Mabs slaakte een zucht. Wat was het hier mooi.

Vooruit met de geit, Mabs, zei ze tegen zichzelf. Je bent achttien, geen vijf meer.

Toen ze eenmaal genoeg moed had verzameld, was het zo gebeurd.

Een zakelijk ingestelde huishoudster deelde haar bij de deur mee dat ze een inwonende dienstbode zochten om de vrouw des huizes gezelschap te houden en zo nu en dan wat licht huishoudelijk werk of andere algemene taken te verrichten. Meneer Finch, de heer des huizes, zou de kandidaten op woensdag en donderdag te woord staan. Als Mabs interesse had, kon ze zich donderdag om elf uur 's ochtends melden met een aanbevelingsbrief.

'Ik zal d'r zijn, mevrouw,' zei Mabs gedwee, terwijl ze dacht: interesse? Ik zou er een arm voor overhebben!

Ze liep het poortje weer uit en bleef nog even genieten van de decadente stilte van de straat in Hampstead. Zelf leefde ze in een wereld vol lawaai. Op haar werk kreunden machines, trappelden en hinnikten de paarden en schreeuwden de mannen de hele dag door. Thuis werd er met deuren geslagen, krijsten baby's en hingen vloekwoorden, wild gelach en geschreeuwde bedreigingen als regen in de lucht. Als je het Mabs vroeg, was stilte onbetwistbaar een teken van rijkdom. Met een zucht begon ze aan de wandeling naar huis.

OLIVE

Wanneer ik op mijn verjaardag wakker word, striemt de oktoberregen tegen het raam en giert de wind door de bomen. Guur weer, en dat na die heerlijke nazomer! Ik hoop maar dat de zon zich weer laat zien tegen de tijd dat Gert in haar nieuwe huis aankomt.

Ik ga rechtop in bed zitten om te lezen. Er gaat toch niets boven knus binnen zitten wanneer het buiten zo tekeergaat? Door de opwinding kan ik me echter niet concentreren en mijn gedachten dwalen opnieuw af naar de waarzegkaarten. Ik pak ze nogmaals uit de lade, niet om nog een legging te doen, maar om over de kaarten van gisteravond na te denken: de Roos, de Ster en de Vrouw.

Het onderschrift op de kaart van de Roos luidt: *U speelt met het lot, maar wat de kaarten U weigeren, zult U met Uw gezonde verstand, vaardigheden en geleerdheid ruimschoots compenseren.* Dit vat ik op als een bevestiging dat ik weliswaar iets gedurfds doe, maar dat ik oud en wijs genoeg ben om op mijn eigen oordeel te kunnen vertrouwen. Dat alles waaraan het me ontbreekt – romantiek, hartstocht, een huwelijk – gecompenseerd zal worden door andere zaken: familie, vrienden, zingeving. Zo schat ik het zelf ook in.

Op de kaart van de Ster staat: *Vervul Uw plicht, dan zult U er al snel de vruchten van plukken.* Precies mijn gedachte. Ik heb zo veel en Gert heeft zo weinig. Als ik haar een thuis bied, zal alles goed komen. De ster heeft als symbool altijd een bijzondere betekenis voor me gehad. Ik ben een groot liefhebber van de sterrenkunde. Hoe kan het ook anders? Mijn vader was zeeman en de sterren wezen hem altijd de weg naar huis. Als ik de Ster trek, zie ik dat altijd als een extra bevestiging.

De tekst op de kaart van de Vrouw... tja, die is duidelijk gericht op de mannelijke gebruiker. *Bevredig Uw begeerte naar het Schone Geslacht, maar overschrijd nooit de fatsoensnormen.* Hoewel die boodschap niet relevant is, vertelt de illustratie me alles wat ik moet weten. Een dame in een ouderwetse jurk en zonnehoedje, met haar armen vol wilde bloemen, tegen een kale horizon. Zonder mannelijke tegenhanger, zonder geliefde. Ze heeft de bloemen zelf geplukt. Die vrouw, dat zou ik kunnen zijn.

Ik kleed me aan en bel om een pot thee.

'Van harte gefeliciteerd, juffrouw Westallen,' zegt Anne wanneer ze de thee komt brengen. Ze overhandigt me een klein pakje.

'Lieve hemel, dat had toch helemaal niet gehoeven!' roep ik uit, ook al weet ik dat dat heel ergerlijk is om te horen wanneer je je zo veel moeite hebt getroost. Maar ja, de etiquette schrijft het voor.

'Het is van het voltallige personeel,' legt ze uit. 'Namens ons allemaal een gelukkige verjaardag toegewenst, juffrouw. We weten dat het een belangrijke dag is.'

Bij het cadeau zit een vierkant kaartje met een afbeelding van een mollige pimpelmees erop. Binnenin staat geschreven:

> *Van harte gefeliciteerd, juffrouw Olive Westallen. Dat u vandaag maar mag stralen.*

Alle bedienden hebben het kaartje ondertekend, in een nauwgezet of juist slordig handschrift: Anne; Agatha; mevrouw Prowse, de huishoudster; mevrouw Brody, de kokkin; Johnson, de knecht; Brown, de tuinman en zelfs Nell, het meisje dat twee keer per week voor het ruwe schoonmaakwerk komt.

'Wat een prachtig gebaar!' zeg ik. 'Dit is een heerlijk begin van de dag. Bedank iedereen maar namens mij.' In een opwelling geef ik een zoen op haar wang.

Als ze de kamer uit loopt, oogt ze tegelijkertijd blij en opgelaten.

Niet voor het eerst verwonder ik me erover hoe krankzinnig het is om met iemand in één huis te wonen en diegene elke dag te zien, terwijl de etiquette voorschrijft dat er van enige warmte of genegenheid geen sprake mag zijn. Zo vind ik het ook verwonderlijk dat er zeven mensen nodig zijn om er drie te verzorgen. Er zijn in deze wereld echter wel meer zaken die ik niet begrijp, en mijn verjaardag is niet het moment om me daar het hoofd over te breken. In plaats daarvan nip ik van mijn thee en scheur het pakje open. Er zit een klein emaillen medaillon in, met een rood roosje dat op een crèmekleurige achtergrond is geschilderd. Het hangt aan een goudkleurig kettinkje waarvan ik vermoed dat het snel zijn glans zal verliezen. Goedkoop, maar met zorg uitgekozen en erg mooi, als je niet te kritisch kijkt. Ik doe het meteen om mijn hals en zie dat het mooi afsteekt tegen de donkergroene stof van mijn jurk. Voor de gelegenheid heb ik mijn mooiste herfstkleding uitgekozen.

Ik werp een blik in de spiegel. *Dat u vandaag maar mag stralen.* Een prachtige wens. Ik ben nooit het stralende type geweest, zoals Rowena Blythe of Verity Crawford. Wanneer onze wegen elkaar kruisen, steek ik altijd armzalig af bij hun goedlachse, sprankelende schoonheid. Toch heb ik de indruk dat het aanstaande moederschap vandaag mijn teint warmer en mijn ogen stralender maakt. Mijn lichtbruine haar is netjes gekapt. Ik zie er rijk uit, smaakvol gekleed. Ik vraag me af wat voor indruk ik op Gert zal maken, als toekomstige moeder.

Nadat ik mijn thee heb opgedronken, haast ik me naar de ontbijtkamer waar ik de cadeaus en zoenen van mijn ouders in ontvangst neem en roerei geserveerd krijg. Daarna is het op naar het weeshuis!

Hoewel het maar een kwartier wandelen is, voelt het als een uur. Ik ben ongeduldig en het is een koude, natte ochtend. Als ik aankom, laat mevrouw Jacey me binnen met een opgeluchte glimlach omdat ik haar de zorg voor één kind uit handen kom nemen.

Haar kantoor is een aangenaam vertrek waar we tot nu toe al onze serieuze gesprekken hebben gevoerd. Ik had verwacht dat Gert daarnaartoe gebracht zou worden. In gedachten heb ik al heel vaak doorgenomen wat ik tegen haar wil zeggen en me voorgesteld hoe ze daarop zal reageren. Dat scenario heb ik zo lang gekoesterd en is zó echt voor me geworden dat ik volkomen van mijn stuk ben wanneer we het kantoor van mevrouw Jacey voorbijlopen. De deur staat op een kier en binnen is een dienstmeisje de vloer aan het schrobben. Nog geen tien minuten geleden heeft er een kind flink gebraakt, legt mevrouw Jacey uit. Een ademteug op het verkeerde moment van mijn kant bevestigt dat.

In plaats van naar haar kantoor word ik naar een speelruimte gebracht, waar meer dan twintig meisjes van uiteenlopende lengtes en niveaus van slonzigheid met kapotte poppen of bekraste bouwblokken spelen. De zwartharige Gert is alleen, zoals gewoonlijk. Vandaag zit ze op de grond, met haar handen om haar knieën geslagen en een norse uitdrukking op haar gezicht.

'Gert, er is bezoek voor je,' zegt mevrouw Jacey op vermoeide toon. 'Juffrouw Westallen wil iets belangrijks met je bespreken. Is dat niet fijn?'

Gert kijkt niet op en geeft geen antwoord.

'Zeg, juffie! Doe eens beleefd tegen die vriendelijke dame, anders bedenkt ze zich nog en krijg je nooit te horen wat ze te zeggen heeft!'

'Het geeft niets, mevrouw Jacey,' zeg ik zelfverzekerder dan ik me voel. 'Ik begrijp het volkomen als Gert niet zo spraakzaam is. Zelf ben ik 's ochtends ook op mijn rust gesteld.'

Mevrouw Jacey snuift verachtelijk. Ze heeft al tientallen keren geprobeerd me mijn keuze voor Gert uit het hoofd te praten. 'Dan laat ik het verder aan u over, juffrouw. Laat me maar weten hoe het afloopt.'

Dat beloof ik, al vraag ik me af hoe het anders zou moeten aflopen dan dat Gert met mij mee naar huis gaat. Hoewel mevrouw Jacey haar best doet, is dit bepaald geen opbeurende omgeving. Ik kijk om me heen naar de doffe, afbladderende verf op de muren en het oude, kapotte speelgoed. Ik sta te popelen om Gert hier weg te halen, om haar te leren wat liefde, elegantie en schoonheid is en haar aan haar nieuwe leven te laten beginnen.

'Gert, lieverd,' begin ik op zachte toon, in een poging een intieme sfeer te scheppen in een ruimte vol kinderen die onzinliedjes zingen, op trommels slaan en op poppen vitten. 'Ik weet dat je geen enkele reden hebt om blij te zijn dat je mij ziet. Per slot van rekening ken je me niet echt. Maar... ik heb een idee dat ik graag met je wil bespreken. Volgens mij zul je misschien wel heel blij worden als je het hoort. Zie je, ik wil graag je leven veranderen. Ten goede.' Dat laatste voeg ik er haastig aan toe omdat ik bedenk dat het anders misschien een beetje onheilspellend kan overkomen.

Gert blijft nors naar de vloerplanken staren.

Mijn rug begint te protesteren omdat ik voorovergebogen sta, met mijn handen op mijn knieën, dus ga ik rechtop staan en kijk om me heen. De meeste kinderen gaan op in hun spel, maar een enkeling staart me verlangend aan. Het zal wel komen door mijn fraaie uitdossing, mijn ringen en mijn bontmantel. Of misschien komt het door wat ik voor hen vertegenwoordig: een vrouw die de leeftijd heeft om moeder te zijn, een wereld die de meesten van hen nooit te zien zullen krijgen. Het komt bij me op dat die andere kinderen misschien toeschietelijker zouden zijn dan Gert, maar die gedachte zet ik snel van me af. Ik doe dit niet omdat ik uit ben op dankbaarheid.

Een tweeling van een jaar of zes staart me met een soort hongerige blik aan. Ze zijn broodmager en hebben diepe kringen onder hun donkere ogen. Wat zou ik hen graag laten aansterken. Er is ook een uitzonderlijk mooi meisje van een jaar of drie, met een warrige bos goudblond haar. Ze doet alsof ze me niet ziet, maar ik betrap haar er meermaals op dat ze een blik op me werpt en dan weer verlegen wegkijkt. Mijn hart slaat even over voordat het weer in zijn vaste ritme verder klopt. Ik ben niet het type dat voor de weg van de minste weerstand kiest en zich laat inpalmen door een snoezig meisje. Sterker nog, daar moet ik niets van hebben! Al deze kinderen zijn jonger en aantrekkelijker dan Gert en maken een goede kans om een nieuw heenkomen te vinden. Maar Gert... die norse, boze Gert... zij heeft me nodig.

Ik ga naast haar op de grond zitten. Dat kost nog behoorlijk wat inspanning, vanwege mijn lange rok, strakke lijfje en het feit dat een deftige dame het niet gewend is om op de grond te zitten. Ik kan echter ook niet zo dreigend boven haar uit blijven torenen. 'Gert,' begin ik weer, als ik eindelijk zit. 'Zou je bij mij willen komen wonen? Ik heb zelf geen kinderen. Ik zou van je houden, liefje, en we zouden het samen prima naar ons zin kunnen hebben. Wandelingen op de heide, boeken, speelgoed, feestjes met Kerstmis en... tja, alles wat je maar wilt, schat.'

Als door een wesp gestoken springt Gert op en rent bij me vandaan. Ik zou wel willen geloven dat ze overmand is door emotie, maar ik zie iets in haar donkere ogen opflitsen waardoor ik vermoed dat ze alleen heeft gewacht tot ik me helemaal op de grond had laten zakken. Nu zit ik alleen in het midden van de vloer, met mijn benen voor me uitgestoken. Als mevrouw Jacey maar niet binnenkomt en me zo aantreft!

Gert rent naar het raam en klimt op de vensterbank. Ze kijkt niet naar buiten, maar staart nukkig naar de muur tegenover zich.

Er gaat een vlaag van ergernis door me heen. Die druk ik echter snel weg en ik krabbel weer op. Omgekeerd ziet het hele proces er zelfs nog oneleganter uit. Mijn tournure is in de lucht gestoken, mijn gehakte laars glijdt een beetje weg op de houten vloer. Nadat ik diep heb ademgehaald, loop ik naar de andere kant van het vertrek. 'Gert,' zeg ik, nog steeds vriendelijk, maar nu iets strenger. 'Misschien ben ik niet duidelijk geweest. Ik begrijp dat dit nogal wat is om te verwerken. Als je tijd nodig hebt om erover na te denken, zal ik je niet opjagen. Ik wil graag een kind adopteren. Ik wil een dochter. En ik wil dat jij die dochter wordt.' Vanuit mijn ooghoeken zie ik dat we door meerdere gezichtjes met open mond worden aangestaard.

Eindelijk kijkt Gert me aan.

In mijn borst voel ik hoop aanwakkeren. Nu komt dan toch werkelijk het moment waarvan ik gedroomd heb.

In plaats daarvan kijkt ze me zo minachtend aan dat ik word overvallen door schaamte. 'Donder op en laat me met rust,' zegt ze, en niet zachtjes ook. Daarna draait ze zich om naar het raam. Iets zegt me dat ze niet de herfstkleuren aan het bewonderen is.

'Gert!' roep ik geschokt uit. 'Ik wil je niet lastigvallen als je mij niet wilt, dat meen ik. Alleen weet ik niet of je wel beseft wat er op het spel staat! Ik woon bij mijn vader en moeder en we zijn allemaal klaar om van je te houden. We kunnen je onderwijs geven, kleding, een mooi, gelukkig leven. We zijn... Nou ja, we hebben geld genoeg, Gert. Je wilt toch niet beweren dat je liever hier blijft, waar je niemand hebt?'

Haar smalle schouders blijven me voorovergebogen en star buitensluiten.

De moed zinkt me in de schoenen. Als Gert niet met me mee wil... hoe moet het dan? Natuurlijk zijn er nog veel meer kinderen in nood, maar ik had mijn zinnen op haar gezet! Ik heb haar slaapkamer al op orde gebracht en een nieuwe naam voor haar bedacht. Bovendien kun je het ene kind niet zomaar voor een ander verruilen. En wanneer zal Gert ooit nog zo'n kans krijgen?

Wederom word ik me bewust van de toekijkende gezichten. Van de andere kinderen die alles voor zo'n kans zouden overhebben. Nu vind ik het helemaal jammer dat we niet in het kantoor van mevrouw Jacey terechtkonden. Daar hadden we veel meer privacy gehad.

Omdat ik de andere kinderen niet nog meer verdriet wil doen, ga ik zachter praten. 'Lieve Gert, ik begrijp dat dit moeilijk voor je is. Ik kan me er niet eens een voorstelling van maken hoe je leven tot nu toe is geweest. Ik weet alleen maar dat je beter verdient. Ik kan je niet dwingen om met me mee te gaan, dat zou ik niet willen. Maar gun jezelf alsjeblieft deze kans, liefje. De keuze is aan jou en we zullen heel goed voor je zorgen, dat beloof ik. Zeg eens, Gert, wil je geen prachtig huis en een nieuwe mama?'

Op dit moment zou het mogelijk zijn om hier een spook te horen rondwaren, zó stil is het. Dan springt Gert eindelijk van de vensterbank. 'Nee!' schreeuwt ze. 'Ik wíl jou niet. Ga weg!' Met een verwilderde uitdrukking op haar gezicht geeft ze me een harde duw, waardoor ik wankelend een paar stappen naar achteren doe. Daarna rent ze de speelruimte uit en slaat de deur hard achter zich dicht.

Ik blijf roerloos staan en voel me opgelaten, gekwetst en onzeker.

Nee?

Ik kan me er niet bij neerleggen dat ik haar hier moet achterlaten, maar ze heeft er geen twijfel over laten bestaan wat ze wil. Je kunt een kind niet dwingen om jou te willen. Je kunt iemand niet dwingen om gelukkig te zijn. Maar... wat moet ik nu?

In de consternatie voel ik een rukje aan mijn rok. Razendsnel draai ik me om. Aan zakkenrollers is hier geen gebrek, dus ik verwacht een ouder meisje te zien dat zich snel omdraait en doet alsof er niets aan de hand is. Maar nee, het is het beeldschone meisje dat me al eerder is opgevallen. Op haar gezicht ligt een weemoedige uitdrukking en ze heeft haar hand niet in mijn zak gestoken, maar grijpt vastberaden de stof van mijn rok beet. Met haar bruingroene ogen kijkt ze smekend naar me op. Ze is echt een snoezig meisje. Snoeziger kan bijna niet.

'Ik wou dat je míjn mama werd,' fluistert ze.

MABS

Op donderdag werd Mabs wakker met een knoop in haar maag en het gevoel dat er iets scherps en brandends omhoogkwam in haar keel. Even vroeg ze zich af of ze ziek was, maar het was angst. Pure angst. De afgelopen drie dagen had ze er alleen maar aan kunnen denken hoe graag ze deze baan wilde hebben. Zo'n kans kreeg ze nooit meer! Op de een of andere manier had de hoop haar op de been gehouden. Bij elke maaltijd had ze haar eigen portie helemaal opgegeten om op krachten te blijven en tijdens het werk had ze erover gedagdroomd hoe het zou zijn om op zo'n plek te wonen.

Peg ging naar de werf om tegen de voorman te zeggen dat haar broer Mark ziek was, maar dat hij morgen weer zou komen werken. Ze kwam terug met de paar muntstukken die Mabs nog tegoed had en de boodschap dat ze zich de moeite kon besparen omdat de baan al vergeven was.

'Hou je me nou voor de gek?' riep Mabs verschrikt uit, maar natuurlijk was dat niet zo.

Toen ze zich moest klaarmaken, beefden haar handen zo erg dat ze Jenny om hulp moest vragen. Die ging serieus en stilletjes te werk, terwijl ze Lou's jurk op vlekken inspecteerde en Mabs' haar borstelde en vlocht. Daarom móést Mabs wel gaan, hoe bang ze ook was. Voor Jenny en de anderen.

Ze kwam ruim op tijd aan bij het bruine huis met de mooie blauwe deur aan Willoughby Walk. Om klokslag elf uur klopte ze aan, hoewel het zweet onder haar oksels en in haar handen stond. Wat moest ze in vredesnaam zeggen tegen een man die in zo'n huis woonde? Ze had nog nooit eerder met zo iemand gesproken en moest er niet aan denken wat hij van haar zou vinden.

De huishoudster ging haar voor naar een vierkante hal met een zwart-witte tegelvloer. Van daaruit voerde een trap naar de bovenste regionen van het huis, waarvan Mabs zich niet eens een voorstelling kon maken. De muren waren blauwgroen geschilderd, als het ei van een roodborstje. Op een tafeltje stond een enorme kan met bolvormige weelderig blauwe bloemen en aan een van de muren hing een schilderij van een beeldschone donkerharige vrouw in een lilakleurige jurk. Aan de wand daartegenover hing een spiegel in een vergulde lijst, waarin Mabs een glimp opving van haar eigen spiegelbeeld. Ze kromp in elkaar. Hoewel Lou's jurk netter was dan alles wat zij bezat, verdronk ze erin. Onder haar lichtbruine ogen zaten donkere kringen en haar blonde haar ontsnapte uit haar vlecht. Ze oogde... wanhopig.

'Meneer Finch is in de salon,' merkte de huishoudster op. 'Loop maar mee.' Over mevrouw Finch werd met geen woord gerept, en ze was nergens te zien.

Ook de salon was prachtig ingericht, rustig en ordelijk. Mabs staarde naar de lampen, de tapijten en het serviesgoed, naar alle dingen waarop nog geen stofje te bekennen was, en wist niet of ze nu blij of doodsbang moest zijn.

Meneer Finch was behoorlijk lang en had dunner wordend kastanjebruin haar en een gezonde kleur. Hij begroette haar vriendelijk. 'Juffrouw Mabel Daley, neem ik aan?'

Mabs veegde haar handen af aan haar jurk.

Als hij tijdens hun handdruk al merkte dat haar handen klam waren of als hij daar aanstoot aan nam, liet hij dat niet blijken. 'Ga zitten. Ik zie dat je je aanbevelingsbrief bij je hebt. Mag ik?'

Op maandagavond, toen Mabs nog eten in haar maag en kracht in haar benen had gehad, was ze naar meneer Miles toe gegaan. Inmiddels was hij een belangrijke figuur in de quakerkerk, maar vroeger was hij dominee in de kerk waar haar moeder op zondag naartoe ging. Hoewel ze hem al maanden niet had gezien, was ze ervan overtuigd dat hij haar, als ze hem alles uitlegde, een brief zou geven. Dat had hij inderdaad gedaan.

Sprakeloos overhandigde ze meneer Finch de brief. Toen hij begon te lezen, was ze blij dat ze een paar minuten had om tot zichzelf te komen.

Met een glimlach keek hij op. 'Wat een lovende brief, juffrouw Daley. Het voelt alsof ik je al ken. Ik stel voor dat we met een paar standaardvragen beginnen.'

'Ja, meneer,' wist Mabs uit te brengen, duizelig van opluchting omdat ze op de een of andere manier een goede eerste indruk had weten te maken.

'Kun je lezen, juffrouw Daley?' vroeg hij.

Die goede indruk was dus maar van korte duur. Ze schudde haar hoofd. 'De letters ken ik, die heb ik allemaal geleerd, maar ik heb nie lang op school gezeten, meneer, dus ik ken ze nie samenvoegen.'

'Dan neem ik aan dat je ook niet kunt schrijven?'

Diep vernederd schudde ze opnieuw haar hoofd. Wat had haar bezield? Waarom was ze hiernaartoe gekomen? Straks vroeg hij of ze haren kon kappen of goed kon borduren, en wat wist zij daar nou van? Nog even, dan was dit gesprek voorbij en zou ze haar baan voor niets zijn kwijtgeraakt.

In plaats daarvan vroeg hij naar haar familie. Mabs probeerde zijn vragen naar waarheid te beantwoorden zonder meelijwekkend over te komen. Daarna vroeg hij naar haar waarden en overtuigingen. Dat bracht haar van haar stuk. In haar leven was er niet veel tijd voor diepgaande gesprekken over wat goed en slecht was. Meneer Finch moest haar uit de tent lokken en stelde vragen over dingen als discretie, vertrouwelijkheid en integriteit, allemaal woorden die zij niet kende.

O, wat voelde ze zich dom. Sommige mensen, zoals meneer Finch, waren beschaafd en slim, terwijl anderen, zoals zij, niet eens een eenvoudige vraag konden beantwoorden. Uilskuiken dat ze was. Dat kreeg je er nou van als je een gooi deed naar iets wat te hoog gegrepen was. Dan ging je op je snufferd!

Het volgende moment stak haar verontwaardiging echter de kop op. Zij kon er toch ook niks aan doen? Als ze op school was gebleven, had ze vast wel leren lezen, maar ze had bij de kleintjes thuis moeten blijven, omdat haar moeder bij de wasserij in King's Cross had gewerkt. En er waren alsmaar nieuwe broertjes en zusjes bij gekomen. In hun wereld hadden ze geen dure woorden of boekenwijsheden nodig. Met twee salarissen was er net genoeg geld voor kleding en eten. Vreugde was er ook, met vlagen, gewoon omdat ze bij elkaar waren. Alleen was dat nu niet meer zo. Ma was er niet meer, pa zou er net zo goed ook niet meer kunnen zijn en Mabs moest haar weg zien te vinden in een wereld waar ze niets van wist.

Haar woede zorgde ervoor dat ze haar mond durfde open te trekken. 'Neem me nie kwalijk, meneer, die woorden ken ik niet. Zou u kunnen zeggen wat ze betekenen?'

Hij deed het nog ook! Discretie bleek te betekenen dat je je neus niet in andermans zaken stak, vertrouwelijkheid betekende niet roddelen en integriteit betekende doen wat juist was.

Toen Mabs dat eenmaal begreep, kostte het geen enkele moeite om antwoord te geven. Ze mochten dan straatarm zijn, ze waren wel goed opgevoed. Pa en ma hadden hun het verschil tussen goed en kwaad bijgebracht en streng opgetreden wanneer ze zich misdroegen. Meneer Finch leek tevreden met haar reactie en Mabs begon zich te ontspannen. Op de een of andere manier wist ze haar mannetje te staan.

'Ik zal je wat meer over het werk vertellen,' zei meneer Finch, waarop ze een beetje rechterop ging zitten. 'Mijn echtgenote is een schat, echt een lieve vrouw,' vervolgde hij. 'Jammer genoeg heeft ze de afgelopen jaren wat problemen met haar zenuwen. Ze heeft goede en slechte dagen, maar ze heeft erg veel last van stemmingswisselingen.'

Mabs knikte. Geen van de vrouwen die zij kende had tijd om problemen met hun zenuwen of stemmingswisselingen te hebben. Vervolgens moest ze aan haar vader denken. Ze hadden allemaal verdriet om Maureen, maar bij hem ging het nog veel verder. Er leek iets kapot te zijn gegaan in zijn geest, waardoor hij vergat dat hij verantwoordelijkheden had en dat het leven doorging, zelfs zonder zijn geliefde vrouw. Misschien had ze er dus toch wel enig verstand van. 'Heb mevrouw met een verlies te maken gehad, meneer?' vroeg ze zacht.

'Een verlies? O, je bedoelt een sterfgeval. Nee, juffrouw Daley, daar is geen sprake van. Haar problemen komen van binnenuit en zijn zo op het oog niet goed te verklaren. Toch wil ik niet dat je denkt dat ze een slecht mens is.'

'Het leven kan zwaar zijn, meneer. Dat maakt 'r nog geen slecht mens.'

'Ik vermoedde al dat je er zo over zou denken. Naast het probleem met haar zenuwen is ze af en toe ook in de war. Laat dat je alsjeblieft niet afschrikken, juffrouw Daley. Ze is niet krankzinnig, laat dat duidelijk zijn. Ze is gewoon... kwetsbaar. Ze vindt het leven ingewikkelder dan de meeste mensen.'

'Ja, meneer.'

'Het is dan ook niet de bedoeling dat je haar gaat klaarmaken voor feesten en bals. Hopelijk valt dat niet tegen. Een vriendelijke metgezel en zo nu en dan wat ondersteuning, meer heeft ze niet nodig. Verder verwacht ik dat je haar gezelschap houdt tijdens de zeldzame keren dat ze zich laat overhalen tot een wandeling en dat je haar vertrekken netjes houdt. Het lijkt me het beste als ze één vertrouwde bediende om zich heen heeft, in plaats van een bediende die haar kleedt, een andere bediende die de haarden aanmaakt, enzovoort. Klinkt dat erg bezwaarlijk?' Toen hij zag dat ze hem niet begreep, verduidelijkte hij: 'Vraag ik te veel van je?'

'Helemaal niet, meneer,' zei Mabs. 'Toen ons ma ziek was, kreeg ze d'r hoofdpijn van als alle kinderen d'r waren, hoeveel ze ook van ons hield. Daarom moest de rest vaak naar de buren. Ik mocht blijven, omdat ik rustig ben en ons ma goed aanvoelde.'

'Ach, natuurlijk, je hebt er ervaring mee om voor iemand te zorgen die er niet best aan toe is.'

'Klopt, meneer. Als mevrouw Finch d'r eigen niet goed voelt, lijkt dit me een goeie aanpak.'

'Zo denk ik er ook over, juffrouw Daley. Heb je verder nog vragen?'

Mabs kon amper nadenken door het stemmetje in haar hoofd dat schreeuwde: alstublieft, alstublieft, alstublieft, geef me die baan! Ze voelde haar gezicht warm worden. 'Volgens mij niet, meneer. U ben al zo vriendelijk geweest om me d'r een heleboel over te vertellen. Alhoewel, nog één vraag, meneer. Wil mevrouw nog met me kennismaken voordat u een meisje uitkiest?'

'Dat is niet nodig. Ik beschik over een uitstekende mensenkennis en voor mijn vrouw is het erg belastend om nieuwe mensen te leren kennen. Als het even kan, wil ik haar dat besparen.'

'Ik snap 't. Nou...' Mabs aarzelde. Ze wist wel wat ze wilde zeggen, maar durfde ze het ook? Van etiquette had ze geen kaas gegeten. Ze haalde diep adem. 'Hopelijk vindt u 't niet vervelend dat ik 't zeg, maar ik zou graag voor u komen werken.'

'Wat plezierig om te horen! Er zou nog één meisje komen, maar ik zal mevrouw Webb laten zeggen dat de functie vergeven is. Jij bent precies waar we op hoopten, juffrouw Daley.'

'Meen u dat nou, meneer? Krijg ik de baan?'

Hij glimlachte. 'Kijk niet zo verbaasd, juffrouw Daley. In dit geval is karakter veel belangrijker dan opleiding of werkervaring. We hebben iemand nodig die mijn vrouw goed kan verzorgen en die discreet genoeg is om het met niemand over haar toestand te hebben, behalve met mij. Bovendien heb je een uitstekende aanbeveling meegekregen, van een geestelijke nota bene. Ik ben meer dan tevreden. O, wat dom van me! We hebben het nog niet over het salaris gehad.'

Daarna noemde hij een bedrag waardoor het haar begon te duizelen. Zo veel verdiende Lou niet eens, terwijl zij al twee jaar in dienst was, bij een bankier nog wel. Het was het dubbele van het bedrag dat Mabs zich in haar stoutste dromen had durven voorstellen. Ze voelde zich licht in het hoofd en had moeite om weer met beide benen op de grond te komen. Als ze nu flauwviel, zou hij vast denken dat ze het werk niet aankon. 'Bedankt, meneer,' zei ze met een klein stemmetje. 'Wanneer wil u dat ik begin?'

'Ik stel voor dat je hier op zondagmiddag naartoe komt. Schikt vijf uur? Dan kan mevrouw Webb, de huishoudster, je alvast het huis laten zien en kun je je intrek nemen in je kamer. Op maandag kun je kennismaken met mijn vrouw en aan het werk gaan. Komt dat uit?'

'Kon niet beter, meneer.'

'Uitstekend. Ik zal mevrouw Webb een uniform voor je laten opzoeken. In Durham hadden we een dienstmeisje dat ongeveer dezelfde maat had als jij.'

Ze kreeg steeds meer het gevoel dat ze droomde. Van Lou wist ze dat dienstmeisjes hun uniform vaak uit eigen zak moesten betalen. Zo ging het in huize Blythe ook, iets waar Lou zich regelmatig over beklaagde. Maar zelfs dát zou geregeld worden! Dit was de perfecte baan voor haar, beter dan ze ooit had kunnen hopen of denken. O, wat zou dit veel betekenen voor haar familie! Ze kon niet wachten om tegen haar vader en broertjes en zusjes te zeggen dat ze voortaan te eten zouden hebben.

Ze schudde meneer Finch de hand en vertrok met het gevoel dat ze zweefde en dat de hoop haar als een stralenkrans omringde. Wat kon er in een week tijd toch veel veranderen, dacht ze, terwijl ze het huis van een vreemdeling verliet, in een geleende jurk, op een donderdagochtend. Godzijdank had ze Lou. Soms namen beschermengelen een onwaarschijnlijke gedaante aan, maar ze verschenen altijd op het juiste moment.

OLIVE

Ik ben op slag verliefd. Het warrige haar van het meisje houdt het midden tussen blond en bruin. Om precies te zijn heeft het de kleur van heidehoning. Haar wangetjes zijn zo glad als zijde en niet zo vol als ze zouden moeten zijn. Haar lippen zijn roze en getuit, waardoor ze er ontzettend bekoorlijk uitziet. 'O,' roep ik uit. 'Hemeltje!'

Ik voel iets aan mijn hart trekken, alsof er een lijn aan is vastgebonden waarvan het andere uiteinde diep in het hare is verankerd. In haar ogen blinken tranen. Ja, er zullen nog meer mensen zijn – volop mensen – die zo'n mooi, innemend wezentje willen adopteren. Zullen zij echter wel goed genoeg voor haar zijn? Zullen ze van haar houden zoals ik nu al van haar hou? Zullen ze haar kunnen geven wat ik te bieden heb? Maar hoe moet het dan met Gert? Ik voel me nu al trouweloos, alsof ik haar nog een trap na geef door dit ook maar een seconde te overwegen. Mijn hoofd tolt. Het is me het ochtendje wel.

Met moeite adem ik diep in om tot rust te komen. Dit is niet het moment voor overhaaste beslissingen. Ik zak door mijn knieën om dichter bij het meisje te kunnen zijn. 'Wil je met mij mee?' vraag ik voor de zekerheid.

Ze knikt.

'Hoe heet je, liefje?'

Ze haalt haar schouders op.

Met opgetrokken wenkbrauwen kijk ik haar aan. 'Weet je niet hoe je heet?'

Als ze haar hoofd schudt, zwieren haar krullen in het rond. Hemeltjelief!

'Weet je… Weet je het wel zeker, liefje? We hebben elkaar nooit eerder gezien. Ik ben ervan overtuigd dat we dikke vriendinnen zullen worden, maar wil je niet de tijd nemen om me te leren kennen? Ik kan later terugkomen, morgen en overmorgen.'

Weer schudt ze haar hoofd, waardoor een deel van haar samengeklitte krullen voor haar ogen valt. Met pijn in het hart strijk ik ze uit haar gezicht. 'Ik wil dat je mijn mama wordt,' fluistert ze nogmaals. 'Ik wil bij jou wonen.'

Dat is dan duidelijk. Dit kind weet, op haar eigen schattige manier, heel goed wat ze wil. Waar doe ik nu goed aan, wat is wijsheid? Het kost me moeite om haar niet in mijn armen te sluiten en te overladen met kussen.

Ik sta weer op en geef een kneepje in haar hand. 'Ik moet even met mevrouw Jacey praten, lieverd. Ik ben zo weer terug, dat beloof ik. Wacht je hier op me?'

Ze knikt.

Snel loop ik de kamer uit. Als ik hier nog langer blijf, sta ik niet voor mezelf in. Gert is nergens te bekennen. Ik ga met mijn rug tegen de muur staan en bid. Lieve heer, laat me zien wat ik moet doen. Mijn bedoelingen met Gert waren zo puur, zo oprecht. Maar nu wil ze niets met me te maken hebben en is dat naamloze engeltje als een vloedgolf mijn hart binnen geraasd. Het beste zou zijn om naar huis te gaan en alles te laten bezinken. Ik zou hier rationeel over moeten nadenken voordat we verdergaan. Toch weet ik nu al dat ik hier niet wegga zonder haar. Soms gaat het zo. Dan wordt de beslissing voor je genomen en heeft het geen zin om erover na te denken, omdat dat toch geen verschil maakt.

Ik loop naar het kantoor van mevrouw Jacey, dat er verlaten bij ligt en waar het nog steeds stinkt. Als ik naar haar op zoek ga, duurt het niet lang voordat ik haar vind.

'Wat is er gebeurd?' vraagt ze direct.

'O, mevrouw Jacey, ik weet niet zo goed waar ik moet beginnen.' Ik leg mijn hand op mijn hart.

Ze voert me mee naar een leeg klaslokaal, waar we plaatsnemen op stoeltjes die duidelijk niet bedoeld zijn voor mijn groene rokken of de indrukwekkende derrière van mijn metgezel.

Als we eenmaal zitten, vertel ik precies hoe het gesprek met Gert is verlopen. 'Heb ik iets verkeerds gezegd?' vraag ik me hardop af. 'Was het allemaal te veel voor haar? Ik weet niet hoe ik het nog zachtzinniger had kunnen brengen, maar...'

De directrice schudt resoluut haar hoofd. 'Nee, het ligt niet aan u, maar aan haar. Ze is zo beschadigd dat er niks meer aan te doen is.'

'Zeg dat nou niet, mevrouw Jacey. Die gedachte vind ik onverdraaglijk. Misschien ben ik gewoon niet de aangewezen persoon voor haar. Misschien zou iemand anders wel een andere reactie bij haar opwekken. Ik wil dat ze gelukkig wordt.'

'Reken daar maar niet op, juffrouw. Het spijt me dat ik zo pessimistisch klink, maar ik heb dit vaker gezien. Dat meisje is te zeer beschadigd om nog gelukkig te kunnen worden. Niemand anders zal haar willen hebben en ze zal hier tot haar veertiende blijven, totdat ze de wijde wereld in gaat en zichzelf problemen op de hals haalt die ze waarschijnlijk met de dood zal moeten bekopen. Ik zal haar hier beschermen en te eten geven, zo lang ik kan, in de hoop dat ze nog bijtrekt, maar ik geef het weinig kans. Het ligt niet aan u, juffrouw Westallen. U bent een vriendelijke vrouw. Als ze dat niet inziet... Tja, dan valt er niks aan te doen. Maar ik zie uw gezicht steeds verder betrekken. Ik zeg al niks meer. U hebt uw best gedaan. Ik hoop dat u ons zult blijven bezoeken en dat u snel uw oog op een ander kind laat vallen.' Na haar lange monoloog haalt ze diep adem en neemt mijn handen in haar vlezige rode exemplaren.

Ik zal er wel behoorlijk mismoedig uitzien. Schuldbewust kijk ik haar aan. 'Dat is het hem nou juist, mevrouw Jacey. Ik heb al een ander kind op het oog! Nadat Gert was weggerend, kwam er een jonger meisje naar me toe. Ze had alles gehoord en ze zei dat ze met mij mee wilde. Ze wil dat ik haar moeder word! O, mevrouw Jacey, ze is… nou ja, ze is onweerstaanbaar. Ik had haar nooit eerder gezien. Een meisje met goudblond haar, ik schat haar een jaar of drie.'

'O ja, ik weet wie u bedoelt. Ze is hier nog maar een paar dagen. Weet u? Volgens mij zou zij perfect bij u passen. Ik kan niet zeggen dat ik hier rouwig om ben. Die Gert had u het leven zuur gemaakt, daar ben ik van overtuigd. Dit meisje is heel lief en nog lekker jong. Ze is vier, maar klein voor haar leeftijd, zoals veel van hen. Neem haar mee, juffrouw Westallen, voordat ze hier te lang is. Ze huilt elke avond de ogen uit haar hoofd. Zoals u weet doe ik wat ik kan, maar dit is geen geschikte plek voor een kind, niet als het ook anders kan. De andere meisjes geven haar af en toe klappen. Neem haar mee, voordat deze plek in haar geheugen wordt gegrift en barsten veroorzaakt.'

Dat geeft de doorslag. Wat mij betreft hoeft ze hier geen uur langer te blijven. 'Hoe is ze hier terechtgekomen, mevrouw Jacey? Ik wil haar meenemen, werkelijk waar, maar ik moet weten waar ik aan toe ben. Is er een moeder die haar kan komen opeisen? Ik zou het niet kunnen verdragen om haar als mijn dochter in mijn hart te sluiten en haar dan weer kwijt te raken.'

'Daar hoeft u niet bang voor te zijn. Ze is binnengebracht door een buurvrouw. Haar moeder heeft zichzelf verhangen. Ze had tien kinderen die ze niet kon onderhouden, dus heeft ze zichzelf kapot gewerkt. Geen vader, of liever gezegd tien verschillende vaders, maar geen van allen in de buurt. De oudere kinderen zijn ervandoor gegaan, volgens de buurvrouw. Ze heeft hen in vuilnisbakken zien wroeten en een van hen zit al achter de tralies in Pentonville. Het kleintje zat op een dag bij haar op de stoep, huilend en uitgehongerd, dus heeft ze haar hierheen gebracht. Over de ouders hoeft u zich geen zorgen te maken. Het arme schaap heeft gewoon liefde nodig.'

Hoe tragisch het verhaal ook is, het stelt me gerust. 'Ik neem haar mee. Maar mevrouw Jacey, ik wil het nog een keer aan Gert vragen. Als ze nou eens van gedachten zou veranderen, zou ik hen allebei in huis kunnen nemen.'

Haar gezicht betrekt. ‘Dat zou ik niet doen, juffrouw Westallen. Dat zou ik echt niet doen.’

‘Ik weet het. Ik begrijp het. Maar ik had zo graag een ouder kind willen helpen, een kind dat verder geen mogelijkheden heeft.’

‘Dat vind ik bewonderenswaardig, maar laat het rusten, juffrouw. Neem die kleine mee.’

‘Alstublieft, mevrouw Jacey. Vraag het haar alstublieft nog eens, namens mij. Zeg dat ik een van haar speelkameraadjes meeneem. Misschien stelt dat haar gerust.’

Ze snuift. ‘Wie heeft dat kleintje de meeste klappen verkocht, denkt u?’ Ze zet haar handen op haar bovenbenen en komt moeizaam overeind van het stoeltje. Vijf minuten later komt ze terug met de mededeling dat Gert mijn aanbod beleefd heeft afgeslagen. In haar stem bespeur ik enig sarcasme.

Daarna gaat ze het kind halen dat voor zover iedereen weet geen naam heeft en niets bezit. Samen lopen we het tehuis uit, hand in hand. En warempel, de zon is achter de wolken vandaan gekomen om haar te begroeten. Dit is precies het beeld dat ik al in mijn hoofd heb sinds ik op het idee kwam om een kind te adopteren. Behalve dan dat het kind naast me zo’n zestig centimeter kleiner is dan ik me het had voorgesteld.

OTTY

Ik snap niet waarom iedereen zo humeurig is! Dit zou een vrolijke tijd moeten zijn. Papa heeft een prachtige nieuwe kans om geld te verdienen, wat zijn favoriete bezigheid is. Hij heeft aandelen gekocht in het Regent's Canal en een indrukwekkende functie binnen het bedrijf in de wacht gesleept. Dus natuurlijk moesten we naar Londen verhuizen, dat kon toch niet anders? Toch loopt ons hele gezin te zuchten en te kniezen alsof ons allemaal de strop te wachten staat.

Dat mama zo somber is kan ik nog wel begrijpen. Zij heeft al langere tijd problemen en het leven valt haar zwaar. Dat maakt me verdrietig. Sinds we hier zijn komen wonen lijkt het nog erger te zijn geworden, maar volgens papa is ze gewoon moe door de verhuizing en zal ze binnenkort weer opknappen. Hij is ervan overtuigd dat deze verandering ons na verloop van tijd allemaal goed zal doen.

'Nu word ik echt een vermogend man,' zei hij met die sprankeling in zijn ogen die ik altijd zo graag zie. 'Ik zal jullie moeder het leven kunnen geven dat ze verdient, zonder op de kosten te hoeven letten. Het zal jullie, de kinderen, aan niets ontbreken.'

Met uitzondering van mezelf blijken de kinderen het hem echter helemaal niet in dank af te nemen. Mijn broer Charlie mist zijn liefje in Durham. Hij sluit zichzelf elke dag op in zijn kamer om haar lange brieven te schrijven. Mijn zusters Elfrida en Averil sjokken pruilend door het huis, en dat terwijl er buiten onze mooie blauwe deur een hele nieuwe wereld te ontdekken is! Ze missen Durham. Tja, daar voelden we ons ook thuis en we zijn halsoverkop vertrokken. Toch denk ik dat ze gewoon bang zijn. In Durham stelden ze heel wat voor. Ze waren populair en leidden een drukbezet leven. Hier kennen we niemand, en ze vrezen dat ze in de hoofdstad niet aan de verwachtingen zullen voldoen.

Aangezien papa er druk mee is het huishouden op orde te brengen en indruk te maken op kantoor, en aangezien mama ligt weg te kwijnen en er met mijn broer en zusters geen land te bezeilen valt, ga ik maar in mijn eentje op ontdekking uit. Zo hoort het natuurlijk niet, maar iedereen is te veel met zichzelf bezig om te merken hoe ver ik van huis ben geweest en wat ik allemaal heb gezien. In Durham vertelde ik alles aan hen. Dat wil ik nog steeds doen, maar... na Kerstmis moet ik weer naar school. Voor die tijd wil ik niet in mijn vrijheid beperkt worden. Tijdens het avondeten let ik goed op mijn woorden. Ik mag alleen korte wandelingen maken in Hampstead, omdat papa weet dat dit een veilige, respectabele buurt is. Zodoende vertel ik dat het een heerlijk dorpje-binnen-de-grote-stad is, vol met prachtige huizen waar Elfrida zich aan zou kunnen vergapen en winkels waar Averil een fortuin zou kunnen spenderen. Ik vertel over de schitterende heide, een glooiende wildernis vol vogels en andere dieren, bloemen en bomen, heuvels en meertjes. Als iedereen weer wat vrolijker is, weet ik zeker dat ze het daar geweldig zullen vinden. Zelf vind ik onze nieuwe buurt betoverend.

Ik vertel er niet bij dat ik ook al verder ben afgedwaald. Hoe kon ik die verleiding nou weerstaan? London Zoo is maar drie kilometer hiervandaan. Het liefst was ik er natuurlijk met mijn zusters naartoe gegaan, maar wie weet hoe lang die nog zo lusteloos blijven. Hoe lang had ik dan moeten wachten? Ik had nog nooit een leeuw gezien. Daarom ben ik er vanmorgen naartoe gegaan. Papa zou woedend zijn als hij het wist, maar ik ben prima in staat om voor mezelf te zorgen. Mijn zusters zouden het me ook kwalijk nemen als ze het wisten, maar dan hadden ze maar beter op me moeten letten, nietwaar? O, ik zou wel eeuwig kunnen doorgaan over de dierentuin, de leeuw! Maar na afloop is er zelfs nog iets opwindenders gebeurd. Vanuit de dierentuin was het niet meer dan logisch dat ik Regent's Park zou verkennen en toen kwam ik op de een of andere manier uit bij het kanaal, papa's domein.

In het begin vond ik het verbluffend. Wegen gemaakt van water, vernuftige machines, binnenschepen zo plat en breed als een dansvloer. Enorme paarden met haar op hun voeten en voor hun ogen, die met hun staart de vele vliegen wegzwiepten. En honderden mannen en jongens, die bevelen, waarschuwingen en grappen naar elkaar schreeuwden, die almaar schreeuwden om de wereld draaiende te houden. Kanalen kunnen komen waar er geen rivieren zijn, heeft papa al vaak tegen me gezegd. Ze verbinden Londen met de wijde wereld. En dan te bedenken dat papa daar nu een rol in speelt! Ik ben ontzettend trots op hem.

Verrukt liep ik verder, ik nam alles in me op. Het drong nauwelijks tot me door dat er ook naar mij werd geroepen en dat niet al die opmerkingen even vriendelijk waren. Een meisje van twaalf met pijpenkrullen zullen ze hier wel niet vaak zien. Ik schrok op uit mijn verwonderde toestand doordat ik bij mijn arm werd gepakt en werd weggetrokken van de waterkant. Toen ik omlaagkeek, zag ik dat de hand bruin was. Hij bleek toe te behoren aan een jongen met een met vuil besmeurd gezicht, bezorgde ogen en een platte pet. Het was de eerste keer dat ik iemand met een bruine huid zag.

'Ben je verdwaald?' vroeg hij zacht. 'Of ben je gewoon gek?'

Pas op dat moment werd ik me bewust van een aantal mannen die dicht bij me stonden en naar me keken, van de onaangename grijnzen en de omgeslagen sfeer. Mijn ouders zouden niet willen dat ik daar kwam.

'Kan ik je helpen, schat?' vroeg een van de mannen. 'Valt dat bruintje je lastig? Kom maar hier, schoonheid.'

Ik werd heel erg bang en voelde me ontzettend dom. Toen ik weer naar de jongen naast me keek, wist ik wel wie er hier te vertrouwen was. 'Nee, dank u.' Ik wilde dat mijn meisjesstem niet zo verfijnd en benepen klonk. 'We zijn bevriend.'

Er steeg gelach op uit het groepje mannen. 'Bruintjes zijn met niemand bevriend,' merkte een van hen op.

De jongen gaf een rukje aan mijn arm en ik liep met hem mee. Tussen de toeschouwers door liepen we weg bij het kanaal. Bij een drukke straat, op veilige afstand en buiten het zicht van het water, bleven we staan.

Ik slaakte een diepe zucht van opluchting. Het was fijn om weer ergens te zijn waar ik me veilig voelde. 'Bedankt,' zei ik tegen de jongen.

Hij zette zijn pet af en er kwam een bos zwart krullend haar tevoorschijn, zo zacht als de wolken. Het viel om een gezicht heen waarvan ik nu zag dat het onder al dat vuil mooi en glad was.

'O!' riep ik uit. 'Je bent een meisje!'

'Betrapt,' zei ze grijnzend. 'Ik ben Jill. Wie ben jij, gek meisje?'

Ik stak mijn hand uit. 'Ottilie Finch. Zeg maar Otty, dat doen al mijn vrienden. Aangenaam kennis te maken, Jill.'

Ze schudde me de hand. 'Ottilie,' herhaalde ze. 'Wat een mooie naam. Wat deed je bij het kanaal, Otty? Zocht je iets? Was je verdwaald?'

Ik schudde mijn hoofd. 'Nee, ik was gewoon de stad aan het verkennen.'

Vertwijfeld keek ze me aan. 'Helemaal alleen? Zo'n keurig gekleed meisje? Weet je dan niet dat de kanalen geen geschikte plek zijn voor jou?'

'Dat wist ik niet, nee. Maar nu wel. Werk je daar?'

'Ja. Ik moet doen alsof ik een jongen ben, dus heb ik gezegd dat ik Jim heet. Niet dat dat hun iets kan schelen. Ze noemen me gewoon Knul of Bruintje, als ze al tegen me praten. Ach, ik ben daar niet om vrienden te maken. Ik ben er om een dak boven mijn hoofd te kunnen houden.'

Ik beet op mijn lip. Het liefst had ik ter plekke mijn portemonnee geleegd en haar al mijn geld gegeven, maar op de een of andere manier wist ik dat ze dat vreselijk zou vinden. 'Hoe oud ben jij?'

'Vijftien. Nu kan ik maar beter teruggaan, anders krijg ik vandaag niet betaald. Red je het verder wel? Weet je hoe je thuis kunt komen?'

Dat wist ik niet, maar ik wilde niet dat ze door mij geld zou mislopen. 'Ja,' verzekerde ik haar. 'Nogmaals bedankt.'

'Graag gedaan. Niet meer als een verdwaald schaap langs de kanalen dwalen, afgesproken? Het is daar niet veilig.'

'Ik beloof het. Maar Jill, ik zou jou wel graag nog eens zien. Kunnen we een tijd afspreken waarop ik terug kan komen? We wonen nog maar net in Londen en het lijkt me fijn om vriendinnen te worden.'

Opeens leek ze veel ouder dan vijftien. Uit haar blik kon ik opmaken dat ze allerlei dingen had gezien waarvan ik me niet eens een voorstelling kon maken. 'Wil je vriendinnen worden met mij?' vroeg ze uiteindelijk. 'Ik zou ook wel een vriendin willen, maar ik denk niet dat je familie daar blij mee zal zijn, jij wel?'

Daar dacht ik even over na. Ik kon me niet indenken waaróm mijn familie daar niet blij mee zou zijn, maar om de een of andere reden vermoedde ik toch dat ze gelijk had. Waarschijnlijk doelde ze op haar bruine huid. In mijn omgeving wordt er nooit over mensen met een donkere huidskleur gepraat. Misschien zijn er daar ook niet zo veel van in Engeland, maar zouden we hen dan niet juist met open armen moeten verwelkomen? Ik wilde haar heel graag in Hampstead uitnodigen voor de thee, maar ik wist dat ik dat niet kon doen. 'Ze hoeven het niet te weten,' zei ik daarom maar.

'Nee, daar heb je gelijk in. Tja...' Ze dacht even na en ik hield mijn vingers gekruist. 'We zouden hier een keer kunnen afspreken als ik niet hoef te werken. Misschien op zondag? Zou je deze plek nog kunnen terugvinden?'

Gretig knikte ik. 'Zeker! Alleen kan ik deze zondag niet, want dan heb ik al iets met papa afgesproken. Volgende week zondag kan het wel, als je dan niets te doen hebt. Ik kan er om drie uur zijn.'

Ze grijnsde weer en knikte. 'Tot dan, Otty Finch.'

Ik draaide me om en zwaaide over mijn schouder. 'Dag, Jill!'

Zodoende heb ik nu zelfs een nog groter geheim dan dat ik alleen naar de dierentuin ben geweest. Ik durf niet met zekerheid te zeggen dat mijn familie onze vriendschap zou afkeuren. Eerlijk gezegd begrijp ik niet wat er mis mee is om een vriendin te hebben die er anders uitziet. Bovendien heeft ze me gered, dus zou je denken dat ze haar dankbaar zouden zijn. Desalniettemin weet ik dat ik beter mijn mond kan houden. Diep vanbinnen voel ik me daardoor verdrietig en opgelaten, heel anders dan ik me voelde toen ik vanmorgen van huis ging, maar... ik heb een vriendin!

Als ik het ooit al aan iemand zou vertellen, zou dat aan mama zijn. Die mag echter nergens mee lastiggevallen worden en moet zich erop concentreren om weer beter te worden. Tot nu toe is ze haar kamer nog niet uit geweest, en ik mis haar heel erg. Papa voert nu gesprekken met jonge vrouwen om een gezelschapsdame voor haar te zoeken. Ik hoop dat hij iemand vindt die heel lief is en die snel kan beginnen, want ik weet zeker dat alles beter zal gaan wanneer zij eenmaal bij ons woont.

MABS

Die zondag keek Mabs nog één keer om zich heen in de kamer in Mushroom Court. Die kamer en het slop kon ze missen als kiespijn, maar ze wist niet of ze haar familie wel zou kunnen missen. Hun lieve, betraande gezichten dromden om haar heen terwijl ze haar succes wensten en zeiden dat ze haar zouden missen. Zelfs haar vader was erbij. Toen ze hem had verteld dat het maar net goed was afgelopen met dat blok ijs, leek het of hij een beetje wakker was geschud. Hij was weer aan het werk gegaan, als graansjouwer voor een voorman die hem al lang kende en met hem meeleefde. Na een week had hij zijn plicht echter weer verzaakt en had hij een hele dag zitten piekeren in The Mucky Duck. Maar toen Mabs hem over haar nieuwe baan vertelde, glimlachte hij zowaar.

'Misschien keren onze kansen nu eindelijk ten goede, meisje,' zei hij. 'Ik ben trots op je. Ik ga jouw voorbeeld volgen en nog 's met Dennis praten. Die geeft me vast nog wel een kans.'

Daar was Mabs niet zo zeker van. Ze moest ook nog maar zien of haar vader woord zou houden, maar hij gaf nu tenminste wel toe dat hij aan het werk moest gaan. Dat vatte ze maar op als een goed teken. Hoe kon ze het hem ook kwalijk nemen? Het verlies van Maureen was een bittere pil geweest. Kon haar moeder haar nu maar zien.

Uiteindelijk maakte ze zich los van haar broertjes en zusjes, beloofde op bezoek te komen zodra ze een vrije dag had en gaf haar vader nog een kus. Ze stond stijf van de angst. Ze had nog nooit een nacht zonder haar familie doorgebracht en nooit ergens anders gewoond dan in Saffron Hill. Hampstead had net zo goed de maan kunnen zijn, zo anders was het daar dan thuis. Aan de andere kant was ze inmiddels achttien en ging ze het huis uit om een gouden kans na te jagen. Dat was iets om blij om te zijn.

Er zat niets anders op dan te gaan lopen, maar haar tas was niet zwaar. Haar enige bezittingen waren de jurk, jas, sjaal en schoenen die ze aanhad en het setje reserveondergoed in haar tas. Haar jongenskleren had ze ook ingepakt, want verder bezat ze niets. Ze had Lou's jurk op de dag dat ze was aangenomen teruggebracht naar Highgate, waar ze hem aan een bars kijkende huishoudster had toevertrouwd.

Stof om een jurk van te maken, dat was het eerste wat ze moest kopen wanneer ze haar salaris kreeg, mijmerde ze onderweg. De uitdrukking op het gezicht van die huishoudster had meer gezegd over hoe Mabs eruitzag dan een spiegel zou kunnen doen. Ze hoopte maar dat meneer Finch niet van gedachten zou veranderen als hij haar zag voordat ze haar uniform kon aantrekken.

Hoewel het een grauwe dag was en de lucht dreigend oogde, bleef het droog. Ze had het koud, maar dat was niets nieuws. Ze kwam stipt op tijd aan op nummer zes.

Mevrouw Webb leek haar in één oogopslag op te nemen. 'Juffrouw Daley, je hebt het ijskoud,' zei ze terwijl ze haar voorging naar de achterzijde van het huis en haar meetrok naar haar eigen bescheiden domein in de buurt van de keuken. De woonkamer was piepklein, hooguit anderhalve meter in het vierkant. De haard brandde en het kamertje was ingericht met twee stoelen, een klok, een lamp en een schilderij van een glooiend landschap. Mabs vond het er heerlijk.

Laat me er alsjeblieft mee doorkunnen, bad ze in stilte. Laat haar alsjeblieft niet haar beklag over me doen bij meneer Finch.

Ze gingen bij het vuur zitten en mevrouw Webb keek haar onderzoekend aan. 'Het spijt meneer dat hij je niet persoonlijk kan ontvangen,' zei ze. 'Hij is bijna voortdurend op kantoor. Je ziet er moe en hongerig uit, juffrouw Daley. Wil je misschien iets eten voordat ik je het huis laat zien? Dan kun je daarna vroeg gaan slapen. Mevrouw verwacht je morgenochtend om acht uur.'

Mabs knikte. Godzijdank kwam mevrouw Webb een stuk sympathieker over dan de huishoudster van de familie Blythe! 'Heel graag. Meneer Finch had 't ook over een uniform...'

'Ja, dat klopt. Ik heb er een klaargelegd op je bed en er hangt een reserve-uniform in je kledingkast.'

Mabs voelde zich slap worden van opluchting. In deze kleren had ze haar mevrouw echt niet onder ogen durven komen.

'Er staat ook een paar zwarte schoenen klaar. Ik weet niet of die zullen passen, ze waren van het dienstmeisje in Durham. Kennelijk was ze klein van stuk, net als jij.'

'Werkte u in Durham niet voor de familie, mevrouw Webb?' Mabs was ervan uitgegaan dat de hele huishoudelijke staf was meeverhuisd, maar aan haar accent te horen kwam de huishoudster uit Londen.

'Nee, ik was voorheen in dienst bij mevrouw Zenobia Lake uit Belsize Park. Heb je weleens van haar gehoord?'

Dat had Mabs niet.

'Vroeger was haar huis een van de drukst bezochte en indrukwekkendste panden in heel Noord-Londen. Haar fortuin slonk echter en ze moest de ene na de andere bediende ontslaan. Nu is er nog maar één dienstmeisje, het arme schaap. Zelf hou ik niet van zo'n zonderling bestaan. Het aanbod van meneer Finch kwam voor mij als geroepen.'

'Voor mij ook,' zei Mabs vanuit de grond van haar hart.

'Dat geloof ik graag.' De scherpe blik van mevrouw Webb viel op Mabs' schamele bagage. 'Heb je een nachtjapon?'

Mabs voelde dat ze een kleur kreeg. 'Eh... nee. Ik... nee.' Thuis sliep ze gewoon in haar hemd.

'Op weg naar boven zal ik er een uit de linnenkast pakken. Die ligt er vol mee. Goed, eerst maar iets eten, juffrouw Daley. Blijf maar even hier zitten om op te warmen.' Ze liep de kamer uit en kwam even later alweer terug met een kom runderstoofpot en een homp brood.

Mabs kon wel huilen om dat onverwachte feestmaal. Ze viel meteen aan. Zoiets heerlijks had ze nog nooit geproefd. Het brood was zacht, vers en besmeerd met boter, de stoofpot was op smaak gebracht met kruiden en uien. Deze baan was alleen vanwege het eten al de moeite waard.

Na het eten begonnen ze aan de rondleiding door het huis. Mabs had nog nooit een interieur gezien waaraan zo veel aandacht was besteed. De gordijnen in de eetkamer pasten perfect bij de rode tinten in het tapijt. In de salon werden de gordijnen sierlijk opzijgehouden door zijdeachtige touwen. Mevrouw Webb keek er met een afkeurend geluidje naar. 'Betsy is de gordijnen weer eens vergeten dicht te doen,' mopperde ze, terwijl ze de touwen losmaakte zodat de gordijnen op hun plaats vielen en de schemering buitensloten.

Mabs vergaapte zich aan de zorgvuldig geplaatste vazen met bloemen, de schilderijen aan de muren, de eigenzinnige porseleinen beeldjes. Mevrouw Webb streek er met haar vinger langs om te controleren of er stof op lag en leek tevreden. Mabs kreeg de werkkamer van meneer Finch te zien en ze was natuurlijk al eens eerder in de salon geweest. Wat was haar leven veranderd door het korte gesprek dat ze daar had gevoerd.

Ze beklommen de blinkende trap waarover een loper met een motief naar de gestoffeerde overloop voerde. De trapleuningen waren glad gepoetst. In Mushroom Court waren de trappen beschadigd en zaten vol splinters. Bovendien ontbraken veel spijlen, die waren losgetrokken om als kachelhout te gebruiken. Mabs had nooit eerder over vloerbedekking gelopen.

'Hier is de badkamer, en dat zijn de kamers van meneer Finch, jongeheer Charlie, juffrouw Elfrida en juffrouw Averil,' vertelde mevrouw Webb, die naar de vijf dichte deuren wees.

Wat een groot gezin! Dat had Mabs helemaal niet geweten.

Nog een verdieping hoger vervolgde mevrouw Webb: 'Dat is de kamer van juffrouw Ottilie, de jongste dochter. Daar is de suite van mevrouw, waar jij je dagen zult doorbrengen. Hier is het toilet, daar kun je gebruik van maken. Juffrouw Otty en mevrouw Finch hebben een eigen badkamer. Hier is de linnenkast.' Zoals beloofd zocht ze een nachtjapon voor Mabs op, waarna ze haar voorging op de laatste trap, naar een kamertje in de nok van het huis. 'Dit is helemaal van jou, juffrouw Daley. Hopelijk is het naar wens.'

Aarzelend vroeg Mabs: 'Waar slapen de andere bedienden dan?'

'Wij wonen hier geen van allen. We hebben ons eigen huis en melden ons hier elke ochtend stipt om zes uur. Morgen kun je met de anderen kennismaken. Verder zijn er alleen nog mevrouw Derring, de kokkin, en twee dienstmeisjes.'

'O!' Mabs wist dat het een weelde was om als bediende een kamer voor jezelf te hebben. In huize Blythe moest Lou een kamer delen met Plompe Patricia, die haar met haar gesnurk de hele nacht wakker hield. Mabs had stiekem wel op een eigen kamer gehoopt, maar had verwacht dat de andere bedienden in de kamers ernaast zouden slapen. Het was een verontrustende gedachte dat ze hier voortaan 's nachts alleen zou zijn.

Ze stapte haar nieuwe kamer binnen. Die had een schuin plafond en op de geboende houten vloer lag een zonnig geel geweven tapijt. Er stond een echt bed op poten, met daarop witte lakens en een gele deken. Het raam was klein en er hing een eenvoudig wit gordijn voor. Naast al dat moois zag Mabs ook nog een kledingkast, een plankje en een olielamp. Ze kon haar ogen niet geloven.

'De badkamer is hier,' zei mevrouw Webb, die de nachtjapon op het bed legde. De smalle deur stond op een kier en Mabs tuurde het donkere vertrek in, waar ze met moeite een tinnen badkuip en een porseleinen lampetkan op een houten standaard kon onderscheiden. Toen ze een stuk zeep en een paar handdoeken zag liggen, kon ze wel huilen. Het zou haar geen enkele moeite kosten om zichzelf hier te verzorgen. Mushroom Court leek opeens heel ver weg.

OLIVE

Ik zit klaarwakker rechtop in bed, zoals ik de afgelopen nachten gewend ben geraakt. Ik ben moeder! Het is heel anders dan ik me had voorgesteld. Mijn dochter ligt te slapen. Niet in de prachtige kamer waar ik wekenlang bezig ben geweest om alles in gereedheid te brengen, maar in een geïmproviseerd bed aan het voeteneind van mijn eigen bed – de roodbruine chaise longue die normaal gesproken bij het raam staat. Agatha en Anne hebben die verzet toen duidelijk werd dat de kamer hiernaast niet gebruikt zou worden.

Ik zwaai mijn benen uit bed en sluip naar het voeteneind om naar mijn meisje te kijken. Ademhalen durf ik nauwelijks, zo bang ben ik om haar wakker te maken. In het donker kan ik haar gelaatstrekken niet goed zien, maar ik kan wel duidelijk de gestalte van een ander levend wezen ontwaren, weerloos, aan mij overgeleverd. Gerustgesteld dat ze niet in rook is opgegaan kruip ik weer in bed en denk terug aan de dag dat ik haar mee naar huis nam. Het kan nog wel even duren eer ik verwerkt heb wat er allemaal in mijn leven is veranderd.

Nadat we uit het weeshuis waren vertrokken, zeiden we een tijdlang niets tegen elkaar. Ik liep alleen maar, paste mijn tempo aan haar kleine pasjes aan en klampte me aan haar handje vast alsof zij de reddingsboei was, niet ik.

Zoals gewoonlijk sneed ik een stukje van de route af over de heide. Haar ogen werden groot bij het zien van het uitgestrekte landschap en de herfstpracht. Waarschijnlijk had ze nog nooit iets van de natuur gezien. Ik kan alleen maar raden naar de omgeving waaraan ze gewend is. Ik heb me voorgenomen om aan mevrouw Jacey te vragen waar ze vandaan komt, zodat ik daar een keer naartoe kan gaan om het met eigen ogen te bekijken.

Met mijn mouw veegde ik de regendruppels van een bankje zodat we konden gaan zitten. Inmiddels kwam ik weer een beetje bij zinnen en drong het tot me door hoe slecht ze op het weer gekleed was. Haastig sloeg ik mijn bontmantel om haar heen. Ik besefte dat de kleren die ik voor Gert gekocht had haar niet zouden passen en dat ze het speelgoed niet interessant zou vinden. De uitstapjes die ik had gepland waren niet geschikt. Ik zou me moeten aanpassen, en snel ook. Ik was nu immers haar moeder.

'Weet je echt niet hoe je heet, liefje?' vroeg ik. Toen ze haar hoofd schudde, begon ik me af te vragen of ik me haar eerste, zeer uitgesproken, opmerkingen maar had ingebeeld. 'Nou, schat, hoe zou je graag genoemd willen worden? Is er een naam die je altijd al mooi vond? Zelf had ik graag Francesca geheten.'

Weer schudde ze haar hoofd.

Als je vier bent en geen eten, geen vader en geen moeder hebt, heb je vast ook wel andere dingen aan je hoofd dan een mooie naam. Toch verdiende ze het om de perfecte naam te krijgen. 'Zal ik er dan een voor je uitkiezen?' stelde ik voor.

Ze knikte gretig.

'Weet je het zeker? Als je wilt, kunnen we ook wel een tijdje wachten tot je zelf een naam hebt bedacht en kan ik je tot die tijd liefje noemen.'

Ze fronste haar wenkbrauwen en schudde haar hoofd.

'Goed dan, eens even denken.' Ik keek naar haar wangen die roze waren van de kou, naar haar warrige, maar beeldschone haar. Haren als honing, ogen als suikerstroop en lippen als bloemblaadjes. Ze leek wel thuis te horen op de weide, als een elfje of een bloem... Opeens wist ik het. Een weidebloem. Een die ik altijd prachtig had gevonden. Een mooie naam, die haar op het lijf geschreven was. Stralend keek ik haar aan. 'Lieve dochter, hoe zou je het vinden om Clover te heten? Juffrouw Clover Westallen. Vind je dat mooi?'

Mijn elfje begon ook te stralen. 'Já, mama.'

Slechts een paar minuten nadat Clover haar nieuwe naam had gekregen kwamen we thuis. Ik probeerde Polaris House te bekijken door de ogen van een vierjarig weeskind dat nog geen kwartier geleden in een tehuis woonde. Ons huis staat helemaal bovenaan Hampstead en wordt aan het oog onttrokken door een hoge stenen muur, waar we doorheen gaan via een grote zwarte poort die aan de klinkerweg grenst. Ons huis is een oranjerood landhuis met erkers, een puntig torentje en talloze blinkend schone ramen. We hebben uitgestrekte gazons, een boomgaard en een tennisbaan. Clover bekeek het allemaal met open mond, maar hield mijn hand vast en liet geen traan. Het heeft er alle schijn van dat ze me al vanaf het eerste moment vertrouwde. Alleen daarom hou ik al van haar.

'Hier zijn we dan, schat,' zei ik. 'Dit is ons huis. Hier woon je vanaf nu.'

Binnen werden we in de hal opgewacht door mijn ouders, met Anne en Agatha achter hen als het koor in een Griekse tragedie. Mijn ouders keken nerveus maar vastberaden, met mijn beschrijving van Gert had ik de verwachtingen getemperd. Toen ze Clover in het oog kregen, zagen ze er verward, opgelucht en verrukt uit.

'Hallo, mama, papa. Ik wil jullie graag voorstellen aan mijn dochter, juffrouw Clover Westallen.' Volgens mij zal ik het nooit beu raken om die woorden te zeggen. Mijn dochter. Juffrouw Clover Westallen. Het klinkt me als muziek in de oren. 'Clover, liefje, dit zijn je grootouders. Dit is mijn vader, kapitein James Westallen. En mijn moeder, Margaret.'

Clover dook weg achter mijn rokken. Al die aandacht werd haar dan toch eindelijk te veel. Ik legde geruststellend een hand op haar krullen, terwijl mama zich op haar hurken liet zakken en vriendelijk glimlachte. 'Dat klopt, maar jij mag grootmama en grootpapa zeggen. Welkom in Polaris House, Clover. We gaan ervoor zorgen dat je hier heel gelukkig wordt.'

Mijn vader probeerde de nieuwkomer niet onder druk te zetten of de hand te schudden, maar maakte een vrolijke buiging en salueerde. 'Dat klopt helemaal, liefje. Als je grootvader is het mijn taak om je alles te geven wat je maar wilt. Om vervolgens bestraffend te worden toegesproken door je moeder en grootmoeder, want het echte opvoeden komt altijd op de vrouwen neer.'

Waarschijnlijk begreep Clover niet wat hij bedoelde, maar volgens mij voelde ze wel zijn intenties aan, want ze maakte zich iets losser van mijn been.

Op dat moment schoot het mijn moeder te binnen dat we publiek hadden. 'Clover, dit zijn Agatha en Anne, onze dienstmeisjes. Zij zullen ook helpen voor jou te zorgen. Wil je misschien een glas melk? Dan kunnen zij dat voor je halen.'

Vol ontzag keek Clover me aan.

'Dat zou ik wel denken!' riep papa uit. 'Met een beetje nootmuskaat erop en met een punt pruimentaart erbij. Lijkt je dat niet lekker, Clover?'

Clover knikte. Ze is er ontzettend goed in om zonder woorden duidelijk te maken wat ze wil.

'Ik ga er meteen voor zorgen,' zei Agatha. 'Waar zal ik het opdienen, juffrouw Olive?'

'Misschien in de salon,' mijmerde ik. Het voelde niet goed om Clover mee te nemen naar de kamer die ik voor een ander meisje had ingericht.

En inderdaad, toen ik Clover de kamer later liet zien en uitlegde dat we die binnenkort helemaal naar haar wensen zouden inrichten, kwamen de eerste tranen. Zelf kon ze niet uitleggen wat eraan scheelde, maar ik dacht aan de ruige buurt waar ze vandaan kwam, de krappe woning, het grote aantal broers en zusters en gokte erop dat ze bang was om alleen te zijn.

'Wil je soms bij mij slapen, in mijn kamer?' vroeg ik voorzichtig, waarna ze meteen ophield met huilen.

Zodoende ligt ze nu hier, op de roodbruine chaise longue aan mijn voeteneind.

Ik wil gaan winkelen! Ik wil een kamer inrichten voor Clover, met net zo veel liefde als ik dat voor Gert heb gedaan. Ook moeten er nog kleren gekocht worden, maar tot nu toe vond ik het niet prettig om haar hier achter te laten. Ze is hier per slot van rekening nog maar drie dagen. Anne heeft voorlopig wat oude kinderkleding van mij opgezocht. Godzijdank is mama een sentimenteel type dat niets weggooit. De kleren zijn echter vreselijk oubollig en versleten en passen helemaal niet bij de manier waarop ik mijn dochtertje zou willen kleden. Natuurlijk zou een van de dienstmeisjes met alle liefde inkopen voor haar doen, evenals mama, maar voor Gert had ik zorgvuldig een complete garderobe samengesteld, dus wil ik dat ook voor Clover doen.

Wat zal ik eens met Gerts spullen doen? Ik zie nu al dat die kleren niet bij Clover zullen passen wanneer ze tien is. Belangrijker nog, ze zal er niet blij van worden. Ik zou ze aan een noodlijdend kind, of kinderen, kunnen geven. Hemel, ik zou ze zelfs aan Gért kunnen geven. Een stemmetje in mijn hoofd dat verrassend veel op dat van mevrouw Jacey lijkt mompelt echter dat Gert me dat niet in dank zal afnemen. 'Waarschijnlijk steekt ze ze in brand,' zei mijn denkbeeldige mevrouw Jacey. Goeie genade, wat moet er nu van Gert worden?

Ik word overvallen door schuldgevoel, zo diep en sterk als de stroming van de oceaan. Dat arme kind, te beschadigd om een keerpunt in haar leven te kunnen herkennen, of anders te boos en te bang om het aan te grijpen. Had ik haar moeten dwingen om met me mee te gaan? Nee. Niemand reageert goed op dwang. Ik had geen andere keus dan haar daar achter te laten. Of wel?

De twijfel blijft aan me knagen tot ik weer mijn bed uit gedreven word en op mijn tenen naar mijn kaarten toe loop. Ik ben ontzettend bang dat ik Clover om de verkeerde redenen heb meegenomen. Heb ik voor de weg van de minste weerstand gekozen, in plaats van voor de juiste weg? Ik ben er vast van overtuigd dat elke goede stap naar de volgende toe leidt. Zal Clover er last van krijgen als mijn motieven niet zuiver waren? Tot nu toe lijkt ze wel gelukkig, voor zover ik dat kan inschatten omdat ze zo spaarzaam is met woorden.

Ik stap weer in bed en schud en deel tot er in het maanlicht drie kaarten met de prent omlaag voor me liggen. Met angst en beven draai ik ze om.

De Maan. Op de kaart staat een maansikkel boven rustige wateren, een beeld dat niet duidt op wanorde of gevaar. Ik lees het bijschrift zorgvuldig. *Uw vrijgevigheid zal Uw welslagen altijd eerder bevorderen dan verminderen en U ook elke dag geliefder maken bij uw vrienden.* Dat is geruststellend. Mijn ruimdenkendheid heeft er inderdaad voor gezorgd dat ik Clover heb geïntroduceerd in ons heerlijke leven. Ik hoop maar dat de tweede en de derde kaart net zo veel goeds voorspellen. Soms kunnen de kaarten elkaar erg tegenspreken. Ik draai de volgende om.

De Brief. *U kunt trots op Uzelf zijn, maar wees verstandig en spreek niet altijd uw gevoelens uit.* Ik slik. Bén ik verstandig geweest? Dat weet ik nog steeds niet. Op de kaart staat een afbeelding van een verzegelde envelop die met de voorkant omlaag op een met een kleed bedekte tafel ligt. Het beeld komt raadselachtig op me over. Je kunt niet zien aan wie de brief geadresseerd is, wat erin zit, of hoe de tafel eruitziet. Net zoals ik de waarheid niet goed kan overzien. Had ik meer voor Gert kunnen doen? Mag ik wel zo gelukkig zijn, terwijl zij nog steeds in het tehuis zit?

Wanneer ik de derde kaart omdraai, ontsnapt me een harde lach, waarna ik mijn hand voor mijn mond sla. Met vreugdetranen in mijn ogen kijk ik naar de kaart, want die heeft me precies verteld wat ik moest weten. In al die jaren dat ik de kaarten gebruik heb ik gemerkt dat er kaarten zijn die ik steeds opnieuw trek. Die zijn inmiddels beduimeld en gevouwen. Er zijn er echter ook een of twee die ik nooit trek. Deze kaart heb ik nog nooit getrokken. De Klaver. Ik glimlach opgelucht en sla mijn armen om mezelf heen. Het staat me vrij om ervan te genieten dat ik met een dochter ben gezegend.

U mag zich gelukkig prijzen, mits u zich met eer en integriteit van Uw taken kwijt. Dat zal ik zeker doen. Ik word de beste moeder die

Clover zich maar kan wensen. Op de kaart staat een afbeelding van een klavertje op een plek die heel erg op Hampstead Heath lijkt. Ik bind de kaarten bijeen met het lint en leg het pak op mijn nachtkastje. Dan leun ik achterover in de kussens en wacht met een glimlach om mijn lippen tot ik in slaap sukkel. De Klaver. Uitgerekend vandaag!

MABS

Op maandagochtend werd Mabs nog voor zonsopgang wakker. Het was een vreemde gewaarwording dat ze in het huis van iemand anders had overnacht. Ze bedacht dat het zo moest voelen om op vakantie te zijn, omringd door weelde. Alleen wóónde ze hier nu. Ze wérkte hier. Met bonkend hart bleef ze in het donker voor zich uit liggen staren en luisterde naar het gekras en getrippel van de duiven op het dak, terwijl het tot haar doordrong dat dit voortaan haar leven was.

Haar nieuwe uniform zat haar als gegoten en ze borstelde haar haar glad en draaide het in een strakke knot. Ze wilde een goede eerste indruk maken. De daaropvolgende twintig minuten was ze bezig om haar schoenen te poetsen met speeksel en de punt van haar oude jurk. Tegen de tijd dat mevrouw Webb haar kwam halen, was ze er, voor zover dat mogelijk was, klaar voor.

De huishoudster klopte op de deur van hun mevrouw en deed de deur open.

Mabs slikte. Als mevrouw Finch ook maar half zo aardig was als haar man, zou het een genoegen zijn om voor haar te werken. Meneer Finch had haar een schat genoemd, echt een lieve vrouw. Mensen konden echter onvoorspelbaar zijn en als mevrouw Finch haar niet mocht, zou Mabs voordat ze met haar ogen kon knipperen weer terug zijn in Saffron Hill.

Ze gingen naar binnen. Over haar eigen kamer was Mabs al stomverbaasd geweest, maar dit… Hoewel ze altijd had geweten dat er iets beters moest zijn dan het leven dat zij gewend was, had ze zich daar, aangezien ze niet met een levendige fantasie was gezegend, niets bij kunnen voorstellen. Nu nam ze alles ongelovig in zich op. Voor de ramen hingen enorm lange ivoorkleurige gordijnen van fluweel die als plasjes room neerkwamen op het donkerblauwe tapijt. De wanden waren pastelblauw. Het bed leek wel een uitgestrekt wit eiland met vier houten bedstijlen onder een doorschijnend witte hemel. Ze zag een mahoniehouten bureau, stoelen in verschillende soorten en maten en een heleboel goud op de spiegels en lampen.

Dit was het domein van mevrouw Finch. Ze zat in een stoel bij het raam naar de donkere ochtendlucht te staren, maar stond op toen ze binnenkwamen. Als deze kamer een paleis was, dan was mevrouw Finch een koningin. Ze had lang, donker haar dat golvend over haar schouders viel en was gehuld in een lichtgele badjas met een volumineuze zoom die deed denken aan een koninklijke mantel. Mabs herkende haar meteen als de beeldschone vrouw op het portret in de hal, maar in het echt was ze tegelijkertijd mooier en minder mooi. De mevrouw Finch op het schilderij was jong en glimlachte, had blosjes op haar wangen en pretlichtjes in haar ogen. Deze mevrouw Finch was magerder en bleker en in haar ogen lagen niets dan schaduwen. Hoewel ze niet glimlachte en geen aandacht had besteed aan haar uiterlijk, ging er een kracht van haar uit die alle aandacht opeiste.

'Goedemorgen, mevrouw. Hebt u goed geslapen?' zei de huishoudster.

'Redelijk, mevrouw Webb.'

'Mevrouw, dit is uw nieuwe gezelschapsdame, juffrouw Daley. Ze is gisteravond aangekomen.'

Mabs wist niet hoe ze haar moest begroeten. Ze had iets majesteitelijks waardoor Mabs een reverence zou willen maken, maar uiteindelijk was ze maar een gewone vrouw, naar de maatstaven van sommige mensen niet eens een rijke vrouw. Het was de bedoeling dat Mabs voortaan elke dag met haar zou doorbrengen. Ze kon niet telkens wanneer ze elkaar zagen een reverence maken. Zou een handdruk gepast zijn? Mevrouw Finch zocht geen toenadering en Mabs was te verlegen om zich te verroeren.

Uiteindelijk knikte mevrouw Finch. 'Ik begrijp het. Dank u, mevrouw Webb.'

'Goed, dan ga ik maar. Aangezien juffrouw Daley hier nieuw is, kunt u om mij bellen als u iets nodig hebt, mevrouw.' Met die woorden vertrok de huishoudster.

De twee vrouwen keken elkaar lange tijd aan. Mevrouw Finch nam haar op, van top tot teen en weer terug, alsof ze de antwoorden op de raadsels van het universum in Mabs' verschijning zocht.

'Heel aangenaam met u kennis te maken, mevrouw,' zei Mabs uiteindelijk. 'Deze baan is... Ik ben blij om hier te zijn, da's alles.'

De prachtig gewelfde wenkbrauwen van mevrouw Finch trokken een beetje samen waardoor er een rimpeltje in haar voorhoofd verscheen, maar ze zei niets.

'Zeg 't gerust als ik wat voor u kan doen, mevrouw. Ik wil u graag helpen en 't u naar de zin maken. Als u... Als u bepaalde rituelen heb waar u zich graag aan houdt, zeg u 't maar en dan zorg ik dat 't voor mekaar komt. Zal ik u helpen met aankleden?'

Er flitste iets over het gezicht van mevrouw Finch wat zowel een lach als een gepijnigde blik kon zijn. 'Ik ben tweeënveertig, kindje. Ik ben prima in staat om mezelf aan te kleden.'

'O, natuurlijk! Zo bedoelde ik 't niet. Ik dacht alleen... Omdat ik niet alleen uw gezelschapsdame maar ook uw dienstmeisje ben... Neem me nie kwalijk als ik 't verkeerd heb begrepen. Ik heb zulk werk nooit eerder gedaan, ziet u. Als u hulp zou willen met aankleden, zou u me nog moeten uitleggen hoe dat moest!' Mabs glimlachte nerveus.

Mevrouw Finch keek haar onbewogen aan. 'Heb je nooit eerder als dienstmeisje gewerkt?'

'Nee, mevrouw.'

'Wat voor werk deed je hiervóór dan?'

Mabs kreeg het op haar zenuwen. Waarom had meneer Finch zijn vrouw niet op de hoogte gebracht? Door het hardop te zeggen zou het des te meer opvallen hoe ongeschikt ze was voor dit werk. 'Ik werkte bij 't kanaal. De vrachtschepen laden, en zo. Als arbeider, mevrouw.'

Haar prachtige wenkbrauwen schoten de lucht in. 'Laten ze dat door vrouwen doen?'

'Nee, mevrouw. Ik moest doen alsof ik een jongen was.'

'Dus je hield je bezig met malafide praktijken.'

'Mala... Neem me nie kwalijk, mevrouw Finch?'

'Oplichterij. Bedrog.'

'Wat? O nee, mevrouw. Normaal gesproken lieg ik nooit. Ziet u, ons ma is bijna een jaar geleden gestorven en ons pa... Nou ja, die ken niet meer werken. Ik heb drie jongere zusjes en drie jongere broertjes. De jongste is pas vier. Dat werk was 't enige wat ik kon krijgen. Ik heb een hekel aan liegen, mevrouw, maar het was dat, óf m'n broertjes en zusjes zien verhongeren.'

Mevrouw Finch liet een lange, holle lach horen. 'Dus je hebt geen opleiding genoten en je bent wanhopig. Dat heeft hij weer mooi geregeld.'

'Neem me nie kwalijk, mevrouw?' Mabs werd steeds zenuwachtiger. Ze begreep niet wat er aan de hand was. Mevrouw Finch zei een hele tijd niets, en Mabs werd bang dat meneer Finch haar zou ontslaan als zijn vrouw haar beklag bij hem zou doen. Ze zou dit mooie huis na één nacht alweer moeten verlaten. Hoe moest het dan verder met haar en haar familie? Hun lot lag in de sneeuwwitte handen van haar nieuwe bazin.

Pas een hele tijd later zei mevrouw Finch weer iets. 'Het was het idee van mijn echtgenoot om een gezelschapsdame in dienst te nemen, Daley. Niet dat van mij.'

'Ik begrijp 't, mevrouw.'

'Verwacht dus geen lange lijst met taken van me. Als het aan mij had gelegen, was je hier niet geweest.'

Mabs beet op haar lip. 'Het spijt me, mevrouw. Maar... wat moet ik dan doen?'

‘Tja…’ Die donkere ogen gleden weer over haar heen. ‘Er hoeft hier geen timmerhout opgestapeld te worden. Wat stel jij voor?’

Timmerhout? Hield ze haar nou voor de gek? Wat moest Mabs voorstellen? Ze wist niet wat dit werk inhield, ze wist niets van dit huishouden. Koortsachtig dacht ze na. ‘Heb u misschien zin om te gaan wandelen, mevrouw Finch? Ik ben nieuw in deze buurt en u ook, begreep ik. Ik ken u even alleen laten zodat u zich kan aankleden, dan kennen we daarna een wandelingetje maken om samen de omgeving te verkennen.’

Met een zucht draaide mevrouw Finch zich weer naar het raam toe. Buiten werd het al lichter en begonnen zich vormen af te tekenen. Mabs durfde het aan om een stap naar voren te doen en naar buiten te kijken. De kamer bood uitzicht op een tuin. Er waren geen bloemperken, maar ze kon wel takken en struiken ontwaren. En doorns. Rozenstruiken, misschien. Ondanks haar benarde situatie voelde ze iets van verrukking bij de gedachte aan een rozentuin. Daar had ze weleens over gehoord, maar ze had er nog nooit een gezien. Achter de tuin waren de achtergevels van andere huizen te zien.

‘Het is natuurlijk nog vroeg, maar misschien is ’t wel fijn om naar buiten te gaan nu de zon opkomt en de dag nog maar net begint. O! Wil u misschien eerst ontbijten? Zal ik wat voor u halen? Of mevrouw Webb bellen?’

Mevrouw Finch wierp haar een vernietigende blik toe. ‘Heb je wel énig idee hoe het hier werkt, Daley?’

‘Niet echt, mevrouw, eerlijk gezegd. Ik ben d’r pas sinds gisteravond. Zullen we daar dan mee beginnen? U zou me alles kunnen uitleggen. Ik kan heel goed onthouden.’

Haar mevrouw wendde haar gezicht echter weer af, alsof ze de aanblik van Mabs maar even kon verdragen. Ze begon te ijsberen, met de sleep van haar lichtgele kamerjas achter zich aan.

De aanhoudende stilte werd alsmaar pijnlijker. Mabs had in haar leven al heel wat meegemaakt, zowel lichamelijk als emotioneel. Toch had ze zich nog nooit zó slecht op haar gemak gevoeld. Zelf vond ze dat ze best een paar goede voorstellen had gedaan, maar ze dacht niet dat ze er nog meer zou kunnen bedenken nu ze zich op zulk onbekend terrein bevond. Uiteindelijk won haar ongemak het van haar verlegenheid en flapte ze eruit: 'Wat mag 't zijn, mevrouw? Een wandeling? Een ontbijt? Een uitleg over de gang van zaken hier? Of allemaal, misschien?'

Mevrouw Finch hield op met ijsberen en keek haar nijdig aan. 'Vandaag ga ik géén wandeling maken, Daley. Ik heb evenmin de puf om de gang van zaken in dit sneue huishouden uit te leggen aan een havenarbeider. En in ontbijt heb ik al helemaal geen trek. Maar nu je hier toch bent, kun je net zo goed een pot thee voor me halen. Slap. Zwart. Zonder suiker. Indiase, geen Chinese. En snel een beetje.'

Eenmaal op de verlaten overloop ging Mabs met haar rug tegen de muur geleund staan. Ze wist niet wat ze verwacht had, maar dít zeker niet! Opeens miste ze haar moeder zo erg dat het leek alsof ze haar gisteren pas had verloren.

Mevrouw Finch was... Nou ja, Mabs vond haar niet aardig, dat stond vast. Ze had het zich toch niet ingebeeld? Mevrouw Finch was... onbeschoft. Het was natuurlijk ook wel een beetje beschamend: twee mensen die elkaar nog nooit hadden ontmoet en van wie nu werd verwacht dat ze hun dagen met elkaar doorbrachten. Alle begin was moeilijk, maar Mabs had het tenminste nog geprobeerd. Terwijl mevrouw Finch... Nou ja! Een hávenarbeider!

Woedend, in de war en ongerust, maar opgelucht dat ze die prachtige, naargeestige kamer uit was, liep ze naar de keuken. Daar trof ze niet alleen de huishoudster aan, maar ook de kokkin en de dienstmeisjes.

'Ah, juffrouw Daley,' zei mevrouw Webb. 'Alles in orde?'

'Ja, mevrouw Webb. Dat wil zeggen... ja. Mevrouw Finch wil graag een pot thee. Zwart en slap, zonder suiker, en ze had 't over India. Of wacht, was 't nou China? O jee.'

Normaal gesproken had ze echt een goed geheugen, maar ze was danig van haar stuk gebracht en had niet eens geweten dat er verschillende soorten thee bestonden. Waar zij vandaan kwam, was thee gewoon thee. Als het je werd voorgezet, slurpte je het naar binnen.

'Ze lust graag Indiase thee,' zei de kokkin, die naar een hoge voorraadkast liep. 'Ik zal hem even pakken. Goedemorgen, juffrouw Daley. Ik ben mevrouw Derring. Ken je Lydia en Betsy al?'

'Leuk jullie te ontmoeten,' begroette Mabs de dienstmeisjes die aardappels zaten te schillen. 'Ik ben Mabel Daley. Mabs.'

Ze zwaaiden met hun schilmesjes in haar richting.

'Hoe gaat het met mevrouw?' vroeg mevrouw Webb, terwijl de kokkin de ketel op het vuur zette en theeblaadjes in een pot schepte.

'Eh... ze is erg verfijnd,' zei Mabs tactvol. 'Alleen geloof ik dat ze me niet zo mag. Het gesprek liep nogal stroef.'

'Vat het maar niet persoonlijk op als ze een beetje... lastig is. De verhuizing is haar erg zwaar gevallen. Als ze eenmaal aan je gewend is, gaat het vast beter.'

'Zijn jullie wel met de familie meegekomen uit Durham?' vroeg Mabs aan de anderen. Misschien zouden zij haar een tip kunnen geven over hoe ze hun mevrouw voor zich kon winnen. Zelfs nu ze niet meer op de werf werkte, moest ze nog ijs zien te breken.

'Nee,' zei Betsy. 'Meneer is een heel nieuwe huishouding begonnen. Mevrouw en de kinderen kregen we pas te zien toen ze drie weken geleden aankwamen. Ga een keer 's avonds met ons mee uit naar The Flask, Mabs. We zijn heel benieuwd naar jouw verhaal.'

Mabs knikte glimlachend. Het was een opluchting dat ze niet het nieuwe meisje was dat haar plaatsje moest zien te veroveren tussen collega's die elkaar al lang kenden. Was het echter niet vreemd dat er geen enkele bediende met de familie was meegekomen uit Durham? Misschien hadden de oude bedienden niet zo ver weg willen verhuizen, maar aan de andere kant was dit Londen. De kans was groot dat ten minste een van hen zijn geluk hier zou willen beproeven. Misschien was mevrouw Finch wel de reden dat ze liever daar waren gebleven en een andere betrekking hadden gezocht.

'Kijk eens aan, juffrouw Daley.' Mevrouw Derring overhandigde haar een roodgelakt dienblad met vergulde handgrepen, waarop een porseleinen theepot en een met roosjes beschilderde kop-en-schotel stonden. 'Slappe zwarte Indiase thee, precies zoals ze die het liefste drinkt.'

'Bedankt, mevrouw Derring. Goed, dan ga ik maar. Het was aangenaam kennis te maken. O, mevrouw Webb, ken u me een keer bijpraten over 't huishouden, over hoe 't hier precies werkt?'

'Natuurlijk. Misschien hebben we daar vanmiddag nog wel even de tijd voor. Zo niet, dan ben ik 's avonds rond achten meestal hier te vinden.'

Mabs droeg het dienblad naar boven. Wat jammer dat mevrouw Finch zo akelig deed. De rest was allemaal zo behulpzaam en gemakkelijk in de omgang. Het knaagde aan haar. De anderen hoefden alleen indruk te maken op menéér Finch. Mabs was hier echter speciaal voor mevrouw en zou er het beste van moeten maken.

De huishoudster had gezegd dat het vast beter zou gaan wanneer mevrouw Finch eenmaal aan haar gewend was. 'Dat hoop ik dan maar,' mompelde Mabs, terwijl ze het dienblad voorzichtig op de vloer zette. 'Ik hoop 't van ganser harte.'

Toen Mabs de deurknop wilde omdraaien, bleek de deur op slot te zijn. De moed zonk haar in de schoenen. Dit was nog erger dan ze had gedacht. Hoe kon mevrouw nou aan haar wennen als ze haar niet eens binnenliet?

OLIVE

Het is niet zo verwonderlijk dat ik graag naar de sterren kijk. Als klein meisje keek ik er ook al naar, omdat ik wist dat mijn vader als kapitein de sterren gebruikte om zijn vaarroute te bepalen. In die tijd begreep ik niets van lengte- en breedtegraden of de punten van het kompas. Ik zag de sterren als wezens met een eigen bewustzijn, zilverkleurig en trots, waaraan ik de veiligheid van mijn vader met een gerust hart kon overlaten. Dat deed ik dan ook, met kinderlijk vertrouwen. Mijn moeder ging erin mee. Misschien had zij het ook nodig om erin te geloven. Daarom heet ons huis Polaris House, naar Polaris, de poolster, onze leidraad.

Naarmate ik ouder werd, wilde ik me er verder in verdiepen. Ik raakte gefascineerd door het hemelgewelf en mijn kamer hing vol met plattegronden en sterrenkaarten. Voor mijn achtste verjaardag vroeg, en kreeg, ik een telescoop. Die heb ik nog steeds, een prachtig ding, vervaardigd in Sicilië. Naast astronomie bestudeerde ik wiskunde, economie en andere vakken die normaal gesproken niet aan meisjes worden onderwezen. Mijn ouders moedigden me aan om mijn interesses na te jagen, op welk gebied die ook lagen.

Als jong meisje had ik een gouvernante, maar zij kon al snel niet meer bijbenen wat ik zoal wilde leren. Mijn vader voerde gesprekken met tal van jonge vrouwen die goed onderlegd waren in de Franse taal, kunst en poëzie, maar moest uiteindelijk een privéleraar in dienst nemen om mijn leergierigheid op andere gebieden te bevredigen. Daardoor raakte ik geïnteresseerd in de verschillen tussen man en vrouw in onze maatschappij. Leren leidt altijd tot meer vragen, heb ik gemerkt.

Deze herinneringen zijn naar boven gekomen doordat ik in de kamer van Gert zit, die nu niet meer van Gert is. De inrichting moet worden aangepast voor Clover. Ik werp een liefdevolle blik op mijn allereerste sterrenkaart, die ik voor Gert had opgehangen. Er zitten ezelsoren aan en de vouwen zijn enigszins versleten, maar de kaart is nog net zo verleidelijk en opwindend als altijd, voor mij althans. Clover is nog te jong om er plezier aan te kunnen beleven, maar ik mag de tijd niet wegwensen. Het is juist een zegen dat ik enkele jaren extra met mijn dochter heb. Toch is er een wereld van verschil tussen een dochter van tien en een dochter van vier. Dat wordt me met de dag duidelijker.

Ik begin de vruchten van mijn harde werk weer af te tuigen. Wat was het achteraf bezien aanmatigend van me dat ik me al die kosten en moeite heb getroost zonder met de persoon in kwestie te overleggen. Ach, Agatha zal de kleding inpakken en naar mevrouw Jacey sturen. Van het speelgoed bewaar ik twee of drie stukken waarvan ik denk dat Clover er blij mee zal zijn als ze ouder is. De rest kan ook naar het tehuis. Binnenkort is het Kerstmis. Ik zal al het speelgoed inpakken en er een strik omheen doen zodat alle kinderen een kerstcadeau hebben; daar heeft mevrouw Jacey de middelen niet voor.

De boeken wil ik houden. Ik heb de verhalen die ik als kind het mooiste vond uitgekozen om met Gert te delen, en dat zal ik met evenveel liefde met Clover doen. Er staan ook prentenboeken over de planeten en de sterren tussen. Het zal nog een paar jaar duren voordat ik die met haar kan lezen, haar kan vertellen over de sterrenstelsels of 's avonds met haar buiten kan gaan zitten om naar de sterren te kijken. Die dagdromen zal ik nog een jaar of zes moeten uitstellen.

Hoewel ik pas een halfuur bij Clover weg ben, mis ik haar nu al. Ik laat de kamer voor wat die is en ga naar beneden, waar ik haar met mama in de salon aantref. Ze ziet er eigenaardig en ouderwets uit, zoals ze daar in mijn oude blauwe jurk zit terwijl mijn moeder haar over mijn kindertijd vertelt.

Wanneer mama, die net als ik lang en donkerharig is, maar veel mooier, me ontroerd aankijkt, weet ik dat Clover nu al helemaal bij de familie hoort.

We nemen Clover mee op ontdekkingstocht door het huis. Het zal nog wel even duren voordat ze alle hoekjes van Polaris House kent, compleet met alle eigenaardigheden en herinneringen. Het is een oud huis, gebouwd in de tijd dat Hampstead nog een afgelegen dorp aan de rand van de winderige heide was, dat werd geplaagd door struikrovers. Die werden destijds opgehangen aan een galg tussen twee iepen op het hoogste punt van de heide, waarvan een er nog steeds staat. Wanneer ik erlangs loop, gaat er altijd een huivering van genoegen door me heen. Best eigenaardig, dat we in onze woonplaats niet omringd willen worden door schurken, maar wel door de herinnering aan hen.

Door de jaren heen heeft mama het huis voorzien van een modern interieur. We hebben knusse hoekjes en een grote witte schoorsteenmantel in de salon en een prachtige mozaïekvloer in de hal. Desalniettemin voelt het huis nog oud aan. Er zijn gangen waar je soms een paar treden omhoog moet en dan weer omlaag, ogenschijnlijk zonder reden. Behalve de grote, elegante kamers die wij in victoriaanse stijl hebben ingericht zijn er ook vreemde kleine kamertjes. We hebben geen idee waarvoor die ooit hebben gediend en gebruiken ze nu, nogal fantasieloos, als opslagruimte. En dan is er nog het torentje, waar de telescopen zijn opgesteld: papa's uitstekende exemplaar van de marine en het dierbare geschenk uit mijn kindertijd.

Mama tilt Clover op om uit een raam te kijken en wijst naar de treurwilg in de tuin. 'Die boom heeft grootpapa voor me meegenomen uit Japan. Toen was het nog maar een klein boompje. Zoals je ziet, groeit hij hier heel goed.'

'Deze robijnen ring komt uit Peru,' voeg ik daaraan toe wanneer ze Clover weer heeft neergezet. 'Dat ligt in Zuid-Amerika, heel ver hiervandaan.'

Onze verhalen zorgen voor een schittering in Clovers bruingroene ogen. Ik heb zo veel schatten die ik haar wil laten zien. Een enorme parasol van okergele zijde uit Parijs, een reusachtige bloesemroze zeeschelp uit het Caribisch gebied en een spiegel uit India. Mijn spiegelbeeld mag dan niet erg bijzonder zijn, de zilveren lijst waarin olifanten, tijgers en slangen zijn geëtst is zeker het bekijken waard.

'Zullen we naar grootpapa toe gaan, in zijn werkkamer?' stelt mama voor. 'Dan kan hij je zelf over zijn avonturen vertellen!'

Clover knikt enthousiast.

Wanneer we bij papa aankomen, moppert hij dat we hem storen, maar ik zie pretlichtjes in zijn ogen. Hij neemt Clover op schoot en laat zijn globe ronddraaien om haar geduldig alle plekken die hij heeft bezocht te laten zien. Clover lijkt het vooral interessant te vinden om het ding te zien draaien.

Toen ik klein was, was mijn vader vaak maanden aan een stuk op reis. Misschien vind ik het daarom zo vanzelfsprekend om alleenstaande moeder te zijn, een groot deel van mijn kindertijd was mijn moeder dat in feite ook. Als hij weg was, schreven we hem samen lange brieven. Die deden we niet op de post, omdat we niet wisten waar hij was. In plaats daarvan bewaarden we de brieven tot hij weer terugkwam, zodat hij kon lezen hoe erg we hem hadden gemist.

In de periodes dat hij van huis was werd er niet geklaagd. Mama leerde me om mezelf nuttig te maken, met bezoekjes aan de armen en andere liefdadigheid, en om van het leven te genieten. Wandelen, paardrijden, eten, muziek, literatuur... ze zorgde ervoor dat ik het allemaal niet vanzelfsprekend vond. Ik was dol op mijn vader, maar mijn moeder heeft een onuitwisbare indruk op me gemaakt.

Uiteindelijk kwam papa altijd weer thuis, afgeladen met exotische schatten en verhalen. Op die momenten waande ik me het gelukkigste meisje op aarde, veilig in mijn fijne huis in Hampstead, maar door papa indirect in staat om te reizen en de wereld te ontdekken. Sinds mijn vader dertien jaar geleden met pensioen ging, is hij een stabiele en welkome aanwezigheid in Polaris House. Hij kocht een schip en daarna nog een, en nu is hij de eigenaar van een vloot handelsschepen en is hij rijker dan ooit tevoren. De hemel weet dat we het geld niet nodig hebben, maar het houdt hem scherp van geest en zorgt ervoor dat zijn band met de zee behouden blijft. Bovendien is hij een groot filantroop.

Strikt genomen zou hij meneer Westallen genoemd moeten worden nu zijn leven als zeevaarder zo ver achter hem ligt. Door wat hij heeft gepresteerd en doordat hij bij iedereen hoog in achting staat wordt hij echter nog steeds met kapitein aangesproken, ook al zijn zijn volle bos haar en zijn baard inmiddels wit. Die titel past bij hem als geen ander. Het verbaasde me dat hij de scheepvaart al zo jong de rug toekeerde, want hij was en is nog steeds kloek en actief. Bovendien is hij dol op de oceaan. Volgens hem heeft hij door alles wat hij van de wereld en de wonderen daarvan heeft gezien echter de waarde leren kennen van thuis zijn, bij zijn vrouw en dochter.

'Ik heb veel starre oude zeerotten gekend die zich vastklampten aan een leven op zee, tot er niets van hen over was dan vel en botten en een slecht humeur,' zei hij. 'Ik wilde bij jullie terugkomen op een moment dat ik nog in staat was om te genieten van het leven aan de wal.'

Ik ben blij dat papa die keuze heeft gemaakt. Alleen hoop ik wel dat hij zélf vindt dat hij daar goed aan heeft gedaan. Soms zie ik hem namelijk in de vlammen van het haardvuur staren met een uitdrukking op zijn gezicht die ik niet kan plaatsen, hoe goed ik hem ook ken. Zo nu en dan is hij in een melancholische bui. Dan trekt hij zich dagen achtereen terug, wil hij niemand spreken en zwelgt hij in somberheid. Dat vind ik verontrustend, maar ik moet ook bekennen dat ik twee dagen per maand de duivel in eigen persoon ben. Misschien zijn mannen net als vrouwen onderhevig aan hun eigen ritme en getij. Misschien is het niet de bedoeling dat mensen altijd evenwichtig zijn, maar behoren we pieken en dalen te kennen, net als andere verschijnselen in de natuur.

Wanneer mama besluit dat we papa lang genoeg van zijn werk hebben gehouden, zetten we koers naar de keuken. Mevrouw Brody vraagt of Clover soms zin heeft om koekjes te bakken. Wat een goed idee! Clover en ik laten ons allebei vertellen hoe het moet. Net als zij heb ik geen idee hoe ik met het fornuis moet omgaan, en al snel zijn we beiden besmeurd met bloem.

MABS

'Mevrouw Finch,' riep Mabs. 'Ik heb uw thee hier. Mag ik binnenkomen, voordat ie koud wordt?' Het drong tot haar door dat mevrouw Finch helemaal geen zin had in thee. Dat was gewoon een smoes geweest om van haar af te komen. Mabs voelde zich een enorme sukkel.

Ze bleef nog een tijdje op de deur kloppen en praten. 'Ik weet dat 't een hele verandering is, zo'n nieuw iemand om u heen. Ik snap dat ik heel anders ben dan u gewend ben. Maar alstublieft, mevrouw, geef me een kans. Laat me d'r in. Alstublieft, mevrouw. Ik probeer gewoon m'n werk te doen...'

Na twintig minuten afwisselend te hebben geklopt en gesmeekt begon Mabs zich zorgen te maken. Stel nou dat mevrouw Finch iets verschrikkelijks had gedaan? Stel dat ze niet opendeed omdat ze daar niet toe in staat was? Waren haar buien erger dan haar man dacht of wilde toegeven? Haar eerste ingeving was om naar de keuken te gaan. Daar was de sfeer hartelijk en ze wist zeker dat ze haar zouden helpen. Toen dacht ze er echter aan wat meneer Finch tijdens het sollicitatiegesprek had gezegd, dat ze de toestand van zijn vrouw alleen met hem mocht bespreken. De moed zonk haar in de schoenen. Ze wilde niet aan haar baas opbiechten dat het nu al helemaal misging, maar wat moest ze anders?

Terwijl ze zich naar beneden haastte, probeerde ze zich erbij neer te leggen dat dit misschien wel het laatste was wat ze van dit prachtige huis zou zien. Ook al verweet meneer Finch haar niets, dan nog was het niet erg waarschijnlijk dat hij iemand in dienst zou houden aan wie zijn vrouw zo'n hartgrondige hekel had. Wat had hij daaraan? Elke stap voelde aan als een zucht. Ze bewonderde de geboende trapleuningen, de kroonlijsten, de mooie olieverfschilderijen aan de blauwgroene muren. Met de moed der wanhoop klopte ze op de deur van de salon.

Toen er een mannenstem reageerde, rechtte ze haar smalle schouders en ging naar binnen. Tot haar grote schande was het meneer Finch echter helemaal niet, maar een jonge man die over dertig jaar waarschijnlijk zijn evenbeeld zou zijn. Hij was in gesprek met een beeldschone jonge vrouw die verontrustend genoeg als twee druppels water op mevrouw Finch leek. 'O, pardon!' riep Mabs uit. Dit was al de zoveelste flater. 'Ik zocht uw vader, maar die zal wel aan 't werk zijn. Wat dom van me. Neem me nie kwalijk dat ik stoorde.'

De jonge Finches wuifden haar zorgen weg. 'Je hoeft je niet te verontschuldigen,' zei de zoon, die opstond om haar te begroeten. 'Jij bent Daley, klopt dat?'

'Ja, meneer. Bedankt, meneer.'

Hij schudde haar de hand. 'Ik ben Charlie Finch en dit is mijn zuster Elfrida.'

Mabs maakte een reverence. 'Goeiemorgen, meneer, juffrouw.'

'Hallo, Daley. Welkom op nummer zes,' zei Elfrida. 'Je bent gisteren aangekomen, nietwaar?'

'Ja, juffrouw, dank u. Ik ben blij dat ik d'r ben. Neem me nie kwalijk, maar is uw vader thuis?'

'Jazeker,' antwoordde Charlie. 'Ik breng je wel naar hem toe. Tot zo, Freds.'

Mabs maakte nog een reverence en haastte zich achter hem aan.

Meneer Finch was in zijn werkkamer. Nadat Charlie haar komst had aangekondigd, zei hij hun weer gedag en keek haar baas welwillend op. 'Juffrouw Daley. Hoe bevalt het je hier?'

'Prima, meneer, dank u. Iedereen is erg hartelijk en m'n kamer is erg comfortabel.'

'Dat is fijn om te horen. Laat me raden. Je bent hier omdat er problemen zijn met mijn vrouw.'

Mabs werd zich ervan bewust dat ze nerveus in haar handen stond te wrijven en probeerde daarmee op te houden. 'Het spijt me ontzettend, meneer. Ik wil niet roddelen, maar ik weet niet goed wat ik moet doen en u zei dat ik d'r met niemand anders over mocht praten.'

'Dat heb ik inderdaad gezegd. Ik ben blij dat je dat onthouden hebt. Er is een wereld van verschil tussen roddelen en een opbouwend gesprek voeren in een moeilijke situatie. Vertel het maar, dan kan ik je helpen.' Hij glimlachte geruststellend.

Mabs schaamde zich dood, maar besloot er geen doekjes om te winden. 'Ze heeft me buitengesloten, meneer.'

'Neem me niet kwalijk?'

'Ze vroeg of ik thee wou halen en toen ik terugkwam, was de deur op slot. Ik heb een hele tijd geklopt en geroepen, maar toen ze niet reageerde, wist ik niet wat ik nog meer moest doen. Ik begon me zorgen te maken, want stel nou... Stel dat...'

'Je hebt volkomen gelijk, juffrouw Daley. Bij iemand die zo kwetsbaar is als mijn vrouw is het altijd goed om het zekere voor het onzekere te nemen. Het spijt me dat je zo'n kille ontvangst hebt gekregen. Maak je maar geen zorgen, het zal niet altijd zo gaan. Ik ga meteen met haar praten. Je bent hierdoor toch niet aan het twijfelen gebracht over je functie?'

'O nee, meneer, natuurlijk niet. Ik was bang dat u een ander zou zoeken.'

'Ze zou zich tegenover iedereen zo gedragen, dat kan ik je verzekeren. Ze is erg ontevreden over de hele situatie, zie je. De verhuizing, het feit dat haar iets mankeert. Het valt ons allemaal erg zwaar dat ze zo achteruit is gegaan. Maar ik geloof dat ze na verloop van tijd erg zal opknappen van jouw aanwezigheid, juffrouw Daley. We zullen allemaal geduld en medeleven moeten hebben, zelfs wanneer ze zich zo akelig gedraagt. Kun je dat opbrengen?'

'Zeker, meneer. Als ik maar weet dat ik gewenst ben, kan ik zo geduldig zijn als wat!'

Hij schonk haar die prachtige warme glimlach en stond op. 'Kom, dan gaan we samen naar haar toe.' Op weg naar boven merkte hij op: 'Je hebt dus al kennisgemaakt met Charlie. En met de rest van mijn kroost?'

'Alleen met juffrouw Elfrida, meneer.'

'Nog niet met Otty? Of Averil?'

'Nee, meneer.'

'Kom straks nog maar eens terug naar mijn werkkamer. Iets voor zevenen, schikt dat? We zouden de rest van de dag kunnen doornemen en ik kan de meisjes laten langskomen om gedag te zeggen. Dan ken je iedereen!'

'Graag, meneer. Da's erg vriendelijk van u.'

'Mooi zo. Goed, daar zijn we dan.' Inmiddels stonden ze bij de deur van de vrouw des huizes. Hij voelde aan de deurknop, maar hij zat nog steeds op slot. 'Abigail, schat, ik ben het. Mag ik alsjeblieft binnenkomen?'

Met een hels kabaal werd er iets tegen de deur gesmeten. Ze schrokken zich allebei een hoedje, maar in elk geval was mevrouw Finch niet dood.

'Abigail, lieverd. Je weet hoe erg ik dit allemaal vind. Laat me binnen, dan kunnen we erover praten. Juffrouw Daley staat hier bij me en wil graag voor je zorgen. Het komt heus goed, dat beloof ik.'

Mabs verwonderde zich over zijn rustige manier van spreken, zijn liefhebbende woorden, zijn optimisme. Die man was een heilige.

Tot haar verbazing werd de sleutel omgedraaid in het slot. Mevrouw Finch verscheen in de deuropening, met trillende lippen en een ondoorgrondelijke blik in haar mooie donkere ogen. De donkerblauwe vloerbedekking lag bezaaid met crèmekleurige scherven porselein.

'Och, je waskom,' verzuchtte meneer Finch. 'Wat zonde. Juffrouw Daley, de stoffer en blik liggen daar in de kast. Wil je alsjeblieft de rommel opruimen? Pas wel goed op dat je je niet snijdt. Het is verdraaid moeilijk om al die flintertjes op te vegen en het is erg pijnlijk als die onder je huid komen.'

'Ja, meneer.' Mabs waagde het erop om een blik op mevrouw Finch te werpen, maar die keek haar zó minachtend aan dat ze het gevoel kreeg dat ze verschrompelde. Ze was blij dat ze aan het werk gezet werd, zodat ze zich op de vloerbedekking kon richten en niet naar haar mevrouw hoefde te kijken.

Zou het vaker voorkomen dat ze met voorwerpen smeet? Dat moest bijna wel, aangezien de stoffer en blik al klaarlagen en meneer Finch zo veel van gebroken porselein leek te weten. Natuurlijk was dit altijd nog beter dan het werk bij het kanaal, beter dan het stinkende groene water, het bloed, het zweet en de blaren, de broek van haar broertje. Toch vond ze de sfeer in deze kamer erg verontrustend. Het leed van de vrouw hing zwaar in de lucht, onverklaard en gevaarlijk.

Terwijl Mabs de scherven opveegde, hield ze haar rug naar de Finches gericht, maar natuurlijk kon ze precies horen wat er gezegd werd.

'Liefste, ik heb je toch gezegd dat Daley zou komen?' Meneer Finch sloeg een sussende toon aan. 'Geef haar alsjeblieft een kans. Ze heeft het hart op de juiste plaats en doet erg haar best. Ik weet dat je het gevoel hebt dat je veel bent kwijtgeraakt, maar we hebben een mooi huis, het nieuwe personeel doet het voortreffelijk en mijn werk bij het kanaal is precies wat ik ervan hoopte.'

Het kanaal, dacht Mabs. Niet te geloven!

'We kunnen hier een geweldig leven krijgen, Abigail. Als we maar zorgen dat jij weer beter wordt.'

Mevrouw Finch reageerde met opeengeklemde kaken, op zachte toon, maar toch krachtig. 'Ik heb je al vaker gezegd dat ik niet beter hóéf te worden, Lucius. Er is niets mis met mij.'

'Abigail, lieverd, je hebt je gezelschapsdame op haar eerste dag buitengesloten. Je hebt in een nijdige bui een gloednieuwe porseleinen waskom door de kamer gesmeten. In het bijzijn van een onbekende nog wel!'

'Ik wist niet dat je haar had meegenomen.'

'Je bent niet stabiel. Vroeger was je zo trots, zo waardig. Je zult weer jezelf worden, liefste, daar ben ik van overtuigd. Kan ik erop rekenen dat je juffrouw Daley voortaan voor je laat zorgen? Dat je de deur niet meer op slot doet?'

'Omdat je zo aandringt.'

'Dus als ik haar nu een nieuwe waskom voor je laat halen, laat je haar binnen wanneer ze terugkomt?'

'Ja.'

'Uitstekend. Heb je alles opgeveegd, juffrouw Daley? Breng de scherven dan maar naar de keuken en vraag of mevrouw Webb een andere waskom opzoekt.'

Met het overvolle blik stond Mabs op. 'Blief u nog thee, mevrouw?'

Zonder Mabs aan te kijken schudde mevrouw Finch haar hoofd.

'Heb je wel ontbeten, liefste?' Toen zijn vrouw geen antwoord gaf, stelde hij de vraag nog een keer aan Mabs.

'Nee, meneer.'

'Vraag dan maar om een lichte maaltijd als je toch in de keuken bent. Je hoeft er niet op te wachten, laat een van de meisjes het maar naar boven brengen. Het is belangrijk dat mijn echtgenote eet om op krachten en in evenwicht te blijven.'

'Ja, meneer.'

Toen Mabs de kamer uit liep, hoorde ze hem een diepe zucht slaken. Wat moest het moeilijk voor hem zijn om dag in, dag uit vriendelijk tegen haar te blijven. Ze was zijn echtgenote. Opeens kwam er een beeld in haar op van hoe haar ouders met elkaar waren omgegaan. Haar moeder had als wasvrouw gewerkt, haar vader op de werf. Als ze elkaar 's avonds thuis hadden gezien, waren ze allebei uitgeput geweest. Maureen Daley had nooit een roodgelakt dienblad of zachte blauwe vloerbedekking gehad, maar toch had Mabs haar moeder nooit zien zuchten of mokken. Haar ouders zaten vaak hand in hand of omhelsden elkaar, en pa noemde ma altijd zijn huiselijke haard. Even moest Mabs blijven staan, duizelig van heimwee naar haar familie, naar hoe het vroeger was.

OLIVE

Het moederschap is vreemd en intens. Als ik met Clover bezig ben, ervaar ik een helderheid die me het gevoel geeft dat ik tot nu toe mijn hele leven heb geslaapwandeld. We eten samen, gaan samen in bad, drinken samen thee met mijn ouders en ik ben uren bezig haar voor te lezen. Ik verlies haar geen moment uit het oog. Haar welzijn is mijn raison d'être en tóch voel ik me, buiten het moederschap om... doelloos. Ik heb het gevoel dat er nog iets in het leven is waarvoor ik me zou moeten inzetten. Al weet ik niet goed wát, nu ik in de ban ben van al die moederliefde. Ik betrap mezelf erop dat ik naar Parliament Hill verlang.

Dat is een van mijn lievelingsplekken. Ik ga er regelmatig naartoe om inspiratie op te doen of om mezelf op te beuren wanneer ik neerslachtig ben. Op dit moment ben ik dat niet, maar toch... Ik heb net een grote verandering in mijn leven doorgemaakt. De grootste verandering die je je in feite maar kunt bedenken. Het ongemak dat me telkens bekruipt bij het besef hoe slecht ik voorbereid was op de komst van Clover – de verkeerde kleren, het verkeerde speelgoed, de verkeerde slaapkamer – maakt plaats voor pure doodsangst en zorgt ervoor dat ik ernaar snak om mijn daden te overdenken onder de sterrenhemel.

Normaal gesproken vergezelt papa me tijdens zulke uitstapjes, omdat het 's avonds voor een vrouw alleen niet veilig is op de heide. Als hij niet meegaat, is er vaak wel een bediende die me ter wille is. Na dagen van regen is het eindelijk opgeklaard, ik zou vanavond nog kunnen gaan. Ik weet dat mama met alle liefde bij Clover zal willen waken zodat ze niet alleen is als ze wakker wordt.

Mama stemt er meteen mee in, maar papa is minder toeschietelijk. Hij is verkouden en heeft geen zin om op zo'n koude avond buiten te zitten. Dat kan ik hem ook niet kwalijk nemen. Ik loop naar de keuken om het personeel te smeken en krijg Anne uiteindelijk zover dat ze me wil vergezellen. In eerste instantie aarzelt ze. Ze heeft een nieuwe vrijer, al zeker de zevende sinds we haar kennen. Vanavond neemt hij haar mee uit eten in The Bird in Hand. Ik merkte op dat als ze mij zou vergezellen, hij ons allebei zou kunnen begeleiden en ze op die manier nog langer met hem zou kunnen doorbrengen. Iedereen tevreden.

Om half elf komen ze terug van hun etentje en sluit ik me bij hen aan, zonder enige gêne dat ik het vijfde wiel aan de wagen ben. Tien jaar geleden had ik dat vreselijk gevonden, maar nu ik op mijn achtentwintigste nog steeds ongehuwd ben, ben ik het gewend. Ik wil naar de sterren kijken.

Onder mijn arm draag ik een waterdicht kleed, zodat we kunnen gaan zitten zonder dat onze achterwerken vochtig en met modder besmeurd worden. Ook heb ik een grote fles warme chocolademelk en een flesje brandy meegenomen, in de hoop daarmee Anne en Colin wat gunstiger te stemmen over het feit dat ik hen betrek in mijn grillen. Ik stap stevig door, zodat zij achter me aan kunnen lopen en onder vier ogen kunnen praten.

We komen aan op de top van Parliament Hill, onder de sterrenhemel die me steeds weer weet te verwonderen. Daar spreid ik het kleed uit en ga op het randje ervan zitten. De flessen zet ik achter me zodat de andere twee zichzelf kunnen bedienen, en ik geef me over aan mijn overpeinzingen over de oneindigheid. In de verte ben ik me ervan bewust dat de twee geliefden op de andere kant van het kleed plaatsnemen, dat ze lieve woordjes tegen elkaar fluisteren en de flessen opendraaien. Er gaat een steekje door me heen dat dat soort romantiek mij nooit ten deel is gevallen, in elk geval nooit langer dan twee of drie weken achtereen, en zelfs dat maar zelden. Zo triest staat het ervoor met mijn leven.

Maar ach, ik ben hier niet om te piekeren over de huwelijkskandidaten die ik ben misgelopen. Ik ben hier om aan Clover te denken, aan alle avonturen die we samen gaan beleven. Ik strek mijn benen voor me uit, leun achterover op mijn ellebogen en hef mijn gezicht op naar het licht van de sterren, zoals andere mensen dat naar de zon zouden doen. Met mijn blik zoek ik de contouren van Orion en dwaal vervolgens af naar mijn favoriete gesternte, Tweelingen. De Dioskouren, de beschermgoden van de zeelieden. Bedankt, Castor, bedankt, Pollux, spreek ik hen in gedachten toe. Ik wil Anne en Colin niet laten schrikken door in hun bijzijn tegen de sterren te praten.

De aanblik van de tweeling doet me denken aan een ander onafscheidelijk paar. Mijn vader had vroeger een beste vriend die als een broer voor hem was, Malvern Blythe. Hun vaders waren beiden kapitalisten die wilden dat hun zoons in hun voetsporen zouden treden. Malvern gehoorzaamde, maar papa vluchtte de zee op. De wijde wereld lonkte. Bovendien was hij altijd al koppig geweest; en dan vraagt hij zich af van wie ik dat heb. Al snel volgde Malvern zijn voorbeeld en beleefden ze samen heel wat avonturen. Ik weet nog dat onze gezinnen regelmatig met elkaar dineerden toen ik nog klein was.

Van het ene op het andere moment kwam daar een eind aan. Ze kregen slaande ruzie en hoewel het niets voor papa is om wrok te koesteren, hebben ze sindsdien nooit meer een woord met elkaar gewisseld. Aan mama en mij heeft hij nooit verteld wat de reden was. Ik weet alleen dat wij de rijkste familie in Hampstead zijn en de Blythes de rijkste familie in Highgate. Beide families prijzen zich gelukkig dat de heide ons van elkaar scheidt en ik acht de kans dat we ooit weer op goede voet met elkaar zullen staan erg klein.

De aanblik van al die fonkelende sterren brengt me tot rust. Familievetes, het feit dat ik een dochtertje heb, het feit dat ik Gert niet heb kunnen redden, het komt hier allemaal in perspectief te staan. De zon en de maan komen elke dag op en gaan weer onder. De sterren draaien rond, in dezelfde patronen en symbolen die ons al duizenden jaren de weg wijzen. Het is ondenkbaar dat de hogere macht die dit alles aanstuurt een vergissing heeft begaan door Clover in plaats van Gert naar me toe te sturen. Deze macht zal me zonder enige twijfel de weg kunnen wijzen binnen het moederschap.

Ik slaak een diepe zucht. De wereld is zo groot. Daarbinnen leid ik een bevoorrecht leven. Niet alleen vanwege de rijkdom en luxe die ik ken, maar door de vrijheid die mijn ouders me geven. Ook al hebben ze een reputatie hoog te houden in de conservatieve wereld waarin we leven, bij hen kan ik mezelf zijn. Ik ben me ervan bewust dat alle dingen die mijn leven de moeite waard maken – de opleiding die ik heb gevolgd, het liefdadigheidswerk dat ik doe, mijn dochter – niet mogelijk waren geweest als ik andere ouders had gehad. Hoe had mijn leven er dan uitgezien?

Ik ga op mijn rug liggen en word even duizelig. Het hemelgewelf is onmetelijk groot. Daarbij vergeleken zijn de beslommeringen van de mens zo onbeduidend als mieren. Ergens daartussenin bevindt zich nog een niveau, dat noch persoonlijk, noch goddelijk is. De wet. De maatschappij. Het grotere geheel waarin wij stervelingen ons bewegen. En dat barst van de fouten. Ik denk aan onze gescheiden buurvrouw, Julia Morrow, die tot een eenzaam en teruggetrokken bestaan is veroordeeld, alleen maar omdat ze een eind heeft gemaakt aan een huwelijk waarin ze gruwelijk werd mishandeld. Ik denk aan de beperkte mogelijkheden die er zijn voor vrouwen die willen of moeten werken. Ik denk aan het feit dat vrouwen geen bankrekening kunnen openen en geen kiesrecht hebben. Ik denk aan meneer Miles, die regelmatig meisjes van plezier moet redden van de kade.

Ik weet al lang dat ik vanwege mijn rijkdom beschermd ben tegen de harde kanten van het leven. Daarnaast ben ik beschermd tegen de harde werkelijkheid van het vrouw-zijn omdat ik een vader heb die nooit, maar dan ook nooit misbruik zou maken van zijn rechten ten opzichte van mij en mijn moeder. Hoe moet het echter met de vrouwen die geen kapitein James Westallen achter zich hebben staan?

Nu is Clover nog een jong meisje, maar ook zij wordt ooit volwassen. Ik zal erover moeten nadenken in wat voor wereld ik haar wil laten opgroeien en wat voor moeder ik wil zijn. Wat wil ik haar bijbrengen over het leven als vrouw?

Het dringt tot me door dat ik wil dat ze een nalatenschap opbouwt. Niet in materiële zin, daar is immers al voor gezorgd, maar op een andere manier. Iets wat ook mij een doel zal geven, een manier om mezelf te uiten.

De sterren hangen zilverkleurig en ondoorgrondelijk in de lucht. Ze waken over een wereld waarin we, als het erop aankomt, geen invloed hebben op wat er gebeurt, maar toch ons best doen om er iets van te maken. Nu ik moeder ben, heb ik het gevoel dat mijn jas is uitgetrokken en ik de kou tot in mijn botten voel. Mijn ouders, ikzelf en Clover bestaan allemaal in de grote overgang van verleden naar toekomst. Ik besef dat ik me er hard voor zal moeten maken dat zij in een betere wereld kan leven – al weet ik nog niet precies hoe.

MABS

Mabs kon de slaap niet vatten. Hoe comfortabel haar zolderkamer ook was, haar gedachten bleven maar afdwalen naar die andere vertrekken, een verdieping lager. De beklemmende sfeer daar hing nog als de januarimist om haar heen. Het was een opmerkelijke eerste dag geweest, door de ongemanierdheid van mevrouw Finch, de afgesloten deur en de stukgesmeten waskom. De uren waren voorbijgekropen en alleen onderbroken door Lydia die gekookte eieren en geroosterd brood was komen brengen als ontbijt en later champignonsoep met zacht brood voor de lunch. Mevrouw Finch had beide maaltijden onaangeroerd gelaten. Mabs had haar aangespoord om iets te eten, omdat meneer Finch had gezegd dat ze dat moest doen. Daarop had mevrouw Finch een hardgekookt ei naar haar toe gesmeten. Daar had Mabs niet op gerekend, dus was ze op haar kin geraakt. Hoewel ze in haar leven al veel ergere pijn had gekend, was dit voor haar zo onverwacht en vernederend dat ze tranen in haar ogen had gekregen en niet had geweten waar ze moest kijken of wat ze moest zeggen. 's Middags had ze een paar dappere pogingen ondernomen om een gesprek met haar mevrouw aan te knopen, maar die waren allemaal afgewezen.

Wat moet ik doen als ik haar niet voor me kan winnen? Hoe lang zal hij me een kans geven? Hoe moet het als ik terug naar huis moet en ze me niet meer willen hebben op de werf?

Die vragen zorgden ervoor dat ze tot ver na middernacht lag te woelen.

Uiteindelijk sprong ze uit bed en keek uit het raam naar de heldere, met sterren bestrooide hemel. In het donker ontwaarde ze de straat en de huizen aan de overkant, de grillige stukjes tuin. Het gekef van een vos klonk door de lucht. Dit was pas de eerste dag, hield ze zichzelf voor. Het wordt vast nog wel beter.

Zoals afgesproken was ze om zeven uur naar meneer Finch toe gegaan. Daar had ze moeten toegeven dat ze de hele dag tussen vier muren hadden gezeten, ieder in hun eigen wereld. Hij had haar nogmaals gerustgesteld. Ze moest het niet persoonlijk opvatten. Het zou nog wel beter worden. Hij leek helemaal niet teleurgesteld. Dat was echter vast maar een kwestie van tijd, piekerde ze terwijl ze weer in bed stapte.

De twee jongste leden van het gezin waren langsgekomen om haar te begroeten. Juffrouw Averil was een jongedame van negentien. Qua uiterlijk leek ze op haar vader, hoewel zijn kastanjebruine haar bij haar een veel uitgesprokener tint had – feloranje, als van een wortel. Ze had grote grijze ogen en een rond gezicht dat niet mooi was, maar op de een of andere manier toch wél. Er ging iets ongedwongens van haar uit, ze had een open blik en sprankelende ogen.

De jongste, Ottilie, had het donkere haar en de roomblanke huid van haar moeder en zus, maar leek nog een beetje in dat uiterlijk te moeten groeien. Ze was pas twaalf en gedroeg zich onhandig en stootte aldoor tegen dingen aan. Haar nieuwsgierige ogen leken te groot voor haar gezicht. Ze had een vastberaden gezichtsuitdrukking en bestookte Mabs met tientallen vragen, waardoor haar vader zich genoodzaakt zag zich voor haar te verontschuldigen. Mabs vond haar een schat.

Na afloop had ze mevrouw Webb opgezocht, die haar zoals beloofd wat meer had verteld over de gang van zaken in het huishouden. Mabs' werktijden waren van acht tot zeven. Een lange dag, maar het kon erger. Overdag mocht ze geen pauze nemen, maar behalve elke zondag had ze ook elke woensdagmiddag vrij. Daar zouden veel bedienden jaloers op zijn.

Mabs had nooit kunnen denken dat er voordelen aan haar werk op de werf kleefden, maar nu ontdekte ze er toch een: ze had na een dag hard werken altijd kunnen slapen. Bij thuiskomst was ze altijd zo uitgeput dat het haar amper lukte om zich uit te kleden. Nu lag ze in een schone katoenen nachtjapon in een comfortabel bed en was ze óók moe, maar op een heel andere manier.

Toen ze de volgende ochtend beneden kwam, was mevrouw Finch al gehuld in een schitterende marineblauwe jurk. Haar donkere haar was opgestoken en haar kraag was dichtgespeld met een paarlen broche.

Mabs wilde haar een compliment maken, maar durfde het niet aan. 'Goeiemorgen, mevrouw,' zei ze opgewekt.

Mevrouw Finch vloog op haar af en pakte haar bij haar bovenarmen. Haar vingers priemden pijnlijk in Mabs' huid en ze keek haar indringend aan. 'Ik heb begrepen dat je gisteravond aan mijn echtgenoot verslag hebt uitgebracht over onze uren samen. Eens kijken hoe we hem vandaag kunnen vermaken.' Toen Mabs probeerde zich terug te trekken, hield mevrouw Finch haar stevig vast. 'Inderdaad,' siste ze, terwijl ze Mabs een beetje door elkaar schudde. 'Vanmorgen vroeg kwam hij naar me toe om te zeggen hoe ergerlijk hij me vindt. Je kijkt er vast de hele dag naar uit om hem te kunnen vertellen over mijn wangedrag.'

'Neem me nie kwalijk, mevrouw, ik weet niet goed wat ik fout heb gedaan. Meneer Finch is m'n baas. Hij vroeg hoe 't gisteren was gegaan. Ik heb 'm alleen de waarheid verteld, da's alles.' Door het slaapgebrek lukte het Mabs niet om het tactvoller te brengen. Haar ogen voelden dik en pijnlijk aan.

Uiteindelijk liet mevrouw Finch haar los en keek haar onderzoekend aan. 'Dus je staat geheel in dienst van mijn echtgenoot. Je voelt geen greintje loyaliteit voor je mevrouw,' zei ze lauwtjes.

Mabs zuchtte. Kennelijk zou deze dag om een andere reden moeilijk worden. Nu zei mevrouw Finch eindelijk iets, maar kon Mabs haar niet volgen. 'Wat had u dan verwacht? Neem me nie kwalijk, mevrouw, maar gisteren heb u amper twee woorden met me gewisseld. U sloot me buiten! Zoiets mot ik toch aan m'n baas vertellen? Ik was bang dat u zichzelf iets wou aandoen! Gisteravond vroeg ie hoe m'n dag was geweest. Ik wou niet tegen 'm liegen en doen alsof 't al beter ging. Neem me nie kwalijk dat ik 't zeg, mevrouw, maar wat had ú gedaan als u mij was?'

Er viel een lange stilte. Daarna keerde mevrouw Finch haar weer de rug toe en nam haar vaste plekje bij het raam in.

Vanaf dat moment verliep de dag precies zoals de eerste. Mabs probeerde een gesprek aan te knopen, mevrouw Finch negeerde haar. Lydia bracht hun de maaltijden, mevrouw Finch at er nauwelijks van. Mabs probeerde haar over te halen, mevrouw Finch smeet een glas port tegen de muur.

'Goeie god, je bent al net zo achterlijk als dat je klinkt en eruitziet!' schreeuwde ze gefrustreerd.

Mabs ruimde de scherven op en was nog een hele poos bezig om de donkere vlekken uit het crèmekleurige tapijt te krijgen. Uiteindelijk at ze haar eigen lunch, die inmiddels koud was, op een stoel in de hoek van de kamer op. Het kostte haar grote moeite om haar bord en bestek in balans te houden. Waarschijnlijk zag het er niet uit. Haar tafelmanieren lieten onder de meest gunstige omstandigheden al te wensen over. Voor deze ene keer was ze blij dat haar mevrouw haar geen blik waardig keurde.

Halverwege de middag begon Mabs het fris te krijgen. Ze bood aan de haard aan te maken. Geen reactie. Ze vroeg of mevrouw Finch een omslagdoek wilde. Geen reactie. Buiten begon het harder te waaien, waardoor het raam trilde in zijn sponningen. Hoe verfijnd de kamer er ook uitzag, het was er tochtig. Het viel Mabs op dat haar mevrouw zat te bibberen. Dit was belachelijk! Ze schoten er geen van beiden iets mee op als ze kouvatten.

Ze trok de deur van de kledingkast open, zich bewust van die donkere ogen die haar nauwlettend in de gaten hielden. Het leek wel of er een regenboog naar buiten viel en Mabs deed haastig de deur weer dicht. Op de een of andere manier voelde het te intiem om de japonnen te zien die deze vrouw had gedragen in een leven waarom ze nu rouwde. Ze trok een lade open. Nog erger! Ondergoed! Met een klap schoof ze hem weer dicht. Uiteindelijk stuitte ze op een stapel opgevouwen omslagdoeken en koos er een met gele en oranje tinten uit, in de hoop een beetje zonneschijn in de sombere kamer te brengen.

Mevrouw Finch keek Mabs aan alsof die haar een schillenemmer voorhield, dus sloeg Mabs de doek om de schouders van haar mevrouw heen en stopte met de uiteinden de koude witte handen die op haar schoot lagen in. Daarna maakte ze de haard aan. Ze had het ijskoud en wilde in geen geval een omslagdoek lenen. Toen de haard goed brandde, trok ze haar stoel er dichter naartoe.

'Welnu,' zei mevrouw Finch. Het was de eerste keer in zeven uur tijd dat ze iets zei.

Mabs schrok ervan. Dat verbaasde haar. Aan het kanaal was ze nooit zo schrikachtig geweest.

'Nu we er zo knus bij zitten en toch met elkaar zijn opgescheept, kunnen we net zo goed proberen de tijd wat sneller door te komen.'

'Ja, mevrouw Finch, u heb volkomen gelijk!' zei Mabs verrukt.

'Je zou me kunnen voorlezen. Ik heb zin in iets zwaars en tragisch. *Tess van de d'Urbervilles* misschien, of iets van Eliot. Pak maar wat van de plank.'

'O, mevrouw.' Mabs werd vervuld van pure angst om het antwoord dat ze zou moeten geven. De eerste toenaderingspoging van haar mevrouw, de allereerste, en nu zou ze haar moeten teleurstellen. 'Het spijt me ontzettend, mevrouw, maar ik ken nie lezen.' Toen ze de minachting op het gezicht van de andere vrouw zag, kon ze wel door de grond zakken.

'In hemelsnaam, zeg! Een gezelschapsdame die niet kan lézen! Meen je dat nou?'

'Het spijt me, mevrouw. Ik heb nie gelogen om de baan te krijgen. Meneer Finch weet d'r van.'

'Dat zal best. En toch heeft hij jou uitgekozen. Hoe moeten we dan de tijd doorkomen? Door te pråten?' De spot droop van haar woorden af.

'Ja, mevrouw, als u wil. Waarom niet?'

Ze lachte verbitterd. 'Hoe zie je dat voor je, Daley? Dat we elkaar onze diepste geheimen gaan toevertrouwen? Dat dacht ik niet.'

Mabs kookte van woede. Wat een arrogant, hooghartig kreng was dit, zeg! Dus Mabs was niet goed genoeg om mee te praten? Alleen al de gedachte dat een voorname dame als mevrouw Finch iemand als Mabs plezierig gezelschap zou kunnen vinden was lachwekkend? Mabs zou weleens een hartig woordje met haar willen wisselen. Toch slikte ze alles in. Ze moest dit niet persoonlijk opvatten en geduld hebben. Het was haar werk om een manier te vinden om de dagen door te komen met deze vreselijke vrouw. Het werd weer stil in de kamer.

OTTY

Eindelijk is het zover, vandaag ga ik bij Jill op bezoek. Ik ben opgelucht dat ik het huis uit kan! Elke zondag lunchen we stipt om één uur met het hele gezin, daar staat papa op. Elke week is het weer een marteling.

Mama is er altijd bij, volledig aangekleed en beeldschoon. Het is heerlijk om haar weer in ons midden te hebben, maar ze is altijd erg stil. Elfrida zit te mokken alsof ze boos op mama is. Ik weet dat ze in Durham had willen blijven, maar als ze iemand de schuld wil geven, dan zou dat toch papa moeten zijn. Per slot van rekening heeft zijn werk ons hierheen gevoerd. Averil is erg gevoelig voor dit soort onderhuidse spanningen en speelt maar wat met haar eten. Charlie beklaagt zich erover hoe erg hij Felicia mist en staart naar zijn vork alsof hij zichzelf er het liefst mee zou neersteken.

Alleen papa en ik doen moeite om opgewekt te zijn. Hij vertelt over zijn werk als investeringsbankier bij de kanalen en over de vooraanstaande mensen uit de omgeving die hij graag zou ontmoeten. Papa wil altijd graag mensen leren kennen die hem vooruit kunnen helpen. Zelf babbel ik over mijn ontdekkingstochten door de buurt en over hoeveel geluk we hebben om hier te wonen, tot een van de anderen, meestal Elfrida, me toebijt: 'Hou op! Hou nou eens je mond!'

Als ik eindelijk weg mag, loop ik naar de hoek van Helpman Street, waar ik met Jill heb afgesproken. Vandaag draagt ze geen jongenskleding, maar een jurk en een zonnehoedje. Ik zie meteen dat die goedkoop zijn en vraag me af of ik niet te voornaam op haar overkom.

Het is vreemd om me daar druk om te maken, terwijl papa zo graag voornaam wil zijn.

'Hallo, Jill!' zeg ik stralend. 'Wat zie je er mooi uit vandaag.'

Ze glimlacht. 'Dank je, Otty. Jij ook. Je bent er!'

'Natuurlijk!' Ik vroeg me juist af of zíj wel zou komen. Ik ben bang dat ik een jonge, onnozele indruk op haar maak. Even blijven we elkaar tevreden aankijken. Best eigenaardig, dat je soms het gevoel hebt dat je iemand kent, zonder dat dat daadwerkelijk zo is. 'Zullen we naar een theesalon gaan?' stel ik voor.

'Liever niet. Ik wilde je uitnodigen om bij mij thuis op de thee te komen.'

'Heel graag, Jill!'

'Mijn huis stelt niet veel voor, hoor. Ik wil niet dat je straks teleurgesteld bent.'

'Onmogelijk!' roep ik onbezonnen uit. Als we maar ergens heen gaan waar ik haar aan een spervuur van vragen kan onderwerpen, ben ik al tevreden.

Terwijl we lopen, hebben we het over eenvoudige dingen en probeer ik geen aandacht te besteden aan de mensen die ons vertwijfeld aanstaren. Jill is enig kind, vertelt ze, een wees. Haar vader heeft ze nooit gekend en haar moeder is twee jaar geleden overleden. Ze komt uit een stadje dat Layou heet, op het eiland Saint Vincent, ergens in de Caribische Zee.

Mijn topografische kennis laat me in de steek. Ik kan me niets voorstellen bij een plek die zo ver weg is. 'Waarom ben je naar Londen gekomen?' vraag ik.

'Om werk te zoeken.'

Dat verwart me. Als ik moest werken, zou ik niet de halve wereld rondreizen om ergens aan de slag te kunnen waar ik me als jongen moest voordoen. Elfrida zegt echter vaak dat ik te nieuwsgierig ben, dus vraag ik niet verder.

Jill voert me mee door straatjes die steeds smaller worden. Ik zie meerdere gezichten – niet veel, maar een paar – die net zo donker zijn als het hare. Nu kijken er nog meer mensen naar ons. Of liever gezegd, ze kijken naar mij, ook al heb ik vandaag voor een heel eenvoudig bruin kostuum gekozen. Ik blijf dicht bij Jill in de buurt.

'Je moet nooit alleen bij me op bezoek komen,' zegt ze over haar schouder. 'We moeten altijd op een respectabele plek afspreken.'

Ik knik. Net als aan het kanaal is het hier niet veilig voor mij. Is het dat voor haar dan wel? Dat betwijfel ik, maar ze lijkt zich prima op haar gemak te voelen.

'Hier woon ik,' zegt ze uiteindelijk als ze bij een bekraste en vaal geworden houten deur blijft staan. De bakstenen van het huis zijn zwart uitgeslagen en zien er niet verwelkomend uit. Er hangt een naar luchtje dat ik niet goed kan thuisbrengen.

Ik zoek naar iets aardigs om te zeggen. 'Goh, wat heb je een groot huis.'

'Het is niet van mij. Ik huur hier alleen een kamer.'

'O,' zeg ik, terwijl ze me mee naar binnen trekt.

We lopen een trap op, en daarna nog een en nog een. Tegen de tijd dat we helemaal boven zijn, zijn we buiten adem.

'Trouwens...' Ze blijft staan. 'Ik heb de kamer niet helemaal voor mezelf. Ik deel hem met iemand.'

'O!' zeg ik weer. 'Dat lijkt me leuk, om samen te wonen met een vriendin.'

Ze trekt een gezicht. 'We zijn geen vriendinnen. Ik zeg het maar even, voor het geval dat ze thuis is.'

We gaan naar binnen en stuiten meteen op een mager bruin meisje met een boos gezicht en kroeshaar dat in een hoge knot boven op haar hoofd is vastgezet. Ik kan direct zien dat ze mooier zou zijn als ze het net als Jill los droeg, maar ik ben er ook vrijwel zeker van dat dit niet het soort meisje is dat ermee zit of ze mooi is of niet. Als ze mij in het oog krijgt, draait ze zich woedend naar Jill toe. 'Wat bezielt jou, Jill Joseph? Waarom neem je hier een wit meisje mee naartoe? Hebben we er daar al niet genoeg van?'

'Hou je een beetje in, Maggie Dupont. Dit is mijn vriendin en als je daar iets op tegen hebt vanwege haar huidskleur, ben je geen haar beter dan zij.' Ze geeft een rukje opzij met haar hoofd, om aan te geven dat ze doelt op de inwoners van Londen in het algemeen.

'Dat is niet hetzelfde,' bijt Maggie haar toe. 'Dat is helemaal niet hetzelfde.'

'Het is precies hetzelfde,' zegt Jill rustig. 'Otty komt bij me op de thee. Jij mag er ook bij komen zitten, als je je tenminste kunt gedragen.'

Maggie lijkt met stomheid geslagen en ademt oppervlakkig, alsof ze van alles wil zeggen, maar geen idee heeft waar ze moet beginnen. Dan bromt ze wat, beent de kamer uit en slaat de deur achter zich dicht. We horen haar de trap af denderen.

Jill haalt haar schouders op. 'Let maar niet op haar, Otty. Ze is zo zuur als een grapefruit. Nou, welkom in mijn nederige stulpje.' Ze giechelt. 'En nederig is het zeker.'

Dat kan ik niet ontkennen. In de kamer liggen kale vloerplanken met twee stapels dekens erop, een aan elke kant. Daar zullen Jill en Maggie wel slapen. Ik zie een tafel en twee stoelen. In een hoek staat een wastobbe met wat grauw water erin en in een andere hoek is een waslijn gespannen waar enkele kledingstukken aan hangen: een jurk, een onderjurk en een paar onderbroeken.

'O!' Jill volgt mijn blik, trekt de onderbroeken snel van de lijn en gooit ze op een van de stapels met dekens. 'Dat is niet netjes als er iemand op bezoek komt. Die verdraaide Maggie ook.'

'Ze wist niet dat ik zou komen,' zeg ik. 'Maak je geen zorgen, Jill. Ik vind het niet erg. We dragen ze allemaal.'

'Dat is lief van je. Maar krijgen de gasten bij jou thuis ook nat ondergoed te zien? Ik dacht het niet.'

Ik loop naar het raampje en slaak een oprechte kreet van verrukking. 'O, Jill! Wat zitten we hier hoog. Kijk, het is Lónden!' Vanuit ons huis hebben we een mooi uitzicht, maar hier is het fascinerend. Ik kijk uit over scheve daken en steegjes die zo speels kronkelen als een lang stuk touw. Ik zie gebarsten, beslagen ramen, stokoude dakranden en piepkleine glimpen van wel honderd levens. 'Als ik hier woonde, zou ik de hele tijd uit het raam kijken en verhalen bedenken.'

Ik verwacht dat Jill de spot met me zal drijven, zoals mijn zusters doen, maar ze kijkt me gretig aan. 'Hou je van verhalen? Heb je *Jane Eyre* gelezen?'

Ik voel mijn ogen groot worden. 'Heb jíj dat gelezen?'

Verontwaardigd kijkt ze me aan. 'Denk je dat ik vanwege mijn huidskleur niet kan lezen?'

'Nee, dat vermoedde ik omdat je bij het kanaal werkt. De gezelschapsdame van mijn moeder, juffrouw Daley, heeft daar ook gewerkt omdat ze niet kan lezen. Ze zei dat ze anders wel ergens anders was gaan werken.'

De blik in haar ogen wordt zachter. 'Het spijt me. Ik ben al net zo lichtgeraakt als die akelige Maggie. Ik kan lezen en schrijven. En rekenen. De enige reden dat ik geen betere baan kan vinden is dit.' Ze raakt haar gezicht aan. 'Maar ach, dit zijn geen onderwerpen om tijdens de thee te bespreken. Dus... *Jane Eyre*?'

'Ja, natuurlijk. Een prachtig boek. Alleen vind ik meneer Rochester te nors. Ik hou meer van mannen die opgewekt zijn en glimlachen, zoals mijn vader.'

Met een grijns slaat Jill haar armen om zichzelf heen en lonkt met haar wimpers. 'Nou, ik zou wel zo'n jonge man willen, lekker onbesuisd en hartstochtelijk. Jij bent nog veel te jong om aan mannen te denken.'

Ik schiet in de lach. 'Gelukkig wel! Wat hebben we bij de thee, Jill? Als ik had geweten dat je me thuis zou uitnodigen, had ik wel iets meegenomen.' Had ik het maar geweten. Dan had ik bloemen meegebracht om deze erbarmelijke plek op te fleuren, of een doos bonbons die de twee meisjes met elkaar zouden kunnen delen. Daardoor zou Maggie misschien wel een stuk zoeter worden!

Op de vloer staat een ketel. Er is geen fornuis, geen haard, geen kraan. Jill pakt de ketel op en legt haar hand tegen de zijkant. 'Ah,' verzucht ze met een gelukzalig gezicht. 'Hij is nog warm.' Ze zet de ketel op tafel en pakt twee kopjes die niet bij elkaar passen. 'Neem jij het roze kopje maar, Otty. Dat is mijn favoriet. En kijk! Een extraatje!' Ze maakt een papieren zak open waarin twee kaneelbroodjes blijken te zitten. 'Hopelijk vind je ze lekker.'

'Heerlijk!' zeg ik stralend. 'Dank je, Jill. Eh... hoe heb je die thee gemaakt?'

'Niet. Dat kan hier niet. Al mis ik het wel, een dampende pot thee in de middag. De buurvrouw aan het eind van de straat heeft een fornuis. Voordat ik naar jou toe ging, ben ik daarheen gegaan om om een ketel hete thee te smeken, en hij is nog steeds warm. Jammer genoeg kan ik je geen melk en suiker aanbieden. Hopelijk lust je hem ook zwart.'

Verbaasd knipper ik met mijn ogen. 'Jeetje, Jill. Wat een moeite.' Ik zie al voor me dat ze nóg een keer al die trappen op moest om mij hete thee te kunnen aanbieden. Ik neem een grote hap van een van de kaneelbroodjes. Het is oudbakken. 'Hmm, heerlijk! En ik drink mijn thee het liefst zwart.' Dat laatste is tenminste niet gelogen.

Als ze haar hand op de tafel legt, probeer ik er niet naar te staren hoe ruw die is, met afgebrokkelde nagels en een lelijke blaar. 'Ik mis het ook om een mooi gedekte tafel te hebben,' merkt ze op. 'Ik had de thee graag op een wit kleed geserveerd, Otty, met linnen servetten om op onze schoot te leggen, misschien een paar bloemen. Ach, dat komt nog wel een keer.'

Nu we in Jills merkwaardige, sombere huis op de oudbakken broodjes knagen en van de lauwe thee nippen, lijken we wel twee kinderen die een denkbeeldig theepartijtje houden. We doen alsof de wereld om ons heen er anders uitziet. Als alles op is, blijven we met onze ellebogen op tafel en onze kin op onze handen geleund zitten praten.

'Jouw huis ziet er vast heel anders uit,' zegt Jill.

Door die grijns van haar moet ik onwillekeurig ook glimlachen. 'Dat klopt,' geef ik toe.

'Je hebt vast een ruime hal en heel veel kamers. En een tuin, mooie meubels en schilderijen aan de muren.'

Ik knik bevestigend.

'Om het hele huis heen loopt een brede veranda, met een deur die je kunt laten openstaan zodat je het geruis van de palmbomen en het geluid van de zee kunt horen, en plafondventilatoren om het koel te houden...'

Ik lach. 'Nu heb je zeker jóúw oude huis in gedachten? Als wij de deur open laten staan, horen we alleen de regen.'

'Je hebt gelijk.' Ze vertelt er honderduit over. Witte stranden en blauwe golven, kokosnoten en mango's aan de bomen. Beide vruchten heb ik nog nooit geproefd, maar de namen alleen al beloven een hemelse smaak. Ze vertelt over de jongens die in de bomen klimmen en de vruchten eruit schudden, over de oude mannen die elke ochtend in puntige vissersbootjes die voor de helft gevuld zijn met visnetten de golven in roeien, over de vrouwen die doeken om hun hoofd wikkelen tegen de warmte en tijdens het werken zacht en harmonieus zingen.

Ik hoor het allemaal als betoverd aan, alsof het een sprookje is. Wanneer het mijn beurt is, klaag ik over de hopeloos verliefde Charlie, de hooghartige Elfrida en de huilerige Averil. Jill joelt hen uit om hun zwakheden, ze schaart zich aan mijn kant omdat ze mijn vriendin is. Dat heb ik nodig. Als ik haar over de mysterieuze ziekte van mijn moeder vertel, zegt ze vriendelijke dingen, ook al heeft ze haar eigen moeder verloren. Ik zeg dat er na Kerstmis een eind zal komen aan mijn omzwervingen door de stad omdat ik dan naar school moet, waarop ze meelevend met haar tong klakt. Als ik weer op huis aan moet, loopt ze met me mee terug naar Helpman Street om te zorgen dat ik veilig thuiskom.

'Je kunt niet naar een theesalon, hè?' vraag ik vlak voordat we afscheid nemen. Ik mag dan jong zijn, ik ben niet op mijn achterhoofd gevallen. Ik ben in een theesalon nog nooit iemand tegengekomen die eruitziet zoals zij.

'Ik zou wel naar binnen kunnen gaan,' antwoordt ze, 'maar ik weet niet of ze me wel zouden laten blijven. Hoogstwaarschijnlijk niet.

Ook al zouden ze dat wel doen, dan nog zou ik me niet op mijn gemak voelen. Heb je enig idee hoe het voelt, Otty, om ergens te zijn waar iedereen zich aan je vergaapt alsof je een bezienswaardigheid bent, of nog erger?'

Natuurlijk heb ik daar geen idee van, maar ik denk dat ik het helemaal niet prettig zou vinden. 'Waar zullen we de volgende keer dan naartoe gaan?' vraag ik. 'Jij hebt mij al een keer getrakteerd, de volgende keer is het mijn beurt.'

'Van mij mag je op zondag altijd thee bij me komen drinken. Ik mag je graag, Otty Finch, je bent een slimme meid. En ik kan er op zijn minst Maggie mee tot waanzin drijven. Dat is me al heel wat waard.'

MABS

Mabs had hoge verwachtingen gehad van haar vrije tijd. Ze had zich voorgesteld dat ze zich vol verhalen in haar uniform naar huis zou reppen en dat haar familie versteld zou staan van deze nieuwe, keurige Mabs. Op woensdagmiddag werd ze zich echter bewust van de kloof tussen haar dagdromen en de werkelijkheid. Haar familie verwachtte haar niet en ze had geen goed nieuws te brengen.

Dus ging ze Hampstead maar verkennen, verrukt maar ook weemoedig. De wijk lag slechts enkele kilometers bij Saffron Hill vandaan, waar ze heel haar leven had gewoond, en bij de werf waar ze had gewerkt. Ondanks die geringe afstand was dit een heel andere wereld. Ze was gefascineerd door de voordeuren. Het blinkende schilderwerk, de eigenzinnige deurkloppers, de smetteloze opstapjes. Wat zou er achter die groene kelderdeur schuilgaan? Wie woonden er in die mooie rijtjeshuizen met die glas-in-loodramen? Het was makkelijk om te denken dat er achter zo'n gezellige buitenkant nooit iets mis kon gaan, maar in huize Finch had ze al gemerkt dat dat niet waar was.

Op zondag moest ze wel naar huis, dat had ze beloofd. Ze trok haar oude jurk aan, omdat ze zich nog de oude Mabs voelde – nutteloos en balancerend op het randje van de rampspoed. Het was regenachtig en die ochtend kwam ze doorweekt aan in Mushroom Court. Met gemengde gevoelens liep ze de gammele trap op. Ze keek ernaar uit om haar familie te zien, maar zag ertegen op om een vrolijk gezicht te moeten opzetten. Bij de deur bleef ze even staan en liet haar hoofd tegen het houten kozijn rusten voordat ze naar binnen ging.

Nicky sprong op, in de aanvalshouding, tot hij zijn zuster herkende. 'Mabs!' Hij vloog op haar af en veranderde in één oogopslag van de beschermer van het gezin in haar kleine broertje. Zijn omhelzing was zó stevig dat ze allebei bijna hun evenwicht verloren op de kale vloerplanken.

'Nicky, wat ben je toch een malloot,' zei Mabs lachend. 'Ik ben ook blij om jou te zien, maar geef me even de kans om binnen te komen, ja?'

Terwijl de ene na de andere van haar broertjes en zusjes haar om de hals vloog, keek ze om zich heen en knoopte haar jas open. 'Waar is pa?' Sinds ma er niet meer was, was dat een beladen vraag.

'Maak je geen zorgen, Mabs,' stelde Jenny haar gerust. 'Hij is wat gaan halen voor de lunch. Hij heeft de hele week gewerkt en wou wat bijzonders in huis halen.'

'De hele week? Meen je dat nou?'

'Ja, geloof 't of niet. Hij sjouwt graan, in Camden. Het zijn lange dagen, maar hij komt elke dag meteen van z'n werk naar huis en brengt z'n salaris mee.'

'Jeetje, wat een goed nieuws! Ik kan niet zeggen hoe blij ik daarmee ben.' Mabs maakte zich los uit Angies greep om haar knieën en tilde haar op om haar eens goed te bekijken. Na haar verblijf in huize Finch viel het haar meteen op hoe mager en vuil ze allemaal waren. Dat was niets nieuws, maar wat een contrast! Toch leken ze er niet slechter aan toe dan de vorige keer dat ze hen gezien had en ze hadden allemaal een glimlach op hun gezicht.

'Waarom heb je geen mooie jurk aan, Mabs?' vroeg Peg teleurgesteld. 'Je bent nu toch een dame?'

Opeens schaamde Mabs zich omdat ze in haar oude kloffie was komen opdagen. Het was juist haar bedoeling geweest om hen op te vrolijken. 'Ik ben geen dame, uilskuiken. Ik ben maar een bediende, maar ik heb wel een net uniform. Ik wou 't niet vuil maken door 't op m'n vrije dag te dragen, maar ik moet me niet zo aanstellen. Volgende week trek ik 't aan.'

'Wat voor kleur heeft 't?' vroeg Peg gretig.

Ach, ze begint die leeftijd te krijgen, dacht Mabs. 'Zwart.' Toen ze Pegs gezicht zag betrekken, moest ze lachen. 'Ik weet 't, lieverd, niet bepaald een romantische kleur. Maar ja, ik werk alleen in Hampstead, ik kom niet op bals en leid geen luxeleven. Het is heel netjes, met witte biesjes en glanzende knopen. De volgende keer trek ik 't aan, beloofd.'

'Wat zit daarin, Mabsy?' Jem prikte in haar tas, alsof hij instinctief aanvoelde dat daar iets eetbaars in zat.

Mevrouw Derring had haar een prachtige gele cake meegegeven, samen met een blikje met de speciale Indiase thee van mevrouw Finch. Mabs had niet durven zeggen dat ze geen idee had hoe ze daar thee van moest zetten.

'O, gewoon, wat lekkere thee,' plaagde Mabs hem. Ze stak hem het blikje toe. 'Helemaal uit India.'

Zes gezichten keken haar beteuterd aan. 'Théé?' vroeg Jem spottend. 'Tenzij die van massief goud is gemaakt, zie ik niet in wat d'r zo bijzonder aan is!'

'Wat vind je hier dan van?' Mabs zette de heerlijk geurende cake op tafel. 'Mevrouw Derring, de kokkin, heeft 'm speciaal voor ons gebakken.' Ze glimlachte om hun opgetogen kreten en keek om zich heen. De kamer was donker, vol en net zo sjofel als haar jurk. Zoals gewoonlijk.

'Hé!' riep ze toen ze Matt met zijn blote handen een homp cake in zijn mond zag stoppen. 'Niet doen! Die bewaren we voor na de lunch. Dan snijden we 'm netjes aan en eten we d'r met z'n allen van, Matt Daley!'

Matt had het echter veel te druk met kauwen. De anderen pikten de kruimels van tafel, als de duiven op Trafalgar Square. Mabs kon het hun niet kwalijk nemen. Ze wist nog goed wat een erge honger ze altijd had gehad. Na een week lang drie maaltijden per dag te hebben genuttigd voelde ze zich al sterker worden. Ze haalde een mes en sneed voor hen allemaal een klein plakje af. 'Om nog even vooruit te kunnen tot de lunch,' zei ze erbij. Het was te veel gevraagd om hen te laten wachten.

Nadat Peg de borden had gepakt en op elk bord een halve aardappel uit het kraampje verderop in de straat had gelegd, kwam pa thuis met een kool, een kleine ham en een fles vlierbloesemwijn. 'Mabs, meisje van me!' riep hij uit. 'Hoe gaat 't, lieverd? Laat me je 's bekijken.'

Mabs omhelsde hem dolgelukkig. Zo te horen was hij weer helemaal de oude. 'Het gaat goed met me, pa. En met u? De kinderen zeiden dat u aan 't werk ben.'

'Het gaat goed, schat. Volgende week ga ik weer. Eerlijk gezegd ben ik volkomen afgepeigerd, maar 't salaris maakt een hoop goed. Dit heb ik aan jou te danken, schat, omdat jij die baan heb gekregen. Daardoor kreeg ik weer zin om m'n steentje bij te dragen. Nu ik een mond minder hoef te voeden en weet dat jij af en toe bijspringt... Nou ja, dat scheelt een hoop, als je begrijpt wat ik bedoel.'

'Daar ben ik blij om, pa. Wat fijn!'

Morgen zou ze harder haar best doen dan ooit. Ze rekenden allemaal op haar. Pa raakte erdoor gemotiveerd, de jongens kregen cake, Peg kon ernaar uitkijken om een nieuwe jurk te zien... en dat was nog maar het begin van wat ze hun wilde geven.

Haar tweede week was echter net zo ondraaglijk als de eerste. Ze haalde alles uit de kast om ervoor te zorgen dat haar nieuwe mevrouw van haar gecharmeerd raakte. Tijdens de gesprekken met meneer Finch loog ze niet, maar legde ze er ook niet de nadruk op hoe moeizaam het ging. Ze hoopte dat mevrouw Finch zou aanvoelen dat Mabs ook loyaal aan háár was. Tijdens werktijd wisselde ze af tussen goedbedoelde verzoeken, vrolijk geklets en bemoedigende stilte. Soms zat ze rustig en geduldig af te wachten, soms was ze druk in de weer met een plumeau en boenwas. Toch leek mevrouw Finch haar aanwezigheid niet op prijs te stellen. Het had er zelfs alle schijn van dat ze zich er nog niet bij neergelegd had. Het grootste deel van de tijd zat ze naar de tuin te staren, die nog steeds niet meer was dan een grimmige wirwar van takken zonder bloemen. Toen Mabs vroeg of het een rozentuin was, leverde dat een minachtend knikje op. Ze had zich een rozentuin altijd voorgesteld als iets heel moois en levendigs, maar tot nu toe was deze net zo dor en vreugdeloos als haar band met mevrouw Finch. De dagen kropen voorbij.

Op donderdagochtend kwam Mabs de kamer van haar mevrouw binnen en trof daar meneer Finch aan.

Toen ze de deur opendeed, stak hij waarschuwend zijn hand op. Kennelijk had zijn echtgenote weer een woede-uitbarsting gehad, want alles lag bezaaid met glasscherven. 'Voorzichtig, Daley, pas op waar je loopt. Ik vrees dat je vanmorgen weer scherven zult moeten rapen. Jammer genoeg is onze renaissancespiegel, een familie-erfstuk, niet langer onder ons.' Hij klonk vermoeid.

De spiegel waarop hij doelde had ze al vaak bewonderd. De lijst was rijkelijk bewerkt met vergulde bladeren en cherubijnen. Hij had naast de kledingkast gehangen en Mabs zou er zelfs nog vaker naar hebben gekeken, ware het niet dat het niet meeviel om naar een spiegel te kijken zonder jezelf te zien. Ze keek niet graag naar zichzelf, zo mager en armoedig als ze was. Nu zag ze de lijst als een leeg ovaal op de vloer liggen.

'O!' Snel perste ze haar lippen op elkaar. Het was niet aan haar om commentaar te leveren, maar ze vond het schokkend dat iemand zoiets moois zou willen vernielen. Zoiets kostbaars, terwijl er zo veel mensen honger leden. Ze keek naar haar mevrouw en vond haar nog onaardiger dan anders.

Mevrouw Finch groette haar niet, maar dat was niets nieuws. Toch was iets aan haar vandaag anders. Ze zat zoals gewoonlijk in haar stoel bij het raam, maar haar houding had iets levenloos. Even bekroop Mabs het vreselijke gevoel dat ze dood was, tot ze haar schouders langzaam op en neer zag gaan op het ritme van haar ademhaling. Met gefronst voorhoofd liep ze langs de rand van het vertrek. Het hoofd van haar mevrouw hing naar voren, haar ogen waren half dicht en zagen er heel donker uit.

‘Goeiemorgen, mevrouw,’ zei Mabs zacht, zonder een begroeting te verwachten. ‘Ik heb ’t hier zo weer netjes, maak u maar geen zorgen.’

Er kwam geen reactie. Dit was niet haar gebruikelijke achteloze hooghartigheid. Het leek wel of mevrouw Finch helemaal niet aanwezig was.

Mabs wierp een vragende blik op haar baas.

‘Ik heb haar helaas een kalmerend middel moeten toedienen,’ zei hij beheerst. ‘Een te verwaarlozen hoeveelheid. Toch probeer ik dat altijd te vermijden. Het is moeilijk om het te doen zonder me… tja, zonder me een bruut te voelen.’

‘O, meneer, dat ben u helemaal niet!’ riep Mabs uit, verscheurd door medeleven met hen beiden. ‘Wat vreselijk. Ik vind ’t heel erg voor u, meneer.’

‘Het is vreselijk, inderdaad. Een laatste redmiddel. In Durham hadden we een erg begripvolle huisarts, dokter Broome. Hij had veel ervaring met dit soort gevallen en toen we vertrokken, heeft hij me een voorraadje meegegeven voor momenten als deze. Een druppel of twee in haar thee, en het is weer een tijdje veilig en rustig in huis. Maar het doet me veel verdriet, werkelijk waar.’

‘Dat geloof ik graag, meneer. Het is ook verdrietig.’

‘Goed, dan ga ik maar eens naar kantoor. Er moet geïnvesteerd worden!’ Hij probeerde te glimlachen, maar er was weinig vreugde te vinden in een kamer vol glasscherven en een wezenloze vrouw.

‘Laat ’t maar aan mij over, meneer. Ik ruim alles op en zorg dat ’t binnen de kortste keren weer netjes is.’

‘Uitstekend, Daley. Als je daarmee klaar bent… Het heeft geen zin om bij haar te gaan zitten, ze zal urenlang zo blijven. Ga maar een wandeling maken als je daar zin in hebt. Je hoeft het jezelf niet moeilijker te maken dan het al is.’

Het was logisch wat hij zei en ze verlangde ernaar om in de buitenlucht te zijn, maar iets aan de ingezakte houding van mevrouw Finch raakte een gevoelige snaar bij haar. Ook al is ze nog zo gemeen tegen me, ik zou haar nog liever trots en fel zien dan zoals ze er nu aan toe is, dacht ze. Op dat moment wist ze dat ze haar niet alleen zou laten, niet in deze toestand.

OLIVE

Clover is eindelijk gekleed zoals het een kleine Westallen betaamt, in een grijze mantel boven een jurk met een pastelroze, perzikkleurig en grijs ruitjespatroon. Het geheel wordt afgemaakt met een strohoed waar een perzikkleurig lint omheen is gebonden. Ze ziet er zo schattig uit dat ik het wel van de daken zou willen schreeuwen. Nu ze bijna een maand bij ons is, voelt ze zich helemaal thuis bij papa, mama en de bedienden, dus ben ik gaan winkelen. Zodoende is mijn dochter voorzien van mooie jurken en mantels, schattige hoedjes en praktische schoenen in een klein maatje dat mijn hart doet smelten. Vandaag wilde ik zo graag met haar pronken dat ik haar mee op visite heb genomen. Dat was echter geen succes.

Eerst gingen we naar mevrouw Zenobia Lake, die in het grootste huis van Belsize Park woont. Een jaar of vijftig geleden is ze vanuit Cornwall hierheen gekomen en met een bankier getrouwd. Ze waren steenrijk en in alle opzichten een paar apart. Vijftien jaar geleden is haar echtgenoot echter overleden. Sindsdien is ze vastbesloten in dat enorme huis te blijven, hoewel haar fortuin en daarmee ook haar huishouding is geslonken. Nu heeft ze nog maar één bediende. Hoewel ik erg kan genieten van Zenobia's scherpzinnigheid en haar vergane glorie, kwam ik al snel tot het besef dat Lake Hall geen geschikte plek is voor Clover, met al die lege kamers, stille gangen en een stokoude, broodmagere, grijsharige vrouw des huizes.

Daarna bezochten we Julia Morrow, de gescheiden vrouw die alleen in de Vale of Health aan de rand van de heide woont. Ik ben altijd een groot voorstander van de mogelijkheid tot echtscheiding geweest, maar kennelijk ben ik de uitzondering die de regel bevestigt. De rest van Hampstead is gechoqueerd door Julia, dus leidt ze een teruggetrokken bestaan. Ze is ongeveer van mijn leeftijd, maar tot mijn verbazing leek ze zich niet erg op haar gemak te voelen bij Clover. Zelf heeft ze geen kinderen en het schandaal is haar natuurlijk zwaar gevallen.

Het vervult me met schrik hoeveel mensen in onze bedrijvige gemeenschap alleen staan en toekijken vanuit de marge. Desalniettemin zal ik wat jongere, levendigere vriendinnen voor Clover moeten zoeken, anders wordt het erg saai voor haar. Natuurlijk zal het wel beter gaan als ze eenmaal op school zit, maar ik heb er nog niet over nagedacht waar of wanneer dat zou moeten gebeuren. Hemeltjelief, er zijn veel belangrijkere zaken te regelen dan kleding!

Toen we bij Julia weggingen, vroeg ik aan Clover wat zij wilde doen. Ze vroeg of we naar de grote grijze vogel konden gaan kijken, dus zwerven we nu over de heide, op zoek naar de reiger.

Het is modderig, zoals meestal aan de zuidkant van de heide. Het doet er niet toe, we hebben allebei stevige laarzen aan. Ik vertel haar dat de deeltjes in de Londense klei onder onze voeten het water vasthouden, maar ze vindt het interessanter om in de plassen te stampen. Ik kan me niet voorstellen dat Gert wél een lesje in geologie op prijs had gesteld.

Het is een prachtige dag. De laatste bladeren zijn gevallen, waardoor de takken nu grimmig zwart en glanzend afsteken tegen de satijnachtige blauwe hemel. Het is het soort weer dat uitnodigt om hard te rennen en je longen aan het werk te zetten. Dat doe ik dan ook.

Clover probeert me dapper bij te benen, tot ze aan mijn hand trekt. 'Mama! Niet zo snel!'

Ik zeg dat het me spijt en we gaan in een rustiger tempo verder. Het is allemaal nog zo nieuw voor me. Lachend en met roze wangen komen we aan bij de vijvers. Clover speurt de omgeving af en wijst. En warempel, verderop langs de waterkant staat de reiger, grijs en grimmig, tussen het struikgewas. De haveloze veren op zijn kop doen me denken aan de bankbediende met het sluike haar bij papa's bank. Hij – de vogel, niet de bankbediende – zit er volkomen roerloos bij en is vrijwel onzichtbaar.

Clover laat mijn hand los.

'Voorzichtig, schat,' waarschuw ik haar. 'Niet in het water vallen.'

Ze werpt me een afkeurende blik toe.

Omdat ik zie dat ze zich zal gedragen, kijk ik om me heen naar de vrolijke taferelen van Hampstead Heath op een zaterdag. Kindermeisjes met kleine kinderen wijzen hun pupillen op de wonderen der natuur. Verliefde stelletjes hangen rond onder de bomen. Ik zie arme mensen uit de stad, hun gezichten betrokken en bleek. De heide is in het weekend een populaire bestemming. Mensen komen met drommen tegelijk per trein aan om hier de dag door te brengen. De rijkelui zijn er ook, met extravagante parasols die ze alleen gebruiken om te wijzen en gebaren, aangezien de zon niet fel schijnt.

Dan zie ik twee bekende gezichten, te dichtbij om te doen alsof ik hen niet heb gezien. Ik kan me niet omdraaien zonder vreselijk onbeschoft over te komen, maar Rowena Blythe en Verity Crawford zijn wel de laatste personen die ik wil spreken.

'Juffrouw Westallen! Olive! Hemeltjelief, dat is lang geleden!'

Die woorden komen uit de mond van juffrouw Blythe, de enige dochter van de gewezen beste vriend van mijn vader die nu zijn aartsvijand is. Als het anders was gelopen, waren we nu misschien vriendinnen geweest, maar dat kan ik me niet voorstellen. De onmin tussen onze vaders is namelijk niet de enige reden dat Rowena me zo nijdig maakt. De andere reden is dat ze zo mooi is. Er zijn in de wereld talloze mooie meisjes die me heus niet allemaal van streek maken, maar Rowena is zo beeldschoon dat het gewoonweg niet eerlijk meer is. Het lukt me om haar beschaafd te begroeten, ook al straalt de vrolijkheid er misschien niet vanaf.

'Juffrouw Blythe. Rowena. Ja, het is al een poos geleden. Hoe gaat het met je?'

Om precies te zijn is het drieënhalf jaar geleden. In maart 1892 werd Rowena achttien. Er werd een groot bal georganiseerd dat ik geenszins wilde bijwonen, maar waar ik niet onderuit kon. De herinnering aan die avond, waarop ze er in haar pastelroze japon nog mooier uitzag dan een roos, is me altijd bijgebleven.

De enige reden dat ik me er toch mee verzoend had om naar het bal te gaan was Whitford Sedley, een jonge man die een keer of twee bij me op bezoek was geweest. Een jonge man van wie ik even dacht dat ik hem zou kunnen respecteren, misschien zelfs liefhebben. Net als alle andere mannen op dat bal had hij echter alleen maar oog voor Rowena. Hij deed haar zelfs een aanzoek. Toen ik hem groette, aarzelde hij. Hij kon even niet op mijn naam komen.

Ik koester geen wrok jegens Rowena vanwege Whitford Sedley. Zij kan het ook niet helpen dat ze zo betoverend is als een zeemeermin. Dat Whitford voor haar viel was onvermijdelijk. Al sinds haar geboorte is Rowena echter mijn tegenhanger. Hoewel ze jonger is dan ik, val ik als het om het vrouwelijke schoonheidsideaal gaat bij haar in het niet. Ik neem aan dat ik in academisch opzicht beter onderlegd ben. Niet omdat ik niet geloof dat een vrouw zowel mooi als slim kan zijn, maar omdat het niet eerlijk zou zijn als ik haar op geen enkel gebied kon overtreffen.

Als het om huwelijksaanzoeken gaat... Welnu, ik heb er één gehad, dat amper een naam mag hebben. Rowena is naar verluidt al door ácht mannen ten huwelijk gevraagd. Tot nu toe heeft ze hen allemaal afgewezen. Ik ben ervan overtuigd dat ze ooit met een koning zal trouwen.

Nu staat ze voor me, als een droomverschijning in feloranje en witte strepen. 'Het gaat uitstekend met me, dank je, juffrouw Westallen. Je kent mijn vriendin toch nog wel, juffrouw Crawford?'

Verity en ik knikken elkaar koeltjes toe.

'Ik heb de zomer in Europa doorgebracht,' vervolgt Rowena. 'Hemeltjelief, wat was het daar schitterend. De geneugten van Parijs zijn gewoonweg niet in woorden te vatten. Ben jij er weleens geweest, juffrouw Westallen?'

'Nee, jammer genoeg niet.'

'Dat moet je écht eens doen! Ik weet zeker dat je het heerlijk zult vinden. Heb je wel een aangename zomer gehad?'

'Nu je het zegt, ik heb een erg interessante tijd achter de rug.'

Precies op dat moment komt Clover weer naar me toe rennen en pakt me bij mijn rokken beet. 'Mama!'

Ik zie de dames Blythe en Crawford grote ogen opzetten.

'Hij is weggevlogen!' Clover wijst naar de reiger, die nu op een afhangende tak in een boom zit.

'Wat jammer, schat. Clover, liefste, dit zijn juffrouw Blythe en juffrouw Crawford. Ze zijn verre buren van ons. Dames, mag ik jullie voorstellen aan mijn dochter, juffrouw Clover Westallen.'

Ze blijven als aan de grond genageld staan. Ik weet dat het hun is opgevallen hoe oud Clover is en dat ze nu koortsachtig proberen te bedenken wanneer ze me voor het laatst hebben gezien.

'Hemeltje,' zegt Rowena uiteindelijk. 'Je hebt niet stilgezeten.'

Clover kijkt haar stralend aan. 'Mama!' roept ze uit, terwijl ze naar Rowena wijst. 'Mooi!'

Op Rowena's gezicht breekt een engelachtige glimlach door. 'Och, wat een schatje!' Ze zakt door haar hurken, zodat al haar mooie strepen op de grond komen te rusten. 'Wat een snoezig meisje!'

'Haar vader moet wel erg knap zijn,' merkt Verity op.

'Goeie genade, en ik noemde je nog steeds juffrouw Westallen.' Rowena komt weer overeind. 'Neem me niet kwalijk, ik had niet vernomen dat je getrouwd bent.'

'Dat ben ik ook niet,' zeg ik opgewekt, met meer plezier om hun verschrikte gezichten dan op mijn leeftijd gepast is. 'Ik weet niet wie haar vader is.'

Verity ziet eruit alsof ze geen lucht krijgt.

'Vogel!' roept Clover, waarna ze wegrent om haar zoektocht te hervatten.

'Ze is geadopteerd,' geef ik toe. 'Ik ben al een poos een vaste bezoeker van het meisjestehuis in Belsize Park. Mijn huis en fortuin zijn groot genoeg om te delen, en er zijn zo veel kinderen die niets hebben. Op deze manier ben ik gezegend met een dochter, zonder me om een echtgenoot te hoeven bekommeren.'

'Goh,' zegt Verity. 'Wat ongebruikelijk.'

'En... eervol!' merkt Rowena op. 'Erg eervol. Wat een schattig, lief, mooi meisje. Precies het soort kind dat ik zelf had uitgekozen.'

Het kost me moeite om niet met mijn tanden te knarsen.

'Maar hoe weet je waar ze vandaan komt?' vraagt Verity. 'Ben je niet bang dat er oud zeer naar boven komt? Stel dat ze... verdorven is?'

Ik lach bij de gedachte dat Clover iets verdorvens in zich heeft. 'Ik zou me geen zachtaardiger kind kunnen voorstellen dan Clover, juffrouw Crawford.'

'Natuurlijk,' zegt Rowena. 'Welnu, Olive. We hebben je al lang genoeg opgehouden, denk ik zo. Het is altijd erg... interessant om je te zien.'

'Het was me een genoegen. Ik wens jullie beiden nog een plezierige dag.'

Nadat we een reverence hebben gemaakt, vertrekken ze in de richting van Highgate. Op de bries drijven een paar flarden van hun conversatie naar me toe. 'Wat een vreemde vrouw is dat toch,' hoor ik juffrouw Crawford zeggen. 'En dan die kin! Geen wonder dat ze nooit getrouwd is. Welke man past dáár nou naast op het kussen?'

'Stil nou, Verity,' zegt Rowena. 'Zij kan het ook niet helpen dat ze zo'n kin heeft en ze is écht een boeiende vrouw.'

Ik kijk hen na en vraag me af hoe lang het zal duren voordat ik hen weer zie. Dan hoor ik achter me een misselijkmakend gekraak en een ijselijke kreet.

OTTY

Gefrustreerd schop ik tegen losliggende stenen aan. Ik zou gelukkig moeten zijn. Ik ben op de heide, de zon schijnt... maar mijn eenzame wandelingen beginnen hun charme te verliezen. Ik ben het beu om mijn hoofd af te wenden en de bevreemde blikken die ik aantrek te negeren. Ik weet het, zou ik willen zeggen. Het is eigenaardig, nietwaar?

Daley is nu al meer dan drie weken bij ons en mama heeft nog geen enkele vooruitgang geboekt. Mijn broer en zusters beginnen wat enthousiaster te worden over het leven in Hampstead, maar lijken niet van zins om het samen met mij te verkennen. In hun ogen ben ik waarschijnlijk nog een baby. Maar als zij geen tijd met me willen doorbrengen, mijn moeder dat niet kan en mijn vader aan het werk is... wat moet er dan van mij worden?

Vanaf januari ga ik naar school, maar ik heb niet de illusie dat het dan beter zal gaan. Het schoolhoofd maakte een strenge indruk op me en de meisjes zijn vast verwaand. De zondagen zullen de enige lichtpuntjes van de week zijn. Dan kan ik naar Jill toe. Zij is de enige echte vriendin die ik heb, maar dat moet om redenen die ik niet begrijp geheim blijven.

Ik ben over de Northern Heights gelopen, waar de grond zanderig was. Ik kan me voorstellen dat de heide daar in het voorjaar in volle bloei zal staan. Inmiddels ben ik aangekomen bij een prachtige vijver, waar het wemelt van de vogels. Daar blijf ik treuzelen, terwijl ik bedenk of ik thuis warme chocolademelk zal nemen. Misschien ga ik *Little Women* nog wel een keer lezen. Ik zou wel net zoveel plezier willen maken en zo'n goede band met mijn broer en zusters willen hebben als de zusjes March uit dat boek.

Opeens hoor ik een luid gekraak en een kreet. Als ik me omdraai, zie ik een keurig uitgedoste dame onder een boom aan de waterkant staan. Ze tuurt omhoog naar de takken. Ze ziet er gespannen uit en heeft haar hand op haar hart gelegd, alsof ze het in haar borst wil houden. Een erg mooi, klein meisje klampt zich als een aapje vast aan een gebroken tak. Er vliegt een reiger weg.

De moeder blijft bewonderenswaardig rustig. 'Niet bang zijn, lieverd. Ik laat je niet vallen,' roept ze, terwijl ze met uitgestoken armen onder haar dochter gaat staan. Zelf vind ik de situatie er nogal hachelijk uitzien. Ik ren ernaartoe en zet mijn voet tegen de stam van de boom. Tijdens mijn kindertijd in het prachtige noorden heb ik het een en ander geleerd over in bomen klimmen.

'O! Voorzichtig, kindje!' roept de dame als ze ziet wat ik van plan ben.

Ik verzeker haar dat ik het meisje zó weer beneden heb. Halverwege de stam zie ik duidelijk hoe ze naar beneden kan komen. Ik klim nog een stukje hoger en zeg wat ze moet doen. 'Hou je goed vast en steek je rechterbeen omlaag. Goed zo. Trek nu je andere voet erbij. Hou je maar vast aan die gevorkte tak daar. Niet bang zijn, ik laat je niet vallen.' Ik klim nog een eindje verder, tot we elkaar kunnen aanraken en ze tegen me aanleunt. Ik voel dat ze me vertrouwt. Als ik mijn arm stevig om haar heen sla, slaat zij haar benen om mijn middel en zoek ik met mijn vrije hand een weg naar beneden. 'Ziezo!' Ik zet haar op de grond. 'Weer veilig en wel bij mama.'

Haar moeder tilt haar op en overlaadt haar met kussen. 'Clover! O, Clover, toch!' zegt ze, verrukt, maar ook bestraffend.

Met een glimlachje sla ik hen gade. Zo behoort een gezin eruit te zien. Samen op pad, zo nu en dan in een netelige situatie, waar ze dan weer uit komen – samen.

Dan kijkt de vrouw mij aan. 'Kindje, hoe kan ik je ooit bedanken?'

Als ze Clover heeft neergezet, drukt ze haar met één hand tegen zich aan en steekt de andere naar mij uit.

Ik schud hem en maak een lichte kniebuiging. 'Het was me een genoegen, mevrouw.'

'Ze wilde naar de reiger kijken,' legt de vrouw uit. 'Die vindt ze fascinerend. Ik werd afgeleid omdat ik een paar kennissen tegenkwam en had geen idee dat ze erachteraan was geklommen. Hemeltje, wat akelig.'

'Dat was erg dapper van je!' Ik buk me om op gelijke hoogte met Clover te komen. 'Voortaan moet je wel wat voorzichtiger zijn met de bomen, hoor. Het is altijd makkelijker om naar boven te gaan dan om weer naar beneden te komen.'

'Toen ik die tak hoorde breken...' De vrouw rilt. 'Ik dacht dat haar nek het volgende zou zijn. Ik kan je echt niet genoeg bedanken. Mag ik vragen hoe je heet?'

Ik recht mijn rug en kijk haar stralend aan. Ze is niet mooi. Dat valt me meteen op, gewend als ik ben aan de weelderige schoonheid van mijn moeder en zusters (die arme Charlie heeft het wat dat aangaat minder goed getroffen). Toch vind ik haar gezicht prettig om naar te kijken. Ze ziet er open en zelfverzekerd uit en is duidelijk erg intelligent. Ik hou ervan als mensen intelligent zijn. 'Ik ben Ottilie Finch,' zeg ik, 'maar zeg maar Otty. Zo noemen al mijn vrienden me. Niet dat ik er hier zo veel heb...' Ik kan mezelf wel voor mijn hoofd slaan omdat ik zo deerniswekkend klink.

'Woon je hier nog maar net?'

'Ja. Bijna twee maanden, nu. Ik vind Hampstead prachtig, maar ik zou willen dat mijn familie de buurt met me verkende.'

'Misschien hebben ze het druk met de verhuizing?'

'Ja. Dat wil zeggen, papa is de hele dag aan het werk en mama is onwel...'

'O, wat naar om te horen. Ik hoop dat ze snel opknapt. Welnu, Otty, je hebt er vandaag twee trouwe vriendinnen bij gekregen, al is de een misschien een beetje te oud voor je en de ander nog een beetje te jong. Ik ben Olive Westallen en dit is mijn dochter, Clover.'

Westallen! Die naam heeft mijn vader al meerdere keren laten vallen. Ik weet dat hij dolgraag bevriend zou zijn met zulke rijke, machtige mensen. Zelf wil ik dat ook, maar niet om dezelfde redenen als hij.

Ik maak nog een kniebuiging voor Clover, en ze glimlacht. Hoewel ze niet erg spraakzaam is, heb ik door het avontuur met de reiger het gevoel dat ik haar een beetje ken. Ik hou er wel van als meisjes recht op hun doel afgaan. 'Het was heel aangenaam kennis te maken.' Hoewel ik geen zin heb om weg te gaan, wil ik hen niet langer ophouden. 'Een prettige dag nog, mevrouw Westallen.'

'O, het is juffrouw,' zegt Olive tot mijn verbazing. 'Ik ben niet getrouwd, zie je. Clover is geadopteerd.'

'O, wat geweldig!' Het ís ook geweldig om te zien hoe hecht hun band is, hoe gelukkig ze met elkaar zijn. Ik heb nooit eerder iemand ontmoet die geadopteerd was. Het lijkt mij een prima regeling.

Haar gezicht begint te stralen. 'Dat vind ik nou ook. Maar zeg maar Olive, hoor. Westallen is een hele mond vol. Heb je misschien zin om met ons mee te lopen? Ik zou je wel een ijsje willen aanbieden, maar daar is het helaas het jaargetijde niet voor.'

Meteen voel ik me stukken beter. Gezelschap! Wat kan dat ijsje mij nou schelen?

'Zal niemand zich zorgen maken waar je blijft?' vraagt ze als we beginnen te lopen.

'Nee hoor, helemaal niet,' verzeker ik haar, ook al is dat niet echt een geruststellende gedachte. Aan haar gefronste wenkbrauwen zie ik dat het haar ook niet bevalt. 'Ik verken de omgeving graag alleen. Ik kan gaan en staan waar ik wil en heb al heel wat interessante plekken gezien. Al verveelt het me soms ook wel.'

'Waar woon je, liefje?'

Als ik het haar vertel, blijkt ze de buurt goed te kennen. Ze zegt dat ze al het grootste deel van haar leven in Hampstead woont, dat haar vader kapitein is en meerdere schepen bezit en dat hij erg rijk is en veel aanzien geniet. Ik vertel niet dat ik dat allemaal al van papa weet. Het lijkt me vreselijk als mensen om die reden in je geïnteresseerd zijn. Dat is papa's enige tekortkoming, dat hij er zo naar snakt om zich met rijke, succesvolle mensen te omringen.

'We zijn bijna buren,' zegt ze. 'Als je wilt en als je ouders het goed vinden, mag je gerust bij ons op bezoek komen, Otty. Nietwaar, Clover?'

Het meisje knikt resoluut.

'Ik snap dat je liever vriendinnen van je eigen leeftijd had gehad, maar misschien is dit beter dan niets.'

'O, dat lijkt me geweldig!' roep ik uit. Ik wil er geen misverstand over laten bestaan hoe enthousiast ik ben. 'Heel graag. Dank u, juffrouw... Olive.'

MABS

Na een maand op nummer zes begon Mabs te vermoeden dat alles – het werk op de werf, de hongerdood, het armenhuis – beter was dan dit. Het was een merkwaardige situatie. Averil bezocht haar moeder zo nu en dan en leek op goede voet met haar te staan, evenals Otty. Elfrida en Charlie kwamen nooit bij hun moeder, althans niet voor zover Mabs tot nu toe had gezien. Mevrouw Finch leek in volkomen afzondering van de rest van het gezin te leven. Dat was… Nou ja, dat was toch vreemd? Haar vijandigheid tegenover Mabs was onverminderd. Gisteren nog, toen meneer Finch zijn vrouw tegen het eind van de dag was komen bezoeken, had zijn echtgenote Mabs – waar ze bij was – 'tuig van de richel' genoemd. Hij was in elkaar gekrompen en had Mabs zo verontschuldigend aangekeken dat ze haar eigen woorden had ingeslikt, ook al was ze paars aangelopen door de moeite die dat kostte. Had haar familie haar inkomsten maar niet zo hard nodig… Maar dan nog, hoe lang kon ze dit volhouden?

Aan het eind van een druilerige dinsdagmiddag bedacht Mabs dat mevrouw Finch alweer de hele dag geen woord tegen haar had gezegd. Net toen ze zich begon af te vragen of ze zich niet beter gewonnen kon geven en haar ontslag kon indienen, vloog de deur open en stoof Otty naar binnen. Ze zag er verfomfaaid uit. Haar haar zat in de war, haar hoedje was gedeukt en bungelde scheef aan de linten. Haar jurk was aan één kant besmeurd met modder.

'Mama, mama!' Huilend stortte ze zich in de armen van haar moeder.

Gealarmeerd keek Mabs op van de merklap die ze zat te borduren. Lydia was eraan begonnen als verjaardagscadeau voor haar moeder, maar ze had een hekel aan borduren en had zo erg geklaagd dat Mabs had aangeboden het voor haar af te maken. Zo had ze tenminste iets omhanden tijdens die lange, stille uren.

Door wat Mabs tot nu toe over mevrouw Finch te weten was gekomen kwamen er meerdere gedachten bij haar op. Ten eerste, de vrouw had er een hekel aan om gestoord te worden. Ten tweede, Otty's met modder besmeurde jurk was tegen de smetteloos blauwe zijde van haar moeder gedrukt. Ten derde, hoe zou zo'n ijskoude vrouw troost kunnen bieden?

Tot haar stomme verbazing veranderde mevrouw Finch echter voor haar ogen. Ze werd alert, capabel, moederlijk. Ze sloot haar dochter stevig in de armen, zonder acht te slaan op de modder. Haar wang liet ze op Otty's hoofd rusten, en ze mompelde zachtjes: 'Rustig maar, liefje, niet huilen. Mama is bij je. Mama is bij je. Je bent veilig.'

'Mamaaaa,' snikte Otty, die nu veel jonger klonk dan twaalf.

Het was duidelijk dat ze de schrik van haar leven had gehad, dacht Mabs met een brok in haar keel.

Na een hele tijd pakte mevrouw Finch de armen van haar dochter beet en maakte die voorzichtig los van haar middel. Daarna onderwierp ze Otty aan een grondige inspectie. 'Liefje, ik wil dat je gaat zitten en me precies vertelt wat er gebeurd is. Daley, wil je er een stoel bij zetten voor juffrouw Ottilie?'

Mabs schrok, maar aarzelde geen moment. Ze trok een comfortabele stoel bij de lievelingsstoel van mevrouw Finch zodat moeder en dochter met elkaar konden praten.

'Dank je, Daley. Ga maar zitten, Otty. Goed zo. Daley, wil jij een van de dienstmeisjes bellen en een kan chocolademelk, de fles brandy en Otty's lievelingskopje laten brengen? Zij weten wel welke ik bedoel. Trouwens, maak er maar twee kopjes van. Nee, drie. Goed, Otty. Vertel het me maar.'

Mabs trok aan het schelkoord en liep verwonderd terug naar haar stoel. Dríé kopjes?

'O, mama,' snikte Otty, nu iets rustiger. 'Ik was aan het wandelen en... ik ben overvallen door dieven! Ze waren met zijn drieën. Ze hebben mijn handtas gestolen en mijn medaillon... En mijn jas hebben ze ook uitgetrokken en meegenomen. Daarna duwden ze me op de grond en renden weg. Het spijt me, mama. Ik weet dat die spullen erg duur waren. Ik wilde ze niet kwijtmaken. Ik wist niet naar wie ik anders toe moest gaan, mama. Het spijt me, ik weet dat u het liefst met rust wordt gelaten.'

'Wat? Nee! Althans, niet als het om mijn kinderen gaat, Otty. Als je me nodig hebt, mag je altijd naar me toe komen, áltijd! Ah, er wordt aangeklopt.'

Mabs deed open voor Betsy en gaf de bestelling door.

Voordat Betsy wegliep, trok ze een nieuwsgierig gezicht.

Otty huiverde, dus stookte Mabs het vuur op en bood aan een omslagdoek voor haar te halen.

Mevrouw Finch knikte. 'Die crèmekleurige met franjes. Dat is de warmste die ik heb.'

Mabs ging hem halen en mevrouw Finch sloeg hem om haar dochter heen en pakte haar kleine handen vast. 'Is dit in Hampstead gebeurd?' wilde ze weten. 'Was je weer op de heide?'

'Nee, niet in Hampstead,' zei Otty behoedzaam.

Mabs keek haar onderzoekend aan. Aangezien ze zes jongere broertjes en zusjes had, zag ze meteen dat Otty ergens was geweest waar ze niet mocht komen.

'Eh...' Otty keek om zich heen alsof ze inspiratie zocht, ving Mabs' blik op en keek weer weg. 'Ik was bij het kanaal.'

'Wát? Waarom? Wat had je daar te zoeken, Ottilie?'

'Ik... Ik wilde papa zien.'

'Is dat gelukt?'

'Nee, het gebeurde voordat ik daar aankwam en daarna wilde ik alleen nog maar naar huis.'

'Volkomen terecht! Wat had je in vredesnaam tegen je vader te zeggen dat niet tot vanavond kon wachten?'

'Niets, mama. Helemaal niets. Ik wilde gewoon eens ergens anders naartoe. Ik verveelde me. Charlie en de meisjes willen niet met me mee.'

'Averil zei juist dat ze eraan beginnen te wennen om hier te zijn, dat ze uitgaan en nieuwe mensen leren kennen.'

'Dat doen ze ook, maar niet met mij! Ze drinken alleen maar thee met mensen van hun eigen leeftijd. Ze zeggen dat als ik bij hen wil zijn, ik ook mee moet gaan. Maar dat is zo sáái, mama. Ik wil avonturen beleven. Alleen niet dít soort avonturen.'

'Ik begrijp het.'

Mabs vond het verhaal van Otty nogal verdacht. Als Otty in de buurt van het kantoor van haar vader was beroofd, was ze wel daarheen gegaan, in plaats van alleen naar Hampstead terug te lopen terwijl ze zo bang was. Meneer Finch zou alles uit zijn handen hebben laten vallen om haar naar huis te brengen of haar op zijn minst in een rijtuig hebben gezet. Mabs betwijfelde of Otty op weg was geweest naar haar vader.

Betsy kwam de chocolademelk brengen en mevrouw Finch schonk voor hen alle drie een kopje in. Aan dat van Otty voegde ze een scheutje brandy toe. 'Daar word je warm van en het helpt tegen de schrik, liefje.'

Mabs had nog nooit chocolademelk gedronken. Vol ontzag staarde ze naar de zilveren pot met de gebogen tuit en het krullerige handvat. Ze kon nauwelijks geloven wat een heerlijke geur er uit haar kopje opsteeg. Het liefst zou ze de kostbare drank tussen haar handen koesteren en genieten van het vooruitzicht ervan te drinken.

'Opdrinken, Daley, anders wordt het nog koud!' droeg mevrouw Finch haar op.

Terwijl Mabs van haar chocolademelk nipte, bedacht ze dat het alle kleinerende opmerkingen, beledigingen en moeilijkheden meer dan waard was geweest om hier te zitten, van dit warme, zoete goedje te drinken en te zien dat haar mevrouw toch niet zo harteloos was als ze had gedacht.

Nadat ze alles op hadden, nam mevrouw Finch Otty mee naar haar eigen kamer om haar te helpen met omkleden. 'Eerst jou maar eens opfrissen en daarna kan ik mezelf ook maar beter omkleden. Daley, wil jij een schone jurk voor me uit de kast pakken? Doe die oudroze maar.'

'Ja, mevrouw. Het beste d'r mee, juffrouw. Ik ben blij dat 't goed is afgelopen.'

Otty rende naar Mabs toe en pakte haar handen beet. 'Dank je, Daley. Ik hoop dat we elkaar snel weer zien.'

Vreemd genoeg miste Mabs hen toen ze vertrokken waren. Ze vond de roze jurk, legde die op het bed en ging het dienblad naar de keuken brengen. Bij terugkomst zag ze dat mevrouw Finch de schone jurk al aanhad en weer op haar vaste plek bij het raam zat. Mabs ging verder met Lydia's merklap en maakte de D van *'beloved mother'* af voordat ze aan de M begon.

Twintig minuten verstreken, de schaduwen werden langer, de klok tikte zacht.

Uiteindelijk draaide mevrouw Finch zich naar haar toe. 'Daley, ik heb eens nagedacht.'

'Ja, mevrouw?' Er kwam maar geen eind aan de verrassingen vandaag. Mabs legde haar borduurnaald neer zodat ze zichzelf niet kon prikken.

'Hoe oud ben je?'

'Achttien, mevrouw.'

'En je hebt jongere broers en zusters, zei je?'

'Ja, mevrouw. Zes in totaal.' Mabs had gedacht dat mevrouw Finch geen woord had gehoord van wat ze haar had verteld.

'Dat is waar ook. Zoals je wel gemerkt zult hebben, is Otty een rusteloze ziel. Ze gaat pas in januari naar school en haar ontdekkingstochten zijn het hoogtepunt van haar leven. Dat wil ik haar niet ontzeggen. Alleen moge het duidelijk zijn dat ze haar omgeving niet altijd goed kan inschatten. We zijn erg onachtzaam geweest met haar. Ik wil graag dat je mijn dochter voortaan elke middag twee of drie uur vergezelt.'

Lydia's merklap gleed op de grond. 'Nou... Heel graag, mevrouw!' En óf ze dat graag wilde! Alleen... 'Maar 't is de bedoeling dat ik voor ú zorg, mevrouw. Ik weet niet of meneer Finch...'

'Ik regel het wel met mijn echtgenoot. Hij zal ook niet willen dat Otty iets overkomt. De rest van de dag kun je met mij doorbrengen. Ik wil dat je met Otty meegaat. Met ingang van morgen.'

Mabs bukte zich om het borduurwerk op te rapen. 'Prima, mevrouw. Ik zou niks liever willen...'

'Maar?' Abigail Finch keek haar scherp aan.

'Zou u niet af en toe zelf met 'r mee willen, mevrouw? Ik wil 't met alle liefde doen, ik mag juffrouw Otty graag en ik ken nie wachten om de buurt beter te leren kennen, maar wil u niet liever zelf met uw dochter op ontdekkingstocht?'

Bij het horen van die woorden leek er een schokje door haar mevrouw heen te gaan. 'Daley, je hebt mijn echtgenoot toch gehoord? Ik ben heel erg ziek!'

'Nou... is dat wel zo, mevrouw Finch? Ik begrijp dat u last heb van...' Ze mocht geen humeurigheid zeggen, dat mocht echt niet. '... melancholie, zo noemen ze dat volgens mij, mevrouw. Maar misschien zouden frisse lucht, interesse in uw omgeving en tijd met uw kinderen... u wel goeddoen. Neem me nie kwalijk als ik voor m'n beurt spreek, maar ik heb niet 't gevoel dat u veel aan me heb, dus ken ik net zo goed een duit in 't zakje doen...' Mabs hoopte maar dat ze niet te ver was gegaan, nu het net de goede kant opging.

'Misschien over een poosje,' zei mevrouw Finch na een lange aarzeling. 'Op dit moment zou je me een grote dienst bewijzen – een dienst van onschatbare waarde – door mijn dochter te vergezellen. Je komt uit Londen. Je bent... Je kent de straten. Jij bent de aangewezen persoon om ervoor te zorgen dat ze niet op plekken komt waar ze niet mag komen.'

Omdat ik zelf tuig van de richel ben, dacht Mabs, nog steeds gekwetst. 'Dat klopt, mevrouw. Ik weet heel goed waar ze beter niet ken kommen.'

'Precies. Na afloop kun je me, als je dat wilt, vertellen over jullie omzwervingen en kunnen we zo toch eens een gesprekje voeren.'

OTTY

Ik ben dolblij dat Mabs me nu gezelschap houdt tijdens het wandelen. Natuurlijk zou ik haar Daley moeten noemen. In het begin probeerden we ook juffrouw Ottilie en Daley te zeggen, maar het voelde vanaf het begin alsof we vriendinnen waren en zo spreek je je vriendinnen eenvoudigweg niet aan.

Papa was behoorlijk nijdig omdat ik naar een gevaarlijke plek toe ben gegaan, maar hij kan nooit lang boos op me blijven. Vanaf het moment dat hij ermee instemde dat Mabs elke dag een poosje met mij zou gaan wandelen, kan ik nog maar aan één ding denken: Jill! Met Mabs erbij is het veel makkelijker om naar haar toe te gaan. Ik weet nu dat er goede en slechte buurten zijn in de stad.

Toch is het nog te vroeg om Mabs over Jill te vertellen. Eerst moet ik haar beter leren kennen, zodat ik kan peilen hoe ze over mijn geheime vriendin zal denken. Na gisteren is het me duidelijker dan ooit dat sommige mensen Jill niet kunnen uitstaan. Ook al kennen ze haar niet eens.

Volgens mij weet Mabs dat ik gisteren tegen mama heb gejokt. Dat zag ik aan de manier waarop ze naar me keek. Ik was natuurlijk bij Jill. We hadden in de tussentijd nog een keer theegedronken in haar kamer. Ik had bloemen meegenomen – acacia's, anjers en winterjasmijn – om de tafel op te fleuren, en een enorme doos bonbons waardoor Jill grote ogen van verbazing opzette. Ik wilde alleen dat ik op de een of andere manier thee voor haar kon zetten – hete thee. Het is zo wreed dat iemand die zo aardig is als Jill niet van zoiets eenvoudigs kan genieten.

De zondag daarop moest Jill werken, maar op dinsdagmiddag was ze vrij. Nog voordat we bij haar huis waren, werden we omsingeld door een bende schurken die haar begonnen uit te schelden en mij uitdaagden. Waarom ging ze niet terug naar haar eigen land? Waarom hield ze het niet bij haar eigen soort? Waarom deed ik dat niet? Wat bezielde mij? Ze zouden me weleens een lesje leren. Als ze me ervan wilden overtuigen dat ik beter af was bij mensen met dezelfde huidskleur als ik, lieten ze dat wel op een merkwaardige manier blijken.

Inmiddels ben ik weer van de schrik bekomen. Ik heb het er veilig van afgebracht en ga daar nooit meer alleen naartoe, maar ik was doodsbang. Aanvankelijk volgde ik Jills voorbeeld. Ze liep gewoon door, zonder iets te zeggen. Het geschimp hield echter aan en uiteindelijk versperden ze ons de weg. Ik werd boos. Het sloeg nergens op wat ze zeiden! Wij vielen hen toch ook niet lastig? Wij zeiden toch ook niet tegen hen wat ze moesten doen? En ze zeiden vreselijke – écht vreselijke – dingen tegen Jill. Dus schreeuwde ik dat ze zich met hun eigen zaken moesten bemoeien. Toen vielen ze me aan.

Jill probeerde hen nog tegen te houden, maar in werkelijkheid waren ze niet met zijn drieën, zoals ik tegen mama heb gezegd, maar met zijn vijven. Jill stond machteloos, dus rende ze weg. De kerels jouwden haar uit en riepen dat ze een lafaard was, terwijl ze mij tegen de grond gedrukt hielden en me mijn jas en al het andere afpakten.

'Als je ouder was geweest,' zeiden ze, 'hadden we je eens een goed pak slaag gegeven. Omdat je nog maar een klein meisje bent, zullen we ons inhouden.' Nou, grootmoedig, hoor. Een aanwinst voor de maatschappij.

Natuurlijk kwam Jill terug, met een politieman. Die blies hard op zijn fluitje, waarop onze belagers ervandoor gingen. Daarna hielp hij me overeind. Ik beefde van angst. Op zijn gezicht verscheen een verwarde uitdrukking. 'Dat bruintje hier riep me. Ze zei dat haar vriendin gevaar liep. Maar… jij bent een keurig wit meisje!'

'Ze is écht mijn vriendin,' riep ik angstig en gefrustreerd uit.

'Meen je dat nou?' vroeg hij ongelovig. Daarna zei hij: 'Nou, dan heb je er zelf om gevraagd. Ga naar huis, naar je familie, en blijf voortaan bij bruintjes uit de buurt. Die leveren niks dan problemen op.'

Ik was zo boos dat ik wel kon huilen. Leverde Jíll problemen op? Zij had me toch niet omvergeduwd en beroofd? Toch zei ik niets. Misschien kwam het door de schrik, of misschien ben ik niet zo dapper als ik dacht.

De politieman bracht me naar de rand van Regent's Park. Hij had het erover om me naar huis te brengen en het tegen mijn ouders te zeggen, maar toen ik vertelde dat ik in Hampstead woonde, werd hij een stuk minder enthousiast. Hij was nogal dik, dus waarschijnlijk vond hij het te ver lopen. In plaats daarvan liet hij me beloven dat ik Jill nooit meer zou opzoeken. Dat waren zijn zaken niet, en wat moest hij doen als ik het niet beloofde? Me arresteren? Hij hield mijn arm echter stevig vast en wilde me pas loslaten als ik het zou zeggen. Ik voelde me ellendig en in de war en wilde alleen maar naar mama toe. Dus zei ik het, ook al meende ik het niet, en hij was zo stom om er genoegen mee te nemen. Toch voelde ik me schuldig.

Door dat gedoe met de politieman was ik net zo van streek als door dat gedoe met dat stelletje schurken. Zowel slechte mensen als de politie schijnen een goede reden te kennen waarom bruine en witte mensen niet met elkaar bevriend kunnen zijn. Wat ís die reden dan? Waarom zie ik die reden niet, als hij al bestaat? En als er geen reden voor is… wat mankeert al die mensen dan? Daarom ben ik bang om het er met mama of Mabs over te hebben. Stel dat zij er ook zo over denken?

Toen hij uit het zicht verdwenen was, zag ik Jill. Ze had ons op een afstandje gevolgd, daar was ik blij om. Ze was echter gekomen om afscheid te nemen.

'Otty, het spijt me. Zonder mij was dit allemaal niet gebeurd. Je kunt beter niet meer naar me toe komen. We kunnen beter geen vriendinnen meer zijn.' Er stonden tranen in haar ogen en ze kon me niet aankijken.

'Dat moet je niet zeggen, Jill!' riep ik uit.

Ze zei dat ik niet zo hard moest praten en keek nerveus om zich heen.

Warempel, er bleven meerdere mensen staan om naar ons te kijken. Verder was er geen stel vrienden te bekennen waarvan de een wit was en de ander bruin.

Ik trok haar mee achter een kastanjeboom. 'We kunnen onze vriendschap niet zomaar verbreken!' jammerde ik. 'Ik vind dit vreselijk, Jill. Waarom moet het nou zo gaan?'

'Dit is niet het moment voor een geschiedenislesje,' zei ze verdrietig. 'Je bent erg geschrokken. Het wordt tijd dat je naar huis toe gaat. Ik bedoel niet dat we geen vriendinnen meer kunnen zijn. Alleen kunnen we elkaar niet meer zien.'

'Dat is hetzelfde!' riep ik klaaglijk uit.

'Nee. Nee, niet waar. Vriendschap betekent dat je om elkaar geeft en aan elkaar denkt. Dat kunnen we blijven doen. Ik zeg dit juist omdát ik je vriendin ben. Het is gevaarlijk voor je om met mij om te gaan, Otty. Ik zou wel willen zeggen dat wat er vandaag is gebeurd eenmalig was, maar zo zal het elke keer gaan. Daar had ik eerder aan moeten denken, maar ik was zo blij dat ik een vriendin had. Het is hier soms erg eenzaam voor me.'

'Voor mij ook.'

'Dat weet ik, maar daar komt nog wel verandering in. Je hebt de witte meisjes in Londen voor het uitkiezen. Met hen kun je naar een theesalon gaan en alle dingen doen die je verdient te doen, zonder dat iemand je daarom mores zal willen leren.'

'Zo zou het niet moeten zijn,' zei ik verontwaardigd.

'Nee. Ga nu maar naar huis, denk met genegenheid aan me terug en geniet van je leven. Er ligt nog zo veel voor je in het verschiet.'

'Maar voor jou niet!' barstte ik uit. Het verlies van mijn vriendin zou me diep raken, maar ik had tenminste nog mijn comfortabele huis, mijn boeken en allerlei lekkers... terwijl zij terug moest naar een vreselijke kamer boven in een vreselijk huis en een vreselijke baan had… Ze kon niet eens hete thee drinken! Ik moest ervan huilen. Het begon tot me door te dringen waarom Maggie zo boos was.

Jill omhelsde me kort. 'Verman je, Otty. Ik moet weten dat je veilig thuiskomt. Ik kan niet met je mee, ik mag niet gezien worden in dat deel van Londen. Maar ik kan je zo niet laten gaan.'

Ik veegde verwoed langs mijn tranende ogen en haalde diep adem. Het stond me niet aan wat Jill zei, maar het was me wel duidelijk dat ze het goed bedoelde. Ze moest terug naar de vergeten straten waar ze haar gang kon gaan zonder de aandacht te trekken, zonder dat ík de aandacht op haar vestigde. Ik wilde net zo onbaatzuchtig zijn als zij. 'Het gaat best,' zei ik sniffend, terwijl ik met de rug van mijn hand langs mijn neus streek. 'Ga maar, Jill. Ik red me wel, heus.'

Ze knikte. 'Ik zou het mezelf nooit vergeven als jou nog iets ergers overkwam. We zijn jong en we zijn meisjes. Het zal ons nooit lukken om iets te veranderen.'

Die woorden stonden me ook tegen. Ik slikte een nieuwe golf van tranen weg. 'Ik begrijp het, Jill. Bedankt. Vaarwel.'

'Dag, Otty Finch.'

MABS

Vanaf het moment dat Otty de kamer van haar moeder binnenstormde, ten einde raad, verfomfaaid en liegend dat ze barstte, ging het leven van Mabs zienderogen vooruit. Ze had niet verwacht dat door haar nieuwe opdracht de relatie met mevrouw Finch van de ene op de andere dag zou veranderen, en daar had ze gelijk in. Toch viel het niet te ontkennen dat het een stuk beter ging.

Mabs had met eigen ogen gezien hoeveel mevrouw Finch van haar dochter hield. Ze zou Otty nooit aan Mabs hebben toevertrouwd als ze diep in haar hart geen respect voor haar had. Misschien was haar keus dan op een van de dienstmeisjes gevallen of had ze er bij haar oudere kinderen op aangedrongen dat die tijd zouden doorbrengen met hun zusje. In plaats daarvan had ze het aan Mabs gevraagd.

De wetenschap dat mevrouw Finch geen hartgrondige hekel aan haar had veranderde alles. Mabs' humeur klaarde op en het leven in Hampstead begon meer te lijken op wat ze ervan had gehoopt. De werkdagen waren op zijn minst draaglijk en in het beste geval zelfs plezierig. Ze vond het heerlijk om Otty te vergezellen tijdens haar dagelijkse omzwervingen. Het meisje was erg levenslustig en deed haar een beetje denken aan haar zusje Peg. Ze hadden allebei bruin haar en waren pienter. Mabs vroeg zich af wat Otty echt had gedaan op de dag dat ze was aangevallen, maar het was nog te vroeg om ernaar te vragen. Tot die tijd genoot ze van Otty en hun ontdekkingstochten door Hampstead. Tijdens de uitjes ontpopte Otty zich tot een goede reisgids. Het leek wel of er geen plekje in de buurt was dat ze niet kende of geweldig vond.

Otty liet Mabs de graftombe van de kunstenaar John Constable zien, op de door taxusbomen omgeven begraafplaats St John-at-Hampstead, en het huis waar de dichter John Keats had gewoond, aan de zuidkant van de heide. Het wemelde hier van de vooraanstaande mensen, zowel levend als dood. Het leek onwaarschijnlijk dat Mabs uit Mushroom Court ooit een plekje zou kunnen veroveren in dit land van dichters en schilders. Soms was er echter een barst, een streepje licht tussen de twee werelden. Op de een of andere manier was ze daardoorheen gestapt. Nu wilde ze niets liever dan haar broertjes en zusjes ook hierheen halen.

Af en toe ging ze 's avonds met Lydia en Betsy iets drinken in The Flask. En zo nu en dan ging ze op woensdag bij haar familie op bezoek, zodat ze op zondag tijd had om iets met Lou af te spreken. Dan stak Lou de heide over en gingen ze samen naar The Hampstead Tea Rooms, waar ze een sandwich en een pot koffie deelden als lunch. Voor Mabs was dat een ongekende luxe.

De eerste keer dat ze het deden zei Mabs verrukt: 'O, Lou! Ik ben verliefd!'

Lou zette grote ogen op en haar mond werd zo rond als een kers. 'Op meneer Finch?' fluisterde ze.

Mabs schoot in de lach. 'Ja!' riep ze uit, ook al zat het anders dan Lou dacht. 'Op meneer Finch, op mevrouw Finch, op juffrouw Ottilie, op hen allemáál. Op Hampstead. Op m'n leven!'

Lou sloeg haar ogen ten hemel. 'Je slaat wartaal uit, Mabs. Ik ben blij dat 't zo goed voor je heeft uitgepakt.'

Als het een mooie dag was, maakten ze nog een wandeling over de heide voordat Lou terugging naar Highgate. Een van de knechten in huize Blythe had een zuster in Hampstead en op de middagen dat hij bij haar op bezoek ging, liep hij met Lou terug naar huis en kon ze langer blijven. Als het donker werd en het tijd werd om de warmte op te zoeken, gingen Mabs en Lou naar The Holly Bush, om in de drukke, gezellige pub na te praten.

John Hobbs, de knecht, was een aardige jonge man en nog knap ook, vond Mabs. Aanvankelijk hoopte ze dat Lou en hij…

Lou verzekerde haar echter dat dat nooit zou gebeuren. 'Hij is wel aardig, hoor,' gaf ze toe. 'Ik snap best wat anderen in 'm zien… maar 't zit d'r gewoon niet in.' Ze haalde haar schouders op.

'Hij is toch niet… van de herenliefde?' vroeg Mabs. Sinds de toneelschrijver Oscar Wilde eerder dat jaar was veroordeeld en gevangengenomen vanwege onzedelijk gedrag, had iedereen het over zijn voorliefde voor zijn eigen geslacht.

'Integendeel. Hij is verliefd, Mabs. Maar 't kan niks worden. Hij is hopeloos verliefd op juffrouw Rowena Blythe, geloof 't of niet.'

'Dat meen je niet!' Mabs vond het heerlijk om naar Lou's verhalen over de machtige familie Blythe te luisteren. Ze waren rijk, écht rijk, en daarom behoorlijk fascinerend.

'Ze heeft al acht aanzoeken afgewezen. Dat geloof je toch niet, Mabs? Acht! Wij zouden d'r al een moord voor doen om één keer ten huwelijk te worden gevraagd! Ze stelt hoge eisen, dus ik denk niet dat een eenvoudige knecht als onze John haar zal aanspreken. Bovendien zou haar vader ze allebei de nek omdraaien.'

Door al die aangename gesprekken en uitjes vloog de tijd en was het al snel bijna kerst. Dan had Mabs twee hele dagen vrij! De week voor Kerstmis, toen ze haar tweewekelijkse loon kreeg, gaf meneer Finch haar ook nog eens een onverwachte kerstbonus van maar liefst drie shilling. Mabs moest er bijna van huilen. Ze had grootse plannen. Soms nam ze het ervan als ze met Lou uitging en wanneer ze naar huis ging, nam ze altijd wat muntgeld of iets te eten mee. De rest bewaarde ze in een kistje onder haar bed, vastberaden om haar familie op een dag echt te kunnen helpen.

De dag voor Kerstmis kreeg Mabs tot haar stomme verbazing cadeautjes. Otty gaf haar een met kralen bezet blauw tasje. Mabs wist zeker dat ze nooit ergens naartoe zou gaan waar ze zoiets nodig zou hebben, maar hing het aan een spijker in haar kamer, waar het fonkelde en glansde. Meneer Finch gaf haar een doos met chocolaatjes die op smaak waren gebracht met ingrediënten die Mabs nooit in chocolade had verwacht. Limoen, viooltjes, geraniums... met gesuikerde bloemblaadjes erbovenop. Ze zagen er zo mooi uit dat ze het zonde vond om ze op te eten – tot ze er eentje proefde. Daarna ging de hele doos al snel leeg.

Van mevrouw Webb kreeg ze een zelfgebreide lilakleurige sjaal. 'Ik dacht dat deze mooi zou staan bij je blonde haar en bruingroene ogen,' zei ze toen Mabs de sjaal om haar hals sloeg. 'Ik kan niet anders zeggen dan dat ik gelijk had. Vrolijk kerstfeest, juffrouw Daley.'

Mabs had zich nooit afgevraagd of ze mooi was. In de spiegel had ze altijd iemand gezien die er mager, bleek en sjofel uitzag. Bovendien had ze wel iets belangrijkers aan haar hoofd gehad. Nu ze echter een maand lang fatsoenlijk had gegeten, zichzelf goed verzorgde en een mooi uniform had, durfde ze iets vaker een blik in de spiegel te werpen.

Voor Mabs kwam het mooiste geschenk uitgerekend van mevrouw Finch. Het was Mabs' laatste dag voordat ze twee nachten naar huis zou gaan. Daar had ze gemengde gevoelens bij. Aan de ene kant leek het haar heerlijk om samen met haar broertjes en zusjes wakker te worden, om hun gezichten te zien op de ochtend van eerste kerstdag en er weer bij te horen. Aan de andere kant was ze gesteld geraakt op haar privacy, haar zachte bed, het gemak waarmee ze zich kon wassen. Teruggaan naar huis zou zowel goede als slechte herinneringen oproepen.

'Ik heb geen kerstcadeau voor je gekocht, Daley,' zei mevrouw Finch toen het begon te schemeren.

'Geeft niks, mevrouw. Ik verwachtte geen cadeau.'

Er speelde een zenuwtrekje om de lippen van haar mevrouw. 'Dat geloof ik graag. Toch wil ik je iets geven, Daley. Om me te verontschuldigen voor de manier waarop ik me heb gedragen en om je te bedanken omdat je... een stuk slechter had gekund.'

Mabs schoot in de lach. Inmiddels was hun band daar goed genoeg voor. 'Omdat ik een stuk slechter had gekund? Goh, bedankt, mevrouw.'

Mevrouw Finch glimlachte beleefd. 'Je weet dat ik vanaf het begin tegen het idee van een gezelschapsdame was. Ik was het niet eens met de redenen van mijn echtgenoot om je in dienst te nemen. Je bent echter... uitermate geduldig met me geweest. En ik stel het op prijs dat je je over Otty hebt ontfermd.'

'Dank u, mevrouw. Maar nogmaals, u hoef me niks te geven.'

'Ik heb een idee, Daley. Daar speel ik al een tijdje mee, maar ik wil je niet in verlegenheid brengen.'

'O?'

Mevrouw Finch slaakte een zucht. 'Daley, zou je willen beloven om het niet tegen mijn echtgenoot te zeggen? Ik wil niet dat je je opgelaten voelt, maar als je mijn geschenk aanneemt, wil ik niet dat hij daarvan weet.'

Mabs was geïntrigeerd. 'Misschien kan u me over uw idee vertellen, mevrouw. Als ik me d'r dan niet prettig bij voel om 't voor 'm te verzwijgen, kennen we 't daarbij laten.'

'Prima. Ik vroeg me af of je zou willen leren lezen. Zo ja, dan wil ik het je graag leren.'

Verbluft keek Mabs haar aan. Leren lezen? Dat zou ze geweldig vinden. Voor mevrouw Finch, zodat Mabs een betere gezelschapsdame voor haar zou kunnen zijn. En voor zichzelf, want kennis was macht. 'Mevrouw,' zei ze uiteindelijk, 'ik wil niks liever. Ontzettend bedankt dat u dat voor me wil doen. Mag ik vragen... waarom wil u niet dat meneer Finch d'r van weet? Zou ie d'r bezwaar tegen hebben?'

'Dat denk ik, ja.'

'Waarom dan?'

Mevrouw Finch stond op en liep naar het raam. Toen ze naar de rozentuin staarde, die er nu levenlozer bij lag dan ooit tevoren, vreesde Mabs dat ze het verpest had. Tot mevrouw Finch zich weer naar haar omdraaide. 'Eerlijk gezegd weet ik niet waarom hij er bezwaar tegen zou hebben, Daley. Toch voel ik intuïtief dat het zo is, na al die jaren dat ik hem ken. Het is niet anders. Ik kan je geen goede reden geven om het te verzwijgen en ik weet dat hij je goed behandelt. Daarom heb ik ook zo lang getwijfeld of ik het je wel moest vragen. Het zou goed voor je zijn om te leren lezen, Daley. Maar ik laat het aan jouw geweten over.'

Mabs was volkomen overdonderd en dacht goed na. Ze wilde niet tegen haar baas liegen, maar hier zou ze niemand kwaad mee doen en ze zou hierdoor alleen maar beter in haar werk worden. Bovenal zou ze er, zoals mevrouw Finch al had gezegd, zelf erg veel aan hebben. 'Ik geloof niet dat 't kwaad ken, mevrouw,' zei ze langzaam. 'Ik vertel meneer Finch nu ook niet alles wat we hier doen.' Ze lachte even. 'Zo interessant is dat niet. Ik denk niet dat ik me d'r schuldig om zou voelen als we d'r niks over zeggen, mevrouw. Dit is iets tussen ons, en we doen d'r niemand kwaad mee.'

In de ogen van mevrouw Finch verscheen een sprankeling die Mabs daar nooit eerder had gezien. 'Is dat een ja?'

Mabs grijnsde. 'Ja, mevrouw. Dank u wel, vanuit de grond van m'n hart.'

OLIVE

Kerstmis vind ik altijd de mooiste tijd van het jaar! Nu heb ik ook nog eens een kind om de feestvreugde mee te delen. Kan het nog beter? Clover en ik hebben een kunstzinnige decembermaand achter de rug. Volgens mij hebben we wel duizenden sneeuwvlokken uit papier geknipt. We hebben kerstdecoratie opgehangen, chocolaatjes met romige pepermuntvulling gemaakt en kransen versierd met hulst en sparrentakken, gouden linten en bessen. Het was een waar genot om Clover haar eerste kerstliedjes te leren.

Toen ik haar het verhaal vertelde over de geboorte van het kindje Jezus, luisterde ze heel aandachtig. Ik heb haar meegenomen naar de kerk en haar de afbeelding van Christus' geboorte en de ster van Bethlehem laten zien. 's Avonds maken we een gewichtig ritueel van het branden van de adventskaars. Clover houdt hem nauwlettend in de gaten en blaast hem uit zodra het stukje van die avond is opgebrand.

We vullen manden voor onze eigen kerk en voor meneer Miles om naar de arme wijken te brengen. Ik heb Clover uitgelegd dat het belangrijk is om mensen te helpen die het niet zo goed hebben als wij en vraag me af of ze nog weet dat ze tot een paar weken geleden een van hen was. Ze heeft nog nooit iets gezegd over haar leven vóór Polaris House.

Natuurlijk hebben we ook kerstinkopen gedaan. Ik ben mét Clover gaan winkelen, voor andere mensen, en vóór Clover. Ik weet zelf niet waar ik het meeste van heb genoten. Toen ze erbij was, was het mooi om te zien dat ze zich vergaapte aan de weelderig ingerichte etalages en om haar serieus te zien nadenken over wat we zouden kopen. Tijdens het winkelen zonder haar was het heerlijk om dingen uit te kiezen waarvan ik weet dat ze ze geweldig zal vinden en om de cadeaus te laten inpakken, er een belachelijk grote strik om te laten doen en me haar gezicht op kerstochtend voor te stellen.

Ik ben van plan om haar wakker te maken met een zoen en een grote witte doos met een breed blauw lint eromheen. Daarin zit de jurk die ik voor haar heb gekocht om op eerste kerstdag te dragen, van helderblauw fluweel met een enorme strik van organza op de rug. Daarna gaan we naar beneden, waar ze aan de schoorsteenmantel in de eetkamer een uitpuilende kous zal aantreffen. Natuurlijk gaan we die nog voor het ontbijt uitpakken. De kous zal gevuld zijn met kleinigheden – een medaillon dat bij het mijne past, fruit en snoep, linten en klein speelgoed. Na het ontbijt zullen we onder de grote kerstboom vol kaarsjes in de salon tientallen kerstcadeaus openmaken. Daar kijk ik al de hele maand naar uit. Het is een prachtige tijd en het moederschap is als een droom die uitkomt.

Ik heb maar twee redenen tot zorg. De afgelopen maand is Otty Finch meerdere malen bij ons op bezoek gekomen. Daar heb ik natuurlijk geen bezwaar tegen, ze is een heerlijk kind. Ze is voorlijk, pienter en interessant, maar met Clover speelt ze met het enthousiasme en de ongeremdheid van een jonger kind. Haar bezoekjes doen ons allebei goed. Alleen ben ik me ervan bewust dat ik haar ouders zou moeten uitnodigen, en dat wil ik niet. Haar moeder is natuurlijk onwel. Zij lijdt aan een mysterieuze aandoening die Otty niet goed kan beschrijven. Haar vader, zo weet ik omdat ik er discreet naar heb gevraagd, is erg ambitieus. De ervaring leert dat je beter bij dat soort mensen uit de buurt kunt blijven. Ik vrees dat meneer Finch, zodra hij met mij heeft kennisgemaakt, niet zal rusten voordat ik hem aan papa heb voorgesteld.

Misschien doe ik de beste man daarmee tekort. Toch wil ik geen enkele wanklank tijdens mijn eerste Kerstmis met Clover. Als Otty's ouders me een brief sturen of op bezoek komen, zal ik hen natuurlijk beleefd te woord staan. Als zij echter niet benieuwd zijn waar hun dochter haar tijd doorbrengt, zoek ik ook geen toenadering. Otty heeft het zelden over hen. Het gaat voornamelijk over ene Mabs, naar ik begrepen heb een bediende die zich over haar heeft ontfermd. De hemel zij dank dat ze in elk geval iemand heeft.

Mijn tweede reden tot zorg... nou ja, dat is natuurlijk Gert. Naarmate mijn droombeeld van de perfecte kerst steeds dichterbij kwam, moest ik onwillekeurig denken aan de mensen voor wie dat niet zo'n feest is als voor ons. Het ging zelfs zover dat ik op het punt stond om nogmaals naar het weeshuis te gaan en Gert te vragen met me mee te komen. Ik kan die arme papa en mama echter niet belasten met nóg een kleindochter, die bovendien opstandig en haatdragend is. Bovendien moet ik het belang van Clover vooropstellen. Toch laat de gedachte aan Gert me maar niet los.

Naarmate de dag vordert, voel ik me steeds rustelozer. Ik besluit een bezoekje te brengen aan meneer Miles, onze vriend uit de quakergemeenschap. Clover laat ik bij mevrouw Brody in de keuken achter om veenbesbroodjes te bakken. Ik neem een mand vol etenswaren mee voor meneer en mevrouw Miles en loop haastig door de schemering naar hun huis. Zoals altijd moet ik glimlachen bij de gedachte dat hij niet alleen een echtgenote heeft die Faith heet, maar ook nog eens in de wijk Gospel Oak woont.

Meneer Miles blijkt thuis te zijn. Faith gaat me voor naar zijn werkkamer en trekt zich dan terug. Ze zal het wel gewend zijn dat haar echtgenoot de helft van de geloofscrises in Noord-Londen moet oplossen.

'Olive Westallen, wel heb je ooit!' roept hij joviaal uit.

Ik realiseer me dat ik hem al niet meer heb gezien sinds de avond voordat Clover bij ons introk, toen hij onverwacht op bezoek kwam en ik amper aandacht voor hem had. We schudden elkaar de hand en nemen een glas sherry.

'Je komt als geroepen. Ik ben geld aan het inzamelen voor een nieuw opvanghuis voor voormalige gevangenen die hun tijd hebben uitgezeten en moeite hebben om er weer bovenop te komen. Ik kom nog tweehonderd pond te kort en we hoopten de opvang in januari al te kunnen openen. Jij kunt zeker niet...'

'Natuurlijk, meneer Miles. Zo veel u nodig hebt. Hemeltjelief, voormalige gevangenen. U durft wel!'

Dat is waar. Telkens wanneer ik in de krant over een dramatisch incident lees waarbij de arme mensen van Londen betrokken zijn, zie ik op de begeleidende foto meneer Miles op de achtergrond staan. Door de jaren heen heeft hij zich ingezet voor alle groepen in de samenleving die je maar kunt bedenken. Hij is voor niemand bang en let niet op klassenverschillen, omdat hij gelooft dat we in de ogen van God allemaal gelijk zijn. Daar ben ik het in principe natuurlijk mee eens, maar in bepaalde situaties neem ik toch mijn voorzorgsmaatregelen. Daar houdt meneer Miles zich niet mee bezig. Hij begeeft zich tussen de agressievelingen en de wanhopigen. Hoe verwilderd ze er ook uitzien en zich gedragen, ze sluiten zich zonder meer bij hem aan. Ik heb diepe bewondering voor hem.

'Dank je, Olive. Hoe gaat het met je? Ik heb gehoord dat er in Polaris House gezinsuitbreiding is geweest sinds ik je voor het laatst heb gezien. Ik was van plan om op bezoek te komen om kennis met haar te maken, maar God heeft me die gelegenheid nog niet gegund.'

'Het gaat goed met me, meneer Miles. Inderdaad, Clover woont nu bij ons en dat ervaar ik als een zegen. Eerlijk gezegd... Eerlijk gezegd hou ik nog meer van haar dan ik voor mogelijk had gehouden met een kind dat ik nog geen twee maanden ken.'

'Ik hoor een "maar" aankomen.'

'Dat klopt. Daarom ben ik hier. Het heeft niets met Clover te maken, maar met een ander meisje.' Snel praat ik hem bij over mijn ongelukkige aanvaring met Gert. 'Wat denkt u ervan, meneer Miles? Met Clover als dochter heb ik alles wat mijn hartje begeert, maar ik kan die verdraaide, ondankbare stakker maar niet uit mijn hoofd zetten. Ik voel me continu schuldig omdat ik haar in de steek heb gelaten.'

'Je hecht meer waarde aan je eigen wil dan aan die van God,' stelt hij.

'Nee! Alhoewel... is dat zo?'

'Natuurlijk. Dat doen we allemaal. Jij bent geboren met de drang om mensen te helpen. Daar is niets mis mee. Maar net als alle mensen wil je zelf bepalen wie je moet helpen, waar en wanneer dat moet gebeuren en wat ermee bereikt moet worden. Het is niet aan jou om dat te bepalen, liefje. Dat is aan God. Als het de bedoeling was geweest dat Gert bij jou kwam wonen, was dat wel gebeurd.'

'Dat houd ik mezelf ook voor. Het neemt echter niet weg dat Clover en ik nu dolgelukkig zijn, terwijl Gert nog steeds wegkwijnt in dat tehuis. Ze heeft niets om naar uit te kijken en zelfs mevrouw Jacey ziet de toekomst somber in voor haar.'

'Helaas denk ik dat mevrouw Jacey gelijk heeft. Olive, er zijn in heel Londen, in heel de wereld, kinderen en volwassenen die het moeilijk hebben, die geen liefde kennen en een ongewisse toekomst tegemoet gaan. Wil je die allemaal bij je ouders in huis nemen? Dat kan niet. Wat is dan het verschil tussen Gert en die anderen? Alleen dat jij persoonlijke interesse voor haar hebt opgevat. Dat je je zinnen op haar had gezet. Het wordt tijd dat je dat loslaat. Betrek haar in je gebeden, maar niet in je toekomstplannen. De volgende keer dat je de drang voelt om toenadering tot haar te zoeken help je in plaats daarvan drie anderen. Wie dan ook. Voor elke gedachte aan Gert verricht je drie goede daden voor mensen die wel bereid zijn die te accepteren. Daardoor is Gert niet slechter af, en die andere mensen worden er beter van.'

Hier heb ik echt iets aan. Zijn advies is praktisch, deugdzaam en verlossend tegelijk. 'U bent een wijs man, meneer Miles. Dat zal ik zeker doen. Mag ik in de tussentijd van Clover... genieten? Ook al heeft Gert het, net als al die anderen, minder goed getroffen... mag ik wel gelukkig zijn?'

'Dat is je plicht als christen, liefje,' zegt hij met een glimlach.

MABS

Kerstmis was bitterzoet voor Mabs. Het was de eerste kerst sinds haar moeder er niet meer was, en ze hadden er alles voor overgehad om haar terug te krijgen. Ma was na een lang, slopend ziekbed overleden in de eerste week van januari. Zo lang had ze het alleen volgehouden omdat ze vastbesloten was geweest om nog één keer Kerstmis met haar gezin te vieren. Begin februari was Mabs als arbeider aan de slag gegaan en heel het voorjaar had het gezin als verdoofd doorgebracht. Tegen de zomer, toen duidelijk werd dat pa voorlopig niet de oude zou worden, had Mabs zichzelf omwille van de kinderen tot de orde geroepen. Ze wilde niet dat zij zouden opgroeien met de gedachte dat het leven alleen maar om somberheid en angst draaide, ook al voelde dat voor haar wel zo.

Ondanks alles wat ze hadden meegemaakt, ervoer de familie Daley toch nog een beetje feestvreugde. Er heerste een hoopvolle stemming die er heel het jaar niet was geweest. Hoewel Mabs erg zuinig was op haar geld, had ze voor iedereen iets gekocht. Tabak voor pa, een omslagdoek voor Jenny, toffees voor Nicky, enzovoort. Ze konden zich geen van allen herinneren dat er ooit eerder cadeaus waren geweest.

Het mooiste van alles was nog wel dat pa zich geen zorgen hoefde te maken over het kerstdiner. Mevrouw Derring had Mabs namelijk een kalkoen beloofd. Ze kocht er toch al een voor haar eigen huishouden, dat van haar dochter en voor de familie Finch, dus dan maakte één extra volgens haar niet uit. Ze roosterde hem op de dag voordat Mabs naar huis ging zodat ze hem op de dag van kerstavond kon meenemen naar Saffron Hill, samen met een pot veenbessen, een *Christmas pudding* en een fles wijn. Tegen de tijd dat Mabs thuiskwam, had ze door het sjouwen zowat geen gevoel meer in haar armen, maar het was het eerste echte, fatsoenlijke kerstmaal dat ze zich konden herinneren.

Op de ochtend van tweede kerstdag ging Mabs weer aan het werk. Ze kreeg haar tweede leesles en merkte tot haar genoegen dat de letters die ze op school had geleerd haar weer snel te binnen schoten. Hoewel ze er nog geen woorden van kon maken, kon ze zich wel de vormen en klanken herinneren. Mevrouw Finch vulde de leemtes in en bleek een verrassend geduldige onderwijzeres te zijn. 's Middags stond er een feestje op de planning, voor zowel de familie als de bedienden.

Om drie uur stak Averil haar hoofd door de deuropening. 'Dag, mama.'

'Averil, schat!' Mevrouw Finch zag er verrukt uit. 'Wat heerlijk om je te zien. Waar heb ik dat genoegen aan te danken?'

'Het is drie uur. Het feestje gaat zo beginnen. Hebt u er zin in?'

'Ja, schat, enorm veel zin,' antwoordde mevrouw Finch zonder al te veel overtuiging.

Averil leek het te merken. 'Mooi zo,' zei ze onzeker. 'Hallo, Daley. Moet je je niet verkleden?'

'Verkleden, juffrouw? Nee, ik heb niks anders om aan te trekken. Trouwens, ik voel me prima op m'n gemak in m'n uniform.'

'Maar het is een feestje!' riep Averil verbaasd uit. 'Ik bedoel, óns maakt het natuurlijk niet uit, maar... Daley, zou je het beledigend vinden als ik je een van mijn kledingstukken aanbied? Om te houden, bedoel ik. Iets wat ik niet meer draag.'

Mabs keek naar mevrouw Finch. Ze wist niet zeker wat de etiquette in dit soort gevallen voorschreef. Het enige wat ze zich had voorgenomen voordat ze hier kwam werken was om stof te kopen om een nette jurk van te maken. Sindsdien had ze het echter te druk gehad met sparen. Een afdankertje van juffrouw Averil zou waarschijnlijk toch veel mooier zijn dan iets wat ze zelf kon maken, bedacht ze.

'Dat is heel vriendelijk van je, Averil,' zei mevrouw Finch. 'Bovendien wordt het weleens tijd dat je je kamer opruimt.'

'Ik zou u d'r heel dankbaar voor zijn, juffrouw,' haakte Mabs daar meteen op in. 'Alleen als u 't zeker weet, natuurlijk.'

'Uiteraard, Daley, heel zeker. Kom, loop maar meteen met me mee. Mama, zullen we u zo komen ophalen?'

'Nee, ik zie jullie beneden wel,' verzuchtte haar moeder, alsof haar werd gevraagd aan boord te gaan van een schip vol bannelingen.

Toen ze wegliepen, fronste Averil haar voorhoofd. 'We zijn je allemaal erg dankbaar omdat je er voor mama bent,' merkte ze op in haar kamer die was ingericht in wit en zilver, met een kristallen kroonluchter. 'Mijn zusters noemen dit het IJspaleis,' vertelde ze. 'Volgens hen kan het wel wat kleur gebruiken, maar ik vind het mooi zo. Enfin, we houden erg veel van ons arme moedertje en zijn blij dat ze iemand heeft die voor haar zorgt.'

'Dank u, juffrouw.' Mabs voelde zich niet op haar gemak. Ze wist niet goed in hoeverre ze voor haar mevrouw zorgde. Het grootste deel van de tijd was ze alleen maar aanwezig. Ze bedacht hoe merkwaardig het was dat iedereen het over mevrouw Finch had alsof ze overspannen en kwetsbaar was, terwijl ze op Mabs juist oersterk overkwam – eerder dwars dan iets anders.

'Ik mis haar, weet je dat?' verzuchtte Averil. 'We waren altijd zulke dikke maatjes. Maar papa zegt dat ze zich jarenlang voor me heeft weggecijferd en dat het nu ik volwassen ben mijn beurt is om haar op de eerste plaats te zetten en haar de rust te gunnen om beter te worden. Dat doe ik dan maar, al is het moeilijk om niet steeds naar binnen te lopen om haar van alles op de hoogte te houden, zoals vroeger.' Ze leek zichzelf tot de orde te roepen. 'Enfin, de kleren! Ik zal een paar dingen uitzoeken waar ik uit ben gegroeid, dan kun jij kiezen welke je het mooist vindt.' Ze trok haar kledingkast open en schoof de kledingstukken een voor een opzij. 'Deze,' mompelde ze zacht. 'Deze, en deze. Nee, daar kan ik nog geen afstand van doen...' Uiteindelijk gooide ze een berg kleurrijke stof op het bed. 'Crèmekleurig, groen, kobaltblauw, koraalrood of acaciaroze?'

Mabs' mond viel open. Die kleding was prachtig. Veel te chic voor iemand als zij. De meeste kostuums leken uit drie delen te bestaan: een rok, een lijfje en een bijpassend jasje. Mabs wist niet eens zeker hoe je zoiets aantrok. Zij trok een jurk over haar hoofd, en dat was dat. 'Juffrouw!' zei ze ademloos. 'Ze zijn prachtig! Heb u niks alledaagsers waar u vanaf wil?'

Averil fronste haar voorhoofd. 'Dit zijn kostuums voor overdag, Daley. Niets bijzonders.'

Mabs kon haar ogen er niet van afhouden. Ze waren wél bijzonder, stuk voor stuk. Van een aantal van de kleuren die Averil had genoemd had ze zelfs nog nooit gehoord. Kobalt leek donkerblauw te betekenen. Het koraalrood zou ze zelf lichtoranje hebben genoemd en het acaciaroze 'rozig paars'. Ze liep er nerveus naartoe, alsof de kleding haar zou kunnen bijten, en probeerde zich een wereld voor te stellen waarin Mabs Daley zoiets droeg.

'Misschien de crèmekleurige, omdat je er in eerste instantie mee naar een feestje gaat,' opperde Averil enthousiast. 'Die is het elegantst, vind ik zelf. Kijk, er zijn piepkleine kristalletjes in de halslijn genaaid, die het licht vangen. Dat zou erg mooi staan bij dat blonde haar van je.'

'O, niet de crèmekleurige, juffrouw,' verzuchtte Mabs. 'Dat is echt iets voor een prinses, maar ik moet wat hebben waarin ik ken wandelen en een sandwich ken gaan eten met m'n vriendin. Alledaagse dingen. Ik heb iets nodig wat niet snel vies wordt.'

'Wat draag je nu dan als je een sandwich gaat eten met je vriendin?' wilde Averil weten. 'Toch niet je uniform?'

'Zeker wel, juffrouw, ik ben d'r erg blij mee.'

'Lieve hemel, dan moet je er twee uitkiezen!' riep Averil uit. 'Doe mij een plezier en neem de crèmekleurige voor feestjes. Dan kun je de acaciaroze voor doordeweeks gebruiken, die is het meest praktisch. 'Vlug, Daley, ze wachten op ons.' Voordat Mabs kon protesteren, duwde Averil haar de kledingstukken in de armen en dirigeerde haar de kamer uit.

Ietwat verdwaasd rende Mabs naar zolder. Ze legde het acaciaroze kostuum met al die haken, ogen en lagen opzij – wat zou Lou wel niet zeggen als ze haar zo zag? – en wurmde zich in de crèmekleurige jurk. Ze borstelde haar haar en draaide er een eenvoudige knot van; het chicste kapsel dat ze in de vingers had. Om Otty een plezier te doen hing ze haar met kralen bezette tasje om haar pols, ook al had ze niets om erin te stoppen. Voordat ze de moed verloor, rende ze naar de salon.

Toen ze een glimp van zichzelf opving in de spiegel in de hal, deinsde ze terug. Ze zag eruit als een kind tijdens een verkleedpartijtje. 'Je gaat naast je schoenen lopen. Je vindt jezelf zeker heel wat,' zeiden de stemmen uit Saffron Hill in haar hoofd.

Het volgende moment dook Averil echter op en trok haar mee naar binnen. 'Kijk eens!' riep ze. 'Ziet Daley er niet beeldschoon uit? Dit is mijn oude jurk, weet u nog, papa? Die hebt u me gegeven voor mijn zestiende verjaardag, maar hij past me niet meer.'

'Niet zo verwonderlijk aangezien je zo veel snoept,' zei Elfrida op het belerende toontje van een oudere zus.

'Sst, schat. Averil heeft een prachtig figuur. Ze wordt gewoon volwassen, dat is alles,' bemoeide hun moeder zich ermee.

'En dik,' mompelde Elfrida.

Mabs geneerde zich omdat ze zo in het middelpunt van de belangstelling stond. Ze wilde niet dat de andere bedienden haar een aansteller zouden vinden. Lydia en Betsy hadden echter allebei een mooie jurk aan en mevrouw Webb droeg een paar grote glinsterende broches en mooie oorknopjes. Een feestje met de familie werd duidelijk als een bijzondere aangelegenheid beschouwd.

Aanvankelijk zochten de bedienden elkaar op, verwonderden ze zich over de mooi uitgedoste vrouwen van het gezin Finch en kregen ze roze wangen van de wijn. Na een poosje kwamen de jongere Finches een gesprek met hen aanknopen. Meneer en mevrouw stonden zachtjes te praten bij de haard. Na een paar glazen wijn stelde meneer Charlie voor om een spelletje te doen en kwam Lydia met het idee van blindemannetje.

De sfeer werd al snel losser. Haren ontsnapten uit het gareel, de bovenste knoopjes gingen open, er werd breed geglimlacht. Te midden van al dat tumult voelde Mabs zich er verantwoordelijk voor om een oogje op mevrouw Finch te houden. Hoewel ze niet mokte of met dingen smeet en zich keurig gedroeg, lag die gecompliceerde, ongelukkige uitdrukking nog altijd op haar gezicht.

Na blindemannetje gingen ze woorden raden, een spel dat volkomen nieuw was voor Mabs. Ze snapte niets van de ingewikkelde gebaren van meneer Charlie en besloot zich afzijdig te houden en de koele lucht op te zoeken die door de open deur naar binnen kwam. Zodoende kwam ze naast Elfrida te staan.

'Juffrouw Daley.' Elfrida schrok op uit haar overpeinzingen. 'Heb je het naar je zin?'

'Enorm, juffrouw. Het is een heerlijk feestje.'

Elfrida wierp haar een verdrietig glimlachje toe dat sterk aan haar moeder deed denken. 'Zeker.'

Het viel Mabs op dat Elfrida naar haar ouders keek. 'Ze trekt wel weer bij, juffrouw, maak u maar geen zorgen,' zei ze. 'Met genoeg tijd en begrip komt alles weer goed, dat weet ik zeker.'

'Neem me niet kwalijk, Daley,' zei Elfrida afgemeten. 'Ik weet dat je het goed bedoelt, maar de waarheid achter dit huishouden is niet zo eenvoudig op te lossen.'

'O, 't spijt me, juffrouw.' Mabs kon wel door de grond zakken. Natuurlijk wist ze niet alles van deze familie. Ze was maar een bediende, het was niet aan haar om orde op zaken te stellen. Ze besloot van onderwerp te veranderen. 'Van dat spelletje snap ik niks, juffrouw,' zei ze opgewekt. 'Ik heb d'r geen aanleg voor, geloof ik.' Toen ze naar Elfrida keek, zag ze tranen in haar donkere ogen blinken. Haar gezicht liep paarsrood aan van de inspanning om ze te bedwingen. 'Juffrouw,' fluisterde Mabs. 'Ken ik wat voor u doen?'

Elfrida schudde haar hoofd en glipte de kamer uit.

Bijna zonder te aarzelen ging Mabs achter haar aan. Ze trof haar in de hal, waar ze hevig snikkend tegen de muur geleund stond. 'Juffrouw Elfrida,' zei Mabs streng. 'U ken hier niet blijven staan, straks zien ze u nog.' Instinctief wist ze dat Elfrida dat vreselijk zou vinden. Ze was zo'n deftige jonge vrouw. Mabs loodste haar mee naar de salon en maakte aanstalten om te vertrekken.

'Niet weggaan, Daley,' kraste Elfrida, die zich in een stoel liet zakken. 'Mijn excuses… Blijf nog even, wil je?'

'Natuurlijk, juffrouw. U hoef zich nergens voor te verontschuldigen. Zal ik een glas brandy inschenken?'

'Heel vriendelijk van je.' Met een zakdoek veegde Elfrida langs haar ogen en neus. 'Ik begrijp heel goed waarom papa je in dienst heeft genomen. Hij wil nog steeds het beste voor mama. Kan ik erop vertrouwen dat dit tussen ons blijft?'

'Natuurlijk, juffrouw. Dat spreekt vanzelf.'

'Ik voel me… een beetje opgelaten omdat je me zo hebt aangetroffen.' Ze ging rechtop zitten en hapte beverig naar adem.

'U ben 't gewend om u in stilte zorgen te maken over uw moeder,' gokte Mabs.

'Zeg maar gerust dat ik het gewend ben om haar geheim te bewaren,' snauwde Elfrida tot Mabs' grote schrik. 'Om haar te beschermen. Ik ben het beu, Daley. Ik heb een hekel aan geheimen. Ik hou van eerlijkheid, deugdzaamheid en… goed gedrag!'

'Ja, juffrouw. Dat zijn allemaal goeie dingen.' Het liefst zou Mabs nu meteen de kamer uit lopen.

'Papa heeft mama altijd op handen gedragen, weet je. Hij aanbad haar. Zij was de beeldschone juffrouw Farrah, hij dacht dat hij nooit een kans bij haar zou maken. Hij heeft altijd het gevoel gehad dat hij niet goed genoeg voor haar was.'

Mabs dacht terug aan iets wat Betsy een keer had gezegd: 'Meneer Finch is boven zijn stand getrouwd. Vér boven zijn stand.'

'We waren zo gelukkig, Daley. In Durham kenden we iedereen.

Toegegeven, sommige mensen vonden papa… niet zo geschikt. Maar ze besloten al snel dat als hij goed genoeg was voor mama, hij ook goed genoeg was voor hen. O, wat missen we Durham. Toch kunnen we nooit meer terug.' Elfrida zuchtte. 'Daley, beloof me alsjeblieft dat je niet verder vertelt wat ik nu ga zeggen. Ik heb het gevoel dat ik je een verklaring schuldig ben nu je me zo hebt gezien. En ik heb er genoeg van om haar in bescherming te nemen. Dat doen we al de hele tijd, maar ze verdient het niet eens.'

Wat ze haar moeder ook kwalijk nam, ze wilde haar duidelijk een hak zetten door het aan iemand te vertellen, dacht Mabs. 'Voel u niet verplicht om me iets te vertellen, juffrouw. Misschien ken ik u maar beter met rust laten.'

'De anderen weten het niet,' ging Elfrida onverstoorbaar door. 'Zij geloven allemaal in het verhaal dat er een ideale functie voor papa vrijkwam bij het kanaal, een kans die zo mooi was dat we geen moment meer konden wachten.' De vaste riedel kwam er bij haar op minachtende toon uit. 'Ze hebben geen flauw idee dat we alles en iedereen van de ene op de andere dag hebben achtergelaten omdat ze een affaire had, Daley. Dáárom zijn we zo plotseling uit Durham vertrokken.'

Mabs hoorde haar oren suizen. Een affaire?

'Papa heeft ons mee hiernaartoe gesleept om ons te behoeden voor een schandaal. In Durham konden we niet langer de respectabele familie Finch zijn. De ouders van Felicia, Charlies aanstaande, zouden niet hebben gewild dat ze nog met hem omging. De kansen van Averil en mij om te trouwen? Weg! Daar heeft ze niet eens bij stilgestaan. Papa wilde niet dat we teleurgesteld zouden zijn in mama. Daarom doet hij alsof ze kwetsbaar is en last heeft van stemmingswisselingen. Toch ben ik erachter gekomen. Ze is helemaal niet kwetsbaar. Ze is een grote egoïst!'

Mabs stond met haar mond vol tanden. Het viel niet te ontkennen dat ze al vaak precies hetzelfde had gedacht. Kwetsbaar was niet het eerste woord dat er in je opkwam wanneer je aan mevrouw Finch dacht. Er gingen zo veel gedachten en vragen door haar hoofd dat ze volkomen vastliep. 'Wat erg dat uw familie 't zo moeilijk heb, juffrouw,' zei ze uiteindelijk hulpeloos.

Elfrida haalde luidruchtig en onelegant haar neus op. 'Dank je. Misschien was het niet eerlijk om het tegen je te zeggen, maar toen je me zag huilen... O, hemeltje! Wordt het nu erg moeilijk voor je om met mama te werken?'

'Nee, juffrouw. Zodra we deze kamer uit zijn, zet ik 't uit m'n hoofd.' Mabs hoopte maar dat het inderdaad zo eenvoudig was. 'Weet u 't wel zeker, juffrouw? Uw moeder... Ik bedoel, ze houdt erg veel van jullie.'

'Er is geen twijfel over mogelijk, Daley. Ik heb hen er zelf ruzie over horen maken. Papa en mama, bedoel ik. Ze ontkende het niet eens. Daarom ga ik nooit naar haar toe. Ik heb altijd zielsveel van haar gehouden. Ik lijk als twee druppels water op haar. We waren onafscheidelijk. Maar nu wil ik helemaal niet meer op haar lijken!'

'Heb u 't nooit aan de anderen verteld? Meneer Charlie spreekt 'r ook niet vaak.'

'Nee, maar dat komt doordat hij een jongen is en omdat hij alleen maar met zichzelf bezig is. Hij mist Felicia zo erg dat hij nergens anders aan kan denken. De anderen waren er niet toen ik mijn ouders hoorde ruziemaken en ik heb het hun niet verteld. Waarom zou ik ervoor zorgen dat ze net zo ongelukkig worden als ik?'

OTTY

Hampstead, 1896

Ik heb nog één week om te genieten van mijn vrijheid, daarna begin ik op de Hampstead Academy for Young Ladies. In Durham ging ik altijd graag naar school, maar nu ben ik het gewend om urenlange wandelingen te maken door weer en wind, om te doen wat ik zelf wil. Voor een kind van twaalf leid ik misschien een eigenaardig leven, maar in elk geval heb ik er wel zeggenschap over. Op school zal ik in mijn vrijheid worden beperkt als door een ouderwets korset.

Ik heb papa gevraagd of we een alternatief kunnen bedenken voor mijn opleiding. Een gouvernante misschien, of zelfs mama? Die is de hele dag thuis en is erg pienter. Hoeveel ik ook van papa hou, hij is erg conservatief. Het ligt niet in zijn aard om van de norm af te wijken. Daarom houdt hij stug vol dat ik naar school moet. Een paar jaar slechts, totdat ik ga trouwen. Trouwen! Wurg me dan liever meteen.

Er zit dus niets anders op dan het beste te maken van deze laatste dagen. Mabs en ik zijn naar London Zoo geweest (dat is samen écht leuker dan alleen!), naar Trafalgar Square (ook al is het koud buiten!) en naar de National Gallery om ons overal aan te vergapen. Het mooiste vond ik het nog om naar Mabs te kijken, die nooit eerder een museum had bezocht. Volgens haar voelde ze zich niet zo opgelaten omdat ik erbij was.

Ik heb Mabs nog steeds niet over Jill verteld. Het liefst zou ik haar smeken om met me naar haar toe te gaan, maar ik twijfel nog. Volgens mij zal Mabs zich niet druk maken over dingen als andermans huidskleur, maar stel nou dat ze zich genoodzaakt ziet om papa in te lichten? Ik weet zeker dat hij er niet blij mee zal zijn. Hij zal zich zorgen maken om mijn reputatie, over de gevolgen voor hém, voor zijn kansen om contact te leggen met de meest invloedrijke families hier.

Nu ik het daar toch over heb... Ik voel me schuldig omdat ik hem niet over Olive heb verteld, terwijl ik weet dat hij er zijn linkerarm voor zou willen geven om aan haar te worden voorgesteld. Sinds wanneer heb ik toch zo veel geheimen? Ik maak papa graag blij, maar Olive is mijn vriendin en het zou papa niet om haar te doen zijn, maar om haar naam en om haar vader. Hemeltje, wat vreselijk om zoiets over papa te denken! In alle andere opzichten is hij een schat, en iedereen heeft zo zijn tekortkomingen. Hij is alleen zo ambitieus omdat hij het beste wil voor mama en voor ons. Het is juist een teken dat hij veel van ons houdt. Alleen kan dat soms verkeerd overkomen.

Misschien ben ik egoïstisch, maar ik wil Olive voor mezelf houden. Hoewel ik Mabs ook heel lief vind, is ze nog maar net haar weg aan het vinden in de wereld en is ze overal zo dánkbaar voor. Olive daagt me uit. Ze is zelfverzekerd en ongewoon en maakt zich niet de hele tijd druk om wat anderen van haar vinden. Later wil ik precies zo worden als zij.

Op de woensdag van mijn laatste week in vrijheid passen de weersomstandigheden perfect bij mijn humeur. De lucht is grauw en betrokken. Het regent onophoudelijk, het water klettert op de trottoirs en de wind duwt en trekt als een slechtgeluimde knol. Aangezien het Mabs' vrije middag is, ga ik naar Polaris House. Ik trek mijn meest waterbestendige mantel aan, zet een hoed op en neem ook nog een paraplu mee. Daarna leg ik de korte afstand naar mijn vriendinnen hollend af. Als Agatha me nog geen tien minuten later binnenlaat, is de onderste twintig centimeter van mijn rok doorweekt, zit er een deuk in mijn hoed en loopt de regen in straaltjes van mijn mantel af.

Gossie, ik maak de prachtige mozaïekvloer helemaal nat.

Agatha neemt mijn mantel en hoed voorzichtig aan en Anne gaat me voor naar de salon. Daar zitten Olive en Clover op het vloerkleed voor de haard Slangen en Ladders te spelen.

'Hemeltje!' roept Olive uit wanneer ze me ziet. 'Kom snel bij het vuur zitten!' Ze krabbelt overeind en kijkt om zich heen. 'Op de pianokruk, denk ik. Dan kun je je rokken uitspreiden zodat ze sneller drogen.' Ze sleept de kruk naar de haard toe. Terwijl ik op het gestoffeerde krukje zit en de vlammen me heerlijk warm maken, ronden ze hun spelletje af en bellen om warme chocolademelk. 'Je ziet er somber uit, Otty. Komt het door het weer?'

'Was dat maar mijn enige probleem,' verzucht ik. 'Het komt door school. Voortaan kan ik niet meer bij jullie op bezoek komen. Al zul jij daar wel blij om zijn, want ik ben hier de afgelopen tijd wel erg vaak geweest. Hopelijk heb ik geen misbruik gemaakt van je gastvrijheid.'

'Nonsens. Clover en ik zijn altijd blij om je te zien. Maar Otty, je doet net alsof je leven voorbij is zodra je op de academie begint.'

'Zo voelt het ook. Ik weet zeker dat ik de andere meisjes niet zal kunnen uitstaan. Ik ga jou en Clover missen, en Mabs.'

'Ware vriendschap gaat niet voorbij. Ik moet zeggen dat ik ervan opkijk dat je er zo over denkt, Otty. De afgelopen twee maanden zullen voor jou wel als een lange vakantie hebben gevoeld, maar je bent zo pienter en ik weet zeker dat je het erg goed doet op school. Ik had verwacht dat je leren wel belangrijk zou vinden.'

'Dat vond ik ook! In Durham behoorde ik tot de besten van mijn klas. Maar...'

'Niets te maren!' zegt Olive. 'Onderwijs voor vrouwen is erg belangrijk, Otty. Je moet je intelligentie gebruiken en aanscherpen. Als je het mij vraagt, is er voor jou geen betere plek dan een goede school. Wat zijn je ambities? Wat ze ook zijn, ze beginnen met een goede opleiding.'

'Ambities?' herhaal ik. Daar heeft niemand me ooit eerder naar gevraagd. Zoals Olive het woord gebruikt, is het net een uitgestrekte horizon. Als mensen over papa zeggen dat hij ambitieus is, klinkt het als iets kwalijks, iets wat getuigt van slechte smaak. Ik vraag me af waardoor dat verschil wordt veroorzaakt. De gedachte dat ik misschien ook ambities heb is opwindend. 'Daar heb ik nooit over nagedacht,' geef ik toe. 'Daar zal binnenkort echter wel verandering in komen.'

'Wat zou je ervan denken om te gaan studeren?' vraagt Olive. 'Aan Cambridge misschien, of Oxford? Ik weet zeker dat je het kunt, Otty. Dat zouden meer vrouwen moeten doen.'

Ik voel me licht in het hoofd, net als die keer dat ik een slokje van papa's champagne had genomen. Naar Cambridge? Ik?

'Heb jij gestudeerd?' wil ik weten.

'Nee, maar dat had ik wel gekund. Ik ben erg pienter, al zeg ik het zelf. Ik wil me nog steeds mijn leven lang blijven ontwikkelen. Alleen wilde ik niet weg bij mijn ouders, of uit Hampstead.'

Verbaasd kijk ik haar aan.

'Ik weet het, dat klinkt vreemd nu je me als volwassene ziet. Maar heus, Otty, ik heb alles wat mijn hartje begeert. Hier in Hampstead kan ik leren, liefhebben en anderen helpen. Ik geloof dat sommige mensen precies op de juiste plek worden geboren en dat het geluk er voor hen in schuilt om dat te weten en daar te blijven. Zo iemand ben ik. Maar jij volgens mij niet, Otty.'

'Wat gebeurt er met het andere soort mensen?'

'Nou, die moeten de wijde wereld in trekken om hun eigen plekje te vinden. Voor hen is die ontdekkingsreis deel van hun geluk.'

Ja, zo ben ik, bedenk ik. Ik hou van mijn ouders en vind Hampstead geweldig, maar ik kan me niet voorstellen dat ik hetzelfde pad ga bewandelen als Olive. Ze heeft gelijk. Ik heb nog veel meer te ontdekken, en niet alleen op de straten van Londen. 'Dus... vrouwen mogen naar de universiteit?'

Ze trekt een gezicht. 'Ja, al is het vrouwen niet toegestaan om een universitaire graad te behalen. Laten we het daar maar niet over hebben, Otty, want ik kan er echt nijdig om worden. Desondanks vind ik onderwijs van onschatbare waarde, zelfs zonder dat daar een diploma aan vastzit. Het verrijkt je, het daagt je uit, het verandert je. Mannen willen niet dat vrouwen die dingen ervaren, maar we moeten ergens beginnen. Hoe kan onze krankzinnige wereld anders ooit veranderen?'

Er gaat een lichte huivering door me heen bij de gedachte aan wat Jill tegen me zei toen we definitief afscheid van elkaar namen. *We zijn jong en we zijn meisjes. Het zal ons nooit lukken om iets te veranderen.* Zou dit een manier zijn om daar iets aan te doen? 'Naar de universiteit,' mompel ik. 'Ik vraag me af hoe dat zou zijn.'

'Als je niet naar school gaat, kom je daar nooit achter,' zegt Olive scherp.

Nu ze haar punt heeft gemaakt, praten we verder over andere dingen.

'Breng Mabs toch eens mee,' zegt ze wanneer ik uiteindelijk besluit naar huis te gaan. 'Dat wil ik al een poosje zeggen, maar door alle drukte rondom kerst kwam het er niet van. Kom nog eens samen met haar op bezoek voordat je naar school gaat, afgesproken?'

OLIVE

De dag nadat Otty Finch als een verzopen katje bij ons op de stoep stond, komt ze weer langs. Ditmaal met de gezelschapsdame van haar moeder, Mabel Daley. Mabs.

Ik wilde haar om twee redenen zien. Ten eerste weet ik van Otty dat ze uit een arme familie komt en een stuk of honderd jongere broertjes en zusjes heeft die ze min of meer eigenhandig probeert te onderhouden. Ik ben het advies van meneer Miles nog niet vergeten. Wanneer ik aan Gert denk, wat nog regelmatig voorkomt, moet ik andere mensen helpen die daar ontvankelijker voor zijn.

Ten tweede hebben de kaarten me op nieuwjaarsdag aan het denken gezet. Het is al jaren mijn gewoonte om op de eerste dag van januari de kaarten te leggen. Dat is een datum die je niet snel vergeet en ik vind het prettig om me aan het begin van het jaar door een hogere macht te laten adviseren. Merkwaardig genoeg deden de kaarten me aan Otty denken.

De eerste kaart die ik trok was de Hond. Een of twee van de kaarten in het pak lijken de vaardigheden van de illustrator op de proef te hebben gesteld. Dit is er daar een van. De afgebeelde hond is van een ras dat ik nog nooit heb gezien. Door de schittering in zijn ogen, zijn hangoren die aan pijpenkrullen doen denken en zijn gretige, trouwe blik was de vergelijking met Otty snel gemaakt. Met haar in gedachten las ik het opschrift. *U zult gemakkelijk betere Vrienden vinden onder Onbekenden dan binnen Uw eigen Kennissenkring.* Als de kaarten me daarop wijzen, moet ik er misschien iets mee doen.

Daarna trok ik de Maan. *Uw vrijgevigheid zal Uw welslagen altijd eerder bevorderen dan verminderen en U ook elke dag geliefder maken bij uw vrienden.*

Jaja, dacht ik. Die kaart ken ik goed, want ik trek hem vaak. Deze keer werd mijn schuldgevoel er alleen maar groter door. Omdat ik ouder ben dan Otty, voel ik me verantwoordelijk voor haar. Ik zou contact moeten opnemen met haar ouders. Hoewel ik het niet goed kan verklaren, voel ik vooral weerzin bij de gedachte met die familie verwikkeld te raken. Met Otty's in sociaal opzicht onverzadigbare vader en haar vage, ongrijpbare moeder. Misschien, bedacht ik, zou ik in eerste instantie eens met Mabs kunnen kennismaken. Ik was er zeker van dat ik haar aardig zou vinden en het is duidelijk dat ze heel veel voor Otty betekent. Het leek me een goed compromis.

Soms vind ik de kaarten een beetje griezelig. Het idee had nog maar amper postgevat toen de derde kaart al met een reactie kwam. Het Huis. *Uit het bezoek dat U en Uw huis zullen krijgen, zullen grote Voordelen voortkomen, maar voorzichtigheid is geboden.*

Goed dan, dacht ik. Ik zou Mabs uitnodigen en de familie Finch en hun problemen nog wat langer op afstand houden. Want problemen zullen er wel zijn, als ze het niet bezwaarlijk vinden om hun jonge dochter als het pluisje van een paardenbloem door de wereld te laten dwarrelen.

Zodoende komt Otty met Mabs op bezoek, op een januaridag die bijna net zo guur is als de dag ervoor. Ik doe zelf de deur open. Otty omhelst me en Mabs blijft treuzelend buiten staan, duidelijk nerveus. Ze is gehuld in haar stemmige uniform en een dunne omslagdoek. Haar fantasieloze uitdossing kan niet verhullen hoe mooi ze is, ook al betwijfel ik of ze zichzelf daarvan bewust is. Ik gebaar dat ze vlug moeten binnenkomen en schud haar de hand.

Gelukkig huppelt Otty, die niet al te formeel is, voor ons uit naar binnen, waardoor het ijs meteen gebroken is. Vervolgens loopt mama de hal in, met Clover in haar kielzog. Ook zij begroet Mabs vriendelijk, voordat ze verdergaat met haar eigen bezigheden en Clover aan ons overlaat. Mijn dochter is een heerlijke afleiding voor Mabs, die tot mijn genoegen bewonderende kreetjes over haar slaakt. Het volgende moment komt Anne ons al thee en cake brengen en tegen de tijd dat we rustig zitten, is het voor Mabs al te laat om zich nog verlegen of opgelaten te voelen. Ze heeft het nu al naar haar zin. Otty heeft me al te veel over haar verteld, en Mabs zal omgekeerd ook al te veel over mij weten, om tijd te verdoen aan formaliteiten.

'Vertel eens over je familie,' moedig ik haar aan. 'Volgens Otty heb je meerdere broertjes en zusjes. Daar benijd ik je om. Ik ben enig kind, zie je, en het ziet ernaar uit dat mijn lieve Clover hetzelfde lot te wachten staat.'

Met een schittering in haar ogen en roze blosjes op haar wangen noemt Mabs een groot aantal Jens en Jems op, over wie ze vol lof is.

Ik lach, want ik vind het heerlijk om iemand zo vrijuit haar genegenheid te zien uiten. Het werkt aanstekelijk, net als de griep, maar dan een stuk wenselijker. Terwijl ze aan het woord is, ontstaat er in mijn hoofd een beeld van een hechte familie die onlangs met een groot verlies te kampen heeft gehad. Tussen de regels door begrijp ik ook dat ze straatarm zijn. Zijn we dan geen steek verder gekomen sinds de tijd van Dickens?

Ik zou haar heel veel willen vragen, maar nu we elkaar nog maar net kennen, kan ik me nog niet opwerpen als haar grote redder in nood. Voorzichtigheid is geboden, breng ik mezelf in herinnering. Ze is trots, met name op het feit dat ze goed verdient, geld mee naar huis neemt en ook nog eens spaart om haar broertjes en zusjes een betere toekomst te kunnen geven. Dat is nogal wat voor zo'n jonge vrouw, bedenk ik, maar ik spreek mezelf meteen bestraffend toe. Ze is slim, sterk en gezond en er is geen enkele reden waarom ze haar doelen niet zou kunnen verwezenlijken. Alhoewel... ze praat erg plat en Otty heeft me verteld dat ze niet kan lezen en schrijven. Dat lijken mij grote nadelen als je genoeg geld wilt verdienen om zes kinderen te kunnen onderhouden.

Wanneer ik naar haar werk voor de familie Finch vraag, verandert haar houding op slag. 'Ik ben d'r enorm dankbaar voor, juffrouw,' zegt ze nadrukkelijk. 'Alles kwam op z'n pootjes terecht op de dag dat meneer Finch me in dienst nam, zo is dat. Hij is de vriendelijkheid zelve. Zoals u weet mag ik tijd doorbrengen met juffrouw Otty hier, en ik heb zelfs m'n eigen slaapkamer. De familie is erg hartelijk, juffrouw. Ik zou me geen beter baantje kennen wensen, nog niet in m'n wildste dromen!'

Haar woorden verbazen me niet, haar manier van doen wel. Tot nu toe verliep ons gesprek erg ongedwongen, maar nu lijkt het wel of ze wordt geïnterviewd. Haar schouders zijn hoog opgetrokken, haar glimlach is verdwenen en ze ziet eruit alsof ze een les moet opzeggen op school. Haar handen zijn stevig in elkaar geslagen, alsof ze iets achterhoudt.

'Ik bedoel,' vervolgt ze, 'ik ben de gezelschapsdame van de vrouw des huizes. Wat een geluksvogel ben ik. U kan ook wel zien dat ik niet bepaald een deftig type ben. Ik praat niet netjes, ik heb zulk werk nog nooit gedaan. Toen ik ging solliciteren, wist ik zeker dat ik 't deksel op m'n neus zou krijgen. Maar meneer Finch maakt z'n eigen niet druk om dat soort dingen. Zodoende woon ik nou bij de familie in en tel ik elke dag m'n zegeningen.'

'Ze prijzen zichzelf vast net zo gelukkig met jou,' zeg ik wanneer ze een stilte laat vallen. 'Je praat zoals dat gebruikelijk is waar jij vandaan komt, Mabs. Meneer Finch heeft groot gelijk dat hij daar niets om geeft. Je moet je nooit schamen voor waar je vandaan komt. Het gaat erom wie je bent en wat je doet. Ik weet dat Otty je heel hoog heeft zitten.'

'Dank u, juffrouw. Over u heb ze ook niks dan goeds te zeggen. Ik weet niet wat ik met m'n middagen aanmoet als ze volgende week naar school gaat. Ik kan d'r immers niet helpen met d'r huiswerk.'

'Dan gaan we gewoon op zaterdagmiddag wandelen, Mabs,' zegt Otty, een beetje bedrukt bij het vooruitzicht dat ze straks huiswerk zal moeten maken. 'Als het voorjaar wordt, is het na schooltijd ook nog licht buiten.'

Volgens mij heb ik haar geïnspireerd met mijn woorden over de universiteit. Natuurlijk waren dat mijn zaken niet, maar als verstandige, alleenstaande vrouw kan ik het niet laten om bemoeizuchtig te zijn.

'Misschien gaat mama over een poosje ook wel met ons mee,' voegt Otty er stralend aan toe. 'Wat denk jij, Mabs? Dat zou toch heerlijk zijn, om met zijn drieën op verkenning uit te gaan, op een mooie voorjaarsavond?'

'Nou en of, Otty,' beaamt Mabs.

Mij weet ze niet te overtuigen. Zou ze denken dat mevrouw Finch er in het voorjaar nog niet aan toe is om te gaan wandelen en wil ze Otty niet teleurstellen door dat te zeggen? Of ziet ze ertegen op om met haar mevrouw te moeten wandelen? Wat de reden ook is, ik vraag me af wat erachter zit. Wat is er mis met die vrouw? Ik ben dol op Otty en ook Mabs is een schat. Misschien moet ik toch maar eens kennismaken met die meneer en mevrouw Finch, want ik heb het gevoel dat er daar thuis iets niet in de haak is.

MABS

Naarmate januari voorbijkroop, raakte Mabs steeds meer ontgoocheld. Haar kortstondige optimisme leek samen met de winterregen te zijn weggespoeld in de hoofdstraat van Hampstead. Hoe vaak ze zichzelf ook voorhield dat het haar zaken niet waren wat mevrouw Finch in Durham had gedaan, ze voelde zich niet meer op haar gemak. Met al die kinderen, die schat van een Otty, zo'n liefhebbende echtgenoot... hoe had ze dat nou kunnen doen? Hoewel de gedachte haar niet losliet, wist ze dat ze die nooit zou bespreken met haar mevrouw. Waarom zou ze ook? Het was niet aan haar om vragen te stellen of te oordelen.

Het wierp zelfs een smet op haar leeslessen. Als mevrouw Finch in staat was om haar echtgenoot zo diep te kwetsen, dan voerde ze nu misschien ook wel iets in haar schild. Toch kon Mabs zich niet indenken wat zij daarmee te maken had. Was ze slechts een pion in een spel waarvan ze niets begreep? Het ergste was nog wel dat ze haar mevrouw een beetje aardig was gaan vinden en er trots op was geweest dat ze haar had weten te vermurwen. Nu betwijfelde ze of dat wel zo was. In het bijzijn van Otty bleef ze opgewekt en als mevrouw Finch al een verandering in haar opmerkte, zei ze daar niets van. Lou daarentegen liet zich niet zo makkelijk afschepen.

'Wat is er?' vroeg ze voor de zoveelste keer toen Mabs op een zondag er met haar gedachten niet bij was en niet zo veel lachte als anders.

'Niks,' beweerde Mabs. 'Het leg gewoon aan 't weer.'

'Voor zover ik me kan herinneren heeft het in januari altijd al geregend,' merkte Lou op, 'maar ik heb je nog nooit zo gezien. Is mevrouw F. weer in haar ouwe gedrag vervallen?'

'Nee, ze is heel vriendelijk. D'r is niks aan de hand, Lou. Echt niet.'

Als Mabs al iemand in vertrouwen kon nemen, was het Olive Westallen. Dat was een slimme vrouw. Misschien was Mabs wat wereldwijzer, als dat tenminste inhield dat je wist wat armoede en angst was en als je tegen wil en dank dapper moest zijn. Nu ze op nummer zes woonde, besefte ze echter pas hoe groot en ingewikkeld de wereld was. Een vriendin als juffrouw Westallen, iemand die wist hoe die wereld in elkaar stak, zou een geschenk uit de hemel zijn. Hoewel juffrouw Westallen erg vriendelijk was geweest, mocht Mabs zichzelf echter niet wijsmaken dat ze daadwerkelijk vriendinnen zouden kunnen worden. Alleen iemand die zo onschuldig en ondeugend was als Otty kon klassenverschillen zo makkelijk aan de kant schuiven. Toch bewaarde Mabs warme herinneringen aan het bezoek.

Toen ze haar broertjes en zusjes erover had verteld, konden die amper geloven dat iemand die zo rijk en deftig was, die helemaal aan het topje van de samenleving stond, zo onbevangen en vriendelijk kon zijn tegenover een van hen.

'Dus ze deed niet aanstellerig?' vroeg Nicky, wiens wereldbeeld duidelijk volkomen op zijn kop kwam te staan.

'Helemaal niet!' verzekerde Mabs hem.

Pa toonde weinig interesse. Hij zat onderuitgezakt aan tafel, met zijn kin op zijn handen gesteund. De sfeer in huis was bedrukt.

'Wat is er, pa?' vroeg Mabs.

'Hij is van 't graan gehaald,' zei Jenny zacht. 'Morgen moet ie met 't ijs aan de slag.'

Mabs voelde de moed in haar schoenen zakken. Dat zat er natuurlijk dik in, in deze tijd van het jaar. 'O, pa.' Ze ging naast hem zitten.

'Niks aan te doen,' verzuchtte hij. 'Al kan ik niet zeggen dat ik d'r naar uitkijk. Ik ben nog nooit zo blij geweest dat jij daar weg ben.' Onhandig pakte hij haar bij haar pols beet. 'Ik ben trots op je, Mabs. Dat mag je nooit vergeten.'

‘Pa,’ zei Mabs lachend, ‘doe nou niet alsof we u nooit meer terugzien. U ben een taaie! En bekijk ’t maar zo: januari is al voor de helft voorbij, februari is maar een korte maand… Voor u ’t weet, kan u weer graan gaan sjouwen, of hout.’

‘Wat een ellende. Al die kinderen om te onderhouwen en geen vrouw om me d’r bij te helpen.’

Mabs gaf een klopje op zijn hand. Ze had er een hekel aan als hij zulke dingen zei, alsof de kinderen er wat aan konden doen. Alsof hij zonder hen de hele dag zou kunnen luieren in plaats van te werken.

‘Tis een hard leven,’ vervolgde Nicholas. ‘Maar Jen is bijna net zo oud als jij toen je op de werf begon. Misschien…’

‘Nee, pa!’ riep ze geschrokken uit. ‘Dat meent u niet! U wil toch niet dat Jen daar gaat werken?’

Hij leek zich niet op zijn gemak te voelen. ‘Ik wou alleen maar zeggen dat d’r veel op mij neerkomt, ook al draag jij je steentje bij. Als Jen het nou ’s zou proberen, zouden we d’r flink op vooruitgaan. Dat vindt ze niet erg, ze is een goeie meid, net als jij.’

Toen Mabs naar Jenny keek, vertelde haar gezicht een ander verhaal. ‘Nee,’ zei Mabs stellig. ‘Dat gaan we niet doen. Ik wil niet dat Jenny of de anderen hetzelfde moeten doormaken als ik. Hou ’t nou nog één winter vol, pa. Wie weet hoe we d’r volgend jaar voor staan. Volgende week zondag neem ik een pond extra mee naar huis. En… God sta me bij, maar ik bedenk wel wat om jullie te helpen, let maar ’s op.’

‘Je doet al zo veel voor ons, Mabs.’ Jenny kwam naar haar toe en streek over haar haar. ‘Je zou een deel van je salaris voor jezelf moeten houden.’

‘Inderdaad, schat.’ Nicholas leek zichzelf tot de orde te roepen. ‘Nou, Peg, wat eten we?’

Die avond liep Mabs verdwaasd terug naar Hampstead, bijna zonder iets te merken van de kou. Jenny als arbeider! Ze was woedend op haar vader omdat het zelfs maar in hem was opgekomen. Ze had thuis nooit verteld hoe moeilijk ze het had gehad toen ze nog maar net voor de familie Finch werkte. Dat had ze niet allemaal doorstaan om haar zusje alsnog te laten eindigen waar zij, Mabs, was begonnen. Over haar lijk. Een nieuw jaar, een nieuw hoofdstuk. Ze moest niet zo zwaar tillen aan de gang van zaken in het huis aan Willoughby Walk. Over het algemeen ging het prima. Meneer Finch was vriendelijk, mevrouw Finch begon een beetje te ontdooien. En ze kon sparen…

Als ze nette kleren voor hen kon kopen en ervoor zorgen dat ze er netjes uitzagen zodat ten minste een van hen een baan als bediende kon krijgen, dan zou pa vast wel het gevoel krijgen dat hun kansen ten goede keerden. Dan zou hij zich niet meer zo zwaar belast voelen. Wanneer hij zo wanhopig overkwam, zou ze het liefst meteen al haar spaargeld aan hem overhandigen. Alleen wist ze hoe het werkte met geld. Als je arm was, werd je op de een of andere manier steeds armer. Een gezin dat zo groot was als dat van hen zou haar geld er in een paar weken doorheen kunnen jagen. Als ze echter bleef sparen, zou er een tijd komen dat dat geld echt een verschil kon maken. Hun leven zou drastisch kunnen veranderen. Misschien zouden ze zelfs weg kunnen uit dat vreselijke kamertje…

Ze stelde zich haar zusjes voor in een schone jurk in een comfortabel huis, haar vader vrolijk en onbezorgd, de jongens levenslustig en druk aan het leren.

Dromerig liep ze verder, terwijl de schemering inviel en de weg haar bij Mushroom Court vandaan voerde, terug naar het vredige Hampstead waar de verlichting in de huizen schitterde als feestlampjes en het leek alsof er niets slechts kon gebeuren.

Toen ze binnenkwam, bleef ze in de hal treuzelen. In de vazen stonden geen blauwe hortensia's meer. In plaats daarvan waren ze gevuld met doffe bronzen takken en takjes hulst waarvan de felrode besjes al begonnen te verschrompelen. Ze keek omhoog naar het portret van mevrouw Finch en verwonderde zich er zoals altijd over dat die levendige, stralende vrouw nu zo'n teruggetrokken bestaan leidde. Ze schrok toen er een deur openvloog.

'Juffrouw Daley, ik dacht al dat ik je hoorde.' Meneer Finch tuurde vanuit zijn werkkamer naar buiten. 'Heb je een prettige dag gehad bij je familie?'

Ze weekte haar blik los van het schilderij en keek naar het vermoeide, maar opgewekte gelaat van haar baas. 'Ja, dank u, meneer.'

'Juffrouw Daley, ik wil je niet lastigvallen op je vrije avond, maar heb je misschien een momentje?'

'Natuurlijk!'

Hij kwam bij haar staan. 'Ik zal je niet lang ophouden, maar ik heb iets over mijn dochter gehoord waarvan ik me niet kan voorstellen dat het waar is. Misschien kun jij het een en ander ophelderen.'

'Ik zal m'n best doen, meneer. Welke dochter?' Ze vreesde dat hem op de een of andere manier ter ore was gekomen dat Elfrida het familiegeheim had verklapt. Ze hoopte maar van niet. Dat gesprek ging ze liever uit de weg.

'Otty, natuurlijk!' Haar vraag leek hem te verbazen. 'Het is niets ergs, maar wel een beetje... verrassend. Ik heb een gerucht gehoord dat Otty vriendschap heeft gesloten met juffrouw Olive Westallen. Heb je weleens van haar gehoord?'

Mabs kon wel door de grond zakken. Zelfs zij wist dat meneer Finch dolgraag wilde kennismaken met een Westallen. Otty wilde Olive echter voor zichzelf houden en Mabs had zich niet geroepen gevoeld om daartegenin te gaan. Alleen had ze haar nu zélf ook al ontmoet! Hoe kon ze tegen hem zeggen dat zij eerder met een lid van de familie Westallen had kennisgemaakt dan hij?

'Eh... da's die deftige dame die boven op de heuvel woont, niewaar?'

'Precies. Ik wil al sinds we hier wonen met die familie kennismaken. Haar vader zou een waardevolle connectie kunnen zijn, dat weet Otty ook. Ik kan niet geloven dat ze zonder het tegen mij te zeggen een vriendschap met die dame zou onderhouden... Wat denk jij ervan?'

Mabs had deze man erg hoog zitten, maar hoe kon ze eerlijk tegen hem zijn zonder Otty te verraden?

'Ik zal 't aan haar vragen, meneer,' zei ze. 'U weet hoe 't gaat met roddels. Misschien zijn ze mekaar een keer tegengekomen en hebben de mensen d'r meer van gemaakt dan 't is. Ik vraag 't wel na.'

'Uitstekend. Een prettige avond nog, juffrouw Daley, en bedankt voor je tijd.'

Hij was altijd zo hoffelijk, dacht Mabs op weg naar boven. Ze hoopte maar dat ze dit goed had aangepakt. Ze besloot meteen naar Otty toe te gaan. Het zou verschrikkelijk zijn als meneer Finch haar eerder sprak dan zij en erachter kwam dat Mabs niet eerlijk tegen hem was geweest. Ze fronste haar voorhoofd. Als je bedacht hoeveel ze aan haar baas te danken had, waren er wel erg veel dingen waarvan ze het gevoel had dat ze die niet aan hem kon vertellen. Ze vroeg zich af hoe het zover had kunnen komen.

OLIVE

Ik verheug me niet op de dag die voor me ligt. Om te beginnen ben ik erg moe. Na drie gelukkige, onbezorgde maanden heeft Clover nu last van nachtmerries, waardoor ik al twee gebroken nachten achter de rug heb. Ze kan niet zeggen waar de dromen over gaan, maar kruipt huilend bij me in bed en ik hou haar vast tot ze weer in slaap valt. Daarna kan ik de slaap echter niet meer vatten. Door wat voor herinneringen of angsten wordt mijn meisje geplaagd? Ik kan het niet verdragen dat ze het moeilijk heeft. Ook voel ik me niet graag zo zwak. Het is wazig in mijn hoofd, mijn ogen voelen zo plakkerig aan als twee enveloppen. Ik voel me nog maar half de vrouw die ik voorheen was.

Alsof het slaapgebrek nog niet erg genoeg is, kan ik er niet meer onderuit om bij de familie Finch op bezoek te gaan. Gisteren kwam Otty vanuit school naar me toe. Haar vader is erachter gekomen dat we bevriend zijn. Ik kon mezelf wel voor mijn hoofd slaan omdat ik niet voortvarender had opgetreden en vroeg of hij boos was.

Helemaal niet, vertelde ze somber. Integendeel, zelfs. Er volgde een lange, warrige uitleg over wat hij had gezegd, wat Mabs had gezegd en dat ze met Mabs had afgesproken wat we moesten zeggen. Ik maakte eruit op dat haar vader er al een poos naar uitkijkt om kennis te maken met een Westallen. Hoewel Otty dol op hem is, lijkt ze feilloos door te hebben wat zijn tekortkomingen zijn en wilde ze me behoeden voor zijn snoeverij en ambitie. Dus heeft ze hem verteld, en ik moet dat bevestigen, dat ik haar één keer heb gezien, op de heide, toen ze Clover uit de boom heeft gered.

Om het haar niet onnodig lastig te maken heb ik beloofd het spelletje mee te spelen. Zodoende heb ik hun meteen mijn visitekaartje gestuurd, met de mededeling dat ik vandaag bij meneer én mevrouw Finch op bezoek wil komen. Ik wilde in één klap met hen beiden kennismaken, om het maar achter de rug te hebben. Hoewel ik hen nooit ontmoet heb, werken ze me op de zenuwen, vooral mevrouw Finch. Ik ben me ervan bewust dat droefenis vele vormen kent, maar voor een welgestelde dame die haar kamer niet uit komt en in wezen weigert deel te nemen aan de grote hindernisbaan die wij het leven noemen kan ik weinig begrip opbrengen.

Nu is het zover. Otty woont in een alleraardigst huisje. Het is opgetrokken uit lichtbruine bakstenen en staat aan het einde van een rijtje. De voordeur is mooi lichtblauw geschilderd. Binnen wacht er een hal met zwarte en witte tegels en een portret waar ik me onwillekeurig aan vergaap. Dat zal mevrouw Finch toch niet zijn? De dame op het schilderij ziet er levendig en hartstochtelijk uit, met donkere ogen waar een scherpe intelligentie uit straalt. Tot mijn verrassing is de huishoudster mevrouw Webb, die voor mijn vriendin mevrouw Lake heeft gewerkt totdat er geen geld meer was om haar in dienst te houden. We begroeten elkaar hartelijk en zeggen hoe jammer we het vinden dat mevrouw Lake aan lagerwal is geraakt. Daarna gaat ze me voor naar een kleine, nette salon.

Aanvankelijk heb ik amper oog voor de vader, zo gefascineerd ben ik door de moeder. Ze ziet er heel anders uit dan op haar portret, maar tegelijkertijd precies hetzelfde. Ze kan niet veel ouder zijn dan veertig. Haar haar is nog steeds donker en vol, op haar huid is geen rimpeltje te bekennen. Ze draagt een prachtige jurk van roze zijde en ziet er beeldschoon uit. Toch is ze geen stralend meisje meer, maar een volwassen vrouw die waardigheid, verdriet en kracht uitstraalt.

Ze lijkt wel een poel van geheimen, schiet het door me heen als we elkaar de hand schudden. Meteen verlang ik ernaar om haar vriendin te worden, maar hoe sluit je vriendschap met iemand die haar huis niet uit komt?

Meneer Finch heeft een rood gezicht van de opwinding, maar ik vlei mezelf niet met de gedachte dat hij in mij geïnteresseerd is. Hij is vooral blij dat er een Westallen op bezoek komt. Dat heb ik al vaak gezien en ik herken de tekenen meteen. Hij heeft dunner wordend kastanjebruin haar en een rond, open gezicht. Zijn ogen sprankelen en wanneer hij me stevig de hand schudt, kan hij zijn enthousiasme amper bedwingen. 'Juffrouw Westallen, hartelijk welkom. Welkom, welkom, welkom!'

Het heeft er alle schijn van dat ik welkom ben.

'Welkom in ons nederige stulpje. Het is bescheiden, maar eerlijk gezegd zijn we als nieuwkomers uit het noorden overvallen door de, eh... hogere vaste lasten, hier in de hoofdstad. En we moeten ook nog de school van Otty bekostigen. Daarnaast hebben we nog twee dochters, die hopelijk over niet al te lange tijd in het huwelijk zullen treden. De kosten van een bruiloft zijn niet gering. Ons huis in Durham was een stuk groter. Maar Londen is een heerlijke stad, zo bruisend! We prijzen onszelf erg gelukkig. En ik ben er altijd van overtuigd geweest dat het beter is om het kleinste huis in de beste wijk te bezitten dan het grootste huis in een armoedige wijk. Het bevalt ons hier prima. We hebben niet veel personeel nodig en hoewel het huis aan de kleine kant is, maakt de charme van het huis dat ruimschoots goed. Dit is bijvoorbeeld een heerlijke kamer. Neemt u toch plaats bij de haard, juffrouw Westallen. Kunt u geloven dat het alweer bijna februari is? Wat vliegt de tijd toch.'

Zijn vrouw lijkt zich niet erg op haar gemak te voelen, wat ik niet zo verwonderlijk vind. Ik heb nooit eerder een man ontmoet die bij de eerste kennismaking losbarstte over de grootte van zijn huis en de financiën van het gezin. Ze zijn werkelijk een paar apart. 'Ja, gaat u alstublieft zitten, juffrouw Westallen,' zegt ze, alsof ze het stof van haar sociale vaardigheden slaat. 'Het is een koude winter. Lust u een kopje thee?'

Meneer Finch trekt aan het schelkoord en het valt me op dat het dienstmeisje dat binnenkomt schrikt wanneer ze de vrouw des huizes aan zijn zijde ziet zitten. Al snel komt ze terug met thee en cake en een tweede dienstmeisje dat haar helpt met dragen, ook al ben ik ervan overtuigd dat ze het best alleen had afgekund. Ze staren allebei naar mevrouw Finch alsof ze een komeet is, iets buitengewoons wat je zelden ziet.

Natuurlijk komt het gesprek al snel op Otty. Ik vertel precies hoe ze Clover heeft gered, want dat mocht van haar. 'Ik was, en ben, haar ontzettend dankbaar. Vergeef me voor mijn slechte manieren. Het was alsmaar mijn bedoeling om op bezoek te komen, maar voordat ik het wist, was het al Kerstmis. Dat ik plotseling moeder ben van een kind van vier neemt me helemaal in beslag. Zoals u al zei, meneer Finch, de tijd vliegt.'

'Zeker, juffrouw Westallen, zeker!' beaamt hij, dolgelukkig omdat we het ergens over eens zijn. 'Maakt u zich geen zorgen, we begrijpen het volkomen. Er zijn vast zo veel mensen die een beroep op u doen dat we het al erg beleefd van u vinden dat u ons überhaupt met een bezoek verwaardigt.'

Ik voel me niet op mijn gemak bij zijn overdreven eerbiedige manier van doen. Dat heb ik altijd als mensen zichzelf klein maken in mijn bijzijn, alsof ik de een of andere hogere macht ben. Veel mensen van mijn stand zullen ongetwijfeld zo behandeld willen worden, maar ik vind het absurd. Hoe eerder iedereen, rijk of minder bedeeld, ophoudt zo te denken, hoe beter. We zijn allemaal mensen. Als ik al iets voorstel, dan hoop ik dat dat komt door mijn karakter en mijn inzet, niet door mijn achternaam en de hoeveelheid geld in mijn portemonnee.

'Juffrouw Westallen.' Mevrouw Finch onderbreekt zijn stortvloed aan dankbetuigingen met haar aangename, lage stemgeluid. 'Otty heeft ons verteld dat uw dochter geadopteerd is. Dat vind ik fascinerend en bewonderenswaardig. Hoe bevalt het u om plotseling moeder te zijn van een kind van vier, zoals u het zelf zegt?'

'Abigail, schat!' Geschokt kijkt meneer Finch haar aan. 'Dat soort zaken wil juffrouw Westallen toch helemaal niet met ons bespreken.

Het is heel hoffelijk van haar om ons te bezoeken, daar mogen we geen misbruik van maken.'

'Neem me niet kwalijk,' zegt mevrouw Finch.

'Welnee, mevrouw,' reageer ik haastig. 'U maakt geen misbruik van me. Ik praat graag over Clover en ik dank u voor uw interesse. U weet wel hoe dat gaat, meneer. Vrouwen praten over niets liever dan over hun dochters. Hoe het me bevalt? Tja, ik vind het moederschap angstaanjagend, moeilijk, opwindend en plezierig. Soms allemaal tegelijk. Ik voel me slecht voorbereid en ik kan nog steeds niet goed geloven dat ik als enige de verantwoordelijkheid voor Clover draag. Zelf hebt u vier kinderen, nietwaar, mevrouw Finch? Daar heb ik diepe bewondering voor.'

Het valt me op dat ze haar echtgenoot even zijdelings aankijkt en vanuit mijn ooghoeken zie ik hem bijna onmerkbaar knikken. Wat eigenaardig. Ik had haar niet ingeschat als een volgzaam type. We praten nog een tijdje verder over onze gezinnen en onze ervaringen met het moederschap. Als meneer Finch het al vervelend vindt dat zijn trofee, een lekker sappige Westallen, meer gemeen heeft met zijn vrouw dan met hem, weet hij dat goed te verbergen. Na een poosje krijg ik echter het gevoel dat ik hem bij het gesprek moet betrekken. 'Natuurlijk zal het een wereld van verschil zijn om een echtgenoot te hebben. Iemand met wie je de onophoudelijke zorgen van het ouderschap kunt delen, zodat je niet elke beslissing alleen hoeft te nemen. Om die reden en vele andere hebben mijn ouders me afgeraden om een kind te adopteren, maar zoals u merkt ben ik erg koppig.'

Meneer Finch zwelt op van trots en ik glimlach naar hem alvorens me weer afwachtend naar zijn vrouw om te draaien. Ik schrik van de onpeilbare leegte in haar ogen.

'Mijn echtgenoot speelt een rol in alles wat ik denk en doe,' zegt ze. 'Ik zou me geen leven zonder hem kunnen indenken.'

Nadat we nog een minuut of twintig luchtig met elkaar hebben geconverseerd, maak ik aanstalten om te vertrekken. Ik heb mijn plicht gedaan en vind Otty's ouders een stuk beter te verdragen dan ik had verwacht. Als ik vraag of Otty eens bij me op bezoek mag komen, krijg ik toestemming – in de overdadige bewoordingen van meneer Finch, maar ook van zijn vrouw, die zegt dat ze het Otty van harte gunt om Clover en mij beter te leren kennen. Dat voelt duizend keer meer als een compliment aan dan de tomeloze vreugde van haar man.

‘Dat geldt ook voor u, mevrouw Finch,’ voeg ik er in een opwelling aan toe. ‘Mocht u Otty op een middag willen vergezellen wanneer uw echtgenoot aan het werk is, dan bent u van harte welkom. Ik weet dat het eenzaam kan zijn, als de nieuwe dame in de buurt. Ik heb vriendinnen die hetzelfde hebben meegemaakt.’ Misschien is dit een beetje gewaagd van me, gezien mijn voorkennis over haar, maar vandaag is haar mysterieuze aandoening niet ter sprake gekomen en ze mogen niet weten hoeveel Otty me heeft toevertrouwd.

Deze keer slaat ze zonder bevestiging te zoeken bij haar man haar ogen neer. ‘Dat is erg vriendelijk van u,’ mompelt ze ontwijkend.

Ik besluit niet aan te dringen, schud de heer en de vrouw des huizes de hand en wacht tot een dienstmeisje me mijn mantel aanreikt.

‘Blijf maar hier in de warmte, schat,’ zegt meneer Finch tegen zijn vrouw. ‘Je weet hoe tochtig het in de hal kan zijn.’ Hij loopt hoogstpersoonlijk met me mee naar de deur.

‘Het was aangenaam kennis met u te maken,’ zeg ik op de drempel, en ik meen het nog bijna ook.

‘Het genoegen was geheel aan mijn kant,’ reageert hij. ‘Juffrouw Westallen, zou ik u misschien nog iets mogen vragen? Ik wilde er niet over beginnen in het bijzijn van mijn vrouw, want ze wordt snel ongeduldig als het over zakelijke kwesties gaat.’

Nu komt het, denk ik.

‘Ik vroeg me af of uw vader misschien bereid zou zijn om eens met me over de kanalen te praten. Mijn investeringen werpen hun vruchten af, maar ik zie nog erg veel onbenutte mogelijkheden. Zelfs tien minuten met een intelligent, respectabel man als uw vader zou al een zegen zijn.’

Met ‘intelligent en respectabel’ bedoelt hij natuurlijk rijk.

'Ik zou het enorm op prijs stellen als ik mijn ideeën kort met hem zou kunnen bespreken. Al wil ik me natuurlijk niet opdringen, juffrouw Westallen. Uw vader staat ver boven mij aan het firmament, daar ben ik me terdege van bewust.'

Ik glimlach stijfjes. 'Meneer Finch, mijn vader heeft niet het gevoel dat hij ver boven wie dan ook staat. De moeilijkheid zit waarschijnlijk niet in zijn positie aan het, eh... firmament, maar in een gebrek aan tijd. Als hij tien minuten zou schenken aan iedereen die gebruik wil maken van zijn... goede raad, hield hij geen tijd meer over. Maar ik zal het vragen, daar kunt u op rekenen.'

'Dank u, juffrouw Westallen,' zegt hij luid, terwijl hij me driftig de hand schudt. 'Ik ben uw enorm dankbaar. Duizendmaal dank!'

OTTY

Ik geef toe, op school is het niet zo erg als ik had verwacht. Vooruit dan, ik vind het er heerlijk! Volgens mij zou papa diep teleurgesteld zijn als hij wist hoe mijn dagen er werkelijk uitzien. De opleiding is er inderdaad op gericht om meisjes de etiquetteregels en sociale vaardigheden bij te brengen, maar die lessen zijn een uitstekende gelegenheid om weg te doezelen. De lessen worden gegeven door juf Lemon, een vrouw die zo kaarsrecht is dat ik zeker weet dat ze nooit van haar leven haar schouders heeft laten hangen. Daarnaast zijn er echter nog andere vakken.

Wiskunde, literatuur, aardrijkskunde, geschiedenis – zelfs politiek! Al deze vakken worden onderwezen door een man, meester Ferris. Ik had nog nooit een man ontmoet die denkt zoals hij. Volgens hem zijn meisjes net zo intelligent als jongens. Hij zegt dat veel van de verschillen tussen mannen en vrouwen zouden verdwijnen als we hetzelfde onderwijs zouden genieten. Voorheen werkte hij op een jongensschool in Chelsea, en hij beweert dat hij ons net zo zal behandelen als zijn leerlingen daar, ons op dezelfde manier de maat zal nemen en de concurrentie tussen ons zal aanwakkeren. Er komen toetsen die erop gericht zijn onze grenzen te verleggen. Het maakt me niet uit hoeveel toetsen ik moet maken, als ik maar de kans krijg om te leren en discussiëren en behandeld word als een intelligent mens.

Ik heb ook al een vriendin gemaakt, Edina. Als het nieuwe meisje waren de anderen de eerste dagen nieuwsgierig naar me. Inmiddels vinden ze me niet meer zo interessant. Veel van mijn klasgenotes volgen liever de lessen van juf Lemon dan die van meester Ferris, dat zegt al genoeg. Ze doen uit de hoogte wanneer ze mijn lichte noordelijke accent horen. Ze trekken hun welgevormde wenkbrauwen op wanneer ze horen waar ik woon. Kennelijk is Willoughby Walk niet de populairste straat van Hampstead. Alsof mij dat iets kan schelen.

Edina Hammond is heel anders. Ze woont bij haar vader, een Engelse hoogleraar die weduwnaar is. Hun huis staat vol met boeken en ze is van plan naar de universiteit te gaan. Haar tante is actief binnen de vrouwenbeweging. Ik wist niet eens dat er zo'n beweging bestond! Zulke berichten dringen niet door in huize Finch. Tijdens de pauzes voeren we vaak enthousiaste discussies met elkaar. En ze is aardig. Ze bleef me vriendelijk behandelen toen de anderen hun interesse verloren en ze geeft regelmatig snoepjes aan Beatrice, het meisje dat hier is aangenomen met een studiebeurs en dat de anderen meestal links laten liggen.

Tijdens de les moedigt meester Ferris ons aan om onze mening te geven en vragen te stellen. We hebben het al gehad over de vrouwenbeweging, actualiteiten en het klassenstelsel. Meestal steken alleen ikzelf, Edina en Beatrice onze hand op en horen de andere meisjes alles met een verschrikte blik in hun ogen aan. Ik vind het juist geweldig wat meester Ferris doet. Dít is de manier om de wereld te veranderen.

Door al deze avonturen voel ik me zo gesterkt dat ik het op zaterdagmiddag eindelijk aandurf om Mabs in vertrouwen te nemen over Jill. We hebben een stevige wandeling gemaakt op de heide – de regen was zo vriendelijk om maar liefst een uur niet te vallen – en toen de eerste dikke druppels naar beneden kwamen, smeekte ik haar om ons uitje af te sluiten met een bezoek aan een van de theesalons in de hoofdstraat. Op mijn kosten. Ik kon zien dat ze het niet prettig vond om een kind voor haar te laten betalen, maar thuis zouden we zeker door iemand gestoord worden.

Als we aan een tafeltje in de hoek zitten, ik met warme chocolademelk, zij met sterke thee, en met een schaaltje macarons om te delen, haal ik diep adem. 'Mabs,' begin ik. 'Ik wil dat je weet dat ik je als een dierbare vriendin ben gaan beschouwen.'

Stralend kijkt ze me aan. 'Dank je, Otty. Dat doet me goed.'

'Mooi zo. Goed, ik wil je iets vertellen. Ik heb een geheim. Ik weet er niet genoeg van en ik wil er met iemand over praten, maar ik wil mama niet ongerust maken... Mag ik het alsjeblieft aan jou vertellen?'

'Natuurlijk. Wat is er?'

'Weet je nog die dag dat ik kwam binnenvallen bij jou en mama, toen ik was overvallen bij het kanaal?'

'Hoe zou ik dat nou kunnen vergeten?'

'Nou, ik was niet bij het kanaal. Dat wil zeggen, die dag niet. Een paar weken daarvoor was ik er wel.'

Ik vertel hoe ik Jill heb leren kennen, dat ze me gered heeft en dat we hebben afgesproken om elkaar later nog eens te zien. 'Wat vind je ervan?' vraag ik.

Mabs fronst haar voorhoofd. 'Ik snap wel waarom je niet tegen je ouwelui wou zeggen dat je vaker bij 't kanaal ben geweest. Daar is 't echt niet veilig voor je, Otty. Maar waarom heb je ze niet over Jill verteld? Ben je bang dat ze niet willen dat je een vriendin heb die arm en ongeschoold is? Ik denk dat ze d'r juist graag zouden leren kennen, nadat ze je zo'n dienst heb bewezen. Bovendien is 't veiliger om hier met d'r af te spreken dan om daarheen te gaan.'

Ik schud mijn hoofd. 'Ze kan hier niet naartoe komen. En ze is niet ongeschoold. Integendeel, zelfs.'

Ongelovig kijkt ze me aan. 'Waarom werk ze daar dan?'

'Omdat ze geen keus heeft. Ze is... Ze is niet wit, Mabs.' Ik geef een klopje tegen mijn wangen om te laten zien wat ik bedoel. Het woord 'wit vind ik voor de meesten van ons ook geen goede omschrijving. Ik zou mezelf eerder lichtbeige noemen. Papa, Charlie en Averil zijn absoluut roze. Mama en Elfrida lijken benijdenswaardig genoeg op magnolia's. 'Ze komt uit het Caribisch gebied en heeft een donkerbruine huid en is heel mooi, lief en geestig, maar...' Gefrustreerd hou ik mijn mond. Voor mij is deze situatie nog steeds een raadsel.

Mabs begrijpt het echter meteen. 'Mensen zoals zij zijn hier niet welkom.' Ze knikt. 'Witte mensen vertrouwen ze niet, ik weet 't. In Saffron Hill woonden d'r ook een of twee uit Afrika. O, wat hadden die mensen 't zwaar. Niet alleen met de rijkelui, maar ook met mensen uit onze eigen buurt. Ze zoeken een eigen plekje en houwen zich bij d'r eigen soort. Da's de enige manier waarop ze kunnen overleven. O, Otty, da's wel een heel groot geheim.'

'Ach, het is nu allemaal maar theoretisch.' Snel praat ik haar bij over de belagers, de politieman en Jill. 'Ze zei dat ik niet meer bij haar op bezoek mag komen. Dat we in ons hart vriendinnen blijven, maar dat het niet veilig voor me is om haar te bezoeken.'

Ze snuift. 'Dan is ze verstandiger dan jij. En sindsdien heb je d'r niet meer gezien?'

Ik schud mijn hoofd.

'Dat ben je ook niet van plan, hoop ik? Want Otty, als je dat wel doet en je ouwelui d'r achter komen dat ik dit wist, raak ik m'n baan kwijt. Vast en zeker.'

'Dat weet ik. Ik zal niet naar haar toe gaan. Maar Mabs, ik begrijp het niet. Waarom zouden ze niet willen dat ik met haar bevriend ben? Ik bedoel, ik weet wel dat het komt door hoe ze eruitziet en waar ze vandaan komt, maar waarom doet dat er iets toe? Dat wil ik graag weten. Ik heb Jill voor rotte vis horen uitmaken. Iedereen lijkt te denken dat mensen die er zo uitzien slecht zijn, of lui, of dom... maar ze is niets van dat alles! Wat zie ik over het hoofd, Mabs? Vind jij ook dat ik haar niet aardig zou mogen vinden? Ik wil het gewoon weten.' Deze vragen draag ik nu al zo lang met me mee dat ik er een beetje van moet huilen. Het is ook zo'n schok dat de wereld anders is dan ik zou willen.

Mabs pakt mijn hand en geeft er een kneepje in. 'Rustig maar, liefje. Niet huilen. Tis moeilijk, hè? Ik weet niet of ik 't beter begrijp dan jij. Maar als je wil, kan ik je wel vertellen wat ik d'r van vind.'

Ik knik en snif nog wat na.

Met een verdrietig glimlachje zegt ze: 'Mensen kunnen wreed zijn, Otty. Ze kunnen ook goed zijn, daar hoef je nie bang voor te zijn. Maar mensen zijn soms… heel gemeen. Soms behandelen ze mekaar als oud vuil. Mensen houden niet van dingen die anders zijn, dingen die ze niet snappen. Ik weet ook niet goed hoe dat komt. Ik vind anders zijn juist… interessant. Waar ik vandaan kom, motten ze niks hebben van mensen zoals jij, van mensen die rijk zijn en 't goed hebben. Ze denken dat jullie allemaal verwaand en onverschillig zijn. Zo heb ik d'r nooit over gedacht. Ik dacht altijd dat sommige rijkelui wel zo waren en andere niet. Net zoals sommige armelui vriendelijk en eerlijk zijn en andere niet. Wanneer iemand d'r zo anders uitziet en zo anders klinkt, wanneer iemand uit een ver land komt… da's precies hetzelfde, maar dan nog erger, denk ik. Mensen zeggen stomme dingen, Otty, alleen maar om d'r eigen beter te voelen. Het is niet eerlijk. D'r is niks eerlijks aan. Het is triest, maar 't is niet anders.'

'Dus jij denkt niet dat het klopt, al die vreselijke dingen die ze over bruine mensen zeggen?'

'O nee! Wij zijn ook nie allemaal zo geweldig, niewaar? Ik zei al, Otty, mensen zijn stom. In de achterbuurten wonen veel Italianen, vanwege 't roomijs, en in de winter komen d'r veel Fransozen om 't ijs te verschepen. Zelfs die worden uitgescholden omdat ze hier niet vandaan komen. Misschien zal d'r op een dag wel verandering in kommen, wie zal 't zeggen? Je ben een slimme meid, Otty, da's een ding wat zeker is, maar je ben nog maar twaalf en je ben een meisje. Dus jij kan d'r niks aan veranderen. Het spijt me, Otty.'

Precies wat Jill ook al zei. Het maakt me intens verdrietig. Nu begrijp ik het iets beter, maar het bevalt me niet. Helemaal niet, zelfs.

MABS

Die avond ging Mabs iets drinken met Lydia en Betsy. Omdat ze van hun ongecompliceerde gezelschap genoot, bleef ze langer dan gewoonlijk en vond ze het jammer toen ze afscheid namen en naar hun eigen huis gingen, terwijl Mabs terugkeerde naar Willoughby Walk. Soms vond ze het leven bij de familie Finch benauwend. Er waren nu al vier dingen die ze voor haar baas moest verzwijgen: de leeslessen, het feit dat ze van de affaire van zijn vrouw afwist, hoe lang Otty al bevriend was met Olive en nu ook nog Otty's vriendschap met Jill. Ze had nog nooit een familie met zo veel geheimen gekend.

Met Otty had ze intens veel medelijden. Een echte vriendin die altijd het beste met je voorhad, die om je gaf en je ook nog eens aan het lachen kon maken was zeldzaam. Ze moest er niet aan denken hoe ze er nu voor zou staan als ze Lou niet had gehad. De problemen waar Otty en Jill tegenaan liepen vanwege hun afkomst, zeker nu ze nog zo jong waren… Het was maar goed dat Jill zo verstandig was geweest om een eind aan hun vriendschap te maken. Toch was het verdomd jammer. Ze kon zich amper voorstellen wat die arme meid te verduren kreeg bij het kanaal, aangezien ze niet alleen een meisje was maar ook nog eens een donkere huid had. Ze vond het vreselijk om te zien dat Otty's optimisme de kop in werd gedrukt en dat haar hart blauwe plekken opliep nu het botste met de werkelijkheid. Mensen, mijmerde ze. Verdienen ze deze prachtige wereld eigenlijk wel, als ze die vullen met onvriendelijkheid en zo veel stompzinnige ideeën?

Ze ging naar binnen en liep op haar tenen naar boven. In het licht van de maan zocht ze haar weg, voorzichtig, om niemand wakker te maken. Net toen ze aan de laatste klim naar de zolder wilde beginnen, hoorde ze zachte, gespannen stemmen. Ze draaide zich om. De deur van mevrouw Finch stond op een kier en er viel een streepje licht op de overloop. Ze kon de woorden niet verstaan, maar meneer Finch sprak op zijn gebruikelijke bedachtzame, licht smekende toon en zijn echtgenote reageerde zoals gewoonlijk kortaf en minachtend. Mabs wierp een angstige blik op Otty's dichte deur. Ze wist dat ze beter naar bed kon gaan, maar een kracht die het van haar verstand won, trok haar dichter naar de open deur toe.

'Het kan niet, liefste, écht niet,' mompelde meneer Finch. 'Ik wil niets liever dan dat je een normaal, gepast sociaal leven krijgt. Maar je weet net zo goed als ik dat je niet te vertrouwen bent. De dingen die je zegt, de dingen die je doet, de mensen die je zou kunnen ontmoeten… Ik vind dat je moet wachten tot het veel, veel beter met je gaat.'

'Wanneer is dat dan, Lucius? Als ik oud en grijs ben?'

'Doe niet zo mal, schat. Ik wil dat je meteen beter wordt. Het liefst gisteren nog. Het is aan jou.'

Ze snoof verontwaardigd. 'Is dat zo? Laat me dan met rust, Lucius. Ik ben moe. Misschien moet ik maar gaan slapen en ben ik dan op wonderbaarlijke wijze genezen wanneer ik morgen wakker word.'

De deur kraakte licht, alsof iemand een hand op de deurklink legde. Mabs verstijfde. Wat bezielde haar om hen af te luisteren?

'Liefste, als je nu gewoon onder ogen zou zien welke schade je hebt aangericht in dit gezin, als je de verantwoordelijkheid op je zou nemen…'

'Ha!' Het kwam er zo hard en spottend uit dat Mabs weer een blik op Otty's deur wierp. 'Je doelt zeker op Jonathan. Of misschien doel je op een van mijn andere misstappen. Zeg jij het maar, Lucius. Ik ben in alle opzichten een blok aan je been, nietwaar?'

'Het heeft me gekwetst wat je in Durham hebt gedaan, ja. Kan je dat dan niets schelen? Je bent mijn vrouw, Abigail. We hebben samen vier kinderen. Om er dan achter te komen dat je oude minnaar al die tijd nog bij je langskwam...'

Plotseling kwam Mabs weer bij haar positieven en sloop snel de trap op. Ze vluchtte haar kamer in, opgelucht dat ze niet was betrapt. Dat gesprek was absoluut niet voor haar oren bestemd geweest. Ze kleedde zich haastig uit en dook in bed, waar ze met grote ogen in het donker bleef staren. Het was dus waar. Ergens had ze nog gehoopt dat er een vergissing in het spel was, dat Elfrida het slachtoffer was van een vreselijk misverstand. Mevrouw Finch had echter inderdaad een affaire gehad en leek daar geen greintje spijt van te hebben. 'Of misschien doel je op een van mijn andere misstappen,' had ze gezegd. Bedoelde ze dat ze nog meer minnaars had gehad? Of had ze zich schuldig gemaakt aan andere dingen? Mabs kon zich er niets bij voorstellen en wilde dat ook niet. Het was waar wat ze zeiden over afluisteren: je ving nooit iets op waar je blij van werd.

'Dit gaat je niks aan, Mabs, 't gaat je niks aan,' mompelde ze in het donker. Het werd inmiddels al een bekende riedel.

De volgende ochtend was mevrouw Finch stuurs, zo stil en dreigend als de Londense mist. Toen Mabs het boek tevoorschijn haalde waarin ze samen bezig waren, keerde haar mevrouw haar de rug toe. 'Vandaag niet, Daley,' zei ze zonder verdere uitleg.

'Prima, mevrouw.' Mabs voelde de moed in haar schoenen zinken. De laatste tijd was het een stuk beter gegaan. Zouden ze nu weer in hun oude gewoonten vervallen? Waarom was mevrouw Finch toch zo veranderlijk?

Die regenachtige ochtend zeiden ze geen woord tegen elkaar. Mevrouw Finch hield haar blik strak op de rozentuin gericht, die er in de regen net zo troosteloos bij lag als altijd. Mabs worstelde zich zelfstandig door haar leeswerk heen, om maar iets omhanden te hebben. Ze hoopte maar dat dit niet het einde van hun lessen zou betekenen. De letters werden haar al duidelijker, maar ze had nog een lange weg te gaan en het was veel makkelijker wanneer iemand je lesgaf.

Rond het middaguur hield het op met regenen. De lucht werd vaalblauw en er viel zelfs wat zon in de tuin. Mabs snakte ernaar om aan de bedrukte sfeer in de kamer te ontsnappen. 'Kijk, 't is opgeklaard,' zei ze. 'Zullen we gaan wandelen, mevrouw? Een klein eindje maar. Het is d'r een mooie dag voor, vindt u niet?'

'Nee, Daley. Vandaag is daar zeker geen mooie dag voor.'

'Is d'r iets, mevrouw? Kan ik helpen?'

Bij wijze van antwoord liet mevrouw Finch een nadrukkelijk gesnuif horen.

'Het is zulk prachtig weer,' drong Mabs aan. 'Misschien knapt u d'r wel van op om even naar buiten te gaan.'

'Daar is meer voor nodig dan een beetje zon, kan ik je verzekeren. Wil je nu je mond houden, alsjeblieft?' Ondanks de manier waarop ze het verwoordde, klonk het dominant en zeker niet als een vraag.

Mabs deed er het zwijgen toe. Omdat ze zich toch niet kon concentreren, staarde ze naar de ranke, kaarsrechte rug van haar mevrouw, naar haar glanzende donkere haar. Zo ziet een enigma eruit, dacht ze. Dat woord had ze laatst van Otty geleerd. Was ze van streek over het gesprek dat ze gisteravond met haar man had gevoerd? Kwam het doordat haar minnaar ter sprake was gekomen? Miste ze hem? Was ze boos omdat ze niet haar eigen gang kon gaan?

Er kroop nog een uur voorbij en de zon begon alsmaar feller te schijnen. Toen er een schitterende regenboog in de rozentuin viel, riep Mabs zonder erbij na te denken uit: 'Kijk 's! Een regenboog! Mooi, hè? Dat brengt geluk. Zullen we toch niet naar buiten gaan, mevrouw? Als u d'r geen zin in heb, hoeven we niet te gaan wandelen, we kennen ook in de tuin gaan zitten. Dan kennen we de frisse lucht voelen en...'

Ze werd onderbroken door een harde brul. Geen gil, zoals vrouwen in verhalen altijd slaakten, maar een diepe, bulderende kreet, als van een krijger die ten strijde trok. Mevrouw Finch schoot overeind en was zo snel halverwege de kamer dat Mabs dacht dat ze een klap zou krijgen. Twee meter bij haar vandaan bleef ze echter staan en keek haar zo doordringend aan dat Mabs in elkaar kromp. 'Eruit!' beet mevrouw Finch haar toe, haar stem krassend en rauw. 'Maak dat je wegkomt en kom de rest van de dag niet meer terug.' Toen Mabs aarzelde, kwam mevrouw Finch op haar af met een kristallen vaas die ze van een tafeltje had gegrepen. In de handen van die vrouw zag elk huishoudelijk voorwerp eruit als een dodelijk wapen. 'Eruit!' snauwde ze. 'Ik wil je niet zien, ik wil je niet horen. Ga maar achter je regenbogen aan, achter je tekenen van hoop. En vertel het gerust aan mijn man als je wilt, ik daag je uit!'

Mabs vluchtte de kamer uit.

OLIVE

Op het moment zelf vond ik mijn bezoek aan Willoughby Walk minder pijnlijk dan ik had voorzien, maar desalniettemin heb ik er een merkwaardig gevoel aan overgehouden. Ik kan er niet goed de vinger op leggen.

Mevrouw Finch was heel anders dan verwacht. Ze is duidelijk een wilskrachtige vrouw en ik voelde onverwacht de behoefte om vriendschap met haar te sluiten. Ze leek in het geheel niet op de ziekelijke vrouw die ik me had voorgesteld. Ook meneer Finch was minder erg dan verwacht. Ik denk aan alles wat ik van Otty en Mabs over hem te weten ben gekomen. Een liefhebbende vader. Een vriendelijke, rechtvaardige werkgever die bereid was een meisje uit het verkeerde deel van de stad een kans te geven. Het heeft er alle schijn van dat ik voor niets zo tegen het bezoek heb opgezien. Toch word ik geplaagd door het gevoel dat ik iets over het hoofd zie.

Ik heb me er wekenlang het hoofd over gebroken en heb er genoeg van om over dat merkwaardige gezin na te denken. Otty is lief en oprecht, dat is het belangrijkste. Ik besluit dat ik me beter op mijn eigen familie kan concentreren. Clover wordt 's nachts nog steeds schreeuwend wakker. Afgelopen nacht was het erger dan ooit tevoren. Ik had kunnen weten dat het allemaal te soepel verliep. Sinds haar aankomst hier leek het alsof ze gelukkig en gezond was en zich goed aanpaste. Ik ben zo vaak gewaarschuwd voor adoptie, maar er leek heel lang geen vuiltje aan de lucht. Het voelde alsof Clover altijd al bij me was geweest. Het leven samen als moeder en dochter voelde, nee, vóélt, zo natuurlijk dat het moeilijk voor te stellen is dat ze ooit een ander leven heeft gekend.

Toch is het zo. Vier jaar lang heeft ze een heel ander leven geleid, waar ik me geen voorstelling van kan maken en dat zij niet kan beschrijven. Ziet ze het als ze slaapt? Ik heb geen idee hoe het geheugen van een kind werkt. Het wordt tijd om me in haar afkomst te verdiepen. Ik moet het met eigen ogen zien.

Zodoende ga ik naar het tehuis. Daar ben ik sinds Kerstmis al niet meer geweest. Ik neem drie grote rozen-en-citroentaarten mee die Agatha heeft gebakken, zodat de kinderen voor de verandering een luxe versnapering hebben bij de thee. Voor mevrouw Jacey neem ik een boeket vroege voorjaarsbloemen en een flesje port mee. Ik denk dat ik wel kan raden met welk van de twee ze het meest vergenoegd zal zijn. Bovendien neem ik een cheque mee voor het tehuis, als stimulans om de situatie daar te blijven verbeteren en om ervoor te zorgen dat wanneer die arme kinderen tussen wal en schip vallen, ze niet verder afdrijven dan nodig is.

Hoewel ik door het slaapgebrek niet erg helder uit mijn ogen kijk, is mevrouw Jacey blij om mij en mijn geschenken te zien. 'Taart,' zegt ze tevreden. 'Erg attent van u, juffrouw. Je krijgt ze nergens zo vrolijk mee als met het vooruitzicht van taart. Momenteel zijn er een of twee die het me behoorlijk lastig maken. Met taart sta ik een stuk sterker. Ik kan ze ermee chanteren, kort gezegd. Slim van u, juffrouw.'

Chantage was niet helemaal wat ik op het oog had, maar ik ben blij dat ik haar van dienst heb kunnen zijn. 'Gert is zeker een van de meisjes die het u lastig maken?' vraag ik luchtig. Het lijkt me een goede manier om indirect naar haar te informeren.

Mevrouw Jacey laat zich echter niet voor de gek houden. 'Denkt u nog steeds aan die meid? Ik zou er mijn hoofd niet over breken. Nee, ik had het niet over haar. Maar dat komt alleen omdat álles bij haar een strijd is, elke dag weer, dus dat is niks nieuws. Taart helpt niet bij madam. Niks helpt.'

Het doet me verdriet dat te horen, maar ik denk aan wat ik meneer

Miles heb beloofd en kom ter zake. Mevrouw Jacey zoekt op wanneer Clover in het tehuis is aangekomen – in oktober 1895 – en vindt de schamele aantekeningen die er die dag zijn gemaakt. Mijn dochter is binnengebracht door ene mevrouw Lily Duckworth uit Harlowe Place in Saffron Hill. Dat klinkt allemaal erg dorps en gezellig, maar ik weet wel beter.

'U overweegt toch niet daarnaartoe te gaan?' zegt ze met dezelfde gefronste wenkbrauwen waarmee ze me voor Gert waarschuwde. 'U moet in elk geval niet alleen gaan. Zorg dat er iemand met u meegaat. Een man. En trek iets eenvoudigs aan, als u begrijpt wat ik bedoel.'

Ik beloof haar raad op te volgen, maar haast me vervolgens naar buiten en sla hem meteen in de wind. Niet omdat ik niet op haar oordeel vertrouw, maar om de een of andere reden beschouwt ze me als een kwetsbaar sieraad dat omhuld door watten in een doosje bewaard moet worden. Mijn besluit staat vast en ik ga heus mijn plannen niet uitstellen om een chaperon en een sjofele jurk te zoeken. Ik hou een huurrijtuig aan.

'Harlowe Place?' herhaalt de koetsier ongelovig. 'Saffron Hill? Weet u dat zeker, mevrouw?'

Dat klinkt niet bemoedigend. Desalniettemin herhaal ik het adres.

De koetsier zet er behoorlijk de vaart in. Terwijl Londen aan me voorbijflitst, zie ik overal sporen van het voorjaar. Magnoliabloemen die zich in al hun weelde uitvouwen in omheinde tuinen, krokussen die als vlammen aan de randen likken. Ze zijn zo geel als eidooiers. Als saffraan, bedenk ik, en ik hou mezelf voor dat dat een goed voorteken is. Als we langs de noordoostelijke hoek van Regent's Park komen, denk ik terug aan Otty's verhalen over de leeuwen. Ik moet er binnenkort eens met Clover naartoe.

Naarmate we verder rijden, wordt het buiten steeds voller. De kleur sijpelt weg uit het landschap, de open ruimtes krimpen, de indrukwekkende gebouwen dringen zich op de voorgrond. Daarna volgen de minder indrukwekkende gebouwen. Al snel is er niets moois meer te zien. Alleen maar bekrompen woningen, dicht op elkaar. Het rijtuig gaat door steegjes die zo smal zijn dat ik bang ben dat de zijkanten beschadigd zullen raken. Er hangt een sfeer van moedeloosheid, boven op een dikke laag dreiging. Het rijtuig komt tot stilstand. In de portieken zitten bedelaars er smerig en lusteloos bij. Sommigen hebben een baby in hun armen, anderen krukken. Ze staren naar het rijtuig.

Ik wil er niet uit. 'Is dit Harlowe Place?' vraag ik, uit het raampje geleund.

'Nee, mevrouw. Ik kan er met het rijtuig niet komen, dat past niet. Daar is het.' Hij wijst naar een in schaduwen gehulde steeg links van ons.

Ik tuur naar het sjofele bordje aan de muur. 'Daar staat Mellis Court.'

'Dat klopt. Harlowe ligt vlak achter Mellis.'

Wat vreselijk! De straat waar we nu zijn is al onguur en smal. Mellis Court is maar half zo breed. En Harlowe Place is nóg onbeduidender? Ik realiseer me dat ik een enorme fout heb gemaakt.

Nu begrijp ik waarom mevrouw Jacey zei dat ik andere kleding moest aantrekken en iemand moest meenemen. Ik had niet door dat het zó erg zou zijn. Het lijkt wel een tafereel uit een roman van Dickens, maar we leven niet meer in het Londen van die tijd. We staan op de drempel van de twintigste eeuw. Hoe kan armoede nog steeds op deze schaal bestaan? Dan denk ik aan Mabs Daley. Ik had dit kunnen weten.

Als ik mijn boerenverstand had gebruikt, zoals mevrouw Jacey zou zeggen, had ik nu aan de koetsier gevraagd om me naar huis te brengen en was ik een andere keer teruggegaan met meneer Miles. Maar nee, het moet nu gebeuren. Ik kan niet verklaren waarom ik zo vastberaden ben, maar ik móét het zien. Misschien zou ik er anders over denken als ik beter had geslapen.

'Koetsier, mag ik vragen hoe u heet?'

'Hoe ik heet?' Hij draait zich naar me om. 'Dawkins is de naam.'

'Meneer Dawkins. Zou u zo goed willen zijn om hier op me te wachten? Ik blijf hooguit twee of drie minuten weg. Daarna wil ik dat u me terugbrengt naar Hampstead. Ik begrijp dat de ritprijs niet mals zal zijn en ik beloof dat u ook een royale fooi te wachten staat. Wilt u op me wachten?'

'Ja, mevrouw, vooruit dan. Alleen lijkt het me niet verstandig als u daar alleen naartoe gaat.'

'Biedt u aan om met me mee te gaan, meneer Dawkins?'

'Ik kan mijn rijtuig hier niet achterlaten, mevrouw. Tegen de tijd dat we terug zijn, zou het aan diggelen zijn geslagen en zou ik mijn paard nooit meer terugzien.'

'Dan zal ik wel alleen moeten gaan. Wacht u op me?'

Gerustgesteld door zijn stuurse knikje stap ik uit. De lucht is hier drukkend en ruikt ongezond. De bedelaars steken hun bleke handen naar me uit. Hun lusteloosheid is verontrustend. 'Straks, als ik terug ben,' zeg ik tegen hen. Daarna loop ik Mellis Court in.

Die benaming, *court*, klinkt veel aangenamer dan het er in werkelijkheid is. Het is een steeg waarvan de muren met roet besmeurd zijn en zo dicht op elkaar staan dat mijn rok er tijdens het lopen langs strijkt. Ik probeer mijn jurk bij het vuil vandaan te houden, maar besef vervolgens dat een vuile rok wel de minste van mijn zorgen is. Ik stap zelfverzekerder door dan ik me in werkelijkheid voel. Mijn gedachten zijn bij meneer Miles, met zijn kruisvaardersmentaliteit en zijn vermogen om zich schijnbaar onzichtbaar door de onderbuik van de stad te bewegen. Ik kom aan bij een bocht. Een andere weg is er niet, dus ik sla de hoek om. Het smalle paadje komt uit op een kleine binnenplaats. De omringende huizen zijn grauw en donker. Er is hier geen spoor te bekennen van de mooie lentedag waarvan ik tijdens de rit heb genoten. Ik zie een paar kinderen. Meisjes met poppen, jongens die takken gebruiken om met elkaar te zwaardvechten.

Er komt een vrouw naar buiten, die een van de meisjes de pop uit haar handen trekt. 'Verdomme, Alice!' schreeuwt ze. 'Ik had nog zo gezegd dat je geen haardhout mag pikken. Denk je soms dat 't geld ons op de rug groeit?'

Nu zie ik pas dat het helemaal geen pop is, maar een paar takjes die bij elkaar gebonden en in een vod gekleed zijn. Ik kan wel huilen. Zo heeft mijn Clover ook geleefd.

Het meisje gaat er niet tegenin. Ze krimpt in elkaar en geeft haar speeltje weer af.

Dan krijgt de vrouw mij in het oog. Stokstijf blijft ze staan, als een kat die een vogel ziet. 'Wie mag jij dan wel wezen?' schreeuwt ze. 'Wat mot je? We zitten hier niet op vreemden te wachten.'

'Ik wilde net weggaan.' Ik doe een stap in haar richting, zodat we niet hoeven te schreeuwen. 'Kunt u me alstublieft vertellen of dit Harlowe Place is?'

'En wat dan nog?'

Hemeltje, hoe moet ik dat nou uitleggen? 'Ik wil een belofte aan een vriend nakomen,' improviseer ik. 'Het is een lang verhaal.'

Het meisje, Alice, trekt aan de rok van de vrouw. 'Ma,' zegt ze. 'Misschien wil die mevrouw ons wel wat geven.'

De vrouw geeft achteloos een tik tegen haar wang, zodat het hoofd van het meisje tegen de muur klapt. Alice' ogen vullen zich met tranen, maar ze geeft geen kik.

Ik krimp in elkaar als ik het gemak zie waarmee die vrouw zo veel geweld gebruikt, alsof het net zo onschuldig is als het snuiten van je neus. Het liefst zou ik er iets van zeggen, maar ik weet wat mevrouw Jacey daarvan zou vinden.

'Achterlijk jong,' snauwt de vrouw. 'Natuurlijk wil ze ons niks geven. Dat soort types zullen nooit naar ons soort mensen omkijken. Die deftige tante komt zich alleen aan ons vergapen.' Tegen mij vervolgt ze: 'En nou maken dat je wegkomt, anders ga ik m'n man halen.'

'Dat hoeft niet, mevrouw.' Tot mijn afschuw hoor ik mijn stem licht trillen. 'Ik ga al. Maar eerst wil ik u toch iets geven.'

Haar gezicht staat op onweer. 'O ja? Wat mag dat dan wel wezen?'

'Vijf pond.' Ik haal het geld uit mijn tasje en steek het haar toe. 'Hier.'

Ze blijft me gewoon aanstaren, dus doe ik een stap naar voren en druk haar het geld in de hand.

Haar vingers sluiten zich om het biljet. 'Wat heeft dit te betekenen?' vraagt ze. 'Wil je soms dat ik de politie op m'n dak krijg?'

'Zeker niet, ik wil alleen helpen. U hebt het mis, ziet u. Soms willen mensen wél helpen. Een prettige dag nog.'

O, wat is het heerlijk om haar op haar nummer te zetten, en nog wel waar het kind bij is. Alice staat aandachtig te luisteren.

'Ik ga Terence halen,' zegt mijn aartsvijand, en ze gaat naar binnen.

Ik kniel voor het kind neer. 'Dit is voor jou, lieverd,' fluister ik, terwijl ik haar een blinkende shilling overhandig. 'Hou die maar voor jezelf. Je hebt heel mooi haar.' Dan sta ik op om te vertrekken.

De weg naar de steeg wordt versperd door vijf sjofel uitziende jongens met een brutaal gezicht. Ze staan schouder aan schouder. 'Vooruit, geef ons de rest,' zegt een van hen. Hij klinkt stokoud, hoewel hij aan zijn gezicht te zien hooguit veertien is.

Hoe kan zo'n jong kind zo angstaanjagend zijn? Ik besef onmiddellijk dat dit niet goed zal aflopen, tenzij ik nu heel gewiekst ben of heel veel geluk heb. Opeens ben ik klaarwakker. 'Goedendag, heren.' Aan mijn stem is niet te horen hoe bang ik ben. 'Jullie hebben me wellicht tegen jullie buurvrouw horen zeggen dat ik hier ben om te helpen. Laat me jullie alsjeblieft wat geld geven – nee, niets te maren, daarvoor ben ik hier gekomen. Zo, dit is voor jou, en dit is voor jou...' Ik geef hun de volledige inhoud van mijn tasje en hun ruwe handen graaien naar de mijne tot ze alles hebben. Zij weten net zo goed als ik dat ik geen andere keus heb, maar ik vertik het om dat te laten merken. 'Het was me een waar genoegen, maar nu moet ik gaan.'

'O ja?' Een van hen houdt zijn hoofd schuin, waardoor een stuk van de smoezelige hals onder zijn vuile halsdoek zichtbaar wordt. 'En als we nou je oorbellen willen, of je medaillon? Of iets ánders?'

Hier was ik al bang voor. Hij klinkt zo geslepen, zo volwassen, in de slechtste zin van het woord. De aanblik van zijn smoezelige hals geeft me echter de moed om tegen hem in te gaan. 'Opzij, kinderen. Helaas kan ik jullie mijn oorbellen niet geven. Die zijn van mijn moeder en ze zou woedend worden als ik ze kwijtraakte. Het medaillon is heel goedkoop en voor jullie van geen enkele waarde. Hier, neem mijn handschoenen maar. Die zijn met zijde gevoerd en zullen nog heel wat opbrengen. Nu moet ik echt gaan. Ik wens jullie nog een prettige dag.'

Mijn kordate toon is autoritair genoeg om ervoor te zorgen dat de kleinste jongen een stap opzij doet, zodat ik me langs hen heen kan wurmen. Ik weet Mellis Court te bereiken en loop verder naar het rijtuig. Achter me hoor ik voetstappen, maar ik besluit niet te rennen. Ze zouden me binnen de kortste keren inhalen. Gespeeld zelfvertrouwen is nu mijn enige troef. Mijn hart gaat wild tekeer. Tot mijn immense opluchting zie ik meneer Dawkins aan het uiteinde van de steeg op me wachten, met een bezorgde uitdrukking op zijn gezicht.

'Twee of drie minuten, zei u!' roept hij als ik bij hem aankom. 'O,' vervolgt hij bij het zien van het groepje jongens achter me. 'Is alles in orde, mevrouw?'

'Ja, dank u. Ternauwernood. Ik ben blij u te zien, meneer Dawkins.' Als ik omkijk, zie ik dat de jongens verdwenen zijn.

De bedelaars zitten nog steeds in de portieken. Zij zullen me niet lastigvallen of opjagen, maar ik heb hun een belofte gedaan. 'Meneer Dawkins, ik moet u om nog één gunst vragen. Wilt u me alstublieft wat geld lenen, totdat we bij mijn huis in Hampstead zijn? Ik heb deze mensen beloofd hun iets te geven, maar ik heb niets meer over.'

'Neem me niet kwalijk, mevrouw, ik vind het erg vriendelijk van u, maar daar schieten ze niks mee op. Opium en drank, daar zal het aan opgaan. Zelfs al zitten er een of twee tussen die niet zo zijn, wat hebben ze dan aan een shilling of een pond? Daar zijn hun problemen te groot voor, mevrouw.'

'Dat begrijp ik volkomen en u hebt gelijk, maar ik moet me aan mijn belofte houden. Het is mijn geld.'

'Met alle respect, mevrouw, het is *míjn* geld.'

'Ja, maar ik betaal u binnen een halfuur terug.'

Hij zucht en haalt een handvol munten onder de bok vandaan. 'Laat mij maar, mevrouw.'

Ik kan niet ontkennen dat ik blij ben dat ik kan instappen en neerzijgen op de bank. Mijn benen voelen slap aan en het dringt nu pas goed tot me door hoe dom ik ben geweest. Wanneer we wegrijden, voel ik me onbeschrijflijk opgelucht.

Verdwaasd blijf ik zitten, helemaal tot aan Polaris House, waar de koetsier van de bok springt om het portier voor me open te doen. 'Ik hoop dat ik vandaag niet nog meer van dit soort ritjes hoef te maken, mevrouw.'

Glimlachend zeg ik: 'Dat hoop ik ook voor u, meneer Dawkins. U bent erg geduldig met me geweest. Bedankt voor alles, vooral omdat u op me gewacht hebt. Anders was ik daar niet levend weggekomen.'

'Nee, mevrouw, dat klopt. Het zit 'm erin wat mensen verwachten, ziet u. Die verwachtingen stapelen zich net zo lang op tot ze werkelijkheid worden. De mensen daar verwachten alleen maar slechte dingen – terecht hoor, daar niet van – dus overkomen hun ook alleen maar slechte dingen. Geen geldbedrag kan daar iets aan veranderen. Daar is meer voor nodig.'

Mijn interesse is gewekt. 'Wat dan, meneer Dawkins? Hebt u enig idee wat ervoor nodig is?'

Daar denkt hij een hele poos over na. 'Eerlijk gezegd weet ik het niet, mevrouw. Onderwijs is belangrijk, maar het gaat nog verder. Het gaat om kennis over de wereld, over de verschillende soorten mensen die er zijn. Als die plek en die manier van leven het enige is wat je kent, als je familie daar ook is opgegroeid en je niet wijzer kan maken, hoe kun je je dan ooit iets anders voorstellen? Hoop, mevrouw. Dat hebben ze nodig, maar dat kunnen u en ik hun niet geven. Als je geen hoop hebt, waarom zou je dan níét stelen of bedelen, of het gewoon maar opgeven? Dat is tenminste mijn bescheiden mening.'

'Die mening is erg veel waard,' zeg ik terwijl ik uitstap en mijn rokken gladstrijk. Het voelt alsof de afgelopen dag een heel leven lang heeft geduurd.

Ik loop snel naar binnen, zoek geld, haast me weer naar buiten en betaal meneer Dawkins voor de rit, de tijd die hij heeft gewacht, het geld dat ik met alle geweld van hem wilde lenen en zijn wijsheid, met daarbovenop nog eens de beloofde fooi. In een opwelling vraag ik hem om zijn visitekaartje, ook al hoopt hij waarschijnlijk dat hij me nooit meer zal zien. Er begint zich een plannetje te vormen in mijn hoofd.

MABS

De ochtend na de uitbarsting van haar mevrouw ging Mabs met het lood in de schoenen aan het werk. Tot haar stomme verbazing bood mevrouw Finch echter haar excuses aan. Ze ging er niet uitgebreid op in, ze zei alleen: 'Mijn excuses voor de manier waarop ik je gisteren behandeld heb.' Toen ze hier net werkte, zou dat nooit gebeurd zijn, dacht Mabs.

Toch voelde het dag in, dag uit alsof ze samen met een leeuw in een kooi zat. Zonder dat ze het hardop uitspraken, leken ze het erover eens dat ze een paar dagen niet samen zouden lezen. Daarvoor was hun fragiele verstandhouding te erg beschadigd. De week daarop begonnen ze echter weer, en zo modderde Mabs op de een of andere manier verder tot maart. Er waren geen uitbarstingen meer – niet op haar gericht, althans – maar haar mevrouw bleef zo veranderlijk als het weer. Je zou hen het beste kunnen omschrijven als een ingewikkelde wiskundige vergelijking waarin Mabs hard haar best deed om de constante te zijn.

Op een zondag ging ze opgetogen naar huis. Niet omdat er op haar werk ook maar enige verbetering in zat, maar omdat het eindelijk echt lente was. In de berm groeiden narcissen die de ochtendlucht vulden met hun zoete, frisse geur. Het ijsseizoen was voorbij. De Franse en de Zwitserse jongens waren naar huis en haar vader was er zonder kleerscheuren vanaf gekomen.

Toen ze de kamer in Mushroom Court binnenkwam, verdween haar jubelstemming echter op slag. Pa was nergens te bekennen en de kinderen keken stuurs. 'Wat is er?' vroeg ze. 'Waar is pa?'

'Niks aan de hand,' zei Nicky kortaf. 'De meiden maken weer 's een hoop heisa om niks. Ze zijn gewoon een stel... meiden!'

Jenny beet hem toe: 'En jij bent zo koppig als een ezel!' Ze zat aan tafel en liet haar hoofd op haar armen vallen.

'Wat is er nou?' smeekte Mabs.

'Nicky gaat werken.' Peg ging vlak bij Mabs tegen de tafel geleund staan. 'Op de werf.'

'Wát?' Nu klonk Mabs opeens een stuk dreigender.

'Na pa ben ik de man in huis!' riep Nicky uit. 'Behalve hem zijn jij en Jenny de enigen die geld binnenbrengen. Meiden. Da's niet goed. Het is mijn beurt.'

'Nicky, schat, je bent nog maar een jongetje. En... bij het kanáál?'

'Ik ben twaalf,' corrigeerde Nicky haar. Opeens klonk hij angstaanjagend volwassen. 'Vorige maand ben ik jarig geweest. Dat weet je best, Mabsy, je was d'r zelf bij. Ik weet dat je wil dat we naar school gaan, maar da's niks voor mij. Ik vind d'r niks aan en ben d'r niet goed in. Ik ben groot voor m'n leeftijd en wil aan 't werk. Als 't goed genoeg is voor pa, is 't ook goed genoeg voor mij, Mabs. Dus ga nou niet zo beginnen!'

'Goed dan,' zei ze stijfjes. De uitdrukking op zijn gezicht kende ze maar al te goed. Als je van zijn koppigheid een brug zou maken, kon je er de Theems mee oversteken. Dan moest hij maar op de werf beginnen, kijken hoe het daar echt was. Misschien had hij nu het idee dat hij een man was en zijn steentje kon bijdragen, maar na een paar weken baggeren en met drek sjouwen zou hij zich wel bedenken.

'Trouwens,' vervolgde hij alsof ze niet had toegegeven, 'zíj is ook van school gegaan!'

Nu was Mabs pas echt verbaasd. 'Wie? Jénny?' vroeg ze. 'Da's toch niet waar zeker, Jen? Je vindt 't zo fijn op school, dat zei je zelf.'

'Dat is ook zo,' jammerde Jenny, met haar hoofd nog steeds in haar armen. Daarna ging ze rechtop zitten en keek ze Mabs aan. 'Dat wil zeggen, ik vind 't een prettig idee. Maar 't is 't niet waard, Mabs. Ik ben vijftien. Iedereen gaat op z'n vijftiende van school. Meester Winkler vindt 't niet erg dat ik d'r nog ben omdat ik zo veel heb gemist toen ma ziek was en… daarna. Maar hij leert me ook niks nieuws meer. Het zijn precies dezelfde lessen als vorig jaar, woord voor woord. Ik zit daar maar naar 't schoolbord te turen. Ik ken net zo goed naar m'n naaiwerk turen, dan verdien ik tenminste nog wat. We hebben 't geld nodig, Mabs.'

'Da's niks nieuws,' zei Mabs. 'Waarom opeens zo'n haast? Jij neemt meer naaiwerk aan en Nicky gaat aan het werk, in één week tijd. Hoe dat zo?'

De kinderen keken elkaar aan. Jem liep naar de deur en keek omlaag in het trapgat. 'Hij komt nog niet,' zei hij.

'Pa wordt morgen op de steenkool gezet,' legde Peg uit.

'O god.' Mabs liet zich naast Jenny op een stoel zakken.

Steenkool. Ze had zich zo druk gemaakt over het ijs dat ze op de een of andere manier helemaal niet meer aan steenkool had gedacht, terwijl dat een van de belangrijkste goederen was die over het kanaal werden vervoerd. De steenkool zelf was het probleem niet. Het werk kwam op hetzelfde neer. De steenkool moest vanaf de binnenschepen naar de werf gesjouwd en op de kolenkarren geladen worden. Soms met behulp van hijskranen, soms niet. Het probleem zat 'm erin hoe de arbeiders betaald kregen.

De steenkool ging in eerste instantie meestal naar rentmeesters of bemiddelaars, die tevens caféhouder waren. Hoewel ze vaak krap bij kas zaten, hadden ze altijd bier in overvloed. Dus betaalden ze de kruiers gedeeltelijk daarmee. Van bier kon je geen eten kopen of je gezin onderhouden. Door de gezelligheid en de weldaad van een paar biertjes aan het einde van een harde werkdag leek het werken met steenkool in het begin best aangenaam. Tot de mannen inzagen dat hun kinderen al wekenlang geen fatsoenlijke maaltijd hadden gekregen en ze al die tijd ook al geen goed gesprek met hun vrouw hadden gevoerd omdat ze zo vaak in de pub zaten. Er waren gezinnen met een vader die een stuk steviger in zijn schoenen stond dan Nicholas

Daley, die desalniettemin door deze regeling in de armoede waren beland.

Na de dood van Maureen was pa stevig gaan drinken, ook al had Mabs hem nog zo vaak gesmeekt ermee op te houden. De afgelopen maanden was het goed gegaan. Pa was nog niet helemaal de oude, maar hield zich sterk. Nu wisten ze allemaal dat de helft van hun geld voor eten in rook zou opgaan in The Bunch of Grapes in Limehouse. Geen wonder dat Jen en Nicky manieren verzonnen om zijn inkomen aan te vullen.

'Ik maak 'm af,' mompelde Mabs met een knoop in haar maag.

'Hij heeft nog niks gedaan,' bracht Jenny haar in herinnering. 'Trouwens, hij kan d'r niks aan doen, hij heeft d'r niet om gevraagd om op de steenkool gezet te worden.'

'Ik weet 't. Alleen weten we allemaal hoe 't nu verder gaat, niewaar?'

'Misschien gaat 't deze keer wel anders,' zei Jem hoopvol. Hij was zo vriendelijk en zo vastberaden om het goede in de wereld te zien dat Mabs het een hartverscheurende gedachte vond dat hij over een paar jaar misschien ook genoodzaakt zou zijn om aan het kanaal te gaan werken. Dat zou ze niet laten gebeuren, écht niet.

Tegen de tijd dat Mabs die avond vertrok, hadden de zon en de lichte bries van die ochtend plaatsgemaakt voor ondoordringbare duisternis en harde wind.

'Goeie genade,' mopperde ze, terwijl ze een beetje wankel verder liep. Als ze dit had geweten, was ze eerder weggegaan, maar Mushroom Court lag zo weggestopt dat je niet goed kon zien wat voor weer het was en ze had geen zin gehad om terug te gaan naar Willoughby Walk. Elke stap was een gevecht en tegen de tijd dat ze op Heath Road aankwam, was ze uitgeput. De maan stond op dat moment al helderwit, vol en prachtig aan de hemel. Ze had er graag troost uit geput, maar ze kon zichzelf er niet van overtuigen dat het de maan iets kon schelen of Nicholas Daley al dan niet te veel dronk.

Toen ze de bocht omging naar Flask Walk, met haar hoofd gebogen tegen de wind, botste ze tegen een paar mensen op die uit Back Lane kwamen en bood ze uitvoerig haar verontschuldigingen aan.

'Welnee, dan hadden we maar beter moeten opletten!' riep een bekende stem.

Mabs keek op in het gezicht van Olive Westallen. 'O!' riep ze uit.

Eerlijk gezegd zou ze op dit moment niemand liever tegen het lijf zijn gelopen. Ze dacht vaak aan Olive en zou er heel wat voor overhebben om haar haar zorgen te kunnen toevertrouwen. Juffrouw Westallen was echter niet alleen en was duidelijk op weg ergens naartoe. Ze had geen tijd om een praatje te maken.

'Juffrouw Westallen!' zei Mabs. 'Wat fijn u te zien.'

'Wel heb je ooit! Mabs Daley! Goedenavond. Hoe gaat het met je?'

'Prima, juffrouw. Met u?'

'O, geweldig! Ik ga naar de sterren kijken. Dit zijn mijn welwillende dienstmeisje, Anne, en haar liefje, Colin. Ze moeten me vergezellen voor het geval dat ik belaagd en beroofd word. Die arme zielen hebben het maar zwaar te verduren met zo'n excentrieke werkgeefster.'

Mabs glimlachte naar de anderen, die er inderdaad uitzagen alsof ze liever ergens anders waren geweest. 'Waar gaat u dat dan doen?' vroeg ze nieuwsgierig. 'Het is guur buiten, juffrouw!'

Juffrouw Westallen lachte. 'Dat klopt, maar de wind heeft de wolken weggeblazen. Kijk, Mabs! Geen sluier tussen ons en de hemel. Een zeldzame glimp van het grote onbekende. We gaan naar Parliament Hill. Heb je zin om mee te gaan?'

Mabs aarzelde. Even geleden had ze nog niets liever gewild dan naar binnen gaan, een paar warme dekens om zich heen slaan en niet meer denken aan de afgelopen dag en al dat slechte nieuws. Het gezelschap van juffrouw Westallen was echter erg aanlokkelijk.

'Ik weet niks van sterren,' zei ze. 'Aan mij heb u geen belezen gezelschap, juffrouw. Maar ik zou graag mee willen, als u d'r geen bezwaar tegen heb.'

'Ach, belezen of niet, wat doet dat ertoe?' zei juffrouw Westallen.

'En ik heb al eerder gezegd dat je gewoon Olive mag zeggen. Kom mee!' Ze zette er de pas weer in.

Het was al tien uur. Excentriek was ze zeker, dacht Mabs, die zich achter haar aan haastte.

Met Olive aan haar zijde voelde Mabs veel minder van de kou en genoot ze ervan om zich over de heide te worstelen, terwijl haar haar in haar gezicht waaide en haar rok klapperde als een vlag. Op Parliament Hill aangekomen spreidde Colin een kleed op de grond uit. Ze moesten op de hoeken gaan staan om te voorkomen dat het wegwaaide, en Anne toverde flessen en sandwiches tevoorschijn.

'U heb overal aan gedacht!' merkte Mabs verheugd op.

'Ik doe dit regelmatig,' legde Olive uit. Door de wind moest ze haar stem een beetje verheffen. 'Mijn vader heeft me geleerd hoe zeelieden de sterren volgen. Vroeger was ik ervan overtuigd dat het beschermengelen waren. De nachtelijke hemel is altijd al een passie van me geweest.'

'Wat heerlijk,' verzuchtte Mabs. De sterren waakten dus over zeelieden. Zou er ook iets soortgelijks zijn wat de arbeiders aan het kanaal beschermde?

Olive streek neer en gebaarde dat Mabs naast haar moest komen zitten. Anne en Colin nestelden zich een eindje achter hen. 'Zo zitten we altijd,' vertelde Olive. 'Als ik alleen ben, staar ik alleen maar voor me uit en denk ik na. Erg ongezellig, dus laten ze me maar. Jij hebt minder geluk, vrees ik. Ik ga je een lesje geven over de sterren!'

Onwillekeurig moest Mabs glimlachen. 'Dat klinkt geweldig.'

'Ik ben blij dat ik je weer zie, Mabs. Het is zondag, dus ik neem aan dat je net terugkomt van een bezoek aan je familie. Gaat het goed met hen?'

Mabs kon het niet laten om haar hart uit te storten. 'Niet zo goed, juffrouw... Olive. Ze hebben ons pa op de steenkool gezet, dus die gaat alles opzuipen, en Nicky gaat op de werf werken en Jen is van school gegaan om te naaien en...'

'Wacht even, liefje, alsjeblieft.' Olive stak een gehandschoende hand op. Mabs' eigen handen waren bloot en diep in haar zakken gestoken tegen de wind. 'Wil je alsjeblieft iets rustiger praten, want ik kan je niet volgen. Wat bedoel je, dat ze hem op de steenkool hebben gezet? Dat klinkt net alsof hij langzaam geroosterd wordt.'

Mabs liet een bibberig lachje horen. 'O ja, dat klinkt vast vreemd voor iemand die 't werk daar niet kent. Neem me nie kwalijk, juffrouw... Olive.' Ze haalde diep adem en legde het wat beter uit.

'Ik begrijp het,' zei Olive toen Mabs haar het probleem had voorgelegd. 'En verder? Je had het over Nicky en nog iemand anders. Je broertjes en zusjes, neem ik aan. Vergeef me, ik weet dat je al eerder hebt gezegd hoe ze heten, maar het zijn er zo veel dat ik het me niet goed kan herinneren.'

'Da's logisch, ik heb 't u maar één keer verteld. Nou, Nicky – da's de oudste van de jongens, hij is net twaalf – heeft besloten ook op de werf te gaan werken. Pa doet 't, ik heb 't gedaan, in onze familie is dat de manier om geld te verdienen. Als ik eerlijk ben, is ie niet echt geschikt voor school. Begrijp me niet verkeerd, hij is pienter, maar je heb gewone wijsheid en wijsheid die uit boeken kom, en die dingen gaan niet altijd samen. Begrijp u?'

'Zeker, en je hebt volkomen gelijk.'

'Toch breekt m'n hart omdat ie geen andere keus heeft. Hij is nog jong en 't is daar gevaarlijk.'

'Hoe gevaarlijk?'

Mabs vertelde Olive over het blok ijs dat haar bijna vermorzeld had, over de scherven die als dolken in het rond waren gevlogen. Ze vertelde over de mannen die verdronken, in elkaar zakten of met hun hand tussen de katrollen kwamen. 'Daar gaat m'n broertje dus werken,' besloot ze verbitterd. 'Ik had beloofd ze een beter leven te geven, maar ik doe d'r te lang over en dat leven slokt ze een voor een op.'

'Hoe ben je van plan hen te redden?'

Mabs vertelde over haar spaargeld. 'Stel dat d'r ergens een baantje vrijkomt waarvoor een van hen geschikt zou zijn, dan koop ik een jurk of een pak zodat ze d'r netjes uitzien tijdens 't solliciteren. Toen ik op gesprek mocht komen bij de familie Finch, had ik niks om aan te trekken, dus heb m'n vriendin Lou me wat geleend.' Ze legde uit dat ze leerde lezen en dat op zondagmiddag ook aan de anderen leerde. 'Maar alstublieft,' zei ze angstig, 'wil u niet tegen meneer Finch zeggen dat ik leer lezen? Mevrouw Finch denkt dat ie 't niet goed vindt en ik heb beloofd om niks te zeggen.'

'Ik zal er met geen woord over reppen,' beloofde Olive rustig. 'Wat zei je nou nog meer? Iets over naaien?'

'O, dat ging over Jen, m'n oudste zusje. Ze is vijftien.' Mabs vertelde over Jens zachte aard, haar pienterheid, haar slechte ogen. Toen Olive ook naar de anderen vroeg, beschreef Mabs hen stuk voor stuk. Peg met het spleetje tussen haar tanden, haar vlechten en haar zwak voor alles wat mooi was. De zachtaardige Jem met zijn gave om het goede in de mens te zien. Kleine Matty met zijn sproeten en zijn voorliefde voor kastanjes. En de jongste. 'Angeline, heb ons ma d'r genoemd,' zei Mabs. 'Zo heette de dochter van een dame voor wie ze naaiwerk deed, naast d'r werk als wasvrouw. Volgens haar betekent 't "engeltje", dus heb ons ma Angie zo genoemd.'

'Ze klinken erg bijzonder,' zei Olive zacht. 'Ik begrijp waarom je hen zo graag wilt helpen. Maar Mabs, besef je wel dat ze met zijn zéssen zijn?'

'Daar ben ik me van bewust, juffrouw,' zei Mabs.

'En van jou is er maar één.'

'Ja.'

'Realiseer je je wel dat je jezelf een vrijwel onmogelijk doel hebt gesteld?'

Mabs knikte. 'Is dat dan een reden om 't maar niet te proberen?'

'Zeker niet! Dat zul je mij nooit horen zeggen. Ik wil alleen dat je niet zo streng voor jezelf bent omdat het je nog niet gelukt is. Dat komt niet doordat je je best niet doet, maar omdat het een zware opgave is.'

Mabs zuchtte. 'Dank u, juffrouw. Olive.'

Anne gaf de flessen en de sandwiches door.

‘O, jullie hebben nog wat voor ons overgelaten,’ plaagde Olive haar. ‘Hier, Mabs. Neem zo veel je wilt. Ik weet niet wat er op de sandwiches zit…’

‘Kip!’ riep Anne over haar schouder.

‘Kip, dus. En dit is chocolademelk, met een beetje van de speciale Caribische rum van mijn vader erin. Door al zijn reizen hebben we daar een levenslange voorraad van, dus ik voel me in het geheel niet bezwaard als ik af en toe een beetje steel.’

Mabs nam een slok en voelde de zoete warmte door zich heen trekken. ‘O, hemeltje,’ verzuchtte ze. ‘Wat heerlijk.’

‘Dat vind ik nou ook. Enfin. Je grote plan. Vertel eens, zou je het vervelend vinden om een beetje hulp aan te nemen?’

‘Uw geld neem ik niet aan, juffrouw, als u dat bedoel. Ik ben d’r trots op dat ik m’n eigen geld verdien. Ook al noem ik u nog steeds juffrouw in plaats van Olive, ik beschouw u als een vriendin. En van vrienden neem je geen geld aan, niet waar ik vandaan kom.’

‘Waar ik vandaan kom ook niet. Ik vroeg me alleen af of je misschien wilt dat ik eens navraag doe naar geschikte betrekkingen. Mijn rijke kennissen beklagen zich er altijd over dat het zo moeilijk is om goed personeel te vinden. Als ik jonge mensen aanbeveel die eerlijk, betrouwbaar en hardwerkend zijn, willen ze hun gebrek aan ervaring misschien wel door de vingers zien.’

‘Zou u dat willen doen, juffrouw? Olive, bedoel ik. Meen u dat echt? Ja! Heel graag! Op zo’n kans zat ik te wachten. Sinds ik een beetje kan lezen, hou ik de krant in de gaten. De dienstmeisjes zeiden dat d’r vaak goeie vacatures in *The Morning Post* staan, maar tot nu toe heb ik nog niks gezien.’

‘De winter is een rustige tijd.’

‘Zelf blijf ik ook zoeken. Maar ik heb liever dat ze voor iemand werken die ú kent. Iemand van wie u weet dat die vriendelijk is. M’n vriendin Lou werkt op een erg lastige plek… Zij redt zich wel, ze is een taaie, maar ik zou niet graag zien dat m’n broertjes en zusjes daar werkten. Die zijn te zachtaardig.’

‘Nou, inmiddels heb ik hen goed in mijn hoofd. Die lieve, pientere Jenny, die sterke, capabele Nicky en de rest. Als ik iets hoor, laat ik het je meteen weten, Mabs.’

‘Bedankt, Olive, vanuit de grond van m’n hart.’ Mabs haalde haar handen uit haar zakken om die van Olive vast te pakken. ‘Ik weet dat ik bevooroordeeld ben, maar ’t zijn zulke lieve kinderen. U kan zich niet voorstellen wat ’t betekent om hoop te hebben. Goed, vertel nou maar ’s over de sterren die over uw vader hebben gewaakt.’

OLIVE

Clover ligt in bed en ik zit met mijn ouders in de salon. De haard houdt de voorjaarskou buiten. Hoewel ik uitgeput ben, vecht ik om wakker te blijven. Ik moet dingen bespreken.

Godzijdank heeft Clover inmiddels minder vaak nachtmerries, alleen doen de problemen zich nu overdag voor. De laatste tijd wil ze alleen nog maar bij mij zijn. Het is ontzettend merkwaardig. De eerste maanden vond ze het heerlijk om tijd door te brengen met haar grootouders, de dienstmeisjes en mevrouw Brody. Ik kon zonder me zorgen te maken inkopen doen en op visite gaan. Bij terugkomst hoorde ik altijd haar klaterende lach en trof ik haar zorgeloos en tevreden aan. Daar is nu een eind aan gekomen. Ze staat niet meer toe dat ik haar achterlaat. Het liefst zou ze de hele tijd lichamelijk contact met me hebben, waardoor ik vaak rondloop met haar om een van mijn benen geklemd, tot ik toegeef en haar optil.

Hoewel we nu 's nachts beter slapen, ben ik nog net zo moe als voorheen, overweldigd door het gevoel dat elke ademteug die ik overdag neem niet van mij alleen is. De laatste keer dat ik tijd voor mezelf had, was toen ik een week geleden naar de sterren ging kijken en Mabs tegenkwam. Een heerlijk mens. Ik heb beloofd haar te helpen, maar heb sindsdien niets kunnen doen behalve voor Clover zorgen. Na een week voel ik me al uitgehold en diepbedroefd. Wie ben ik zonder mijn boeken, mijn projecten, mijn bezoekjes aan vrienden? Als het nog lang zo doorgaat, moet ik dan toch overwegen een kindermeisje in dienst te nemen? Ik was zo vastberaden om het moederschap als een dagtaak te zien. Maar er is een verschil tussen ergens een dagtaak aan hebben en het jezelf onmogelijk maken. Deze avonduren, wanneer ze slaapt en ik rust heb, zijn me zo dierbaar dat ik probeer ze ten volle te benutten, ook al wil ik zelf ook alleen maar slapen.

Op verontschuldigende toon praat ik mijn vader bij over meneer Finch. Het heeft tergend lang geduurd voordat ik mijn belofte aan de man inloste, maar ik heb het druk gehad en heb met papa te doen.

Zoals ik al verwacht had, steekt hij met een zucht zijn handen in de lucht, maar hij begrijpt dat ik in een lastig parket zit en stemt ermee in meneer Finch uit te nodigen voor een kort bezoek. 'Je weet nooit, misschien heeft hij wel een idee dat de moeite waard is en zal ik uiteindelijk blij zijn dat ik hem heb leren kennen.' Zoals altijd stelt hij zich ruimdenkend op.

'Hij lijkt me wel intelligent,' geef ik toe. 'Zoals u weet zijn de meeste mensen van mening dat de kanalen hun beste tijd hebben gehad. Meneer Finch is er echter van overtuigd dat er nog winst te behalen valt, door de plotselinge groei van bouwbedrijven in de omgeving van Londen. Tot nu toe heeft hij gelijk gekregen. Hij heeft veel geld binnengehaald voor zijn bedrijf door te onderhandelen over contracten voor hout, steenkool, enzovoort.'

'Uitgekookt,' beaamt papa. 'Maak je geen zorgen, Olive. Ik zal tijd voor hem vrijmaken.'

'Zullen we zijn vrouw ook uitnodigen?' stelt mama voor. 'Dan kunnen we er een gezelligheidsbezoekje van maken. Een lunch, misschien?'

Papa haalt zijn schouders op. 'Hoe korter, hoe beter, wat mij betreft. Wat vind jij ervan, Olive?'

'Eerlijk gezegd... als u het kunt verdragen, zou ik dat best prettig vinden, papa.'

'Werkelijk?' vraagt mama verbaasd. Over dit soort kwesties zijn we het meestal niet eens.

'Ja, per slot van rekening is ze Otty's moeder, en Otty hoort zo'n beetje bij ons gezin.'

‘Het zou inderdaad wel zo beleefd zijn,’ stemt papa er somber mee in.

‘Dat niet alleen, ik vond mevrouw Finch ook best aardig. Ik ben benieuwd wat jullie van haar vinden. Ze is nogal mysterieus.’

‘Hoe bedoel je?’ Mama legt haar borduurwerk neer. Ze houdt wel van een beetje intrige.

‘Schijnbaar is ze onwel. Ze is meestal in haar kamer en heeft last van melancholische buien en wie weet wat nog meer. Overdag heeft ze een gezelschapsdame. Door Otty’s beschrijvingen dacht ik dat ze een kwetsbaar, emotioneel type was. Zo spreekt haar man ook over haar. Op mij maakt ze echter een heel andere indruk.’

‘Hoe is ze dan?’ vraagt papa. Nu hij óók geïntrigeerd is, krijgt mama zeker haar zin.

‘Beeldschoon,’ vertel ik. ‘Dat is het eerste wat me opviel. Ze is intelligent en van goede komaf. Ik vermoed dat hij boven zijn stand is getrouwd. Mij leek ze niet zozeer kwetsbaar als wel… ongelukkig.’

‘Ongelukkig?’ herhaalt mama. ‘Lieve hemel.’

‘Misschien druk ik me te sterk uit. Enfin, omdat ze naar verluidt onwel is – ook al maakte ze op mij niet die indruk – kan ik niet op elk gewenst moment bij haar op bezoek. Maar als meneer Finch echt zo graag aan papa voorgesteld wil worden en we hen allebei uitnodigen…’

‘Dan krijgen ze het gevoel dat ze wel móét komen!’ roept mama uit. ‘En dan kunnen wij ook met haar kennismaken. Olive, kennelijk heb je toch wel iets van mij in je. Wat denk jij ervan, James?’

‘Goed dan,’ verzucht papa.

Kort daarna arriveert meneer Miles om over mijn nieuwe project te praten. Ik ben die avond op Parliament Hill niet vergeten, kort nadat Clover hier was aangekomen, toen ik besloot dat ik er op de een of andere manier voor moet zorgen dat de wereld voor haar een betere plek wordt. Sinds mijn onderzoek naar haar afkomst is mijn voornemen alleen nog maar sterker geworden. Clovers nieuwe, veeleisende gedrag put me dan wel uit, maar maakt me ook vastberadener. Ik mag nooit vergeten wat ze waarschijnlijk heeft moeten doorstaan. Dat ik meneer Dawkins en Mabs zo kort na elkaar over het belang van hoop heb horen praten heeft me op een idee gebracht waar ik meteen meneer Miles over heb geschreven. Ik wil een stichting oprichten die zich inzet voor berooide mensen.

Meneer Miles heeft veel meer ervaring met dit soort kwesties dan ik en geeft me uitstekend advies. Volgens hem hebben we een voorzitter, een secretaris en een penningmeester nodig. Ik was ervan uitgegaan dat ik al die rollen op me zou nemen, maar hij zegt dat ik daar bittere spijt van zal krijgen.

'Vertrouw me,' verzoekt hij me dringend. 'Ik hou me lang genoeg met liefdadigheid bezig om te weten dat hoe groot je enthousiasme ook is, het opgeslokt zal worden door de alledaagse kleinigheden die bij het beheer van een stichting horen. Uit je brief maakte ik op dat je je handen uit de mouwen wilt steken, Olive. Je wilt mensen helpen, met hen praten. Dan word je er niet gelukkig van om je achter de schermen door papierwerk heen te moeten worstelen.'

Gelukkig heb ik trouwe vrienden die me door en door kennen.

'Daarnaast moet je een doel bedenken,' vervolgt hij. 'Een specifiek doel, waarin je de gebieden aangeeft waar je project zich mee gaat bezighouden. Dat zouden er hooguit drie of vier moeten zijn. Het is heel nobel om te zeggen dat je de armen tot steun wilt zijn, maar je kunt hen niet allemaal helpen. Je moet weten wat jouw stichting onderscheidt van andere organisaties. En dat moet je beknopt kunnen toelichten.'

Ik glimlach. Dit is precies de reden waarom ik hem heb uitgenodigd. 'Onderwijs,' zeg ik zonder aarzelen. 'Dat moet vooropstaan.'

'Dus je wilt een school oprichten?' vraagt papa.

Ik kijk bedenkelijk. 'Misschien niet per se een school, of misschien ook wel. Ik weet het niet. Ik had een soort... centrum... in gedachten waar mensen naartoe kunnen om te leren wat zij belangrijk vinden, of om op zijn minst doorverwezen te worden naar een plek waar ze dat kunnen leren. Lezen, schrijven en rekenen zullen wel vaak ter sprake komen, maar vrouwen die kamenier willen worden moeten bijvoorbeeld misschien leren naaien en haren kappen. Of misschien heeft iemand wel affiniteit met dieren of het buitenleven, maar heeft hij nooit de kans gehad om iets te leren over de zorg voor dieren of tuinieren...' Het frustreert me dat ik mijn visie niet goed kan uitleggen, maar vooralsnog is die ook nog erg vaag.

'Wat een geweldig idee.' Mama klinkt opgetogen. 'Je zou dagen kunnen organiseren waarop ze de kneepjes van een vak kunnen leren. Een dag waarop ze in een keuken kunnen meekijken met de kok, of in een winkel om te zien hoe het daar werkt. Lieve hemel, door alle mensen die we kennen kunnen we vast veel mooie kansen creëren.'

'Dat klinkt geweldig, mama! Precies wat ik in gedachten had. Zou dat niet heerlijk zijn?'

'Onderwijs dus, in wat voor vorm dan ook,' komt meneer Miles tussenbeide, waardoor mijn bijna bedwelmende enthousiasme een beetje wordt getemperd. 'En verder?'

'Praktische hulp,' zeg ik meteen. 'Kleding. Voedsel. Ik weet niet wat voor naam we eraan zullen geven, maar er moet een voorziening komen waar mensen meteen voor hulp terecht kunnen als dat nodig is. Je kunt niet verwachten dat mensen op een productieve manier met hun toekomst bezig zijn als ze bijna omkomen van de honger, de kou of de slaap. En hoop, dat is het derde punt. Ja! Dat zijn mijn drie doelstellingen, meneer Miles.'

'Hoop?' vraagt mama. 'Hoe wil je daar precies voor zorgen, schat?'

'Dat weet ik nog niet precies, maar het is een woord dat ik de laatste tijd vaak gehoord heb. Misschien kunnen we iemand zoeken die mensen aanmoedigt wanneer ze in de put zitten, die hen de goede kant op kan wijzen. Gaandeweg zullen we mensen ook moeten aanmoedigen. We kunnen hen belonen voor hun inzet of gewoon iets kleins cadeau doen om de moed erin te houden. Ik zal er nog eens dieper over nadenken.'

'Je zou een bijeenkomst moeten organiseren,' stelt ze voor. 'Mensen uitnodigen van verschillende rangen en standen, ieder met hun eigen ideeën. Van al hun suggesties kun je een lange lijst maken waaruit je vervolgens de bruikbaarste ideeën kunt kiezen.'

'Mama!' roep ik uit, diep onder de indruk. 'Wat bent u toch slim. Dat vind ik een geweldig idee. Ik zal Otty uitnodigen, omdat ze jong en onbevangen is. En Mabs, de gezelschapsdame van haar moeder. Meneer Miles, omdat hij, nou ja, omdat hij kort gezegd alles weet. En meneer Dawkins, de koetsier, omdat hij een filosoof in hart en nieren is.' Mijn vermoeidheid is op slag vergeten en ik barst van het enthousiasme. En ja, van de hoop. Ook al blijft Clover zich nog maandenlang alleen aan mij vastklampen, dit kan ik aan. Dat weet ik zeker!

'Olive, liefje, ik ben blij dat je het een goed idee van me vindt, maar je hoeft niet meteen een gastenlijst te maken. Meneer Miles is hier nu immers, en hij heeft vast nog meer goede raad voor je.'

'Natuurlijk. Neem me niet kwalijk, meneer Miles. Wat moet ik verder nog doen?'

'Zei je nou Mabs? Bedoel je toevallig Mabel Daley?'

'Ja, inderdaad! Kent u haar?'

'Ik ken haar familie al heel lang. Ik heb de aanbevelingsbrief geschreven voor de betrekking die ze nu heeft. Een allerliefst meisje. Ik ben blij dat je vriendschap met haar hebt gesloten. Gaat het goed met haar?'

'Erg goed. Het is me een genoegen dat ik haar heb leren kennen. Zal ik haar de groeten van u doen wanneer ik haar zie, meneer Miles?'

'Heel graag. Goed, wat hebben we nog meer te bespreken? Je moet een benefiet organiseren, om twee redenen. Ten eerste omdat je niet alles uit eigen zak kunt betalen. Ook al ben je een rijke vrouw, van jou is er maar één en de behoeftigen zijn met velen. Om hier een succes van te maken moet het wel duurzaam zijn.'

'Dat begrijp ik. En de tweede reden?'

'We willen dat de stichting goed bekend komt te staan. We willen de interesse wekken en de steun aantrekken van de mensen die kunnen helpen. Je moet ervoor zorgen dat mensen erbij betrokken willen zijn, dat ze een goede indruk maken wanneer ze zich ervoor inzetten.

Niet iedereen doet vanuit de goedheid van zijn hart aan liefdadigheid. Veel mensen willen vooral geliefd zijn. Je moet ervoor zorgen dat jouw doel in zwang raakt.'

Ik knik. Dat klinkt logisch. 'Dat moeten we zeker doen. Ik zal de groten der aarde uitnodigen. Of liever gezegd, de rijken. Mensen uit de hogere kringen, met diepe zakken. Dank u, meneer Miles. Ik zal... een diner organiseren.'

Mama laat een getergde kreun horen.

Dat geluid ken ik als haar dochter maar al te goed. 'Mama?' vraag ik waardig. 'Hebt u misschien iets aan te merken?'

'Een dinér?' zegt ze geërgerd. 'Werkelijk, Olive? Je bent tot zulke buitengewone ideeën in staat, maar als het om sociale aangelegenheden gaat, bezit je geen greintje fantasie. Je hebt zo ongeveer één avondjurk en jouw idee van sociale contacten onderhouden is theedrinken met je buurmeisje van twaalf.'

Met gefronst voorhoofd kijk ik haar aan. 'U mag Otty toch ook graag?'

'Daar gaat het niet om, liefje. Meneer Miles zegt net dat je je stichting zo aantrekkelijk mogelijk moet maken, dat je onze kennissenkring moet aansporen om te willen helpen, er het doel *du jour* van moet maken. En het beste wat jij kunt bedenken is een saai diner? Iets wat voor bankiers en zakenmannen dagelijkse kost is? Nee, Olive. We moeten het grootser aanpakken. Het moet een avond worden die iedereen die we kennen niet zal willen missen, een avond waarover ze het maanden later nog zullen hebben. Járen later. We organiseren een bal!'

MABS

'Daley,' zei mevrouw Finch op een ochtend. 'Ik zit al veel te lang binnen.'

Mabs was bezig schoenen te poetsen voor mevrouw Webb, aangezien ze nog steeds weinig omhanden had. Op dit moment was ze bezig met de oude stadsschoenen van meneer Charlie, die hij op de heide wilde blijven dragen. Afwezig keek ze op. Had ze het zich maar ingebeeld? 'Nou ja, mevrouw,' zei ze verwonderd. 'Dat heb ik al vaker gezegd. Bedoel u dat u een wandeling met me wil maken?'

'Dat misschien nog niet. Ik geef het niet graag toe, Daley, maar ik ben behoorlijk angstig geworden voor de buitenwereld. Het is al zo lang geleden.'

'Daar was ik al bang voor, mevrouw. Wat heb u dan in gedachten?'

'Wat hébt u, Daley. Neem me niet kwalijk, je hebt me niet gevraagd je uitspraak te corrigeren en ik hou er direct mee op als je het vervelend vindt, maar ik weet dat je leergierig bent en op het ogenblik kom je door dat platte taalgebruik lang niet zo aardig en intelligent over als je bent.'

Met open mond staarde Mabs haar aan. Haar mevrouw wilde niet alleen naar buiten, maar gaf haar ook nog eens complimentjes? Wat was hier aan de hand? 'Ik vind het juist prettig als u dat doet. Wat hébt u in gedachten, mevrouw?'

'Misschien kunnen we naar de rozentuin gaan. Het is een prachtige dag, Daley. Ik moet er niet aan denken om die binnen door te brengen. Het is al maanden geleden. Ik begrijp niet goed hoe het zover heeft kunnen komen. Genoeg is genoeg. Ik kan niet de rest van mijn leven in deze kamer doorbrengen.'

'Zo is 't, mevrouw! O, wat fijn. Meneer Finch zal dolblij zijn als ie 't hoort!'

Mevrouw Finch keek haar scherp aan, haar ogen waren kil en hard. 'Weet je dat wel zeker?'

Mabs was met stomheid geslagen. Van vrolijk en hoopvol naar dit, in nog geen minuut tijd. Er viel geen peil te trekken op mevrouw Finch, dat was een ding wat zeker was. 'Nou... ja,' zei ze. 'Hij wilt niets liever dan dat u weer gezond en sterk wordt, al zolang ik jullie ken.'

'Natuurlijk,' zei mevrouw Finch. 'En het is "hij wil", Daley. Zal ik uitleggen waarom?'

'Leg 't maar in de tuin uit, mevrouw. Ik zal even kijken waar uw omslagdoek lig. Het kan nog flink waaien, ook al schijnt de zon en staat alles in bloei. Hier heb ik 'm al. Zullen we ook een boek meenemen, mevrouw? Voor 't geval dat u buiten wilt lezen?'

'Een prima idee. En het is "ligt" in plaats van "lig". Begin ik je al te ergeren?'

'Te ergeren? Mevrouw, ik heb nog nooit van m'n leven hulp gekregen bij dit soort dingen, dus ik ken 't me niet veroorloven om me te ergeren. Ik waardeer 't juist.'

'Mooi zo. Want het is "kan" en niet "ken".' Mevrouw Finch glimlachte schaapachtig terwijl ze de omslagdoek om haar schouders sloeg.

Voor de zoveelste keer bedacht Mabs dat haar mevrouw net zo veelzijdig was als een edelsteen.

Buiten was het bijtend koud, een kristalheldere dag. De zon stond laag aan de hemel en de tuin, waar sinds het gezin hier woonde nauwelijks aandacht aan was besteed, had iets betoverends met al die warrige takken en schaduwen en die groene scheuten die tussen het dode bruine blad van vorig jaar tevoorschijn kwamen. Mevrouw Finch zocht voorzichtig haar weg tussen de rozenstruiken waarvan de zwarte takken glinsterden in het licht. Het was vast vreemd om na zo'n lange tijd weer buiten te komen.

'Ik heb ze altijd het liefst onverzorgd,' zei mevrouw Finch. 'Tuinen, bedoel ik. Een zorgvuldig aangelegde tuin ziet er net uit als een jongedame, tot in de puntjes verzorgd en volledig afgericht. Ik zie liever schoonheid dan gehoorzaamheid. Wat jij, Daley?'

'Ik heb d'r geen verstand van, mevrouw. Dit is de eerste tuin waar ik ooit ben geweest.'

'Werkelijk? Lieve hemel, wat hebben we toch een verschillend leven gehad. Kijk, narcissen. Vind je die niet prachtig?'

'Jazeker. Ze zien d'r altijd zo vrolijk uit.'

'Ja.' Zonder acht te slaan op de dauw liet mevrouw Finch zich op haar knieën in het gras zakken om aan de bloemen te ruiken. Daarna dwaalde ze weer verder. 'Kijk, Daley! Een roos!'

Warempel, aan een van de takken hing een enkele lichtroze roos. Hij was groter dan een knop, maar nog niet volledig open.

'In maart!' fluisterde Mabs. 'Stel je voor.'

'Dat is wel erg vroeg, vind je niet? Terwijl het weer niet bepaald zacht is geweest. O nee, kijk.' Toen mevrouw Finch met haar vingertop een van de roze blaadjes beroerde, viel het blaadje en werd het papierachtige beige laagje eronder zichtbaar. 'Het is een mooie illusie, maar hij leeft niet echt.' Ze begon te huilen.

'O, mevrouw!' In een opwelling sloeg Mabs haar armen om haar werkgeefster heen, maar ze werd meteen afgeschud. 'Pardon, mevrouw, ik wou me niet opdringen.'

'Nee,' zei mevrouw Finch door haar tranen heen. 'Dat is het niet. Je hebt niets verkeerds gedaan, Daley. Ik wil alleen niet dat ze me daarbinnen zo zien.' Ze keerde haar rug naar het huis toe, sloeg haar handen voor haar gezicht en liet haar tranen de vrije loop.

Hoewel Mabs nu afstand hield, zag ze de tranen van haar mevrouw onder haar handen vandaan druppelen. 'Ik vind het onverdraaglijk, mevrouw,' zei ze zacht, 'dat u zo ongelukkig ben. Wil u me niet vertellen wat er aan de hand is? Kan ik helpen?'

Uiteindelijk droogde mevrouw Finch haar tranen en veegde haar handen af aan haar rok. Daarna keek ze op en haalde diep adem.

'Het spijt me, Daley. Een onzinnig moment van verdriet – of misschien ben ik overweldigd door het gevoel van de frisse lucht. Kijk, daar staat een bankje, ook al is het roestig en bezaaid met bladeren. Zullen we het erop wagen dat onze rokken vuil worden en een stukje lezen?'

Mabs durfde nauwelijks te hopen dat het niet bij dat uitstapje naar de tuin zou blijven, maar de volgende ochtend verraste mevrouw Finch haar opnieuw. 'Zullen we vandaag gaan wandelen?'

'Wandelen?' herhaalde Mabs stomverbaasd. 'Een echte wandeling, bedoelt u?'

'Ja. Ik beloof dat ik me zal gedragen. Geen malle uitbarstingen meer zoals gisteren.'

'Dat was niet mal. U hoef zich nergens voor te schamen.'

'Hoeft. U hóéft zich nergens voor te schamen. Ik hoef me nergens voor te schamen.'

'Dank u, mevrouw. U hoeft zich nergens voor te schamen. Ik ga m'n omslagdoek even halen.'

Mabs rende naar boven. Ze wilde haar kans grijpen voordat haar mevrouw weer van gedachten zou veranderen.

Toen ze terugkwam, nam mevrouw Finch haar van top tot teen op. 'Heb je geen winterjas, geen handschoenen?'

'Nee, mevrouw.'

'Loop je er dan al de hele winter zo bij?'

'Ja, mevrouw.'

'Goeie genade! Ik had geen flauw idee.' Ze zocht een donkerblauwe mantel en een paar wollen handschoenen op en stond erop dat Mabs die zou aantrekken. 'Hou ze maar,' zei ze. Vervolgens beende ze de trap af, weg bij Mabs' bezwaren en bedankjes. Bij de voordeur bleef ze staan en wierp een wrange blik over haar schouder. 'Eindelijk krijg ik dan het beloofde land te zien dat Hampstead heet. De pas erin, Daley. Ik reken erop dat het oogverblindend is.'

Mabs moest het Hampstead nageven, tijdens de eerste ontdekkingstocht van mevrouw Finch zag het er inderdaad oogverblindend uit. Glanzend rode en roze camelia's bloeiden in de tuinen aan Willoughby Walk en te midden van die kleurenpracht zagen de bruine stenen huizen er zacht en uitnodigend uit. Er dwarrelde bloesem in de lichte bries en allerlei vogels – merels, eksters, zwaluwen – scharrelden in de struiken en flitsten door de lucht. Het voelde aan als het dorp dat dit ooit geweest was.

Mevrouw Finch probeerde onaangedaan te lijken, maar aan de schittering in haar ogen zag Mabs dat haar interesse gewekt was.

'Het schijnt dat 't water in Hampstead een geneeskrachtige werking heeft, net als in Bath,' vertelde Mabs toen ze langs de oude Chalybeate Well kwamen. 'Daarom komen mensen hiernaartoe, om zich beter te voelen over 't leven.'

Mevrouw Finch trok haar perfect gevormde wenkbrauwen sceptisch op.

Toen ze bij de hoofdstraat aankwamen, hoopte Mabs dat mevrouw Finch daardoor in net zo'n jubelstemming zou komen als Mabs toen ze hier de eerste keer was, maar het bleef opvallend stil. Mevrouw Finch was dan ook niet onbekend met mooie dingen, zoals Mabs dat was geweest, en ze was koppig. Moest je haar gezicht zien! Ze leek vastbesloten om haar hart niet aan deze plek te verpanden, zelfs toen ze langs de snoepwinkel kwamen, waar de etalage vol lag met appelgroene, rozenroze en citroengele macarons, als een snoepkleurige waterval.

Aan de overkant van de straat kwamen ze langs de bakkerij, waar een weelde aan taarten van luchtig goudbruin deeg was uitgestald. Ze wandelden langs de boekhandel en de antiekwinkel met zijn koperen klokken, zilveren kistjes en gitten kralen. De kolen, tomaten en uien in de rekken bij de groentewinkel zagen er in al hun eenvoud zo volmaakt uit dat Mabs die vaak nog het mooist vond.

Opnieuw staken ze over, om langs Downshire Hill te wandelen. Mabs zag dat haar mevrouw met haar donkere ogen de grote huizen en de deftig geklede dames die rijtuigen in en uit stapten in zich opnam. Vroeger was ze waarschijnlijk net als hen geweest. De beeldschone juffrouw Farrah, had Elfrida haar moeder verbitterd genoemd. Meneer Finch was een onwaarschijnlijke huwelijkskandidaat geweest en had nooit goed kunnen geloven dat hij haar voor zich had ingenomen.

'Bent u niet moe, mevrouw?'

'Een beetje, misschien. Maak de rondleiding toch maar af, ik zal niet flauwvallen.'

'Het doet me goed dat te horen, mevrouw. Ik wou u dit graag laten zien.' Ze waren aan het einde van de straat aangekomen en voor hen lag de heide. De groen met bruine vlakte strekte zich voor hen uit en de heidebries bracht blosjes op hun wangen. 'Zodat u weet hoe dichtbij 't is, mevrouw. Daar zijn kilometerslange wandelpaden. Nu u wat van 't dorp hebt gezien, kunnen we de volgende keer misschien op de heide gaan wandelen, als u wilt.'

'Dat klinkt aanlokkelijk, Daley. Het ziet er... erg mooi uit. Nu begrijp ik waarom jullie hier allemaal zo de mond van vol hebben.'

'O, u maakt me echt gelukkig. Otty zal het wel jammer vinden dat ze dit heeft gemist. U zou 's met haar moeten gaan wandelen. Ze is zo trots op Hampstead dat je zou denken dat ze 't zelf heeft gebouwd.'

'Ik weet het,' zei mevrouw Finch. 'Mijn dochter kan erg enthousiast uit de hoek komen. Weet je, Daley, ik ben wel moe, maar ik heb nog geen zin om terug te gaan. Weet je nog dat we net langs een mooie theesalon kwamen, die met de erkerramen? Wat zou je ervan zeggen als we eerst daarheen gaan?'

'Naar Astrid's, mevrouw? Dat is de duurste in de straat! Ik zou niks liever willen. U krijgt de smaak al te pakken.'

Mabs was al vaak langs Astrid's gelopen en had dan verlangend door het mooie, door gouden lampen omlijste raam gekeken. Ze was er nog nooit binnen geweest omdat ze zo'n grote uitgave voor zichzelf niet kon verantwoorden en omdat ze in haar oude omslagdoek het gevoel zou hebben dat ze die plek bezoedelde. In de mooie donkerblauwe mantel van mevrouw Finch had ze meer het gevoel dat ze daar thuishoorde. Vanbinnen zag de theesalon er zelfs nog mooier uit, met bloemetjesbehang en op elke tafel kristallen vaasjes. Mevrouw Finch bestelde voor hen allebei earl grey. In eerste instantie trok Mabs haar neus op, afgeschrikt door de bloemige geur, maar naarmate de pot verder leeg raakte, begon de smaak te wennen. Mevrouw Finch nam een met boter besmeerde scone, Mabs een soesje dat zo luchtig was als een wolk.

Ze werd getroffen door het besef dat dit in een andere wereld iets was waar ze met haar moeder van had kunnen genieten. En dat mevrouw Finch dit eigenlijk met haar dochters zou moeten doen. Voor de zoveelste keer vroeg ze zich af hoe het toch zo vreselijk mis had kunnen gaan met de prachtige, geliefde Abigail Farrah. 'Een cent voor uw gedachten, mevrouw,' zei ze na een lange stilte. 'Denkt u dat u hier toch gelukkig kan worden?'

Mevrouw Finch rukte haar blik los van het raam. 'Ik weet dat je dat graag zou willen, maar ik heb me tegenover jou nooit anders voorgedaan dan ik me voelde. Daar ga ik nu ook niet mee beginnen. Weet je nog, die roos die we gisteren in de tuin zagen? Van de buitenkant zag die er perfect uit, maar de binnenkant was helemaal droog en verwelkt. Zo ben ik ook, Daley. Het is moeilijk om nog ergens van te genieten als de kern van je bestaan vergiftigd is. Aangetast. De rozentuin zelf, die een en al levenslust en schoonheid zou kunnen zijn, maar ernstig verwaarloosd is en zich op een verontrustende manier ontwikkelt? Dat is mijn leven. Voordat je verder vraagt, nee. Meer kan ik er niet over zeggen.'

Die avond klopte Mabs op de deur van de werkkamer van meneer Finch. Hij had al vaak tegen haar gezegd dat ze altijd welkom was als ze iets met hem wilde bespreken. En inderdaad, daar was hij, met de geur van de buitenlucht nog om zich heen en met zijn jas op een hoopje over de rug van een stoel, alsof hij hem net had uitgetrokken. Zijn bureau lag bezaaid met papieren die zo te zien iets met zijn werk te maken hadden.

'Neem me nie kwalijk, meneer,' zei Mabs. 'U ben nog maar net thuis, zie ik. Ik kom een andere keer wel terug.'

'Nee, blijf toch, juffrouw Daley. Wat kan ik voor je doen?'

Mabs kon haar opwinding niet onderdrukken. Over het bezoekje aan de rozentuin van gisteren had ze niets gezegd omdat dat zo'n kleinigheid had geleken. Een wandeling door Hampstead, dat was pas vooruitgang. 'Ik heb goed nieuws, meneer.'

'Brand los!'

Zodoende vertelde ze hem dat zijn vrouw voor de eerste keer in maanden naar buiten was geweest. Onwillekeurig grijnsde ze van vreugde. Het voelde aan als een enorme mijlpaal. Over de tranen in de rozentuin van gisteren zei ze niets. Waarom zou ze een domper op het goede nieuws zetten?

'Naar buiten?' vroeg meneer Finch. 'Waarheen dan?' Zijn gezicht zag er onverwacht gespannen uit.

In een flits dacht Mabs terug aan het gesprek dat ze gisterochtend met zijn vrouw had gevoerd.

Meneer Finch zal dolblij zijn als ie 't hoort!

Weet je dat wel zeker?

'Nou, gisteren zijn we alleen in de rozentuin geweest, meneer. Mevrouw Finch voelde zich nog niet in staat om te wandelen, maar de frisse lucht heeft haar kennelijk goedgedaan, want vandaag hebben we een wandeling door het dorp gemaakt.'

'Door het dorp? Abigail? Hemeltjelief. Je hebt een wonder verricht.'

'Dat geloof ik niet, meneer. Als u 't mij vraagt, komt 't doordat 't voorjaar wordt. Daar wordt iedereen vrolijker van, niewaar? Het was zo fijn om haar buiten te zien, met de zon op haar gezicht. Ik dacht dat u 't wel zou willen weten.'

'Dat klopt. Heel graag, zelfs. En ging het na afloop… goed met haar?'

'Ja, meneer, uitstekend. Ben u d'r blij mee, meneer? Ik dacht dat u 't wel prettig zou vinden.'

'Natuurlijk ben ik blij! Het is… geweldig. Goed gedaan, juffrouw Daley. Ik wil je graag een extraatje geven.'

'Wat? O nee, meneer. Dat wil zeggen, bedankt, maar ik doe gewoon m'n werk. Daar hoef ik geen extraatje voor. Haar buiten 't huis zien is voor mij al een beloning op zich.'

'Dat is erg nobel van je, maar het is maar een kleinigheidje. Hier, drie shilling. Ik vind het belangrijk om dit soort mijlpalen te vieren. Ik weet nog goed hoe mijn vrouw eraan toe was toen je hier kwam, juffrouw Daley. Sindsdien is er veel veranderd. Neem het alsjeblieft aan.'

'Goed dan, meneer, nogmaals bedankt.' Ze stopte de blinkende shillings in haar zak. Haar gedachten waren bij haar spaarpot, bij Peg die bijna jarig was, bij pa die op de steenkool was gezet. Toch had ze er geen goed gevoel bij.

'Waar zijn jullie vandaag precies naartoe geweest? Ga toch zitten, ik wil er alles over horen.'

Mabs liep hun route precies na, maar aarzelde vervolgens. Het zou toch niet erg zijn om de theesalon te vermelden? Of zou hij het een beetje te ver vinden gaan dat ze daar samen naartoe waren geweest? Ze besloot dat het te belangrijk was om achterwege te laten. 'Daarna zijn we naar Astrid's geweest, meneer. Mevrouw Finch vond 't er van buitenaf mooi uitzien.'

'De theesalon? Dus jullie zijn naar binnen gegaan en hebben… theegedronken? Met zijn tweeën?'

'Ja, meneer. Voor mij was 't een heuse traktatie en mevrouw Finch wou even uitrusten.'

'Hebben jullie daar niemand anders gesproken?'

'Nee, meneer. Ik ken hier vrijwel niemand en mevrouw al helemaal niet.'

'Waar hebben jullie het dan over gehad? O, neem me niet kwalijk, dat klinkt wel erg nieuwsgierig, wat vreselijk van me! Ik vroeg het me alleen af omdat ze tot voor kort niet erg van je gecharmeerd was. Ik bedoel niet van jou persoonlijk, dat begrijp je wel, maar van het idee van een gezelschapsdame. Ik vroeg me af wat er veranderd is.'

'Volgens mij is ze gewoon aan me gewend geraakt, da's alles. Zoals ik al zei, meneer, 't voorjaar maakt alles beter. We hebben 't over de school van juffrouw Otty gehad en over juffrouw Elfrida, die binnenkort jarig is. M'n zusje Peg verjaart toevallig op dezelfde dag, meneer. Dertien wordt ze al. Ik kan 't bijna niet geloven...'

Het was een opluchting om van onderwerp te veranderen. Ze was niet van plan om hem te vertellen over de sombere opmerkingen die zijn echtgenote tijdens de thee had gemaakt.

Het is moeilijk om nog ergens van te genieten als de kern van je bestaan vergiftigd is... aangetast.

De binnenkant was helemaal droog en verwelkt... dat is mijn leven.

Die opmerkingen waren persoonlijk, uitgesproken in vertrouwen.

'Welnu,' zei meneer Finch. 'Het doet me goed te horen dat jullie een prettige ochtend hebben gehad. Abigail zal me er vast graag alles over vertellen wanneer ik haar straks zie. Ik heb nieuws voor haar. Een uitnodiging!'

'O?'

'Van kapitein Westallen! Hij heeft ons uitgenodigd voor de lunch, maandag over twee weken. Ik zal er een halve dag vrij voor moeten nemen, maar ik verwacht niet dat dat een probleem zal zijn. Dit is een buitenkans voor me.'

'Wat een goed nieuws, meneer.'

'Ja, alleen...' Hij trok een bedenkelijk gezicht en pakte een grote kaart van zijn bureau. De uitnodiging, veronderstelde ze. '... is het wel gebruikelijk om de echtgenote ook uit te nodigen wanneer de man heeft gevraagd om een zakelijke kwestie te bespreken? Of vind je dat vreemd? Ik kom er niet achter.'

'Meneer, ik ben wel de laatste die verstand heb van zulke dingen. Op deze manier heb u wel langer de tijd met hem, toch?'

'Je zult wel gelijk hebben. De familie Westallen en de familie Finch, twee respectabele families uit Hampstead, op vriendschappelijke voet met elkaar. Dat klinkt goed, nietwaar?' Hij draaide de kaart een paar keer om in zijn handen. 'Het gaat me vooral om de manier waarop het verwoord is. Het is overduidelijk dat hij erop rekent dat Abigail aanwezig zal zijn. Ik bedoel, ze is deze week pas voor het eerst weer naar buiten gegaan. Ze begrijpen het vast wel als ik uitleg dat ze nog niet sterk genoeg is om te gaan lunchen.'

'Daar ben ik van overtuigd, meneer, maar waarom vraag u niet aan uw vrouw hoe ze d'r over denkt? Het zou me niks verbazen als ze zich d'r goed genoeg voor voelt.'

Hij bleef naar de uitnodiging staren alsof er in onzichtbare inkt geheime boodschappen op geschreven waren. 'Maakte mijn vrouw vandaag een... evenwichtige indruk?'

Het is moeilijk om nog ergens van te genieten als de kern van je bestaan vergiftigd is...

'Ja, meneer, erg evenwichtig.'

'Dan zal ik het haar misschien inderdaad eens vragen. Dank je, Daley.'

Een beetje teleurgesteld liep Mabs zijn werkkamer uit. Ze had verwacht dat hij verguld zou zijn met haar nieuws. Aan de andere kant kon verandering beangstigend zijn, zelfs wanneer die gewenst was. Ze dacht terug aan wat ze hem die woensdagavond had horen zeggen. *Ik wil niets liever dan dat je een normaal, gepast sociaal leven krijgt. Maar je weet net zo goed als ik dat je niet te vertrouwen bent. De dingen die je zegt, de dingen die je doet.*

Daar had Mabs alle begrip voor. Ze wist beter dan wie dan ook hoe heetgebakerd haar mevrouw kon zijn. Hoe meer ze ondernam, hoe vaker ze in het gezelschap van onbekenden verkeerde, hoe groter de kans dat er iets beschamends of schokkends zou gebeuren. Wat was echter het alternatief? Haar voorgoed opsluiten? Nee, dat zou onmenselijk zijn. Dat wist meneer Finch net zo goed als zij, maar ze snapte dat hij op zijn hoede was.

MABS

De dagen verstreken en Mabs voelde zich weer tevreden. Samen met mevrouw Finch ging ze elke dag wandelen en de frisse lucht en verandering van omgeving zorgden voor meer rust tussen hen. Mabs was ervan overtuigd dat haar mevrouw sterk en evenwichtig genoeg zou zijn voor de aankomende lunch bij de familie Westallen. Ze praatten niet erg veel tijdens het wandelen door het dorp of over de heide. Hun gesprekken beperkten zich meestal tot Otty's uitspattingen en haar vorderingen op school. Hoewel er weinig persoonlijke informatie en vertrouwelijkheden werden uitgewisseld, informeerde mevrouw Finch wel belangstellend naar Mabs' broertjes en zusjes.

'Dus je bent van plan hen allemaal te redden met het salaris dat je verdient?' vroeg ze verwonderd. 'Ik weet dat mijn echtgenoot goed betaalt, maar dan nog is dat een hele opgave.'

'Ja, mevrouw, dat hoor ik wel vaker. Maar zoals ik 't bekijk, mag je jezelf niet helpen zonder ook wat te doen voor de mensen van wie je houdt. Vindt u wel?'

'Nee,' beaamde mevrouw Finch. 'Daar heb je gelijk in.'

Thuis gingen de leeslessen door, en inmiddels leerde Mabs ook schrijven. Haar leesvaardigheid ging met sprongen vooruit. Mevrouw Finch stelde voor dat ze zou proberen een roman voor te lezen en ze kozen samen voor *Het koraaleiland.*

'Mijn enige bezwaar tegen dat boek is dat meneer Ballantyne als vanzelfsprekend over jongens geschreven heeft.' Mevrouw Finch slaakte een zucht. 'Ik stelde me altijd voor dat ík die avonturen beleefde, daar kun je gerust op zijn.'

Mabs glimlachte en begon aan haar eigen grote avontuur. Het was de eerste keer dat ze een roman las.

Het was haar niet ontgaan dat mevrouw Finch ongeveer van dezelfde leeftijd was als haar eigen lieve moedertje en dat nu ma er niet meer was, zij de voornaamste vrouw in Mabs' dagelijkse leven was. Hoewel niemand haar moeder ooit zou kunnen vervangen en mevrouw Finch in alle opzichten heel anders was dan Maureen, merkte Mabs dat ze in haar gezelschap achteroverleunde zoals je dat in een berg kussens zou doen, ook al was dat waarschijnlijk niet verstandig.

Op een regenachtige voorjaarsdag zaten ze bij elkaar toen Betsy een briefje op een presenteerblaadje kwam brengen. Ze wisselden een verbaasde blik uit, want mevrouw Finch ontving nooit post.

Nadat ze Betsy had bedankt, scheurde ze de envelop open. 'Zo, dit klinkt veelbelovend! Het briefje is aan mij geadresseerd, maar het gaat over jou. Lees het zelf maar.' Ze stak Mabs het briefje toe.

'Heus, mevrouw? Wat vreemd!' Toen Mabs opsprong, vreesde ze het ergste. Een bericht vanaf de werf dat Nicky was verdronken, of van Jenny dat pa werd vermist. Zoiets zou mevrouw Finch echter vast niet veelbelovend noemen. Haar blik viel op het dikke, luxe briefpapier en vervolgens op het monogram dat in olijfgroen aan de onderzijde van de kaart was gedrukt: de initialen OW. Haar hart maakte een sprongetje.

Geachte mevrouw Finch,

Ik hoop van harte dat het goed met u gaat. Ik verheug me erop u volgende week weer te zien tijdens de lunch. Zou ik u mogen vragen of u uw gezelschapsdame, juffrouw Daley, op korte termijn even kunt missen zodat ik een kort gesprek met haar kan voeren? Ik heb goed nieuws met betrekking tot een van haar broers en zusters. Deze week ben ik elke middag en vooravond thuis, dus ze kan langskomen wanneer het u beiden schikt.

Hartelijke groet,
Olive Westallen

Mabs voelde een golf van opwinding door zich heen trekken en keek naar mevrouw Finch.

Die keek terug met donkere ogen vol oprecht medeleven. 'Waar wacht je nog op, Daley?'

'Nú, mevrouw? Het is nog onder werktijd. Ik kan best wachten.'

Mevrouw Finch schoot in de lach. 'Ik geloof er niets van! Ga nou maar. Ik ben net zo benieuwd als jij naar wat ze te vertellen heeft.'

Zodoende trok Mabs de nette mantel aan die ze van mevrouw Finch had gekregen en rende de steile heuvel naar Polaris House op. Hijgend en met haar haar in de war kwam ze bij het huis aan.

Agatha deed de deur open en grijnsde toen ze zag hoe Mabs eruitzag. 'Jij laat er geen gras over groeien, zeg. Ze hoopte al dat jij het was. Kom binnen.' Ze ging Mabs voor naar de riante salon.

Lange blauwe gordijnen met een patroon van geel met groene bloemen strekten zich uit vanaf het plafond tot aan de vloer. Aan de muren hingen indrukwekkende olieverfschilderijen: taferelen van paarden die over het platteland galoppeerden, van galjoenen op een kolkende zee, van een jonge Olive met een koppige blik. Vandaag brandde de haard niet, maar stond er een raam open en wapperden de gordijnen in de zachte bries. Clover en Olive zaten op het oosterse tapijt aandachtig een vreemd uitziend spelletje te spelen.

'Mabs!' Clover sprong op, omhelsde haar benen en vloog weer terug naar het tapijt.

Olive zwaaide. 'Bedankt dat je zo snel gekomen bent. Ik zou je wel net zo enthousiast willen begroeten als Clover, maar ik kan niet overeind komen, want mijn been slaapt. Het spijt me ontzettend, ik kan het Clover niet aandoen om er halverwege een spelletje mee op te houden. Inmiddels heb ik er behoorlijk last van. Ga zitten, dan worstel ik me overeind zodra we hier klaar zijn.'

'Mabs!' riep Clover. 'Speel je ook mee?'

Olive trok haar neus op. 'Wil je dat wel? Voel je niet verplicht. Ik kan niet zeggen dat dit het comfortabelste plekje in de kamer is.'

'Heel graag.' Mabs liet zich met alle liefde op de grond zakken. 'Alleen ken ik dit spelletje niet. Wat moet ik doen?'

'Vlooien!' riep Clover uit, enthousiaster dan Mabs haar ooit had gezien.

'Ken je het vlooienspel niet?' vroeg Olive verbaasd. 'Dat is toch al een paar jaar een enorme rage.'

'Ik heb meneer Charlie 't er weleens over horen hebben, maar mevrouw Finch is geen type dat graag gezelschapsspelletjes speelt. En voor die tijd...'

'Ik begrijp het,' zei Olive. 'Welnu, iedere speler heeft een stapel fiches en het is de bedoeling om die in deze beker te schieten door ze op de rand van een andere fiche te drukken. Tegelijkertijd probeer je de fiches van de tegenstander te blokkeren door... Ja, Clover, je hebt volkomen gelijk, we kunnen het beter voordoen.' Ze voegde eraan toe: 'Clover mag dan wel enthousiast zijn, erg behendig is ze niet. Meestal vliegen de fiches ons om de oren.'

Inderdaad, Clover begon driftig te schieten, met haar roze tongetje uitgestoken van de concentratie. De gekleurde fiches vlogen hoog door de lucht, in de haard en zelfs een keer of twee in de beker.

'Het is de bedoeling dat we het om beurten doen, liefste,' zei Olive rustig. 'Laat Mabs het eens proberen. Mabs, ik kan gewoonweg niet wachten om je mijn nieuws te vertellen. Denk je dat je je kunt concentreren nu de fiches je om de oren vliegen?'

'Vast wel,' zei Mabs lachend, terwijl ze aan haar beurt begon. Het was verrassend lastig, maar ook verrassend leuk.

Toen een van haar fiches in de pot terechtkwam, klapte Olive in haar handen. 'Een natuurtalent!'

Nadat Agatha limonade en cake had gebracht, kwam Olive ter zake.

'Mabs, weet je nog dat ik beloofd heb om rond te kijken naar mogelijke dienstbetrekkingen voor je broertjes en zusjes?'

'Nou en of,' zei Mabs resoluut. 'Ik heb gebeden dat 't wat zou opleveren.' Een van haar fiches kwam op een voetenbankje terecht.

'Het heeft een poosje geduurd voordat ik eraan toekwam, want Clover heeft me de afgelopen tijd hard nodig gehad. Toen liep het ook nog eens op een teleurstelling uit omdat ik bij meerdere mensen aanklopte, maar niemand mensen voor in de huishouding zocht.' Ze nam een slok van haar limonade. 'Verrukkelijk. O, wacht, er zit een fiche in. Ach, wat maakt het ook uit.'

'Raak!' riep Clover.

'O ja, goed gedaan, liefste. Enfin, Mabs, ik heb een vriendin die Julia Morrow heet. Julia is gescheiden en de deugdzame inwoners van Hampstead winden er geen doekjes om wat ze daarvan vinden. Ze is echter een schat van een vrouw, Mabs. Ze is erg trots en onafhankelijk. Daarom kwam het niet eens bij me op dat zij de oplossing voor het probleem zou kunnen zijn. Mijn zoektocht kwam toevallig ter sprake, en ze verbaasde me door te zeggen dat ze overwoog een knecht in dienst te nemen.'

'Een knecht?' herhaalde Mabs, die het beeld in haar hoofd van Jenny's verrukte gezicht snel veranderde in dat van Jem of Matty.

'Ja. Volgens haar heeft ze geen dienstmeisje nodig omdat ze prima zelf in staat is om te koken, schoon te maken en te naaien. Ik denk dat ze graag iets omhanden heeft. Maar het is voor haar uiteraard wel een eenzaam bestaan, en het onderhoud van dat oude huis valt haar zwaar. Toen ik haar over je broertjes vertelde, fleurde ze meteen op. Ze wil niets liever dan dat een van hen bij haar in de kost gaat, als manusje-van-alles. Wat denk je ervan, Mabs?'

'Dat klinkt geweldig,' zei Mabs meteen. 'Nicky zou al die dingen kunnen, of Jem. Matty is d'r nog een beetje te jong voor. Ze zouden allebei erg dankbaar zijn als ze in een warm huis konden wonen, met genoeg te eten.'

'Ik ben blij dat je er zo over denkt, want hoe langer ik erover nadenk, hoe idealer deze oplossing me lijkt. Luister eens, Mabs. Julia zei dat ze de jongen graag les wil geven, als hij dat wil. Ze is een geleerde vrouw. Ik weet dat je Nicky weg wilt halen bij het kanaal, maar je zei ook dat hij niet leergierig is. Jem lijkt me een bedachtzamer type.'

'Jem,' zei Mabs ademloos. Hij was inderdaad de beste keuze. Per slot van rekening had Nicky al werk en zou Jem een grote dienst kunnen bewijzen aan een eenzame, onbegrepen vrouw. 'Die is d'r geknipt voor,' beaamde ze. 'Nicky zou zich gaan vervelen, zo in z'n eentje, maar Jem zou 't geweldig vinden.'

'Wat fijn om te horen!' Olive zag er opgelucht uit en het ontroerde Mabs dat ze zo meeleefde. 'Mabs, het gaat niet alleen om kost en inwoning. Ze kan ook een klein salaris betalen. Het stelt niet veel voor, maar...'

'Kost en inwoning, scholing en ook nog 's een salaris,' verzuchtte Mabs. 'O, Olive, je moest 's weten hoe blij ik hiermee ben. Hoe gaat 't nu verder? Ik neem aan dat ze eerst met 'm wil kennismaken?'

'Alleen bij wijze van formaliteit, en om te kijken wat Jem ervan vindt. Per slot van rekening is hij nog erg jong. Misschien wil hij niet weg uit zijn huis en bij zijn familie, ook al zien wij als volwassenen daar wel de voordelen van in.'

'O, die zal hij ook wel zien,' zei Mabs. 'Laat dat maar aan mij over. Morgen is 't woensdag, dan heb ik m'n vrije middag. Is mevrouw Morrow dan thuis, denk je? Als je me 't adres geeft, kan ik er dan met 'm naartoe gaan.'

'Ik ga natuurlijk met jullie mee! En ja, Julia gaat nooit ergens heen. Ik zal morgenochtend bij haar langsgaan om te zeggen dat ze ons 's middags kan verwachten.'

'Raak!' gilde Clover, die lachend alle fiches in de lucht gooide.

De volgende dag om half drie begon Mabs aan de bekende route naar huis, genietend van de onvoorspelbare zon die de straten afwisselend in licht en schaduw hulde, in warmte en kou. Toen ze bij Mushroom

Court aankwam, bleef ze staan om omhoog te kijken naar de onverbiddelijk uitziende gebouwen en was ze blij dat ze een van de mensen van wie ze hield hier kon weghalen.

'Dat was één, nu nog vijf te gaan!' had mevrouw Finch gezegd voordat ze vertrok. 'Kom je nog even bij me langs wanneer je terug bent, vijf minuten maar, om me te laten weten hoe het is gegaan? Dat zal ik me de hele dag afvragen.'

Mabs had het beloofd, geroerd door haar medeleven.

Ze haastte zich de trap op naar hun kamer en voelde aan de deurklink. De deur zat op slot. Ze probeerde het nog eens, maar de deurklink was zo gammel dat ze bang was dat hij zou afbreken. 'Jen!' riep ze. 'Peg? Is d'r iemand thuis? Ik ben 't!'

Vanachter de deur klonk een zachte stem. 'Mabs? Ben jij 't?'

'Ja, ik ben 't! Laat me d'r in!'

Er werd een sleutel omgedraaid en de deur werd opengedaan door Jenny, die haar stevig omhelsde. 'Mabs, we hadden je niet verwacht! Is er iets mis?'

'Integendeel. Waarom zat de deur op slot? Ik wist niet eens dat we een sleutel hadden.'

Jenny zuchtte. 'Het komt door pa,' zei ze. 'Hij drinkt weer na 't werk en de afgelopen dagen heeft ie z'n werk niet goed gedaan omdat ie niet fit is.'

Niet nu, schreeuwde Mabs in gedachten. Niet nu het eindelijk de goede kant opgaat. 'Is ie z'n baan kwijt?'

'Nee, maar de andere mannen zijn boos op 'm. Ze zeggen dat ie z'n best niet doet, dat ie hen in gevaar brengt.'

'Komen ze dan hierheen om met 'm te praten?'

'Zeg maar gerust om 'm mores te leren,' zei Peg. In haar armen hield ze een baby die Mabs niet herkende. De meisjes hier in de buurt pasten wel vaker voor twee penny's en een kop thee op een baby als de ouders uitgeput waren. 'Ze hebben de tafel omgeduwd, en zo. Dat was voor 't eerst dat ik blij was dat we hier niks moois hebben staan. Ze rammelden pa een beetje door mekaar en zeiden dat ie orde op zaken moest stellen. Daar ken ik ze geen ongelijk in geven, maar de kleintjes zijn d'r van geschrokken.'

'Wij allemaal,' gaf Jenny toe. 'Ze kwamen opeens binnenvallen. Ze wilden 'm vast alleen laten schrikken, maar 't leek ons toch beter om de deur op slot te doen, voor 't geval dat.'

'Goeie genade.' Mabs plofte neer aan tafel en merkte dat die erger wiebelde dan voorheen.

'D'r zit een poot los,' legde Jem uit. 'Ik heb geprobeerd 'm te repareren...'

'Je heb 't geweldig gedaan.' Peg gaf hem een aai over zijn bol.

Mabs zuchtte. Wat een vreselijke plek was dit toch. Ze begreep best dat die mannen boos waren op pa, natuurlijk begreep ze dat. Maar waarom hadden ze de kinderen erbij betrokken? Waar was hun inlevingsvermogen? Konden ze dan niet bedenken hoe erg kinderen van zoiets zouden schrikken? De kleine Angie zag er ongewoon bleek en gespannen uit. Mabs nam haar op schoot en streelde over haar haar. 'Ik moet 's een hartig woordje met pa wisselen.'

'Dat kun je proberen,' zei Jenny, 'maar of je d'r wat mee opschiet? Hoe dan ook, sindsdien is 't rustig. Wat heb jij voor nieuws?'

'Nou...' Met een glimlach ging Mabs rechtop zitten. Ze was vastbesloten om deze dag niet te laten bederven. Een van de kinderen kon hier weg. 'Jem, je krijgt een kans, een geweldige kans. Ik heb een baantje voor je gevonden, bij een dame.'

Hoewel Jem zijn voorhoofd fronste, waardoor zijn donkere haar voor zijn gezicht viel, zag ze een sprankje hoop in zijn ogen. 'Een baantje? Voor mij? Maar ik ben nog maar tien, Mabs. Weet die dame dat wel?'

'Ja. Als je wil, kunnen we d'r vanmiddag nog naartoe om te kijken of je d'r aardig vindt.'

Hij knikte.

Jenny sloeg haar handen voor haar gezicht. 'Goeie genade,' zei ze gesmoord. 'Eindelijk krijgt een van ons een kans. Lieve hemel, wat een opluchting. Waar is dat baantje, Mabs?'

'Dat is 't mooiste nog,' zei Mabs. 'Of nee, d'r zitten heel veel mooie kanten aan, maar dit is d'r een van. Het is in Hampstead. Op zondag kunnen we samen hier op bezoek komen. Ik kan een oogje in 't zeil houden, Jem, ik ben altijd bij je in de buurt.'

'Wat voor werk is 't, Mabs? Wat wil ze dat ik doe?'

'Ik zal bij 't begin beginnen. Door alle opwinding heb ik 't niet zo goed uitgelegd. Ze heet Julia Morrow en is een vriendin van juffrouw Westallen, over wie ik jullie al eerder verteld heb.'

'Is ze rijk?' vroeg Peg ademloos, terwijl ze de baby van haar ene schouder naar de andere overbracht.

'Volgens mij niet. Niet zo rijk als Olive. Maar vergeleken bij ons zijn de meeste mensen rijk, niewaar?' Mabs deed het hele verhaal uit de doeken.

Jems frons werd nog dieper, in zijn ogen schitterden vragen. 'Dus ik mag in een groot huis gaan wonen, heel veel eten, leren wat ik wil en dan betáált ze me ook nog?' vroeg hij verwonderd. Dat was ook niet zo vreemd. Dit soort kansen kregen kinderen als de Daleys niet elke dag in de schoot geworpen.

Mabs knikte. 'Ja. En je bent elke week anderhalve dag vrij, net als ik.'

Hij krabde zich op zijn hoofd.

Zijn donkere haar stond rechtovereind en Mabs' hart deed pijn van liefde voor hem. Zo'n knappe, lieve jongen. Ze kreeg er hoofdpijn van om hem hier te zien, in deze sjofele kamer – om hen allemaal hier te zien. Daar zou echter verandering in komen.

'En ik hoef alleen maar dingen voor d'r te repareren en onderhouden en d'r boodschappen doen?' vroeg hij voor de zekerheid.

'Da's alles,' zei Mabs. 'Dat moet een jongen als jij makkelijk kunnen, denk je niet?'

'Jawel,' zei hij. 'Maar Mabs...'

'Wat?' Alsjeblieft, dacht ze, laat hem niet bang zijn om de baan aan te nemen.

'Kan ik hier wel met een gerust hart weg? Nu Nicky werkt, ben ik de man in huis. Als ik d'r niet ben, zijn de meisjes heel de dag alleen met Matty, en die is nog te klein om ze te beschermen.'

Goeie genade, deze kinderen werden haar dood nog eens.

'Jem,' begon Jenny, 'heel lief van je dat je daaraan denkt, en je hebt gelijk, je bent nu de man in huis. Maar nu Mabs hier niet meer woont, ben ik de oudste thuis en ik zeg je dat je dit voor ons allemaal moet doen. Kijk 's wat 't Mabs heeft opgeleverd om hier weg te gaan! Kijk 's hoe dat ons allemáál heeft geholpen – we leren lezen, krijgen geld en eten en nu dit! Dit hebben we nodig. Je doet 't toch wel?'

Jem keek om zich heen. Hij stond duidelijk in tweestrijd.

Mabs wist precies hoe hij zich voelde, dat herinnerde ze zich nog maar al te goed. Hij wilde hier zo graag weg dat hij het gevoel had dat het wel egoïstisch moest zijn. Jenny had echter ook overtuigende argumenten aangevoerd, die nu allemaal rondtolden in zijn pientere, tienjarige brein. 'Ik doe 't,' zei hij, 'als je zeker weet dat jullie 't wel redden. Als je zeker weet dat ik d'r goed aan doe.'

'Absoluut,' zei Jenny.

Jem draaide zich om naar Mabs. 'Denk jij dat ook?'

'Daarom ben ik hier toch? Ik heb plannen voor dit gezin, Jemmy, jongen. Eerder heb ik d'r niks over gezegd, omdat ik jullie geen valse hoop wou geven, maar nu kan ik 't net zo goed zeggen. Het is hier niet te harden en jullie zijn te goed voor deze plek, jullie allemaal. Juffrouw Olive kijkt voor jullie uit naar een baantje. De mensen staan niet bepaald in de rij om iemand als ons in dienst te nemen, maar kijk, voor Jem heeft ze al wat gevonden. Toevallig is hij de eerste, maar jullie komen allemaal aan de beurt. Als 't zover is, wil ik geen enkel bezwaar van jullie horen.'

'Van mij hoor je niks!' bezwoer Peg haar. 'Ik heb d'r alles voor over om hier weg te kunnen.'

'Daarom moet je braaf je lessen leren,' zei Mabs. 'Oefen je wel op je leeswerk, Peg?'

'Ja!' riep haar zusje verontwaardigd uit.

'Dat doet ze inderdaad,' beaamde Jenny. 'Wat dat betreft doet ze 't goed. Wanneer gaan jullie, Mabs? Nu?'

'Hoe eerder, hoe liever. Ben je d'r klaar voor, Jem?'

Even keek hij haar angstig aan. 'Kom ik hier nog terug?'

'O!' Daar had ze niet bij stilgestaan. 'Dat weet ik niet. Als jullie mekaar graag mogen, vraagt ze misschien wel of je meteen wil blijven.'

'Nou ja,' zei Peg nuchter, ''t maakt ook niet uit. Hij heeft toch niet veel om mee te nemen.'

'Da's waar,' zei Jenny bedachtzaam. 'Alleen onze liefde. We nemen nu alvast afscheid, Jem. Als je straks toch nog terugkomt, nemen we later gewoon nog een keer afscheid. Als je daar blijft, zien we je zondag weer. Da's al over vier dagen.'

Mabs hield zich afzijdig toen de kinderen afscheid van elkaar namen. Op emotie viel soms geen peil te trekken. Ze twijfelde er niet aan dat dit het beste was wat hun had kunnen overkomen, maar toch voelde het wreed om hem bij de anderen weg te halen. Ze gaf hun de grote reep chocolade die ze had gekocht en probeerde niet het gevoel te hebben dat ze hen omkocht om afstand te doen van hun broer.

Even later kwam Jem naast haar staan, met betraande ogen maar een moedige uitdrukking op zijn gezicht. 'Ik ben d'r klaar voor, Mabs.'

'Goed zo. Nou, allemaal, ik hou van jullie, vergeet dat nooit. Het gaat de goeie kant op voor ons, wat pa zich ook op z'n hals haalt.'

Zonder iets te zeggen liepen ze naast elkaar. Zo nu en dan keek Mabs omlaag naar haar broertje, met pijn in haar hart om de vastberaden uitdrukking op zijn smalle gezichtje.

Bij de rand van Saffron Hill bleef hij staan. 'Zo ver ben ik nog nooit van huis geweest, Mabsy.'

'Ben je bang?'

'Een beetje.'

'Da's normaal. Iets nieuws is altijd eng, zelfs als 't iets goeds is. Maar je bent d'r wel blij mee, toch, Jem?'

'Ja, ik ben blij. Het is een avontuur, niewaar? In Mushroom Court zijn d'r weinig avonturen te beleven, behalve dan in slechte zin.'

'Da's een ding wat zeker is,' zei Mabs. 'Ik ben dolblij voor je. Zelf heb ik die dame, mevrouw Morrow, nog nooit gezien, maar ik vertrouw Olive. Ze zou je nergens heen sturen waar je 't niet naar je zin zou krijgen.'

Na een poosje kwamen ze aan in Hampstead, waar de tuinen vol stonden met vlambloemen, lavendel en de zonnige pracht van rudbeckia's. De mensen die ze tegenkwamen droegen pastelkleurige jurken en parasols met ruches langs de randen.

Jem keek zijn ogen uit, zijn gezicht was bleek. 'Het is hier net waar de prinsen en prinsessen uit de verhaaltjes wonen. Het lijkt niet echt, Mabs.'

'Ik kan niet wachten om je alles te laten zien. Maar niet treuzelen nou, we moeten naar een sollicitatiegesprek!' Ze keken elkaar opgetogen aan en Mabs pakte zijn hand beet.

Jem kneep even in haar hand, maar liet meteen weer los. 'Ik ben een beetje te oud om hand in hand te lopen, Mabs,' zei hij verontschuldigend.

'Natuurlijk, schat.'

Ze liepen omhoog over Holly Hill en namen een paar scherpe bochten om bij Polaris House te komen. De poort stond op een kier en Mabs leidde hem erdoorheen. 'Hier woont juffrouw Westallen.'

Jem bleef als aan de grond genageld staan. Zijn puntige kin wees omhoog toen hij de grote deur geflankeerd door dikke pilaren in zich opnam, de erkers die de zon opvingen, de blinkende ramen, het torentje, de hoge rode daken. 'Een kasteel,' fluisterde hij.

'Bijna wel,' beaamde ze. 'De familie Westallen is de rijkste familie in de buurt. Ze zijn ook heel aardig, dus je hoeft niet bang te zijn.'

'Dat ben ik ook niet,' zei hij met een klein stemmetje, maar hij pakte wel haar hand beet.

Ze glimlachte.

Voordat ze halverwege de oprijlaan waren, vloog de voordeur al open. Clover kwam naar buiten gestormd in een wirwar van honingblonde krullen en in een blauwe zomerjurk. 'Mabs!' riep ze. 'Mama komt eraan!' Verbaasd keek ze naar Jem. 'Wie is dat?'

'Dit is m'n broertje, Jeremiah Daley. Jem, noemen we 'm. Jem, dit is juffrouw Clover Westallen.'

'Enchanté,' zei hij met een lichte buiging.

Enchanté? Waar had hij dat nou weer geleerd? Tot nu toe was Mabs er tijdens haar zeldzame romantische overpeinzingen altijd van uitgegaan dat je nooit precies kon zeggen wanneer iemand verliefd werd. Nu kwam ze erachter dat dat niet waar was. Toen Clover haar hand uitstak om die van Jem te schudden, zag ze haar broertje op slag verliefd worden. Het had niet duidelijker kunnen zijn als hij verlicht was door fonkelende lampjes.

Olive kwam haastig naar hen toe gelopen. 'Hallo, Daleys!' riep ze opgewekt. 'Jij moet Jem zijn. Het is me een genoegen kennis met je te maken.'

'Het genoegen is geheel aan mijn kant, juffrouw Westallen.'

'Wat een goede manieren. Heb je zin in je nieuwe avontuur?'

'Ja, juffrouw. Bedankt dat u aan mij heb gedacht.'

'Ach, lieve kind, ik zie nu al dat ik daar heel goed aan heb gedaan. Hallo, Mabs. Clover, ga jij maar terug naar binnen. Mama blijft niet lang weg.'

Clover trok een pruillip. 'Jem moet ook mee om vlooien te spelen.'

Lachend zei Olive: 'We hebben nu geen tijd voor het vlooienspel, engeltje van me. Jem moet naar een belangrijke afspraak toe.'

Clovers gezicht betrok, maar klaarde meteen weer op. 'Mag Jem koekjes komen bakken?' stelde ze voor.

'Kindje toch, dat zou zelfs nog langer duren. Weet je wat? Ga jij maar koekjes bakken met mevrouw Brody, dan spelen we het vlooienspel als ik weer terug ben. Als Jem zin heeft om een keer bij ons op bezoek te komen, dan wil hij dan vast wel een spelletje met je doen.'

'Ik wil mee!' Clover sloeg haar armen om het been van haar moeder heen en drukte haar gezicht in Olives roodbruine rokken.

Olive keek Mabs gespannen aan. 'Schat, we hebben het hier toch al over gehad? Ik ben zo weer terug, dat beloof ik. Dit is een heel belangrijke kans voor Jem. Je zou toch niet willen dat hij die misliep?'

'Ik wil mee! Laat me niet alleen, mama,' klonk het bijna onverstaanbaar vanuit de mousseline.

Olive liet zich op haar hurken zakken, omhelsde haar dochter, gaf haar een kus en sprak haar op fluistertoon toe.

Een smeekbede, beloftes, omkoperij? Toen Mabs terugdacht aan haar eigen ervaringen met kleine, ontevreden kinderen dacht ze: waarschijnlijk alle drie.

Uiteindelijk slaakte Clover een zucht en zwaaide somber naar het bezoek, terwijl ze met een van haar mooie witte schoenen door het grind schuifelde.

'Neem me nie kwalijk, juffrouw Westallen,' zei Jem met een vuurrood gezicht. 'Mabs had me verteld dat u een dochtertje heb en 't is niet netjes om ergens met lege handen aan te komen, dus heb ik wat meegenomen voor juffrouw Clover. Al stelt 't nie veel voor,' verzuchtte hij met een blik op het enorme huis.

'Wat lief van je,' zei Mabs. 'Wat heb je meegenomen?' Ze had geen idee wat ze kon verwachten.

'Nou, dit,' mompelde Jem. Uit zijn jaszak haalde hij een kleine tol, paars met een gele band om het midden, de felgekleurde verf beschadigd en vervaald.

Mabs moest er bijna om huilen. Pa had die tol op een dag bij het kanaal gevonden, toen Jem net zo klein was als Clover nu. Het was het dierbaarste bezit dat Jem had – sterker nog, het enige wat hij bezat.

Olive en Mabs zagen allebei dat Clovers gezichtje begon te stralen, alsof ze niet in een huis vol met duur speelgoed woonde.

'Goed gedaan.' Mabs legde een hand op de schouder van haar broertje. 'Wat ben je toch een bijzondere, slimme knul. Ik ben trots op je, Jemmy.'

Hij grijnsde. 'Ik heb de baan nog niet!'

Natuurlijk kreeg hij die wel. Mevrouw Morrow was een vriendelijke, maar verdrietig ogende vrouw van Olives leeftijd. Ze verwelkomde Olive en de Daleys met limonade en chocoladetaart en deed haar best om Jem op zijn gemak te stellen. Daarna gaf ze hun een rondleiding door het huis.

Mabs schoot bijna in de lach bij het zien van de kamer die mevrouw Morrow aan haar broertje had toebedeeld. Die was tien keer zo groot als haar eigen kamer in huize Finch. Hij zou er nog verdwalen! De kamer was ingericht met een hemelbed, mooie groene gordijnen en een schaalmodel van een postkoets met een span van vier uit hout gesneden paarden ervoor. Was ze van plan hem in dienst te nemen of te adopteren?

'Dank u, mevrouw Morrow,' mompelde Jem ietwat overdonderd.

'Het uitzicht hier zal je vast wel bevallen,' merkte Olive op. 'We zijn hier toch aan de achterzijde van het huis, Julia?'

Jem en Mabs liepen naar het raam.

'Mabs! Moet je kijken!' riep hij uit.

'Wel heb je ooit,' zei Mabs.

De Vale of Health bestond uit een aantal nette huizen die in een hoefijzervorm waren gebouwd, met de voorzijde aan de straatkant. Aan de achterkant hadden de huizen in meer of mindere mate uitzicht op de heide, die aan de achtertuin grensde. Het huis van Julia Morrow keek uit over een grote, glinsterende vijver. Een aalscholver op een stekje in het midden ervan strekte zijn haveloze zwarte veren uit om te drogen.

'Bedankt,' zei Mabs zacht tegen Olive en Julia, die bij de deur stonden. 'Dit is meer dan ik had durven hopen. Het betekent erg veel voor me om te weten dat ie nu op een plek als deze is.'

'Hij is een prima knul,' reageerde mevrouw Morrow, die er tegelijkertijd blij en verdrietig uitzag. 'Het is me een genoegen om hem een beetje te helpen en het zal mij goeddoen om wat opgewekt gezelschap om me heen te hebben.'

Toen het tijd was om afscheid te nemen, trok Mabs haar broertje dicht tegen zich aan voor een lange knuffel en gaf hem een stevige zoen. ‘Succes, lieve Jemmy. Ik kom je zondagochtend om tien uur ophalen, goed? Dan gaan we naar de anderen toe en kun je ze alles vertellen over waar je woont.’

OLIVE

Ik ben erg tevreden met mezelf. Voor Jem had ik geen betere werkplek kunnen vinden. Wat een heerlijke samenloop van omstandigheden. Als ik nu ook maar zulke wonderen kan verrichten voor de overgebleven Daleys.

Mama is vandaag weg met Clover, voor het eerst sinds weken. Het afscheid was hartverscheurend. Clover schreeuwde moord en brand en de tranen stroomden over haar wangen. Ik stond al op het punt om toe te geven en haar bij mij te laten blijven, maar mama is sterker dan ik en hield vol dat Clover moet leren om weer gelukkig te zijn in het bijzijn van anderen. Ik kan niet ontkennen dat ik opgelucht was dat zij het heft in handen nam. Alleen zijn voelt inmiddels aan als een allang vergeten luxe en ik moet dringend aan de slag met mijn nieuwe project, de Westallen Foundation. Zelf wilde ik de stichting de Hope Foundation noemen, maar volgens meneer Miles is dat een vage benaming waardoor mensen ons niet serieus zullen nemen. Hij zegt dat onze familienaam aandacht, geld en invloedrijke mensen zal trekken. Zodoende heet de stichting nu officieel de Westallen Foundation, maar gebruik ik in gedachten de naam Hope Project. Ik stel documenten op over onze doelstellingen, kostenramingen en mogelijke locaties, plus een gastenlijst voor het bal, al kan ik die pas afmaken wanneer mama thuiskomt. Feesten en partijen zijn haar sterke kant, niet die van mij.

Ik zit op mijn pen te kauwen als Agatha komt vertellen dat er bezoek voor me is, ene meneer Lionel Harper. Die naam zegt me niets, maar kennelijk heeft meneer Miles hem gestuurd.

Bij binnenkomst zet hij zijn hoed af en maakt een buiging. 'Juffrouw Westallen, neem me niet kwalijk dat ik zo onverwacht bij u aanklop. Niet netjes, ik weet het, maar ik was in de buurt en besloot die gelegenheid te baat te nemen. Meneer Miles zei dat ik het niet moest uitstellen.'

'Welkom, meneer Harper. Een vriend van meneer Miles beschouw ik ook als een vriend van mij. Gaat u alstublieft zitten. Wat kan ik voor u betekenen?'

Meneer Harper is ongeveer van mijn leeftijd, goedgekleed, met donkerbruin haar en een nette baard die nog een paar tinten donkerder is. Hij heeft groene ogen en maakt een scherpe indruk. Volgens mij is hij erg intelligent.

'Eerlijk gezegd hoop ik iets voor u te kunnen betekenen,' antwoordt hij. 'Meneer Miles heeft me over de Westallen Foundation verteld.' Hij legt uit dat hij vijf jaar geleden een bedrijfje heeft opgericht dat edelstenen importeert en aan gerenommeerde juweliers verkoopt. 'Ik had nooit kunnen dromen dat ik zo snel zo succesvol zou worden.' Zoals hij het zegt, klinkt het niet opschepperig maar juist erg nuchter. 'Daarna heb ik in andere projecten geïnvesteerd waarmee ik zelfs nog meer heb verdiend. Nu ben ik op zoek naar een geschikt investeringsproject, niet voor financieel gewin maar om mijn steentje bij te dragen aan de maatschappij. Meneer Miles heeft me ervan verzekerd dat uw stichting daar bij uitstek geschikt voor is. Wellicht hebt u weleens van mijn vader gehoord, de bankier William Harper?'

Tot mijn spijt kan ik dat niet beamen.

'Filantropie is een groot goed binnen onze familie, juffrouw Westallen. Het wordt tijd dat ik net als mijn vader een deel van mijn fortuin gebruik om anderen te helpen. Zou u me in uw eigen woorden iets over uw stichting kunnen vertellen?'

Enthousiast begin ik uit te leggen wat ik voor ogen heb, dankbaar dat meneer Miles me heeft aangemoedigd om mijn ideeën aan te scherpen en kort en bondig te verwoorden. Terwijl ik aan het woord ben, kijkt meneer Harper me aandachtig aan. 'Dat is het plan in een notendop,' sluit ik af. 'Mochten er nog onduidelijkheden zijn, dan licht ik die graag verder toe.'

'U hebt het erg duidelijk uitgelegd. Ik vind het een ambitieus plan, maar niet té. U doet dit met de beste bedoelingen en ik kan zien dat u oprecht bent. Ik wil heel graag een donatie doen en u op andere manieren helpen, als dat mogelijk is.'

Mijn eerste weldoener! 'Zou u bereid zijn om met jongeren over uw bedrijf in gesprek te gaan?' vraag ik meteen. 'U bent een veelzijdig man. De kunst van het juwelierswerk, de werking van import, internationale handel, investeringen... Zouden we een beroep op u mogen doen wanneer we jonge mensen leren kennen die daar interesse in hebben? De mensen die ik wil helpen zouden anders nog in geen honderd jaar in aanraking komen met een man zoals u. Het kennismaken met andere soorten mensen, andere manieren van leven en andere bronnen van informatie dan ze kennen maakt een belangrijk onderdeel uit van mijn visie.'

Hij lacht even. 'Terughoudend bent u niet, juffrouw Westallen! U weet wat u wilt en bent niet te verlegen om erom te vragen.'

'Als ik dat wel was, zou ik weinig kunnen betekenen voor de arme mensen in Londen, meneer Harper.'

'Dat ben ik met u eens. Het heeft geen zin om eromheen te draaien. Om terug te komen op uw vraag, ja, natuurlijk ben ik daartoe bereid – in principe, uiteraard. Ik zou elke aanmelding apart willen beoordelen. Als ik bijvoorbeeld mijn bedenkingen zou hebben bij het karakter van een van die jongeren, zou ik ervan afzien. En in drukke periodes in het jaar heb ik niet eens tijd om op adem te komen, laat staan om mogelijke stagiairs te woord te staan. Afgezien daarvan kunt u op me rekenen, juffrouw Westallen.'

'Dank u. Ik kan u niet vertellen hoe dankbaar en blij ik daarmee ben. Geld is natuurlijk belangrijk, en meneer Miles heeft me op het hart gedrukt hoeveel dit project gaat kosten, maar met geld alleen kan ik mijn plannen niet verwezenlijken. Deze mensen hebben hoop nodig, meneer Harper.'

'Hoop?'

'Ja. Die krijgen ze niet van rijtjes getallen op een stuk papier. Die krijgen ze van mensen die de tijd nemen om hen te onderwijzen, hen aan te moedigen en hun blik te verruimen.'

Hij trekt zijn wenkbrauwen op. 'Exact! Ik moet zeggen dat ik bewondering voor u heb, juffrouw Westallen. Dat wil zeggen, ik heb bewondering voor wat u doet. Nee, ook voor ú. Meneer Miles heeft me verteld dat u een goed hart hebt en buitengewoon pienter en rijk bent. Alleen heeft hij er niet bij gezegd dat u zo... charmant en bekoorlijk bent.' Waarschijnlijk kijk ik hem ongelovig aan, want hij neemt zijn woorden snel terug. 'Neem me niet kwalijk! Wat ongepast van me. Dit is een zakelijke bespreking. Ik ben geen vleier, juffrouw Westallen, maar ik zeg wel waar het op staat, net als u. Ik stel voor dat we weer ter zake komen. Hoe kan ik de Westallen Foundation nog meer van dienst zijn?'

'We hebben een trefpunt nodig,' zeg ik zonder aarzelen. 'Een centraal kantoor waar mensen zich kunnen aanmelden. Op dit moment werk ik nog vanuit huis, zoals u ziet, maar mijn werkkamer is niet geschikt om voortdurend mensen te ontvangen.'

'Ik bezit een oud pakhuis in Euston. Niet groot, maar het voldoet. De begane grond staat vol met oude inventaris, maar de eerste verdieping zou u meteen in gebruik kunnen nemen. Mocht u mettertijd willen uitbreiden en de begane grond ook nodig hebben, dan kan ik die laten leegruimen.'

Ik schud mijn hoofd. 'Meneer Harper, u blijft me verbazen. U hebt zojuist mijn meest nijpende probleem opgelost, zonder er ook maar een moment over te hoeven nadenken. U bent een geschenk uit de hemel.'

'Mijn vader zou verrukt zijn als hij dat hoorde. Ik ben blij dat meneer Miles me naar u toe heeft gestuurd. Hij zei dat onze wederzijdse goede bedoelingen goed op elkaar aansloten, en daar heeft het inderdaad alle schijn van. Goed, dan ga ik nu. Ik zal ervoor zorgen dat het pakhuis – uw kantoor – wordt schoongemaakt en dat u de sleutels toegestuurd krijgt. Ik wens u nog een prettige dag, juffrouw Westallen, en alle goeds!'

Ik sta op en schud hem de hand. 'Meneer Harper, mag ik u hartelijk danken voor uw komst en voor alles wat u beloofd hebt. Ik ben u dankbaar, namens alle mensen die ik graag wil helpen.'

'Ik hoop dat we elkaar binnenkort nog eens treffen.'

Wanneer ik hem uitlaat, tolt mijn hoofd een beetje. Het gebeurt me niet vaak dat een man zich qua intelligentie en vastberadenheid met mij kan meten. Hij is succesvol en maatschappelijk bewust, hij is precies uitgesproken genoeg om me te intrigeren. Daarnaast is hij niet onaantrekkelijk. Ik vraag me af of er ook een mevrouw Harper is. Charmant en bekoorlijk? Ik glip de eetkamer in, waar een spiegel hangt. Mijn haar, dat ik vanmorgen haastig opgestoken heb voordat ik aan het werk ging, is losgeraakt en naast mijn mond zit een blauw vlekje omdat ik op mijn pen heb gekauwd. Ik draag het medaillon dat de bedienden me als verjaardagsgeschenk hebben gegeven, hoewel het helemaal niet bij mijn halslijn past. Inmiddels is het sieraad een soort talisman voor me geworden en draag ik het bijna altijd. Ik ben bepaald geen Rowena Blythe! Toch zie ik dat mijn losgeraakte haar mijn gezicht zachter maakt. Mijn kin heb ik aan papa te danken en in tegenstelling tot hem kan ik die niet verbloemen met een baard. Ik heb een oude jurk aan, crèmekleurig met roze. Die laatste kleur draag ik zelden, maar ik vind wel dat die me goed staat. Of denk ik dat alleen omdat ik een compliment heb gekregen van een aantrekkelijke man?

In plaats van terug te gaan naar de werkkamer beland ik op de een of andere manier in mijn slaapkamer. Afwezig kijk ik om me heen en vraag me af wat ik daar ook alweer ging doen. Wilde ik een haarborstel pakken? Me omkleden? Ik realiseer me dat ik als een slaapwandelaar de trap op ben gelopen, gedreven door het vage verlangen om mijn waarzegkaarten te raadplegen. Vanwege meneer Harper?

Smacht ik zo naar mannelijk gezelschap dat één ontmoeting er al voor zorgt dat ik hoopvol naar het altaar ren? Ik maak een afkeurend geluid. Geen sprake van. Nu ik hier toch ben, wil ik echter graag de kaarten leggen. Niet vanwege zoiets onbeduidends als een man, maar vanwege de stichting. Dat is zo'n belangrijke stap voor me dat ik niet kan geloven dat ik het niet eerder heb gedaan.

Ik haal de kaarten uit hun verstopplekje tussen mijn ondergoed en ga op het bed zitten. Terwijl ik denk aan mijn nieuwe onderneming en alles wat daartoe heeft geleid – Clover, mijn verlangen om de wereld voor haar te verbeteren, mijn bezoekje aan Harlowe Place – schud ik de kaarten en trek er een. En nog een. En nog een.

De eerste is het Anker. Er staat een afbeelding op van een onstuimige zee, bevaren door twee schepen. Op de voorgrond prijkt een enorm anker. Binnen de christelijke kerk staat het anker symbool voor hoop. Het Hope Project. Het begint me een beetje te duizelen. Hoe vaak ik de kaarten ook gebruik en hoe overtuigd ik ook ben van hun waarde, ik vind het nog steeds overweldigend als de kaarten zo duidelijk zijn. Er is meer tussen hemel en aarde...

Wanneer ik over mijn eerste verwondering heen ben, lees ik het opschrift en verbaas me niet voor het eerst over het grillige hoofdlettergebruik. *Een Persoon die zo eerlijk is als U in zijn manier van zakendoen zal nooit een rijke oogst ontberen. Uw wensen zullen waarschijnlijk worden vervuld.* Dat klinkt veelbelovend.

De tweede kaart is de Zon. *U zult een onverwacht fortuin vergaren, benut dit zodanig dat niemand het zal Begeren.* Daarvoor lijkt het Hope Project me bij uitstek geschikt. Ik kan me niet voorstellen dat iemand uit is op geld dat is bedoeld om mensen uit de armoede te helpen. Op de kaart staat een felle zon boven een idyllisch landschap met weilanden en een kleine kerktorenspits in de verte afgebeeld. De weilanden doen me denken aan het lappendekenlandschap van Londen en de torenspits aan meneer Miles, die me bijstuurt en aanmoedigt waar nodig. Een bemoedigende kaartlegging, tot nu toe! Ik draai de derde kaart om.

De Boom. *Treur nooit om gedane arbeid of geleden pijn. Goed werk is een beloning op zich, laat dit een Troost voor u zijn.* Welnu, ik heb geen troost nodig, met of zonder hoofdletter T. Op dit moment is het Hope Project niet meer dan een onbeduidend zaadje. Ik zal hoop echter als mijn anker gebruiken en mijn inspanningen kunnen rekenen op zonneschijn, waardoor mijn stichting zal opbloeien.

Ik ren terug naar de werkkamer, terwijl ik achteloos een vinger met speeksel bevochtig en over de blauwe vlek op mijn gezicht veeg. Ik pak de gastenlijst voor het bal en voeg de naam van meneer Harper eraan toe. *Plus familie?,* krabbel ik ernaast.

Met een zucht bedenk ik wat het grote knelpunt in mijn plan is. Als ik de rijke, machtige mensen uit de omgeving wil aanspreken, als ik een bal wil organiseren voor iedereen die iets voorstelt, dan zal ik ook de familie Blythe moeten uitnodigen. Ik vraag me af of mama daar wel bij heeft stilgestaan. In het belang van de stichting zullen we onze emoties opzij moeten zetten. Zo'n groots evenement organiseren en slechts één familie niet uitnodigen, en nog wel zó'n familie, zou niet alleen merkwaardig overkomen, maar een regelrechte belediging zijn. Het zou erop neerkomen dat we onze persoonlijke vete uitvechten voor het oog van de samenleving. Nee, we móéten hen wel uitnodigen… en dan maar hopen dat ze niet komen.

OTTY

Wanneer ik papa hoor thuiskomen van kantoor, storm ik zijn werkkamer in en bots tegen een stoel op. Jeetje, wat ben ik toch een kluns. Maar ik voel me opgetogen en wil hem graag spreken. 'Hallo, papa. Ik wil even zeggen hoe geweldig ik het vind op school. De afgelopen tijd heb ik u amper gezien.'

Afwezig kijkt hij op. 'Wat? School? Wat fijn dat je het er naar je zin hebt. Ik had niet anders verwacht. Lukt het hun al om een dame van je te maken?' Met samengeknepen ogen neemt hij me van top tot teen op. 'Wel heb je ooit, volgens mij zie je er nu al beschaafder uit.'

Ik giechel. 'Dat weet ik niet, papa, maar ik heb veel plezier in de lessen. Vandaag hadden we een wiskundetoets en had ik het hoogste cijfer van de klas. Gisteren hadden we een toets bij Frans en was ik de op een na beste. Mijn vriendin Edina had één vraag meer goed dan ik. Volgens meester Ferris heb ik veel talent.'

'Dat wisten we al, Otty. Je bent altijd een ijverige leerlinge geweest. Al zie ik het nut van toetsen op een meisjesschool niet in.'

'Meester Ferris wil ons net zo uitdagen als de jongens, zodat we onze mogelijkheden volledig benutten. Raad eens, papa? Hij zei dat ik slim genoeg ben om op een dag naar de universiteit te kunnen en dat heeft hij maar tegen dríé meisjes in mijn klas gezegd. Tegen Edina, tegen Bea, en tegen mij.' Ik hoor zelf dat het opschepperig klinkt, maar ik ben ook zo enthousiast! Sinds Olive het zaadje in mijn gedachten heeft geplant, heeft het idee vaste vorm gekregen. Het maakt me ontzettend opgetogen.

Papa ziet er verbijsterd uit. 'De universiteit? Je maakt zeker een grapje, Otty. Dat hebben ze toch niet echt gezegd? Ik heb die school juist uitgekozen omdat het een respectabele opleiding is. Je beseft toch wel dat je een méísje bent, schat?'

Hoewel hij het vriendelijk zegt, ben ik onbeschrijflijk teleurgesteld. Het gevoel slaat als een koude golf door me heen. Dit wilde ik niet van mijn vader horen. 'Ik wéét dat ik een meisje ben, papa. Dat wil nog niet zeggen dat ik niet pienter ben. Het wil niet zeggen dat ik niet naar de universiteit wil.'

Papa haalt een hand door zijn haar, waardoor het overeind komt te staan en hij er aandoenlijk uitziet. 'Moet je jezelf nou eens horen, Otty! Wie heeft je dit aangepraat? Ik twijfel er niet aan dat je pienter bent, maar daar gaat het niet om.'

'Waar dan wel om?' vraag ik met een klein stemmetje. Ik wil het echt graag weten. Acht hij me soms niet in staat om zelf zoiets te bedenken?

'Schat, zie je je zusters zich druk maken om de universiteit? Natuurlijk niet. Daarom werk ik ook zo hard, omdat ik ervoor wil zorgen dat jullie straks een rijke man kunnen trouwen. Tegen de tijd dat je achttien bent, zijn we zelf ook rijk.'

'Maar papa, ik vind het helemaal niet belangrijk om met een rijke man te trouwen. Ik weet niet eens of ik wel wíl trouwen.'

'Natuurlijk niet, schat, je bent nog maar twaalf! Daar komt vanzelf verandering in, neem dat maar van mij aan.'

Opeens vind ik hem er helemaal niet meer zo aandoenlijk uitzien. Denkt hij soms dat hij me beter kent dan ik mezelf ken? 'Maar ik ga graag naar school. Ik vind het leuk om te leren. Later wil ik mijn eigen geld verdienen. Dan heb ik geen man nodig, of kan ik een man uitkiezen die ik zelf leuk vind, niet een die rijk is.' Bij het zien van zijn bleke gezicht krijg ik bijna medelijden met hem, maar ik zet door. 'Kijk eens naar Mabs! Die verdient haar eigen geld en geeft een deel aan haar familie om hen te helpen. Dat is toch geweldig?'

Papa woelt hard door zijn haar. Het duurt even voordat hij antwoord geeft. 'Heb je het daarover met Daley?' vraagt hij ernstig. 'Als ik dat had geweten, had ik nooit toegestaan dat je met haar ging wandelen. Als zij je die onzin heeft aangepraat, dan is ze hier weg voordat ze met haar ogen kan knipperen. Het kan me niet schelen hoeveel monden ze te voeden heeft.'

Hij is steeds harder gaan praten en ik slaak een verschrikt kreetje. 'Ik dacht dat u Mabs aardig vond.'

'Natuurlijk. Dat is ook zo.' Hij lijkt weer wat te kalmeren. 'Alleen komt ze uit een ander milieu, Otty. Haar soort mensen... nou ja, ze zijn in alle opzichten anders dan wij. Jij bent een dame! Zij is lomp en onbeschaafd en er zit voor haar niets anders op dan te werken. Trouwens, je zou haar geen Mabs moeten noemen. Dat is een belachelijke naam en het is volkomen ongepast om een bediende bij haar voornaam aan te spreken. Voortaan wil ik dat je haar juffrouw Daley noemt.'

Ik kan mijn tranen niet meer bedwingen. Hun zilverachtige koelte trekt sporen over mijn verhitte gezicht. Stel je voor dat ik Mabs in de problemen heb gebracht. Dat is wel het laatste wat ik wil. Ik haal diep adem. Mijn opwinding met papa delen, hem mijn goede nieuws vertellen, dat is nu allemaal vergeten. Het enige wat er nog toe doet is dit rechtzetten. 'Ik nóém haar ook juffrouw Daley, papa. Alleen in gedachten noem ik haar soms Mabs. Ze heeft me helemaal niets aangepraat. Tijdens het wandelen hebben we het over ons leven, dat is alles. Ze heeft nooit gezegd dat ík zou moeten werken. Ze behandelt me met meer respect dan ik me zou kunnen wensen, papa, ze behandelt me als een prinses.'

Hij lijkt zich te laten vermurwen. 'Het doet me goed dat te horen. Ik moet zeggen dat het me verbaasde... Ze komt altijd zo nederig over. Het zou een grote schok en een teleurstelling voor me zijn als ze haar plaats niet kende.'

'Dat is niet zo, papa, heus niet. Het was mijn eigen idee. U kent me toch?'

Met een vertederde glimlach staat hij op en loopt naar me toe om me een aai over de bol te geven. Voor het eerst van mijn leven kost het me moeite om me niet terug te trekken. 'Dat is ook zo. Mijn jongste dochter, de belhamel! Nu is die geestdrift van je nog schattig, Otty, maar naarmate je ouder wordt, bewijs je jezelf daar geen dienst mee. Ik laat je begaan omdat ik je een onbezorgde, gelukkige kindertijd gun, maar als de tijd daar is, verwacht ik dat je die eigenzinnigheid laat varen.'

'Wilt u nou zeggen… dat ik niet naar de universiteit mag?'

'Hoger onderwijs is voor jou niet nodig. Het levert alleen maar problemen op. Wanneer vrouwen te veel leren, kan dat een lichte koorts in de hersenen veroorzaken. Je moeder is een kwetsbare vrouw en zo zou het jou ook kunnen vergaan. Ik zou het vreselijk vinden als je zo in je vrijheid werd beperkt als je moeder nu, liefje. Dat zou ik niet kunnen verdragen. Bovendien is een al te geleerde vrouw niet aantrekkelijk voor heren. Studeren is duur en ik wil al dat geld niet uitgeven aan iets wat je kansen op een passend huwelijk zeker zal schaden.'

Ik luister niet eens meer. Dit is allemaal te veel om te bevatten. 'Maar… Maar…' zeg ik, ongewoon zwak voor mijn doen. 'Olive is ook heel pienter en geleerd. Over de sterren en wiskunde en… zij heeft geen koorts. Zij is geen kwetsbare vrouw!'

'Nee, maar ze is ook niet getrouwd, of wel soms?'

Bij het horen van zijn minachtende toon krimp ik ineen. Eerst Mabs, nu Olive! De twee mensen van wie ik het meeste hou op deze wereld, op hem en mama na. 'Vindt u Olive niet aardig?' vraag ik op een bibberig toontje.

'Ik mag haar graag, maar ze is een erg rijke vrouw die met niemand rekening hoeft te houden. Zij kan het zich veroorloven om tegen de tradities in te gaan. Maar Otty, je wilt later toch niet net zo worden als zij?'

Ik schud mijn hoofd, ook al zou ik niets liever willen. Het doet me eraan denken dat ik tegen die politieman zei dat ik Jill nooit meer zou opzoeken. Ik vind het vreselijk om dingen te zeggen omdat andere mensen die willen horen. Waarom doe ik dat dan toch steeds?

'Gelukkig maar. Zullen we zo gezellig samen eten? Ik weet nog hoe het was om jong en stoutmoedig te zijn. Tegen de tijd dat je volwassen bent, zul je het willen doen zoals het hoort. Dan verander je vanzelf en wil je niet meer gaan studeren, of andere vreemde dingen doen. Net zoals je op een gegeven moment niet meer met poppen wilt spelen, niet meer in een wiegje slaapt... of chocoladepudding lust.'

Ik heb nu helemaal geen zin om samen met hem te eten, maar stem er toch mee in omdat ik de situatie tussen ons niet nog erger wil maken. Ik weet dat studeren erg ongebruikelijk is voor een meisje en ik wist al dat papa ouderwets en conservatief was, maar dit had ik niet verwacht. Ik moet er later maar eens goed over nadenken, als ik alleen ben. Een paar dingen weet ik echter wel. Mabs is niet onbeschaafd, ze is de zachtaardigste persoon die ik ken. Olive is geweldig. En er komt nooit een tijd dat ik geen chocoladepudding meer lust!

MABS

Op maandag kwam meneer Finch opgewonden thuis van zijn werk. Hij sjorde aan zijn stropdas, zat zijn vrouw achter de vodden en was duidelijk nerveus voor de lunch bij de familie Westallen. Toen ze vertrokken, had hij een rood gezicht en leek hij zich niet op zijn gemak te voelen, terwijl zij er sereen uitzag in een beige kostuum met een dun lilakleurig streepje. Zo te zien was ze klaar voor dit bezoek. De afgelopen tijd had ze elke dag gewandeld en was haar humeur met sprongen vooruitgegaan.

'Neem vanmiddag maar vrij, Daley,' zei ze. 'Ik zal toch moe zijn wanneer we terugkomen en je hebt het verdiend.'

Het was een genot om onverwacht een middag vrij te zijn. Mabs begon met een bezoekje aan de hoofdstraat. Peg was binnenkort jarig en haar extraatje van drie shilling brandde in haar zak. Ik mag het niet allemaal uitgeven, hield ze zichzelf voor terwijl ze ronddwaalde, op zoek naar het perfecte cadeau.

Na een uur heerlijk te hebben rondgekeken koos ze een zilveren kettinkje met een bedeltje in de vorm van een hoefijzer uit voor Peg. Sieraden leken haar wel een geschikt cadeau voor een meisje dat dertien werd. Peg zou het heerlijk vinden om iets bijzonders te bezitten en een kettinkje was makkelijk te verbergen onder haar jurk wanneer ze in hun ongure buurt de straat op ging. Om het allemaal nog wat luxer te maken kocht ze ook nog een stuk botergeel lint voor in Pegs bruine haar en een doos fruitsnoepjes. De verleiding om haar zusje te verwennen was onweerstaanbaar, dat had ze nooit eerder gekund.

Na afloop ging ze naar huis en stopte de overgebleven muntjes in haar spaarpot.

Otty was op school en Lou was nu hard aan het werk, dus het had geen zin om de tocht naar Highgate te maken. Ze wilde ook niet zo vrij zijn om bij Olive op bezoek te gaan. Nadat ze een flinke tijd had zitten lezen – in *Little Women,* een verhaal over zussen – liep ze naar de keuken. Mevrouw Webb zat aan tafel het huishoudboekje bij te werken. Tegenover haar zat Betsy het zilver te poetsen. Mabs ging naast haar zitten en pakte een doek. 'Laat ik me maar 's nuttig maken.'

Door het gezelschap en een dampende kop thee was dit een aangename manier om de tijd te verdrijven. Na een lange, prettige stilte hoorden ze een klop op de voordeur. 'Doe jij even open, Mabs?' vroeg mevrouw Webb. 'Ik wil de tel niet kwijtraken.'

Mabs legde een dessertlepel neer, veegde haar handen af en rende naar de deur.

Daar stond een jonge man met een volle bos vlasblond haar. 'Een pakketje voor meneer Finch, van kantoor,' zei hij zakelijk.

'Hij is d'r niet, maar ik kan 't wel aannemen.' Mabs vroeg zich af waarom hij haar zo bekend voorkwam.

De koerier maakte een aantekening op zijn papier en stak het haar toe. 'Hier tekenen, graag.'

Ze aarzelde even, maar besefte toen tot haar grote vreugde dat ze nu goed genoeg kon schrijven om haar handtekening te zetten. Stralend ondertekende ze met haar naam.

De jonge man grijnsde terug alsof haar goede humeur aanstekelijk was. 'Dit moet wel direct naar meneer Finch toe,' waarschuwde hij, terwijl hij haar een dikke bruine envelop gaf. 'Het zijn belangrijke documenten. Neem me niet kwalijk, juffrouw, maar ik heb 't idee dat ik u al eerder heb gezien. O jee, dat klinkt nogal vleierig. Zo bedoel ik 't niet, maar u komt me zo bekend voor.'

'Ik zal de papieren meteen op z'n bureau leggen,' beloofde Mabs, 'en ik kan 't u niet kwalijk nemen, want u komt mij ook bekend voor.'

Hij had felblauwe ogen in een gebruind gezicht en een volle bos blond haar dat hier en daar goudkleurig oplichtte. Zo te zien bracht hij veel tijd buiten door. Mabs zou bijna denken dat hij bij het kanaal werkte, maar hij droeg een keurig overhemd en een pantalon en zag er erg schoon uit.

Opeens drong het tot haar door. 'Goeie genade, jíj bent 't!' Van het ene op het andere moment voelde het alsof het weer september was en ze zich door de dagen heen moest worstelen. Alsof ze vastzat in haar oude leven, zonder hoop op een uitweg. Ze was te zwak om goed te kunnen werken en te duizelig om opzij te springen toen het ijs viel. 'Goeie genade,' zei ze weer, met haar rug tegen de muur geleund. 'Jij hebt m'n leven gered!'

'Het spijt me, juffrouw, u hebt de verkeerde voor u. Ik mocht willen dat 't zo was, maar ik zou 't nog wel weten als ik zo'n mooie jongedame als u had gered.'

Charmeur, dacht Mabs. 'Weet je dan nog wel dat je afgelopen september een magere knul hebt gered in 't schimmenrijk?' vroeg ze. 'D'r vloog een blok ijs door de lucht, dat joch bleef gewoon staan, jij sprong d'r bovenop om 'm opzij te duwen.'

Het begon hem te dagen. 'Was jij dat? Was je een jongen?'

'Nou, ik deed alsof. Dat moest wel, om op de werf te kunnen werken.'

'Krijg nou wat! Dat weet ik nog wel! O jee, nu schaam ik me omdat ik niet doorhad dat je een meisje was. Ik heb nog nooit een jongen gezien die d'r zo uitzag.'

Ze bloosde. 'Je ging meteen weer aan 't werk, alsof 't niks voorstelde. Je wou zelfs geen bedankje.'

Hij haalde zijn schouders op. 'Je weet hoe 't daar is. Ze betalen je niet om rond te lummelen en koffie te drinken. Het doet me goed om te zien dat je 't nu beter hebt. Dat was geen plek voor een dame. Ben je dienstmeisje?'

'De gezelschapsdame van de vrouw des huizes.'

Hij floot. 'Word je goed behandeld?'

'Kon niet beter. Ik bof maar. Zo te zien ben jij ook geen arbeider meer.'

'Loopjongen op kantoor.' Met een zelfingenomen gezicht plukte hij aan zijn schone overhemd. 'Kijk mij 's deftig zijn! Maar serieus, ik ben vastbesloten om hogerop te komen. Dit is nog maar de eerste stap.'

'Echt? Wat ben je dan van plan?'

Hij aarzelde en ze zag dat hij een kleur kreeg. 'Ik wil schrijver worden. Verhalen schrijven voor die blaadjes waar de dames en heren zo enthousiast over zijn. Een heel goed boek, dat wil ik nalaten wanneer ik doodga.'

'Wat een geweldig idee!' Mabs fleurde er helemaal van op. Nu ze wist hoe fijn het was om te lezen, werd ze duizelig bij de gedachte dat hij een van de verhalen zou schrijven waar zij zo dol op was. Die ambitie had ze nog nooit iemand horen uitspreken, zeker niet iemand van haar eigen stand.

'Echt? Vind je 't niet onnozel?'

'Nee! Iemand moet die verhalen toch schrijven. Het klinkt een stuk opwindender dan je met papierwerk bezighouden bij 't kanaal.'

Hij knikte bedachtzaam. 'Zo denk ik d'r ook over. D'r is alleen één probleem. Ik kan niet schrijven, althans niet erg goed.'

Mabs grijnsde. 'Dat ben je vast aan 't leren.'

Hij grijnsde terug. 'Zo is dat, juffrouw, zo is dat.' Hij stak zijn hand uit. 'Kip Miller, auteur in de dop, tot uw dienst.'

Weer drong er zich een herinnering aan haar op. Kipper. Natuurlijk. Ze schudde hem de hand. 'Mabel Daley. Mabs.'

'Daley. Die naam komt me bekend voor.'

'M'n vader werkt op de werf en m'n broertje sinds kort ook.'

'Aha, 't zit in de familie. Destijds noemde je jezelf Mark, klopt dat?'

'Dat heb je goed onthouden! Zo, Kip Miller, wordt 't niet 's tijd dat je teruggaat? Ze betalen je niet om rond te lummelen en koffie te drinken, weet je nog?'

'Goeie!' zei hij lachend. 'Nou, 't was leuk om je weer 's te zien, Mabs.'

'Insgelijks, en 't allerbeste. O, en Kip? Dank je wel dat je me toen gered hebt. De dag dat dat gebeurde was een van de donkere dagen, snap je? Zo'n dag waarop je je niet kunt voorstellen dat 't ooit beter zal worden. Dat is wel gebeurd, en die kans had ik nooit gekregen als ik toen was doodgegaan.'

Kip tikte tegen een denkbeeldige hoed en maakte een buiging. Daarna begon hij aan de terugtocht over Willoughby Walk, al keek hij onderweg nog wel drie keer achterom. Dat kon Mabs met eigen ogen zien, want ze keek hem na tot hij uit het zicht verdwenen was.

OTTY

Twee dagen na mijn moeilijke gesprek met papa besluit ik het nog eens te proberen. Per slot van rekening is hij mijn vader en hebben we altijd een goede band gehad. Misschien heb ik hem verkeerd begrepen of op een verkeerd moment getroffen. Vandaag is hij met mama gaan lunchen bij de familie Westallen, dus hij zal vast in een goed humeur zijn. Ik wacht hem op in zijn werkkamer, een aangename plek om de tijd te doden. Ik hou van de geur van zijn pijp en draai graag aan de globe op zijn bureau om avonturen te bedenken. Ik zie mezelf al voor me als een dame met een grote hutkoffer en grote stoompluimen achter me, van de trein of boot waar ik elk moment aan boord kan stappen.

Wanneer hij binnenkomt, sta ik op en omhels hem. 'Hoe was de lunch in Polaris House, papa? Denkt u dat u zaken gaat doen met de kapitein?'

Zijn gezicht en zijn woorden komen niet met elkaar overeen. Hij zegt: 'Het was een productief gesprek, liefje, een geweldige kans voor me. De kapitein is een erg hartelijke man.' Dat klinkt alsof hij precies heeft gekregen wat hij wilde, maar zijn gezicht is betrokken, alsof hij van streek is.

Ik vraag me af of ik beter een andere dag kan afwachten, maar ik heb mijn toespraakje al helemaal voorbereid. 'Wat fijn, papa, daar ben ik blij om. Ik wilde het nog even met u over mijn opleiding hebben. Ik heb veel nagedacht over wat u laatst zei en begrijp precies wat u bedoelt.'

'Ik had niet anders verwacht, je bent een deugdzaam meisje.'

'Vrouwen houden er inderdaad een bepaalde levensstijl op na, en veel van hen zijn volmaakt gelukkig met hun huwelijk en hun huis. Dat is geweldig! Maar lieve papa, dat willen we niet allemaal. Dat het altijd zo is gegaan wil niet zeggen dat het altijd zo hoeft te blijven. Er bestaat zoiets als de vrouwenbeweging, weet u, en...'

'Zwijg!' Papa steekt zijn hand op. 'Otty, schat, ga me nou niet vertellen dat je je op die vrouwen gaat beroepen. Lieve hemel, je kunt hen amper vrouwen noemen, zo buitensporig zijn hun ideeën. Natuurlijk zal er nooit iets van terecht komen, maar stel je voor! Hemeltjelief, dan zou de samenleving zoals wij die kennen niet meer kunnen bestaan.'

Dit gaat niet zo goed als ik gehoopt had. 'Maar papa, mannen hebben door de eeuwen heen toch ook veranderingen bewerkstelligd? Bijvoorbeeld met het verbod op kinderarbeid en de afschaffing van de slavernij.'

Hij kijkt me zo geschokt aan dat ik het liefst mijn armen om hem heen zou slaan om hem te beschermen tegen het verdriet dat ik hem lijk te doen. Ik begrijp er helemaal niets van.

'Ottilie Finch! Hoe kom je aan zulke ideeën? Van die man, Ferris, zeker. Een meisje van twaalf zou helemaal niet op de hoogte moeten zijn van dit soort zaken.'

'Dit zijn juist goede dingen, papa. Daardoor worden kinderen zoals ik niet meer aan het werk gezet en mogen mensen geen slaven meer bezitten. U zou toch niet willen dat ik in een mijn moest werken, of wel?'

'Nee, schat, natuurlijk niet. Maar...'

'En het is goed dat mensen geen negers meer mogen bezitten, nietwaar, papa? De ene mens zou de andere nooit mogen bezitten. U zou toch niet willen dat ík iemands bezit was?'

Hij wordt lijkbleek. 'Goeie genade, Otty. Wat weet jij nou van negers? Dit is geen geschikt gespreksonderwerp voor mijn jongste dochter. Dat zijn geen mensen met wie jij je moet bezighouden.'

Ik voel dat ik verstijf. Hoewel ik mijn ouders nooit over Jill heb verteld, denk ik wel aan haar, elke week. Het lijkt absurd dat ik zo goed met haar overweg kon, dat we het zo goed met elkaar voorhadden, maar dat ik haar nooit meer mag zien. Nu heb ik mijn antwoord, zonder dat ik de vraag heb hoeven stellen. Wat hij zei is al erg genoeg, maar de manier waarop hij het zei en de uitdrukking op zijn gezicht vind ik nog erger.

Ik bijt op mijn lip. Het liefst zou ik tegen hem zeggen dat ik ben gered door een van die mensen op wie hij kennelijk neerkijkt. Ik wil zijn ideeën onderuithalen en hem tot nieuwe inzichten brengen. Iets zegt me echter dat ik daar niet in zal slagen.

'Goed, ik wilde alleen maar zeggen dat ik van u hou, papa, en dat ik weet dat u ook van mij houdt en het beste voor me wilt. Voor mij betekent dat een studie. Wilt u alstublieft proberen het te begrijpen, papa? Ik wil niet op mijn twintigste trouwen, ik wil naar de universiteit en iets belangrijks leren. Alstublieft, papa. Alstublíéft.'

Ik ben trots op mezelf omdat ik mijn woede heb verbeten. De strijd over Jill ga ik een andere keer wel aan. Hoopvol kijk ik hem aan. Dit is de man die me heeft leren schaatsen. De man die me vroeger meenam naar de rivier om de eendjes te voeren.

Die herinneringen lijken nu echter heel ver weg.

Ongelovig kijkt hij me aan. 'Otty! Toen je zei dat je over ons gesprek had nagedacht, ging ik er niet van uit dat je tegen me in zou gaan. Deze beslissing is niet aan jou. Het antwoord is en blijft nee. Goeie genade! Zo te zien heb je meer van je moeder in je dan ik dacht. Nu je hier toch bent, kan ik je vertellen dat ik na ons vorige gesprek besloten heb je naar een andere school te sturen. Ik heb een veel geschikter alternatief gevonden en ze hebben vanaf het begin van het volgende trimester plaats voor je.'

'Wéér naar een andere school?' vraag ik verschrikt. 'Nee, papa! Niet zo snel al, dat wordt me te veel. Ik vind het juist heerlijk op de academie.'

'Het is jammer dat het zo moet, maar ik wil niet dat je dit soort dingen worden aangepraat. Het is... Nou ja, het is stuitend!' Er ontsnapt hem een soort... snik. Dan legt hij zijn gezicht op zijn onderarmen, die op zijn bureau rusten.

Een hele poos blijf ik naar hem staren. Ik voel dat mijn mond wagenwijd openstaat en dat mijn voorhoofd is gefronst. Dat is ongetwijfeld volkomen ongepast voor een dame en erg oncharmant. Toch lukt het me niet me te verroeren en heb ik geen enkele gedachte in mijn hoofd, alleen de indruk dat dit misschien niet goed is. 'Maakt het u dan niet uit of ik gelukkig ben?' smeek ik na ik weet niet hoe lang.

Wanneer hij opkijkt, is zijn gezicht vlekkerig, net als bij Averil als ze overstuur is. 'Natuurlijk wel, schat. Maar als je je door mij laat leiden, word je dat vanzelf. Dat beloof ik.'

Ik geloof er niets van, maar heb het gevoel dat ik ben aangekomen bij een betonnen muur zonder poort of zelfs maar voetsteunen om eroverheen te klimmen. Aangezien er aan een studie kosten verbonden zijn en papa weigert die te betalen, neem ik aan dat dit betekent dat ik niet naar de universiteit kan. De teleurstelling overspoelt me als een golf zeewater. Waarom zou het eigenlijk erg zijn als ik iets van mama in me had? Wat mankeert haar precies? Heb ik hetzelfde? Ik geloof niet dat er iets mis met mij is, dus... misschien is mama dan ook wel in orde. Waarom komt ze dan nooit haar kamer uit? Wat doet Mabs hier dan? Ik weet niet of ik die vragen wel aan iemand kan stellen. Daarvoor zijn ze veel te gewichtig.

MABS

De volgende dag werd Mabs wakker met een verwachtingsvol gevoel. Gisteren had ze een heerlijke dag gehad en ze keek ernaar uit om vandaag te horen hoe de lunch bij de familie Westallen was verlopen. Tijdens het aankleden kon ze voelen dat het buiten al wat warmer werd en ze haastte zich met een knorrende maag de trap af.

'Goeiemorgen!' riep ze vrolijk toen ze de kamer van haar mevrouw binnenkwam, maar vervolgens hield ze haar mond. Het was donker in het vertrek, de gordijnen waren dicht. Het was griezelig stil en een moment lang dacht ze dat er niemand was. Er was hier iets gebeurd en dat was nog steeds te voelen, het hing nog in de lucht.

Ze liep voorzichtig verder, voor het geval dat er scherven glas of porselein op de vloer lagen, maar er knarste niets onder haar voeten. Voorzichtig trok ze een van de gordijnen opzij. Op de een of andere manier leek het haar respectloos om deze sombere kamer in het felle zonlicht te hullen. Mevrouw Finch lag in bed, met de dekens opgetrokken tot aan haar kin. Een angstig gevoel maakte zich van Mabs meester. Haar mevrouw lag er roerloos bij.

'Mevrouw Finch?' vroeg ze zenuwachtig. 'Mevrouw?' Ze legde een hand op haar schouder. Tot haar opluchting voelde ze het rijzen en dalen van haar ademhaling. Misschien kon ze haar beter met rust laten, maar om de een of andere reden voelde dat niet goed. Ze probeerde haar wakker te schudden, en nog eens, harder, maar haar mevrouw sliep gewoon door.

Mabs keek om zich heen, op zoek naar aanwijzingen. Niets kapot, alles op zijn plaats. Ze trok de kledingkast open. Misschien was dat vreemd, maar ze wilde zich ervan verzekeren dat alles nog bij het oude was. Alle prachtige jurken van mevrouw Finch hingen er, zoals gewoonlijk.

'Wat is er toch gebeurd?' fluisterde Mabs tegen het beige kostuum dat mevrouw Finch gisteren had aangehad. De jurk verschafte haar geen antwoorden, dus liep ze terug naar het bed. 'Mevrouw Finch,' zei ze luid, en ze probeerde haar nog eens wakker te schudden. 'Ik ben het, Daley. Tijd om op te staan en te ontbijten.' Haar eigen eetlust was verdwenen. Ze trok de gordijnen helemaal open, in de hoop dat het licht het bewustzijn van mevrouw Finch zou binnendringen. In de rozentuin waren vier nieuwe knoppen te zien. 'De rozen beginnen te bloeien,' zei ze. 'Zullen we vandaag naar de tuin gaan?'

Stilte.

Mabs zuchtte, beet op haar lip en rende de trap af naar de studeerkamer van meneer Finch. Toen ze aanklopte, kwam er echter geen reactie.

'Hallo daar, Daley!' Charlie Finch liep de hal in, op weg naar buiten. 'Mijn vader is naar zijn werk. Er is toch niets aan de hand?'

'Nee, meneer. Ik wou alleen even wat vragen. Ik weet niet goed waarom ik dacht dat ie er zou zijn.'

'Het is altijd het proberen waard,' zei hij opgewekt. 'Goed, ik ga. Wat is het voorjaar toch een heerlijke tijd, vind je niet?'

'Zeker, meneer. Een prettige dag gewenst.'

Mabs liep naar de keuken en vroeg om sterke koffie en geroosterd brood, in de hoop dat de geur daarvan mevrouw Finch wakker zou maken. Ze nam het dienblad zelf mee naar boven en zette het op een tafeltje naast het bed. 'Heerlijke koffie!' Ze schreeuwde nog net niet. 'En geroosterd brood! Kom op, uit de veren!'

Mevrouw Finch sliep door.

Mabs stond op en begon te ijsberen, ging weer zitten en trommelde met haar vingers. Uiteindelijk, toen de koffie en het brood al koud waren, at en dronk ze alles zelf maar op. Het smaakte smerig, maar op de een of andere manier hielp het haar om haar gedachten op een rijtje te zetten.

Allereerst dacht ze dat ze er wel van uit kon gaan dat dit geen natuurlijke slaap was. Hoogstwaarschijnlijk had meneer Finch zijn vrouw weer een verdovend middel toegediend. Kennelijk was er iets voorgevallen tijdens of na de lunch. Desalniettemin was hij gewoon naar zijn werk gegaan zonder een bericht achter te laten voor Mabs, dus maakte hij zich kennelijk geen grote zorgen. Of misschien wist hij gewoon niet hoe diep zijn vrouw in slaap was.

Hoe lang kon ze hier blijven zitten? Moest ze een dokter laten komen? Kon ze meneer Finch maar even spreken, al was het maar heel kort, om hem om raad te vragen. Ze zou naar het kanaal kunnen lopen om hem te zoeken, maar ze wilde zijn vrouw niet zo lang alleen laten. Het voelde alsof ze was teruggekeerd naar die eerste, verwarrende dagen, toen ze nog geen idee had hoe ze moest omgaan met de situaties waarin ze terechtkwam.

Ze ademt, sprak ze zichzelf streng toe. Ze leeft nog. Wanneer het middel is uitgewerkt, wordt ze wakker en kun je dit tot op de bodem uitzoeken.

Zodoende legde ze zichzelf erbij neer dat dit een merkwaardige dag zou worden die vooral uit kijken en wachten bestond.

Rond twee uur kreeg ze trek en ging iets te eten halen, alleen voor zichzelf.

'Wil mevrouw weer niet eten?' vroeg mevrouw Webb.

'Ze doet een dutje,' zei Mabs. 'Ze is nog moe van gisteren, denk ik.'

'Kom dan bij ons zitten om te eten,' stelde Lydia voor.

Mabs maakte zich echter met een smoesje uit de voeten. Ze moest er niet aan denken om mevrouw Finch alleen achter te laten.

Pas om vier uur, toen Mabs uit het raam zat te staren, hoorde ze achter zich iets ritselen. Met een ruk draaide ze zich om. Mevrouw Finch draaide zich op haar zij, met haar ogen nog steeds dicht. Mabs vloog naar haar toe en liet zich op haar hurken naast het bed zakken. 'Wakker worden,' mompelde ze. 'Word alstublieft wakker. Niet bang zijn, ik ben 't maar, Daley.'

Haar mevrouw deed knipperend haar ogen open en keek haar versuft aan.

'Niet bang zijn,' zei Mabs weer, terwijl ze het haar uit haar gezicht streek. 'Niet bang zijn.'

Mevrouw Finch fronste haar voorhoofd en slikte moeizaam, waarop Mabs opsprong om een glas water voor haar te pakken. Mevrouw Finch probeerde te gaan zitten.

'O, godzijdank! Godzijdank,' mompelde Mabs, die haar armen onder haar schouders liet glijden om haar overeind te helpen. 'Ik zal de kussens opschudden. Zo, zit u goed? O, godzijdank, u bent wakker. Mevrouw, wat is d'r in vredesnaam gebeurd?'

Mevrouw Finch was nog te verdwaasd om een gesprek te kunnen voeren en pakte het glas water aan, dat ze in één teug leegdronk.

'Wat hebt u nodig, mevrouw? Iets te eten? Een po? Sherry? Wat kan ik voor u doen?'

De andere vrouw pakte alleen haar hand stevig vast, alsof ze Mabs tegelijkertijd wilde geruststellen en het zwijgen wilde opleggen. Dat deed haar moeder ook altijd wanneer Mabs te druk aan het redderen was. Om hen heen sleepte de middag zich voort. Uiteindelijk schraapte mevrouw Finch haar keel en vroeg schor: 'Hoe laat is het?'

'Half vijf, mevrouw.'

Ze fronste haar voorhoofd. 'Wat voor dag is het?'

'Dinsdag, mevrouw. De dag na uw lunch bij de familie Westallen. U was de hele dag niet aanspreekbaar.'

Haar mevrouw deed haar ogen dicht en haalde diep adem. Daarna keek ze Mabs aan. 'Wat moet ik nou toch, lieve Mabel? Wat moet ik nou toch doen?'

Mabs zei niets over het gebruik van haar voornaam of over de liefkozende manier waarop haar mevrouw tegen haar sprak, en dacht na. 'Nou, mevrouw, ik weet dat 't mijn zaken niet zijn, maar 't wordt tijd dat ik u een paar vragen stel. En dat u daar antwoord op geeft. Hoe kan ik u anders helpen?'

De oorverdovende stilte werd verbroken door het geluid van de voordeur die openging en dichtwaaide. Mabs zag haar mevrouw verbleken en een angstige blik in haar ogen krijgen. 'Niet schrikken, mevrouw. Dat zal Otty wel zijn, die thuiskomt uit school.'

Mevrouw Finch schudde haar hoofd. 'Lucius!' siste ze.

Mabs hield haar hoofd schuin. En inderdaad, ze hoorde hem met mevrouw Webb praten. Even later waren zijn voetstappen op de trap te horen.

'Zeg tegen hem dat ik slaap.' Mevrouw Finch dook onder de dekens. 'Zeg dat ik wakker ben geweest, maar weer in slaap ben gevallen. En Mabel, alsjeblíéft, laat me niet alleen!'

Mabs had nog net genoeg tijd om de dekens recht te trekken en weer in haar stoel te gaan zitten voordat de deur openging. Meneer Finch stak zijn hoofd door de deuropening. 'Ha, Daley,' fluisterde hij. 'Hoe gaat het met mijn vrouw?'

'Ze heeft veel geslapen, meneer. Ik maakte me zorgen om haar.'

'Ze heeft toch niet de héle tijd geslapen?' Hij zag er gealarmeerd uit en haastte zich naar het bed toe.

'Nee, meneer, tot m'n opluchting werd ze een poosje geleden wakker. Daarna is ze weer in slaap gevallen.'

'Ik begrijp het. Hoe was ze eraan toe? Was ze overstuur? Hallucineerde ze? Was ze hysterisch?'

'Nee, meneer, niks van dat alles. Ze was erg moe, erg stil. Het verbaasde me niks dat ze weer in slaap viel.'

'Heeft ze nog… iets tegen je gezegd?'

'Geen woord, meneer.'

'We kunnen haar maar beter laten slapen. Kom mee, juffrouw Daley. Dan praten we ergens anders verder.'

'O, ik laat 'r liever niet alleen nu ze d'r zo aan toe is. Kunnen we hier niet praten?'

'Dat is erg nobel van je, maar Abigail heeft duidelijk haar rust nodig en jij hebt vast vragen. Kom maar mee.'

Mabel, alsjeblíéft, laat me niet alleen!

Mabs piekerde zich suf om een goede reden te bedenken om hier te blijven, maar er wilde haar niets te binnen schieten. Met tegenzin stond ze op. 'Goed dan, meneer, maar daarna ga ik weer naar d'r toe. Meteen, zodra u me niet meer nodig hebt.' Ze zei het luid en duidelijk, zodat mevrouw Finch het zeker zou kunnen horen.

Toen ze de trap af liepen, voelde Mabs haar hart in haar keel bonken omdat ze zich zo verscheurd voelde. Ze loog tegen haar baas, op verzoek van zijn vrouw, en niet voor het eerst. Ze wist dat mevrouw Finch geestelijke problemen had, daarom werkte ze hier. Maar die angstige blik in haar ogen...

Laat me niet alleen.

Meneer Finch deed de deur van zijn werkkamer open en liet Mabs voorgaan.

Voor de verandering ergerde ze zich aan zijn goede manieren. Het voelde alsof ze al te veel ernstige gesprekken had gevoerd in deze kamer. 'Wat is d'r gebeurd, meneer?' viel ze met de deur in huis. 'Ik kreeg d'r maar niet wakker, ik was doodongerust.'

'Het spijt me, juffrouw Daley. Je zult wel erg geschrokken zijn. Ik had je willen waarschuwen, maar vanmorgen moest ik al voor zes uur van huis en tijdens de lunch had ik geen tijd om naar huis te komen. Jammer genoeg was ze gisteren erg... dwars. Toen we thuiskwamen, werd ze onhandelbaar en moest ik de druppels van dokter Broome wel gebruiken. Zoals je weet doe ik dat liever niet, maar... het kon niet anders.'

'Was 't geen geslaagde lunch, meneer? Wat jammer, ik weet dat u d'r hooggespannen verwachtingen van had. Toen ik jullie gisteren uitzwaaide, leek d'r nog geen vuiltje aan de lucht. Ik was d'r van overtuigd dat 't goed zou gaan.'

'De lunch zelf is best goed verlopen. Ik heb de hoop dat de kapitein toch wel wat geld in mijn plannen zal willen steken. De familie Westallen is erg vriendelijk, ook al is de dochter nogal... ongewoon. Een innemende vrouw, maar volgens mij geen geschikte vriendin voor mijn echtgenote. Veel te koppig – in dat opzicht heeft Abigail geen aanmoediging nodig. Die twee hebben tijdens de lunch... Welnu, laten we het er maar op houden dat er een paar ongepaste opmerkingen zijn gemaakt waar ik niet blij mee was.'

Mabs fronste haar voorhoofd. Voor zover zij Olive kende, was het moeilijk te geloven dat ze een slechte invloed had uitgeoefend op een gast die bij haar ouders was komen lunchen.

'Thuis bracht ik het ter sprake en ontstond er een felle discussie. Abigail ontspoorde volkomen. Vandaar dat ik maatregelen heb moeten treffen. Ik kan niet doen alsof het me niet diep raakt, maar je weet al hoe ik me hierbij voel, juffrouw Daley. Ik ga ervan uit dat we allemaal ons evenwicht zullen hervinden. Misschien was een sociale verplichting nog te veel gevraagd, kwam het te snel, maar een lunch bijwonen met mijn echtgenote aan mijn arm, net als ieder ander echtpaar zou doen... die verleiding was gewoon te groot.' Hij liet zijn hoofd in zijn handen rusten, maar keek meteen weer op. 'Enfin, genoeg geklaagd. Ik beschouw dit maar als een betreurenswaardig incident. Toch kan ik me niet onttrekken aan de angst, de vreselijke angst, dat dit nog vaker zal gebeuren, misschien zelfs wel heel vaak, juffrouw Daley.'

'O, meneer,' fluisterde Mabs ontsteld. 'Het zal toch niet?'

'Daarom heb ik besloten dokter Broome uit Durham hierheen te laten komen. Hij maakte een erg verstandige indruk op me toen hij Abigail onder zijn hoede had. Als hij hier kort op bezoek zou kunnen komen en me advies zou kunnen geven... Ik mis mijn vrouw, juffrouw Daley. Dat soort dingen zou ik natuurlijk niet met jou moeten bespreken. Neem me niet kwalijk, maar ik ben ten einde raad. Het is al zo lang geleden dat we een normaal leven hadden. Het ergste is nog wel dat ze niet voor rede vatbaar is. Ze heeft last van waanideeën, ze denkt dat de hele wereld tegen haar is. Ze gelooft allerlei dingen waar niets van waar is. Wat moet je dan beginnen?'

Ja, wat moest je dan beginnen? Mabs liep langzaam de trap op, dankbaar voor die paar momenten alleen, momenten waarop ze kon proberen alles op een rijtje te zetten.

Ze dacht terug aan wat meneer Finch had gezegd. *Waanideeën, ze denkt dat de hele wereld tegen haar is. Ze gelooft allerlei dingen waar niets van waar is.*

En vervolgens aan de woorden van mevrouw Finch. *Lucius! Zeg tegen hem dat ik slaap. Mabel, alsjebliéft, laat me niet alleen!*

Mabs schudde haar hoofd om hun stemmen eruit te krijgen. Voor de deur van mevrouw Finch bleef ze aarzelend staan. Dit liep uit de hand. Ze had genoeg spaargeld om het even uit te kunnen zingen. Ze kon ander werk zoeken. Ze kon gewoon weggaan... Alleen kon ze dat niet over haar hart verkrijgen.

'Ik ben d'r weer, mevrouw,' zei ze toen ze de deur achter zich dichtdeed. 'Ik ben alleen.'

De gedaante in bed verroerde zich en ging rechtop zitten. 'Daley,' zei mevrouw Finch.

'Neem me nie kwalijk dat ik wegging nadat u me had gevraagd te blijven, maar ik kon niet met goed fatsoen nee zeggen.'

'Nee, dat ging niet. Ik weet het. Wat zei mijn echtgenoot?'

Mabs trok een stoel bij het bed en ging zitten. 'Het kwam d'r op neer dat jullie gisteren na de lunch woorden met mekaar hebben gehad, dat u onhandelbaar was en dat hij u daarom een verdovend middel heeft toegediend. Hij zegt dat u dingen denkt die niet waar zijn, mevrouw, en dat u daarom niet voor rede vatbaar bent. Hij zegt dat ie u mist.'

Haar mevrouw glimlachte verdrietig. 'Geloof je hem?'

'Ik heb geen reden om aan 'm te twijfelen. Ik heb gezien hoe u tekeer kan gaan. Soms weet ik niet wat ik van u kan verwachten.'

'Maar? Er komt toch wel een "maar", Mabel? Ik moet geloven dat er op zijn minst een kruimeltje twijfel in je hoofd zit.'

'Wel meer dan een kruimeltje, mevrouw. Eerlijk gezegd is 't een halve taart, al kan ik niet uitleggen hoe dat komt. Hij is vriendelijk en slim en... stabiel, en ik heb alles aan 'm te danken. Maar u... Soms lijkt u wel krankzinnig, dat is nou eenmaal zo. Toch bent u ook pienter, sterk en zorgzaam. Hij heeft 't over een kwetsbare, overspannen vrouw die fantasie niet van werkelijkheid kan onderscheiden, maar dat bent u niet.' Terwijl Mabs aan het woord was, hield ze het gezicht van mevrouw Finch nauwlettend in de gaten. Daar zag ze een uitdrukking als bij een drenkeling die een touw kreeg toegeworpen. 'D'r is maar één probleem, mevrouw.'

'Eén maar?'

Daar moesten ze allebei zachtjes om giechelen.

'Nou, problemen zat, maar d'r is d'r maar één waarmee u me kan helpen. Meneer Finch heeft me zijn kant van 't verhaal verteld. Begrijp me niet verkeerd, hij heeft me nooit over privézaken verteld, geen dingen waarbij ik me ongemakkelijk voelde. Ik ken de feiten, zoals hij me die heeft verteld. Maar u hebt er nooit een woord over gezegd.'

'Dat weet ik. Daar moet nu verandering in komen. Daar ben ik nog het bangst voor, omdat ik vrees dat je me niet zult geloven. Ik vrees dat ik je kwijt zal raken. Jij maakt dit leven nog enigszins draaglijk, Mabel.'

'Wat is d'r gisteren gebeurd? Wat hebt u tijdens de lunch gezegd dat ie zo vreselijk vond?'

Met een zucht keek mevrouw Finch omlaag naar haar handen. 'Het gesprek kwam op Otty's opleiding. Hij laat haar overplaatsen naar een nieuwe school.'

'Wat? Waarom? Ze vindt 't daar heerlijk!'

'Dat weet ik. Maar Lucius is erg... conservatief op het gebied van onderwijs aan vrouwen. Ze heeft je vast wel verteld over haar onderwijzer, de discussies, de toetsen. Lucius is ontsteld. Ik zei dat hij haar op deze school moet laten, omdat ze er opbloeit en in korte tijd al zo veel veranderingen heeft meegemaakt. Daar was Olive het mee eens. Olive is... niet conservatief. Ik kon zien dat Lucius zich totaal niet op zijn gemak voelde en niet van gedachten zou veranderen. Dat doet hij nooit. Daar heb ik nu voor moeten boeten.'

'Ik begrijp 't...' mompelde Mabs. Had ze hem daarom niet mogen vertellen dat ze leerde lezen?

'Mabel,' zei mevrouw Finch, 'ik weet dat het veel gevraagd is om je mening bij te stellen over de man die je in dienst heeft genomen, je salaris betaalt en altijd beleefd tegen je is geweest. Het spijt me dat ik dat van je moet vragen. Ik kan je echter verzekeren dat ik geen last heb van waanideeën en dat ik niet lieg. Wil je nog steeds dat ik je alles vertel?'

Mabs slikte. 'Ja, mevrouw.'

'Laat ik dan maar bij het begin beginnen.'

ABIGAIL

Ik kom uit een welgesteld gezin van twee meisjes en twee jongens. Ik was de jongste. Verwend, ongetwijfeld. IJdel zonder meer. Iedereen zei hoe mooi ik was, op jonge leeftijd had ik al aanbidders. Natuurlijk waren mijn ouders er altijd bij, dus waren die liefdes allemaal erg schattig en onschuldig. Het leven was... een weelde. Ik voelde niets dan vreugde.

Op mijn zestiende leerde ik Lucius Finch kennen. Hij stond veel lager op de sociale ladder dan ik, maar dat kon me niets schelen. Ik mag dan mijn tekortkomingen hebben gehad, een snob was ik niet. Hij was negen jaar ouder dan ik en niet knap. Zijn gretige toenaderingspogingen vond ik niet zo aantrekkelijk, maar álle jonge mannen wilden mij leren kennen, dus zocht ik er weinig achter. Hij wás er gewoon, in de marge van mijn sociale kringetje. Vaak werd hij over het hoofd gezien, maar hij wurmde zich een weg naar binnen wanneer het maar kon.

Van alle mannen die in die tijd naar mijn hand dongen had ik een voorkeur voor Emmanuel Hillier. Hij was knap op een manier waarvan ieder jong meisje droomt: donker haar, felle ogen, woest aantrekkelijk. Hij was rijk en gewild. Er was echter nog een man, Jonathan Ingram, die niet rijk was. Hij was twintig jaar en bezig carrière te maken. Er had zich een kans voorgedaan in India en hij stond op het punt daarheen te gaan om een fortuin te vergaren. Een fortuin dat groot genoeg was om een bemiddelde jongedame het hof te maken. Om míj het hof te maken.

Ik was woedend! Naar mijn dwaze, puberale inschatting was Emmanuel de drieste, romantische held van het verhaal en Jonathan mijn beste vriend. We konden eindeloos met elkaar praten en lachen... Ik wilde niet dat hij wegging. Twee of drie jaar voelde voor mij op dat moment als een eeuwigheid. Ik zei dat het me niet kon schelen of hij rijk was of niet, en dat ik toch nog te jong was om over trouwen na te denken. Hij wilde met alle geweld gaan, hij zei dat ik ouder zou zijn wanneer hij terugkwam en dat hij me dan genoeg geld te bieden zou hebben.

Ik gaf aan niemand toe hoe erg ik hem miste. Mijn leven ging verder, met bals, feesten en mannen die overal waar ik kwam verliefd op me werden. Emmanuel bleef aantrekkelijk en ik voelde me gevleid door zijn aandacht. Ik werd achttien, bijna negentien. Zo nu en dan schreef Jonathan me een brief. Ik was nog steeds te jong om me te kunnen voorstellen hoe het leven met een man zoals hij zou kunnen zijn, maar het was als een soort lichtpuntje aanwezig, aan de rand van mijn bewustzijn. Te ver weg om erop te kunnen vertrouwen.

Lucius Finch kwam nog steeds af en toe op mijn pad. Ik had enorm tegenstrijdige gevoelens over zijn grote blauwe ogen die me overal volgden, zijn overdreven manier van doen, zijn kleine misplaatste attenties. Toch was ik altijd vriendelijk tegen hem wanneer ik hem tegenkwam. Hij werd al vaak genoeg gekleineerd.

Emmanuel vroeg iemand anders om haar hand, een nieuwkomer, ene Francesca nog-wat. Mijn trots was gekrenkt, mijn hart niet. De dag daarna kwamen mijn oudere broer en zuster echter om door een ongeluk. De paarden sloegen op hol, het rijtuig kantelde en ze bezweken allebei aan hun verwondingen. Dát kwam wel hard aan.

Mijn ouders waren er kapot van. Mijn overgebleven broer Hedley en ik zochten steun bij elkaar, maar opeens was ik nog maar een van de twee in plaats van een van de vier. Het was niet genoeg. Ons normaal gesproken zo luidruchtige, bedrijvige huis lag er stil bij. Emmanuels afwijzing, die me aanvankelijk koud liet, raakte in mijn hoofd verstrikt met het verlies van James en Charlotte. Ik voelde me op zo veel manieren gebroken dat mijn publieke vernedering een van de vele pijnlijke flarden werd. Emmanuel was niet belangrijk voor me, maar zo voelde het wel. Jonathan was belangrijk voor me, maar hij was er niet.

Terwijl mijn andere aanbidders uit respect een stapje terugdeden, kwam Lucius Finch bij me op bezoek, een en al medeleven en steunbetuigingen. Mijn ouders snapten er niets van waarom die rossige stakker met zijn vissenogen zich geroepen voelde om me te steunen in zo'n moeilijke tijd, maar ze waren te diep in de rouw om er echt aandacht aan te besteden. Zo werd hij kind aan huis bij ons.

Nog geen twee maanden later smeekte hij me met hem te trouwen. Hij verontschuldigde zich voor zijn timing, maar bezwoer me dat hij geen moment langer zonder me kon. In eerste instantie had hij me alleen willen troosten, maar hoe meer tijd hij met me doorbracht, hoe verliefder hij werd. Hij wilde niets liever dan met me trouwen en voor me zorgen.

Aanvankelijk zei ik nee, dat begrijp je wel. Maar Mabel, er was zo veel verdriet bij ons thuis. Dat kon ik niet meer verdragen. Ik denk dat ik op dat moment op élk aanzoek was ingegaan, puur om daar weg te kunnen.

Mijn ouders waren verbaasd, maar door hun verdriet nog te verward om in te zien hoe onwaarschijnlijk mijn keuze was. Hedley wist dat ik die keuze onder normale omstandigheden nooit gemaakt zou hebben. 'Doe geen overhaaste dingen,' smeekte hij me. 'Het verdriet zal na verloop van tijd minder worden. Doe niets waar je later spijt van krijgt.' Had ik maar naar hem geluisterd.

Zodra we getrouwd waren, vroeg Lucius hoe ik over kinderen dacht. Hij zei dat hij het begreep als ik daar nog niet aan toe was, dat hij er zelfs niet op zou aandringen om het huwelijk te consummeren als ik dat nog niet aankon. Dat vond ik erg lief. De gedachte om met wie dan ook intiem te zijn sprak me op dat moment niet aan, maar de gedachte aan kinderen... Door het verlies van mijn broer en zuster smachtte ik naar een eigen gezin, om weer gelukkig te worden. Al snel was ik in verwachting en kwam Charlie ter wereld. Lucius was door het dolle heen dat hij een zoon had, een erfgenaam. Hij begon ijverig geld te verdienen. Zie je wel, hield ik mezelf voor, hij is een goede vader, een goede kostwinner.

Jonathan hoorde een paar weken nadat het gebeurd was dat James en Charlotte waren overleden en stuurde me een brief. Die wilde ik niet lezen, althans niet aandachtig. Wat had ik nou aan een brief? Ik gooide hem in de haard. Zodoende kwam het me niet ter ore dat hij meteen voorbereidingen had getroffen om verlof op te nemen en op de boot naar Engeland te stappen om bij mij te kunnen zijn. Door mijn gekrenkte trots had ik daar geen flauw benul van. Tegen de tijd dat hij aankwam, was ik al getrouwd.

Jonathan kwam een keer of twee bij ons op bezoek, maar werd door mijn echtgenoot koeltjes ontvangen. Dat kon ik hem niet kwalijk nemen. Toen Jonathan na drie weken besefte dat de vrouw voor wie hij was teruggekomen niet meer van hem was, keerde hij terug naar India.

Ze zeggen dat de duur van het rouwproces verschilt van mens tot mens. In mijn geval begon ik me na drie jaar weer enigszins mezelf te voelen. Het was net alsof ik uit een diepe slaap ontwaakte en in het leven van iemand anders terechtgekomen was. Ik was in slaap gevallen als juffrouw Farrah en werd wakker als mevrouw Finch. Ik was een moeder van twee kinderen met een echtgenoot van wie ik niet goed kon geloven dat ik het bed met hem had gedeeld.

Op dat moment werd me duidelijk dat het verdriet me kwetsbaar had gemaakt en dat ik, zoals Hedley al had gezegd, anders nooit deze stap had gezet. Eén verkeerde beslissing op een moment waarop je niet jezelf bent kan de rest van je leven veranderen. De gruwelijke waarheid was dat ik wilde dat ik nooit met Lucius was getrouwd. Ik hield mezelf echter voor dat niets van dit alles zijn schuld was. Ik kon niet meer terug en moest bovendien aan de kinderen denken. Dus stopte ik mijn spijt en ongenoegen weg, vastbesloten om er het beste van te maken.

Sinds ik getrouwd was, was ik amper het huis uit gekomen. Daarvoor was ik te diep ondergedompeld in mijn verdriet en had ik het te druk met de baby's. Ik besloot vaker bij mijn familie op bezoek te gaan en begon picknicks te organiseren voor mezelf en mijn echtgenoot. Daar was ik altijd al goed in geweest. Ik wilde Lucius laten zien dat ik het op prijs stelde dat hij zo veel geduld had gehad met de zwakke, wezenloze versie van mij waarmee hij getrouwd was.

Vanaf hier wordt het verhaal moeilijker te geloven. Ik geloof het amper, en ik was er nota bene zelf bij! Het bleek dat die zwakke, wezenloze versie van mij juist de vrouw was die hij wilde. In één avond tijd kan ik je onmogelijk bijpraten over twintig jaar huwelijk, maar ik zal je een paar voorbeelden geven.

Ik organiseerde een etentje voor zijn ouders en de mijne. Sinds we getrouwd waren, hadden we nog nooit zoiets normaals gedaan met onze familie. Ik verstuurde uitnodigingen, overlegde met de kokkin over het menu, zocht onze huwelijksgeschenken op die al die tijd nog niet waren gebruikt. Onze gasten waren gul geweest, we bezaten prachtige dingen. Met de tafelschikking was ik dagen van tevoren al in de weer. Ik wilde dat alles perfect was. Ik had altijd complimenten gekregen over mijn artistieke inslag. Tot mijn verbazing was Lucius het er niet mee eens.

Hij gaf me een standje... alsof ik een kind was. Ik had hen niet mogen uitnodigen zonder zijn toestemming, zo zei hij het letterlijk. Hij las me de les over de kosten van het eten waar ik de kokkin om had gevraagd. De tafeldecoratie noemde hij ordinair. Hij zegde de afspraak af en vertelde de gasten dat ik onwel was.

Ik was met stomheid geslagen. Ik had me alleen maar gedragen zoals het een goede echtgenote betaamde. Daarna werd het echter nog merkwaardiger. Toen ik hem ernaar vroeg, klapte hij zijn boek dicht en keek me aan alsof ik een huis was met een lekkend dak, een loszittend raam en nog veel meer gebreken. Ik zal nooit vergeten wat hij toen zei: 'Ik zat net te lezen dat vrouwen teer van geest zijn, door hun minderwaardige geslachtsdelen en de invloed daarvan op het brein.'

Ja, zoals jij nu kijkt, keek ik ook naar hem. 'Maar ik heb alleen onze ouders uitgenodigd om te komen eten,' zei ik ongelovig.

De uitdrukking op zijn gezicht, Mabel, die kan ik nog het beste als zelfingenomen omschrijven. Hij zei: 'Kijk, liefste, dat bedoel ik nou.'

Je kunt je wel voorstellen dat ik gefrustreerd raakte. 'Wát bedoel je?' riep ik uit. 'Wees dan duidelijk.'

Hij zei dat ik onhandelbaar was en rust nodig had. Ik was niet onhandelbaar, ik was geërgerd. Ik wilde niet rusten, maar hij stond erop dat ik naar bed zou gaan. Uit pure verwarring gaf ik toe en lag de hele nacht woedend voor me uit te staren.

De volgende ochtend vroeg ik weer wat er zo verkeerd was aan wat ik had gedaan. Daar kreeg ik geen antwoord op. De vraag bleef nog jarenlang aan me knagen. Had ik onbedoeld een vreselijke faux pas begaan? Daar was ik lange tijd niet zeker van.

Tegen die tijd was mijn broer Hedley ook al getrouwd. Twee weken later zei ik tijdens het ontbijt tegen Lucius dat ik die middag bij mijn schoonzuster op bezoek ging. Dat had ze al meerdere keren gevraagd. Ik ging om drie uur van huis en was om vier uur weer terug. De voordeur zat op slot. Ik rammelde aan de deurklink, boos op de bedienden. Ik moest nodig naar het toilet, dus liep ik haastig naar de dienstingang. De bedienden waren stomverbaasd toen ze me zagen, en nog verbaasder toen ik vertelde dat de voordeur op slot was. Even later kwam ik mijn man tegen, die me op beheerste toon uitlegde dat híj de deur op slot had gedaan.

'Waarom dan?' vroeg ik.

'Om je een lesje te leren.'

'Waarom?' vroeg ik weer.

'Als dat je nu nog niet duidelijk is, denk ik niet dat ik het je aan je verstand kan brengen,' zei hij.

Mabel, ik kan je niet vertellen hoe lang het zo over en weer ging. Ik was een halfuur op bezoek geweest bij familie. Ik had theegedronken. Ik had hem zelfs op voorhand over mijn plannen verteld. Desalniettemin vond hij het kennelijk nodig om me een lesje te leren. Deze keer stond ik erop dat hij het zou uitleggen.

Uiteindelijk knapte er iets bij hem. Hij werd niet boos of gewelddadig, hij begon te jámmeren, Mabel. Beter kan ik het niet omschrijven. Hij jammerde dat hij de vrouw miste met wie hij getrouwd was en haar terug wilde. Hij jammerde dat ik onuitstaanbaar was en dat hij er als man geen genoegen mee hoefde te nemen dat ik 'de drang voelde om een losbandig leven te leiden en bij Jan en alleman gezelschap zocht'. Daarna stuurde hij me weer naar mijn kamer, omdat hij mijn aanblik niet kon verdragen. Eerlijk gezegd was dat geheel wederzijds.

Kort daarna kwam ik erachter dat ik weer in verwachting was.

MABS

Mevrouw Finch viel stil. Het moest erg vermoeiend voor haar zijn geweest om dit allemaal te vertellen. Zelfs Mabs had hoofdpijn van het luisteren.

'Ik kan me niet voorstellen hoe dat geweest moet zijn, mevrouw,' zei Mabs zacht, en ze pakte haar hand beet. 'Ik ben nooit naar feesten en bals geweest. Ik heb zelfs nog nooit een vrijer gehad.'

'Nog nooit, Mabel?'

'Nee. Hoewel... d'r is wel iemand op wie ik een oogje heb. Dat vertel ik een andere keer wel, mevrouw. Nu zitten we nog midden in uw verhaal.'

'Verveel je je nog niet stierlijk, en heb ik je medeleven nog niet verspeeld?'

'Geen van beide, mevrouw, al is 't wel een hoop om te verwerken. Ik begrijp 't volkomen als u moe bent van 't vertellen. Wilt u misschien iets drinken voordat we verdergaan?'

'Een uitstekend idee, Mabel. Voor wat ik hierna ga vertellen, kan ik wel een borrel gebruiken. Bel maar om iets sterks, als je wilt, ook voor jezelf.'

Mabs was geen drinker, maar toen Betsy de brandy kwam brengen, schonk ze voor hen allebei een ruime hoeveelheid in. Ze proefde ervan, trok haar neus op en zette het glas aan de kant.

Mevrouw Finch sloeg de inhoud van haar glas in één keer achterover en gebaarde dat ze er nog een wilde. Dit keer hield ze het glas tussen haar handen. Het duurde even voordat ze verder vertelde.

Mabs dacht weer aan haar eigen ouders, aan hoe die elkaar altijd steun en troost hadden geboden, hoe ze hadden genoten van elkaars gezelschap en vaak hadden gegrinnikt om een binnenpretje. Aan de vertederde blikken die ze hadden uitgewisseld boven de hoofden van de kleintjes wanneer de jongste iets grappigs had gedaan. Zo behoorde een huwelijk te zijn, als je het haar vroeg.

ABIGAIL

Tijdens mijn zwangerschap deden zich nog talloze incidenten voor. Hij stootte me aan wanneer ik in slaap sukkelde voor de haard in de salon, hij noemde me sloom. Hij leverde kritiek op me wanneer ik te weinig at, of te veel, of iets wat hij niet lustte. Wanneer hij iemand op bezoek kreeg, praatte ik ofwel te weinig ofwel te veel. In elk geval zei ik nooit iets wat zijn goedkeuring kon wegdragen.

'Misschien gaat het wel beter met je als de baby is geboren,' zei hij vaak.

Averil kwam ter wereld en bracht ons in verrukking, net zoals Charlie en Elfrida dat hadden gedaan. Het was een maand rustig, hooguit. De eerste weken na de geboorte had ik toch geen zin om iets anders te doen dan me aan haar vergapen. Daarna begon het weer. Toen mijn ouders op kraamvisite kwamen, drong het tot me door hoe weinig ze hun kleinkinderen zagen. Ik vroeg of ze het pijnlijk vonden om mijn kinderen te zien, of ze hen te veel aan James en Charlotte deden denken.

'Nee, liefste,' wezen ze me vriendelijk terecht. 'Je nodigt ons nooit uit en wij willen ons niet opdringen.'

Ik fronste mijn voorhoofd en zei dat ik talloze uitnodigingen naar hen had gestuurd. Die hadden ze nooit ontvangen.

Wat denk jij dat er met mijn briefjes gebeurd was, Mabel, tussen het tafeltje in onze hal en mijn ouderlijk huis? Vanaf die tijd vroeg ik mijn dienstmeisje om de briefjes persoonlijk te bezorgen, en wat denk je? Ze kwamen allemaal aan. Een tijdlang voelde ik me een gezegend mens omdat mijn ouders regelmatig op bezoek kwamen, tot ze opeens wegbleven. Ik vroeg mijn dienstmeisje of ze de briefjes nog steeds bezorgde, en ze zei van wel.

Op een dag kwam ik mijn vader toevallig tegen op straat en zei hij dat hij blij was om te zien dat ik weer op de been was. Hij vroeg of ik helemaal was hersteld.

'Ik ben helemaal niet ziek geweest,' zei ik.

Kennelijk was Lucius op een dag naar hen toe gegaan om te vragen niet meer op bezoek te komen. Hij zei dat hun bezoekjes me van streek maakten en dat ik er ziek van werd. Op hun beurt vroegen mijn ouders waarom ik hen dan bleef uitnodigen. Puur uit plichtsbesef, zei Lucius op spijtige toon. Hij legde uit dat ik al meer dan een jaar erg labiel was en dat hij een uitstekende arts had geraadpleegd die zei dat mijn aandoening vaak voorkwam bij vrouwen die gevoelig waren voor prikkels. De beste remedie was volledige rust en het uitsluiten van prikkels, inclusief bezoek.

Ik kon mijn oren niet geloven, Mabel. Ik wilde niet tegen mijn vader zeggen dat mijn echtgenoot aan waanideeën leed of een pathologische leugenaar was. Achteraf bezien had ik hem op dat moment alles moeten vertellen en met hem mee naar huis moeten gaan, toen ik de kans had. Maar hoe had het dan verder gemoeten met mijn drie kinderen die in het huis van mijn echtgenoot op me wachtten?

Bovendien was ik nog steeds in de war. Geloof me, als ik erop terugkijk, word ik ongeduldig van mezelf omdat ik zo lang in de war ben geweest. Achteraf bezien is het allemaal glashelder. Als je alles eens van tevoren wist, Mabel... Het was ook zo vreemd. Ik bleef mezelf maar wijsmaken dat er een vergissing in het spel was. Omdat ik niet in de verzinsels van mijn echtgenoot wilde meegaan, zei ik tegen mijn vader dat Lucius sterk had overdreven en dat ze altijd van harte welkom waren.

Ik haastte me naar huis om mijn man erop aan te spreken. We kregen weer ruzie. Dat wil zeggen, hij begon weer te jammeren, smeekte me hem niet meer zo te martelen, probeerde me ervan te overtuigen dat geen enkele man een vrouw zou tolereren die hem zo kleineerde als ik met hem deed.

Op dat moment begreep ik het pas. Er was iets vreselijk mis met mijn echtgenoot, niet met mij. Hij was niet voor rede vatbaar en zou dat ook nooit worden. Ik ging terug naar mijn kamer, waar ik Averil in mijn armen hield en mijn hart tekeer voelde gaan.

Voor het eerst werd me duidelijk dat hij misbruik had gemaakt van mijn verdriet en kwetsbaarheid om me te verleiden tot een huwelijk dat ik anders, zoals Hedley al had opgemerkt, nooit zou zijn aangegaan. Ik was rijk en mooi en Lucius barstte van de ambitie. Met mij trouwen was voor hem een kortere route om te laten zien wat hij waard was. Het opende deuren voor hem die anders voorgoed gesloten waren gebleven. Dankzij mij klom hij op tot een bekend en gerespecteerd lid van de mannenwereld, waarin alles om geld en vooruitgang draait. Wat mij persoonlijk betrof, was het voor hem het makkelijkst als ik me gewoon op de achtergrond hield.

Ik ben er niet voor gemaakt om me in de schaduwen op te houden, Mabel. Er volgden een aantal stormachtige jaren. Ik stond erop hem te vergezellen naar sociale aangelegenheden, al weet ik zelf niet waarom, want ik voelde me altijd verschrikkelijk opgelaten. Op zakelijk vlak ging het goed met hem, dat wel, maar zijn manier van doen was nog steeds te overdreven. Zijn verlangen om zich als een kat tegen zijn meerderen op te wrijven was beschamend. Ik kwam op alle mogelijke manieren tegen hem in opstand. Wanneer hij niet oplette, verstuurde ik uitnodigingen naar familie. Het eigenzinnige meisje dat ik diep vanbinnen nog was, lachte wanneer ze aankwamen en hij hen niet kon wegsturen. Onze onzinnige ruzies dreven me zover dat ik begon te schreeuwen en spullen kapotmaakte. Het was oorlog, Mabel, een heel eigenaardig soort oorlog.

Op een gegeven moment vond hij echter een bondgenoot. Dokter Broome. Tot op de dag van vandaag weet ik niet of mijn echtgenoot heeft beloofd hem in ruil voor zijn medewerking in de hogere kringen te introduceren of dat ze gewoon verwante zielen zijn, die door de hel bij elkaar zijn gebracht. Ze geloven allebei dat er een direct verband bestaat tussen de voorplantingsorganen van een vrouw en haar hersenen, ze denken dat de vrouw van nature onhandelbaar en zwak is. Ze menen dat we in de meerderheid van de gevallen in het gareel zijn te houden met de juiste training, waardoor we, ondanks onze tekortkomingen, nuttige leden van de samenleving kunnen worden. Natuurlijk moeten we een gedienstige rol vervullen, maar in de wereld zoals die nu is zijn we volgens hen toch van enige waarde. Dokter Broome was op dat moment de vijftig al ruim gepasseerd en had heel wat vrouwen behandeld. Ik zou hem niet op andere gedachten kunnen brengen.

Vanaf dat moment kwam hij bijna dagelijks bij ons op bezoek. Hij onderzocht regelmatig de twee probleemgebieden van de vrouw, de hersenen en de... Nou ja, dat kun je zelf wel bedenken. Die knokige oude vingers die mijn schedel betastten en onder mijn rokken gleden...

Neem me niet kwalijk. Ja, water. Dank je. Bij de herinnering eraan word ik weer doodsbang. Mijn leven was een hel. Natuurlijk verzette ik me, laat daar geen twijfel over bestaan. Ik protesteerde hevig. Mijn echtgenoot en de dokter beschouwden dat echter als een bewijs van hun gelijk. Kun je je voorstellen... Stel je alsjeblieft eens voor hoe het is om aan te geven wat je wilt en dat je dan te horen krijgt: 'Och, schat, maar dat zie je helemaal verkeerd. Maak je geen zorgen, die man gaat je helpen, hij gaat ervoor zorgen dat je wordt zoals je zou moeten zijn.'

En als je gilt – als je het uitschreeuwt – dat je niet wílt dat die ouwe zak je aanraakt, dat je hem geen toestemming geeft je zo intiem te betasten, wordt er op spijtige toon gezegd dat dat nou eenmaal bij je aandoening hoort.

Een tijdlang werd ik daadwerkelijk een beetje gek. Hoe had ik in die situatie het hoofd helder kunnen houden? Vanwege de kinderen kon ik geen kant op. Ik weet niet of de zo snel geuite kinderwens van mijn man een meesterzet was om op de lange duur controle over me te kunnen uitoefenen of dat de kinderen hem later gewoon goed van pas kwamen. Hoe dan ook kon ik vanwege hen niet vluchten.

Wist je dat een vrouw na een echtscheiding niet de garantie heeft dat ze haar kinderen mag blijven zien? Vroeger was dat helemaal verboden. Enkele tientallen jaren geleden werd er een wet van kracht waardoor een vrouw een verzoek kan indienen om haar kinderen te zien, maar de uitkomst daarvan staat allerminst vast. Bovendien moet de moeder aantonen dat ze stabiel is en het verdient. Lucius was al jaren bezig om het beeld te schetsen dat ik geestelijk onbekwaam was. Hij had volop doktersverklaringen die dat onderschreven. Op dat moment was Charlie acht, Elfrida zeven en Averil vijf. Als ik was weggegaan, had ik hen nooit meer gezien. Ik kon werkelijk geen kant op.

Zijn andere troefkaart waren de magische druppeltjes van dokter Broome. In het begin dienden ze me een heel lage dosis toe en geloof het of niet, maar ik was er blij mee. Ze verdoofden alles en brachten me in een soort roes. Dat vond ik stukken beter te verdragen dan alsmaar alert te zijn. Later werden de druppels echter ingezet als wapen en straf, in een hogere dosis. Ik was een halve dag van de wereld, soms wel een hele dag.

Ik dacht echt dat ik in dat huis in Durham zou sterven. Ik wilde mijn kinderen niet zonder moeder achterlaten en kwam erachter dat hoe meegaander ik was, hoe minder vaak dokter Broome op bezoek kwam. Het enige waarmee ik geen doktersbezoek uitlokte was in mijn kamer zitten, met de kinderen spelen en uit het raam kijken. Dus deed ik dat. Dag in, dag uit. Zo nu en dan werd ik uitgeslagen als een oude mantel en mee uit genomen, wanneer hij een sociale verplichting had waar hij niet zonder mij naartoe kon. Dan kreeg ik strikte instructies over wat ik wel en niet mocht zeggen.

Wist je, Mabel, dat er maar twee mannen nodig zijn om een vrouw te laten opnemen in een gesticht? Wie zouden daar beter toe in staat zijn dan een echtgenoot en zijn huisarts? Mijn man liet me weten dat de formulieren al klaarlagen. Dokter Broome had geen moment geaarzeld om die te ondertekenen. Er werd gesproken over een oord voor kwetsbare, ontaarde vrouwen in Yorkshire. Ik weet niet of je weleens over zulke tehuizen gehoord hebt, maar in de meeste ervan zijn de leefomstandigheden erbarmelijk. Vaak worden ze gerund door mensen zoals mijn echtgenoot en dokter Broome, die elke natuurlijke reactie beschouwen als bewijs dat een vrouw labiel is. Ik moest erg op mijn hoede zijn.

Ik begon af te tellen. Hoewel mijn man me van veel erger beschuldigde, was dat het enige neurotische trekje dat ik bezat. Ik bad dat mijn kinderen zouden opgroeien en op hun twintigste of eenentwintigste een gelukkig huwelijk zouden aangaan. Als Averil op haar twintigste zou trouwen, moest ik het nog vijftien jaar volhouden. Ik concentreerde me op mijn kinderen, ik las alle boeken die ik kon meesmokkelen naar mijn kamer. Ik telde de dagen. Mijn leven gleed voorbij en ik liep alles mis.

MABS

Mabs bedacht dat ze haar brandy nog niet had opgedronken en was daar blij om. Toen ze een grote slok nam, voelde ze die na alles wat ze gehoord had niet eens in haar keel branden. Stilletjes begon ze te huilen. Dat was niet haar bedoeling, maar het verhaal was te gruwelijk om het gelaten aan te horen.

'Ik heb je van streek gemaakt.' Mevrouw Finch legde een hand op haar schouder. 'Het spijt me. Wil je dat ik ophoud?'

Mabs schudde haar hoofd en veegde met de rug van haar hand langs haar neus. 'Het is uw taak niet om mij te troosten. U hebt 't allemaal moeten doorstaan. Ik leef gewoon met u mee, da's alles.' Ze nam nog een slok brandy en besefte daarna dat haar glas leeg was.

'Nog een?' vroeg haar mevrouw, alvorens het glas weer vol te schenken.

Mabs zette het neer. Het was geruststellend om de drank bij de hand te hebben, maar met drinken schoten ze niets op. 'Het gaat alweer. O, mevrouw. Ik snap niet hoe u dit zo lang voor zich hebt kunnen houden.'

ABIGAIL

Ik heb dit verhaal nog maar twee keer eerder verteld, Mabel. De eerste keer was tegen mijn voormalige beste vriendin. Toen de situatie op haar ergst was, zagen we elkaar voor het eerst sinds jaren op een diner waar ik van Lucius mee naartoe moest. Ik zag mijn kans schoon, trok haar mee de voorraadkast in en deed mijn relaas. Het duizelde me omdat ik de mogelijkheid kreeg om een vriendin in vertrouwen te nemen. Die arme Ella. Er was volgens mij geen touw aan vast te knopen.

Ze geloofde me niet. Althans, dat beweerde ze. Later die avond vertelde mijn echtgenoot me dat hij haar man kort daarvoor een belangrijke functie in zijn nieuwe bedrijf had aangeboden. Dat was de zoveelste klap voor me, terwijl ik op dat moment al het gevoel had dat ik niet dieper kon zinken. Ella en ik hadden altijd een hechte band met elkaar gehad. Als zij me zo aan mijn lot kon overlaten, kon ik er niet op vertrouwen dat iemand anders me wel zou geloven.

Ik speelde het spelletje weer mee en wachtte tot de tijd verstreek. Zo nu en dan moest ik toegeven aan de fysieke verlangens van mijn echtgenoot. Ik walgde van elke minuut, maar hij was tenminste nooit agressief en het duurde nooit erg lang. Hij nam altijd voorzorgsmaatregelen zodat ik niet zwanger zou raken – de beschamende details daarvan zal ik je besparen – maar desondanks werd Otty bijna op de kop af tien jaar na Charlie geboren. Het aftellen begon weer bij nul. Ik hield meteen van haar, maar door haar werd mijn straf aanzienlijk langer.

Tien jaar later keerde Jonathan terug naar Durham. Er kwamen me geruchten ter ore dat hij steenrijk was, nog steeds ongehuwd, en zich kandidaat had gesteld voor het parlement. Ik had niet verwacht hem nog eens te zien, maar op een middag stond hij onverwacht voor de deur. Mijn echtgenoot was op zijn werk. Ik deed afstandelijk, doodsbang voor alles waarvan Lucius me zou betichten als hij erachter kwam dat ik contact had gehad met Jonathan. Trouwens, ik wilde mijn oude, dierbare vriend niet eens zien. Voor mij belichaamde hij alles wat ik was kwijtgeraakt. Ik wilde niet dat hij een stortvloed van emoties bij me zou losmaken. Dus voerden we een kort, stijf gesprekje en hij vertrok weer.

Een week later kwam hij terug, en vanaf die tijd kwam hij elke week. Voor mij was dat een ongekend risico. Er hoefde maar één personeelslid tegen Lucius uit de school te klappen... maar dat gebeurde niet. Misschien mochten zij hem ook niet graag. Er bloeide weer een vriendschap tussen ons op – verder niets. Het was weer als vanouds. Hij straalde een bepaalde warmte uit, gaf me het gevoel dat ik hem kon vertrouwen.

Daarom deed ik nog een keer mijn verhaal. Hij geloofde me, Mabel, hij geloofde me zonder meer. Ik zei dat ik mijn kinderen nooit in de steek zou kunnen laten, maar dat ik hem eeuwig dankbaar zou zijn als hij een manier kon bedenken om me uit mijn netelige situatie te verlossen. Hij ging meteen met juristen praten over de rechten en plichten rondom het huwelijk. Daarnaast deed hij navraag naar Lucius' manier van zakendoen, in de hoop iets verdachts te vinden waarmee hij hem zou kunnen chanteren. Hij sprak hem aan tijdens sociale en zakelijke aangelegenheden om eventuele zwaktes aan het licht te kunnen brengen. Alleen bereikte hij er niets mee.

Tegen die tijd was Charlie dolverliefd op Felicia Browne en verwachtte ik dat hij zich elk moment zou kunnen verloven. Elfrida laat zich nooit in de kaarten kijken, maar ik had het sterke vermoeden dat zij ook een relatie had. Averil was nog ongebonden en Otty was natuurlijk te jong. Ik koos er nog steeds bewust voor om me koest te houden en mijn tijd uit te zitten tot Otty volwassen was. Mijn geduld werd echter danig op de proef gesteld en ik kreeg een affaire met Jonathan. Schrik je daarvan?

In die periode moest mijn echtgenoot regelmatig voor zaken naar Londen. Dan bleef hij drie of vier dagen aan een stuk weg. Achteraf bezien verbaast het me dat hij niet regelde dat dokter Broome elke dag poolshoogte kwam nemen of een gezelschapsdame in dienst nam. Volgens mij was dat pure gemakzucht. Hij wist hoe belangrijk de kinderen voor me waren, en Otty was nog zo jong. Ik denk dat hij dacht dat ik de strijd had opgegeven.

Dat was ook zo. Tot ik zag hoe onvermoeibaar Jonathan zich voor me wilde inzetten. Tot ik zag hoeveel hij om me gaf. Tot ik aan mezelf toegaf dat hij de man was met wie ik had moeten trouwen. Op dat moment was ik een gebroken vrouw, maar hij zag me voor vol aan, hij zag mogelijkheden voor me die ik bijna vergeten was.

Van de twaalf maanden dat Jonathan weer in mijn leven was hebben we er maar zes als geliefden doorgebracht. Hij was mijn rots in de branding. Door hem kreeg ik het gevoel dat ik op de een of andere manier het leven had opgeëist dat ik had moeten leiden. Ik leidde echter een dubbelleven, dat houdt niemand vol.

Ik keek uit naar de dagen dat Lucius er niet was. Wanneer hij thuis was, had hij het over de kanalen, over de mogelijkheden die je daar had om hogerop te komen, als je slim was. Ik besteedde er weinig aandacht aan. Opeens hielden de reisjes naar Londen echter op. Hij was voortdurend thuis en ging op een dag de confrontatie met me aan. Naar eigen zeggen was hij al twee maanden op de hoogte van de affaire, al heb ik geen idee hoe dat kan. In eerste instantie hadden zijn bezoekjes aan Londen verband gehouden met zijn werk in Durham, maar nadat hij over mijn misstap had gehoord, had hij daar een andere betrekking gezocht. De week daarop zouden we naar Londen verhuizen.

Die avond vertelde hij het aan de kinderen. Die waren er kapot van. Ze waren zo dicht bij een zelfstandig bestaan als volwassene.

Alle mensen die ze kenden en liefhadden woonden in Durham. Alles om mij bij Jonathan weg te houden. Lucius zei tegen de kinderen dat we gingen verhuizen omdat mijn gezondheid achteruitging en een verandering van omgeving me goed zou doen, én omdat er zich voor hem een geweldige kans had voorgedaan waardoor we allemaal steenrijk zouden worden. Natuurlijk was het onzinnig om ons allemaal uit onze vertrouwde omgeving weg te rukken. Toen ik hem smeekte er nog eens over na te denken, noemde hij als enige alternatief dat we de kinderen zouden vertellen dat ik een schandaal had veroorzaakt. Volgens hem had ik er met mijn vrijgevochten geest voor gezorgd dat de wereld van onze kinderen was ingestort.

Wederom werd ik bevangen door twijfel. Per slot van rekening had ik een affaire gehad. Die vluchtige uren had ik mezelf boven mijn gezin gesteld. Als iemand erachter kwam, zou het natuurlijk afgekeurd worden. Daar blonk Lucius altijd in uit, om de barstjes in mijn ziel te vinden en uit te buiten, om me aan het twijfelen te brengen, al was het maar een beetje. In feite wás er niet eens een schandaal. Niemand wist van de affaire af, behalve hij. We hadden kunnen blijven. Hij had Jonathan de toegang tot het huis kunnen ontzeggen en mij in mijn kamer kunnen opsluiten zodat de kinderen hun leven hadden kunnen voortzetten. Maar nee, hij haalde ons daar met duizelingwekkende efficiëntie weg. Binnen een week was onze volledige huisraad ingepakt en had het personeel zijn ontslag gekregen. Al die tijd bracht ik opgesloten in mijn kamer door. Ik kon Jonathan niet verwittigen.

Het was duidelijk dat de kinderen het me kwalijk namen, ook al lag dat ingewikkeld omdat ze me niet konden verwijten dat ik een slechte gezondheid had. Alleen Otty, die lieve, onschuldige schat, was verrukt over het vooruitzicht van een nieuw avontuur. Van het ene op het andere moment was ons leven voorbij. De toekomstplannen van mijn kinderen zijn maanden of zelfs jaren uitgesteld. En hij heeft me weggerukt bij Jonathan. Me honderden kilometers verderop weggestopt, met succes.

Toen we in Hampstead aankwamen, kreeg ik dit huis te zien, volledig ingericht, met de slaapkamers al verdeeld en het personeel al aangenomen. Op één persoon na. Ik kreeg te horen dat ik een gezelschapsdame zou krijgen, iemand die overdag bij me zou komen zitten. Een bewaker, in wezen. Daardoor viel ik terug in mijn oude gedrag. Ik huilde, schreeuwde, smeet dingen stuk. Ik wilde mijn echtgenoot kapotmaken, ik wilde mezelf kapotmaken, en mijn stomme leven dat ik over mezelf had afgeroepen door die ene ondoordachte beslissing toen ik een intens verdrietig meisje van negentien was. Maar ik kon niet zo boos blijven, niet terwijl ik zag dat jij daaronder leed en dat het niets aan mijn lot veranderde. Daarom heb ik mezelf er weer bij neergelegd om op deze manier te leven tot Otty volwassen is. Dan ga ik bij hem weg. Althans, dat ga ik proberen.

Lucius heeft het meesterlijk gespeeld, maar hij heeft één vergissing gemaakt, hoop ik. Toen hij een gezelschapsdame voor me zocht, is zijn keus op een onwaarschijnlijke kandidaat gevallen. Ze zag er sjofel uit en was uitgehongerd, had geen relevante werkervaring en kon niet eens lezen. Haar taalgebruik was, neem me niet kwalijk dat ik het zeg, stuitend. Daar werken we nu aan. Hij zocht geen gezelschapsdame, maar een spion, dus koos hij voor iemand die volkomen afhankelijk van hem zou zijn, die alles aan hem te danken zou hebben. Iemand die hier wel zou móéten blijven. Voor mij zou ze van weinig nut zijn, nog een manier om mij te irriteren. Maar hem zou ze erg goed van pas komen. Hij dacht dat hij de perfecte keus had gemaakt, en dat dacht ik ook.

Mabel, je was onervaren en naïef en had geen idee hoe je met me moest omgaan. Toen je eenmaal over de eerste schrik heen was, begon je echter na te denken. Je leek oprecht om me te geven. Je deed niet puur je werk, dat hoop ik tenminste. Ik heb mijn mening over jou al heel snel bijgesteld, vanaf de eerste keer dat je me verdoofd aantrof. Mijn echtgenoot gaf je toestemming om naar buiten te gaan om de omgeving te verkennen, maar je wilde me niet zo achterlaten. Dat hoorde ik. Voor mij was dat het begin van een belangrijke verandering.

Liefje, ik weet dat je niets voor me kunt doen. Je kunt er niet voor zorgen dat Otty van de ene op de andere dag tien jaar ouder wordt, je kunt niet tegen mijn echtgenoot ingaan en me bevrijden. Je bent een meisje van achttien dat al gebukt gaat onder een last waarmee je een roeiboot zou kunnen laten zinken. Ik verlang niets van je, Mabel, behalve dat je aan mijn zijde blijft. Ik kan niet eens van je vragen om me te geloven, want dat doe je of dat doe je niet. Zelfs als je me niet gelooft, dan sméék ik je om niet aan mijn man te vertellen wat ik tegen je gezegd heb.

MABS

Die nacht kon Mabs niet slapen en de volgende ochtend voelde ze zich verdwaasd. Hoewel het moeilijk te geloven was wat mevrouw Finch haar had verteld, dacht ze dat ze haar misschien tóch geloofde. Het was haar vrije woensdagmiddag, maar het voelde niet goed om haar mevrouw alleen te laten.

Daar wilde mevrouw Finch echter niets van weten. 'Hij mag vooral niet het vermoeden krijgen dat ik je in vertrouwen heb genomen,' drong ze aan. 'Zelfs al weet je nog niet goed wat je ervan moet denken, het is je vrije middag en je zusje is jarig. Als je plotseling weigert van mijn zijde te wijken, krijgt Lucius argwaan en raak jij je baan kwijt, Mabel, zo snel dat je niet weet wat je overkomt. Tot je zeker weet dat ik lieg en dat hij het recht aan zijn zijde heeft, moet je doen alsof er niets aan de hand is. Ik smeek het je.'

'Goed, mevrouw, maar dan kan u me ook beter geen Mabel meer noemen. Begrijp me niet verkeerd, ik vind 't erg prettig, maar 't geeft wel aan dat er wat veranderd is tussen ons. U bent me pas zo gaan noemen toen u weer bijkwam uit uw verdoving.'

'Goeie genade, dat had ik zelf niet eens door. Zo noem ik je in gedachten al een poosje, zie je. Daley klinkt veel te formeel, bijna afwijzend. Ik weet dat je jezelf Mabs noemt, maar Mabel is zo'n mooie naam.'

Mabs glimlachte. 'Zo noemde ons ma me altijd. Ze kon de anderen wel wurgen omdat die me Mabs noemden. Dan zie ik u morgenochtend weer, mevrouw.'

'Tot morgen, Daley.'

Peg was dolblij met haar geschenken en haar bescheiden feestje. Haar blijdschap zorgde ervoor dat Mabs iets rustiger werd. Naarmate de middag vorderde, begonnen de vragen echter als een draaimolen in haar hoofd rond te tollen, onophoudelijk en duizelingwekkend. Ze verlangde ernaar om iemand in vertrouwen te nemen. Zoals gewoonlijk kon dat echter niet, deze keer in hun beider belang.

Tijdens de wandeling naar huis was ze blij dat ze alleen was. Omdat het bijna zomer was, werden de dagen al langer en was het nog licht en een beetje warm. Eenmaal terug in Hampstead liep ze de heide op. Ze kon het nog niet aan om terug te gaan naar Willoughby Walk. Stel dat ze meneer Finch tegenkwam? Hun gesprekken voelden altijd al aan als een koorddans, maar nu zou het moeilijker dan ooit worden om met hem te praten. Ze vond een stukje droog gras om op te zitten en staarde in het invallende duister voor zich uit. Het kón niet waar zijn. Of toch wel?

Mevrouw Finch was geesteszsiek, daarom had Mabs deze baan gekregen. Haar mevrouw was onvoorspelbaar, opstandig, humeurig en egoïstisch. Ze had haar echtgenoot bedrogen. Haar eigen dochter was woedend op haar. Maar dat verhaal... Wie zou zoiets kunnen verzinnen? Aan haar stem te horen sprak ze de waarheid, dat viel niet te ontkennen. Of had ze, zoals meneer Finch zei, last van waanideeën?

Als dit waar was, was het bijna niet te bevatten. Meneer Finch... geen redder in nood, maar bekrompen, manipulatief, harteloos. Zijn vrouw was in wezen een gevangene die haar eigen welzijn opofferde om bij haar kinderen te kunnen blijven. En de toekomst... het was onmogelijk om daar een prettig gevoel over te hebben. Hoe zou dit goed kunnen aflopen?

En Mabs... wat was haar rol nu? Was ze niets meer dan een pion en zo ja, wiens pion was ze dan? Was het verkeerd om voor een man te blijven werken die zo met zijn vrouw omging? Was het gemeen om tegen hem te blijven glimlachen en te doen alsof er niets aan de hand was? Was dat egoïstisch? Was het verkeerd om hem met respect te behandelen? Ze kon mevrouw Finch in elk geval niet in de steek laten – maar stel dat er niets van waar was?

Ze kon zich er niet bij neerleggen, laat staan bedenken hoe het nu verder moest, zo lang er nog iets van twijfel in haar hart huisde. Hoe dan ook deugde er iets niet in huize Finch, zo erg dat Mabs er intens verdrietig van werd.

Drie dagen lang deed ze haar werk alsof ze werd omhuld door een dikke, donkere wolk. Alles kwam dof, somber en hopeloos op haar over. Wanneer ze meneer Finch zag, dacht ze: hij kán niet zo zijn, dat kán gewoon niet. Ze werd lusteloos, haar keel voelde rauw aan en de mist in haar hoofd wilde maar niet optrekken. In haar schedel dreunde een doffe pijn.

'Juffrouw Daley,' zei meneer Finch op een avond. 'Je lijkt jezelf niet. Heb je misschien iets onder de leden? In dat geval mag je gerust een dag of twee vrij nemen om uit te rusten en te herstellen.'

Mabs voelde tranen in haar ogen prikken. Hij was nog net zo vriendelijk als altijd, maar ze kon er geen genoegen mee nemen. 'Dat zal ik doen. Dank u, meneer,' zei ze met een brok in haar keel.

Toen ze de volgende ochtend tegen mevrouw Finch zei dat ze terug naar bed ging, keek die haar zonder iets te zeggen scherp aan. Mabs ging naar haar kamer en bleef daar de rest van de dag, de hele nacht en een groot deel van de dag daarop. Zo nu en dan kwam Lydia vragen of ze soep wilde, maar Mabs had geen trek. Ze lag maar te woelen in haar bed, terwijl de vragen als sterren om haar heen draaiden.

Sterren!

Opeens trok de mist in haar hoofd op en ging ze met een ruk rechtop zitten. Ze wist wat haar te doen stond: met Olive Westallen praten. Ja, dat zou erg indiscreet van haar zijn. Ja, het betekende dat ze het geheim moest doorvertellen van de vrouw die haar had gesmeekt het vóór zich te houden. Voor het eerst sinds Mabs naar Willoughby Walk was gekomen, kon het haar echter niets schelen. Het familiegeheim waarin ze verstrikt was geraakt woog zwaarder dan welke lading hout of ijs dan ook. Ze was achttien, ze had geen moeder meer en dit kon ze niet alleen aan. In het huis aan Willoughby Walk wist ze dan misschien niet wie ze kon vertrouwen, maar Olive vertrouwde ze wel.

Het was vier uur. Geen slecht tijdstip om op bezoek te gaan. Natuurlijk zou het kunnen dat Olive er niet was, maar Mabs kon niet meer wachten. Dit was de eerste keer in dagen dat ze helder kon nadenken. Binnen een paar minuten had ze zich opgefrist en rende ze de trap af, terwijl ze zich afvroeg of ze haar mevrouw moest laten weten dat ze wegging. Ze wilde niet dat iemand zou denken dat ze een wandelingetje ging maken terwijl ze zogenaamd ziek was. Maar stel nou dat mevrouw Finch merkte dat ze een slecht geweten had? Nee, ze kon haar nu niet onder ogen komen.

In de hal trof ze Averil voor de spiegel aan. Ze raakte haar haar aan en staarde verwonderd naar haar spiegelbeeld. Haar jurk was maagdenpalmblauw en er lag een aantrekkelijke blos op haar sproetige wangen. Toen Mabs zich de hal in haastte, schrokken ze allebei van elkaar.

'O! Juffrouw Daley! Hemeltje, je liet me schrikken. Ik was net… mijn haar aan het fatsoeneren!'

'U ziet d'r vandaag beeldschoon uit, juffrouw, als ik zo vrij mag zijn.'

O, Daley.' Averil liet zich op een van de onderste traptreden zakken. 'Zo voel ik me ook! Ik heb net geluncht met Toby Elias en…'

'O, u bent verliefd, juffrouw!' Er ging een flits van Kip Millers gebruinde gezicht en stralende glimlach door haar hoofd.

'Dat klopt! Ik hoop dat het niet lang meer zal duren voordat hij… maar laat ik maar niet op de zaken vooruitlopen. Juffrouw Daley, beloof je dat je niets tegen mijn ouders zult zeggen? Ik heb voor mijn beurt gesproken, maar je overviel me tijdens een moment van verwondering.'

Nóg een geheim voor een van die verrekte Finches!

'Natuurlijk, juffrouw. Al denk ik dat ze d'r erg blij mee zullen zijn.'

'O, dat weet ik wel zeker. Het is alleen zo… wonderbaarlijk! Ik durf er niet over te praten, uit angst dat mijn droom dan in rook zal opgaan. Ik wacht liever tot hij daadwerkelijk heeft gevraagd of ik…'

'Ik begrijp 't, juffrouw. Goed, ik zal u niet langer storen. Ik heb erge hoofdpijn en dacht dat wat frisse lucht me misschien goed zou doen.'

'Ik had al gehoord dat je je niet goed voelde. Het spijt me dat ik er niet naar gevraagd heb. Voel je je al iets beter?'

'Volgens mij wel. Dat wil zeggen, ik heb weer wat meer kracht in m'n benen. Als ik nou nog 's van die hoofdpijn af kan komen, voel ik me vast weer zo fit als een hoentje.' Ze haastte zich naar buiten voordat er nog een Finch kon opduiken die haar in vertrouwen wilde nemen.

Hemeltje, Averil hoopte op een aanzoek. Dat zou voor mevrouw Finch één dochter minder zijn om zich zorgen om te maken. Als haar verhaal tenminste waar was. O, wat was het toch vreselijk om al je gedachten in twijfel te moeten trekken!

Mabs had geluk. Olive was thuis en Mabs werd verwelkomd door haar en haar ouders. Clover zat aan haar moeders voeten op de vloer met Jems oude tol te spelen. De kapitein knoopte een gesprek met Mabs aan over het ijstransport. Hij was meerdere malen kapitein geweest van een schip dat de zeshonderd zeemijl van Londen naar Noorwegen had afgelegd.

'In Oslo zijn de winters altijd koud en droog. Er is ook weinig vervuiling, daardoor is hun ijs van zulke goede kwaliteit. Kristalijs, noemen ze het daar. Wordt die term ook op de werf gebezigd, juffrouw Daley?'

Mabs was dankbaar omdat hij haar toesprak als een gelijke. Op elke andere dag had ze graag urenlang met hem gepraat en naar zijn verhalen over het leven op zee geluisterd, maar nu was ijs verdorie wel het laatste waar ze het over wilde hebben!

Olive merkte al snel hoe onrustig ze was en stelde voor om een wandeling door de tuinen te maken. Clover krabbelde meteen op om met hen mee te gaan.

'Wat is er aan de hand?' vroeg Olive, direct als altijd, toen ze alleen waren onder de lichtblauwe hemel, omringd door de grillige vormen van de magnoliatakken.

'O, juffrouw!' riep Mabs, die het eindelijk allemaal te veel werd. Ze liet zich op een sierbankje tegenover een perk met lavendelstruiken zakken. Er stond een stenen zonnewijzer tussen en er zoemden bijen in het rond. Het was zo'n vredig tafereel dat ze wel tussen die struiken zou willen kruipen om een maand te slapen. Ze sloeg haar handen voor haar gezicht. 'Het is te vreselijk voor woorden. Zoiets ergs heb ik van m'n leven nog niet gehoord, en dat wil wat zeggen.' Ze barstte in tranen uit. Na de dood van haar moeder had ze nooit meer gehuild, maar dit was al de tweede keer in enkele dagen tijd.

'Clover, liefje, ga jij eens kijken of er elfjes te vinden zijn,' stelde Olive voor. 'Op zo'n prachtige dag zullen ze vast buiten zijn, denk je niet? Wel in de buurt blijven, zodat ik je kan zien.'

Het meisje ging iets verderop de bloemperken verkennen, ver genoeg weg zodat Mabs zich iets minder bezwaard voelde om haar naargeestige verhaal te vertellen.

Olive ging naast haar zitten en sloeg een arm om haar heen. 'Is er iets met een van de kinderen, of met je vader?' vroeg ze zacht.

'Nee, 't gaat om de familie Finch. Het is allemaal zo... vreemd... en ik kan niet eens...' Door de tranen lukte het niet om verder te praten.

'Rustig maar, liefje,' zei Olive. 'Huil eerst maar eens goed uit, dan gaan we dit daarna tot op de bodem uitzoeken.'

Toen haar tranen opdroogden, kreeg Mabs het gevoel dat ze uit een lange tunnel kwam. Olive zat er nog, geduldig te wachten. Zonder het zelf te beseffen was Mabs tegen haar aan gezakt. Nu ging ze rechtop zitten en veegde haar gezicht af.

Olive overhandigde haar een zakdoek, haalde haar arm van Mabs' schouders en pakte in plaats daarvan haar hand beet. 'Vertel het me maar.'

Mabs ademde diep en luidruchtig in. 'Ik weet niet waar ik moet beginnen, juffrouw. Olive. Als eerste moet je weten dat ik dit niet met je zou mogen bespreken. Dat zouden meneer en mevrouw Finch niet willen. Je moet weten dat ik me altijd fatsoenlijk gedragen heb. Ik heb nooit niks doorverteld waarvan ze hadden gezegd dat dat niet mocht.

Ik ben... discreet geweest, integer, en alle dingen waarvan ie zei dat ik ze moest zijn als ik de baan wou hebben. Ik heb altijd 't beste met ze voorgehad. Ik wil dat je dat weet.'

'Dat weet ik, Mabs. Dat is overduidelijk.'

'Dan begrijp je wel hoe erg 't moet zijn, omdat ik toch hun schokkendste geheimen aan je vertel.'

'Heel erg, neem ik aan.'

'Ja. Ik ben bang dat d'r iemand gevaar loopt, alleen niet zoals bij 't kanaal, waar d'r wat op je hoofd of op je voet kan vallen. Ik weet niet goed wat ik d'r van moet denken en ik sta d'r maar alleen voor, Olive. Het wordt me te veel.'

'Dan doe je er goed aan om een vriendin in vertrouwen te nemen. Als er iemand gevaar loopt, moet diegene geholpen worden. Als jij daar niet toe in staat bent, moet er iemand anders bij betrokken worden. Vertel het me nu maar, liefje. Eerlijk gezegd heb ik je nog nooit zo bleek gezien.'

Zodoende vertelde Mabs haar het hele verhaal, precies zoals ze het gehoord had, maar dan korter. 'Zelfs mevrouw Finch verwacht niet dat ik d'r geloof,' sloot ze af. 'Toch geloof ik d'r volgens mij wel, maar dat zou betekenen dat... dat...'

'Dat je werkgever, de man van wie je afhankelijk bent voor je levensonderhoud, een monster is. Dat de kans ontzettend klein is dat je je baan, die zo idyllisch leek en waar je zo blij mee was, nog lang kunt behouden. Dat je mevrouw in een nachtmerrie leeft, terwijl jij verantwoordelijk bent voor haar welzijn. En dat je gelukkige tijd op Willoughby Walk voorbij is. Geen wonder dat je hersenen zich ertegen verzetten. En als je haar niet zou geloven?'

Mabs voelde weer tranen in haar ogen opwellen. 'Volgens mij is dat niet eens een optie meer. Alleen wou ik dat 't niet waar was.'

'Natuurlijk.'

'Ik moet 't vragen, Olive. Wat denk jij d'r van? Geloof je 't?'

'Absoluut,' zei Olive zonder aarzelen.

'Zo eenvoudig?'

Olive glimlachte. 'Ik heb altijd al een slecht voorgevoel gehad over meneer Finch, Mabs.'

'Echt waar?'

'Ja, zelfs al voordat ik hem persoonlijk ontmoette. Sterker nog, jij was degene die me erop attent maakte dat er iets niet deugde in dat huishouden. De eerste keer dat ik je zag was je zo gespannen, zo op je hoede toen je het over je werk had, terwijl het in eerste instantie aardig perfect klonk. Ik vroeg me af of je verlegen was door mij, vanwege mijn sociale status en al die onzin. Je had me daarvoor echter al over je familie verteld, en op dat moment was je ontspannen en straalde je warmte uit. Toen je het over je werkgevers had, was dat een ander verhaal. Niemand zou zo bang hoeven zijn om iets verkeerds te zeggen. Daarnaast was er nog de kwestie dat hij mijn vader wilde ontmoeten. Nou zijn er tientallen mannen die net zo hebzuchtig zijn als hij, en dat zijn heus niet allemaal slechte echtgenoten. Toch vind ik het altijd een akelige karaktertrek. En ik heb hen ontmoet, Mabs. Als zij niet goed bij zinnen is, dan ben ik met tien mannen getrouwd. Ze is niet overgevoelig voor prikkels, ze is intelligent. Ze heeft geen waanideeën, ze ziet waarheden waarvan hij niet wil dat ze die ziet. En ze is niet zwak, integendeel, zelfs. Terwijl hij... Welnu, aan hem was weinig bijzonders op te merken. Alleen al de ongelijke verhoudingen tussen hen waren voor mij genoeg om argwaan te krijgen. Toen ze een paar dagen geleden hier kwamen lunchen, werden al mijn vermoedens bevestigd. De spanning tussen hen was om te snijden. Het ging verder dan een normale echtelijke twist, al had ik nooit kunnen denken dat het zo erg was. Ik kies geen partij voor haar omdat ik me als vrouw met haar verbonden voel, Mabs. Ik vertrouw op mijn intuïtie.'

'O.' Mabs liet haar schouders zakken en voelde zich opeens uitgehongerd, terwijl ze dagenlang geen hap door haar keel had kunnen krijgen. 'O, Olive. Ik besef nu pas hoe hard ik 't nodig had om dat te horen. Als je had gezegd dat 't onmogelijk was, of zelfs onwaarschijnlijk, dan had ik me heel erg... alleen gevoeld.'

'Omdat je diep in je hart, verborgen onder je angst en verwarring en de eigenaardigheid van deze kwestie, weet dat het waar is.'

'Ja.'

'Liefje, het is nooit goed om je alleen te voelen. We hebben allemaal iemand nodig om de geneugten des levens mee te delen, en iemand op wie we een beroep kunnen doen in tijden van nood. Dan rest ons nog de vraag: wat moeten we nu doen?'

MABS

Het probleem was niet makkelijk op te lossen, zelfs niet voor Olive. Zij was er in eerste instantie een voorstander van dat mevrouw Finch haar kinderen meteen zou achterlaten.

'Ik ben nu zelf moeder, dus ik begrijp het best!' riep ze uit. 'Maar in hemelsnaam, die kinderen zijn ouder dan jij, liefje! En nogal egoïstisch en verwend, naar ik begrepen heb. Ze kunnen zich prima redden zonder hun moeder. Natuurlijk is Otty er ook nog. Zij is een heel ander verhaal... Nou ja, zo eenvoudig is het dus niet.'

'Nee,' verzuchtte Mabs. 'Zelfs al zou mevrouw Finch weglopen, dan nog zou ze haar kinderen missen. Zouden die d'r geloven als ze de waarheid vertelde? Dat zou meneer Finch nooit accepteren. Die zou proberen ze tegen d'r op te zetten.'

'Ja, dat verwacht ik ook. En dan zou Otty nog jaren alleen met haar vader opgescheept zitten.'

'Maar hij is dol op Otty. Hij is tenminste wel een goeie vader.'

Olive trok haar wenkbrauwen op. 'Afgezien van het feit dat hij hun moeder mishandelt. Afgezien van het feit dat hij hen heeft weggerukt uit hun leven in Durham om haar te straffen. En afgezien van het feit dat hij Otty naar een andere school stuurt waar ze een ander meisje van haar kunnen maken. Mabs, ik durf wel te stellen dat ik niet graag zou zien dat Otty alleen bij die man bleef wonen. Enfin, dit kunnen we vandaag niet oplossen. Je moet naar huis gaan en met Abigail praten. Zorg dat ze weet dat ze er niet alleen voor staat en dat ze je kan vertrouwen. Dat zal haar enorm goeddoen. In de tussentijd denk ik er verder over na.'

Ze stonden op en Mabs nam in gedachten verdrietig afscheid van het perk met lavendel, die oase van rust in een gecompliceerd leven. 'Bedankt, Olive. Ik had dit niet alleen aangekund, echt niet. Eerlijk gezegd heb ik weinig zin om terug te gaan.'

Olive keek haar ernstig aan. 'Ik weet het. Zelf vind ik het ook geen prettige gedachte dat jij in dat huis woont. Maar als je nu weggaat...'

'Dat kan niet, dat weet ik. Om d'r te beschermen moet ik doen alsof d'r niks aan de hand is. Het komt wel goed, zo lang ie me maar niet doorheeft.'

'Dan zul je moet acteren, schat. Je dagelijkse leven moet een acteerprestatie worden waar Ruth Herbert jaloers op zou zijn.'

'Wie?'

'Een beroemde actrice, liefje. Je moet continu op je hoede zijn. Kom naar mij toe wanneer je behoefte hebt aan troost en laten we hopen dat je dit niet lang hoeft vol te houden.'

'Mag ik af en toe hier komen zitten? Tien minuten maar, bij de lavendel?'

Olive leek precies te begrijpen wat ze bedoelde. 'Natuurlijk. Wat mij betreft is mijn lavendel ook jouw lavendel.'

'Bedankt. En Olive, maak je maar geen zorgen om Clover. Angie hing ook zo aan mij toen ons ma net overleden was. Ze trekt wel weer bij.' Ondanks haar eigen zorgen was het Mabs niet ontgaan hoe aanhankelijk Clover was geworden en hoe vermoeid Olive eruitzag. Het was niet makkelijk, wist Mabs.

'Dank je,' verzuchtte Olive. 'Het wordt me allemaal een beetje... te veel, eerlijk gezegd. Ik voel me bijna mezelf niet meer en ben de hele tijd zo moe. Maar ach, ik heb er zelf voor gekozen, denk ik dan maar. En ik hou ontzettend veel van haar.'

Het begon al te schemeren. Mabs had niet doorgehad dat ze zo lang was weggebleven, maar voelde zich wel opgelucht. Als iemand het onmogelijke kon doen en een oplossing kon vinden voor mevrouw Finch, was Olive het wel. Terwijl ze de heuvel af liep, bedacht ze hoe ze alles de komende uren en dagen zou aanpakken.

Eenmaal terug in Willoughby Walk rechtte ze haar schouders en ging naar binnen. De hal lag er net zo uitnodigend bij als altijd, alleen lukte het haar niet om naar het portret van mevrouw Finch in haar lilakleurige japon te kijken. Ze liep naar de deur van de werkkamer van meneer Finch en klopte aan. Als ze nu niet naar hem toe ging, zou ze het nooit meer doen. Bij het horen van zijn stem werd ze misselijk, maar ze ging toch naar binnen. 'Goeienavond, meneer,' zei ze opgewekt. 'Hopelijk stoor ik niet.'

'Helemaal niet, juffrouw Daley. Voel je je al beter?'

'Ja, meneer, daarom ben ik hier. Morgen ga ik weer aan 't werk. Vanmiddag heb ik wat frisse lucht opgesnoven en m'n hoofdpijn is bijna over. Nog een nacht goed slapen, dan heb ik vast nergens last meer van.'

'Uitstekend! Daar zal Abigail blij om zijn.'

'Zal ik onderweg naar m'n kamer bij d'r langsgaan om 't te zeggen, meneer?' Ze had al besloten om zich zo open en meegaand mogelijk op te stellen, zodat hij zou denken dat hij nog steeds de touwtjes in handen had.

'Dat is erg attent van je, juffrouw Daley. Een prettige avond.'

Met een diepe zucht van opluchting trok ze de deur achter zich dicht. Bravo, Mabs, zei ze tegen zichzelf. Dat had Ruth Hoe-heet-ze-ook-alweer niet beter kunnen doen.

Maar hemeltje, wat was ze blij dat ze bij hem weg was. Het voelde alsof er over heel haar lichaam beestjes krioelden.

Het volgende moment hoorde ze zijn stem. 'O, juffrouw Daley?'

Ze stak haar hoofd weer naar binnen. 'Ja, meneer?'

'Ik wil nog even zeggen dat ik goed nieuws heb ontvangen. Dokter Broome heeft zijn agenda een paar dagen vrijgemaakt om bij ons op bezoek te komen. Hij is hier over vier dagen.'

Haar maag keerde zich zowat om, maar ze glimlachte zo opgewekt mogelijk. 'Hemeltje! Da's goed nieuws. Logeert ie hier in de buurt?'

'Nee, hier bij ons. Hij is niet alleen arts, maar ook een vriend van de familie. Ik laat mevrouw Webb de logeerkamer voor hem in orde maken.'

Duizelig stommelde ze de trap op. Haar hoofdpijn was weer in volle hevigheid terug. Alles veranderde ook zo snel.

Mevrouw Finch zat bij het raam, in een lange blauwe kamerjas. Toen ze zag dat Mabs binnenkwam, glimlachte ze. 'Ik had je vanavond niet verwacht.'

'Ik wou alleen even zeggen dat ik me weer beter voel, mevrouw, en dat ik u morgenochtend weer gezelschap kom houden.'

'Dank je, Daley. Zijn de afgelopen twee dagen... nuttig geweest?'

Mabs deed de deur achter zich dicht en liep verder de kamer in. 'De afgelopen dagen heb ik alles op een rijtje gezet. Ik wil dat u weet dat ik elk woord geloof dat u gezegd hebt, mevrouw. Ik blijf bij u en zal u helpen waar ik kan.' Ze deinsde bijna terug toen ze de intense opluchting op het gezicht van mevrouw Finch zag. Daarna ging ze tegen de vensterbank geleund staan en pakte haar hand beet. 'Mevrouw, ik heb u twee dingen te vertellen. Wilt u eerst 't slechte nieuws, of 't nieuws dat in eerste instantie slecht lijkt, maar juist heel goed is?'

Mevrouw Finch lachte zwakjes. 'Dat klinkt me allebei niet goed in de oren.'

'Dan maar eerst 't slechte nieuws. Dokter Broome komt hier over vier dagen heen.'

'O god.' Ze deed haar ogen dicht.

Mabs kon zich niet eens indenken wat voor herinneringen en angsten er nu door haar heen gingen. 'Ik wist niet of ik 't moest vertellen...'

'Bedankt dat je me waarschuwt. Daar ben ik blij mee.'

'Ik blijf d'r bij, mevrouw. Nu ik weet hoe 't zit, laat ik u niks overkomen. Ik weet nog niet precies hoe we dit gaan oplossen, maar dat moet en zal gebeuren.'

'Dank je. En het andere nieuws?'

'Nou, vandaag heb ik wat gedaan, mevrouw. U zal wel even boos op me worden, maar denk d'r alstublieft goed over na. Dan zal u zien dat 't juist goed is.'

'Wat heb je gedaan, Daley?'

'Ik ben naar Olive Westallen gegaan en heb d'r alles verteld.'

De verschrikte uitdrukking op het gezicht van de andere vrouw zou bijna komisch kunnen zijn, als het niet zo schrijnend was.

'Wacht even, mevrouw. Luister even naar me, voordat u zegt wat d'r allemaal door u heen gaat. U zit vast. U ziet geen uitweg. Jonathan ook niet. Zelf kan ik al helemaal niks verzinnen. Ik kan u wel troost bieden, maar eerlijk gezegd heb u daar weinig aan. Hébt, bedoel ik. Ik kan u niet helpen, niet echt. Juffrouw Westallen misschien wel. Ik vertrouw haar, mevrouw Finch, net zoals u en ik elkaar nu moeten vertrouwen. We kunnen dit niet alleen aan, we hebben een vriend of vriendin buiten dit huis nodig. Dus ik wil d'r geen kwaad woord over horen. Wilt u nou een beter leven, of niet?' Met bonkend hart wachtte ze af.

Haar mevrouw ademde zwaar en beet op haar lip. 'Wat zei ze?' vroeg ze uiteindelijk schor.

'Zij gelooft u ook, mevrouw. Ik hoefde d'r niet eens te overtuigen. Ze zei dat ze altijd al 't idee had dat er iets niet deugde aan meneer Finch. Ziet u wel, ze is slimmer dan ik. Zij vindt ook dat u in een lastig parket zit, maar als ik u was, zou ik veel liever hebben dat zij met me meedacht dan ik. Dus zeg alstublieft dat u d'r blij mee bent.'

'Lieve kind,' zei mevrouw Finch. 'Ik ben God dankbaar dat Hij je naar me toe heeft gestuurd. Ik had het vertrouwen in Hem allang laten varen, weet je. Maar dat mijn verlosser is gekomen in opdracht van mijn man, vrijwel uitgehongerd, analfabeet en binnengewaaid vanaf de werf... dat is zo poëtisch dat er wel een hogere macht in het spel moet zijn.'

Mabs trok haar neus op. 'Ik weet niet of ik mezelf wel een verlosser zou noemen, mevrouw. Da's nogal wat.'

'Inderdaad, en ik wil de last op je jonge schouders niet nog zwaarder maken. We blijven samen, jij en ik, en vertrouwen op God en Olive Westallen.'

OLIVE

Geen wonder dat ik er zo tegen opzag om kennis te maken met de familie Finch. Ergens moet ik hebben aangevoeld dat ik hopeloos verstrikt zou raken in de zaken van die familie en dat dat niets was om me op te verheugen.

De ochtend nadat ik met Mabs heb gepraat trek ik stevige schoenen aan en ga wandelen. Vroeg, terwijl Clover nog ligt te slapen en mama op haar past. Op dit tijdstip heb ik de heide vrijwel helemaal voor mezelf. Aan luchtige gesprekjes heb ik nu geen behoefte.

Over het algemeen is het goed dat er wetten bestaan, bedenk ik, maar soms kunnen goede mensen daardoor geen kant op. Hoewel geen enkel systeem perfect is, zou er iets geregeld moeten zijn voor vrouwen in dit soort situaties. De wetgevers zouden heel anders tegen vrouwen moeten aankijken. Dat een vrouw met de kwaliteiten van Abigail Finch zo lang heeft moeten lijden, in de wetenschap dat niemand haar echt zou kunnen helpen omdat de wet zo veel waarde hecht aan het woord van een man… Daar gaat mijn bloed van koken. Als mijn stichting eenmaal is… nou ja, gesticht, ga ik me inzetten voor de rechten van vrouwen.

Het verhaal van Abigail verkilt me tot op het bot. Net als ik was ze intelligent en beschikte ze over een fortuin en, ongetwijfeld, een liefhebbende familie. Die dingen bieden dus niet de ondoordringbare bescherming die ik ervan verwachtte. Door één slechte beslissing in de nasleep van een tragedie nam haar levenspad een noodlottige wending. Zodra ze ervoor had gekozen om met Lucius Finch te trouwen, kon haar familie haar niet meer beschermen. Haar fortuin werd zijn eigendom. Zíj werd zijn eigendom. Dat had mij ook kunnen overkomen, als de omstandigheden me ertoe hadden gebracht om een man te huwen die dat niet waard was. Ik dank de hemel, de sterren en elke hogere macht die er is dat ik dat niet heb gedaan, dat mijn leven nog steeds van mij is.

Het is een stralende ochtend. Deze late voorjaarszon is de beste die er is, een dromerige warmte die nog niet tot bloei is gekomen. De lucht is helder en in de bomen klinkt de roep van merels, lijsters, winterkoninkjes en vinken... een weelde aan zangvogels. Al snel heb ik rode wangen en ben ik buiten adem. Het doet me goed om op de heide te zijn. Ik been tegen Parliament Hill op en kijk om me heen. Londen strekt zich aan mijn voeten uit.

Daar ligt Highgate, waar de Blythes zich bezighouden met waar de Blythes zich ook mee bezighouden – in Rowena's geval waarschijnlijk in de spiegel kijken. Daar ligt Belsize Park, waar de weduwe Lake haar eenzame bestaan uitzit met haar enige overgebleven bediende. En daar ligt mijn dierbare Hampstead, waar Julia Morrow zich niet meer zo eenzaam voelt nu ze Jem heeft. Daarginds zal wel de richting zijn waar Mabs vandaan komt, evenals Clover. Arme Mabs. Ik kan me niet indenken hoe het moet zijn om in dat huis te wonen, te weten wat zij weet, en een opgewekt gezicht te moeten opzetten voor die man. Dat kan niet veel langer zo doorgaan. Ik bedenk dat er in heel Londen op dit moment vrouwen en meisjes zijn, rijk en arm, slim of minder slim, die lijden onder hun thuissituatie. En dat de wetgever zich daar allerminst om bekommert, vanuit de overtuiging dat mannen rechtschapen en superieur zijn. Dat is zo ver bezijden de waarheid dat het me de adem beneemt.

'Goedemorgen! Juffrouw Westallen, als mijn ogen me niet bedriegen.'

Wanneer ik me met een ruk omdraai, zie ik Lionel Harper vanuit westelijke richting de heuvel op lopen. 'Mijn hemel, meneer Harper! Wat een verrassing. Hoe maakt u het?'

'Prima, dank u. Wat een prachtige ochtend.'

'Dat is het zeker. U bent er vroeg bij.'

'Mijn werkdag begint om negen uur. Als ik frisse lucht wil opsnuiven en iets van de natuur wil zien, moet ik dat ofwel heel vroeg, of heel laat doen.' Hij komt naast me staan en kijkt naar het uitzicht.

'Komt u vaak naar de heide voordat u gaat werken?'

'Naar de heide of naar Regent's Park. Het verbaast me dat ik u niet eerder ben tegengekomen. Al had ik u tot een week geleden natuurlijk niet herkend.'

'Ik ga zelden zo vroeg de deur uit. Over het algemeen begin ik de dag liever rustig, met een kop thee en een boek. Deze ochtend was echter te mooi om te weerstaan.'

'Hoe dan ook, ik ben blij u te zien.' Hij glimlacht naar me en ziet er inderdaad érg blij uit.

Het zou kunnen dat ik er een beetje van bloos. Hopelijk ziet het eruit alsof die blosjes zijn veroorzaakt door de inspanning van het wandelen.

'Mijn secretaris heeft u de sleutels gestuurd, neem ik aan?'

'Zeker. Nogmaals bedankt, meneer Harper. Ik heb het pand al bezichtigd en het voldoet uitstekend.'

'Dat is prettig om te horen. Hoe staat het ervoor met de plannen?'

Ik vertel hem het laatste goede nieuws. Er is namelijk vijfhonderd pond gedoneerd door een rijke vrouw die erbij heeft gezegd dat het gebruikt dient te worden voor beroepsopleidingen voor jonge vrouwen. Het doet me goed om meneer Harper goedkeurend te zien knikken. Veel mannen zien vrouwen liever in hun traditionele rol en vinden alleen bepaalde beroepen geschikt voor hen, als ze dan toch met alle geweld willen werken. Gouvernante, verpleegster, gezelschapsdame... kijk eens wat Mabs dát heeft opgeleverd!

In een vlaag van optimisme die volgens mij wordt veroorzaakt doordat ik eens een gesprek voer dat niet over de familie Finch gaat, besluit ik hem iets toe te vertrouwen. 'Weet u, meneer Harper, ik beschouw mezelf als een weldenkend mens en misschien vindt u het vreemd wat ik nu ga zeggen, maar op belangrijke momenten in mijn leven gebruik ik weleens waarzegkaarten.' Ik bereid me erop voor om uitgelachen of neerbuigend toegesproken te worden.

'Wat interessant.' Hij kijkt me enthousiast aan. 'Bedoelt u tarotkaarten, juffrouw Westallen?'

'Nee, het zijn orakelkaarten. Ze lijken op de kaarten van Lenormand, maar het is een oudere set, van Engelse herkomst.'

'Fascinerend. Alleen de illustraties zijn vast al een bron van inspiratie. Gebruikt u ook weleens de *I Tjing*, het oude Chinese wijsheidsboek?'

'Ah, het *Boek der veranderingen*! Nee, al heb ik dat in het verleden wel gedaan. Ik heb een nicht die erbij zweert. Gebruikt u het?'

'Ik vond het van onschatbare waarde toen ik mijn bedrijf oprichtte en gebruik het nog steeds wanneer ik een nieuwe richting insla. Tegenwoordig wordt er met minachting naar gekeken, daar ben ik me terdege van bewust, maar het is duizenden jaren lang een invloedrijk werk geweest. Men zegt dat we nu rationeler zijn. Zelf betwijfel ik dat. Volgens mij valt er nog veel te leren van de oude beschavingen, de Egyptenaren en de Chinezen, maar zijn we te zelfvoldaan om dat toe te geven.'

De wind blaast een lok haar in mijn gezicht. 'Volkomen waar! Het is zo arrogant om te denken dat wetenschap en profetie niet samengaan, om niet te kunnen accepteren dat er twee uiteenlopende waarheden bestaan en vol te houden dat er maar één waarheid is.'

'We hebben veel met elkaar gemeen, juffrouw Westallen. Maar neem me niet kwalijk dat ik u onderbrak. U had het over uw kaarten.'

'Ja. Ik wilde nog zeggen dat ik een kaartlegging heb gedaan met betrekking tot de stichting. De kaarten voorspelden niets dan goeds. U hebt een goede investering gedaan!' Ik lach.

'Daar twijfel ik niet aan. Juffrouw Westallen, het was me een genoegen u weer te zien. Nu moet ik gaan, anders kom ik te laat. Dat lijkt me geen goed begin als ik als mentor wil optreden binnen uw stichting. Vindt u het goed als ik een keer bij u op bezoek kom, zodat we verder kunnen praten? Helaas moet ik er wel bij zeggen dat ik zelden voor zes uur klaar ben met werken. Dat is niet de meest geschikte tijd om op bezoek te gaan.'

'Heel graag! Ik ben benieuwd naar de invloed van de *I Tjing* op uw zakelijke beslissingen. Je komt niet vaak iemand tegen die zulke middelen op een intelligente manier inzet. We zijn geen overdreven formeel huishouden, meneer Harper, dus komt u gerust langs wanneer het u uitkomt. Mijn ouders zijn me erg tot steun wanneer het om de stichting gaat en zouden graag kennismaken met een van de weldoeners. Mijn moeder houdt zich bezig met de organisatie van een bal om het project meer naamsbekendheid te geven. Zouden u en uw echtgenote misschien ook willen komen?'

'Voor mijn echtgenote kan ik niet spreken, want die heb ik niet. Maar het zou me een waar genoegen zijn.'

Het verbaast me dat zo'n bewonderenswaardige man geen echtgenote heeft, maar ik ben er ook blij om, ondanks alle redenen waarom het me niets zou moeten uitmaken. Natuurlijk mag ik nu niet aan een huwelijk denken, niet nu ik weet wat Abigail is overkomen en nu ik Clover heb. Ik moet niet alleen mezelf beschermen, maar ook haar. Als ik papa mag geloven, dan staat Clover dit soort vooruitzichten toch in de weg. Desalniettemin keer ik een stuk opgewekter terug naar Polaris House, met een glimlach om mijn mond. De dans van de aantrekkingskracht is onweerstaanbaar en van alle tijden. Zolang ik niets onherroepelijks doe, zie ik niet in waarom ik er niet van zou genieten.

MABS

Mabs wilde voor het ontbijt bij Olive op bezoek gaan, maar kreeg te horen dat die een wandeling op de heide was gaan maken. Aangezien de heide te groot was om haar te gaan zoeken, liet Mabs een briefje achter om te laten weten dat dokter Broome binnenkort zou komen.

De dagen daarna kropen voorbij. Mabs en mevrouw Finch schrokken van elk geluidje. Hoewel ze er amper de energie voor konden opbrengen, zetten ze hun dagelijkse wandelingen voort om de schijn op te houden en de druk van het wachten te verlichten. Het was prachtig, onbewolkt weer. Op de uitgestrekte heide was het aangenamer toeven dan op straat, tussen de huizen.

De tweede dag kwamen ze Olive tegen en liepen een eindje met haar op. Nadat ze Abigail stevig had omhelsd, leidde ze hen af met nieuws over de Westallen Foundation. Haar plannen kwamen op stoom en haar gezelschap beurde hen op, al was het jammer dat er zo'n groot contrast was met hun eigen geheimzinnigheid en benauwende leven.

'Ik zeg pas iets over uw dilemma wanneer ik iets zinnigs te melden heb,' zei Olive toen het tijd werd om elkaar gedag te zeggen. 'Ik zie niet in waarom u alles zou moeten horen wat er gaandeweg in me opkomt. Ik zeg het wanneer ik iets positiefs heb mee te delen, en daar laat ik het bij. Ondertussen is het belangrijk dat u probeert de moed erin te houden.'

'Dat begrijp ik,' zei mevrouw Finch. Met een lijkbleek gezicht schudde ze Olive de hand. 'Dat is erg vriendelijk van u.' Somber sjokten ze terug naar huis.

Op de vierde dag konden ze het nergens anders over hebben dan wanneer dokter Broome zou arriveren en krompen ze telkens wanneer er op de deur werd geklopt in elkaar. Hij kwam echter niet. Op de vijfde dag was het nog erger. Toen Mabs om zeven uur meneer Finch hoorde thuiskomen, kon ze er niet meer tegen. 'Ik ga met 'm praten, mevrouw,' kondigde ze aan. 'Ik doe alleen m'n werk.' Ze haastte zich naar beneden, voordat hij zich op het eten of zijn papierwerk zou kunnen storten.

'Ha, juffrouw Daley,' zei hij toen hij haar zag. 'Dat is al een paar dagen geleden. Hoe is het in de tussentijd gegaan?'

'Dat zat ik ook net te denken, meneer, dat 't al een paar dagen geleden is.' Ze bleef in de deuropening staan en probeerde er nonchalant uit te zien. 'Ik zal u niet lang ophouden, meneer. Ik wou alleen even zeggen dat alles rustig is geweest. We hebben een paar mooie wandelingen over de heide gemaakt. Niks bijzonders te melden, meneer, maar daar hoopte u vast al op.'

'Inderdaad, juffrouw Daley, het doet me goed dat te horen. Dank je.'

'Graag gedaan, meneer. Kan ik verder nog wat voor u doen, nu ik d'r toch ben?'

'Niet dat ik weet. Gaat het goed met jou, en met je familie?'

'Prima, dank u.' Ze draaide zich om alsof ze weg wilde gaan. 'O, meneer, wanneer komt de dokter eigenlijk? Die uit Durham, over wie u 't had?'

'O ja, dat had ik nog willen zeggen. Er is iets verdomd vreemds gebeurd. O, neem me niet kwalijk. Iets heel merkwaardigs, zou ik beter kunnen zeggen. Kom even binnen en doe de deur achter je dicht, wil je?'

Ze deed wat haar was opgedragen, terwijl haar maag in opstand kwam door alle dingen die dat 'heel merkwaardigs' kon inhouden.

'Ik had hem gisteren verwacht.' Meneer Finch wreef over zijn voorhoofd, waardoor er een rode afdruk achterbleef. 'Vanmorgen kreeg ik echter deze brief.' Hij zwaaide met een vel crèmekleurig briefpapier naar haar. 'Er staat in dat hij met pensioen is! Natuurlijk is hij inmiddels ook al een jaar of zeventig. De afgelopen tijd hebben we echter veel contact gehad, en hij heeft nooit gezegd dat hij zoiets van plan was. Hoe kan hij zo plotseling van gedachten zijn veranderd? Hij heeft het erover dat hij een optrekje aan de kust gaat kopen, in Scarborough.'

Mabs had het gevoel dat ze tegelijkertijd moest lachen en huilen. Ze moest al haar emoties als een vuist ballen om ze voor hem te verbergen. 'Wat jammer, meneer. Al is 't wel goed nieuws voor de dokter zelf, moet ik zeggen. Ach, gelukkig gaat 't weer goed met mevrouw Finch, ze is erg stabiel.'

'Ja. Voor het geval dat ze nog een terugval krijgt, zou ik graag iemand vinden die er net zo over denkt als dokter Broome, maar dat valt niet mee. Dokters zijn er genoeg, maar een goede dokter is zeldzaam... Enfin, we kunnen er nu het beste voor zorgen dat Abigail stabiel blijft. Ik stel voor dat we haar afschermen voor nog meer sociale contacten.'

'Prima, meneer.'

Nu de onmiddellijke dreiging van dokter Broome was weggevallen, daalde er een rust over het huis neer. Meneer Finch maakte weer lange dagen op kantoor. Mabs en mevrouw Finch brachten de tijd lezend en wandelend over de heide door en hadden zo nu en dan een uitje verder uit de buurt. Ze bezochten London Zoo, gingen naar een middagvoorstelling van Gilbert en Sullivan en maakten een wandeling over de Thames Embankment. Londen was volkomen nieuw voor mevrouw Finch en ook Mabs had de stad nog nooit op deze manier gezien. Over deze avonturen zeiden ze niets tegen meneer Finch.

Mevrouw Finch bleef aan Mabs' uitspraak werken. Ze corrigeerde elk foutje, zonder zich erom te bekommeren dat ze haar in de rede viel. Hoewel Mabs haar enorm dankbaar was, vond ze het zo nu en dan ook irritant. Het zou fijn zijn als ze soms gewoon eens kon uitpraten. Met zo'n strenge lerares kon ze echter niet ontkennen dat haar spraak er sneller op vooruitging dan ze zich ooit had kunnen voorstellen.

Otty zag er de laatste tijd bleek en bedachtzaam uit. Haar moeder en Mabs vroegen meermaals wat eraan scheelde, maar Otty hield vol dat het goed met haar ging. Soms vergezelde ze hen na school op een uitje en kreeg ze weer iets van de sprankeling in haar ogen terug. Mabs hield haar nauwlettend in de gaten, maar vroeg niet door. Uit ervaring wist ze dat Otty het haar zou vertellen wanneer zij daar klaar voor was, niet eerder.

Hoewel ze bij niemand op bezoek gingen, kwamen ze Olive een paar keer tegen op de heide. Zij had een verklaring voor het onverwachte pensioen van dokter Broome.

Omdat Olive had geweten dat er haast bij was, had ze het met haar vader besproken. 'Ik weet het, zo verspreidt het geheim zich steeds verder,' zei ze bij het zien van het angstige gezicht van mevrouw Finch, 'maar u kunt erop vertrouwen dat mijn vader anders is dan andere mannen. Zijn rechtvaardigheidsgevoel kent zijn weerga niet. En hij zou u nooit, maar dan ook nooit verraden. Hij is meteen naar Durham afgereisd om dokter Broome op te zoeken. Hij was net op tijd, want dat smerige beest was al aan het inpakken voor zijn reis naar het zuiden.'

Door de haast die geboden was had kapitein Westallen geen tijd gehad om bewijs tegen de dokter te vergaren. Dat wist dokter Broome echter niet. De kapitein had zijn uniform niet gedragen en een valse naam opgegeven. Hij had gezegd dat hij onderzoek deed namens de medische tuchtraad, omdat er meerdere klachten waren ingediend door voormalige vrouwelijke patiënten van de dokter, en zelfs door twee van hun echtgenoten. Hij had een dik dossier meegenomen, waarvan hij hoopte dat de dokter het niet zou willen inzien. Omdat de kapitein volop kloppende details kon noemen over zijn wanpraktijken en de dokter een slecht geweten had, plaatste hij nergens vraagtekens bij. In plaats daarvan smeekte hij om genade, toonde berouw en probeerde zijn gedrag goed te praten.

De kapitein was onverbiddelijk geweest.

'Mijn vader is een geweldige man, maar hij kan ook erg autoritair zijn,' vertelde Olive. 'Als het moet, is hij keihard.'

De arts zou voor de rechter gesleept worden, beweerde hij. Zijn naam zou in het hele land op een zwarte lijst komen te staan. Hij zou veroordeeld worden en zijn pensioen moeten slijten in een smerige, bedompte gevangeniscel. 'Een man die zo ernstig misbruik van zijn positie heeft gemaakt zal niet hartelijk ontvangen worden door de criminelen en schurken daar,' had hij er fijntjes bij opgemerkt. 'Voor een man van uw leeftijd kan dat al spoedig een ongelukkig einde betekenen.'

De dokter smeekte nog even verder. Hij was aangemoedigd en bedreigd door gewetenloze echtgenoten, bezwoer hij. Met dat soort zaken liet hij zich allang niet meer in. Hij had ingezien dat hij fout zat. Het speet hem verschrikkelijk. De tranen stroomden uit zijn fletse blauwe ogen en zijn oude lichaam sidderde.

De kapitein toonde geen greintje medeleven met hem. 'Denk eens aan de vrouwen die u zogenaamd hebt behandeld. Denk eens na over wat u hebt gedaan.'

'Ik heb er spijt van! Ik heb overal spijt van! Kan mijn straf niet worden kwijtgescholden? Is er geen manier om dit vreselijke lot te vermijden?' vroeg de dokter huilend.

De kapitein bleef lange tijd onbewogen en bleef de dokter aan zijn wandaden herinneren. Uiteindelijk leek hij zich te laten vermurwen. Er was één manier waarop de dokter zijn straf zou kunnen ontlopen.

Hoe dan, wilde dokter Broome weten. Hij had er alles, maar dan ook alles voor over.

De kapitein zou hem met rust laten, maar enkel en alleen als hij onmiddellijk met pensioen ging en niet naar de familie Finch of naar Hampstead toe zou gaan. Hij mocht geen vragen stellen of inlichtingen inwinnen.

Als de familie Finch dit ter ore kwam, zou de zaak alsnog voor de rechter komen. Datzelfde gold als hij ooit nog een vrouw zou 'behandelen' of een collega of een echtgenoot zou adviseren.

De arts ging ermee akkoord. Zijn carrière was voorbij.

'Uw vader is een goed mens,' zei mevrouw Finch met een brok in haar keel. 'Dat hij zich al die moeite voor mij heeft getroost, terwijl hij me niet eens kent, niet écht. Hoe kan ik hem ooit bedanken, juffrouw Westallen?'

'Dat hoeft niet. Papa is een groot filantroop. Hij kan net zo goed een vriendin helpen, een buurvrouw, als de anonieme massa. Het onmiddellijke gevaar heeft hij uitgeschakeld, maar u zit nog steeds in een lastig parket. Bedank ons maar wanneer we dát hebben opgelost!'

'Waren al die dingen die je vader zei maar waar, Olive,' zei Mabs. 'Na wat die dokter heeft gedaan, wou ik dat er écht een onderzoek naar hem was ingesteld, dat ie door 't slijk was gehaald en dat ie was gerecht.'

'Berecht,' corrigeerde mevrouw Finch haar afwezig.

'Mabs, lieverd,' zei Olive, 'daar hebben we nog alle tijd voor.'

OTTY

Op zondag hebben we een merkwaardig ontbijt in huize Finch. Papa is prikkelbaar, ik voel me ellendig en mama is erbij. Op zondag luncht ze altijd met ons samen, maar aan het ontbijt verschijnt ze zelden. Charlie is nergens te bekennen. Elfrida staart somber voor zich uit. De laatste tijd doet ze niets anders. Behalve dan wanneer ze bezoek krijgt, dan is ze zo bekoorlijk als een madeliefje. Averil is onrustig. Haar handen fladderen steeds als witte vlinders over de tafel heen alsof ze iets wil pakken, maar dan verandert ze weer van gedachten en legt ze ze in haar schoot. Zou ze weer op dieet zijn?

'Wat is er toch, Averil?' vraagt mama als Averil het zoutvaatje omstoot en zich een hoedje schrikt. 'Je bent zo rusteloos.'

Mijn zuster kijkt haar opgewekt aan. 'Dat klopt, mama. Er is niets ergs aan de hand. Ik heb nieuws, maar ik wacht liever tot Charlie er is, zodat ik het aan jullie allemaal tegelijk kan vertellen.'

'Je maakt me nieuwsgierig, hopelijk haast hij zich,' zegt mama. 'Heb jij Charlie vanmorgen al gezien, Lucius?'

Papa bromt van niet.

Ik kijk hem ongelukkig aan. Sinds ons grote meningsverschil heb ik geen fatsoenlijk gesprek meer met hem gevoerd. Natuurlijk hebben we elkaar wel welterusten en goedemorgen gewenst en gevraagd of de ander alsjeblieft de peper kon aangeven. Het einde van het trimester komt in rap tempo dichterbij. Edina en ik kijken allebei met angst en beven uit naar de dag dat ik weg moet van de academie.

Ik heb altijd ontzettend veel van papa gehouden. Ik vond hem altijd liefdevol en vriendelijk, alles wat een vader behoort te zijn. Door onze laatste twee gesprekken ben ik echter aan iedereen in dit gezin gaan twijfelen. Waarom is Elfrida altijd zo boos? Waarom wonen we hier? Waarom is papa niet aardiger voor mama? Neem nou vanmorgen. Ze is naar beneden gekomen in een mooie jurk met de kleur van een ochtendhemel. Ze doet haar best om het gesprek gaande te houden en er een gezellig ontbijt van te maken. Als ze echt zo ziek was en hij zich zo veel zorgen om haar maakte, zou je toch denken dat hij zou opfleuren van dit soort ochtenden.

Mabs en mama hebben allebei gemerkt dat ik ongelukkig ben, maar hoe kan ik hen nou in vertrouwen nemen? Papa zorgt zo goed voor hen. Hoe kan ik me over hem beklagen zonder over te komen als een verwend nest? Stel dat ze het met hem eens zijn over mijn opleiding? Hoewel het huis vol zit met mensen, voel ik me eenzaam.

Mama zoekt een paar keer toenadering tot Elfrida, maar die reageert zo kortaf dat het gewoonweg onbeschoft is.

'In hemelsnaam, Freds!' roep ik uit. 'Wat mankeert jou toch? Zo was je vroeger nooit!'

Ze heeft het fatsoen om een kleur te krijgen en haar excuses aan te bieden.

Averil pakt de karaf met water, maar beseft dan dat haar glas nog vol is.

'En waar blijft Charlie nou toch?' vervolg ik. Ik wil dat ze zich allemaal gedragen zoals het een normaal gezin betaamt. 'Anders is hij nooit zo laat en ik ben benieuwd naar Averils nieuws. Zal ik hem gaan halen?'

Mama kijkt papa aan, en hij haalt zijn schouders op.

Soms zou ik willen dat papa en Elfrida gewoon weggingen.

'Waarom ook niet?' zegt mama. 'Ga maar naar boven, Otty. Zeg dat hij haast maakt.'

Ik ren de trap op naar Charlies kamer en klop aan, maar er komt geen reactie. Ik ga naar binnen, in de verwachting dat de gordijnen dicht zullen zijn en dat Charlie nog ligt te slapen. Tot mijn verbazing zijn de gordijnen echter open en staat het raam op een kier. Ik frons mijn wenkbrauwen. Misschien is hij een wandeling gaan maken. Pas wanneer er een briesje door het open raam naar binnen waait en met een dichtgevouwen vel papier op het bed speelt, merk ik de brief op. Op de buitenkant staat 'familie' gekrabbeld. Daar val ik ook onder, dus kijk ik wat erin staat. Ik kan mijn ogen niet geloven. 'Mama!' brul ik, terwijl ik de trap af draaf. 'Papa! Hij is weg!' Ik vlieg de eetkamer in, waar vier gezichten geschrokken naar me opkijken.

'Otty! Waarom schreeuw je zo?' vraagt papa. 'Dat doen dames niet!'

'Wat kan mij dat nou schelen! Charlie is weg!' Ik smijt de brief voor hem neer op tafel.

Hij begint te lezen, terwijl de anderen niet stil kunnen zitten van nieuwsgierigheid. Nadat papa klaar is – het is maar een korte brief – geeft hij het vel papier door aan mama.

'Lees eens voor!' smeekt Elfrida.

Dat doet mama.

Beste ouders, Freds, Averil en Otts,

Ik ben bij zonsopgang vertrokken. Felicia en ik kunnen niet langer zonder elkaar. Haar familie is nog steeds op onze relatie tegen. Ze vinden ons te jong en mij niet voornaam genoeg. Volgens mij waren ze blij toen we uit Durham vertrokken. De maanden zonder elkaar hebben ons echter alleen maar zekerder gemaakt van onze gevoelens. Ik wil benadrukken dat onze vlucht niets met jullie te maken heeft. Jullie zijn geweldig en we hadden jullie er op onze huwelijksdag graag bij gehad. Haar familie is moeilijk in de omgang. Daarom gaan we samen weg. De volgende keer dat ik jullie zie neem ik mevrouw Charles Finch mee. Maak jullie geen zorgen! Alles is geregeld.

Liefs, C.

'Goeie genade!' Elfrida ziet er ontredderd uit. 'Goeie genade!'

Opeens krijg ik medelijden met haar. Charlie en zij zijn altijd twee handen op één buik geweest. Het verbaast me dat hij zelfs háár niets over zijn plannen heeft verteld. Ik zie dat Freds in tweestrijd staat. Natuurlijk wil ze dat hij gelukkig is, maar ze zal ook wel gekwetst zijn. Wie had gedacht dat hij zo daadkrachtig kon zijn? Ik ben best trots op mijn broer.

'Goeie genade!' fluistert ook Averil, met een rood aangelopen gezicht. 'Goeie genade,' herhaalt ze, alsof er vanochtend geen andere uitdrukking beschikbaar is voor ons. Dan voegt ze eraan toe: 'Uitgerekend nu!'

Als ik mama's gevoelens aan de hand van haar gezichtsuitdrukking zou moeten raden, zou ik daar minstens veertig pogingen voor nodig hebben, dus geef ik me gewonnen en kijk naar papa.

'Heel onverstandig.' Hij staat op en gooit zijn servet op tafel. 'De familie Browne zal het hem alleen maar lastig maken en hij hoeft van hen geen rooie cent te verwachten. Alsof er niet volop geschikte meisjes zijn in Hampstead.'

'Ja, maar... Charlie hóúdt van Felicia,' probeert Freds hem te vermurwen. 'Zij is altijd de enige voor hem geweest.'

'Ik ga naar mijn werkkamer,' zegt papa. 'Vóór de lunch wil ik niet gestoord worden.' Snel loopt hij de kamer uit.

'Maar papa...' begint Averil. 'O, hij is al weg.'

Ze ziet er zó teleurgesteld uit dat ik opsta om haar te omhelzen. Daarna doe ik hetzelfde bij Freds, ook al vind ik haar soms stomvervelend. Tot slot omhels ik mama. Ik voel haar hart door het lijfje van haar jurk heen heel snel kloppen. 'Wat vindt ú ervan, mama?' vraag ik. 'Denkt u dat dit goed is?'

'Ja,' zegt ze zonder aarzelen. 'Ze zijn altijd een prachtpaar geweest en zullen samen erg gelukkig worden. Maak je geen zorgen, Elfrida, binnenkort zie je hen weer, daar kun je van op aan. Charlie zou nooit ver bij jou vandaan gaan wonen.'

Freds knikt dankbaar.

‘En Averil…’ vervolgt mama. ‘Arme schat. Je had nieuws voor ons en nu is Charlie weg en heeft papa zich voor de rest van de ochtend teruggetrokken. Wil je tot de lunch wachten of het nu aan ons vertellen?’

‘Vertel het nu maar, Avs!’ smeek ik.

‘Zal ik?’ Ze kijkt om zich heen.

Mama knikt bemoedigend en zelfs Elfrida slaagt erin inschikkelijk te kijken.

‘Nou, het gaat om het volgende.’ Averil haalt diep adem. Haar ogen schitteren, haar gezicht is helemaal vlekkerig en ze glimlacht. ‘Ik ben verloofd.’

‘Wát?’ roepen we in koor. Elfrida pakt haar linkerhand om die te inspecteren: geen ring.

Dan steekt Averil haar hand tussen haar kraag en trekt een gouden kettinkje onder haar mooie perzikkleurige lijfje vandaan. Daaraan hangt een gouden ring met de grootste diamant die ik ooit heb gezien.

Omdat Elfrida het kettinkje niet stuk wil maken, leunt ze zo dicht naar onze zuster toe dat haar neus bijna in Averils decolleté verdwijnt. ‘Wíé?’ wil ze weten. Ik kan zien dat zelfs zij onder de indruk is van de diamant.

Averil maakt het kettinkje los en geeft de ring aan mama. ‘Toby Elias,’ zegt ze. ‘Hij heeft me gisteravond gevraagd. Ik hoopte er al dagen op. Hij gaat later nog naar papa toe om hem om mijn hand te vragen. Hij wil alles volgens het boekje doen, maar ik kon niet wachten. Dus misschien is het maar goed dat papa er nu niet bij is.’ Ze is buiten adem van opwinding.

Mama heeft tranen in haar ogen. Volgens mij weet ik wel hoe dat komt. Nu ben ik de jongste thuis, maar vóór mij is Averil dat lange tijd geweest. Omdat Charlie al zo lang verliefd is en omdat Elfrida een echte dame is, is het makkelijk om niet verder te kijken dan Averils jonge leeftijd en sproeten en haar eerlijk gezegd zelfs als een beetje sloom te bestempelen. Maar hier zit ze dan, waardig, trots en zo gelukkig dat ik er zelf ook tranen van in mijn ogen krijg. We omhelzen haar alle drie en zeggen aardige, gewichtige dingen, zelfs Freds.

OLIVE

Ik ben samen met Clover door de tuinen aan het wandelen en aan het genieten van de zonovergoten ochtend wanneer mama me komt opzoeken. 'Olive!' roept ze vanaf de andere kant van de tennisbaan. 'Schat, ik heb nieuws!'

Ik zwaai en loop naar haar toe.

'Pompon!' piept Clover onderweg. Ze wijst naar een hommel, zo dik en pluizig dat hij eerder lijkt te zweven dan te vliegen.

Mama komt me tegemoet bij de stenen fontein. In het water staat een standbeeld van de godin Diana met haar boog gespannen.

'Wat wilde u vertellen, mama?' Ik geef haar een kus.

'Dag, liefje. Nou, het volgende. Agatha vertelde me zojuist dat ze verloofd is. Ze heeft haar ontslag ingediend en gaat ons over een maand verlaten.'

'Agatha? Bedoelt u Anne, soms?'

'Nee, al begrijp ik wel waarom je dat vraagt. Per slot van rekening heeft Anne sinds we haar kennen het ene na het andere liefje versleten.'

'Haar relatie met Colin zal vast ook geen lang leven beschoren zijn,' mijmer ik. 'Maar... Agatha? Met wie dan?'

'Ene meneer Dean. Een drapenier uit Primrose Hill. Hij was al een halfjaar bezig haar het hof te maken en dat heeft ze goed stil weten te houden. Maar ze lijkt er gelukkig mee en haar besluit staat vast, dus we zullen ons moeten aanpassen, schat. We zullen een gepast verlovingsgeschenk voor hen kopen en gaan op zoek naar een nieuw dienstmeisje.'

'Mama!' zeg ik ademloos. 'Een dienstmeisje uit de familie Daley?'

'Daar zat ik wel aan te denken.' Ze glimlacht. 'Het bespaart ons op zijn minst de moeite van het adverteren. Welke van de zusters van juffrouw Daley heb je in gedachten, Olive?'

'Jenny, de oudste. Op Mabs na, dan. Zo te horen is ze zachtaardig, intelligent en volwassen voor haar leeftijd, vijftien jaar. Ze ziet slecht, door de karige verlichting bij hen thuis. Misschien kunnen we haar een bril laten aanmeten.'

'Voortreffelijk. Ik laat het aan jou over om het te regelen.'

'Laat álles maar aan mij over, mama! O, wat zal het fijn zijn om Mabs weer goed nieuws te vertellen. En mama, voordat ik met haar ga praten, wil ik nóg een plannetje met u bespreken.'

'Waarom verbaast me dat nou niet?' vraagt mama droogjes. 'Wat dan?'

Terwijl we terug naar het huis wandelen, doe ik mijn idee uit de doeken.

Ze zucht, maar geeft me dan haar zegen. Ook biedt ze aan Clover in bad te doen, omdat mijn dochter verhit en bezweet is en haar handen vol heeft met rozenblaadjes. 'Mijn rozenstruik heeft ze toch al een kopje kleiner gemaakt, dus dan kan ze net zo goed de blaadjes in het badwater strooien.' Mama zit vol met goede ideeën.

'Lijkt je dat niet heerlijk, liefste?' Ik buk me om Clover een kus op haar hoofd te geven. 'Zul je lief zijn?'

Tot mijn opluchting belooft Clover dat en gaat gewillig mee.

Ik zoek Agatha op om haar van harte te feliciteren en zet vervolgens koers naar mijn werkkamer, met de bedoeling om de boeken van de stichting door te nemen. Door het lastige parket waarin Abigail Finch verkeert, kan ik mijn gedachten er echter niet bij houden. Hoe vervelend ik het ook vind om mijn vader hiermee te belasten, binnenkort zal ik hem weer om hulp moeten vragen. Anders dan ik bemoeit hij zich niet graag met andermans zaken, maar ik heb nog geen elegante oplossing kunnen bedenken. Wilde plannen heb ik wel volop: Abigail zou zogenaamd naar een sanatorium kunnen vertrekken, maar in werkelijkheid een teruggetrokken bestaan kunnen leiden in de Zwitserse bergen. Het sanatorium zou alleen een correspondentieadres zijn voor haar kinderen. Abigail en Otty zouden midden in de nacht kunnen vluchten en zich onder een andere naam in Zuid-Frankrijk kunnen vestigen. Ik zou contact kunnen opnemen met Jonathan zodat Abigail er met hem vandoor kan gaan en een bigamisch leven kan leiden terwijl Otty haar opleiding afmaakt op de zolderverdieping van Polaris House. Aan al die plannen moet nog flink geschaafd worden, daar ben ik me van bewust.

Gelukkig word ik van mijn eigen gedachten gered doordat Anne me komt vertellen dat er bezoek voor me is. Het is Mabs, die over een griezelig goed gevoel voor timing blijkt te beschikken.

'Nog nieuws, Mabs?' vraag ik wanneer ze binnenkomt.

'Een heleboel!' Dan vertelt ze dat Averil Finch verloofd is en dat Charlie Finch van huis is weggelopen om te trouwen. Er hangen verbazingwekkend veel trouwplannen in de lucht. Het zal wel aan de zomerse temperaturen liggen.

'Dat zijn dus twee kinderen minder voor wie ze in dit huwelijk hoeft te blijven,' merk ik op.

'Dat dacht ik ook meteen. Nog maar twee te gaan, van wie d'r in feite maar één echt belangrijk is. Otty, bedoel ik dan, natuurlijk.'

'Tja, zij zal waarschijnlijk niet op korte termijn gaan trouwen. Ik geef het niet graag toe, maar ik heb nog steeds geen oplossing gevonden. Op een ander vlak heb ik echter wél goed nieuws te melden.'

'Wat dan?'

'Laten we in de tuin gaan wandelen,' stel ik voor. 'Dit nieuws kan ik het beste in de zon brengen, niet in een oude, benauwde werkkamer.'

Eenmaal buiten vertel ik haar dat Agatha ons gaat verlaten en dat we Jenny in haar plaats willen aannemen.

Mabs' gezicht is goud waard. Ze barst in tranen uit, maar het zijn duidelijk tranen van vreugde. 'Neem me niet kwalijk,' zegt ze ademloos, terwijl ze langs haar gezicht veegt. 'Telkens wanneer ik hier kom, moet ik huilen. Maar Jenny... hier! Van alle huizen waar ze terecht had kunnen komen. Als er één plek op de wereld is waardoor ik weet dat ik me nooit meer zorgen om haar zal hoeven maken, is 't hier wel. Bedankt, Olive. Duizendmaal dank. Ik hoop alleen dat je je nergens toe verplicht voelt, omdat je mij kent. Als je iemand anders zou willen aannemen, zou ik je dat nooit niet kwalijk nemen. Nooit, bedoel ik.'

'Nonsens. Ik hoop vooral dat ze al snel kan beginnen, zodat Agatha haar nog tijdens haar opzegtermijn kan inwerken. We gaan ervoor zorgen dat ze een bril krijgt, zodat ze niet bang hoeft te zijn dat haar ogen nog verder achteruitgaan, en natuurlijk zijn de arbeidsvoorwaarden erg gunstig. Ik moet nog even met papa overleggen voordat ik je alle details geef, maar je weet dat ze hier goed af is. En dan nog iets. Ik wil dat Angeline met haar meekomt.'

'Angeline? Onze Angie, bedoel je?'

'Ja. Als speelkameraadje voor Clover.'

'Olive, dat kun je niet doen! Dat is veel te veel gevraagd. Dat doe je alleen omdat ik 't ben, toch?'

'Nee, echt niet. Luister eens.' We zijn aangekomen bij het bankje bij de lavendelstruiken waar we laatst ook zaten. 'Kom, ga zitten. Dit wordt een vrolijker gesprek dan het vorige dat we hier gevoerd hebben. Ik doe dit niet voor jou, dat zweer ik. Het feit dat ik jou ermee ontlast is alleen mooi meegenomen. Clover is te veel op zichzelf. Ze is altijd in het gezelschap van volwassenen, en de laatste tijd vooral van mij. Otty is de jongste persoon die ze kent! Ik ken wel een of twee dames met jonge dochters, maar die hebben overduidelijk een afkeer van ongehuwde moeders en meisjes met een achtergrond zoals die van Clover.'

'O, Olive! Hoe kúnnen ze? Wat vreselijk.'

'Ach, mij kan het geen zier schelen, maar bedankt. Het maakt de situatie met Clover alleen wel erg ingewikkeld. Ik denk echt dat het haar goed zou doen om een vriendinnetje van haar eigen leeftijd te hebben. Zodra je me over je familie vertelde, dacht ik al dat Angeline een lief speelkameraadje voor haar zou zijn. Ik durfde het niet voor te stellen omdat ze nog wel erg jong is om alleen naar een groot nieuw huis te komen. Als Jenny hiernaartoe komt, zou Angie echter ook mee kunnen komen, nietwaar? Dan zou ze met haar grote zuster onder één dak wonen. Je kunt ervan op aan dat ik haar net zo zal behandelen als Clover. Ik zal haar niet mijn dochter noemen, want ze heeft al een vader en de herinnering aan een moeder die zielsveel van haar hield. Ze heeft geen ouder nodig, maar wel scholing, zorg en kansen, die ik haar met alle liefde wil geven. Clover Westallen en haar gezelschapsmeisje, Angeline Daley,' mijmer ik. 'Dat klinkt goed, vind je niet?'

Mabs slaat haar armen om me heen en barst weer in snikken uit. Tegen de tijd dat ik klaar ben met die arme meid is ze vast zo uitgedroogd als een rozijn.

MABS

Op woensdag ging Mabs naar huis en voerde haar zusters mee naar hun nieuwe leven. Nu was Peg degene die haar de grootste zorgen baarde. Voor twee van haar zusjes werd er nu gezorgd, maar Peg bleef als enige meisje achter in Mushroom Court, waar ze als een moeder voor Matty moest zorgen terwijl haar vader en broer aan het werk waren. Er zat echter niets anders op. Dit was waarschijnlijk de enige geschikte plek die ze ooit voor de vierjarige Angie zouden vinden. Er kon beter een van de oudere meisjes bij de jongens achterblijven dan zij. Desalniettemin leek het wreed, omdat Peg van hen allemaal nog het meest van mooie, elegante dingen hield.

'Jouw kans komt nog wel, lieverd,' zei Mabs voor vertrek. Ze pakte haar zusje bij haar armen en keek haar doordringend aan. 'Dat beloof ik. Het wordt perfect.'

Peg knikte, maar toen ze hen uitzwaaide, zag Mabs de tranen achter haar opgewekte glimlach.

Ik moet iets doen om haar op te beuren, dacht Mabs. En snel ook!

Over Jen of zelfs over Angie maakte ze zich geen zorgen, ook al kwam hun leven plotseling op zijn kop te staan. Omdat Angies beentjes nog te kort waren om de wandeling aan te kunnen, nam ze hen in een huurrijtuig mee naar Polaris House. Eenmaal aangekomen leek het alsof ze Olives huis door hun ogen weer voor het eerst zag. In het zachte licht van de namiddagzon zagen de erkers, het torentje en de puntige daken er magischer uit dan ooit.

Angie stak haar duim in haar mond.

'Gaan we hiér wonen?' fluisterde Jenny. 'Lieve help.'

Mabs nam hen mee naar binnen en stelde hen voor aan Olive, die er stralend uitzag in een glanzende auberginekleurige zijden jurk met ruisende rokken. Jen en Angies haveloze kleding stond in schril contrast met de weelderige inrichting. Ze lijken wel vogelverschrikkers, dacht Mabs, terwijl ze vertederd naar hen keek.

Het volgende moment kwam mevrouw Westallen binnen met Anne, om de meisjes mee te nemen voor een warm bad en schone kleren, en haastte Mabs zich weer naar mevrouw Finch toe.

Ze zag hen pas weer op zondag, met Pinksteren. Die dag was er een grote jaarmarkt op de heide en alle Daleys zouden komen, behalve pa. Mabs was al vroeg uit de veren om hen tegemoet te lopen. Terwijl ze op haar tenen door het huis liep, zag ze Otty's slaapkamerdeur op een kier staan.

Zachtjes klopte ze aan. Door de kier zag ze Otty in haar witte nachtjapon op het bed zitten, heel erg stil. Ze klopte nog eens en ging naar binnen. 'Otty? Alles in orde, liefje?'

Otty draaide zich met een wezenloze blik in haar ogen naar haar toe en knikte.

'Ben je ziek? Kan ik wat voor je doen?'

Otty glimlachte zwakjes en schudde haar hoofd. 'Het gaat wel. Ik heb slecht geslapen.'

'Wat vervelend. Waarom ga je straks niet mee naar de jaarmarkt, met mij en de kinderen? Volgens Olive is dat heel leuk. *Happy Hampstead,* noemen de mensen 't hier, zei ze. Dat komt uit een liedje.'

'Ja, misschien doe ik dat wel. Dank je, Mabs.'

'Zullen we rond 't middaguur afspreken bij de poort aan Spaniards Road? Dan heb je alle tijd om ook te komen. Door de frisse lucht en 't vertier ben je vast zó weer opgeknapt.'

'Goed. Doe iedereen maar de groeten van me.'

Toen Mabs Jenny en Angie zag, kon ze haar ogen amper geloven. Jenny had natuurlijk een uniform, maar vandaag droeg ze een kostuum dat Olive voor haar had gekocht, op basis van Mabs' beschrijving van haar uiterlijk en figuur. Het was dof blauwgrijs van kleur, haalde het blauw in haar ogen naar voren en bestond uit laagjes katoen en mousseline, passend bij het weer. Ze droeg een rond brilletje waardoor ze niet meer zo ingespannen keek. Angie had een rood met zwart geruite jurk van tarlatan aan, met zwarte schoentjes die ze telkens voor zich uit stak, met haar tenen gestrekt, alsof ze zelf niet kon geloven hoe deftig ze eruitzag. Peg was de enige zuster die nog steeds een smoezelige, gehavende oude jurk droeg.

Mabs was intens dankbaar voor haar eigen vooruitziende blik toen Jenny haar een in papier verpakt pakketje overhandigde. 'Dit is voor jou, lieverd,' zei Mabs tegen Peg.

'Wat is het?' vroeg Peg. Toen ze het openmaakte, gleed er een groene mousseline jurk met een patroon van witte takjes uit.

'Hup, achter de bosjes, dan gaan we je omkleden,' zei Mabs grijnzend. 'Ik heb 'm uit één stuk laten maken, zodat ie makkelijk aan te trekken is. We willen niet dat half Hampstead je in je ondergoed ziet staan!'

'Maar... maar... hóé?' Die arme Peg klemde de jurk vast alsof die haar elk moment weer afgenomen kon worden.

'Ik heb Olive gevraagd ook een jurk voor jou te bestellen toen ze er een voor Jen aan 't regelen was. Ik heb 'm uit eigen zak betaald, ook al wou ze dat niet. Ik wou niet dat jij de enige zou zijn die niks moois om aan te trekken had, op deze bijzondere dag.'

'Jeetje, Mabs, je bent de beste zus die d'r is!' jubelde Peg. Ze dook weg achter de bosjes en kleedde zich razendsnel om.

Toen ze in haar nieuwe zondagse goed was uitgedost, bracht Mabs haar haar in model en trok het zilveren kettinkje met het hoefijzer onder haar jurk vandaan. 'Je bent de belle van het bal, Peg.' Ze gaf haar een kus.

De jaarmarkt was net zo leuk als Olive gezegd had. Op de heide wemelde het van de mensen uit heel Londen die aan de benauwde stad wilden ontsnappen. Stelletjes dansten op de muziek van de Italiaanse orgeldraaiers die ondeugend grijnsden naar de passerende meisjes. Je kon ezelrijden, een vooruitzicht waardoor Matty zo enthousiast werd dat Mabs zichzelf dwong er niet op te letten hoe onwillig en uitgemergeld de ezels eruitzagen. Als haar broertje maar kon genieten. Ze richtte haar blik op zijn verrukte glimlach in plaats van op de uitstekende ribben van het arme beest, onder zijn vuilwitte zadel.

Je kon kokosnoten omgooien of touwtjespringen en er waren kraampjes waar ijsjes voor een penny en snoep werden verkocht. Smoezelige kinderen riepen: *'Penny licks! Hokey pokey!'* naar de ijscokarren. Olive had Mabs verteld dat 'hokey pokey' een verbastering was van het Italiaanse *Oh che poco* – o zo weinig – omdat de ijsjes maar een penny kostten. Mabs had de vorige avond iets van haar kostbare spaargeld gepakt om de kinderen te kunnen verwennen. Het was een hele toer om haar grote toekomstplannen in balans te houden met de wetenschap dat het ook belangrijk was om van het moment te genieten.

Jem had zijn eigen geld meegenomen, de schat. Jenny had na drie dagen werken al loon ontvangen (duidelijk omdat Olive zo attent was geweest, niet omdat dat de normale gang van zaken was) en Angie had een piepklein tasje bij zich met een shilling erin, 'gekregen van Clover'. Al met al hadden de Daleys voor de verandering dus genoeg geld om er een geweldig dagje uit van te maken.

Rond het middaguur gingen ze naar de poort om op Otty te wachten, maar die kwam niet opdagen. Misschien had meneer Finch erop gestaan dat Otty met het gezin zou lunchen. Achteraf bezien had Mabs beter een later tijdstip kunnen voorstellen. Of misschien had Otty iets onder de leden. Hoe dan ook wist Mabs dat het niet eerlijk tegenover de kinderen was om hen te laten wachten. Na drie kwartier gaven ze het op.

Tegen de tijd dat Jem een kokosnoot had gewonnen, Matty twee ezels had bereden, Nicky en Peg zich de benen uit het lijf hadden gedanst en iedereen snoep had gekocht om mee naar huis te nemen was het vijf uur. Op de heide was het nog steeds een drukte van belang, maar Matty en Angie konden amper nog op hun benen staan en zelf was Mabs ook moe. Het was hard werken om zo veel plezier te maken.

'Dit was de beste dag ooit,' zei Matty tussen twee leeuwachtige geeuwen door. Het was duidelijk dat hij de wandeling van acht kilometer naar Saffron Hill niet aankon, maar ze hadden al hun geld over de balk gesmeten, dus zou Mabs haar spaargeld weer moeten aanspreken. Nadat ze afscheid hadden genomen van Jenny, Angie en Jem sjokte de rest vermoeid naar Willoughby Walk. Peg en de jongens slaakten verrukte kreten bij het zien van het mooie huis waar Mabs werkte.

Ze bleven op straat op haar wachten, terwijl zij zich de trap naar de zolder op haastte. Het was merkwaardig stil in huis, dacht ze toen ze zich op haar knieën liet zakken en haar arm onder het bed stak. Ze kon haar kistje met spaargeld niet voelen. Het stond vast buiten bereik. Toen ze onder het bed keek waar het was, leek het of alles stil kwam te staan. Het kistje was verdwenen.

Even bleef Mabs op de vloer zitten, waar ze alleen een spinnenweb en een grote stofvlok zag. Geen kistje. Verkild door paniek zocht ze overal, zelfs in de meest onwaarschijnlijke hoekjes, al wist ze al dat het weg was. Het kón niet weg zijn. In dat kistje lagen al haar dromen voor haar familie besloten.

Ze dacht aan de anderen die buiten op haar stonden te wachten. Met een wee gevoel in haar maag liep ze naar beneden. Ze klopte op de deur van haar mevrouw, om te kijken of zij misschien een idee had waar het geld gebleven kon zijn. Hoewel er geen reactie kwam, ging ze toch naar binnen. Mevrouw Finch was er niet. Sterker nog, haar bed was strakker opgemaakt dan Mabs het ooit had gezien. Ze fronste haar voorhoofd. Hier klopte iets niet. Het was ook te rustig... leeg, op de een of andere manier, ook al stonden alle meubels en ornamenten nog op hun plaats. Ze zag een lege plek op de boekenplank, alsof er twee of drie boeken waren weggehaald. Ook in de kast was er een lege ruimte, zo breed als ongeveer drie japonnen. Had mevrouw Finch opgeruimd? In dat geval was ze niet erg grondig te werk gegaan.

Verward liep ze naar beneden, waar ze mevrouw Webb tegenkwam. 'Mevrouw Webb, kan ik misschien een shilling van u lenen?' smeekte ze. 'Ik vraag 't liever niet, maar ik heb de kinderen geld beloofd voor een huurrijtuig en m'n geld is... Nou ja, 't is weg! Ik betaal u zo snel mogelijk terug.'

De huishoudster keek haar aan. 'Het spijt me dat te horen, ik weet hoe hard je ervoor gewerkt hebt. Al verbaast het me eerlijk gezegd niets.'

'Wat bedoelt u? U denkt toch zeker niet dat Lydia of Betsy 't gestolen heeft?

'Lydia of... O nee, Mabs. Heb je het nog niet gehoord?'

'Wat gehoord?'

'Hier, ik zal je die shilling geven... en daarna kun je maar beter naar de werkkamer gaan. Daar zijn ze allemaal.'

Terwijl Mabs steeds meer het gevoel kreeg dat ze een nachtmerrie had, gaf ze de shilling aan de kinderen en nam afwezig afscheid van hen. Na die mooie dag waren ze te moe en verdwaasd om het te merken. Daarna ging Mabs regelrecht naar de werkkamer.

Mevrouw Webb had gelijk: iedereen was er, behalve mevrouw Finch. Otty zat in de hoek op de grond, roerloos als een standbeeld. Averil zat met hangende schouders op de vensterbank en Elfrida stond als een sierlijke pilaar van woede te smeulen bij de deur. Hun vader ijsbeerde door de kamer, met zijn handen op zijn rug.

'Wat is er gebeurd?' vroeg Mabs. Ze liep meteen naar Otty toe en liet zich op haar hurken zakken om haar ijskoude handen in de hare te nemen.

'Ze is weggelopen met haar minnaar,' beet Elfrida haar toe. 'De man over wie ik je verteld heb. Op de een of andere manier heeft hij haar gevonden en meegelokt.'

'De man over wie je haar vertéld hebt?' herhaalde meneer Finch verbijsterd. 'Lieve hemel, Daley, daar heb je nooit iets over gezegd.'

'Ik heb haar gesmeekt haar mond erover te houden,' legde Elfrida uit. 'Ik had het niet tegen haar mogen zeggen, maar tijdens Kerstmis was ik van streek en Daley was zo lief voor me dat het er... gewoon uit kwam.'

'Juffrouw Daley is een ware vriendin van het hele gezin,' zei hij. 'Maar wat een schande.'

'Ik kan niet geloven dat je niets tegen óns hebt gezegd, Elfrida!' zei Averil. 'Dat je wist dat mama een... een affaire had en dat je ons niet hebt ingelicht. Otty, dat begrijp ik, die is te jong, maar waarom heb je niets tegen Charlie of tegen mij gezegd?'

'Wat had dat voor zin?' vroeg Elfrida. 'Het was zo akelig. We hebben erdoor naar Londen moeten vluchten. Het zou geen aangenaam gesprek zijn geworden.'

'Maar... Maar...' Mabs stond op omdat ze kramp in haar benen kreeg, maar bleef Otty's hand vasthouden. 'Hoe? Wat...'

'Afgelopen nacht,' verzuchtte meneer Finch. 'Toen ik vanmorgen naar haar toe wilde gaan, was ze al weg. Ze heeft alleen een kleine tas meegenomen en een briefje achtergelaten waarin stond dat ze het leven met mij onverdraaglijk vond, dat ze was weggegaan met... hém.'

'Jonathan,' sneerde Elfrida.

'Ik vind het zo moeilijk te geloven,' zei Averil zacht. 'Ik weet dat mama zo haar problemen had, maar ze was altijd zo vriendelijk en ik wéét dat ze van ons houdt. Toch heeft ze over ons niets geschreven, zegt papa. Inmiddels heeft hij het briefje verbrand, natuurlijk.'

'Ik kon het niet verdragen om het nog een keer te lezen.' Hij rilde. 'Ik kon de aanblik ervan niet eens verdragen. Eerlijk gezegd vreesde ik al jaren voor de boodschap die erin stond.'

Mabs wist niet wat ze hiermee aan moest. Gisteren had ze de hele dag met mevrouw Finch doorgebracht. Ze had durven zweren dat er toen geen geheim in de lucht hing. Hoe kon Jonathan nou plotseling zijn komen opdagen en haar 's nachts hebben meegenomen? Ze geloofde ook niet dat mevrouw Finch haar kinderen zou achterlaten zonder hen op de hoogte te stellen.

Aan de andere kant... had ze wel een keus gehad? Zelfs Olive had niets kunnen bedenken.

Ze keek naar meneer Finch. Ofwel hij sprak de waarheid, of hij was de beste acteur van Engeland. Zoals altijd in deze merkwaardige familie was er twijfel. Als niet alles was wat het leek, dan liep mevrouw Finch misschien gevaar. Mabs was de enige die genoeg wist om te weten dat dat een mogelijkheid was. Ze voelde zich verdoofd.

Dat leek ook te gelden voor Otty, die nog steeds naast haar zat. Ze had nog geen woord gezegd.

'Ik heb geen idee waar ze naartoe kunnen zijn,' zei meneer Finch. 'Geen idee waar ik moet beginnen met zoeken.'

'Waarom zou u dat willen?' vroeg Elfrida opstandig.

'Fréds!' riep Averil uit. 'Ze is onze móéder!'

'En wat dan nog? Het is wel duidelijk hoeveel ze om ons geeft!' Elfrida's onverbiddelijke gezichtsuitdrukking was ijskoud... tot ze begon te smelten. Het volgende moment stroomden de tranen over haar wangen en trilde ze over heel haar lichaam. 'Ze is onze moeder en ze heeft ons in de stéék gelaten!'

Mabs zag het geschokt aan. Ze vond het aangrijpend om Elfrida haar zelfbeheersing zo te zien verliezen. Averil staarde haar met open mond aan. Otty reageerde helemaal niet, die staarde nog steeds als een verloren ziel voor zich uit. Meneer Finch gaf Elfrida afwezig een klopje op haar schouder en mompelde: 'Arm kind. Och gut, och gut.'

Toen Elfrida weer bedaard was, schraapte Mabs haar keel. 'Eh... meneer? U zal er vast niks van weten, maar m'n kistje is verdwenen.'

'Je kistje?'

'Ja, meneer, 't kistje waarin ik m'n loon bewaar. Al 't geld dat ik heb gespaard sinds ik hier werk. Dat bewaarde ik onder m'n bed.'

'Daar weet ik niets van. Wil je nou zeggen... dat ze je geld heeft gestolen?'

'O nee, meneer! Maar... 't is wel weg. Ik hoopte dat er een goeie verklaring voor was.'

'O, Abigail. Abigail, toch.' Hij schudde zijn hoofd en zeeg neer achter zijn bureau. 'Het spijt me ontzettend, juffrouw Daley. Ik ben ervan overtuigd dat ze een hoge dunk van je had.'

'Denkt u dat mevrouw Finch 't heeft gestolen, meneer?'

'Hoe is het anders te verklaren? Ik neem aan dat ze geld nodig had voor haar ontsnapping. Maar dat ze van haar trouwe metgezellin heeft gestolen, terwijl jij een engelengeduld met haar hebt gehad...'

Mabs slikte. Mevrouw Finch wist beter dan wie dan ook dat Mabs een aardig bedrag bij elkaar had gespaard op haar zolderkamer. Aan de andere kant wist ze ook beter dan wie dan ook waarvoor dat geld bestemd was. Ze had altijd zo veel belangstelling getoond voor Jenny en de anderen. Ze was zo blij geweest toen eerst Jem en vervolgens de meisjes een uitstekende baan hadden bemachtigd. Dit zou ze nooit doen. Bovendien was Jonathan een rijk, succesvol man. Waarom zou ze dan het spaargeld van een bediende nodig hebben?

Otty begon te beven.

'Meneer, als ik u niet van dienst kan zijn, dan zou ik wel willen gaan wandelen om m'n hoofd leeg te maken. Zal ik me over juffrouw Ottilie ontfermen? Heb je zin om mee te gaan, Otty?'

Het meisje schudde haar hoofd.

'Goeie genade! Ottilie, neem me niet kwalijk, schat. Ik was helemaal vergeten dat je er nog was. Je bent hier veel te jong voor, dit moet erg schokkend voor je zijn. Juffrouw Daley, zou jij Otty naar haar kamer willen brengen? Ik hoef je er niet aan te herinneren dat dit een vertrouwelijk gesprek was, neem ik aan?'

'Dat spreekt vanzelf, meneer. Kom maar, Otty. Je kan hier niet de hele nacht blijven zitten.' Ze trok het meisje, dat geen weerstand bood, overeind en voerde haar mee naar de deur. De sfeer in de kamer, Elfrida's draaikolk van emoties en de opmerkingen van hun vader deden haar vast geen goed.

'O, en juffrouw Daley?'

'Ja, meneer?'

'Dit... Dit betekent helaas dat je ons zult moeten verlaten. Aangezien ik niet de hoop heb dat mijn vrouw nog terugkomt, heb ik ook geen gezelschapsdame meer voor haar nodig. Het spijt me ontzettend. Je bent van onschatbare waarde geweest voor ons gezin, maar mijn financiële situatie laat niet toe dat ik...'

'Ik begrijp 't, meneer. Wanneer moet ik vertrekken?'

'Ik betaal je nog een maand door, uiteraard. En je krijgt een zeer lovende aanbevelingsbrief mee. Ik vind het heel erg dat mijn vrouw je in deze positie heeft gebracht, terwijl we allemaal zo op je gesteld zijn.'

MABS

Mabs sleepte Otty de trap op en bracht haar naar haar kamer. Daar trok ze de gordijnen dicht om de schemering buiten te sluiten en hielp haar in haar nachtjapon. 'Ga maar liggen, liefje. Zo ja, lekker onder de dekens. Wat gaat er door je heen, Otty? Wil je erover praten?'

Otty schudde haar hoofd. Tot Mabs' verbazing leek ze volkomen wezenloos. Het was logisch dat ze geschokt was, maar ze was zo'n hartstochtelijk, levendig kind. Mabs had tranen verwacht, vragen, woede.

'Het komt wel goed, schat. Ik weet dat je je nu vreselijk voelt, maar mensen zijn wonderlijke wezens. We kunnen alles aan. En ik zal voor je zorgen, dat beloof ik.'

'Maar jij bent er straks niet meer.' Het waren de eerste woorden die Otty de hele avond had gezegd.

Ze herinnerden Mabs aan haar eigen aanstaande vertrek uit Willoughby Walk. Haar ontslag, in feite. Daar dacht ze nu liever niet over na. 'Dat duurt nog wel een poosje. Tegen de tijd dat ik wegga, ben jij al wat meer aan de situatie gewend, dat weet ik zeker. En we blijven gewoon vriendinnen. We blijven mekaar zien, we kunnen nog steeds met mekaar praten.' Dat meende ze natuurlijk vanuit de grond van haar hart, maar zou ze daar bij een nieuwe werkgever wel vrij in zijn? Waar zou ze naartoe gaan? O, wat zou ze Hampstead, Olive en Otty missen, het vriendelijke personeel en het mooie huis. En mevrouw Finch! Daar kon ze nu beter niet aan denken. 'Ik ga wat voor je halen tegen de schrik, Otty. Blijf jij maar hier. Ik ben zo weer terug.'

Mabs haastte zich naar de keuken, waar mevrouw Webb, mevrouw

Derring, Lydia en Betsy allemaal rond de grote, schoongeboende tafel zaten, zonder iets te doen.

'Nou,' zei Lydia toen Mabs binnenkwam. 'Wat een verrassing.'

'Ik wist altijd al dat ze een rare was,' viel Betsy haar bij.

'Ga zitten, Mabs,' nodigde mevrouw Webb haar uit. 'Eerlijk gezegd weten we niet wat we ervan moeten denken. Er komt niets uit onze handen.'

'Er staat nog een lekkere wildpastei, mocht je trek hebben,' voegde mevrouw Derring daaraan toe.

'Straks kom ik er graag bij zitten, maar ik moet eerst voor Otty zorgen. Dat arme kind heeft al die tijd amper twee woorden gezegd. Ik maak me zorgen om haar. Zou ik een beetje brandy mogen, mevrouw Derring, en warme chocolademelk? En geroosterd brood met boter, als 't niet te veel moeite is? Ze heeft iets nodig wat troost biedt en haar weer met beide benen op de grond krijgt.'

'Egoïstisch kreng,' mompelde mevrouw Derring, die meteen aan de slag ging. 'Zo'n lief meisje achterlaten. Ze is pas twaalf! Wat ouders hun kinderen al niet aandoen, zeg.'

Tijdens het wachten ging Mabs tegen het grote fornuis geleund staan. De warmte bood haar een beetje troost. Hier in de keuken voelde alles altijd zo normaal. Ze had de anderen weleens benijd om hun duidelijke rol. Zelf was ze een soort tussenpersoon geweest, geen lid van het gezin, maar toch verwikkeld in hun zaken. Misschien werd het écht tijd om ander werk te zoeken. 'Hebben jullie weleens gedacht... je afgevraagd...' Ze maakte haar zin niet af.

'Wat?' vroeg Betsy.

Het was moeilijk om te breken met haar gewoonte om discreet te zijn, maar ze ging nu toch weg. 'Hebben jullie je weleens afgevraagd of 't aan hém ligt?'

'Of wat aan hem ligt?' Mevrouw Derring hield op met roeren in de chocolademelk om haar aan te kijken.

'Wat eraan scheelde tussen hen. Of... wat er bij haar aan scheelde, zelfs. Denken jullie echt dat zij... de slechterik is?'

'Wel heb je ooit,' mompelde Lydia. 'Bets en ik dachten altijd dat meneer Finch en jij dikke maatjes waren, nietwaar, Bets? Wil je nou zeggen dat hij kwaad in de zin heeft?'

'Ik weet 't niet, Lydia. Maar... soms vraag ik 't me wel af.'

'Een huwelijk is ingewikkeld,' merkte mevrouw Webb met een bezorgde uitdrukking op haar gezicht op. 'Waar twee kijven, hebben er twee schuld. Eerlijk gezegd heb ik met die arme vrouw te doen, zelfs nu nog. Maar meneer Finch... Tja, hij is altijd een voorbeeldige werkgever geweest, meer weet ik er niet van.'

'Ja,' verzuchtte Mabs. 'Ja, dat is zo. Dus u denkt niet dat er meer achter zit dan ie ons heeft verteld?'

Mevrouw Derring zette de brandy met de chocolademelk en het geroosterde brood op een dienblad. 'Zoals? Als ze er niet met haar minnaar vandoor is, waar is ze volgens jou dan?'

'Denk je soms dat meneer Finch haar uit de weg heeft geruimd?' vroeg Betsy. 'Nee toch, zeker?'

'Nee, natuurlijk niet. Ik vind 't alleen moeilijk te geloven, da's alles. Bedankt, mevrouw Derring. Ik ga dit naar Otty brengen en dan kom ik zo terug, is dat goed?'

'Mijn grootmoeder had wel een gezegde,' zei mevrouw Derring opeens. 'Op straat een engel, thuis een duivel. Daarmee bedoelde ze iemand die buitenshuis ontzettend charmant kan overkomen en bij iedereen geliefd kan zijn, maar bij wie het achter gesloten deuren een heel ander verhaal is.'

'Ja.' Mabs pakte het dienblad aan. 'Dat zei m'n moeder ook vaak.'

'Ga nou maar, Mabs, en kom snel weer terug,' zei mevrouw Webb. 'Je kunt zelf ook wel iets tegen de schrik gebruiken.'

Toen Mabs weer boven kwam, reageerde Otty nog steeds nergens op. Ze was net zo in zichzelf gekeerd als haar moeder ooit was geweest. Mabs stond erop dat ze de brandy opdronk en liet haar een sneetje geroosterd brood eten. Het tweede sneetje liet ze maar voor wat het was. Toen ze aanstalten maakte om weg te gaan, zat Otty van de chocolademelk te nippen. 'Ik heb behoefte aan frisse lucht, liefje,' zei Mabs. 'Daarna ga ik wat eten in de keuken. Als ik klaar ben, kom ik weer terug. Mocht je dan nog wakker zijn, dan kunnen we praten, en als je al slaapt, kom ik hier bij jou slapen. Je bent vannacht niet alleen.'

Op een drafje liep ze naar beneden. Ze voelde zich net een stuiterbal omdat ze al zo vaak op en neer was gegaan. Buiten was de lucht inmiddels donkerblauw. Dikke, ronde regendruppels spetterden op het wegdek en op haar huid. De stralende dag die ze op de jaarmarkt hadden gehad ging over in een zomerse stortbui. Ze bedacht net hoe jammer ze het vond dat het al zo laat was omdat ze ernaar snakte om met Olive te praten, toen ze tegen iemand op botste die haast had: haar zusje Jenny.

'Mabs! Waar ga jij zo laat nog naartoe? Ik wou net naar je toe komen. D'r is iets vreselijks gebeurd.'

Hoe wist zij dat nou?

'Het gaat om juffrouw Clover,' vervolgde Jenny. 'Ze is weggelopen en juffrouw Olive is d'r kwijtgeraakt in de drukte op de jaarmarkt. Ze is in alle staten en vroeg of ik 't jou wou vertellen.'

'Lieve hemel.' Mabs bleef als aan de grond genageld staan. Ze stond er alleen voor. Vanavond zou Olive zich niet moeten bezighouden met mevrouw Finch. Toen drong het pas tot haar door dat Clover weg was. Ze liep gevaar. Zouden ze haar ooit nog terugzien? 'O god, Jenny! Nee!'

'Ik weet 't. M'n hart breekt. Zo'n schat van een meisje. En juffrouw Olive houdt zo veel van haar...'

'Da's een ding wat zeker is. Kan ik wat doen om te helpen?'

'Nee. De hele familie is naar d'r op zoek, samen met de bedienden en de politie. Juffrouw Olive wou 't je alleen laten weten. Ik kan maar beter teruggaan, Mabs. Zodra d'r nieuws is, laten we 't weten.' Jenny haastte zich weg.

Inmiddels regende het flink door en ging Mabs weer naar huis. Het werd haar allemaal te veel. Mevrouw Finch verdwenen, Clover vermist, haar geld weg... Ze voelde zich steeds lichter in het hoofd worden en haar hart ging alsmaar sneller kloppen. Ze dwong zichzelf om diep adem te halen. Vanavond kon ze niets voor Olive doen, en Olive ook niet voor haar. Als er meer achter meneer Finch zat dan je op het eerste gezicht zou vermoeden, dan was Mabs de enige die dat mysterie kon oplossen. Dat ze geen uitweg zag, wilde niet zeggen dat die er ook niet was, bracht ze zichzelf in herinnering.

Alles op zijn tijd. Ze moest eten, voor zichzelf zorgen. Daarna zou ze naar Otty toe gaan, zoals ze had beloofd. En slapen, als dat lukte. Dat waren de volgende stappen die ze moest zetten, daar moest ze zich aan vasthouden.

OLIVE

Ik zal deze dag nooit vergeten, zolang als ik leef. Het was de ergste dag van mijn leven. Zonder Clover naar huis gaan druiste in tegen elke wens die ik ooit heb gehad, maar ik moest mijn ouders vertellen wat er was gebeurd, hulp inroepen. Ik moest de vreselijke waarheid onder ogen zien, evenals de mogelijke gevolgen daarvan... Als Clover niet gevonden wordt, wil ik niet meer leven.

Ik hou met mijn hele wezen van dat meisje. Toch is ze me door de vingers geglipt. Mijn ouders houden vol dat mij niets te verwijten valt. Daar hebben ze gelijk in, in zoverre dat ik niet kan bedenken hoe een gebrek aan inzicht van mijn kant hier de oorzaak van is. Dat doet er echter niets aan af dat er wellicht twee levens verwoest zijn.

Misschien was het nooit de bedoeling dat ik moeder zou worden. Misschien heb ik me alleen door mijn eigen koppigheid op dat pad begeven, terwijl ik het aan het lot had moeten overlaten. Vorige week hoorde ik nog van mevrouw Jacey dat Gert is weggelopen. Stel je voor! Een kind van elf, zo oud is ze nu, alleen in de stad. Toen ik het hoorde, voelde ik me verloren, maar ook dankbaar omdat Clover veilig bij mij was. Nu zijn beide meisjes weggelopen en in gevaar.

Papa heeft geen tijd verspild en een zoekactie op touw gezet. Daarvoor heeft hij alle bedienden ingeschakeld, op Jenny na. Zij moet op haar zusje passen en thuis blijven voor het geval dat Clover naar huis wordt gebracht. O, als dat toch eens waar mocht zijn. Het zou kunnen, veronderstel ik, dat er een vriendelijke ziel is die een klein kind alleen ziet ronddwalen en probeert haar te helpen. Hoewel Clover niet erg spraakzaam is en tegenover onbekenden erg verlegen is, weet ik dat ze ons adres kent.

Inmiddels is iedereen aan het zoeken. Ik ga straks ook, zodra ik even heb gerust en iets heb gegeten, ook al voelt mijn maag aan alsof er kokend zuur doorheen kolkt. Ik ben me ervan bewust dat ik urenlang op een lege maag over de heide heb gerend en dat ik door de schrik erg verzwakt ben. Ik kan Clover niet helpen als ik ergens in een greppel in elkaar zak, dus dwing ik mezelf te wachten, zoals me is opgedragen, totdat ik voldoende ben aangesterkt om weer de stortregen in te gaan.

Wat een verschil met het stralende weer toen Clover en ik zo vrolijk van huis gingen. We vertrokken rond lunchtijd, na een laat ontbijt, met een picknickmand gevuld met Clovers lievelingshapjes. Die heb ik op de heide laten staan. De een of andere uitgehongerde Londenaar heeft er vast een feestmaal aan, en dat gun ik hem dan van harte. Ongeveer een uur lang hadden we het uitstekend naar ons zin. We keken naar de dansende mensen, waagden zelf ook een dansje, neusden rond bij de vrolijk gekleurde kraampjes. Onder een kastanjeboom was een silhouetkunstenaar aan het werk en ik beloofde Clover dat we haar portret uit papier zouden laten knippen. Er stond echter een rij mensen voor ons te wachten en we kregen trek, dus spreidden we ons picknickkleed vlakbij uit en besloten eerst te lunchen.

Zoals altijd zaten we zij aan zij, met amper een centimeter ertussen. Ik ben haar nog geen minuut uit het oog verloren. Ze is niet het slachtoffer geworden van zakkenrollers, kinderlokkers of een van de andere kwade dingen in deze wereld, behalve dan misschien haar verleden. Dat is de enige verklaring die ik kan bedenken. We hadden net de eerste sandwiches uitgepakt toen een orgeldraaier een vrolijk deuntje inzette. Clover schoot overeind en begon mooi te dansen. Zelfs op dat moment was ik nog op mijn hoede. 'Op het kleed blijven, schat,' zei ik, terwijl ik ook opstond.

Een jongen van een jaar of twaalf kwam aanlopen en bleef staan om naar haar te kijken. Hij was ontzettend sjofel gekleed, smerig en zo mager als een lat. Het zag eruit alsof hij beefde, wellicht van de honger, wellicht door de een of andere aandoening. Hij maakte geen dreigende indruk, eerder meelijwekkend. Hij keek niet met kwade bedoelingen naar Clover, eerder belangstellend. Toch riep ik haar bij me, waarna ze meteen kwam. Ik pakte haar hand beet en sprak de jongen aan. 'Hallo, daar,' zei ik. 'Kan ik je ergens mee helpen?' Ik was bereid hem mijn sandwiches te geven.

Toen draaide Clover zich om, kreeg hem in het oog en toen gebeurde het. Haar gezicht veranderde op slag en mijn stille, meegaande dochter die zelden huilt, zelden praat en zelden iets anders dan een glimlach op haar gezicht heeft, slaakte een kreet. Een hoge, doordringende kreet van pure doodsangst. En toen rende ze weg!

Ze rukte haar hand los uit de mijne en vluchtte de menigte in. Er waren zo veel mensen op de been dat ze meteen uit het zicht verdween. Ik heb nog nooit zo snel bewogen als op dat moment. Ik werd door de mensenmassa gestuwd door een kracht die sterker was dan ikzelf. Maar ze was al weg. Ik riep haar naam en schreeuwde: 'Help, mijn dochter is zoek! Help, mijn dochter is zoek!'

Ik bleef staan en keek om me heen, met samengeknepen ogen om maar een glimp van zonnegeel organdie op te kunnen vangen tussen al die starende mensen. Toen ik haar niet zag, rende ik weer verder, zonder te weten of ik de goede kant opging. Daarna rende ik weer terug, met de gedachte dat ze mij misschien zou zoeken wanneer ze weer was bedaard. Dat gebeurde niet, dus klampte ik een agent aan, beschreef haar uitvoerig en drukte hem op het hart hoe dierbaar ze me is.

Hij zei dat het geen zin had om in zo'n grote menigte te zoeken en dat ik beter naar huis kon gaan en het aan de professionals kon overlaten. Dat kon ik niet! Toch had hij gelijk, er waren duizenden mensen op de been. De kans dat ik Clover daar zou vinden was net zo groot als de kans om een specifiek kiezelsteentje in een kolkende oceaan op te sporen. Desondanks bleef ik maar rennen en roepen, tot er van mijn stem niet meer over was dan een schor gerasp. Om de paar meter hield ik stil en vroeg aan de andere bezoekers of ze een vierjarig meisje met honingblond haar in een felgele jurk hadden gezien. Niemand zei ja. Pas uren later gaf ik me gewonnen en sjokte naar huis om mijn vreselijke bekentenis af te leggen, gebukt onder het besef dat ik mijn dochter misschien nooit meer zou zien. De afgelopen weken vielen me zo zwaar, doordat Clover zich naar mij toe steeds afhankelijker opstelde. Nu heb ik spijt van elke zucht, elk moment van tegenzin. Ik had me er niet aan moeten storen, nog geen moment. Is dit mijn straf?

Papa was een grote troost. Hij legde me tal van scenario's voor waarin Clover weer veilig en wel bij ons terugkwam. Hij heeft gelijk, al die scenario's zijn mogelijk. Alleen zijn er ook veel scenario's denkbaar waarin het niet goed komt. Alsof ik nog niet angstig genoeg was, heeft God nu kennelijk besloten de tweede zondvloed op ons af te sturen. Het regent pijpenstelen. En Clover heeft alleen een zomerjurk aan. Zodra het eten zijn weg naar mijn benen heeft gevonden en de brandy mijn zenuwen een beetje heeft verdoofd, trek ik een dikke mantel aan en stap het donker en de regen in om mijn dochter te zoeken.

MABS

Otty lag al te slapen toen Mabs haar kamer binnensloop. Gelukkig maar, dacht ze. Dat zou dat arme kind goeddoen. Er stond een chaise longue in de kamer, dus pakte ze een paar dekens en een kussen en installeerde zich daarop. Haar hoofd voelde aan als een verstopte afvoer.

Tegen alle verwachtingen in viel ze in slaap. Toen ze wakker werd, merkte ze dat de natuur een toverkunstje had uitgehaald en de verstopping had verdreven. De regen was overgegaan in een zomerse stortbui en sloeg tegen het raam als een oceaan tegen de boeg van een schip. De rollende donder werd gevolgd door een griezelige bliksemschicht… maar toen Mabs een blik op Otty wierp, zag ze dat die doorsliep.

Volgens de klok was het vijf uur 's ochtends. Mabs had ruim zes uur geslapen. Een wonder, gezien de omstandigheden. Hoewel er nog steeds veel was wat ze niet wist, was ze wakker geworden in de vaste overtuiging dat mevrouw Finch er niet met Jonathan vandoor was gegaan en Mabs' geld niet had gestolen. Ze ging in kleermakerszit op de chaise longue zitten, met de dekens om zich heen, en staarde in het donker voor zich uit.

In feite kwam het neer op de aloude vraag. Wie was er te vertrouwen, meneer of mevrouw Finch? Het antwoord luidde nog steeds hetzelfde. Hoewel mevrouw Finch na al die jaren waarin ze zichzelf had opgeofferd redenen te over had om weg te lopen, zou ze Otty nooit in de steek laten. En, wist Mabs opeens zeker, ze zou Mabs ook niet in de steek laten, niet zonder haar in te lichten. Averil ging over een paar weken trouwen. Mevrouw Finch was al zover gekomen en hield zo veel van haar kinderen dat ze dat nooit zou willen missen. Als ze al zou weglopen met Jonathan – en wie zou haar dat kwalijk kunnen nemen? – dan zou ze het niet op dit moment doen. Ze zou wachten tot na de bruiloft. Ze zou het tegen Mabs zeggen en voorzorgsmaatregelen treffen voor Otty.

Mabs tikte met haar vingernagels tegen haar tanden en dacht na. Niet op de vermoeide, warrige manier van gisteravond, maar helder en scherp. Betsy's woorden kwamen weer bij haar op.

Denk je soms dat meneer Finch haar uit de weg heeft geruimd?

Mabs mocht hopen dat hij, wat hij ook mocht zijn, geen moordenaar was. Desalniettemin zaten er gaten in zijn verhaal. Volgens hem had mevrouw Finch een briefje achtergelaten, maar had hij dat briefje verbrand. Hij beweerde ook dat ze Mabs' geld had gestolen om te kunnen vluchten, maar ze was zaterdagavond laat of zondagochtend vroeg verdwenen. Mabs had haar geld zaterdagavond nog geteld, vlak voordat ze naar bed was gegaan. Ze had het geld voor de jaarmarkt gepakt en het kistje weer onder het bed gezet. Als mevrouw Finch het had meegenomen, moest ze naar binnen zijn geslopen toen Mabs lag te slapen. Zo'n diepe slaper was Mabs niet. Het leek haar waarschijnlijker dat iemand het kistje overdag had gepakt, toen zij naar de jaarmarkt was. Tegen die tijd was mevrouw Finch echter al weg geweest.

Ze liet alles wat ze wist opnieuw de revue passeren. Meneer Finch hield zijn vrouw graag onder de duim. Hij vond het prettig als ze in haar vrijheid beperkt was en zich op de achtergrond hield, ook al deed hij alsof hij om haar gaf. De laatste tijd had mevrouw Finch echter haar vleugels uitgeslagen. Mabs was tot haar doorgedrongen op een manier die hij nooit voor mogelijk had gehouden, en dat beviel hem niet. Hij had zijn oude vriend, de dokter, hierheen willen halen om haar in toom te houden. Zijn poging was verijdeld en de dokter was niet komen opdagen. Als hij haar niet kon verdoven en martelen tot ze zich aan hem overgaf, wat kon hij dan nog meer doen?

Denk je soms dat meneer Finch haar uit de weg heeft geruimd?

Op dat moment schoot haar iets te binnen wat mevrouw Finch had gezegd.

Wist je, Mabel, dat er maar twee mannen nodig zijn om een vrouw te laten opnemen in een gesticht? Wie zouden daar beter toe in staat zijn dan een echtgenoot en zijn huisarts? Mijn man liet me weten dat de formulieren al klaarlagen. Dokter Broome had geen moment geaarzeld om die te ondertekenen.

Mabs voelde het bloed in haar aderen stollen. Was dát het? Op die manier zou hij wel voor eens en altijd van haar af kunnen komen, nietwaar? Het zou ervoor zorgen dat ze nooit meer iets controversieels zou kunnen zeggen in gezelschap. En hij zou haar de schuld in de schoenen kunnen schuiven.

Ik weet niet of je weleens over zulke tehuizen gehoord hebt, maar in de meeste ervan zijn de leefomstandigheden erbarmelijk.

Mabs slikte.

Er werd gesproken over een oord voor kwetsbare, verloederde vrouwen in Yorkshire.

Had hij haar daarnaartoe gebracht?

Mevrouw Webb had gezegd dat hij hier zondag de hele dag was geweest. Mabs had hem zelf op zondagavond gezien. Ze wist niet goed hoe ver Yorkshire hiervandaan was, maar ze dacht niet dat hij binnen een paar uur heen en weer had kunnen reizen. Zouden die formulieren om iemand te laten opnemen alleen voor een bepaalde instelling gelden? Of waren ze algemeen van aard, waardoor ze overal terecht zou kunnen? Ze had geen idee. Dit ging haar boven de pet. Ze had Olive harder nodig dan ooit tevoren, maar ze kon nog niet met haar gaan praten. Misschien zou dat nog wel heel lang duren, als Clover niet werd gevonden.

Mabs stond op, blij dat ze haar kleren van gisteravond nog aanhad. Over drie kwartier zou het huishouden wakker worden. Stilletjes glipte ze naar beneden. Het huis lag er stil bij, terwijl de regen tegen de ramen en gevels beukte. Er kwam geen geluid uit de werkkamer van meneer Finch, er viel geen licht onder de deur door. Ze deed de deur open, aarzelde even, liep naar binnen en stak een kaars aan. Zo snel en systematisch mogelijk doorzocht ze de papieren op zijn bureau, al verwachtte ze niet dat hij belastende informatie in het zicht zou laten liggen. Daarna nam ze de bureaulades door. De laatste zat op slot en de sleutel kon ze niet vinden. Ze wierp een blik op de klok. Half zes. De tijd begon te dringen. Er hoefde maar iemand vroeg op te staan, rusteloos door de gebeurtenissen van de vorige avond...

Ze liep naar de deur en deed die op een kier open. Het was nog steeds stil in de hal. Ze zette haar zoektocht voort, steeds naarstiger. Ze stootte dingen om en dwong zichzelf ze weer zorgvuldig terug te zetten. Hij mocht niet merken dat hier iemand was geweest. Omwille van Otty moest ze zo lang mogelijk in Willoughby Walk zien te blijven.

Net toen ze het voorlopig wilde opgeven, viel haar oog op een kristallen vaasje op het raamkozijn aan de andere kant van de kamer. Ze haastte zich ernaartoe, pakte het op en hoorde iets rammelen. Er bleek een sleuteltje in te zitten. Ze schudde het in haar hand en keek weer op de klok. Tien over half zes. Ze rende naar het bureau en maakte de laatste lade open. Er lag een stapel dossiers in, boven op een kistje. Ze trok ze eruit en bladerde ze haastig door – niets over een gesticht. Tijd om te gaan. Net toen ze de dossiers weer in de lade wilde stoppen, zag ze dat het kistje haar wel erg bekend voorkwam. Het was háár kistje. En het zat vol met geld.

Ze aarzelde. Als hij merkte dat het geld weg was, zou hij weten dat hier iemand was geweest. Was het veiliger om het te laten liggen? Nee, het was van haar, ze had het tot op de laatste penny verdiend. Ze propte alles in haar zakken, zette het lege kistje met de dossiers erop terug in de lade en deed die op slot. Nadat ze het sleuteltje in de vaas had laten vallen, haastte ze zich de kamer uit. Ze ging naar de keuken – het was een vreemde gewaarwording om die helemaal in het duister gehuld te zien – en zette een pot thee voor zichzelf. God wist dat ze die wel kon gebruiken!

Tot nu toe had ze niets ontdekt waarmee ze mevrouw Finch zou kunnen helpen. Haar geld had ze echter wel terug, en nu had ze bewijs dat meneer Finch had gelogen. Ze nam haar thee mee naar Otty's kamer, nestelde zich weer op de chaise longue en blies de kaars uit.

MABS

Later die ochtend ging Mabs naar Polaris House. Otty lag nog in bed, wakker maar ze zei nog altijd niets. Ontbeten had ze wel, dat was tenminste iets. Het was uitgesloten dat ze naar school zou gaan.

Meneer Finch was thuis. Hij bracht zijn tijd ijsberend door de hal en piekerend in zijn werkkamer door, hij beheerste zijn rol van in de steek gelaten echtgenoot tot in de puntjes. Toen Mabs tegen hem zei waar ze naartoe ging, keek hij haar zo scherp aan dat ze even dacht dat hij van haar diefstal op de hoogte was. Als je het al diefstal kon noemen wanneer je iets terugpakte wat van jou was. Hij zei echter alleen: 'Geen woord hierover tegen de familie Westallen, juffrouw Daley. Dit is een privékwestie. Een schande.'

'Natuurlijk, meneer. Ik wil alleen weten of juffrouw Clover al terecht is.' Voordat hij zich kon bedenken, haastte ze zich naar buiten.

Eenmaal in Polaris House aangekomen smeekte ze als eerste om haar zusje te mogen zien. Ze gaf Jenny al haar geld. 'Leg 't op een veilige plek, liefje. Ik kan 't nu niet uitleggen.'

De familie Westallen zat in de salon en Olive zag er asgrauw en verslagen uit. 'Mabs, je bent er!' Ze viel haar om de hals en begon te huilen.

'O, Olive. Dus jullie hebben haar nog niet gevonden?'

Olive schudde haar hoofd.

'Nog niet,' zei kapitein Westallen, 'maar dat is slechts een kwestie van tijd. Ik ga zo weer zoeken. Bedankt dat je gekomen bent, juffrouw Daley. Dat stellen we erg op prijs.'

'Natuurlijk ben ik gekomen. Ik vind 't zo erg. Kan ik wat voor jullie doen? Wat dan ook?'

Weer schudde Olive haar hoofd. 'Nee. Er zijn al genoeg mensen naar haar op zoek. We wisselen elkaar af, met drie of vier tegelijk, omdat het voor ons allemaal erg zwaar is. Maar hoe kunnen we op zo'n moment nou rusten?'

'Ik weet 't niet. Zelf zou ik 't ook niet kunnen. Och, dat arme kind. Hoe is ze... Of wil je 't er liever niet over hebben?'

Olive zuchtte. 'Het liefst zou ik er niet eens meer aan dénken, maar ik wil dat je het weet, Mabs.'

'Ik ga weer,' zei de kapitein met een blik uit het raam. 'Het regent tenminste niet meer. Alles ziet er hoopvoller uit met een gunstige wind.'

'Ik kan beter ook meegaan, papa.'

'Blijf nog even hier om alles aan Mabs te vertellen en kom dan achter me aan. Als we niet samen zijn, kunnen we een groter zoekgebied bestrijken.'

'Ik ga met je mee, James,' zei mevrouw Westallen.

Mabs vond dat ze er erg grauw uitzag. Waarschijnlijk hadden ze vannacht allemaal geen oog dichtgedaan.

'Nee, Margaret, je bent al de hele nacht buiten geweest in die regen. Je was doorweekt. Je bent nog niet eens naar bed gegaan!'

'Naar bed! Alsjeblieft, James. Nog één keer, voor mijn eigen gemoedsrust. Ik ga vanmiddag wel even liggen. Dag, Mabs, lieve schat.' Ze liep de kamer uit en even later hoorden ze de voordeur.

'Dat was geen verzoek,' verzuchtte haar man, en hij ging achter haar aan.

'Ze zijn zo goed voor me,' kreunde Olive. 'Ik vind het vreselijk dat iedereen zo veel moeite voor me moet doen. Al maak ik me natuurlijk vooral zorgen om Clover.' Daarna vertelde ze hoe Clover en zij elkaar waren kwijtgeraakt. 'De hemel zij dank dat Angie met jullie naar de jaarmarkt is gegaan,' sloot ze af. 'Anders was ik haar misschien ook kwijtgeraakt!'

‘Da’s niet gebeurd en ’t is jouw schuld niet. Olive, ik weet niet waar Clover is, maar ’t komt wel goed. Dat weet ik zeker.’

‘Meen je dat? Ik moet het nog maar zien. Begrijp me niet verkeerd, ik heb mezelf altijd goed van vertrouwen gevonden, maar er gebeuren nu eenmaal slechte dingen in de wereld. Er is geen reden om te veronderstellen dat zoiets mij niet zal overkomen. Weet je, Mabs, als ik ergens een gebrek aan zie, probeer ik dat te compenseren. Als ik iemand zie die ergens behoefte aan heeft, probeer ik daarin te voorzien. Ik probeer alles voor iedereen goed te maken en daardoor voel ik me heel trots en machtig, maar als het om mijn eigen meisje gaat… ben ik volkomen machteloos. Geen enkel geldbedrag en geen enkele slimme zet kan haar naar huis brengen.’

‘Niet bang zijn, Olive. Blijf gewoon… Blijf gewoon zoeken, dan zul je haar vinden. Dat vóél ik, al heb ik er geen verklaring voor.’

‘Maar… na een hele nacht alleen buiten? In die stortbui? Denk je echt dat ze dat overleefd heeft?’

‘Ja.’ Mabs knikte resoluut. Tot haar eigen verbazing was ze heel zeker van haar zaak, en ze wilde dat Olive dat ook zou voelen. ‘Geef ’t niet op. Ik weet zeker dat ze weer naar huis komt. Trouwens, je weet niet of ze de hele nacht buiten is geweest. Misschien is er wel iemand zo vriendelijk geweest om haar op te vangen en zijn ze op dit moment onderweg hiernaartoe.’

‘Daar heb ik ook aan gedacht. Ik haalde me van alles in het hoofd over de vreselijke mensen die ze kan zijn tegengekomen, dus ik moest mezelf eraan herinneren dat er ook goede mensen zijn. Maar als ze haar gisteravond hebben gevonden, waarom hebben ze haar toen dan niet naar huis gebracht?’

‘Misschien was het al te laat. Of misschien was Clover te overstuur om te kunnen vertellen waar ze woont. Dat heb ik vaker gezien. Je weet wel, bij ’t kanaal. Als er een ongeluk was gebeurd of als er iemand was omgekomen… Als mensen erg geschrokken zijn, kunnen ze soms alleen maar krijsen, slaan ze wartaal uit en zeggen ze de vreselijkste dingen. Maar soms worden ze ook heel stil en duurt ’t een poosje voordat dat weer overgaat.' Net zoals dat nu bij Otty het geval was.

'O, Mabs, je bent een enorme steun. Je hebt natuurlijk gelijk, ik heb er niets aan om van het ergste uit te gaan. Ga je met me mee? Zou Abigail je kunnen missen, denk je? Jij kunt me opbeuren wanneer ik de moed weer laat zakken.'

'O, Olive.' Mabs voelde zich verscheurd. 'Ik zou niks liever willen, maar ik kan Otty niet lang alleen laten.'

'Waarom niet? Wat is er aan de hand?'

'Ze is... onwel. Haar maag is van streek. Het arme kind. Ik heb beloofd dat ik snel weer zou terugkomen.'

'Waarom is ze alleen? Wat is er gebeurd, Mabs? Hou je iets voor me achter?'

'Nee.'

Olive kneep haar ogen tot spleetjes. 'Ik weet dat ik niet heb geslapen en dat mijn hersenen niet zo goed werken als gewoonlijk, maar je kunt niet liegen, Mabs. Dat weten we allebei.'

'Maak jij je er nou maar geen zorgen over, Olive,' zei Mabs wanhopig. 'Jij hebt al genoeg aan je hoofd. Ik vertel je alles wel wanneer Clover weer veilig thuis is. Maar Otty is ziek en ik moet vandaag bij haar blijven.'

Tot haar opluchting was Olive te radeloos om zich hierin vast te bijten. 'Natuurlijk moet je bij Otty blijven. Het arme kind.'

'Ga nu maar. Ga Clover zoeken. Zodra Otty zich beter voelt, komen we samen hierheen om je te helpen.'

Ze liepen de hal in om hun mantels te pakken. 'Goed,' zei Olive bij de deur, met een wanhopige vastberadenheid. 'Dan ga ik maar zoeken.' Ze keek er zo treurig bij dat het Mabs pijn deed in haar hart.

Terwijl Mabs de heuvel af liep, knaagde er iets aan haar. Iets aan het feit dat Otty zo stil was. Wat was het toch? Toen drong het tot haar door. Door alles wat er sindsdien was gebeurd had ze helemaal niet meer aan gisterochtend gedacht, toen ze vol goede moed naar haar familie was vertrokken. Nu schoot het haar weer te binnen. Voor vertrek had ze Otty gezien. Die had in bed voor zich uit zitten staren. Mabs had haar uitgenodigd voor de jaarmarkt. Op dat moment had Otty zich al heel vreemd gedragen. De toestand waarin ze verkeerde was niet begonnen nadat ze het nieuws over haar moeder had vernomen. Voordien was ze al zo geweest.

'Lieve hemel!' Ze bleef abrupt staan, wat haar een boze blik van een voorbijganger opleverde. 'Otty weet er meer van.'

MABS

Mabs had genoeg mensen gekend die beschadigd waren door de wreedheden van het leven om te weten hoe je iemand uit een toestand zoals die van Otty kon krijgen. Het was het beste om het op zijn beloop te laten, maar als Otty iets wist wat haar moeder zou kunnen helpen, kon Mabs niet langer wachten om daarachter te komen. Na wat die vrouw de afgelopen twintig jaar had moeten doorstaan, wist Mabs niet of ze nog meer verschrikkingen aankon.

In het huis aan Willoughby Walk was de eerste persoon die ze tegenkwam de laatste die ze wilde zien: meneer Finch. 'Is het meisje al terecht?' vroeg hij.

'Nee, meneer, ze zijn allemaal naar haar op zoek.'

Hij knikte en liep tot haar opluchting weg.

Zelf rende ze de trap op naar Otty's kamer, waar ze haar precies zo aantrof als ze haar had achtergelaten. 'Goed, lieve Otty,' zei ze vriendelijk. 'Wij moeten eens met mekaar praten, want er moeten belangrijke dingen gezegd worden.' Ze ging op het bed zitten en trok de dekens omhoog om Otty's voeten in haar handen te nemen. Die waren ijskoud, en Mabs begon ze te masseren terwijl ze verder praatte. 'Je moet me vertellen waar je mee zit. Ik weet dat je iets weet, en je moet 't me vertellen zodat ik je moeder kan helpen. Je bent vast heel boos op haar, maar de situatie is anders dan je misschien denkt.'

Otty ging met een ruk rechtop zitten. Haar voeten gleden uit Mabs' handen en haar donkere haar viel naar voren. 'Dat wéét ik, Mabs,' fluisterde ze. 'Ik ben niet boos op máma!'

‘Wat is er dan? Mij kun je vertrouwen, Otty.’

‘Het is zo erg dat je me misschien niet gelooft.’

‘Heus wel. Wat ik al niet heb moeten geloven sinds ik hier ben… Ik vond ’t moeilijk om dat voor je te verzwijgen, maar dat leek je moeder ’t beste.’

‘Beloof je dat je me zult geloven?’

‘Ja.’

‘Mama zou ons nooit zo in de steek laten. Het is papa, Mabs. Hij… Hij liegt!’ Otty barstte in tranen uit.

‘Rustig maar,’ mompelde Mabs. Ze hield het meisje vast, blij dat de dijk eindelijk was doorgebroken. ‘Ik weet ’t. Het komt wel goed.’

Na een poosje leunde Otty naar achteren, veegde haar gezicht af aan het laken en duwde haar volle bos haar uit haar ogen. Ze had weer wat kleur op haar wangen en hoewel ze er bang en verdrietig uitzag, leek Mabs dat beter dan die wezenloze blik van haar. ‘Ik wil al weken ergens met je over praten, maar ik kon het niet… Mabs, is het verkeerd als je… je eigen vader niet aardig vindt? Betekent dat dat je een slecht mens bent?’

‘Nee, lieverd, dat is niet verkeerd. We willen niks liever dan van onze ouders houden, omdat ze in eerste instantie de belangrijkste mensen in ons leven zijn. Soms kunnen dingen veranderen. Soms zien we dingen waarvan we weten dat ze niet deugen. Dat kan erg verwarrend zijn, maar ’t maakt je nog geen slecht mens.’

‘Het ís ook verwarrend! Dat is het precies, Mabs. Ik ben altijd dól geweest op papa!’

‘Ik weet ’t, lieverd.’

‘Maar de laatste tijd… Nou ja, we zijn het niet met elkaar eens. Hij stuurt me naar een andere school.’

‘Ja, dat heeft je moeder me verteld.’

‘En ik mag van hem niet naar de universiteit! Hij zegt dat het slecht is als vrouwen hoogopgeleid zijn, maar volgens mij is dat niet waar, echt niet. Kijk maar naar Olive! Ik heb geprobeerd hem te begrijpen, Mabs. Ik heb mezelf voorgehouden dat hij mijn vader is en dat hij alleen maar het beste met me voorheeft. Maar nu weet ik dat hij...' Haar ogen vulden zich weer met tranen en ze hapte bibberig naar lucht. Dus haar shocktoestand was helemaal niet veroorzaakt door de verdwijning van haar moeder. De oorzaak lag in het besef dat haar vader iemand anders was dan ze had gedacht. '... dat hij een slecht mens is,' maakte ze zacht haar zin af.

Nou, dacht Mabs, haar moeder wilde haar hiertegen in bescherming nemen, maar ze heeft het helemaal zelf uitgevogeld. 'Dat weet ik, lieverd.'

Otty slaakte een enorme zucht van opluchting. 'Dan kan ik het je vertellen. Ik werd midden in de nacht wakker. Zaterdagnacht. Om één uur. Ik weet niet waardoor ik wakker werd, maat het voelde niet goed. Ik liep naar de deur, deed die op een kier open en zag dat er licht brandde in de hal. Ik hoorde papa en mama praten. Ik weet niet waarom ik niet gewoon naar hen toe ging om te vragen wat er aan de hand was. Ze hadden allebei een reiskostuum aan en mama had een tas bij zich. Het gesprek ging over Charlie en Felicia. Papa zei dat die haar nodig hadden. Ik wilde niet dat ze weg zou gaan, maar ze keek zo serieus en ze hadden zo'n haast dat ze de deur al uit waren voordat ik er erg in had. Toen ik naar het raam liep, zag ik hen in een huurrijtuig stappen. Ze gingen gewoon wég! Daarna kon ik niet meer slapen. Ik wist dat ik mama zou gaan missen, zeker nu ik naar een nieuwe school moet. Daarnaast vond ik het vreemd dat ze in het holst van de nacht weggingen, maar ja, als Charlie daarom had gevraagd... Ik dacht dat hij of Felicia misschien ziek was, en ik werd bang. De volgende ochtend, toen je vroeg of ik mee wilde naar de jaarmarkt, had ik nog steeds geen oog dichtgedaan en zat ik te wachten tot papa terug zou komen om alles uit te leggen. Ik heb de hele ochtend gewacht, Mabs. Tijdens de lunch waren alleen Averil en Freds er, en het was duidelijk dat zij van niets wisten. Uiteindelijk riep papa ons 's middags bij zich in zijn werkkamer. Hij keek zo ernstig dat ik ervan overtuigd was dat hij ging zeggen dat Charlie of Felicia dood was. Maar toen vertelde hij dat mama was weggelopen met een... een minnaar!'

Otty kreeg een denkrimpel in haar voorhoofd. 'Ik heb hen samen zien weggaan, met eigen ogen. Als mama echt een… een andere man had, dan zou papa haar niet naar hem toe brengen, of wel soms? Waarom heeft hij dan gelogen? Waarom heeft hij zo'n vreselijke leugen over mama verteld? Waarom, Mabs?'

'Och, lieverd toch.' Mabs sloeg haar armen om Otty heen en wiegde haar een tijdje, terwijl ze zich afvroeg wat mevrouw Finch in hemelsnaam zou willen dat ze tegen haar dochter zei.

'En,' vervolgde Otty verontwaardigd, 'hij zei dat ze jouw geld gestolen heeft, terwijl ze dat nóóit zou doen. Daarna heeft hij je ook nog eens ontslagen en háár de schuld gegeven. En het belangrijkste van alles: waar is mama?'

'Ik weet 't niet,' zei Mabs. 'Otty, er zijn een heleboel dingen die ik aan je zou willen uitleggen – 't is nogal wat! Ik denk dat je moeder er zelf wel met je over zal willen praten wanneer ze weer thuis is. Ik zal je vertellen wat ik kan, dat beloof ik, maar eerst moet ik alles op alles zetten om haar te vinden. Ik ben… een beetje ongerust.'

'Wat denk jij dat er gebeurd is, Mabs?'

'Volgens mij is 't allemaal terug te voeren op wat je vader tegen je zei over vrouwen en onderwijs. Veel mannen geloven dat. Je weet wel, dat we raar in ons hoofd worden als we onze hersenen te veel gebruiken. Je weet toch dat ie heeft gezegd dat je moeder ziek is? Dat is ze niet. Ze is ontzettend slim en er mankeert haar helemaal niks, behalve wat hij haar heeft aangedaan. Otty, ik denk dat ie haar naar een gesticht heeft gestuurd. Alleen weet ik 't niet zeker, en op dit moment voelt 't als zoeken naar een speld in een hooiberg.'

'Hoe dúrft hij? Nou, ik zal hem weleens vertellen dat ik weet dat hij liegt. Ik ga tegen hem zeggen dat ik hen die nacht heb gezien. Ik ga hem dwíngen ons te vertellen waar ze is!'

'Nee, Otty, niet doen! Hij zal 't nooit toegeven en hij zal ervoor zorgen dat we haar nooit kunnen vinden, tenzij 't hém zo uitkomt. Je vader is heel slim. Als we je moeder willen helpen en als je wil dat ik hier zolang als ie zei mag blijven, moet je je van de domme houden.

Ik weet dat dat vreselijk moeilijk is. Ik doe al een poosje alsof ik van niks weet en da's het moeilijkste wat ik ooit gedaan heb – en dat wil wat zeggen. Maar laat 'm niet merken dat je 't weet, Otty. God weet wat ie anders doet.'

'Goed dan, Mabs. De laatste tijd praten we toch niet veel met elkaar. Ik kan hem wel ontlopen. Misschien ga ik wel naar school of ga ik wat vaker bij Olive op bezoek.'

'Otty, lieverd, weet je nog wat ik over Clover gezegd heb?'

'Nee, wat is er dan met haar?'

'Ik dacht al dat 't niet tot je doorgedrongen was. Zij wordt ook vermist, lieverd. Ze is gisteren verdwaald op de jaarmarkt. Olive is in alle staten en ze zijn allemaal naar haar op zoek. We kunnen Olive nu niet lastigvallen.'

'O, arme Clover. Ze is nog zo klein! O, Mabs, je zult me wel een enorme egoïst vinden. Wij zouden haar ook moeten gaan zoeken. Mag dat? Ik wil toch niet meer in dit huis blijven.'

Mabs knikte. 'Volgens mij kan een beetje frisse lucht geen kwaad, en eerlijk gezegd wil ik Olive dolgraag helpen. Zodra je vader weer naar z'n werk gaat, ga ik z'n werkkamer van boven tot onder doorzoeken, voor het geval dat er papieren liggen waaruit blijkt waar je moeder zou kunnen zijn.'

Otty sprong uit bed. 'Dan help ik je.'

OLIVE

Het is nu meer dan een dag geleden dat ik Clover voor het laatst heb gezien. Ik moet er niet aan denken wat er in vierentwintig uur tijd allemaal kan gebeuren met een meisje van vier. Hoewel het optimisme van Mabs me een oppepper heeft gegeven, haal ik me onwillekeurig allerlei doemscenario's in het hoofd.

Aan het begin van de middag kwam Mabs weer terug, samen met Otty. Die schat zag er bleek maar vastberaden uit, het deed me goed haar te zien. Mabs heeft me nog steeds niet ingelicht over de laatste verwikkelingen bij de familie Finch en ik kan niet zeggen dat ik daar rouwig om ben. Op dit moment kan ik alleen maar aan mijn dochter denken. De zoektocht heeft geen vruchten afgeworpen. Papa en mama gaven het als eerste op, omdat mama er erg moe uitzag en papa erop stond dat ze rust zou nemen. Daarna raakte Otty uitgeput – geen wonder, zo vlak nadat ze ziek was geweest – dus nam Mabs haar ook weer mee. Vervolgens gingen de bedienden een voor een op huis aan.

Nu loop ik ook naar huis, vermoeid, met zere voeten en volkomen moedeloos. Ik blijf maar overal flitsen van geel zien. Ik dacht altijd dat die kleur niet veel voorkwam, maar vandaag lijkt hij alomtegenwoordig. Om de haverklap denk ik Clover vanuit mijn ooghoeken te zien, maar als ik omkijk blijkt het een paardenbloem te zijn, of de bal van een kind. Het is het uithangbord boven het raam van een naaister, of het gordijn in iemands ontbijtkamer. Als ik bij Polaris House aankom, voel ik niet dezelfde blijdschap als anders. Zonder Clover voel ik me daar niet thuis. Ik laat de poort openstaan, voor het geval dat ze naar huis komt.

Ik sjok over het pad en word bij de voordeur opgewacht door Jenny. 'Kan ik wat voor u doen, juffrouw Olive? Wilt u wat warms te drinken? Wat eten?'

'Laat het bad maar vollopen als je wilt, Jenny. Ik wil alleen maar een warm bad.'

'Dat zei uw moeder ook toen ze thuiskwam. Ze ligt nu in bed, gelukkig. Ik hoop dat u dat ook gaat doen, juffrouw.'

'Ja,' zeg ik hopeloos. 'Het zal wel moeten, denk ik.'

Nadat ik papa heb begroet, loop ik naar boven en kleed me uit. Ik laat me in de badkuip zakken en laat het water mijn verkleumde botten verwarmen. Luxe is echter nietszeggend wanneer er zo'n groot verdriet in je hart huist. Wanneer je een dierbare kwijt bent, is het niet mogelijk om nog ergens plezier aan te beleven.

Na mijn bad ga ik naar mama toe om haar een nachtzoen te geven, maar ze ligt al te slapen. Uiteindelijk kruip ik zelf ook in bed. De aanblik van Clovers bedje op de chaise longue roert me tot tranen. Ik heb een hele poos geleden al een echt bed voor haar gekocht, maar ze slaapt hier graag. Door al die gebroken nachten begon ik me de afgelopen tijd wanhopig af te vragen of ze ooit in haar eigen kamer zou gaan slapen. In het begin voelde het als een voorrecht om met haar te knuffelen terwijl ze sliep, maar na een poosje werd het vermoeiend. Ik verlangde ernaar om me helemaal uit te kunnen strekken en me gemakkelijk om te kunnen draaien, om te kunnen slapen volgens mijn eigen ritme. Nu zou ik er alles voor overhebben om haar weer in mijn armen te kunnen houden. Ik huil, met lange halen, gekweld door angst. Ik denk terug aan de nacht, nog maar acht maanden geleden, dat ze voor het eerst in mijn kamer sliep. Toen was het allemaal nog zo vreemd, maar nu is ze alles voor me. Een van de redenen dat ik een kind wilde was om mezelf te wapenen tegen het moment dat ik mijn ouders zou verliezen. Tegen verlies kun je jezelf echter niet beschermen, weet ik nu. We kunnen geen van allen aan onze portie hartzeer ontsnappen.

Even gaat de gedachte aan mijn kaarten door me heen, maar ik kan mezelf er niet toe zetten om ze te gebruiken. Het is een spel voor een rijke vrouw die overweegt een nieuwe weg in te slaan, bij wijze van verzetje. Dit is een kwestie van leven en dood en daar wil ik de kaarten geen stem in geven.

Het warme bad was een korte onderbreking, een moment van betrekkelijke rust. Daar wil ik nu weer in wegzakken, ik wil mijn gedachten niet meer aan het werk zetten. Ik trek de dekens over mijn hoofd en doe mijn ogen dicht. Ik bid om rust, ik bid voor Clover.

Ik val in slaap.

Dan word ik plotseling wakker. Het is donker, midden in de nacht. Ik ga rechtop in bed zitten. Waar ben ik wakker van geworden? Is Clover thuis? Kan mama nu elk moment op mijn deur kloppen, met mijn dochtertje aan haar hand? Binnen hoor ik echter geen beroering, alhoewel de regen weer genadeloos tegen het raam beukt. Misschien ben ik daardoor wakker geworden. Ik loop naar het raam en kijk uit over de tuin, het afgeschermde stukje pracht en praal waarin ik als bevoorrecht kind mocht opgroeien. Met een kreun leg ik mijn voorhoofd tegen het koude glas. Als mijn tijd als moeder hiermee ten einde is gekomen, zal het verdriet dan ooit minder worden?

Ik doe mijn ogen dicht en laat het allemaal weer over me heen spoelen. De dag op de heide, Clover die gilde en in de menigte verdween. Wie was die jongen? Hij moet iemand uit haar verleden zijn geweest, dat moet wel, anders had ze nooit zo gereageerd. Toch ben ik er zeker van dat hij geen kwaad in de zin had. Misschien deed hij haar gewoonweg denken aan een andere tijd, een andere plek. Hij deed net zijn mond open om iets te zeggen toen ze wegrende.

Die dag in het tehuis was ze zo zeker van haar zaak. Gert was een en al woede geweest en had haar kans op geluk gesaboteerd, maar Clover, die nog niet half zo oud was als zij, was kalm en vastberaden. Ik zie nog voor me hoe ze zich met haar vuistje vastklampte aan mijn rok, hoe ernstig ze me aankeek. *Ik wou dat je mijn mama werd.* God sta me bij, ik heb het laten afweten.

Ik kijk op en staar somber voor me uit naar de stromende regen. Net wanneer ik weer naar bed wil gaan, trekt iets in de tuin mijn aandacht. Een schittering, een zacht schijnsel dat amper zichtbaar is. Door de vlagen van regen en het bijna ondoordringbare duister zie ik het dan weer wel en dan weer niet. Lieve help! Is het de ziel van Clover? Is ze dood? Is ze teruggekomen naar de enige plek op aarde waar ze gelukkig is geweest?

Ik tuur in het donker. Niets. Ik heb het me verbeeld. Ik draai me om, maar terwijl ik dat doe... zie ik het weer! Heel klein. Amper zichtbaar. Zo te zien komt het uit de kas. Waarom zou Clovers ziel daar rondwaren? Hoe kan er licht branden in de tuin als er niets bovennatuurlijks aan de hand is?

Ik steek een stormlantaarn aan en loop naar beneden. In de hal trek ik over mijn nachtjapon heen een mantel van papa aan, groot en zwaar. Als ik ook mijn eigen stevige schoenen aanheb, stap ik de regen in. Het is vreemd om op dit tijdstip door de tuin te lopen, in dit weer. Het doet helemaal niet vertrouwd aan. Het voelt alsof hier geen mensen wonen, maar dieren en wezens uit andere werelden: elfjes, bosnimfen. Geesten, wellicht.

Dat het zo anders aanvoelt dan anders werkt desoriënterend. Ik vertrouw op de stormlantaarn, die slechts een weifelend schijnsel afgeeft en in mijn hand heen en weer schudt omdat ik word geteisterd door de wind. Uiteindelijk kom ik aan bij de kas, waar ik duidelijk het licht zie dat me het huis uit heeft gelokt. Nu danst het op en neer, zonder te verdwijnen. Bij nader inzien denk ik niet dat het een ziel is. Volgens mij is het een kaars.

Ik frons mijn wenkbrauwen. Als daar een kaars brandt, zal er ook wel iemand zijn. Waarom zou iemand bij kaarslicht in onze kas willen zitten? Misschien heeft een zwerver gezien dat de poort niet op slot was en een schuilplaats tegen de regen gezocht. Zouden zwervers wel vaker kaarsen bij zich hebben? Als het daadwerkelijk een zwerver is, zou ik waarschijnlijk niet alleen naar binnen moeten gaan. Ik zou papa moeten halen. Maar stel nou dat de kaars en degene die hem heeft aangestoken al verdwenen zijn tegen de tijd dat we terugkomen? Dan zal ik nooit weten... Ik móét het weten. Ik doe de deur open en stap naar binnen.

Door de koude lucht die naar binnen stroomt, gaat de kaars meteen uit, maar mijn lamp brandt nog steeds en in de zachte gloed zie ik een slapende vrouw in een nachtblauwe jurk. Ze is slank en heeft lang, donker haar dat in strengen over haar gezicht heen is gevallen. Ze ligt op haar zij op het stenen pad. Haar armen zijn beschermend om een tweede kleine slaper geslagen, die... Lieve help! Als ik dichterbij kom, vliegt mijn hand naar mijn mond. Ze heeft een waterval van honingblonde krullen en onder de mantel die over haar heen ligt piept een stukje geel uit.

'Clover?'

Mijn stem, ongelovig en wanhopig, doorbreekt de rust van dit tafereel en het meisje gaat meteen rechtop zitten. Het is inderdaad Clover.

'Mama!' roept ze, haar ogen vol vreugde en tranen. Ze springt op, maar aarzelt dan en breekt daarmee mijn hart. 'Ben je boos op me?'

'Nee, natuurlijk niet!' Ik steek mijn armen naar haar uit. 'Liefste, ik hou van je. Godzijdank ben je weer thuis.'

Eindelijk rent ze naar me toe.

Ik hou haar zo stevig vast als mogelijk is zonder haar te verstikken of te vermorzelen. Ik voel dat zij haar armpjes net zo stevig om mij heen slaat en mijn hart slaat over en fladdert heen en weer tot het zijn normale ritme heeft hervonden. 'O, Clover,' murmel ik. 'Je bent thuis, je bent thuis.'

Na een hele poos knuffelen en huilen richt ik mijn aandacht weer op de slapende vrouw op de grond. Het verbaast me dat ze niet wakker is geworden van al het tumult. 'Wie is dat?' vraag ik.

'Een aardige mevrouw,' antwoordt Clover.

'Nou, het doet me goed dat te horen, maar in een bed zou ze vast een stuk comfortabeler liggen.' Ik loop naar de vrouw toe, voorzichtig om niet op haar uitgewaaierde rokken en haren te trappen, en pak haar schouder beet om haar voorzichtig wakker te schudden.

'Pardon,' zeg ik. 'Wilt u misschien binnenkomen?'

Langzaam komt ze overeind en kreunt. 'O, juffrouw Westallen,' zegt ze. 'Neem me niet kwalijk.'

Als ze stijfjes een zittende houding aanneemt, stokt mijn adem.

Het is Abigail Finch.

Praten kan altijd nog. Ik weet niet waar Clover is geweest of waarom Abigail hier is. Ik weet niet hoe hun paden elkaar gekruist hebben of waarom ze na hun aankomst bij Polaris House hebben besloten de nacht in de kas door te brengen. Mijn nieuwsgierigheid kan ik morgenochtend wel bevredigen. Het enige waarnaar ik wanhopig verlangde heb ik al gekregen: Clover is terug.

We haasten ons naar het huis toe. Abigail houdt de lamp vast en ik draag Clover in mijn armen, met haar benen om mijn middel geslagen en haar modderige schoentjes op en neer wippend tegen mijn achterwerk. Zowel Clover als Abigail is doorweekt en verkleumd. Ik besluit papa en mama te laten slapen. Na al hun inspanningen van de afgelopen dagen maak ik me zorgen om hen. Ze zijn immers de jongsten niet meer. Als het alleen om Clover was gegaan, had ik me zelf over haar ontfermd. Aangezien we een onverwachte gast hebben, roep ik echter hulp in. Ik wek Agatha, want zij gaat ons binnenkort toch al verlaten, terwijl die arme Anne en Jenny ons nog veel langer zullen moeten verdragen.

Samen vullen we twee badkuipen in de keuken, omdat dat minder tijd en moeite kost dan het water naar boven dragen. In de keuken is het aangenaam vertoeven, door de warmte die er nog hangt van de bedrijvigheid overdag. Ik haal snel handdoeken, nachtjaponnen, badjassen en slippers, zodat ze keurig en comfortabel uit het water kunnen stappen.

'Hemeltje, dit heb ik nog nooit meegemaakt,' mompelt Abigail, die vanuit het bad naar het fornuis en de koperen pannen daarboven kijkt. 'Ik ben u ontzettend dankbaar, juffrouw Westallen, meer dan u ooit zult weten.'

'Zeg maar Olive, alsjeblieft. Het stadium van plichtplegingen zijn we nu wel gepasseerd. Ik zal je nu geen vragen stellen, op één na. Heb je honger of dorst?'

'Beide.'

'En jij, dametje?' vraagt Agatha.

Clover knikt gretig, waardoor haar natte haar voor haar ogen valt.

'God zegene je, engeltje.' Agatha drukt een zoen op haar natte hoofd. 'Ik was niet met een goed gevoel weggegaan als ze niet was teruggekomen, juffrouw,' zegt ze tegen mij. Daarna begint ze een middernachtelijk feestmaal klaar te maken. Of een feestmaal voor twee uur 's nachts, inmiddels.

Wanneer de baders zijn afgedroogd en warm ingepakt, gaan we met zijn vieren om de tafel zitten. Dit is niet het moment voor onthullende gesprekken, dit is het moment om ervan te genieten dat we veilig en samen zijn. We vallen aan op de kippenpastei die we wegspoelen met koud water en op de strooppudding met slagroom, omdat we iets te vieren hebben. Ik weet niet hoe het met de anderen gesteld is, maar ik heb sinds Clover verdween nog maar één maaltijd genuttigd. Opeens ben ik uitgehongerd.

'O jee, straks pas ik niet meer in m'n trouwjurk,' verzucht Agatha, terwijl ze nog een hap van de pudding neemt.

Na ons feestmaal vraag ik Agatha om Abigail naar een van de logeerkamers te brengen. Abigail smeekt ons om niemand buiten dit huis over haar aanwezigheid hier te vertellen. Ze is dus weggelopen. We stellen haar beiden gerust.

'Dank je wel,' zegt Abigail wanneer ze zich terugtrekt voor de nacht. 'Morgen leg ik alles uit, dat beloof ik.'

Daarna neem ik mijn dochter mee naar onze kamer, waar haar bed nog een nacht onbeslapen zal blijven omdat ik er eenvoudigweg niet aan moet denken om haar los te laten. We kruipen samen in mijn bed en ze slaat haar armen om me heen en laat haar hoofd in het holletje van mijn hals rusten. Nu ik Clover weer bij me heb, komen al mijn zintuigen tot leven en kan ik weer voelen hoe comfortabel het hier is, hoe warm en zacht de matras aanvoelt, hoe heerlijk de kussens zijn. Door de warmte worden we al snel loom en duurt het niet lang voordat we allebei diep in slaap zijn. Als papa morgenochtend eerder wakker is dan wij, zal hij zich wel afvragen waarom er voetafdrukjes op zijn mantel zitten.

OTTY

Mabs heeft me gisteren uit mijn benevelde toestand gehaald, maar ik zou bijna willen dat ze dat niet had gedaan. Mijn kinderlijke onschuld is me afgenomen. Mijn vader is niet wie ik dacht dat hij was. Hij is zelfs zo anders dat ik hem verachtelijk vind. Dat valt me zwaar. En wie weet wanneer ik mama weer zal zien? Stel dat ze nog steeds niet terecht is wanneer Mabs hier weg moet? Ik had nooit gedacht dat mijn leven zo snel ondraaglijk zou kunnen worden.

Gisteren zijn we naar de heide gegaan om Clover te zoeken, maar er was geen spoor van haar te bekennen. De wereld is opeens een vreselijke, onveilige plek geworden waaruit de mensen van wie ik hou maar blijven verdwijnen. Morgen is het misschien wel Mabs, en de dag daarna Averil, wie zal het zeggen?

We hoopten dat papa vandaag naar zijn werk zou gaan zodat we in zijn werkkamer naar aanwijzingen konden zoeken, maar hij heeft zelfs nog geen wandeling gemaakt. Hij blijft in zijn werkkamer zoals een draak in zijn grot en komt er alleen zo nu en dan uit om door de hal te ijsberen en vuur te spuwen. Nou ja, er zijn geen vlammen, maar hij staart wel steeds uit het raam alsof hij naar iets of iemand op zoek is en zucht heel vaak. Hij ziet er verschrikkelijk uit. Zijn ogen zijn bloeddoorlopen en zijn haar staat in pieken overeind. Als ik niet beter wist, zou ik geen seconde aan zijn verhaal twijfelen.

Rond het middaguur ontvang ik een briefje van Olive. Ik herken het direct aan het briefpapier en haar handschrift.

Lieve Otty,

Clover is godzijdank veilig en wel bij ons teruggekomen. Ik moet jou en Mabs zo snel mogelijk zien. Ik kan niet genoeg benadrukken dat jullie zo spoedig mogelijk moeten komen. Ik heb het beste nieuws voor je dat je je maar kunt wensen. Ik kijk met ongeduld uit naar jullie komst.

OW
PS: Trek iets mooois aan!

Natuurlijk zou ik me geen beter nieuws kunnen wensen dan dat mama is teruggekomen, maar Olive weet niet dat ze weg is. Toch klinkt het op een na beste nieuws ook erg verleidelijk. Mabs is in de keuken, dus ik ga naar haar toe om het briefje te laten zien. We lachen en huilen en mevrouw Derring zegt dat ze heel blij is dat 'dat meiske' is gevonden. Ze is zo lief om een half bakblik citroenbiscuitjes in vetvrij papier te verpakken als welkomstcadeau voor Clover. Daarna gaan we ons snel omkleden.

Mabs rent de trap op naar haar zolderkamer, met twee treden tegelijk. Ik sta al op het punt om mijn wandelkostuum te pakken wanneer ik eraan denk dat Olive me heeft gevraagd iets mooois aan te trekken. Dat vind ik vreemd. Clover en Olive hebben me al wel honderd keer gezien in mijn wandelkostuum, dat vooral praktisch, grijs en saai is. En erger nog, in mijn uniform van de Ladies' Academy! Wat doet het ertoe wat ik aantrek? Ik overweeg mijn pastelblauwe jurk met crèmekleurig kant aan te trekken. Daar ziet mama me het liefste in en de aanblik alleen maakt me al verdrietig. Ik besluit hem toch aan te trekken, om me met haar verbonden te voelen. Daarna borstel ik mijn haar en bind het naar achteren met een blauw lint. Mijn gezicht is nog steeds erg bleek.

Mabs komt weer naar beneden gestormd. 'O, wat zie je er mooi uit,' zegt ze. 'Ben je zover? Kunnen we gaan?'

‘Tweemaal ja. Mabs? Vind jij het briefje van Olive ook niet een beetje vreemd?’

Mabs leest het nog een keer en haalt haar schouders op. ‘Niet echt. Ik bedoel, ’t komt een beetje bazig over, maar dat zal wel komen doordat ze opgetogen is, niewaar? Nietwaar?’

‘Jawel. Maar... al die onderstreepte stukken. En waarom zo’n haast? Ik bedoel, Clover gaat toch nergens heen? Na dit alles zal Olive haar geen moment meer uit het oog verliezen. En waarom moet ik iets moois aantrekken?’

‘Ze zal wel willen dat we ons allemaal feestelijk voelen. Arme jij, je zoekt nu overal wat achter. Maar als er werkelijk meer achter zit, worden we niet wijzer door hier te blijven staan.’

Ze heeft natuurlijk gelijk, dus haasten we ons naar buiten en komen buiten adem bij Polaris House aan. Mabs belt aan en strijkt mijn haar glad, want dat is weer een grote warboel. Door dat tedere gebaar moet ik bijna huilen.

‘Bedankt dat je mijn vriendin bent, Mabs,’ zeg ik met een brok in mijn keel. ‘Ik zal me geen raad weten als jij er niet meer bent.’

‘Daar gaan we ons nu niet druk over maken, want we lossen ’t wel op en je raakt me nooit kwijt. Ik vind ’t een eer om je vriendin te mogen zijn. Sterker nog, je bent eerder een zusje voor me, zo veel hou ik van je.’

Ik weet niet of iemand ooit weleens iets tegen me heeft gezegd dat ik zó graag wilde horen. ‘Ik hou ook van jou, Mabs.’ Ik sla mijn armen om haar heen, waardoor mijn haar weer in de war raakt.

Olive doet zelf de deur open, met een brede glimlach op haar gezicht. Daarna komt Clover de hal in gestormd en stort zich op mij. Ik buk me om haar te omhelzen en bekijk haar vervolgens eens goed. Ze lijkt niet onder haar avontuur geleden te hebben. Sterker nog, ze zien er allebei stralend uit.

‘Waar heb je toch gezeten, dametje?’ vraagt Mabs aan Clover. ‘Je hebt ons allemaal heel erg aan ’t schrikken gemaakt.’

‘Straks is er nog tijd genoeg om vragen te stellen.’ Olives ogen sprankelen als zonlicht op een vijver. 'Eerst gaan we naar de salon. Kom, we hebben geen tijd te verspillen. Ga jij maar voorop, Otty.'

Mabs en ik kijken elkaar vragend aan, maar dan loop ik toch naar de salon toe. Ik blijf zo abrupt staan dat de anderen tegen me op botsen. Want daar, net voorbij de deuropening, in een mij onbekende bronskleurige jurk, staat mijn liefste wens: mijn moeder.

'Mama?' Mijn stem klinkt beverig en kinderlijk, alsof ik nog maar zes ben.

'Otty, liefste!' Mama doet een stap naar voren.

Ik ren naar haar toe en ze pakt me stevig vast. Ik laat me in haar armen wegzakken. Ze ruikt naar lavendel, een heerlijk frisse, hoopvolle geur. Het liefst zou ik haar nooit meer loslaten.

Achter me hoor ik Mabs uitroepen: 'Lieve help! Hoe kan dat nou?'

We versperren de deuropening, waardoor de anderen niet naar binnen kunnen. Terwijl we de kamer in schuifelen, blijf ik mama stevig vasthouden.

'O, mevrouw,' zegt Mabs met een lage, trillende stem.

Mama drukt een kus op mijn hoofd, steekt haar armen uit en omhelst Mabs. 'Dat wil ik niet meer horen. Voortaan mag je Abigail zeggen, want je bent mijn gezelschapsdame niet meer en je bent de beste vriendin die ik me had kunnen wensen. Mabel, schat, heb je je erg veel zorgen gemaakt?'

'Vreselijk, mevrouw. Sorry, dit gaat nog wel even duren. Abigail. Ik kan je niet vertellen hoe bang ik was. We probeerden erachter te komen waar je gebleven was. En nu ben je hier, bij Olive thuis...'

Als mama lacht, besef ik dat dat een prachtig geluid is dat ik al heel lang niet meer gehoord heb. 'Eindelijk ben ik vrij. Niet in de ogen van de wet, maar wel in mijn hart. De rest komt nog wel. Kom, dan gaan we zitten. Ik ben nog steeds moe.' Ze neemt plaats op een lange sofa.

Hoewel er meer dan genoeg ruimte over is, klim ik bij haar op schoot. Vervolgens kruipt Clover weer bij míj op schoot en schiet iedereen in de lach omdat het zo belachelijk is dat er drie mensen op elkaar gestapeld zitten.

Olive belt om champagne en taart en voor het eerst sinds heel lange tijd is alles volkomen perfect.

'Misschien was champagne niet zo'n goed idee, zo vroeg al,' zegt Olive na een tijdje lachend, met een blik op haar glas dat al voor de tweede keer leeg is. Zelf mocht ik maar één klein glaasje. 'Ik weet niet of we nu wel van Abigail kunnen verwachten dat ze nog een samenhangend verhaal kan vertellen, maar we moeten het allemaal weten, schat. Alles! Kun je het ons eindelijk vertellen?'

'Ja.' Mama gaat iets rechterop zitten en duwt me met zachte hand van haar schoot. 'Het spijt me, liefje, ik heb geen gevoel meer in mijn benen.'

Clover is al weggegaan om met Angie te spelen. Ik zit naast mama op de bank en kruip dicht tegen haar aan. Ze kijkt gespannen van mij naar Mabs.

'Maakt u zich maar niet druk, mevrouw. Abigail,' zegt Mabs. Het zal nog wel een tijd duren voordat ze gewend is aan deze nieuwe situatie. Ze heeft er ook een hele poos over gedaan om te onthouden dat ze Olive Olive mocht noemen. 'Otty weet 't meeste al. Niet de details, ik vond dat je die zelf moest vertellen, maar ze weet dat haar vader achter je verdwijning zat. En ze weet dat ie... geen goed mens is. Daar is ze voor een groot deel zelf achter gekomen.'

'O, schat.' Mama slaat haar arm om me heen en trekt me nog dichter tegen zich aan. 'Wat erg voor je. Ik weet hoe hecht je altijd met je vader was. Het spijt me dat ik niet echt een moeder voor je ben geweest sinds we in Hampstead zijn aangekomen. Daar gaat nu verandering in komen, dat beloof ik.'

ABIGAIL

Je vader kwam me wakker maken. Wanneer was het? Zaterdagnacht? Hij zei dat hij eerder die dag een brief had ontvangen van Charlie, maar er pas net aan had gedacht om die open te maken. Volgens hem stond erin dat Charlie en Felicia getrouwd waren, dat ze waren teruggekomen naar Londen en dat Felicia ernstig ziek was. Charlie smeekte me om naar hen toe te komen. 'Zullen we meteen vertrekken?' vroeg Lucius. 'We zouden het onszelf nooit vergeven als haar iets overkwam.'

Ik weet niet waarom het niet bij me opkwam dat hij loog. Misschien omdat ik nog niet helemaal wakker was, of omdat het erg plausibel klonk. Felicia heeft altijd een zwak gestel gehad en een lange reis en een stiekeme trouwerij zouden erg belastend voor haar kunnen zijn. Ik ging van het ergste uit toen ik uit bed sprong en een paar spullen in een reistas gooide. Tegelijkertijd keek ik ernaar uit om mijn zoon en mijn nieuwe schoondochter te zien. Ik wilde hen graag helpen.

Het eerste gedeelte van de reis kon ik alleen maar aan Felicia denken en bidden dat Charlie op zijn eenentwintigste geen weduwnaar zou worden. Na een tijdje besefte ik, door de weinige herkenningspunten die ik in het donker kon ontwaren, dat we naar het zuiden reden. Ik wist zeker dat Lucius had gezegd dat Charlie en Felicia ergens in het noorden van de stad verbleven. Nee, nee, stelde hij me gerust, ik had hem verkeerd verstaan. Ze waren in Kent. Op dat moment begon ik te twijfelen.

Ik vroeg of ik de brief mocht zien die Charlie had gestuurd. Lucius zei dat hij die op zijn bureau had laten liggen. 'Weet je hun adres dan nog?' vroeg ik. Hij zei van wel. Ik vroeg wat er bij Felicia aan scheelde. 'Koorts,' zei hij.

Toen wist ik het. 'Lucius, je brengt me naar een gesticht, hè?' vroeg ik, waarop hij antwoordde: 'Ja, schat, jammer genoeg wel. Een gerenommeerde instelling in Dartford. Ik vind het spijtig, maar nu je in het openbaar verschijnt in onze wijk en met mensen als de familie Westallen praat zonder op je woorden te letten, vorm je een bedreiging voor alles wat ik probeer te bereiken. Ik wil mezelf nu van die last ontdoen, nu ik de touwtjes binnen het gezin nog enigszins in handen heb. Charlie is al vertrokken, op zeer onbezonnen wijze. Averil is verloofd met een man die ze nauwelijks kent en Otty wordt met de dag onhandelbaarder.'

Het had geen zin om zoals vroeger tegen hem in te gaan. Ik hield me muisstil en gebruikte de tijd om na te denken. Ik wist niet precies waar Dartford was. Ik vermoedde ergens in Surrey of Kent – een plek die niet al te ver bij Londen vandaan lag. Ik wist dat ik maar één kans zou krijgen om te ontsnappen en dat dit niet het moment was. Het rijtuig had er flink de vaart in. Ik dacht na over wat ik had ingepakt. Alleen kleding en boeken. Ik liet mijn hand in de zak van mijn rok glijden. Daar zat een muntstuk in, één maar, samen met een half opgebrande kaars en een boekje lucifers dat er al lang in zat, al sinds mijn doorwaakte nachten in Durham.

Aan het gesticht kon ik niet denken. Dan zou ik verlamd zijn geraakt door angst. Ik dacht erover na tot wie ik me zou wenden als ik kon ontsnappen. Niet tot jou, Mabel, aangezien je bij mijn echtgenoot in huis woont. Daardoor bleef alleen jij over, Olive. Het is niets voor mij om een beroep te doen op iemand die ik nauwelijks ken, maar ik wist dat jij me zou opvangen.

Ik probeerde in te schatten hoe lang we al onderweg waren. Toen het rijtuig vaart begon te minderen, dacht ik dat ik gelijk had gehad over de afstand tussen Dartford en Londen. Ik wachtte mijn kans af, dat vergde het uiterste van mijn zelfbeheersing. Aan het eind van de straat zag ik een groot, donker gebouw opdoemen. Het straalde een en al ellende uit en ik was vastbesloten om geen deel te worden van dat verhaal.

Het rijtuig kwam tot stilstand en Lucius stapte uit. 'Ik zal het portier voor je openhouden, liefste,' zei hij. Zodat de koetsier geen argwaan zou krijgen, neem ik aan. Of misschien probeerde hij zichzelf er, zelfs toen nog, van te overtuigen dat hij een bezorgde echtgenoot was die het beste met me voorhad. Toen hij bijna aan mijn kant van het rijtuig was, sprong ik eruit door het portier waarlangs hij was uitgestapt en begon te rennen. Mijn tas liet ik achter, ik keek niet meer om.

Achter me hoorde ik hem schreeuwen en de koetsier om hulp roepen. Het was geen beste buurt en ik kwam terecht in een doolhof van smalle straatjes, des te beter om in te kunnen verdwijnen. Ik ging naar rechts, naar links en weer naar rechts, zigzagde zonder enige logica door de straten, met als doel om uit het zicht van mijn achtervolgers te blijven. Lucius is door zijn rol van succesvol zakenman flink uitgedijd, terwijl ik door de angst vliegensvlug was. Wat de koetsier betreft... Waarschijnlijk had die weinig zin om achter andermans weggelopen echtgenote aan te gaan. Al snel merkte ik dat ik alleen was en hoorde alleen nog mijn hart in mijn keel bonken. Om me heen zag ik niets dan rijtjeshuizen, maar die hadden wel een kleine tuin en in een daarvan sloop ik naar binnen. Godzijdank was het een droge nacht, dus verstopte ik me achter een paar bessenstruiken en bleef daar uren wachten.

Toen het licht begon te worden, kwam ik tevoorschijn en klopte het stof van mijn kleren, als de dood om betrapt te worden. Ik liep maar en liep maar, zonder te weten welke kant ik op ging, tot ik bij een rivier aankwam. Die was breed, smerig en stroomde snel, waardoor ik durfde te hopen dat het de Theems was. Als ik gelijk had, zou dat alles een stuk makkelijker maken.

Ik bleef de hele dag lopen, geplaagd door twijfel of dit wel de meest directe route was en zelfs of ik wel de goede kant opging. De weg vragen durfde ik niet. Ik wist dat ik er ondanks mijn dure kleren verfomfaaid uitzag, een combinatie die de aandacht trekt. Ja, Olive, ik weet wat je nu denkt. Waarom heb ik geen rijtuig aangehouden en jou de koetsier laten betalen toen ik aankwam? Dat had ik natuurlijk wel moeten doen, maar ik ben het niet gewend dat andere mensen me helpen of bevriend met me zijn. Het feit dat ik naar jou op weg was, was voor mij al een grote stap.

In de loop van de middag moest ik stoppen om brood en jam te kopen, anders was ik in elkaar gezakt. Telkens wanneer ik langs een openbare fontein kwam, dronk ik een beetje water en toen ik echt niet langer door kon lopen zonder te eten, liep ik een paar treden af naar een van die kiezeloevers langs de Theems, zodat ik uit het zicht van voorbijgangers kon gaan zitten. Ik at de helft van het brood en de jam op en ging weer verder. Die avond vond ik weer een tuin waar ik me kon verstoppen.

Toen begon het te regenen. Te stortregenen, net als hier. Ik kroop zo ver mogelijk weg in mijn schuilplaats van bladeren, maar de regen viel niet tegen te houden. Tegen de ochtend was ik doorweekt en had ik het koud. Ik kon het me niet veroorloven om ziek te worden, ik moest terug naar Hampstead. Die ochtend zag ik er zelfs nog vreemder uit: stijf, met stukgelopen voeten en sjofel, nog steeds met mijn brood en jam vastgeklampt. Toen ik me realiseerde dat ik weer in Londen was, was ik immens opgelucht. Daar viel ik minder op. In de stad woont allerlei apart volk, nietwaar? Daar voelde ik me veilig genoeg om twee keer de weg te vragen. Op elke straathoek dacht ik Lucius te zien, maar elke keer was het een onbekende.

Pas toen ik bij de heide aankwam, wist ik echt waar ik was. Tegen die tijd was het al avond en werd het een stuk rustiger. Ik herinnerde me dat Mabel het over een Pinksterjaarmarkt had gehad. Waar Polaris House lag wist ik niet precies, omdat ik hier nog maar één keer was geweest. Het was zo'n vreemde gewaarwording om na al die tijd weer met mijn man ergens naartoe te gaan dat ik onderweg geen oog had voor mijn omgeving. Ik wist wel dat het bovenaan een heuvel lag, dus liep ik langs de rand van de heide. Door de vermoeidheid, honger en angst werd ik alsmaar zwakker, dus besloot ik even te rusten voordat ik zou bedenken hoe het verder moest.

Ik liep een kreupelbosje in. Tegen die tijd regende het niet meer, al voelde ik wel dat het niet lang droog zou blijven. Ik rustte uit en probeerde mijn tollende hoofd tot rust te manen zodat ik sterk genoeg zou zijn om door te gaan. Ik keek er niet naar uit om een derde nacht in de buitenlucht te moeten doorbrengen. Op dat moment hoorde ik een kind huilen. Ik stond op, ging het geluid achterna en vond een heel klein mensje in een gele jurk, net zo diep weggedoken in de bosjes als ik de vorige nacht had gezeten.

Ik tilde de takken op en smeekte of ik haar mocht helpen. Ze zag er uitgeput, smerig en doodsbang uit. Inmiddels weet ik dat ze al vierentwintig uur alleen op de heide had doorgebracht. Vreselijk! Gelukkig rende ze niet weg, want ik had de kracht niet om de achtervolging in te zetten. Ik kreeg haar zover dat ze tevoorschijn kwam en we gingen naast elkaar zitten en stelden vast dat we allebei verdwaald waren. Ik beloofde haar te helpen en vroeg naar haar naam. Daarop zei ze – en dat vond ik nogal vreemd, Olive – 'Ik ben Nellie niet, ik ben Clover.' Dat zou ik later wel uitpuzzelen, dacht ik. Voor mij was Clover natuurlijk een bekende naam. Ze was enorm schuchter, het was moeilijk om haar aan het praten te krijgen, maar toen ik vroeg: 'Toch niet Clover Westallen?' klaarde haar gezicht meteen op. Ze zei: 'Jawel, mijn mama is Olive Westallen en ik woon in Polaris House.' Jullie kunnen je wel indenken hoe verbaasd ik was. En zij ook, toen ik uitlegde dat ik ook naar Polaris House op weg was.

Ik gaf haar het laatste beetje van mijn brood en jam en we vertrokken hand in hand, met hernieuwde hoop. Natuurlijk wisten we nog steeds niet welke kant we op moesten. Clover raakte erg gefrustreerd. 'Mama brengt me!' riep ze steeds. Er was niemand aan wie ik de weg kon vragen. Tegen die tijd regende het alweer, en hard ook. Daardoor raakten we nog erger gedesoriënteerd. We wisten onze weg te vinden naar de straten van Hampstead, maar zagen niets bekends.

Tot Clover het huis van een van de buren herkende aan een krans met zomerbloemen aan de deur, inmiddels flink gehavend door het weer. Vanaf daar wist ze de weg. Tot mijn opluchting was de poort open. Ik was nog nooit van mijn leven zo blij geweest om ergens aan te komen. De enige luis in de pels was Clover. Ze begon te huilen, of liever gezegd te brullen, en weigerde ronduit naar het huis toe te gaan. Ze was overstuur, radeloos, maar kon niet uitleggen waarom. Ik kon haar niet optillen om haar te dragen – ze liet me niet in de buurt komen. Toch durfde ik haar ook niet achter te laten om naar de deur te gaan. Stel dat ze wegliep. Ik snapte niet waarom ze zo van streek was, dus ik wist niet goed wat ze zou doen.

We zaten in een impasse, daar in de stromende regen, allebei uitgeput en overspannen. Uiteindelijk zag ik de kas en stemde ze ermee in om daarnaartoe te gaan. Het was er droog en redelijk warm, we hadden een slechtere plek kunnen treffen om uit te rusten. Ik herinnerde me de kaars in mijn zak en hoopte maar dat mijn boekje lucifers niet leeg was, of vochtig. Dat was niet zo. Ik stak de kaars aan, nam haar in mijn armen en uiteindelijk vielen we in slaap. Een tijd later werden we wakker gemaakt door Olive.

MABS

Toen Abigail uitgepraat was, viel er een lange stilte. De feestelijke stemming, de omhelzingen en het gelach lagen ver achter hen. Nu zag Olive er bedachtzaam uit en leek Abigail uitgeput. Geen wonder dat ze had gewacht tot ze allemaal bij elkaar waren, bedacht Mabs. Zo'n verhaal wilde je geen twee keer vertellen. Otty zat tegen haar moeder aan geleund, met een miljoen gedachten samengebald in haar donkere ogen.

'We hadden 't moeten zien aankomen, mevrouw,' zei Mabs. Haar hoofd tolde nog na. 'De dokter die niet kwam, Charlie en Averil weg of op 't punt om weg te gaan... Het zat eraan te komen dat ie de macht weer zou grijpen. O, ik had 't moeten zien aankomen.'

'Mabel, liefje, ik heb het zélf niet eens zien aankomen, en ik leef al langer met die man samen dan me lief is.'

Ze vervielen weer in hun stilzwijgen, maar toen de klok vier uur sloeg, begon Mabs haar warrige gedachten op een rijtje te zetten. Het kwam bij haar op dat ze hier niet gewoonweg konden blijven zitten en van elkaars gezelschap konden genieten tot het tijd werd om naar bed te gaan. Bij het vooruitzicht om terug te gaan naar Willoughby Walk zakte de moed, die haar hier in Polaris House telkens werd ingeboezemd, haar in de schoenen. Hun geluksbubbel zou op een zeker moment moeten barsten. Hoe je het ook wendde of keerde, het leven waaraan ze gewend was geraakt was voorbij. En ze had geen idee wat het volgende hoofdstuk zou zijn.

'En nu?' vroeg Mabs. 'Wat gaat er met Otty gebeuren? Ik laat haar niet alleen naar dat huis teruggaan.'

'Jullie moeten allebei hier blijven,' vond Olive.

'Nee,' zei Mabs. 'Als ik maar weet dat Otty hier bij jullie is, ga ik naar huis. Naar Saffron Hill.'

De anderen begonnen hevig te protesteren, maar Mabs stak haar hand op om hun het zwijgen op te leggen. 'Luister,' zei ze. 'Het is niet wat jullie denken. Ik geef 't niet op, bij lange na niet. Jullie tweeën kunnen nergens anders terecht. Ik wel. Het is er niet luxe, maar ik ben daar bij m'n familie. Daar weet ik in elk geval waar ik aan toe ben. Ik kan nu lezen en schrijven, dankzij u, mevrouw... Abigail. Ik weet wat ik in m'n mars heb, ik ga niet voorgoed terug.'

In feite wilde ze helemaal niet weg uit Hampstead, maar dat was wel de juiste beslissing. Hoewel ze zag dat Olive stond te popelen om haar een nieuw leven te bezorgen, was dat niet Olives taak maar de hare. In elk geval was er bij haar thuis volop liefde, iets wat je van het huis aan Willoughby Walk niet kon zeggen.

Het kostte wat tijd om Olive te overtuigen, maar Mabs hield voet bij stuk en uiteindelijk maakten ze zich met tegenzin klaar om naar Willoughby Walk te gaan. Voor de laatste keer, dacht Mabs, ondanks alles een beetje verdrietig.

Ze gingen met zijn drieën naar meneer Finch toe om hem het goede nieuws over Clovers terugkeer te vertellen. Mabs was blij dat Olive erbij was. Ze wist niet of ze hem anders wel onder ogen had kunnen komen. Olive informeerde naar zijn vrouw, alsof ze van niets wist, en hij zei dat Abigail lag te slapen. Achter zich voelde Mabs Otty bijna met haar tanden knarsen. Olive vroeg hem zijn echtgenote de groeten te doen en vroeg vervolgens of Otty een paar nachten bij haar in Polaris House mocht komen logeren. 'Alleen als haar moeder haar kan missen, natuurlijk,' voegde ze eraan toe. 'Ik zou u eeuwig dankbaar zijn. Clover heeft er nadrukkelijk om gevraagd en ik kan haar niets weigeren nadat ze me zo heeft laten schrikken.'

Tot Mabs' opluchting stemde hij er afwezig mee in. Zijn normaal gesproken blozende gezicht was bleek. Misschien vreesde hij dat zijn weggelopen vrouw elk moment kon terugkomen en een bom zou leggen onder de onwaarheden die hij over haar had verkondigd.

Otty ging haar tas inpakken en Olive wachtte buiten, zogenaamd om van de zon te genieten, maar in werkelijkheid om Mabs de kans te geven met meneer Finch te praten zonder dat ze de schijn hoefden op te houden dat mevrouw Finch thuis was.

Toen de andere twee weg waren, werd Mabs overvallen door een onverklaarbare angst. 'Neem me nie kwalijk, meneer,' begon ze. 'Ik heb nagedacht. Ik weet dat u zo vriendelijk bent geweest om te zeggen dat ik nog een maand mag blijven, maar nu mevrouw Finch er niet meer is en Otty me niet nodig heeft, lijkt me dat niet gepast. Ik denk dat ik vandaag m'n spullen maar pak en naar huis ga, meneer, als ik niks meer voor u kan doen.'

Hij bedankte haar, op dezelfde afwezige toon als eerst. 'Het klinkt heel logisch wat je zegt. Je bent erg attent, zoals altijd. Ik zal je betalen wat je ik je nog schuldig ben voor de afgelopen week.' Hij graaide in zijn zak naar wat muntgeld.

'Dank u, meneer. Ik hoop dat alles goed komt. Ik wens u allemaal 't beste toe.' Met die woorden vloog ze de werkkamer uit en de trap op, alsof hij elk moment kon opduiken om haar tegen te houden. Nadat ze het zo lang had volgehouden, kon ze niet wachten om hier weg te gaan. Ze bezat zo weinig spullen dat het haar maar twee minuten kostte om alles in te pakken, maar aan elk voorwerp kleefde een herinnering. Het met kralen bezette tasje dat Otty haar als kerstcadeau had gegeven. Averils crèmekleurige jurk die ze had gedragen naar het feestje op de dag dat Elfrida haar deelgenoot had gemaakt van haar geheim en haar woede. De mantel en de handschoenen die mevrouw Finch haar had gegeven toen ze met hun dagelijkse wandelingen waren begonnen.

Toen ze was ontsnapt uit de werkkamer, het domein van meneer Finch, had ze niets dan opluchting gevoeld. Op de zolderkamer keek ze echter met gemengde gevoelens om zich heen. Het was onmogelijk te vergeten hoe ze zich had gevoeld toen ze hier net was aangekomen, hoe ze zich had verwonderd over luxeartikelen als handdoeken en een nachtjapon. Terug in de hal bleef ze even staan om een laatste blik te werpen op het portret van de jonge, adembenemende Abigail, de jongedame die Lucius Finch in de val had gelokt door haar te manipuleren en misbruik te maken van haar kwetsbaarheid. Ze herinnerde zich dat ze hier voor het eerst was binnengekomen, nog maar acht maanden geleden, en hoe onmogelijk groot het huis toen had geleken. Ze schudde verbaasd haar hoofd om hoe het was afgelopen en liep naar buiten.

Olive en Otty stonden aan het eind van de straat op haar te wachten. 'Hoe ging het?' vroeg Olive.

'Prima.' Mabs haalde haar schouders op. Met een zucht keek ze nog een laatste keer om naar het huis met de mooie blauwe deur. Ooit was dit het huis van haar dromen geweest, nu was het iets heel anders.

OLIVE

We lopen naar de hoofdstraat, waar ik een huurrijtuig aanhoud om Mabs naar huis te brengen. Abigail Finch heeft de afgelopen tijd al genoeg gelopen voor ons allemaal.

'Mabs,' smeek ik als het rijtuig bij ons tot stilstand komt. 'Denk er alsjeblieft nog eens over na. Blijf bij ons, al is het maar voor een paar dagen. Er valt nog zo veel te bespreken en ik zal je missen.' Het voelt wreed om afscheid te moeten nemen, nu ik Clover nog maar net terug heb. Het liefst zou ik al mijn dierbaren om me heen verzamelen en koesteren. Mabs is echter een onafhankelijke vrouw.

'Ik ga jou ook missen.' Haar stem trilt en ze pakt mijn hand stevig beet. 'Jullie allemaal. Maar ik doe hier goed aan. Ik moet bedenken hoe 't nu verder moet. En ik kom snel weer bij je op bezoek.'

'Goed dan,' verzucht ik wanneer ik zie dat ze niet te vermurwen is. 'Ik zal uitkijken naar een werkplek waar ze jou verdienen.'

Mabs omhelst eerst Otty en dan mij. Geen van beiden hebben we zin om haar los te laten, maar de koetsier wordt ongeduldig. Het volgende moment is ze weg.

Terug in Polaris House bekruipt me een merkwaardig gevoel. Mama ligt op bed met een zware verkoudheid en lichte koorts. Dokter Stickland is bij haar geweest en heeft ons ervan verzekerd dat het wel weer overgaat en dat ze er niets aan zal overhouden. Ik kan voelen dat Mabs er niet meer is. Ook al was ze hier niet elke dag, de wetenschap dat er geen mogelijkheid bestaat dat ze op bezoek komt of dat ik haar zal tegenkomen op straat maakt me verdrietig. Ik hoop maar dat ze geen genoegen neemt met een armzalig baantje dat haar sterke karakter en inlevingsvermogen niet waard is. Ik vraag me af of ze wel enig idee heeft van haar eigen kunnen.

Abigail is opgelucht dat ze haar dochter weer veilig bij zich heeft, een gevoel dat ik maar al te goed ken. Ik ben haar intens dankbaar voor wat ze voor Clover heeft gedaan, maar zit ook vol met vragen. Wat zou Clovers kant van het verhaal in vredesnaam zijn? Gezien haar leeftijd en haar zwijgzame aard vraag ik me af of ik er ooit achter zal komen.

Terwijl Otty en Abigail een wandeling in de tuin maken, verwikkeld in een serieus gesprek, ruk ik Clover los uit het fanatieke, chaotische potje van het vlooienspel dat ze met Angeline aan het spelen is en trek me met haar terug in de salon, in de erker waar ze het liefste zit.

'Liefste, waarom ben je weggelopen?' vraag ik vriendelijk. Met mijn vingertop strijk ik een lok haar uit het midden van haar gezicht. Ze verstijft onmiddellijk en ik vind het vreselijk dat iets in haar verleden ervoor heeft gezorgd dat ze zo reageert. 'Niet bang zijn, lieverd. Ik ben niet boos op je, maar ik ben je moeder en ik moet het weten. Ik was heel erg bang toen ik dacht dat ik je kwijt was. Waarom rende je weg voor die jongen op de jaarmarkt? Vertel het me alsjeblieft, Clover. Hier ben je veilig, dat beloof ik.'

Haar enorme, donkere ogen dwalen af van mijn gezicht en staren in het niets. Ik heb haar nog nooit zo afstandelijk gezien. Ze zegt niets. Ik wil niet aandringen en het risico nemen dat ze straks helemaal niets meer zegt. Misschien kan ik beter een paar jaar wachten voordat ik dit met haar bespreek, maar tegen die tijd heeft ze deze gebeurtenissen misschien al zo diep in haar geheugen weggestopt dat ik er nooit achter zal komen. Ik besluit het nog één keer te proberen.

'Kende je hem? Had je hem al eens eerder gezien?'

Clover haalt slechts haar schouders op, maar ik ben al blij dat ze reageert.

'Toen je thuiskwam, met Abigail, waarom wilde je toen niet naar binnen? Dacht je dat ik boos zou zijn?'

Ze knikt.

'Waarom dan, liefje?'

'Omdat ik niet mag weglopen.'

'Dat klopt, maar dat komt alleen doordat het niet veilig is en omdat je me zo dierbaar bent, schat. Ben je al vaker weggelopen? Heb je toen straf gekregen?'

Ze knikt verdrietig. 'Klappen,' fluistert ze. Met tranen in haar ogen kijkt ze naar me op.

Ik trek haar dicht tegen me aan. 'O, ik snap het. Wat vreselijk, schat. Ik zou je nooit een klap geven. Wat je ook hebt gedaan, zelfs al ben je stout geweest, ik wil dat je weet dat je naar me toe kunt komen, goed? Ik beloof dat ik je nooit zal slaan. Begrijp je dat?'

Ze knikt.

'Goed zo, meisje. Zeg, lieverd, Abigail vertelde dat toen ze vroeg hoe je heette, die avond op de heide, je zei dat je Clover heette, "niet Nellie". Heette je vroeger Nellie, voordat wij elkaar leerden kennen?'

Haar ogen zijn nu op mijn gezicht gefixeerd en ik durf amper adem te halen uit angst iets verkeerds te zeggen. Het is net alsof ik heel stil blijf zitten in de hoop dat er een wild vogeltje naar me toe zal komen. Ze kijkt bedenkelijk, alsof ze niet goed weet wat ze moet zeggen.

'Wat je ook zegt, er zal niets veranderen,' zeg ik. 'Niets kan veranderen hoeveel ik van je hou. Je hoeft nooit bij me weg. Dit is jouw huis en je heet nu Clover. Je bent mijn dochter. Wat er eerder ook met je gebeurd is, dat is nu voorbij.'

Als ze dat hoort, laat ze zich tegen me aan zakken, met haar voorhoofd tegen mijn borst gedrukt. Ik kus haar hoofd en streel haar rug. Het is een ja zonder woorden, dat voel ik. Voordat ze hier kwam, heette ze Nellie. Ik denk aan mijn bezoekje aan Harlowe Place. Ik herinner me de magere, bevende jongen op de heide. Ik stel me een leven voor dat zo erg was dat alleen de herinnering eraan er al voor zorgde dat ze op de vlucht sloeg, ik haal me een moeder voor de geest die haar sloeg wanneer ze wegliep.

'Deed die jongen gemeen tegen je, toen je nog Nellie heette?' fluister ik.

Zonder op te kijken schudt ze haar hoofd.
'Maar hij deed je wel aan vroeger denken, toch, schat?'
Ze knikt.
'Wie was hij?'
Clover kijkt naar me op.
Dan wordt er op de deur geklopt en kondigt Anne de komst van meneer Harper aan. Goeie genade! Ik was hem bijna vergeten. Hij lijkt wel iemand uit een ander leven. Wat een timing! Ach, het geeft ook niet. Clover heeft al genoeg te verduren gehad. Dat opgewekte meisje verwelkt onder de druk van haar herinneringen. Wat moet het moeilijk zijn voor zo'n klein mensje om twee zulke verschillende levens met elkaar te verenigen.
'Beloof me dat je nooit meer wegloopt,' mompel ik, terwijl ik weer een kus op haar krullen druk.
'Beloofd,' fluistert ze.
Dat is in feite het enige wat ik wil horen. Toch probeer ik het gezicht van de jongen in mijn geheugen te prenten, voor het geval dat ik hem ooit kan helpen. 'Goed zo, meisje. Ga maar weer met Angeline spelen.'
Meteen klaart haar gezicht op en springt ze van de erkerbank af.
Volgens mij zal ik nooit meer over haar verleden te weten komen dan dit, maar in elk geval begrijp ik haar nu iets beter. Ik loop naar mijn werkkamer, waar meneer Harper op me zit te wachten, en neem me voor om het bal uit te stellen. Ik wil dat mama zich voor het bal weer helemaal fit voelt en ervan kan genieten. Het is maar goed dat ik de uitnodigingen nog niet naar de drukker heb gestuurd.
Door alle emoties van de afgelopen dagen zie en voel ik alles veel levendiger dan anders. Kleuren lijken feller, mijn prioriteiten zijn helderder, mijn gevoelens komen duidelijk naar voren. Ik ben blij om meneer Harper te zien en heb zin om het leven te omarmen. Voordat hij de kans krijgt om iets te zeggen, ben ik al aan de andere kant van de kamer en schud ik hem de hand.
Hij kijkt aangenaam verrast. 'Juffrouw Westallen, wat ontzettend

fijn u weer te zien. De afgelopen week heb ik het helaas erg druk gehad op het werk, anders was ik al eerder op bezoek gekomen. Gelukkig ziet het ernaar uit dat de komende maand rustiger wordt. Hopelijk stoor ik u niet.'

'Niet in het minst. Zullen we naar de salon gaan om iets te drinken? Als u een paar dagen eerder was gekomen, was u niet zo hartelijk ontvangen, vrees ik. Het is een roerige tijd geweest hier in huize Westallen. Alles is nog maar net weer bij het oude.'

'Wat vervelend om dat te horen. Wat is er gebeurd, juffrouw Westallen? En ja, ik lust wel iets, dank u.'

'O, meneer Harper. Op zondag is mijn dochter zoekgeraakt. Ze is nog maar vier. We hebben het grootste deel van de nacht en de hele volgende dag naar haar gezocht. Zoals u weet regende het toen verschrikkelijk. Nu is ze weer terug, veilig en wel, godzijdank, maar mijn moeder is doorweekt geraakt en voelt zich sindsdien al niet goed...' Ik val stil omdat ik zie dat meneer Harper een vreemde uitdrukking op zijn gezicht heeft. Hij ziet eruit alsof er een hoesttabletje vastzit in zijn keel. 'Gaat het wel, meneer Harper?'

Hij kucht. 'Prima, dank u, juffrouw Westallen. Ik... ahum... Het spijt me te horen van uw moeder en ik wens haar een spoedig herstel toe. Maar, eh... hoorde ik u nou goed? Zei u dat uw dóchter zoek was?'

'O, hemeltje! Had ik het nog niet met u over Clover gehad? Dan boft u maar, want normaal gesproken raak ik niet over haar uitgepraat. Ik ben helemaal in de wolken met het moederschap, ziet u.'

'Ah! Heb ik me dan vergist? Had ik u moeten aanspreken met mevrouw Westallen? Nee, wacht, u bent de dochter van de kapitein...'

Ik lach opgewekt en verlos hem uit zijn lijden. 'Juffrouw Westallen klopt als een zwerende vinger, meneer Harper. Clover is geadopteerd. Het leek me onwaarschijnlijk dat ik ooit zou trouwen, maar ik wilde wel graag moeder worden. Daarom heb ik Clover uit het meisjestehuis in Belsize Park gehaald. Of misschien kan ik beter zeggen dat Clover mij heeft uitgekozen. Hoe dan ook passen we uitstekend bij elkaar.'

'U dacht dat u nooit zou trouwen... dus hebt u een kind geadopteerd,' herhaalt hij.

'Inderdaad. Niet dat ik er bezwaar tegen zou hebben om alsnog te trouwen, mocht de juiste gelegenheid zich voordoen,' zeg ik bemoedigend. *Gewaagd, hoor, Olive!*

'Dat lijkt me nu erg onwaarschijnlijk, u niet?'

Dan realiseer ik me pas dat hij geschokt is. Ondanks zijn openlijke bewondering voor mij, zijn lof voor intellectuele vrouwen en zijn interesse in esoterische zaken hecht hij aan bepaalde gebruiken en zijn er dingen die hij niet kan verdragen. Ach, iedereen heeft zijn grenzen. Meneer Finch kan het niet eens verdragen als een vrouw ook maar één gedachte heeft waarmee hij het niet eens is, dus vergeleken met hem doet meneer Harper het best aardig. 'Is dat zo, meneer Harper? Waarom dan wel?' vraag ik poeslief.

'Nou, hemeltje! Het is wel een erg... ongebruikelijke stap die u hebt genomen. Ik betwijfel of er een man is die zich er prettig bij voelt om in het huwelijk te treden met een alleenstaande vrouw die een kind heeft. En nog wel zó'n kind. Een kind van twijfelachtige afkomst, bedoel ik dan.'

Ik voel de haartjes in mijn nek overeind komen en moet me inhouden om hem niet af te snauwen. Hij heeft het over mijn kínd! 'O, er bestaat geen enkele twijfel over Clovers afkomst. Ik heb me erin verdiept. Ze is geboren in een sloppenwijk, in een gezin dat het heel slecht had. Limonade?'

'O jee, ik kan niet blijven om iets te drinken. Ik, eh... kwam alleen informeren naar de vorderingen van de stichting.'

'Daar gaat het erg goed mee.'

'Uitstekend! Dan ga ik nu maar, ik heb nog een dringende kwestie af te handelen. Een prettige dag nog en, eh... beterschap voor uw moeder.' Als een geschrokken hond spurt hij de kamer uit.

Ik blijf met een glimlachje op mijn gezicht staan, tot ik de voordeur achter hem dicht hoor vallen. Dan laat ik me in mijn stoel zakken. Het zij zo. Ik koesterde enige hoop wat betreft meneer Harper.

Het voelde… verhelderend om iets van die opwinding tussen man en vrouw te voelen. Die opwinding heb ik in mijn leven niet vaak gevoeld.

Ik denk terug aan papa, die me maanden geleden die vraag stelde. *Welke man wil nou een vrouw die zich zoiets op de hals haalt? Dat is ongehoord.* Misschien heeft hij gelijk. Maar Clover voelt niet als iets wat ik me op de hals heb gehaald. Ik zie haar eerder als een aangenaam schild dat mannen bij me weghoudt die zwak van geest zijn en er onzinnige gedachten op na houden.

'Vaarwel, meneer Harper,' mompel ik, terwijl ik weer opsta.

MABS

Ondanks haar vaste voornemen om zich onafhankelijk op te stellen voelde Mabs de moed in haar schoenen zakken toen het huurrijtuig naar het hart van Saffron Hill reed. Een eindje bij Mushroom Court vandaan liet ze de koetsier stilhouden. Met een rijtuig kon je niet dichter in de buurt komen, en ze voelde zijn opluchting. Ze had zo graag weg gewild uit het huis aan Willoughby Walk, maar belandde ze nu van de regen in de drup? Met hangend hoofd haastte ze zich naar huis.

Peg en Matty waren verbaasd en dolblij om haar te zien, vooral toen ze hoorden dat ze een poosje zou blijven. Hoewel ze veel vragen voor haar hadden, liet Mabs hen wachten tot pa en Nicky thuis waren. Ze wilde niet alles twee keer hoeven uitleggen.

Peg was zowel geschrokken als gefascineerd door het verhaal van de familie Finch.

Pa maakte zich vooral zorgen om het verlies van haar inkomsten. 'Net nu 't zo goed ging,' klaagde hij.

Op elk ander moment zou Mabs zich daaraan hebben geërgerd, maar vergeleken bij meneer Finch deed haar vader het geweldig, dus omhelsde ze hem alleen en zei dat alles goed zou komen.

'Ga je weer op de werf werken?' vroeg hij.

Mabs schoot bijna in de lach om zijn gebrek aan verbeeldingskracht. Toegegeven, het was goed weer en geld was zo lang een bron van zorgen geweest dat de neiging groot was om koste wat kost te blijven verdienen. Ze wist echter dat als ze het werk bij het kanaal weer oppakte, ze te uitgeput zou zijn om nog ergens anders aan te denken en opgeslokt zou worden door dat leven. Dan zou alles voor niets zijn geweest. Net zoals ze de verleiding om bij Olive te blijven had weerstaan, weerstond ze nu de druk van haar vaders zorgen.

Het was vreemd om weer terug te zijn in Mushroom Court. De krappe kamer, de verontrustende geuren, het geschreeuw waardoor je midden in de nacht wakker schrok. Je had er geen fatsoenlijk bed en werd omringd door achterdochtige buren die je niet eens groetten op straat. In haar nieuwe jurk voelde Mabs zich onveilig, haar oude wilde ze niet meer dragen en een uniform had ze niet meer, dus wist ze niet eens hoe ze zich in deze wereld moest kleden. Ze besloot de oude broek en het overhemd van haar vader te dragen die ze tijdens het werk als arbeider had aangehad. Het was hier moeilijker om jezelf te wassen, maar ze deed haar best en sjouwde met water uit de pomp een paar straten verderop, blij dat het mooie weer dat enigszins draaglijk maakte. Het was heerlijk om weer bij haar familie te zijn, om weer met hen te praten, hen te helpen en met hen te lachen. Toch was het ook vreemd, nu de helft van het gezin ontbrak.

Vanaf het allereerste begin verlangde ze er al naar om bij Olive op bezoek te gaan. Ze miste iedereen en vroeg zich de hele tijd af hoe het met hen ging. Ze kon Olive echter niet alles voor haar laten oplossen. Waarschijnlijk zou ze haar op een gegeven moment toch wel om hulp vragen, maar eerst moest ze uitvogelen wat ze zelf wilde.

Het was moeilijk om hier na te denken, dat was het altijd al geweest. Ze voelde zich hier opgesloten, waardoor er geen ideeën in haar opkwamen. Daarom maakte ze lange wandelingen. Vaak dwaalde ze langs het kanaal, terwijl ze diep in haar hart hoopte een glimp van Kip Miller op te vangen. Ze piekerde zich suf, elke dag wanneer ze over het pad liep. Soms begaf ze zich in de drukte op een van de werven, soms waren er lange, rustige stukken waar ze alleen zo nu en dan werd gestoord door het geluid van een passerend binnenschip.

Het zou helemaal niet moeilijk zijn om een betrekking te vinden als gezelschapsdame of dienstmeisje. Mevrouw Finch zou zonder aarzelen een lovende aanbevelingsbrief voor haar schrijven, evenals Olive. Met een brief waar de naam Westallen onder stond zou ze de baan zeker krijgen. Maar wílde ze dat wel? Ze had nooit eerder de luxe gehad om daarover na te denken. Welbeschouwd had ze die luxe nu nog steeds niet, maar ze had wat spaargeld, een beetje ervaring en goede vrienden die haar waardeerden. Het kwam bij haar op dat ze het de afgelopen maanden best goed had gedaan en dat dat in haar volgende functie ongetwijfeld ook het geval zou zijn. Dat gaf haar zelfvertrouwen. Het zorgde ervoor dat ze begon te dromen van wat er nog meer mogelijk was.

Op een middag kwam ze op de werf terecht waar ze had gewerkt. Ze lette er goed op dat ze niemand voor de voeten liep, maar ging in gedachten terug in de tijd bij het zien van de ijsputten, de kolenkarren en de stapels hout. Ze keek naar de baggeraars die vermoeid emmers door het water sleepten om het slik weg te halen dat zich snel ophoopte en ervoor zorgde dat de zwaarste vrachtschepen vastliepen. Het had iets geruststellends om op deze plek te zijn waar ze zich zo ongelukkig had gevoeld, zo hulpeloos, en om te bedenken hoezeer alles veranderd was. Toen ze het logo van Rose's Lime Cordial op een stapel kisten herkende, keek ze om zich heen of ze Nicky zag. Al snel zag ze hem staan, met één voet op de werf en de andere op de zijkant van een vrachtschip, waar hij kisten op stond te laden. 'O, Nicky,' zei ze met een kreun, terwijl ze een hand voor haar ogen sloeg.

Net toen ze naar hem wilde roepen dat hij veilig op het schip moest gaan staan, schoot het haar te binnen dat hij hier niet haar broertje was, maar een arbeider. Net als zij wilde hij zijn eigen weg vinden. Ze dwong zichzelf om nog eens te kijken, ditmaal door de ogen van een buitenstaander. Het was een heldere avond en de werf lag er zo uitnodigend bij als maar mogelijk was. Het water schitterde in de aan kracht inboetende zon. Als de zomer in de lucht hing, werd de sfeer altijd luchtiger. Er werd gelachen en over en weer werden grapjes gemaakt, de werkdag zat er bijna op. Nicky moest ook lachen en bukte en tilde met zoveel gemak dat zelfs Mabs moest toegeven dat dit werk misschien wel bij hem paste.

Toen alle kisten waren geladen en Nicky weer met beide benen stevig op de grond stond, riep ze hem.

'Mabs!' riep hij uit. Op een drafje liep hij naar haar toe. 'Wat een verrassing! Wat is er?'

'Ik was gewoon weer aan 't wandelen om na te denken,' antwoordde ze. 'Ik wou pa en de anderen even gedag zeggen.'

'Bespaar je de moeite. Ik heb gehoord dat ie d'r weer niet is. Hij is d'r weer vroeg vandoor gegaan, drie keer raden waarom.'

'Als hij zo doorgaat, raakt hij binnenkort z'n baan kwijt.' Mabs zuchtte. 'Ik ga wel weer met 'm praten.'

'Nou, Mabs, ik heb 't al geregeld. Ik heb met Ducky gepraat, z'n voorman. Pa z'n gedrag hangt 'm behoorlijk de keel uit, dus ik heb gezegd dat we zouden ruilen. Vanaf morgen ga ik op de steenkool werken. Ik weet dat dat slechter betaalt, maar ik drink 't bier in elk geval niet op, niewaar? Het geld dat ik wél krijg neem ik mee naar huis. Pa kan met limonade gaan sjouwen. Dan krijgt ie volledig uitbetaald en krijgt ie geen gratis bier. Ducky heeft met mijn voorman overlegd. Hém kan 't niks schelen wie de limonade laadt, zolang 't maar gebeurt.'

Mabs staarde haar broertje aan. 'Wat slim van je,' zei ze. 'Ik zei toch altijd al dat je slim was? Hoe kom je erop?'

Hij haalde zijn schouders op. 'Het ligt voor de hand.'

'Ja, echt! Je bent een goeie jongen, Nicky. Ik weet dat ik 't al vaker heb gezegd, maar je verdient beter dan dit.'

Nicky keek haar ernstig aan. 'Weet je wat, Mabs? Dat weet ik. Thuis is 't niet zo druk meer sinds de anderen weg zijn, maar 't is d'r niet aangenamer op geworden. Ik ben d'r niet blij mee dat ik straks met kolen moet sjouwen en niet eens een volledig loon mee naar huis ken nemen. Het is gewoon 't minste van twee kwaden, nu pa d'r zo aan toe is. Voorlopig red ik me wel. Het is goed weer, ik ben graag buiten.

Maar ik ken je verzekeren, Mabsy, tegen de tijd dat 't winter wordt, heb ik wat anders bedacht.'

Hij is volwassen, dacht Mabs. Nog zo jong, maar al helemaal volwassen. 'Goed, schat,' zei ze, met het gevoel dat er een last van haar schouders was gevallen. 'Ik laat 't aan jou over.'

Ze slenterde verder over het pad, weg van de drukte. Het zachte zonlicht was nu echt prachtig. Ze schermde haar ogen af om tegen de ondergaande zon in te kunnen kijken en zag mannen zakken met steenkool van karren laden en het erf van de Black Pony op slepen. Een vrachtschip vol hout werd voortgesleept over de rivier. De zijkanten waren beschilderd met felgekleurde rozen en kastelen, het enorme bruine paard boog zijn hoofd in het hoofdstel.

Het drong tot haar door dat ze op precies dezelfde plek stond waar Lou haar afgelopen herfst had aangeklampt over de baan in Hampstead. Daar was het paaltje waar Lou op was neergestreken. Mabs ging erop zitten en trok haar neus op. Erg comfortabel was het niet.

Ze besefte dat de dromen die ze koesterde enorm waren. De afgelopen dagen had ze er veel over nagedacht waarom ze het leven in Hampstead zo bijzonder had gevonden. Ze wilde haar opleiding voortzetten, ze wilde op een mooie plek wonen en dicht bij haar vriendinnen zijn. Ze zou er geen bezwaar tegen hebben om weer als gezelschapsdame te moeten werken, of als dienstmeisje, of iets anders in die richting, maar dat wilde ze niet voorgoed blijven doen. Uiteindelijk wilde ze van niemand meer afhankelijk zijn voor waar ze woonde, voor haar manier van leven. Ze wilde iets doen waar ze trots op kon zijn, zoals Olive deed met haar stichting. Dat was allemaal nog heel ver weg, dat wist ze. Maar het was goed om toekomstdromen te koesteren, nietwaar?

'Mooie troon!' zei een stem achter haar. Toen ze zich omdraaide, zag ze Kip Miller staan. Hij nam zijn hoed voor haar af en glimlachte. 'Zozo, juffrouw Daley. Ik had niet verwacht jou hier tegen te komen.'

Mabs voelde dat ze een kleur kreeg. 'Hallo, meneer Miller. Hoe gaat 't?'

'Kon niet beter. Ik ben weer een treetje opgeklommen en werk nu als secretaris. Jij hebt weer jongenskleren aan. Je bent toch niet weer aan de zware arbeid geslagen, zeker?'

'Nee, dat nooit.' Ze stond op en weerstond de neiging om over haar pijnlijke achterwerk te wrijven. 'Je bent niet te stuiten, Kip Miller, ik ben onder de indruk! Van arbeider naar secretaris, in slechts een paar maanden tijd. Bij mij is 't de andere kant op gegaan, vrees ik. Er was geen werk meer voor me, dus woon ik nu weer een tijdje bij m'n vader. Maar binnenkort vind ik wel weer wat anders.'

'Daar twijfel ik niet aan,' zei hij. 'Volgens mij kun jij alles bereiken wat je maar wil. Wat doe je hier? Je hoopte mij zeker tegen te komen?'

Ze trok een gezicht. 'Haal je maar niks in je hoofd. Ik heb grootse plannen, en om de een of andere reden kan ik daar goed over nadenken als ik hier ben. Ik ben al dagen aan 't lopen en piekeren. Hoe gaat 't met 't schrijven?'

'Goed! Ik heb een cursus gevonden voor werkende mannen, één avond in de week. Ik zou je nog steeds niet kunnen vertellen wat 't verschil tussen een komma en een puntkomma is, maar m'n spelling gaat al vooruit.'

'Da's goed om te horen. Ik mis 't leren. Op m'n ouwe werkplek leerde m'n mevrouw me lezen en schrijven. Daar wil ik mee doorgaan.'

'Moet je doen. Je bent te goed om hier weer terecht te komen. En ik ben te goed om hier te blijven, zelfs als secretaris. Wij gaan veel bereiken, juffrouw Daley, jij en ik. Wat denk je ervan om een keer naar de theesalon in Clerkenwell te gaan? Ik ben benieuwd hoe 't verder met je gaat en je bent me nog wat verschuldigd, aangezien ik je leven heb gered.'

Mabs grijnsde. 'Geen dank, zei je!'

'Ja, je hebt gelijk. Nou, wat zeg je ervan? Niet omdat je me wat verschuldigd bent, maar gewoon omdat je 't graag wil?'

Mabs keek hem nadenkend aan. 'Misschien wil ik dat wel, ja,' zei ze, en ze wandelde verder.

MABS

Twee maanden later

Mabs haastte zich naar huis met een in bruin papier verpakt pakje onder haar arm. Het was een bloedhete, stralende dag in augustus, precies het weer waarom Olive had gebeden. Vanavond was het bal van de Westallen Foundation. Mabs' maag maakte steeds een sprongetje wanneer ze eraan dacht. Haar allereerste bal! De enige domper was het feit dat Lou er niet zou zijn. Mabs had aan Olive gevraagd of ze haar mocht uitnodigen. Natuurlijk had Olive ja gezegd, maar de familie Blythe weigerde een van de bedienden spontaan een avond vrij te geven. Het was ontzettend oneerlijk.

Hampstead zag er die middag overweldigd uit door het felle zonlicht. De zon stond zo hoog aan de hemel dat de winkeliers hun luiken half dichthielden en de weerkaatsing op het wegdek was oogverblindend. Mabs zweette. Ze zou bij terugkomst in een kuip met koud water moeten duiken, anders zou ze er vanavond niet uitzien.

Het was een opluchting dat ze het schaduwrijke Covenant Row kon inslaan en nog een grotere opluchting om de koele hal in te stappen. Ze haastte zich naar haar kamer om de jurk uit te pakken en uit te slaan voordat iemand hem kon zien. Nadat ze hem aan de deur van de kledingkast had gehangen, trok ze haar bezwete kleren uit en stapte in het verkoelende bad dat al voor haar klaarstond.

Ze dompelde zichzelf helemaal onder en veegde toen ze weer bovenkwam het water uit haar gezicht om naar buiten te kunnen kijken. Haar kamer bevond zich op de begane grond en bood uitzicht op de tuin. De vitrage was dicht, maar de kier tussen de gordijnen was net breed genoeg om een paar lusteloze wilgentakken en een groepje felgele rozen te kunnen zien. Met een glimlach deed ze haar ogen dicht. Vorig jaar had ze in augustus nog bij het kanaal gewerkt. Ze had zich in haar stoutste dromen geen leven zoals dit kunnen voorstellen.

Kort na die laatste wandeling langs het kanaal was ze bij Olive op bezoek gegaan. Eindelijk wist ze wat ze wilde, alleen had ze geen idee hoe ze dat kon bewerkstelligen. De woorden van Kip hadden haar moed gegeven en ervoor gezorgd dat ze de lat hoog durfde te leggen. *Volgens mij kun jij alles bereiken wat je maar wil.*

Het was heerlijk geweest om Olive weer te zien. Ze waren samen op het bankje bij de lavendelstruiken gaan zitten en om te beginnen had Mabs precies willen weten hoe het met Abigail ging. Die werd er haastig bij geroepen en omhelsde Mabs bij wijze van een welgemeend, stilzwijgend 'dank je wel'.

In de week dat Mabs in Saffron Hill had nagedacht over haar hoop en dromen had Abigail haar toevlucht gezocht in Polaris House. Na alles wat ze had meegemaakt, had ze rust nodig, bracht ze veel tijd door met Otty en dacht ze diep na over hoe haar leven tot dan toe was verlopen en hoe het vanaf nu misschien zou kunnen worden. Dat Otty de waarheid over haar vader kende, veranderde alles. Abigail kon niet meer getrouwd blijven met Lucius Finch.

Toen ze de familie Westallen vertelde over haar besluit, werd dat met applaus ontvangen. De kapitein had meteen een beroep gedaan op zijn advocaat en zijn dokter, twee goede, integere mannen. Het was duidelijk dat meneer Finch nu hij er alleen voor stond op alle fronten de strijd zou aanbinden met zijn vrouw. Hij zou niet akkoord gaan met een echtscheiding, hij zou de kinderen tegen haar opzetten, treuzelen, verwarring zaaien en alles in het werk stellen om haar aan hem gebonden te houden. Hun enige mogelijkheid was om dat allemaal vóór te zijn.

Dokter Stickland schreef een brief waarin hij verklaarde dat Abigail volledig bij zinnen was. De advocaat, meneer Popplethwaite, stelde in een document dat Abigail een sterke zaak had als ze een echtscheiding aanvroeg en de voogdij opeiste, op grond van mishandeling. Van het gesticht in Dartford ontving kapitein Westallen de papieren over de voorgenomen opname van Abigail. Die bewezen dat het verhaal van meneer Finch, dat zijn vrouw was weggelopen met een minnaar, een verzinsel was. Gewapend met deze documenten zetten de kapitein en Abigail koers naar Willoughby Walk.

'Je kunt je wel indenken dat ik daar graag een vlieg op de muur was geweest!' merkte Olive op.

Mabs huiverde bij de gedachte.

Lucius Finch veronderstelde, of hoopte, inmiddels dat zijn echtgenote vroegtijdig aan haar einde was gekomen op de straten van Dartford. Stel je zijn ontsteltenis eens voor toen hij haar hun huis zag binnenlopen, vergezeld door niemand minder dan de man van wie hij idolaat was. Hij begon kapitein Westallen meteen te vertellen over de geestelijke problemen van zijn vrouw.

De kapitein liet hem niet uitpraten. Mabs kon zich wel voorstellen dat hij diepe indruk had gemaakt. 'Bij ons in Polaris House zijn we allemaal op de hoogte van het ware verhaal van mevrouw Finch,' zei hij. 'Ik heb haar onder mijn hoede genomen en dat blijft zo tot er een gepaste regeling is getroffen. Daar heb je zelf de hand in, beste kerel.'

Abigail liet de details aan hen over en liep naar de keuken. Vlak voordat ze naar binnen ging, hoorde ze Betsy zeggen: 'Ik meen het, Lyds, het is kapitein Westallen! Ze is er met hem vandoor gegaan! Ik heb ze zelf gezien!'

Abigail kon haar lachen niet goed inhouden toen ze naar binnen ging en aan tafel plaatsnam. Alle bedienden waren er en keken haar verward en beschaamd aan. Ze gaf hun een beknopte versie van de werkelijkheid, genoeg om belachelijke geruchten de kop in te drukken. Daarna bedankte ze hen voor hun uitstekende werk en bood ze haar excuses aan omdat ze zo afstandelijk was geweest. Mevrouw Derring schonk een kopje slappe Indiase thee voor haar in, precies zoals ze die graag dronk. Een halfuur later verlieten Abigail en de kapitein het huis aan Willoughby Walk en liepen ze de heuvel weer op.

De kapitein was tevreden met de afspraken die er waren gemaakt. Lucius Finch had ingestemd met een scheiding, al had hij in feite weinig keus gehad. Het bewijs dat kapitein Westallen tegen hem had vergaard was overweldigend. Als dit bekend werd, zou er voor meneer Finch geen toekomst meer weggelegd zijn, en zijn overlevingsdrang won het van zijn behoefte aan controle. Zijn tijd aan het kanaal was voorbij, daar had kapitein Westallen wel voor gezorgd. Hij zou nooit meer in Londen kunnen werken. Sterker nog, er restte hem nog maar één optie. Kapitein Westallen was ermee akkoord gegaan om hem aan te bevelen voor een lagere functie op een kleine scheepswerf in Zuid-Afrika. Het blozende gezicht van meneer Finch verbleekte bij het horen van de naam van dat afgelegen land, waar alles zo ingewikkeld was. Hij smeekte nog of hij zijn geluk in Ierland of Wales mocht beproeven, maar hij had slechts de keus tussen Zuid-Afrika of een vernederende rechtszaak.

Hoewel er wettelijk niets geregeld was voor gescheiden vrouwen, overtuigde de kapitein meneer Finch ervan dat gezien alle 'misverstanden' die er in de loop der tijd tussen Lucius en Abigail waren geweest, een eenmalige royale schikking hun allebei vrijheid zou bieden. Als hij daar niet mee instemde, was hij zelfs niet verzekerd van de betrekking in Zuid-Afrika. Na de schikking zou meneer Finch net genoeg geld overhouden voor de overtocht en om bescheiden van te kunnen leven totdat zijn eerste salaris werd uitbetaald. Naar zijn maatstaven zouden zijn nieuwe functie en manier van leven inderdaad maar bescheiden zijn, maar de kapitein verzekerde hem er met enige ironie van dat Zuid-Afrika volop mogelijkheden bood voor een veerkrachtige man met karakter.

De laatste voorwaarde betrof de voogdij. Charlie was inmiddels een gehuwd man. Tegen de tijd dat de echtscheiding was uitgesproken, zou ook Averil getrouwd zijn en zou Elfrida eenentwintig zijn. Daardoor bleef alleen Otty nog over. Meneer Finch zou haar natuurlijk kunnen meenemen naar Zuid-Afrika, maar was dat wel eerlijk tegenover het meisje? Was dat land wel een geschikte plek voor een kind als Otty? Ze zou zich daar zeker kunnen uitleven. Zou de zorg voor zijn twaalfjarige dochter meneer Finch niet hinderen en ervoor zorgen dat hij niet alles uit zijn nieuwe functie kon halen? Zelfs in deze tijd kreeg een gescheiden vrouw zelden de voogdij over een ouder kind, dat viel niet te ontkennen. Als de vader ermee instemde als voorwaarde voor de echtscheiding, was er echter geen enkel probleem. Natuurlijk zou er een bezoekregeling worden getroffen, voor het geval dat hij ooit nog eens in het land zou zijn. Knarsetandend ging meneer Finch ermee akkoord.

'Kapitein Westallen, u bent een wonderdoener,' zei Abigail toen ze Polaris House naderden. 'Ik kan nauwelijks geloven wat u allemaal voor me gedaan hebt.'

'Met omkoperij, een beetje overredingskracht en een grondige aanpak kom je een heel eind,' zei hij lachend.

Twee weken later trouwde Averil. Haar vader was aanwezig en verliet het land de volgende dag. Het was de laatste keer dat Abigail en Lucius als echtpaar in het openbaar verschenen en er leek die dag geen vuiltje aan de lucht. Charlie en Felicia waren er ook en alle jonge Finches wensten hun zusje een gelukkig huwelijk toe en wensten hun vader het beste voor zijn nieuwe avontuur. Averil en Elfrida waren uit de droom geholpen dat hun moeder hen in de steek had gelaten voor een minnaar en ze waren allemaal erg in de war over de wending die het leven van hun ouders had genomen. Hun eigen leven ging echter verder, en ze hadden er vrede mee dat hun ouders naar de achtergrond verdwenen.

Elfrida verhuisde terug naar Durham. Ze was gevraagd om bij de familie van een goede schoolvriendin in te trekken. Abigail en Otty besloten in Hampstead te blijven, omdat Abigail dat bij nader inzien een prettige plek vond om opnieuw te beginnen. Otty was dolblij dat ze op haar oude school mocht blijven.

Ze huurden een huis, kleiner dan het huis aan Willoughby Walk en verder bij de heide vandaan, maar niet veel verder. Uit financiële overwegingen namen ze weinig personeel in dienst en om hun kapitaal te behouden en ervoor te zorgen dat er genoeg geld was voor Otty's opleiding namen ze een kostganger in huis. Die kostganger was Mabs. Voor een bescheiden huishouden van drie dames was er maar één dienstmeisje nodig. Dat werd Peg, ook al stelde haar werk niet veel voor aangezien ze allemaal hun steentje bijdroegen in het huishouden. Het enige andere personeelslid was een tuinknecht die de rozen verzorgde. Dat was Matty. Mevrouw Finch had nu een rozentuin die er goedgevuld, prachtig en levendig bij lag, alles wat de oude rozentuin niet was geweest. Soms verbeeldde Mabs zich dat Hampstead zelf een rozentuin was en dat alle geweldige vrouwen die ze hier had leren kennen – Olive en Julia Morrow, om over Abigail en Otty nog maar te zwijgen – de rozen waren. Ze bleven koppig bloeien, ongeacht wat het leven hun voor de voeten wierp. Dat gold welbeschouwd ook voor Mabs zelf.

Ze vond het heerlijk dat het allemaal zo goed had uitgepakt. Pa en Nicky woonden nu in een veel nettere kamer in een veel betere buurt. Pa had een vriendin. Zo nu en dan dronk hij nog steeds te veel, maar dat was nu Daphnes zorg. Nicky hield nog steeds bij hoog en bij laag vol dat hij nog voor de winter zou stoppen met zijn werk als arbeider. Mabs twijfelde er niet aan dat hem dat zou lukken.

Ze schrok omdat er op de deur werd geklopt. Hoewel ze inmiddels niet meer rood en bezweet was, was ze wel zo gerimpeld als een bes. 'Ik zit in bad,' riep ze.

'Ik ben 't, Peg! Heb je m'n jurk al gehaald?'

'Ja, ik kom er zo aan!' Mabs stapte uit het bad, voorzichtig zodat het water niet over de rand zou klotsen, en trok de badjas aan die Abigail haar vorige maand voor haar negentiende verjaardag had gegeven. Hij was van pastelblauw satijn met een roze biesje en inmiddels was het haar dierbaarste bezit. Snel liep ze naar de kamer van Peg. 'Dit is 'm dan!'

Na slechts een maand in haar nieuwe leven was Pegs gezicht al minder ingevallen en kreeg haar bruine haar wat glans. Haar glimlach met het spleetje tussen haar tanden was nog net zo stralend als altijd, maar nu vaker oprecht in plaats van geforceerd en dapper. Sinds haar leefomstandigheden waren verbeterd, had ze zich overgegeven aan haar ijdelheid, krulde ze haar haar en droeg ze elke dag de zilveren hanger die ze van Mabs had gekregen. Ook zorgde ze ervoor dat er altijd een vaasje met verse rozen in haar kamer stond. 'Dank je, Mabs,' zei ze verrukt. 'Je bent de beste zus van de hele wereld! Hij is beeldschoon.'

Dat was hij zeker, dacht Mabs terwijl Peg de jurk tegen zich aan hield. De kleur deed haar denken aan de lavendelstruiken in Olives tuin. Voor Mabs zou die kleur altijd symbool blijven staan voor hoop. De jurk had korte mouwtjes, een ronde hals en een sjerp van satijnen linten die loshingen vanaf de taille. Op de zoom waren gele bloemetjes van speenkruid geborduurd. Zelfs Mabs had zich nooit kunnen indenken hoe mooi Peg eruit zou zien in de jurk. Ze oogde vrouwelijk en kleurrijk, precies zoals ze was.

'Ik vind 'm prachtig.' Peg wiegde met haar heupen en liet de rok heen en weer zwieren voor de spiegel. 'Ik ben d'r dolblij mee. Hij is perfect, Mabsy, dank je wel.'

Mabs glimlachte en liet het verder aan haar zusje over. Het had geen zin om aan te bieden Pegs haar te doen, want daar was ze verschrikkelijk slecht in. Voordat ze weggingen, zou Peg hún haar doen. Sinds haar komst naar Hampstead had ze tijdschriften ontdekt, en inmiddels had ze de laatste trends goed in de vingers. Mabs ging terug naar haar eigen kamer en trok de crèmekleurige jurk aan die ze van Averil had gekregen. Ze had het onzin gevonden om geld uit te geven aan een nieuwe jurk, terwijl ze deze nog steeds prachtig vond. Ze had zichzelf wel op nieuwe schoenen getrakteerd, crèmekleurige pumps met een lage hak en een strikje op de neuzen.

Niet veel later stonden Mabs, Otty en Abigail voor de grote spiegel in de kamer van mevrouw Finch, terwijl Peg heen en weer beende als een schooljuf. In plaats van met een aanwijsstok zwaaide ze echter met een bos rozen.

'O, Mabs!' riep Otty uit. 'Wat zie je er mooi uit!'

'Inderdaad,' verzuchtte Peg. 'Ik zal nooit de schoonheid van de familie worden, maar ik zal 't ermee moeten doen.'

'Lieve Peg,' wees Abigail haar terecht, 'je bent een heel mooi meisje en hebt nog alle tijd om op te bloeien. Maar ze hebben gelijk, Mabel, je ziet er beeldschoon uit. Meneer Miller zal niet weten wat hij ziet.'

Mabs bloosde. Er was maar één persoon met wie ze naar het bal had gewild, al had ze zich wel afgevraagd of een bescheiden man als Kip, die nog steeds als secretaris werkzaam was, een smokingjasje bezat.

Toch wel, zo bleek. 'Je moet overal op voorbereid zijn,' had hij gezegd. 'Als er goeie dingen op je pad komen, moet je die met open armen ontvangen.'

Die instelling was nou precies wat Mabs zo leuk aan hem vond.

'Zo,' zei Peg, 'in *Lady's Vanity* staat dat verse bloemen perfect bij een zomerse gelegenheid passen. Het leek me een goed idee als we allemaal rozen in ons haar dragen om te laten zien dat we een...' Ze aarzelde. Het was moeilijk om een naam te geven aan de band tussen de Daley-meisjes en de Finches. Hoewel Peg officieel het dienstmeisje was en Mabs de kostganger, was dat slechts een formaliteit en gaf het niet goed weer hoe ze met elkaar samenleefden in het huis aan Covenant Row.

'Dat we een gezin zijn,' maakte Abigail de zin voor haar af. 'Wat een mooie gedachte, Peg.'

'Omdat rozen nogal groot zijn,' vervolgde Peg, 'is 't aantal kapsels dat ik d'r mee kan maken beperkt.' Ze zag er geërgerd uit, alsof zij er iets aan konden doen dat ze geen groter hoofd hadden. 'Natuurlijk kunnen we niet allemaal hetzelfde kapsel nemen, maar ik heb wel een paar ideeën, maak jullie maar geen zorgen. We hebben geen lilakleurige rozen, dus draag ik gele, die bij 't borduursel op mijn jurk passen. Otty, jij krijgt ook gele, voor bij je prachtige jurk. Mabs, voor jou heb ik crèmekleurige. Mevrouw Finch, voor u vond ik 't lastig. Een groene jurk… en groene rozen bestaan niet! Daarom gebruik ik een groen lint en stop ik d'r een rooie roos in, zodat u bij ons past.'

'Je hebt overal aan gedacht, Peg. Wat slim van je. In een rijker huishouden zou je veel meer kunnen verdienen, dat weet je toch wel?'

'Waarom zou ik dat in hemelsnaam willen?'

Kort daarna kwamen ze aan bij de feestlocatie. Het rijtuig minderde vaart op de met grind bezaaide oprijlaan van The Picardy Room, een plek waarvan Olives moeder hun had verzekerd dat het de populairste feestzaal van Noord-Londen was. Ze reden door de poort naar een weids gazon dat was omringd door traliewerk en wilgen. Otty leunde uit het raampje en maakte een onverhoedse beweging, alsof ze schrok. Mabs pakte haar instinctief vast.

'Wat is er, schat?' vroeg haar moeder.

'O, niets,' zei Otty. 'Ik dacht dat ik een wolf zag, maar dat was natuurlijk niet zo.'

'Een wolf,' herhaalde Peg spottend. 'In Londen. Ja hoor.'

'Mijn hemel!' riep Mabs toen ze waren uitgestapt. 'Dat is geen zaaltje!' The Picardy Room zag er eerder uit als een paleis, met brede witte traptreden die naar hoge boogdeuren voerden. Die treden zou Lou vast niet graag schrobben, dacht Mabs. Aan weerszijden van de trap bevond zich een breed terras waar her en der gasten champagne stonden te drinken en van de late zon genoten.

Peg zag het stilletjes en met grote ogen aan. Otty sprong als een klein meisje op en neer. Alleen Abigail liet zich niet van de wijs brengen. Ze veranderde weer in de oude Abigail, van vóór haar huwelijk, van vóór alles wat er sindsdien was gebeurd, en nam zelfverzekerd het voortouw.

Langzaam liepen ze de trap op, waarbij ze de zoom van hun jurk moesten optillen. Boven werden ze opgewacht door bedienden in livrei, die hun namen afstreepten op een lijst van vele pagina's lang. In de weidse marmeren ontvangsthal kregen ze door een dienstmeisje champagne aangeboden op een zilveren dienblad en kwam Olive gehaast naar hen toe om hen te begroeten.

'O, wat zie je er prachtig uit!' riep Mabs. Het kwam maar zelden voor dat Olive iets anders droeg dan bruin of donkergroen, of dat ze werk maakte van haar kapsel. Vanavond had ze een japon aan van glanzende inktpaarse tafzijde. Om haar hals schitterde een diamanten collier, haar haar was vakkundig uit haar gezicht gekamd en gekruld en bezaaid met glinsterende steentjes die wel sterren leken. 'Als sterren in de nachtelijke hemel!' Terwijl Mabs het zei, besefte ze hoe toepasselijk dat was. 'Olive, zo zou je je elke dag moeten kleden.'

Lachend legde Olive een hand op haar buik. 'Mabs toch, dat zou mijn dood worden. Ik heb me nog nooit van mijn leven zo oncomfortabel gevoeld. Al ben ik eerlijk gezegd wel tevreden met het resultaat... maar kijk jullie nou eens! Jullie zien er beeldschoon uit.'

Terwijl ze verder liepen, verwelkomde Olive nog meer gasten, die binnenstroomden als graan uit een zak. Binnen een halfuur kon Mabs amper nog bewegen en baande ze zich een weg naar het terras om de frisse lucht op te snuiven. Het licht werd nu zachter. Het was nog steeds niet donker, maar de hitte was nu draaglijker.

Ze ging tegen een balustrade geleund staan en keek uit over het terrein. Het was prettig om een momentje voor zichzelf te hebben. Telkens wanneer Olive haar voorstelde als 'Mabel Daley, assistent-bedrijfsleidster van de Westallen Foundation', had Mabs de neiging om om zich heen te kijken wie die hoge pief dan wel mocht zijn.

De eerste keer dat ze Olive na haar vertrek naar Saffron Hill had gezien, had ze haar verteld wat ze zoal had bedacht. 'Ik weet dat ik zo snel mogelijk geld moet gaan verdienen, maar ik wil me niet zomaar ergens in storten. Ik wil me blijven ontwikkelen, Olive, al kan ik maar na 't werk lezen in m'n kamer. Ik wil echt onafhankelijk worden, zoals een onderwijzeres dat is, of een winkelier, of... of een man! Ik wil de wereld een beetje beter maken, net als jij. Ik weet dat dat niet van de ene op de andere dag kan gebeuren, maar wat ik ook ga doen, ik wil naar dat doel toe werken.'

'Nou, lieve schat,' zei Olive, 'dat is een erg mooi streven, maar wat één ding betreft heb je het mis. Het kan wél van de ene op de andere dag.'

Mabs fronste haar voorhoofd. 'Dat denk ik niet, Olive. Het gaat erg lang duren voordat ik genoeg heb geleerd voor 't soort werk waar ik aan denk.'

'Dat is zo, maar ik wil je graag zelf een baan aanbieden.'

'Olive! Dat kun je niet doen. Jullie hebben geen extra personeel nodig in huis.'

'Dat is waar, maar ik wil je geen huishoudelijke betrekking aanbieden. Ik wil je in dienst nemen bij de stichting. Mabs, lieverd, je kijkt me aan alsof ik niet goed bij mijn hoofd ben. Laat me even uitpraten. Toen ik de Westallen Foundation oprichtte, zei meneer Miles al dat ik het vreselijk zou vinden om me met de dagelijkse leiding ervan bezig te houden. Hij zei dat mijn begaafdheid – nou ja, zo zei hij het niet, dat heb ik er zelf van gemaakt – op een ander vlak lag. Daar had hij gelijk in. Desalniettemin moeten er evenementen worden georganiseerd, moet het papierwerk worden bijgehouden en moet het geld worden geteld, dus heb ik besloten een bedrijfsleider in dienst te nemen.'

'Je bent écht niet goed bij je hoofd!' zei Mabs. 'Ik kan geen bedrijfsleider worden, ik zou niet weten waar ik moest beginnen.'

'Natuurlijk niet, schat. Op dit moment zou ik weinig aan je hebben,' zei Olive geduldig. 'Ik heb al een bedrijfsleider in de arm genomen, een man die Alexander Gladstone heet. De wonderlijke meneer Miles heeft me hem aanbevolen. Hij weet van aanpakken, van de meest alledaagse tot de meest ambitieuze zaken. Ik ben diep onder de indruk van hem. Er is slechts één probleem.'

'Wat dan?'

'Hij is vijfenzestig en stond juist op het punt met pensioen te gaan. Het was niet zijn bedoeling om in deze fase van zijn leven nog een nieuwe uitdaging aan te gaan, dus heb ik al mijn overredingskracht moeten aanwenden. Uiteindelijk gaf hij toe, op voorwaarde dat het voor één jaar zou zijn, hooguit twee. Je weet hoe snel de tijd gaat, schat. Voordat je het weet, zal ik een vervanger voor hem moeten zoeken. Toen stelde hij voor dat ik zijn opvolger nu alvast zou aannemen, zodat hij diegene kan opleiden en ervoor kan zorgen dat al zijn kennis niet met hem verloren gaat. De stichting heeft niet genoeg geld om twee bedrijfsleiders een volledig dienstverband aan te bieden. Daarom is het voorlopig een betrekking voor drie dagen in de week, tegen een bescheiden salaris. Het soort werk dat een secretaris zou doen, wellicht, maar dan met het doel om over een jaar of twee in de voetsporen van meneer Gladstone te treden. Het is de ideale oplossing, Mabs. Je zou al doende leren, van degene die het meest geschikt is om het je bij te brengen. Op dit moment is je opleidingsniveau te laag, maar daar kun je de overige dagen van de week iets aan doen. Dit kun je niet weigeren, liefje!'

Mabs was zo verdwaasd dat ze alleen maar kon uitbrengen: 'Kán een vrouw wel secretaris worden? Of bedrijfsleider?'

Daarop had Olive slechts verontwaardigd gesnoven.

Nu volgde Mabs volwassenenonderwijs bij een onderwijzer uit de buurt. Ze was de enige vrouw in de klas. Inmiddels werkte ze een maand samen met meneer Gladstone, en ze ging elke avond moe maar voldaan naar bed, met haar hoofd vol met nieuwe kennis. Ze had nooit eerder deel uitgemaakt van iets wat nog elke dag in ontwikkeling was, waar ieders ideeën welkom waren. Dit was een unieke kans.

Door een lichte aanraking op haar schouder werd ze uit haar overpeinzingen gehaald. Toen ze zich omdraaide, zag ze Kip Miller staan. De avondzon gaf glans aan zijn vlasblonde haar, waardoor ze moest denken aan Repelsteeltje die stro in goud veranderde. Hij zag er gedistingeerd uit, in een nachtblauw smokingjasje en met een champagneflûte in zijn hand. Hij leek wel een heel andere Kip, behalve dan dat zijn glimlach nog als vanouds was.

'Je bent er!' riep Mabs uit. 'Wat een feest, hè?'

'Zoiets maak je maar één keer in je leven mee, denk ik,' antwoordde hij. 'Bedankt dat je me hebt uitgenodigd. Je ziet er prachtig uit, Mabs.'

Bij het horen van zijn serieuze toon werd ze zich opeens hevig bewust van haar glinsterende jurk en de crèmekleurige rozen in haar blonde haar. Haar adem stokte toen hij naar haar keek. 'Dank je. Zal ik je aan een paar mensen voorstellen?'

'Graag!' Hij grijnsde en meteen was de sfeer tussen hen weer net zo ongedwongen als anders.

Mabs ging hem voor naar binnen. In de menigte zag ze Olives ouders, Peg en Jenny. Daar had je Abigail, die met mensen stond te praten die Mabs niet kende. Otty was nergens te bekennen. Nadat Mabs Kip aan haar zusjes had voorgesteld, excuseerde ze zich om te kijken hoe het met Olive ging. Het was vast erg vermoeiend om de gastvrouw te zijn op zo'n evenement.

Ze liep naar de ontvangsthal, waar de gasten nog steeds naar binnen stroomden. Snel voegde ze zich bij haar vriendin. 'Gaat 't, Olive? Kan ik ergens mee helpen?'

Olive glimlachte haar met sprankelende ogen toe. 'Hallo, Mabs. Het verloopt best aardig, vind je niet?'

'Best aardig!' riep Mabs uit, met haar blik op het gedrang gericht. 'Olive, we zullen genoeg geld inzamelen om ál onze ideeën te verwezenlijken. Het moeilijkste wordt nog om te bedenken waarmee we gaan beginnen. Volgens mij heeft je moeder heel Hampstead uitgenodigd.'

Olive lachte. 'Zeg maar gerust heel Lónden!'

OTTY

Ik viel bijna uit het rijtuig van verbazing toen ik Jill bij de poort zag staan. De enige verklaring die er zo snel in me opkwam was een belachelijk verhaal over een wolf. *Een wolf! Meen je dat nou, Otty?* Hoewel het een geweldig bal is, wil ik al zolang ik hier ben niets liever dan aan die massa glimlachende mensen ontsnappen om haar te gaan zoeken. Wanneer ik eindelijk kans zie om weg te glippen, ren ik over het gazon naar de poort toe.

Het is niet zo dat ik Jill al die maanden niet heb gezien. Ik heb mama nog niet over haar verteld, maar dat ga ik wel doen. Na wat mama allemaal heeft meegemaakt en nu ze de scheiding nog moet verwerken, wilde ik niet dat ze zich zorgen om me zou maken. Mabs woont echter weer bij ons, als kostganger, en dat komt me perfect uit. Zo nu en dan gaat ze met me mee om Jill bij het kanaal op te zoeken. Dan kletsen we een uurtje of wat aan het water, nadat ze klaar is met werken. Kip of Nicky zijn altijd in de buurt om een oogje in het zeil te houden. Het is heerlijk dat onze vriendschap zich nu weer in het echte leven kan afspelen, niet alleen in ons hart. We hebben elkaar alles verteld wat er in het voorjaar en de zomer is gebeurd en voelen ons meer dan ooit met elkaar verbonden. Natuurlijk heb ik Jill over het bal verteld, al had ik nooit kunnen bedenken dat ze zomaar zou komen opdagen.

'Psst! Otty Finch!'

Met een ruk draai ik me om. De stem komt achter een treurwilg vandaan, naast een smal beekje waar door de augustushitte niet veel meer van over is dan een iel straaltje. Ik baan me een weg door de hangende wilgentakken en zie Jill in haar gewone kleding op het gras zitten. 'Jill? Wat doe jij hier? Is er iets aan de hand?'

'Nee, het gaat prima, Otty, echt prima. Het spijt me als ik je heb laten schrikken. Ik wilde je avond niet bederven. Ik wilde het gewoon... zien.' Haar stem wordt lager als ze het zegt en ze ziet er weemoedig uit, waardoor ze jonger lijkt dan anders. Ze is altijd de wijste van ons tweeën, degene die weet hoe de wereld in elkaar steekt en die dat goed lijkt te kunnen accepteren. Dit is de eerste keer dat ik zie hoe diep haar verlangen werkelijk is. 'Mijn moeder was dol op mooie stoffen,' zegt ze. 'Ons huis hing er vol mee, het leek wel een regenboog.'

'Was ze kleermaakster?'

'Nee, schat. Ze was een schoonheid.'

Dat laat ik even bezinken. Misschien was haar moeder waar zij vandaan komt wel een dame die kleermaaksters inhuurde. Jill praat niet veel over haar familie. Ik weet nog steeds niet goed waarom ze hiernaartoe is gekomen.

De laatste keer dat ik haar bezocht, zag ik op weg naar huis een bekend gezicht op straat. Een donkere huid, een hoge knot, een boosaardig gezicht. Ik kon mezelf niet inhouden. 'Maggie!' riep ik uit.

Ze bleef staan en keek me nijdig aan. 'O, ben jij het.'

'Hoe gaat het met je, Maggie? Ik heb je al lang niet gezien.'

'Laten we dat vooral zo houden. En ik heet Marguerite, geen Maggie. Zo noem ik mezelf alleen omdat witte mensen niet kunnen accepteren dat iemand zoals ik een damesachtige naam heeft.'

Ik had er helemaal geen oordeel over welke naam ze wel of niet zou mogen hebben en zei dat ik Marguerite een prachtige naam vond en dat ik haar voortaan zo zou noemen.

Daarop zei ze iets wat me verbaasde. 'Trouwens, Jill heet ook niet echt Jill.' Met die woorden beende ze weg.

Mabs keek me met één opgetrokken wenkbrauw aan. 'Vriendelijk, zeg!'

Die indruk maakt Marguerite nou eenmaal op mensen, maar sinds die keer vraag ik me wel af hoe het echt zit. Als Jill zich op haar werk Jim noemt omdat de mensen daar niet mogen weten dat ze een meisje is, en als ze de naam Jill gebruikt omdat die niet al te deftig is, hoe heet ze dan werkelijk? Wie is ze? Met één blik op het verdriet in haar ogen weet ik dat dit niet het geschikte moment is om daarnaar te vragen.

'O, Jill, wat vind ik de wereld soms toch vreselijk. Het spijt me zo dat ik je niet kon uitnodigen.'

'Daar hoef jij je niet voor te verontschuldigen, Otty. Jij hebt deze wereld niet geschapen en het is jouw feest niet. Zie je daar soms bruine gezichten? Nee.'

'Ik had Olive over je moeten vertellen. De rijkste mensen van Londen zijn er, maar er zijn ook bedienden. Allerlei mensen. Ik weet zeker dat je van haar had mogen komen.'

'Dat zou me een fraai gezicht zijn geweest.' Spottend houdt Jill de stof van haar grijze jurk tussen duim en wijsvinger omhoog. 'Ik had toch geen ja kunnen zeggen. Maar Otty, ik moet het vragen... Waarom heb je haar niet over me verteld? Schaam je je voor me?'

'Nee, Jill, ik ben er trots op dat je mijn vriendin bent. Ik was bang dat ze zou zeggen dat we geen vriendinnen mogen zijn.'

'Dat verwacht ik wel, liefje.'

'Nou, ik denk van niet. Ik heb veel bewondering voor Olive. Ik hou van haar. Toen papa... onvriendelijke dingen zei over jouw volk... Nou ja, toen schrok ik natuurlijk wel, maar het verbaasde me niet echt. Hij is niet anders dan de meeste mensen. Olive wel. Als zij zou zeggen dat er hier geen plaats voor je was, of dat negers anders van hart of geest zijn dan wij... Dat zou ik niet kunnen verdragen, Jill. Ik zou nooit meer hetzelfde voor haar voelen en dat wil ik niet nog eens meemaken met iemand van wie ik hou.'

'Ik begrijp het. Je klampt je vast aan je illusies.'

'Volgens mij zijn het geen illusies. Alleen durf ik nog niet de proef op de som te nemen.' Dat is waar. Sinds ik naar Hampstead ben gekomen, ben ik mijn vader kwijtgeraakt. Erger nog, ik ben erachter gekomen dat de man van wie ik hield nooit daadwerkelijk bestaan heeft. Olive kan álles. Ik wil nog steeds net zoals zij worden als ik later groot ben. Als zij ook niet blijkt te zijn wie ik dacht dat ze was, zou ik me voelen als een kompas zonder magneet. Daarvoor ben ik niet sterk genoeg.

Jill pakt mijn hand beet. 'Je vindt het echt belangrijk dat de mensen van wie je houdt net zo over mij denken als jijzelf. Je vindt dat de wereld eerlijker zou moeten zijn.'

'Nou en of!'

'Otty, je bent nu nog maar een jong meisje, maar op een dag zul je groot zijn, en net zo slim en belangrijk als die juffrouw Westallen van je. Misschien ga jij dan wel de wereld veranderen.'

'Denk je dat echt? Dat zou ik heel graag willen.'

'Ja, dat denk ik. Otty, er is nog een reden dat ik gekomen ben. Ik heb nieuws. Ik heb een nieuwe betrekking gevonden, in Plymouth. Overmorgen vertrek ik. Dat wilde ik je zelf vertellen. Het is een betrekking in een mooi huis, het betaalt goed en de vrouw des huizes lijkt me aardig. Ze weet waar ik vandaan kom. Daar is het veiliger en comfortabeler dan bij het kanaal. Het is goed nieuws voor me.'

'Dan ben ik blij voor je, Jill. Ze mag zich gelukkig prijzen met jou en ik vind het een prettige gedachte dat je niet meer op de werf hoeft te werken. O, Plymouth! Denk je dat je ooit nog terugkomt?'

Jill kijkt me bedenkelijk aan. 'Ooit, misschien.'

'Ik zal je wel missen, Jill. We zijn nog maar net met elkaar herenigd en nu kan ik je voortaan niet meer zien. Ik weet dat je voor mij niet hier kunt blijven, dat zou ik niet eens willen. Alleen ben je straks wel erg ver weg.'

'Weet je wat zo fijn is, Otty? We kunnen elkaar schrijven. Dit is mijn nieuwe adres.' Ze stopt een stukje papier in mijn hand dat ik goed bekijk en vervolgens in mijn jasje stop. 'Nu kunnen we elkaar niet vaak zien, maar straks kunnen we elkaar schrijven zo vaak als we willen. Dat vind ik een grote verbetering.'

Ik glimlach, opgelucht bij het idee dat ik haar niet helemaal kwijtraak. 'Je zult wel gelijk hebben. Bedankt, Jill. Ik zal je morgen schrijven, zodat er meteen een brief op je ligt te wachten.'

'Heel graag. In ons hart blijven we altijd vrienden, weet je nog?'

'Ja, ik weet het nog.'

'Ga nu maar van je feest genieten, zodat je me iets te vertellen hebt in je brief. Ik ga met een prettiger gevoel weg uit Londen nu ik mijn vriendin in een mooie jurk heb gezien, met gele rozen in haar haar.'

Ik beroer de rozen die Peg in mijn haar heeft gestoken. Met ingehouden adem trek ik er een uit. Peg doet me wat als ik dit kapsel verpest. De roos komt los en ik geef hem aan Jill, die hem met een grijns achter haar oor stopt. 'Peg zei dat we vanavond allemaal rozen moesten dragen. Zij, ik, mama en Mabs. Omdat we een gezin zijn. Nu hoor jij er ook bij.'

Jill staat op en werpt nog een laatste blik op de feestlocatie, op de dames in hun prachtige jurken op het terras en het gazon. 'Bedankt, Otty. Ik zal hem met trots dragen.' Ze geeft een kneepje in mijn hand en glipt weg.

OLIVE

Hoewel ik de ene na de andere gast begroet, is er nog steeds een aantal dat ik niet heb gezien. Een daarvan is meneer Harper. Sinds de dag dat ik hem over Clover heb verteld, heeft hij zich niet meer laten zien. Aangezien hij een van de donateurs is, hoop ik dat hij komt. Ik wil weten of meneer Gladstone en Mabs nog steeds een beroep op hem mogen doen. Hopelijk geeft hij nog steeds om de stichting, ook al kan de eigenzinnige oprichtster daarvan hem niet langer bekoren.

Er is nog iemand naar wie ik steeds uitkijk – tevergeefs, want ik heb geen idee hoe hij eruitziet: Jonathan Ingram, de ware liefde van Abigail Finch. Ja, ik blijf een bemoeizuchtig type. Een maand geleden heb ik hem opgespoord en geschreven wat er allemaal is gebeurd. Ik heb een tweede brief bijgesloten voor haar ouders, met de vraag of hij ervoor zou willen zorgen dat die hen bereikte.

Tot slot kan ik niet wachten om de familie Blythe te zien. Het is een eigenaardige situatie. Ik wil hen graag zien omdat het een enorme sneer zou zijn als ze niet kwamen. Het maakt me niet uit als ze mijn familie beledigen (dat zijn we immers wel gewend), maar ik wil niet dat ze neerkijken op de stichting. Tegelijkertijd wil ik hen helemaal niet zien, want… Tja, het zijn gewoon vreselijke mensen.

Dat zijn de redenen waarom ik in de hal rondwaar als het personage Banquo uit *Macbeth* tijdens het feestmaal. Hoewel ik me ervan bewust ben dat ik niet de hele avond hier kan blijven staan om iedereen persoonlijk te verwelkomen, wil ik de aankomst van die paar mensen niet missen. Zodra ze er allemaal zijn, zal ik me bij mijn vrienden voegen en liters champagne drinken.

Dan zie ik iemand die ik wel heb uitgenodigd, maar van wie ik niet had verwacht dat ze zou komen: mevrouw Zenobia Lake, de eenzame weduwe van Belsize Park. Haar enige overgebleven bediende Bertha heb ik ook uitgenodigd, maar mevrouw Lake is alleen gekomen. 'Lieve hemel, mevrouw Lake!' Snel loop ik naar haar toe en pak haar beide handen beet. 'Wat ontzettend fijn dat u gekomen bent.'

Mijn oude vriendin, de gevallen koningin van Hampstead, kijkt me somber aan. 'Olive, ik zou voor niemand anders het stof van mezelf hebben afgeslagen. Ik heb al meer dan twintig jaar geen bal bijgewoond. We weten allebei dat er van mijn fortuin niets over is en dat je in financieel opzicht aan mij net zo veel hebt als aan een paraplu van chiffon. Maar als mijn aanwezigheid dit evenement enig elan kan geven, wil ik daar graag voor lijden.'

Ze is nog steeds een koningin. Moet je haar zien! Ze is gehuld in een weelderige blauwe japon versierd met crèmekleurige strikken, in de stijl van dertig of veertig jaar geleden. Haar haar, dat nog steeds vol en inmiddels sneeuwwit is, is boven op haar hoofd vastgespeld en hoewel ze op een wandelstok steunt, is de uitdrukking op haar gezicht vastberaden.

Het liefst zou ik een knieval maken voor haar lange, zware leven en indrukwekkende aanwezigheid. 'Het is een enorme eer dat u hier bent.' Ik kijk om me heen, dankbaar dat Mabs nog steeds in de buurt is. Terwijl ik de twee aan elkaar voorstel, blijf ik de deur in de gaten houden. Mabs zal mevrouw Lake naar mijn ouders toe brengen en ervoor zorgen dat ze een zitplaats heeft.

Bijna op datzelfde moment komt meneer Harper binnen. Zijn gezichtsuitdrukking wanneer hij me in mijn indigoblauwe japon en diamantjes ziet is onbetaalbaar. 'Hemeltje, juffrouw Westallen!' zegt hij wanneer ik hem de hand schud. 'U ziet er... Mijn hemel, wat bent u toch een prachtige vrouw.'

'Dank u, meneer Harper,' zeg ik luchtig, alsof ik wel twintig keer per dag zo'n compliment krijg. Vanavond heb ik inderdaad veel complimenten in ontvangst mogen nemen. 'Ik ben erg blij dat u gekomen bent.'

'O, ik had het voor geen goud willen missen. Dit is waarschijnlijk het feest van dit decennium. En dan ook nog voor zo'n goed doel.'

'Ik ben blij dat u er nog steeds zo over denkt. We voelen ons erg vereerd met uw steun, en ik hoop dat u zo betrokken zult blijven.'

Hij krijgt een bepaalde uitdrukking op zijn gezicht. Niet dat hij schaapachtig kijkt, daar is hij te zelfverzekerd voor. Ik denk eerder een besef te zien over wat er tussen ons is voorgevallen. 'Dat kan ik u beloven. Ik geloof met volle overtuiging in het doel dat u voor ogen hebt.' De blik in zijn ogen wordt feller, zijn bewondering voor mij is duidelijk te zien. 'Juffrouw Westallen, het spijt me dat ik tijdens mijn laatste bezoek zo snel weer weg moest. Wilt u me toestaan om nog eens bij u op bezoek te komen en in te gaan op uw aanbod van een glas limonade?'

'Ik begrijp het volkomen, meneer Harper,' verzeker ik hem. Dat is ook zo. We worden gevormd door de wereld, die is zoals die is. Verandering kost tijd. Toch twijfel ik. Ik heb hem vanaf het begin graag gemogen. Het valt ook zeker te prijzen wanneer een man bereid is om zijn standpunt te herzien, om toe te geven dat hij het wellicht mis had. Kan ik echter wel met een man omgaan die op het bestaan van Clover reageerde zoals hij deed?

'En het bezoekje?' dringt hij aan.

'Juffrouw Westallen, goedenavond!' onderbreekt een bulderstem ons.

Ik schrik een beetje en draai me om.

De familie Blythe is eindelijk gearriveerd. De voltallige familie!

Daar heb je Malvern Blythe, de gewezen vriend van mijn vader, met zijn in felle kleuren uitgedoste vrouw. Beiden torenen qua eigendunk boven me uit en kijken me met hun kille ogen doordringend aan. Daar heb je de zoons, alle drie: Felix, Crispin en Ignatius. Het zijn knappe jongens die me aankijken met op hun gezicht een uitdrukking die uiteenloopt van mild tot vriendelijk. Ze begroeten me hartelijk met een handdruk, terwijl hun ouders stijfjes op een afstandje blijven staan, alsof fysiek contact met een Westallen hen zou kunnen doen smelten. En daar is Rowena Blythe, die met een schittering in haar ogen om zich heen kijkt.

De moed zakt me in de schoenen, ik kan er niets aan doen. Tot nu toe voelde ik me vanavond zo mooi. Nu voelt mijn jurk kleurloos aan en lijken mijn diamanten een vruchteloze poging om iets lieftalligs uit te stralen. Ik heb het gevoel dat ik te lang ben, dat mijn stem te diep is, dat ik van alles te veel heb.

In haar roze japon in de kleur van gesponnen suiker lijkt ze wel een roos. Haar huid ziet er satijnzacht uit. Haar ellenlange goudblonde haar krult als zeeschuim om haar hoofd en is versierd met parels. Haar ogen zijn felblauw, haar gezicht zo fijntjes als dat van een kat. Ze is de vrouwelijkheid in eigen persoon. Wanneer we elkaar de hand schudden, glimlacht ze. 'Wat fijn je weer te zien, juffrouw Westallen,' zegt ze. 'Twee keer in nog geen jaar tijd! Dat gaat de goede kant op.'

'Het is me een genoegen, juffrouw Blythe,' zeg ik, terwijl ik probeer net zo vriendelijk te glimlachen. 'Hartelijk welkom, allemaal.'

'We zijn erg onder de indruk van wat je met je stichting wilt bewerkstelligen,' zegt ze. 'Mijn vader wil graag een royale donatie doen.'

Dat verbaast me niet echt. Het zou een schande zijn als hij dat niet deed. 'Daar zou ik u erg dankbaar voor zijn, meneer.' Ik dwing mezelf naar hem te glimlachen, ook al straalt de vijandigheid van hem af. Het is zelfs zo erg dat ik mijn blik moet afwenden. Wie stond er ook alweer naast me?

Ach, natuurlijk, het is de wispelturige meneer Harper. Hij staart Rowena aan met een blik die ik eerder gezien heb. Niet de blik waarmee hij mij bekeek, bewonderend en belangstellend. Nee, meneer Harper is verloren. Hij lijkt wel door de zon bevangen. Hij is Icarus.

Ik weersta de verleiding om hem bij zijn arm te grijpen en hem vast te houden, om hem ervoor te behoeden dat hij wordt meegesleurd door de sterke stroming die Rowena heet. 'Staat u me toe u voor te stellen aan meneer Lionel Harper,' zeg ik snel. 'Hij is een van de vaste donateurs van de Westallen Foundation – onze allereerste donateur, zelfs – en heeft al veel voor ons betekend.' Nadat ik alle Blythes aan hem heb voorgesteld, trek ik me terug uit het groepje dat een beleefd gesprek met elkaar begint.

Mijn vriendin Julia Morrow komt aan, vergezeld door Jeremiah Daley, die keurig in pak is. Ik kan de afkeurende blik van Maude Blythe bij het zien van de gescheiden vrouw gewoonweg vóélen. Nadat we even met elkaar hebben gepraat, werp ik een blik over mijn schouder. De familie Blythe loopt verder, maar Rowena blijft achter omdat Lionel Harper nog met haar in gesprek is. Haar gezicht is uitdrukkingsloos en ik kan me werkelijk niet voorstellen wat een verwende schoonheid uit de hogere kringen gemeen heeft met zo'n intelligente zakenman als meneer Harper. Maar ach, door Rowena Blythe zou zelfs Helena van Troje zich nog in een donkere kamer willen verstoppen. Volgens mij hoef ik me er niet meer druk om te maken of ik nog wil dat meneer Harper bij me op bezoek komt.

Inmiddels komen de mensen nog maar druppelsgewijs binnen. Jonathan Ingram heb ik nog niet gezien, maar ik wil hier niet de hele avond blijven staan en mijn eigen feest missen. Opeens voel ik de overweldigende drang om mijn ouders te omhelzen.

Ik breng een heerlijk halfuur door met papa en mama, Mabs en Kip, Abigail en Otty, meneer en mevrouw Miles, Julia en mevrouw Lake... Hemeltje! Met iedereen! Dan kijk ik om me heen in de zaal. Inmiddels staat Rowena Blythe met een andere jonge man te praten, die haar ook al vol aanbidding aanstaart. Ik kijk nog eens goed. Ze heeft dezelfde wezenloze uitdrukking op haar gezicht als zojuist bij meneer Harper. Toen ging ik ervan uit dat het gesprek haar verstand te boven ging, maar misschien heb ik haar niet goed ingeschat. Het komt bij me op dat die wezenloze blik weleens op verveling zou kunnen duiden. Ik heb me nooit eerder afgevraagd hoe het is als zo veel mannen op slag verliefd op je worden. Van dat probleem zal ik waarschijnlijk nooit last hebben. Nu ik erover nadenk, lijkt het me echter best ergerlijk. Door de ene na de andere aanbidder in een hoek worden gedreven… Misschien wil Rowena alleen maar roddelen en lachen met haar vriendinnen. In een opwelling besluit ik de proef op de som te nemen door hen te begroeten.

Ze stelt me enthousiast aan de jonge man voor, alsof ik een reddingsboei ben. 'Hoe gaat het met je lieftallige dochter, juffrouw Westallen?' vraagt ze. 'Zo'n lief kind. Is ze er vanavond ook bij?' Wanneer de jonge man zich excuseert, slaakt ze een zucht van opluchting. 'Bedankt,' zegt ze tegen me.

'Geen dank,' reageer ik, terwijl ik me afvraag of ze nu zou willen wegvliegen naar de andere mooie vogeltjes. Als dat al zo is, weten we geen van beiden hoe we ons hieruit moeten redden, dus geef ik antwoord op haar vraag. 'Met Clover gaat het erg goed, dank je. Ze is er ook, met haar speelkameraadje. De laatste keer dat ik hen zag waren ze elfjes aan het zoeken op het terras.'

'Wat schattig. Zou ik haar mogen zien? Ze zal me zich wel niet herinneren, maar ik ben dol op kinderen.'

Aan potentiële vaders geen gebrek, denk ik vals. 'Natuurlijk. Zullen we eerst op het terras kijken?'

Met een knikje loopt ze achter me aan.

Wat een vreemde wending neemt deze avond! De meisjes tref ik inderdaad op het terras aan, waar ze onder het toeziend oog van Otty slingers van jasmijnbloemen aan het vlechten zijn. Al de hele avond past er iemand van wie ik hou op de meisjes. Zo niet mijn ouders, dan Jenny. Zo niet Jenny, dan Mabs. Zo niet Mabs, dan Otty. Even voel ik een pijnlijke steek in mijn hart om hun onschuld, om hun beschermde leventje. Voor de zoveelste keer denk ik aan Gert, die nog steeds spoorloos is en die wie-weet-waar wie-weet-wat aan het doen is. Het was nooit de bedoeling dat ze mijn dochter zou worden, zoveel is wel duidelijk, maar toch bid ik voor haar. Mijn gebeden zullen altijd naar haar uitgaan.

'Juffrouw Blythe, mag ik je voorstellen aan juffrouw Ottilie Finch, mijn jonge vriendin. Mijn dochter Clover ken je natuurlijk nog wel, en dit is haar speelkameraadje, juffrouw Angeline Daley.'

'O, wat een schatjes!' roept Rowena uit, terwijl ze zich op haar hurken laat zakken om met de meisjes op gelijke hoogte te komen. Haar betoverende roze rokken vegen het stof van het terras, wat haar tot mijn verbazing niet lijkt te deren. Dan kijkt ze op naar Otty en verontschuldigt zich. 'Wat onbeleefd van me! Aangenaam kennis te maken, juffrouw Finch.'

Otty maakt een keurige reverence. Terwijl Rowena met de meisjes begint te kletsen, maken Otty en ik een praatje met elkaar. Uit het niets stelt ze me een vreemde vraag. 'Wat vind jij van gekleurde mensen, Olive?'

Even vraag ik me verward af of ze doelt op mensen die rouge dragen of hun haar hebben geverfd, omdat beide groepen vanavond goed zijn vertegenwoordigd. Al snel dringt het echter tot me door dat ze doelt op mensen uit het buitenland, met een donkere huid. 'Wat ik van hen vind?' herhaal ik. 'Hetzelfde als wat ik van iedereen vind. Sommigen zijn vreselijk, sommigen geweldig, en de rest zit daar ergens tussenin.'

Ze ziet er opgelucht uit. 'Ken je ook gekleurde mensen?'

Daar denk ik even over na. Ik kan merken dat dit om de een of andere reden belangrijk voor haar is. 'Dat zou ik niet willen zeggen. Ik heb weleens gekleurde mensen ontmoet en kort met hen gesproken, maar dat is niet hetzelfde als iemand kennen, vind je wel?'

Nog terwijl ik het zeg, beginnen de radertjes in mijn hoofd te draaien. Zo is de maatschappij ingericht, nietwaar? Mensen zoals ik – wat dat ook mag betekenen – kruisen nooit het pad van zulke mensen. Het is precies hetzelfde als met de scheiding tussen rijk en arm, de wetten over mannen en vrouwen, de formele verhoudingen tussen bedienden en hun werkgevers. Merkwaardig.

'Denk jij dat ze net als wij zijn? Aan de binnenkant, bedoel ik?'

'Ja, schat. Ik weet dat veel mensen er niet zo over denken, maar hoe zouden ze anders kunnen zijn? Waarom vraag je dat?'

Otty kijkt me stralend aan en slaat haar armen om me heen. 'Ik wist het wel!' jubelt ze tegen mijn schouder. 'Ik wist het. O, Olive, je bent echt geweldig.'

'Ja, schat, dat ben ik zeker,' plaag ik haar terwijl ze me weer loslaat. Volgens mij kan ik wel raden waar dit om gaat. Ze is er vast getuige van geweest dat een neger onvriendelijk of respectloos werd behandeld. Alsof de onschuld van dat arme kind de afgelopen tijd nog niet genoeg te verduren heeft gehad. 'Otty, de wereld is een merkwaardige plek. Mensen zijn vaak... niet erg aardig. Dat weet jij beter dan wie dan ook, denk ik. Desalniettemin moeten we ernaar streven het beste uit onszelf te halen en er alles aan doen om van de wereld een betere plek te maken. We moeten accepteren dat niet alles perfect is, zonder ons daardoor te laten ontmoedigen.'

Rowena staat op. De meisjes hebben jasmijntakjes in haar haar gestoken. 'Dank je, juffrouw Westallen. Wat een lieve meisjes zijn het. Je mag je gelukkig prijzen.'

Dit is niet de Rowena die ik dacht te kennen. Mijn vinnigheid jegens haar verdwijnt op slag. 'Dat doe ik ook. Bedankt.'

De kinderen hebben buitensporig veel van de jasmijn geplukt voor hun 'elfenhuisje', maar als ik een blik op Otty werp, wier ogen tien jaar ouder lijken dan toen ik haar net leerde kennen, kan ik het niet over mijn hart verkrijgen om hun een standje te geven. Hoeveel avonden zullen er nog komen waarop ze volkomen zorgeloos naar elfjes kunnen zoeken en zichzelf kunnen omringen met de geur van bloemen? Hoeveel kinderen zouden er alles voor overhebben om in hun schoenen te staan?

Iemand roept Rowena's naam. 'Dat is Verity,' zegt ze met zichtbare tegenzin. 'Ik kan maar beter met haar gaan praten. Een prettige avond nog, juffrouw Westallen, en succes.'

Op dit moment krijg ik bijna het gevoel dat ik haar aardig zou kunnen gaan vinden. Mallerd die ik ben.

Otty zegt dat ze het prima naar haar zin heeft met de kinderen, dus ga ik weer naar binnen. Het orkest heeft een wals ingezet. Dansende paartjes zwieren over de vloer in een duizelingwekkende draaimolen van kleuren. Aan de rand staan groepjes mensen te praten, te lachen en champagne te drinken. Ik zie een lange man, een onbekende voor mij, in de deuropening tussen de hal en de balzaal staan. Hij heeft donkere bakkebaarden en zijn knappe gezicht is extra aantrekkelijk door de licht ironische uitdrukking die erop ligt en de levendige warmte die hij uitstraalt. Hij heeft de donkere kleur van iemand die in het buitenland heeft gewoond. Als ik al die uiterlijkheden tot me laat doordringen, besef ik dat dit Jonathan Ingram moet zijn.

Ik loop naar hem toe, zonder hem ook maar een moment uit het oog te verliezen, waardoor ik tegen meerdere mensen op bots. Terwijl ik me verontschuldigend door de zaal begeef, zie ik dat zijn zoekende blik op een vast punt blijft rusten en intenser wordt. Ik volg zijn blik en natuurlijk heeft hij Abigail gezien, die met Julia staat te praten. Als betoverd kijk ik toe als hij zich behendig door de menigte begeeft, op weg naar haar. Abigail en Julia moeten ergens om lachen en dan kijkt Abigail om en ziet hem. De lach sterft weg op haar lippen, haar wangen krijgen een kleur en haar ogen verslinden hem. De uitdrukking op haar gezicht… die zal ik nooit vergeten. Als hij bij haar aankomt, pakt hij haar handen beet.

Ik baan me een weg naar hen toe, maar ze lopen weg. Niet naar het terras, waar de meeste geliefden zich hebben teruggetrokken, maar naar de hal. Als ze daar aankomen, wijst meneer Ingram. Ik zie een oudere man en vrouw gespannen staan te wachten, samen met nog een man en een vrouw van Abigails leeftijd.

Abigail ziet me en steekt haar hand naar me uit. Ze is bleek en lijkt stomverbaasd. 'Olive,' zegt ze met een stem die los lijkt te staan van haar lichaam. 'Dit is Jonathan Ingram. En dat… zijn mijn ouders. Mijn broer Hedley. En zijn vrouw Lavinia.' Haar stem breekt en ze valt haar moeder in de armen.

'Juffrouw Olive Westallen, neem ik aan,' zegt meneer Ingram met een diepe, aangename stem. 'Ik ben u enorm veel dank verschuldigd.'

'Meneer Ingram,' reageer ik stralend. 'U bent me helemaal niets verschuldigd, maar mocht u zich toch geroepen voelen, dan kunt u altijd een donatie doen.'

Hij lacht.

Ik mag hem direct. Deze man zullen we nog vaak zien, dat kan ik ook wel zonder mijn waarzegkaarten voorspellen.

Voordat ik het weet, is de avond alweer bijna voorbij. Er vertrekken al wat mensen, al zijn er nog steeds veel over. Het bal is een daverend succes. Mijn toespraak is erg goed ontvangen. Er zijn veel donaties toegezegd voor de behoeftigen en de verspreiding van hoop. Ik heb duizend keer gedanst en een glimp van mezelf opgevangen in een tiental spiegels. Ik ben niet te lang, mijn japon is niet te donker en mijn diamanten zijn niet te opzichtig. Het was niet Rowena's schoonheid die me kortstondig overschaduwde, het was mijn eigen afgunst. Er zijn echter veel manieren waarop je mooi kunt zijn, net zoals je op veel manieren goed, slecht of geestig kunt zijn. In deze grote, geweldige wereld is er plaats voor ons allemaal.

DANKWOORD

Een groot deel van *De rozentuin* heb ik tijdens de lockdown geschreven. Ik ben de Hogere Macht die me verhalen stuurt immens dankbaar dat hij me dit verhaal heeft gestuurd. Voor mij was dit de ideale manier om in mentaal opzicht aan de pandemie te kunnen ontsnappen en ik hoop dat mijn lezers er ook vreugde in vinden en de werkelijkheid erdoor kunnen ontvluchten. Het leven is het afgelopen jaar volkomen veranderd en dat had ik nooit aangekund zonder de belangrijkste mensen om me heen, al was het dan op een afstandje: mijn fantastische ouders en mijn geweldige partner. Pap en mam, er gaat niemand boven jullie. En Phil, wat had ik zonder jou gemoeten? Ik hou ontzettend veel van jullie allemaal.

De rozentuin gaat voornamelijk over de vriendschap tussen vrouwen, over de manieren waarop we elkaar kunnen verbazen, verheffen en ook tot steun zijn, want niemand is in staat om alles tegelijk te doen. Dat geldt zeker voor mij, dus wil ik al mijn vrienden, dichtbij en ver weg, vanuit de grond van mijn hart bedanken. Jullie weten wie jullie zijn en hoeveel jullie voor me betekenen. Bijzondere mensen zijn jullie. Daarnaast bedank ik de vrouwen en mannen uit het verleden die buiten de gebaande paden durfden te denken en hun hart en hun geest hebben opengesteld om onze maatschappij een eerlijkere plek voor vrouwen te maken.

ENORM bedankt, mijn vroege proeflezers, die zich door de eerste, stroeve opzet heen hebben geworsteld, die mijn personages en verhaal geweldig vonden en me aanmoedigden tijdens het schrijven en bijschaven… Jane Rees, Marjorie Hawthorne, Beverley Rodgers en Gill Paul. Het valt met geen pen te beschrijven hoe erg jullie steun me tijdens die eerste fase op de been houdt. (Gill, ook bedankt voor de plotwandeling door Hampstead!)

Daarnaast wil ik mijn auteursvrienden bedanken. Ik vind onze gemeenschap iets wonderlijks en vind het heerlijk dat ik mensen heb met wie ik de vreugde en beproevingen van het auteursleven kan delen, die begrijpen wat ik doe en me het beste toewensen. Jullie berichten en gezelschap zijn me heel dierbaar. Daarnaast bedank ik degenen die me voor *De rozentuin* van mooie citaten hebben voorzien – dat stel ik erg op prijs.

Een extra bijzondere vermelding voor de Historical Fiction-groep met wie ik tijdens de lockdown op heel wat vrijdagavonden een cocktail heb gedronken via Zoom: Gill Paul, Jenny Ashcroft, Dinah Jefferies, Liz Trenow, Eve Chase, Hazel Gaynor en Heather Webb. Ergens in de toekomst wacht er een luxe high tea op ons…

Ik wil heel het team bij Pan Macmillan bedanken, en met name mijn geweldige redacteur, Caroline Hogg, omdat ze rotsvast in mijn kwaliteiten als auteur en mijn verhaal gelooft en omdat ze echt een heerlijk mens is. Ik wist het al vanaf die eerste croissant! Heel het team bij Pan Mac is fantastisch geweest, waaronder: Gillian Green, Rosie Wilson, Rebecca Needes, Anna Shora, Mairead Loftus, Lucy Hale en Kinza Azira. Ook bedank ik Neil Lang voor de prachtige omslagillustratie, Lorraine Green voor het redigeren en Natalie Young voor het corrigeren. Daarnaast gaat mijn dank uit naar mijn 'stalgenoot' Lucinda Riley.

Dank aan alle bloggers, recensenten en de boekengemeenschap op Twitter die de liefde voor boeken delen die ons allemaal voortdrijft. Wat jullie doen betekent heel veel voor ons auteurs, en het is een genot om contact met jullie te onderhouden.

Tot slot bedank ik al mijn lezers. Ik doe dit allemaal voor jullie en ik vind jullie fantastisch.

BIBLIOGRAFIE

Ik heb veel bronnen gebruikt om de wereld van *De rozentuin* te creëren. Vooral informatief en/of inspirerend waren:

Bard, Robert, *Hampstead and Highgate Through Time,* Amberley Publishing, Stroud (2015).

Bobrick, Benson, *The Fated Sky: Astrology in History,* Simon and Schuster, New York (2005).

Flanders, Judith, *The Victorian City*, Atlantic Books, Londen (2012).

Holmes, Malcolm J., *Hampstead to Primrose Hill*, The History Press, Stroud (2009).

Lethbridge, Lucy, *Servants*, Bloomsbury, London (2013).

Marlow, Joyce (red.), *Suffragettes: The Fight for Votes for Women*, Virago Press, Londen (2000).

Patterson, Michael, *Life in Victorian Britain*, Robinson, Londen (2008).

Ook verschenen van Tracy Rees

Overal verkrijgbaar